A HISTÓRIA SECRETA

DONNA TARTT

A história secreta

Tradução
Celso Nogueira

3ª edição
5ª reimpressão

COMPANHIA DAS LETRAS

Copyright © 1992 by Donna Tartt
Esta tradução é publicada por acordo com Alfred A. Knopf, Inc.
Proibida a venda em Portugal

Grafia atualizada segundo o Acordo Ortográfico da Língua Portuguesa de 1990, que entrou em vigor no Brasil em 2009.

Título original
The Secret History

Capa
Alceu Chiesorin Nunes

Imagem da capa
Hermitage, St. Petersburg, Russia/Bridgeman Images

Preparação
Marcia Copola

Revisão
Renato Potenza Rodrigues
Jasceline Honorato

Atualização ortográfica
Verba Editorial

Os personagens e situações desta obra são reais apenas no universo da ficção; não se referem a pessoas e fatos concretos, e sobre eles não emitem opinião.

Dados Internacionais de Catalogação na Publicação (CIP)
(Câmara Brasileira do Livro, SP, Brasil)

Tartt, Donna
   A história secreta / Donna Tartt ; tradução Celso Nogueira. —
3ª ed. — São Paulo : Companhia das Letras, 2021.

   Título original: The Secret History.
   ISBN 978-65-5921-046-6

   1. Ficção norte-americana I. Título.

21-59198   CDD-813

Índice para catálogo sistemático:
1. Ficção : Literatura norte-americana   813

Maria Alice Ferreira – Bibliotecária – CRB-8/7964

Todos os direitos desta edição reservados à
EDITORA SCHWARCZ S.A.
Rua Bandeira Paulista, 702, cj. 32
04532-002 — São Paulo — SP
Telefone: (11) 3707-3500
www.companhiadasletras.com.br
www.blogdacompanhia.com.br
facebook.com/companhiadasletras
instagram.com/companhiadasletras
twitter.com/cialetras

*Para Bret Easton Ellis,
cuja generosidade jamais deixará de aquecer meu coração;
e para Paul Edward McGloin,
muso e mecenas,
o amigo mais querido que tenho
e terei neste mundo*

Indago agora sobre a gênese de um filólogo, e afirmo o seguinte:
1. *Um jovem não pode possivelmente saber quem são os gregos e romanos.*
2. *Ele não sabe se está capacitado a conhecê-los.*

Friedrich Nietzsche, *Unzeitgemässe Betrachtungen*

Venham, passemos uma hora agradável a contar histórias, e nossa história servirá para a educação de nossos heróis.

Platão, *República*, livro II

Agradecimentos

Agradeço a Binky Urban, cujos esforços incansáveis em prol deste livro me deixam sem palavras; a Sonny Mehta, que tornou tudo possível; a Gary Fisketjon, *il miglior fabbro*; e a Garth Battista e Marie Behan, cuja paciência me dá às vezes vontade de chorar.

E — a despeito do risco de fazer uma lista que soe como uma relação homérica de embarcações — devo agradecer às seguintes pessoas, por sua ajuda, inspiração e amor: Russ Dallen, Greta Edwards-Anthony, Claude Fredericks, Cheryl Gilman, Edna Golding, Barry Hannah, Ben Herring, Beatrice Hill, Mary Minter Krotzer, Antoinette Linn, Caitlin McCaffrey, Paul e Louise McGloin, Joe McGinniss, Mark McNairy, Willie Morris, Erin "Maxfield" Parish, Delia Reid, Pascale Retourner-Raab, Jim e Mary Robison, Elizabeth Seelig, Mark Shaw, Orianne Smith, Maura Spiegel, Richard Stilwell, Mackenzie Stubbins, Rebecca Tartt, Minnie Lou Thompson, Arturo Vivante, Taylor Weatherall, Alice Welsh, Thomas Yarker e, acima de tudo, à velha e boa família Boushé.

Prólogo

A neve derretia nas montanhas, e transcorreram várias semanas da morte de Bunny até que compreendêssemos a gravidade de nossa situação. Só foram encontrá-lo dez dias depois de sua morte. Uma das maiores buscas de toda a história de Vermont — envolveu polícia estadual, FBI, até um helicóptero do exército; fecharam a faculdade, a fábrica de corantes em Hampden paralisou suas atividades, surgiram voluntários de New Hampshire, de todo o Norte do estado de Nova York e até de Boston.

Difícil acreditar que o modesto plano de Henry tenha funcionado tão bem, apesar dos eventos imprevistos. Não pretendíamos ocultar o corpo onde não pudessem encontrá-lo. Na verdade, nem o escondemos, simplesmente o abandonamos onde caíra, torcendo para que um passante azarado topasse com ele antes que alguém desse por falta do rapaz. Seria um caso por si só evidente: pedras soltas, um corpo no fundo do desfiladeiro, o pescoço fraturado e as marcas enlameadas dos saltos dos sapatos na queda, apontando para baixo. Um acidente durante a caminhada, nada mais, nada menos, e poderia ter permanecido assim, com lágrimas contidas e enterro discreto, não fosse a neve que caiu durante a noite, cobrindo tudo sem deixar traços. Dez dias depois, quando finalmente veio o degelo, a polícia estadual, o FBI e os voluntários da cidade perceberam que haviam caminhado por cima do cadáver quando a neve que o cobria se tornara sólida como um bloco de gelo.

Difícil acreditar que um ato pelo qual fui parcialmente responsável tenha gerado tamanha comoção, e ainda mais difícil acreditar que eu tenha enfrentado tudo — as câmeras, as fardas, as multidões espalhadas pelo monte Cataract como formigas numa tigela de açúcar — sem despertar um lampejo sequer de suspeita. Mas enfrentar tudo era uma coisa; superar, infelizmente, outra muito diversa, e embora tenha pensado certa vez que me afastara do desfiladeiro para sempre, naquela tarde de abril longínqua, hoje não tenho tanta certeza disso. Depois que os voluntários partiram, e a vida se aquietou à minha volta, percebi que me imaginara, durante anos, em outro local mas que, na realidade, permaneci lá o tempo inteiro: no alto, entre as marcas lamacentas de rodas na grama nova, onde o céu é escuro sobre as macieiras em flor, e o frio da neve que cairia durante a noite já estava no ar.

"O que estão fazendo aqui?", Bunny disse, surpreso, quando nos viu, os quatro, à sua espera.

"Ora, procurando samambaias", Henry disse.

Depois que cochichamos, ocultos no mato — uma última espiada no corpo, uma última olhada em volta, ninguém perdeu a chave, ou os óculos, todo mundo pegou tudo? —, e partimos em fila indiana, pelo bosque, virei o rosto na direção dos arbustos que se curvavam, tapando a trilha atrás de mim. Como me recordo do retorno, a pé, e dos primeiros flocos de neve solitários que esvoaçavam por entre os pinheiros, e de entrar no carro com os outros, e de seguirmos pela estrada como uma família em férias, Henry ao volante, dirigindo de dentes cerrados, driblando as poças, e o resto de nós debruçado nos assentos, conversando como crianças, como me lembro bem demais da longa noite terrível e dos longos dias terríveis que se seguiram; basta que eu olhe por cima dos ombros e todos estes anos se desfazem, e veio atrás de mim o desfiladeiro, erguendo-se verde e negro por entre os arbustos, numa cena que jamais me abandonará.

Suponho que, em algum momento de minha vida, eu teria um sem-número de histórias, mas agora não há nenhuma outra. Esta é a única história que posso e poderei contar.

LIVRO I

1.

Existe, fora da literatura, aquela coisa de "falha fatal", a nítida fenda escura que se estende e racha uma vida ao meio? Eu costumava achar que não. Agora acho que sim. E penso que a minha é assim: a ânsia mórbida pelo pitoresco, custe o que custar.

A moi. L'histoire d'une de mes folies.

Meu nome é Richard Papen. Tenho vinte e oito anos, e só conheci a Nova Inglaterra e Hampden College aos dezenove. Sou californiano de nascimento e, descobri recentemente, de natureza também. Isso eu só admito agora, depois do fato. Não que importe.

Cresci em Plano, uma cidadezinha no norte do estado, que vivia do silício. Sem irmãs ou irmãos. Meu pai tocava um posto de gasolina, e minha mãe cuidou da casa até eu crescer, quando a vida ficou mais difícil e ela precisou trabalhar, atendendo telefones numa das maiores fábricas de microprocessadores na periferia de San José.

Plano. A palavra invoca drive-ins, conjuntos habitacionais, ondas de calor acima do asfalto. Os anos ali vividos deixaram, para mim, um passado desperdiçado, descartável como um copo plástico. Suponho que isso tenha sido um grande benefício, de certa forma. Ao sair de casa pude fabricar uma história nova e bem mais satisfatória, plena de influências de um ambiente impressionante e ingênuo; um passado pitoresco, facilmente acessível a estranhos.

O fascínio dessa infância fictícia — cheia de piscinas e laranjais e pais envolvidos no show-biz, charmosos, devassos — praticamente eclipsou o original insípido. De fato, quando penso em minha infância real, sinto-me incapaz de recordar muita coisa, exceto uma série deplorável de objetos: o par de tênis que calçava o ano inteiro, livros de colorir no supermercado e a bola de futebol amassada e velha, minha contribuição aos jogos na vizinhança; objetos de interesse escasso e beleza nula. Eu era quieto, alto para minha idade, sardento. Não tinha muitos amigos, mas se isso resultava da escolha ou das circunstâncias eu não sei. Ia bem na escola, ao que parece, mas não excepcionalmente bem; gostava de ler — *Tom Swift*, os livros de Tolkien — e também de assistir televisão, o que fazia muito, de tarde, deitado no carpete da sala vazia, nas longas tardes monótonas após a escola.

Honestamente, não me lembro de muito mais daqueles anos todos, a não ser de um certo estado de espírito que permeava tudo, um sentimento melancólico que associo a assistir *O mundo maravilhoso de Walt Disney* no domingo à noite. O domingo era um dia triste — ia cedo para a cama, escola na manhã seguinte, constantemente preocupado que minha lição de casa estivesse incorreta —, mas, ao ver os fogos de artifício espoucando no céu noturno, acima dos castelos iluminados da Disneylândia, eu me sentia sufocado por uma sensação mais generalizada de pavor, de estar preso ao vaivém sombrio entre a casa e a escola. Tais circunstâncias, pelo menos para mim, forneciam argumentos sólidos para a melancolia. Meu pai era medíocre, nossa casa, feia, e minha mãe não me dava muita atenção; eu usava roupas ordinárias, o cabelo curto demais, e ninguém na escola parecia gostar muito de mim; e como tudo isso era verdade desde que eu me conhecia por gente, considerava que a vida prosseguiria nesse rumo deprimente até onde podia vê-la. Em resumo, minha existência estava envenenada, de um modo sutil porém essencial.

Suponho que não se estranhe, portanto, que eu encontrasse dificuldade em compatibilizar minha vida com a de meus amigos, ou pelo menos com a vida que levavam conforme minha percepção. Charles e Camilla eram órfãos (como invejava essa sina cruel!), criados pelas avós e tias-avós numa casa na Virgínia: uma infância que me comprazia em imaginar, feita de cavalos e rios e pés de liquidâmbar. E Francis. Sua mãe, quando ele nasceu, tinha apenas dezessete anos — garota pálida, caprichosa, com cabelos ruivos e pai rico, que fugira com o baterista de Vance Vane e os Musical Swains. Voltou para casa depois de três semanas, o casamento foi anulado em seis; e, como Francis gostava de contar, os avós os criaram como irmão e irmã, ele e a mãe; eram tratados em estilo tão magnânimo que até ao tagarelar impressionavam — babás inglesas e escolas particulares, verões na Suíça, invernos na França. Incluam até Bunny, o enganador, se quiserem. Nada de infância entre iates e aulas de dança, não mais do que na minha. Mas uma infância norte-americana, pelo menos. Filho de um astro de futebol americano de Clemson que se tornou banqueiro. Quatro irmãos, nenhuma irmã, criado numa casa imensa no subúrbio, com barcos a vela e raquetes de tênis e perdigueiros à disposição; verões em Cape Cod, colégios internos perto de Boston e piqueniques na caçamba da pick-up durante a temporada de futebol; uma formação essencial, presente em Bunny em todos os aspectos, do modo como apertava a mão à forma de contar uma anedota.

Não tenho agora, nem nunca tive qualquer coisa em comum com qualquer um deles, nada exceto conhecimento de grego e o ano de minha vida transcorrido em sua companhia. E, se o amor for algo de que se possa compartilhar, suponho que tivemos isso em comum, também, embora perceba que isso possa soar bizarro, à luz da história que estou para contar.

Por onde começar.

Depois do ginásio, fui para um colégio pequeno, em minha cidade natal (meus pais se opuseram, sempre demonstraram claramente suas expectativas: esperavam que eu ajudasse meu pai no posto, uma das muitas razões para minha ansiedade em fazer a matrícula), e, nos dois anos que passei lá, estudei grego antigo. Isso não se devia ao amor pela língua, e sim à minha intenção de seguir a carreira médica (o dinheiro era o único jeito de melhorar minha sorte, e médicos ganhavam muito dinheiro, *quod erat demonstrandum*), e meu supervisor aconselhou que eu estudasse o idioma, para preencher os créditos em humanas; como as aulas de grego aconteciam de tarde, escolhi grego para poder dormir mais na segunda-feira de manhã. Foi uma decisão totalmente aleatória, mas, como verão, selou meu destino.

Fui bem em grego, otimamente, cheguei até a ganhar a medalha do Departamento de Letras Clássicas no último ano. Era meu curso favorito, o único em sala de aula normal — nada de vidros com coração de vaca, nem cheiro de formol, nem jaulas cheias de macacos guinchando. De início eu imaginava superar, por meio do esforço, os melindres e a repulsa pela escolha feita, e, esforçando-me mais ainda, simular algo semelhante ao talento. Mas não foi o caso. Conforme transcorriam os meses, eu continuava desinteressado, quando não categoricamente enojado, pelo estudo da biologia; minhas notas eram baixas; professores e colegas me desprezavam. No que pareceu, até a mim, uma vitória de Pirro, mudei para literatura inglesa sem contar nada a meus pais. Senti que cortava minha própria garganta com a decisão, que decerto me arrependeria depois, ainda convencido de que era melhor fracassar numa profissão lucrativa do que brilhar em outra que meu pai (que não entendia nada de finanças nem de estudos acadêmicos) garantia ser mal remunerada; uma que inevitavelmente me reduziria a passar o resto da vida rondando a casa a pedir dinheiro; dinheiro, aliás, que ele assegurava vigorosamente não ter a menor intenção de me dar.

Mesmo assim estudei literatura, e gostei mais. Mas continuava não gostando da minha casa. Não creio que possa explicar o desespero que o ambiente me causava. Embora hoje suspeite, dadas as circunstâncias e minha disposição, que teria sido infeliz em qualquer lugar, em Biarritz, Caracas ou na ilha de Capri, na época, estava convencido de que minha infelicidade se devia ao lugar. Talvez se devesse, em parte. Embora Milton até certo ponto tenha razão — a mente é seu próprio lugar, e pode criar por si o céu ou o inferno e assim por diante —, pode-se constatar que os fundadores de Plano não buscaram no Paraíso inspiração para sua cidade, e sim naquele outro local, mais doloroso. No ginásio habituei-me a perambular pelos shoppings, depois das aulas, passeando pelos mezaninos frios, brilhantes, até me atordoar tanto com bens de consumo e códigos de produtos, com passarelas e escadas rolantes, com espelhos e muzak, com luz e ruído, que um fusível explodia no cérebro, e tudo se tornava ininteligível: cor sem forma, um amontoado de moléculas apartadas. Então eu seguia como um zumbi até o estacionamento, e dali para o campo de beisebol. Ao chegar nem saía do carro, ficava sentado com as mãos no volante, encarando o alambrado e a grama amarelada pelo inverno, até que o sol se punha e o escuro impedia a visão.

Embora intuísse vagamente que minha insatisfação era boêmia, vagamente marxista em sua origem (na adolescência alardeava posturas socialistas, mais para irritar meu pai), não conseguia compreendê-la; teria ficado furioso se alguém sugerisse que ela se devia a uma forte inclinação puritana em minha natureza, como era o caso. Não faz muito tempo encontrei a seguinte passagem num caderno velho, escrita por volta dos dezoito anos: "Há neste lugar, para mim, um cheiro podre, o cheiro que exalam as frutas maduras. Em nenhum lugar, nunca, os mecanismos medonhos do nascimento, cópula e morte — esses monstruosos cataclismos da vida, que os gregos chamam de *miasma*, 'corrupção' — foram tão brutais e tão retocados para que parecessem bonitos; nem as pessoas acreditaram com tanta fé nas mentiras e na possibilidade de mudança e na morte morte morte".

Isso, creio, é pesado para danar. Pelo jeito, se eu tivesse ficado na Califórnia, teria terminado numa seita ou, no mínimo, fazendo alguma dieta maluca. Eu me lembro, ao ler sobre Pitágoras na época, de considerar algumas de suas ideias curiosamente atraentes — usar roupas brancas, por exemplo, ou recusar alimentos que possuíssem alma.

Bem, em vez disso, fui parar na Costa Leste.

Topei com Hampden por trapaça da sorte. Certa noite, durante um longo feriado de Ação de Graças com chuva, uvas-do-monte em lata, esporte zumbindo na televisão, subi para o quarto, depois de brigar com meus pais (não me lembro desta briga em particular, apenas que discutíamos sempre, sobre dinheiro e escola), e fiquei revirando o armário atrás do casaco quando ele voou: um folheto de Hampden College, em Hampden, Vermont.

Estava ali havia dois anos, o folheto. No ginásio recebi muita propaganda de faculdades, pois tirava boas notas, embora, infelizmente, não fossem boas o bastante para justificar um pedido de bolsa de estudo, e o folheto ficou guardado no livro de geometria do último ano.

Não sei como ele foi parar no meu guarda-roupa. Suponho que o tenha guardado por que ele era muito bonito. No último ano, eu havia dedicado horas ao estudo das fotografias, como se, ao olhá-las bastante tempo e sonhar com elas, pudesse, por algum tipo de osmose, me transportar até seu silêncio cristalino, puro. Ainda me recordo, hoje, daquelas imagens, como se fossem cenas de um livro de histórias apreciado na infância. Regatos radiantes, montanhas enevoadas ao longe; folhas até a altura dos joelhos numa estradinha outonal fustigada pelo vento; fogueiras e neblina nos vales; violoncelos, janelas escuras, neve.

Hampden College, em Hampden, Vermont. Fundado em 1895. (Este fato, por si só, impressionava; acho que não fundaram nada em Plano antes de 1962.) Estudantes, quinhentos. Misto. Progressista. Especializado em humanidades. Altamente seletivo. "Hampden, ao providenciar um curso abrangente de humanidades, pretende fornecer aos estudantes não somente uma sólida base na área escolhida como também uma noção de todas as disciplinas da arte, civilização e filosofia ocidentais. Com isso, espera transmitir aos indivíduos não apenas os fatos, mas principalmente as matérias-primas da sabedoria."

Hampden College, em Hampden, Vermont. Até o nome possuía uma cadência austera, anglicana, pelo menos aos meus ouvidos, que ansiavam desesperadamente pela Inglaterra e se fechavam aos doces ritmos mulatos dos vilarejos das missões. Por muito tempo examinei a foto do prédio a que chamavam de Commons. Banhava-o uma luz suave, acadêmica — diferente de Plano, diferente de tudo o que eu conhecia —, uma luz que me levava a pensar em longas horas nas bibliotecas empoeiradas, em livros antigos, e no silêncio.

Minha mãe bateu na porta, chamou meu nome. Não respondi. Destaquei o formulário anexo à última página do folheto e comecei a preenchê-lo. *Nome*: John Richard Papen. *Endereço*: 4487 Mimosa Court; Plano, Califórnia. Gostaria de receber informações sobre auxílio financeiro? Sim (obviamente). E o remeti pelo correio na manhã seguinte.

Os meses subsequentes representaram uma batalha burocrática interminável, com sucessivos impasses, disputada em trincheiras. Meu pai se recusou a preencher os formulários de auxílio financeiro; por fim, desesperado, roubei a papelada do imposto de renda do porta-luvas do Toyota e fiz tudo sozinho. Mais espera. Depois, uma carta do deão de admissões. Exigiam uma entrevista, quando eu poderia pegar o avião para Vermont? Não poderia pagar a passagem de avião até Vermont, escrevi em resposta. Mais espera, outra carta. A faculdade reembolsaria as despesas de viagem, caso aceitassem a proposta de bolsa de estudo apresentada. Nesse meio-tempo, recebi o pacote de auxílio financeiro. A contribuição que caberia à minha família era maior do que meu pai imaginara e ele se recusou a pagar. A guerrilha prosseguiu, nestes termos, por oito meses. Até hoje não compreendo totalmente a série de eventos que me levou a Hampden. Professores solidários escreveram cartas; abriram-se exceções de vários tipos, para o meu caso. E, menos de um ano após o dia em que me sentei no carpete amarelo gasto de meu quartinho em Plano para preencher impulsivamente o questionário, eu estava descendo do ônibus em Hampden, com duas malas e cinquenta dólares no bolso.

Eu não conhecia nada a leste de Santa Fé, ou ao norte de Portland, e — ao descer do ônibus, depois da longa e ansiosa noite que se iniciara em algum lugar de Illinois — eram seis da manhã, e o sol surgia acima das montanhas e bétulas e prados impossivelmente verdes; e, para mim, entorpecido depois da noite sem dormir, e por três dias na estrada, aquele era um cenário de sonho.

Os dormitórios não eram nem dormitórios — pelo menos, não se assemelhavam aos que eu conhecia, com paredes de bloco e luz amarelada deprimente —, e sim casas de madeira, brancas com janelas verdes, separadas por bosques de bordos e freixos do prédio conhecido por Commons. Mesmo assim, jamais me ocorrera que meu quarto, em particular, onde quer que estivesse, talvez não fosse feio e decepcionante, e senti um choque ao vê-lo pela primeira vez — um quarto branco, com janelas imensas voltadas para o Norte, despojado, monástico, com assoalho de carvalho arranhado e forro inclinado, como o de um sótão. Em minha primeira noite ali, sentei-me na cama, durante o crepúsculo, enquanto as paredes passavam lentamente do cinza ao ouro e preto, escutando uma voz de soprano erguer-se e diminuir irregular em algum ponto, na outra extremidade do corredor, até que, finalmente, a luz desapareceu por completo, e a voz da soprano distante preencheu a escuridão, mais e mais, como um anjo da morte, e não me lembro do ar parecer tão alto, frio e rarefeito como naquela noite, nem de me sentir tão longe dos limites lisos e baixos da empoeirada Plano.

Os primeiros dias antes do início das aulas passei sozinho, em meu quarto branco, nos prados brilhantes de Hampden. E fui feliz naqueles primeiros dias, sério mesmo, como nunca havia sido antes, perambulando como um sonâmbulo, tonto e embriagado com tanta beleza. Um grupo de moças de faces coradas jogando futebol, os rabos de cavalo esvoaçantes, os gritos e risadas cruzando débeis os campos aveludados, crepusculares. As árvores carregadas de maçãs, ramos pensos, maçãs caídas, vermelhas na grama do chão, e o cheiro doce e forte que exalavam enquanto apodreciam, atraindo enxames de vespas a zumbir em torno delas. A torre do relógio, em Commons: tijolos cobertos de hera, torre branca, fascinante na distância nevoenta. O choque de ver pela primeira vez uma bétula à noite, erguendo-se nas trevas fria e esguia como um espectro. E as noites, maiores do que imaginava: negras e tempestuosas e enormes, desordenadas e turbulentas de estrelas.

Planejava matricular-me em grego novamente, a única língua que eu falava com fluência. Mas quando disse isso ao conselheiro acadêmico a quem me enviaram — um professor de francês chamado Georges Laforgue, de pele oliva e nariz apertado de narinas longas, como o de uma tartaruga —, ele apenas sorriu, apertando as pontas dos dedos. "Imagino que isso apresentará problemas", ele disse, com sotaque.

"Por quê?"

"Temos apenas um professor de grego antigo aqui, e ele se mostra muito específico na escolha dos estudantes."

"Estudei grego por dois anos."

"Isso provavelmente não fará diferença. Ademais, se pretende se formar em literatura inglesa, precisa estudar uma língua moderna. Ainda há vagas na minha turma, francês elementar, bem como nas de italiano e alemão. Quanto ao curso de espanhol", ele consultou uma lista, "as classes já se completaram, praticamente, mas se quiser posso falar com o sr. Delgado."

"Melhor ainda, poderia falar com o professor de grego?"

"Não sei se faria alguma diferença. Ele aceita apenas um número limitado de estudantes. Um número *muito* limitado. Além disso, em minha opinião ele os seleciona por critérios mais pessoais do que acadêmicos."

Sua voz traía um certo sarcasmo; também indicava que ele preferia não estender a conversa sobre o assunto, se eu concordasse.

"Não sei aonde quer chegar", falei.

No entanto, eu acreditava saber. A resposta de Laforgue foi uma surpresa. "Engana-se, não é nada disso", ele falou. "Claro, trata-se de um mestre renomado. Uma pessoa cativante, também. Mas defende um tipo de ensino que considero muito estranho. Ele e os estudantes virtualmente não mantêm contato com o resto da faculdade. Não entendo como ainda continuam a registrar seus cursos no catálogo geral — é enganoso, a cada ano isso gera confusão —, pois, em termos práticos, as turmas são fechadas. Soube que, para estudar com ele, o aluno precisa ter lido as obras certas e sustentar as mesmas opiniões, já aconteceu repetidas vezes de ele recusar estudantes que, como você, possuíam conhecimento prévio dos clássicos. No meu caso", ele ergueu a sobrancelha, "se o aluno quer aprender o que tenho a ensinar, e tem as qualificações, eu o aceito em minha turma. Muito democrático, não acha? É o melhor sistema."

"Este tipo de coisa acontece sempre por aqui?"

"Claro. Há professores difíceis em qualquer escola. E muitos", para minha surpresa, ele baixou a voz, "e *muitos* aqui são bem mais difíceis do que ele. Todavia, peço que não diga que falei isso."

"Não direi", eu disse, um pouco surpreso com o tom repentinamente confidencial.

"Realmente, é essencial que não o faça." Ele se debruçou, sussurrando, a boca miúda mal se movia quando falava. "Eu insisto. Talvez não saiba ainda, mas tenho diversos inimigos formidáveis no Departamento de Literatura. E até mesmo, embora seja difícil para você acreditar, *aqui, dentro do meu próprio departamento*. Além disso", ele prosseguiu num tom mais normal, "ele é um caso especial. Leciona aqui há muitos anos e se recusa a receber pagamento por seu serviço."

"Por quê?"

"Ele é rico. Doa seu salário para a faculdade, embora aceite, creio, um dólar anual, por causa do imposto de renda."

"Ah", falei. Embora estivesse em Hampden havia poucos dias, já me acostumara às declarações oficiais sobre dificuldades financeiras, verbas limitadas e cortes nas despesas.

"Quanto a mim", Laforgue disse, "adoro lecionar, mas tenho esposa e filha estudando na França — o dinheiro vem a calhar, certo?"

"Gostaria de falar com ele assim mesmo."

Laforgue deu de ombros. "Então tente. Não o aconselho a marcar hora, pois assim ele provavelmente não o receberá. Chama-se Julian Morrow."

Frequentar o curso de grego não me atraía particularmente, mas o que Laforgue disse me intrigou. Desci e entrei na primeira sala que vi. Uma senhora magra, de ar severo e cabelos louros ralos estava sentada à escrivaninha na entrada da sala, comendo um sanduíche.

"Horário de almoço", ela disse. "Volte às duas."

"Desculpe-me. Estou procurando a sala de um professor."

"Bem, sou encarregada de registros, e não do setor de informações. Mas talvez saiba onde é. De quem se trata?"

"Julian Morrow."

"É mesmo?", ela disse, surpresa. "O que quer com ele? Fica no andar de cima do Lyceum, creio."

"Em que sala?"

"É o único professor lá em cima. Gosta de paz e silêncio. Vai encontrá-lo logo."

Na realidade, não encontrei o Lyceum com tanta facilidade assim. Era um edifício pequeno, num canto do campus, antigo e coberto de hera, quase indistinto da paisagem. No térreo havia salas de aula e de conferências, todas vazias, com quadros-negros limpos e assoalhos recém-encerados. Andei de um lado para outro, perdido, até que finalmente descobri a escada — estreita e mal iluminada — nos fundos do prédio.

Uma vez lá em cima, deparei-me com um corredor comprido, deserto. Diverti-me com o som dos meus sapatos no linóleo, enquanto caminhava depressa, procurando nomes e números nas portas fechadas, até chegar àquela onde a moldura de latão continha um cartão impresso com o nome JULIAN MORROW. Esperei um momento, depois bati, três vezes, rapidamente.

Um minuto passou, depois outro, então a porta branca foi aberta, apenas uma fresta. O rosto olhou para mim. Era um rosto miúdo, sábio, alerta e interrogativo, como se esperasse uma resposta. Embora certos traços sugerissem juventude — o arco travesso das sobrancelhas, as linhas finas do nariz, boca e queixo —, não se tratava do rosto de um rapaz, e os cabelos eram brancos como a neve. Não sou ruim quando se trata de adivinhar a idade das pessoas, mas percebi que não chegaria nem perto se tentasse adivinhar a dele.

Parei ali por um momento, enquanto ele me estudava com seus olhos azuis, e piscava.

"Em que posso ajudá-lo?" A voz era razoável e cordial, no tom que os adultos às vezes adotam ao falar com crianças.

"Eu... bem, meu nome é Richard Papen..."

Ele virou a cabeça para o outro lado e piscou novamente com seus olhos vivos, alerta como um pardal.

"... e gostaria de fazer o curso de grego antigo."

Seu rosto anuviou-se. "Ah, lamento muito." Seu tom de voz, por incrível que pareça, sugeria que ele sentia muito mesmo, mais do que eu. "Eu nem posso imaginar algo que me desse mais prazer, todavia sinto informar que não há vagas. A turma já está completa."

A impressão de que ele lamentava sinceramente me deu coragem. "Estou certo de que se poderia dar um jeito", falei. "Um aluno extra..."

"Lamento imensamente, sr. Papen", ele disse, como se me consolasse pela morte de um amigo querido, ou quase. Tentava me fazer entender que era impotente para ajudar de modo substancial. "Mas limitei o grupo a cinco estudantes, e nem sequer pensaria na possibilidade de acrescentar mais um."

"Cinco alunos não é muito."

Ele balançou a cabeça rapidamente, cerrando os olhos, como se a súplica fosse penosa demais.

"Realmente, adoraria tê-lo conosco, mas não poderia nem pensar no assunto", falou. "Lamento muito. Pode me dar licença agora? Estou atendendo um estudante."

Transcorreu mais de uma semana. Comecei o curso e consegui emprego com um professor de psicologia chamado dr. Roland. (Deveria ajudá-lo numa "pesquisa" meio vaga, cuja natureza jamais descobri; ele era um velho atrapalhado, desorganizado, um behaviorista que passava a maior parte do tempo na sala dos professores.) E fiz alguns amigos, em sua maioria calouros que viviam na mesma casa. Amigos talvez seja um termo inexato. Fazíamos as refeições juntos, acompanhávamos as saídas e entradas uns dos outros, mas em geral nos aproximava apenas o fato de que nenhum de nós conhecia as pessoas — uma situação que, na época, não me parecia necessariamente desagradável. Aos poucos veteranos de Hampden que conheci perguntava qual era a história de Julian Morrow.

Quase todos já tinham ouvido falar nele, e recebi informações contraditórias e fascinantes de todos os tipos: era um sujeito brilhante; era um farsante; não tinha diploma de curso superior; fora um intelectual importante nos anos 40, amigo de Ezra Pound e T. S. Eliot; a fortuna da família se originava da participação num banco aristocrático ou, ao contrário, da compra de empresas falidas durante a Depressão; esquivara-se do serviço militar na época da guerra (embora cronologicamente fosse difícil calcular em qual delas); mantinha ligações com o Vaticano; com uma família real do Oriente Médio; com a Espanha de Franco. A dose de verdade contida nas afirmações era incognoscível, claro, e quanto mais ouvia falar nele, mais me interessava. Comecei a prestar atenção nele e em seu reduzido grupo de estudantes que frequentava o campus. Quatro rapazes e uma moça, que não chamavam a atenção à distância. De perto, contudo, formavam um grupo cativante — pelo menos para mim, que jamais vira nada igual —, capaz de sugerir uma variedade de qualidades fictícias e pitorescas.

Dois dos rapazes usavam óculos; curiosamente, do mesmo estilo: finos, antigos, com armação redonda de aço. O mais alto deles — um sujeito muito alto, com mais de um metro e oitenta e cinco — tinha cabelos escuros, queixo quadrado e pele pálida, áspera. Seria bonito, não fosse a expressão severa e os olhos inexpressivos e vazios por trás das lentes. Usava ternos ingleses escuros, levava um guarda-chuva (uma visão insólita, em Hampden), e caminhava rígido por entre os hippies e beatniks e preppies e punks com o formalismo tímido de uma bailarina veterana, algo surpreendente em alguém enorme como ele. "Henry Winter", disseram meus amigos quando o apontei, à distância, descrevendo um longo círculo para evitar um grupo que tocava bongôs no gramado.

O menor dos dois — não chegava a ser baixo — era um garoto loiro aguado, de rosto corado a mascar chiclete, sempre excitado, as mãos enfiadas no fundo do bolso das calças erguidas até os joelhos. Usava o mesmo paletó, todos os dias, de tweed marrom amarrotado, gasto nos cotovelos, com mangas curtas demais. Repartia o cabelo cor de areia do lado esquerdo, de modo que o topete longo caía sobre uma das lentes. Bunny Corcoran era seu nome, sendo que Bunny era apelido de Edmund. Tinha uma voz alta, estridente, que ecoava nos refeitórios.

O terceiro rapaz era o mais exótico da turma. Anguloso e elegante, era perigosamente magro, de mãos nervosas e rosto albino astuto sob o tufo rebelde do cabelo mais ruivo que eu jamais vira. Pensei (equivocadamente) que ele se vestia como Alfred Douglas, ou o conde de Montesquiou: camisas engomadas à perfeição com abotoaduras francesas; gravatas magníficas; casaco preto que revoava atrás dele, quando andava, fazendo com que parecesse um cruzamento entre um príncipe estudante e Jack, o Estripador. Certa vez, para meu deslumbramento, cheguei a vê-lo usando pincenê. (Depois, descobri que o pincenê não era de grau, apenas vidro, e que sua visão superava em muito a minha.) Francis Abernathy era seu nome. As perguntas despertaram suspeitas em meus colegas do sexo masculino, que se espantaram com meu interesse num sujeito daqueles.

E havia um par, um moço e uma moça. Eu os via juntos, em geral, e pensei no início que fossem namorados, até que um dia observei-os de perto, concluindo que só podiam ser irmãos. Depois soube que eram gêmeos. Pareciam-se bastante, com seus cabelos louros escuros e rostos hermafroditas claros, jubilosos e graves como os de anjos flamengos. E, talvez o mais inusitado no contexto de Hampden — onde o pseudointelectualismo e a decadência adolescente abundavam, e onde roupas pretas eram *de rigueur* —, apreciavam as roupas claras, em especial as brancas. No meio dos cigarros e da sofisticação escura eles surgiam, aqui e ali, como figuras de uma alegoria, ou celebrantes havia muito falecidos de uma festividade campestre esquecida. Foi fácil descobrir quem eram eles, pois compartilhavam a distinção de formar o único casal de gêmeos do campus. Seus nomes, Charles e Camilla Macaulay.

Todos eles, para mim, pareciam totalmente inacessíveis. Mas eu os observava com interesse sempre que os via: Francis abaixando-se para falar com um gato num pórtico; Henry passando depressa ao volante de um carro esporte branco; tendo Julian a seu lado; Bunny debruçando-se pela janela do andar superior para gritar algo aos gêmeos no gramado. Aos poucos, obtive outras informações. Francis Abernathy vinha de Boston e, de acordo com a maioria dos relatos, era muito rico. Diziam que Henry também era rico e, mais importante, um gênio linguístico. Falava um monte de idiomas, antigos e modernos, e publicara uma tradução comentada de Anacreonte, aos dezoito anos. (Soube disso por Georges Laforgue que em geral se mostrava reticente ou irritado com o assunto; depois descobri que Henry, quando calouro, embaraçara Laforgue terrivelmente, no momento das perguntas e respostas, após a conferência anual do professor sobre Racine.) Os gêmeos mantinham um apartamento fora do campus, e vinham de algum estado sulista. Bunny Corcoran costumava ouvir marchas de John Philip Sousa em seu quarto, no último volume, tarde da noite.

Não que eu estivesse extremamente preocupado com tudo isso. No momento, preocupava-me com a adaptação à faculdade; o curso havia começado, os estudos me ocupavam. O interesse em Julian Morrow e seus alunos de grego, embora ainda presente, começava a desaparecer quando uma curiosa coincidência ocorreu.

Ocorreu numa quarta-feira, pela manhã, na segunda semana, quando fui à biblioteca tirar xerox para o dr. Roland, antes da aula das onze. Depois de uns trinta minutos de reflexos luminosos dançando na frente da vista, retornei ao balcão para devolver a chave da sala de xerox à bibliotecária e os vi ao virar para a saída. Bunny e os gêmeos, sentados à mesa onde espalhavam-se papéis, canetas e tinteiros. Dos tinteiros eu me lembro bem, pois me encantaram, assim como as canetas pretas de pena compridas, incrivelmente arcaicas e desajeitadas. Charles usava um suéter branco de tenista, e Camilla um vestido de verão, com gola de marinheiro, e chapéu de palha. Bunny pendurara o paletó de tweed nas costas da cadeira, expondo diversos rasgos e manchas do forro. Debruçado, com os cotovelos sobre a mesa, cabelos caídos na testa, as mangas da camisa amarrotadas e presas por braçadeiras listadas. Eles falavam baixo, as cabeças quase a se tocar.

Quis saber, repentinamente, o que diziam. Segui até a estante de livros atrás da mesa deles — disfarçando, devagar, como se não soubesse bem o que procurava — até que cheguei perto a ponto de poder tocar o cotovelo de Bunny, se quisesse. De costas para eles, apanhei um livro ao acaso — um texto ridículo de sociologia — e fingi estudar o índice. Análise secundária. Desvio secundário. Escolas secundárias. Grupos secundários.

"Não estou bem certa quanto a isso", Camilla dizia. "Se os gregos velejam *para* Cartago, devemos usar o acusativo. Lembram-se? O local para onde? Assim manda a regra."

"Não pode ser." Era Bunny. A voz nasalada, tagarela, como W. C. Fields sofrendo severamente de sotaque de Long Island. "Não se trata do local para onde, mas do local para, apenas. Aposto no caso ablativo."

Ouvi o farfalhar dos papéis furiosamente manuseados.

"Esperem", Charles disse. "Vejam isso. Eles não seguem para Cartago, apenas. Velejam para *atacá-la*."

"Você está louco."

"Não, é verdade. Leiam a sentença seguinte. Precisamos do dativo."

"Tem certeza?"

Mais papéis agitados.

"Absolutamente. *Epi to karchidona*."

"Não vejo como", Bunny disse. Soava como Thurston Howell em *Gilligan's Island*. "Ablativo, está na cara. Os mais difíceis são sempre ablativos."

Ligeira pausa. "Bunny", Charles disse, "você confundiu tudo. O ablativo é do latim."

"Sei, *é claro* que eu sei disso", Bunny retrucou irritado, depois de uma pausa confusa, que indicava aparentemente o contrário. "Mas você sabe o que estou querendo dizer. Aoristo, ablativo, é tudo a mesma coisa, no fundo..."

"Sabe, Charles", Camilla disse, "o dativo não vai funcionar."

"Claro que vai. Zarparam para atacar, não é?"

"Sim, mas os gregos navegaram pelo mar *até* Cartago."

"Mas eu coloquei o *epi* na frente."

"Bem, pode-se atacar e ainda assim usar o *epi*, mas precisamos do acusativo por causa das primeiras regras."

Segregação. Senso do eu. Ser. Consultando o índice, vasculhei o cérebro em busca do caso que eles procuravam. Os gregos navegaram pelo mar até Cartago. Para Cartago. Local para onde. Local de onde. Cartago.

A resposta me ocorreu de repente. Fechei o livro, devolvi-o à estante e me virei. "Dão licença?", falei.

Atônitos, eles pararam imediatamente de discutir, e me encararam.

"Desculpem, mas o caso locativo não serve?"

Ninguém disse nada por algum tempo.

"Locativo?", repetiu Charles.

"Basta adicionar *zde* a *karchido*", falei. "Creio que é *zde*. Fazendo isso, não precisam de preposição, exceto *epi*, no caso de seguirem para a guerra. Significa 'Cartago, o local', de modo que nem é preciso se preocupar com o caso."

Charles consultou suas anotações, depois olhou para mim. "Locativo?", disse. "Acho meio obscuro."

"Tem certeza de que existe, para Cartago?", disse Camilla.

Não pensara nisso. "Talvez não", admiti. "Mas sei que existe para Atenas."

Charles debruçou-se, puxando o dicionário, e começou a folheá-lo.

"Diacho, nem precisa olhar", Bunny disse estridente. "Se não exige declinação, nem preposição, para mim está ótimo." Recostando-se na cadeira, olhou para mim. "Gostaria de cumprimentá-lo, colega." Estendi a mão; ele a segurou e apertou com firmeza, quase derrubando um tinteiro com o cotovelo. "Muito prazer, muito prazer em conhecê-lo", disse, afastando o cabelo da testa com a mão livre.

Tanta atenção repentina me deixou confuso, como se as figuras de um quadro apreciado, absortas em suas próprias preocupações, tivessem desviado os olhos da tela e falado comigo. Na véspera, Francis, envolto num pulôver de cashmere preto e numa nuvem de fumaça de cigarro, esbarrara comigo no corredor. Por um momento, quando seu braço tocou no meu, ele foi uma criatura de carne e osso, mas logo tornou-se novamente uma alucinação, uma ficção a percorrer o corredor, tão indiferente à minha pessoa quanto os fantasmas em relação aos vivos, a crer no que dizem.

Charles, ainda consultando o dicionário, ergueu-se e estendeu a mão. "Meu nome é Charles Macaulay."

"Richard Papen."

"Ah, então é você", Camilla disse abruptamente.

"Como?"

"Você. Andou perguntando sobre o curso de grego."

"Esta é minha irmã", Charles disse. "E este... Bun, já lhe disse seu nome?"

"Não, creio que não. Fez de mim um homem feliz, meu caro. Temos mais dez exercícios como este, e apenas cinco minutos para terminá-los. Meu nome é Edmund Corcoran", Bunny disse, apertando minha mão outra vez.

"Quanto tempo estudou grego?", Camilla perguntou.

"Dois anos."

"Aprendeu bastante."

"Uma pena que não esteja em nossa turma", Bunny disse.

Silêncio tenso.

"Bem", Charles disse constrangido, "Julian é estranho nesses assuntos."

"Fale com ele de novo", Bunny disse. "Leve flores, diga-lhe que adora Platão, e você vai tê-lo na mão."

Outro silêncio, este mais desagradável do que o primeiro. Camilla sorriu, não exatamente para mim, como se eu fosse um garçom ou balconista de loja. Charles, a seu lado, ainda em pé, sorriu também e ergueu educadamente a sobrancelha — um gesto talvez de origem nervosa, que poderia significar qualquer coisa, mas, de fato, para mim pareceu um *isso é tudo?*

Resmunguei algo e quando estava a ponto de dar meia-volta, Bunny —

que olhava para o lado oposto — esticou o braço e me agarrou pelo punho. "Espere", disse.

Espantado, olhei para cima. Henry acabara de entrar — de terno preto e guarda-chuva.

Quando chegou perto da mesa, fingiu não me ver. "Olá", disse aos outros. 'Já terminaram?"

Bunny apontou para mim com a cabeça. "Olhe, Henry, temos aqui alguém que você precisa conhecer", ele disse.

Henry ergueu a vista. Sua fisionomia não se modificou. Ele fechou os olhos e os abriu novamente, como se considerasse extraordinário que alguém como eu se colocasse dentro de seu campo de visão.

"É isso mesmo", disse Bunny. "O nome do colega é Richard... Richard de quê?"

"Papen."

"Certo, certo. Richard Papen. Estuda grego."

Henry esticou a cabeça para me olhar. "Não aqui, certamente", disse.

"Não", falei, encarando-o também, mas sua expressão era tão rude que fui forçado a desviar a vista.

"Henry, veja isso, por favor", Charles disse apressado, folheando novamente a papelada. "Pretendíamos usar um dativo, ou acusativo, mas ele sugeriu o locativo."

Henry espiou por cima do ombro dele, para inspecionar a página. "Hã-hã, locativo arcaico", disse. "Bem homérico. Claro, gramaticalmente está correto, embora um tanto fora do contexto." Ele ergueu a cabeça para me examinar. A luz batia num ângulo que refletia nos óculos pequenos, impedindo que eu visse seus olhos por trás das lentes. "Muito interessante. É estudioso de Homero?"

Poderia ter dito sim, mas intuí que ele apreciaria me desmascarar, e com certeza saberia como me pegar num erro. "Gosto de Homero", respondi cauteloso.

Ele me olhou friamente, com desprezo. "Amo Homero", falou. "Claro, estudamos autores mais modernos, como Platão, os autores das tragédias, e assim por diante."

Tentava formular um comentário, quando ele desviou os olhos, desinteressado.

"Precisamos ir", ele disse.

Charles folheou a papelada novamente, erguendo-se em seguida. Camilla parou a seu lado e estendeu a mão para mim, também. Lado a lado, eram muito parecidos, uma semelhança menor nos traços, e maior nos modos e comportamentos, na correspondência dos gestos que batiam e voltavam, ecoando de modo que uma piscada parecia reverberar, momentos depois, no movimento dos olhos do outro. Os olhos dos dois eram do mesmo tom de cinza, inteligentes e calmos. Ela, pensei, linda e deslocada, tinha um jeito quase medieval, difícil de ser percebido pelo observador incauto.

Bunny empurrou a cadeira e bateu nas minhas costas, entre as omoplatas. "Muito bem, meu caro", ele disse, "precisamos nos encontrar qualquer hora, e conversar sobre os gregos, certo?"

"Até logo", Henry disse, com um movimento curto da cabeça.

"Até logo", falei. Afastaram-se, e eu fiquei onde estava, observando a retirada. Caminharam para fora da biblioteca em falange aberta, lado a lado.

Quando passei pela sala do dr. Roland, minutos depois, para deixar as cópias, perguntei se poderia me dar um adiantamento do pagamento pelos serviços que prestava.

Ele se recostou na poltrona, focalizando os olhos aquosos congestionados em mim. "Bem, em casos assim", disse, "nos últimos dez anos, adotei o princípio de não transigir nunca. Tenho lá meus motivos, e vou explicá-los."

"Eu sei, doutor", falei em tom de urgência. Os discursos do dr. Roland sobre seus "princípios" duravam meia hora, ou mais. "Compreendo. Mas trata-se de uma emergência."

Debruçando-se novamente, ele limpou a garganta. "E o que seria?", perguntou.

As mãos, cruzadas sobre a mesa na sua frente, exibiam veias e um brilho azul perolizado nas juntas. Fixei os olhos nelas. Precisava de dez ou vinte dólares, desesperadamente, mas entrara sem primeiro decidir o que dizer. "Sabe", falei, "surgiu um problema."

Ele franziu o cenho, severo. O comportamento senil do dr. Roland não passava de fachada, diziam; a mim parecia genuíno, e por vezes, quando a pessoa baixava a guarda, ele a surpreendia com uma inesperada manifestação de lucidez, provando — embora frequentemente essa manifestação não se relacionasse com o assunto em pauta — que processos racionais ainda ruminavam em algum recôndito lodoso de sua consciência.

"Foi o carro", falei num momento de inspiração. Nem tinha carro. "Preciso mandar consertá-lo."

Não esperava mais perguntas, porém ele mostrou que pretendia insistir no caso. "Qual é o problema?"

"Um defeito qualquer no motor."

"Tração nas quatro? Motor refrigerado a ar?"

"Refrigerado a ar", respondi, mudando o pé de apoio. Não me interessava pelo assunto. Pouco sabia a respeito de automóveis, encontrava dificuldade até para trocar um pneu.

"O que você tem? Um desses V-6, por acaso?"

"Sim."

"Os rapazes são loucos por eles, pelo jeito. Não deixaria um filho meu dirigir nada a não ser um V-8."

Eu não tinha a menor ideia de como responder.

Ele abriu a gaveta da escrivaninha e começou a tirar coisas, aproximá-las do olho e guardar tudo de novo. "Quando o motor quebra", ele disse, "o carro não presta mais, digo por experiência. Especialmente um V-6. Seria melhor deixar o veículo num ferro-velho. Tenho um Regency Brougham 98, com dez anos de uso. Em bom estado, graças às revisões periódicas, troca de filtro a cada dois mil e quinhentos quilômetros, e de óleo a cada cinco mil. Anda que é um sonho. Tome cuidado com as oficinas mecânicas da cidade", disse sarcástico.

"Como?"

Localizara o talão de cheques, finalmente. "Sabe, você deveria ir ao Bursar. Mas acho que se sairá bem de qualquer maneira", ele disse depois de abrir o talão e escrever com capricho. "Algumas oficinas de Hampden cobram o dobro, quando descobrem que o sujeito é da universidade. Redeemed Repair costuma trabalhar bem — são todos carismáticos, mas não hesitam em esfolá-lo se não mantiver os olhos bem abertos."

Ele destacou o cheque e o entregou a mim. Espiei de relance e meu coração disparou. Duzentos dólares. Assinado e tudo.

"Não permita que lhe cobrem um tostão a mais", ele disse.

"Não, senhor", falei, tentando disfarçar meu entusiasmo. O que faria com tanto dinheiro? Talvez ele até se esquecesse do adiantamento depois.

Ele baixou os óculos e me encarou por cima das lentes. "Lembre-se, Redeemed Repair", disse. "Fica na autoestrada 6. Procure uma placa em forma de cruz."

"Muito obrigado", falei.

Segui pelo corredor com a alma lavada e duzentos dólares no bolso, e minha primeira providência, ao chegar ao térreo, foi chamar um táxi e seguir para o centro de Hampden. Se tem uma coisa na qual sou bom, é ser independente. Trata-se de uma espécie de dom que eu tenho.

E o que fui fazer no centro de Hampden? Francamente, fiquei confuso demais com a súbita virada da sorte para fazer muita coisa. Era um dia glorioso; não aguentava mais ser pobre. Portanto, antes de pensar duas vezes, entrei numa loja de roupas finas da praça e comprei duas camisas. Depois fui ao Exército da Salvação e vasculhei as pilhas de roupas até encontrar um casaco de tweed Harris e um par de sapatos marrons de bico fino que me servissem, além de abotoaduras e uma gravata antiga extravagante, estampada com sujeitos caçando veados. Quando saí da loja, descobri contente que ainda me restavam quase cem dólares. Deveria ir à livraria? Ao cinema? Comprar uma garrafa de scotch? No final, de tão indeciso entre tantas possibilidades que me tentavam em sussurros e sorrisos, na calçada iluminada pelo sol do outono, eu — como um garoto caipira rodeado por um bando de prostitutas — passei direto por tudo, seguindo até o telefone público da esquina, para chamar um táxi que me levasse de volta para a faculdade.

De volta ao quarto, espalhei as roupas sobre a cama. As abotoaduras gastas tinham as iniciais de outro, mas pareciam ser de ouro brilhando ao sol preguiçoso que penetrava pela janela, empoçando amarelo no assoalho de carvalho — sensuais, ricas, intoxicantes.

Tive a sensação de *déjà vu* quando, na tarde seguinte, Julian me atendeu exatamente como da vez anterior, abrindo apenas uma fresta na porta, espiando por ela cauteloso, como se em seu escritório guardasse algo precioso, que nem todos pudessem ver. Conheceria bem aquela sensação nos meses seguintes. Até hoje, anos depois e muito longe, em sonho às vezes me vejo parado na frente da porta branca, esperando que ele surja, como o guardião do castelo num conto de fadas: imutável, vigilante, acanhado como uma criança.

Quando viu que era eu, abriu a porta um pouco mais, em comparação com a primeira vez. "Sr. Pepin, novamente?", disse.

Não me dei ao trabalho de corrigi-lo. "Como pode ver."

Ele me estudou por um momento. "Tem um nome maravilhoso, sabe", disse. "Na França houve reis chamados Pepin."

"Está ocupado agora?"

"Nunca estou ocupado demais para atender um herdeiro do trono de França, se for este o seu caso", disse amável.

"Temo que não seja."

Ele riu, citando um epigrama grego que dizia ser a honestidade uma virtude perigosa, e para minha surpresa abriu a porta, permitindo que eu entrasse.

Deparei com uma sala maravilhosa, nada a ver com um escritório, e muito maior do que parecia por fora — arejada e branca, com pé-direito alto e brisa a balançar as cortinas engomadas. No canto, perto de uma estante baixa de livros, havia uma mesa grande redonda coberta de livros em grego e bules de chá, e vi flores por toda parte, rosas, cravos e anêmonas sobre a escrivaninha dele, sobre a mesa e no parapeito das janelas. As rosas eram particularmente perfumadas; seu odor enchia o ambiente, intenso, misturado ao cheiro de bergamota e chá preto chinês, além de um perfume leve de tinta canforada. Respirei fundo e me senti inebriado. Onde quer que olhasse via peças magníficas — tapetes orientais, porcelanas, quadros minúsculos como joias — num mosaico de cores misturadas que me surpreendeu, como se eu tivesse entrado numa daquelas pequenas igrejas bizantinas tão despojadas por fora; por dentro, encontrava-se uma miniatura paradisíaca em dourado e tessela.

Sentando-se numa poltrona à janela, ele me convidou a sentar também, com um gesto. "Suponho que tenha vindo conversar sobre o curso de grego", disse.

"Sim."

Seus olhos eram gentis, francos, mais para o cinza do que para o azul. "O curso já está bem adiantado", ele disse.

"Eu gostaria de voltar a estudar grego. Seria uma pena deixar de lado depois de dois anos."

Ele ergueu as sobrancelhas — grossas, maliciosas — e olhou para suas mãos cruzadas por um instante. "Soube que você veio da Califórnia."

"Isso mesmo", falei, um tanto surpreso. Quem lhe contou?

"Não conheço muita gente da Costa Oeste", disse. "Não sei se gostaria da vida lá." Ele parou, parecendo pensativo, vagamente incomodado. "E o que se faz na Califórnia?"

Desfiei o rosário. Laranjais, estrelas de cinema decadentes, coquetéis vespertinos à beira da piscina iluminada, cigarros, fastio. Ele ouviu, os olhos fixos em mim, aparentemente encantado com minhas recordações fraudulentas. Jamais meus esforços encontraram tanta atenção, alguém tão disponível e receptivo. Ele se mostrou tão interessado que senti a tentação de enfeitar a história mais do que talvez fosse prudente.

"Muito *interessante*", ele disse calorosamente, quando eu, meio eufórico, afinal terminei o discurso. "Quanto romantismo."

"Bem, estamos acostumados com tudo isso por lá", falei, tentando não me preocupar com o brilho do meu sucesso.

"E o que uma pessoa com temperamento tão romântico busca no estudo dos clássicos?" Ele formulou a pergunta como se quisesse aproveitar a chance de ter capturado um pássaro raro como eu e estivesse ansioso para extrair minha opinião enquanto eu ainda me encontrava em sua sala.

"Se por romântico entende-se alguém solitário e introspectivo", falei, "penso que os românticos são frequentemente os melhores estudiosos dos clássicos."

Ele riu. "Os grandes românticos são em geral clássicos fracassados. Mas isso não vem ao caso, certo? O que acha de Hampden? Está feliz aqui?"

Apresentei uma exegese, não tão breve quanto poderia, dos motivos que me levavam no momento a considerar a faculdade satisfatória para meus propósitos.

"Os jovens com frequência consideram o interior maçante", Julian disse. "Isso não significa que não seja bom para eles. Já viajou muito? Conte-me o que o atraiu para cá. Calculava que um jovem como você estaria perdido longe da cidade, mas talvez tenha se cansado da vida na cidade grande. Acertei?"

Com extrema habilidade, ele me envolveu e desarmou. Fui conduzido de um tópico a outro, e estou certo de que durante a conversa, que pareceu durar apenas alguns minutos mas demorou bastante, ele conseguiu extrair tudo o que desejava saber a meu respeito. Não suspeitava que tanto interesse derivasse de algo além do prazer sensacional de minha companhia, e quando dei por mim discorria avidamente sobre uma desconcertante variedade de temas — alguns bem pessoais, e com mais franqueza do que costumava —, convencido de que o fazia por vontade própria. Gostaria de me lembrar melhor do que foi dito naquele dia — na verdade, recordo bem de minhas palavras, em geral presunçosas demais para que eu possa reproduzi-las com prazer. O único tópico do qual discordou (fora um erguer incrédulo da sobrancelha quando mencionei Picasso; quando o conheci melhor, concluí que deve ter considerado a menção quase uma afronta pessoal) foi a psicologia, que afinal de contas ocupava boa parte de minha mente, pois trabalhava para o dr. Roland e tudo mais. "Mas você realmente acredita", ele perguntou inquieto, "que se pode chamar a psicologia de ciência?"

"Certamente. O que mais seria?"

"Mas até mesmo Platão sabia que classe e condicionamento e o restante produzem um efeito inalterável no indivíduo. A mim me parece que a psicologia não passa de outra palavra para definir o que os antigos chamavam de sina."

"Psicologia é mesmo uma palavra terrível."

Ele concordou enfaticamente. "Sim, é terrível mesmo", disse, com uma expressão que indicava ter sido falta de gosto de minha parte utilizá-la. "Talvez, de certa forma, seja um instrumento útil quando se trata de um certo tipo de mente. Os caipiras que vivem por aqui são fascinantes, pois vivem tão presos ao fado que se tornam de fato predestinados. Mas", ele riu, "temo que os estudantes não sejam jamais interessantes para mim, uma vez que sempre sei exatamente o que farão."

Fiquei encantado com sua conversa, e apesar da ilusão de modernidade e digressão (para mim, a marca registrada da mente moderna é sua paixão pelo desvio do assunto), percebo hoje que ele me conduzia, por circunlóquios, aos mesmos temas, repetidamente. Pois, se a mente moderna é caprichosa e discursiva, a mente clássica é estreita, inexorável e resoluta. Não se encontra este tipo de inteligência com frequência atualmente. Mas, embora possa divagar em companhia do melhor deles, minha alma nada seria sem seu lado obsessivo.

Conversamos um pouco mais e finalmente ficamos em silêncio. Após um momento, Julian disse cortês: "Se desejar, sr. Papen, eu gostaria de tê-lo como aluno".

Olhando pela janela, quase esquecido do motivo que me levara até ali, dei meia-volta, de queixo caído, sem saber o que dizer.

"Todavia, antes que aceite, deve concordar com algumas condições."

"Quais?", perguntei, subitamente alerta.

"Comparecer ao Departamento de Registros amanhã e solicitar mudança de orientador." Ele estendeu a mão para apanhar uma caneta no pote sobre a mesa. Incrível, estava lotado de canetas-tinteiros Montblanc e Meisterstück, pelo menos uma dúzia de cada. Rapidamente, ele escreveu uma nota, que passou para mim. "Não perca isto", disse, "pois o Departamento de Registros nunca me concede um orientando sem que eu o solicite."

A nota exibia uma caligrafia masculina, ao estilo do século XIX, com es gregos. A tinta ainda estava úmida. "Mas já tenho orientador", falei.

"Minha conduta é jamais aceitar um aluno que não seja orientado por mim paralelamente. Colegas do Departamento de Literatura discordam de meus métodos de ensino, e você enfrentará problemas, se alguém tiver poder para vetar minhas decisões. Peça alguns formulários de desistência também. Precisará abandonar todas as matérias que escolheu, exceto francês, creio, que pode manter no currículo. Seu conhecimento parece deficiente na área das línguas modernas."

O pedido me deixou surpreso. "Não posso desistir de *todas* as matérias."

"Por que não?"

"As matrículas já se encerraram."

"Isso não faz a menor diferença", Julian retrucou sereno. "Você cursará todas as matérias escolhidas comigo. Provavelmente terá três ou quatro matérias por ano até o final do curso."

Olhei para ele. Não admira que tivesse apenas cinco alunos. "Mas como poderei fazer isso?", perguntei.

Ele riu. "Percebo que ainda não passou muito tempo em Hampden. A administração não aprova isso, mas não pode fazer quase nada a respeito. De tempos em tempos tentam criar problemas com a distribuição do currículo, mas nunca conseguiram interferir para valer. Estudamos arte, história, filosofia, outras disciplinas também. Se eu notar deficiências suas em áreas específicas, posso dar aulas particulares, ou encaminhá-lo a outro professor. Como francês não é meu idioma original, aconselho que continue a estudá-lo com o sr. Laforgue. No próximo ano começará a aprender latim. Trata-se de uma língua difícil, mas saber grego tornará seu estudo mais fácil, no seu caso. O latim é a mais gratificante das línguas. Descobrirá o prazer de estudá-la."

Ouvi, um tanto ofendido por seu tom. Seguir suas instruções significava para mim afastar-me totalmente de Hampden College e participar da reduzida academia de grego arcaico; total de alunos: cinco. Seis, contando comigo. "Todas as aulas com o senhor?", perguntei.

"Nem todas", ele respondeu sério. Riu depois, ao ver a expressão em meu rosto. "Acredito que ter diversos professores é prejudicial e confundirá sua mente jovem, assim como acredito que é melhor conhecer um livro a fundo do que cem superficialmente", disse. "Sei que o mundo moderno tende a discordar de mim, mas, afinal de contas, Platão teve apenas um mestre, assim como Alexandre."

Movi a cabeça afirmativamente, tentando encontrar um meio diplomático de bater em retirada, quando de súbito meus olhos cruzaram com os dele, e pensei: *Por que não?* A força de sua personalidade anuviou minha mente; por outro lado, havia um forte apelo no radicalismo da oferta. Seus alunos — caso sua orientação os marcasse — eram impressionantes, e por mais diferentes que fossem compartilhavam todos uma certa serenidade. Um charme cruel e civilizado em nada moderno, marcado pelo sopro frio da Antiguidade: eram criaturas magníficas, com tais olhos, tais mãos, tais expressões — *sic oculos, sic ille manus, sic ora ferebat*. Eu os invejava, e me atraíam; seu jeito estranho, longe de ser natural, revelava-se em tudo intensamente cultivado. (Tal qual ocorria com Julian, viria a descobrir: embora transmitisse a impressão contrária, de franqueza e sinceridade, não era a espontaneidade mas a extrema perícia que lhe conferia um ar de candura.) Natural ou não, eu queria ser como eles. Inclinava-me a pensar que tais qualidades haviam sido adquiridas e que talvez assim eu também pudesse aprendê-las.

Tudo isso se encontrava muito distante de Plano e do posto de gasolina de meu pai. "Caso eu concorde, o curso inteiro será dado em grego?", perguntei.

Ele riu. "Claro que não. Estudaremos Dante, Virgílio, temas variados.

Mas eu não o aconselharia a sair correndo para comprar um exemplar de *Goodbye, Columbus*" (exigido, como todos sabiam, no primeiro ano do curso de literatura inglesa), "se me perdoa a vulgaridade."

Georges Laforgue transtornou-se quando lhe comuniquei o que pretendia fazer. "Trata-se de uma decisão muito séria", disse. "Compreende o quanto limitará seu contato com o resto dos estudantes e com a universidade?"

"Ele é um bom professor", falei.

"Nenhum professor é tão bom assim. E, no caso de se desentender com ele, ou de ser injustamente tratado, ninguém da faculdade poderá ajudá-lo. Perdoe-me por dizer isso, mas não vejo vantagem em pagar uma anuidade de trinta mil dólares para estudar com um único professor."

Pensei em levar a questão ao Fundo de Crédito Educativo de Hampden College, mas não falei nada.

Ele recostou o corpo na poltrona. "Lamento dizer isso, mas acreditava que os valores elitistas do tal sujeito fossem repugnantes para você. Francamente, pela primeira vez ouço falar que ele aceitou um estudante bolsista como você. Sendo uma instituição democrática, Hampden College não se norteia por tais princípios."

"Bem, ele não pode ser tão elitista assim, já que me aceitou", contestei.

Ele não percebeu o sarcasmo. "Sou levado a especular que ele desconhece a ajuda financeira que você recebe", disse sério.

"Bem, se depender de mim", falei, "vai continuar sem saber."

Julian ministrava as aulas em sua sala. A turma era muito pequena, e além disso nenhuma outra sala ofereceria o mesmo conforto, ou privacidade. Ele defendia a teoria de que os estudantes aprendiam mais numa atmosfera aprazível, menos acadêmica. Suas instalações luxuosas, cheias de flores até no rigor do inverno, como uma estufa, eram uma espécie de microcosmo platônico de sua ideia para sala de aula. ("Trabalho?", disse certa vez, quando usei o termo para me referir às nossas atividades em classe. "Acredita mesmo que estamos aqui para trabalhar?"

"Como devo chamar nossa atividade, então?"

"*Eu* a chamaria de um *jogo* da espécie mais gloriosa.")

Quando seguia para lá, no dia da minha primeira aula, vi Francis Abernathy no gramado, à espreita, como um pássaro preto, o casaco escuro esvoaçando, alado, no vento. Demonstrava preocupação, fumando um cigarro, mas a possibilidade de ser visto por ele me encheu de inexplicável ansiedade. Escondi-me num pórtico e esperei até que ele passasse.

Quando subi a escadaria de acesso ao Lyceum, levei um susto ao vê-lo sentado no parapeito da janela. Depois de olhá-lo rapidamente, desviei a vista e estava a ponto de seguir pelo corredor quando ele disse: "Espere". Sua voz era segura, com sotaque de Boston, quase britânico.

Dei meia-volta.

"Você é o novo *neanias*?", perguntou zombeteiro.

O rapaz novo. Confirmei.

"*Cubitum eamus?*"

"Como?"

"Nada."

Ele transferiu o cigarro para a mão esquerda e estendeu a direita para mim. Ossuda, a pele fina como a de uma adolescente.

Não se preocupou em declarar seu nome. Após um silêncio breve, constrangedor, falei o meu.

Dando a última tragada no cigarro, ele o atirou pela janela aberta. "Sei quem é você", disse.

Encontramos Henry e Bunny esperando na sala; Henry lia um livro, e Bunny, debruçado sobre a mesa, falava a ele entusiasmado, em voz alta.

"...falta de gosto, é isso aí, meu caro. Você me desapontou. Achei que tinha um pouco mais de *savoir-faire*, sem querer ofendê-lo..."

"Bom dia", Francis disse, entrando atrás de mim e fechando a porta.

Henry ergueu os olhos, cumprimentou-o de leve com a cabeça e retornou à leitura.

"Oi", Bunny disse, seguindo-se um "Oi, tudo bem?" para mim. "Imagine", dirigiu-se novamente a Francis, "Henry comprou uma caneta Montblanc."

"É mesmo?", disse Francis.

Bunny apontou para a coleção de canetas pretas brilhantes que enchia o porta-canetas na escrivaninha de Julian. "Se ele não tomar cuidado, Julian vai pensar que ele a roubou."

"Ele estava comigo quando a comprei", Henry disse sem tirar os olhos do livro.

"Quanto custa esse negócio, afinal?", Bunny perguntou.

Ninguém respondeu.

"Pode falar. Quanto? Trezentos paus cada uma?" Ele descansou seu peso considerável sobre a mesa. "Bem que me lembro, você vivia dizendo que elas eram horrorosas. Jurava que nunca escreveria uma linha na vida, a não ser com pena e tinteiro. E agora?"

Silêncio.

"Posso ver a caneta de novo?", Bunny disse.

Largando o livro, Henry tirou a caneta do bolso da camisa e a colocou sobre a mesa. "Pronto", disse.

Bunny a pegou, girando-a nos dedos. "Igualzinha aos lápis grossos que eu usava no primário", disse. "Julian o convenceu a comprar isso?"

"Eu queria uma caneta-tinteiro."

"Não foi por isso que a comprou."

"Cansei de comentar este assunto."

"*Eu* acho falta de gosto."

"Você", Henry disse ferino, "não tem a menor condição de falar a respeito de gosto."

Seguiu-se um prolongado silêncio. Bunny, esparramado na poltrona, por fim disse: "Mas, afinal, qual o tipo de pena utilizado por todos nós, aqui?", insistiu, em tom coloquial. "François, você é um adepto da pena e tinteiro como eu, certo?"

"Mais ou menos."

Ele apontou para mim, como se fosse o apresentador num programa de entrevistas pela televisão. "E você? Qual é mesmo seu nome? Robert? Na Califórnia vocês aprendem a usar que espécie de caneta?"

"Esferográfica", falei.

Bunny balançou a cabeça, pensativo. "Eis um sujeito honesto, cavalheiros. Gostos simples. Capaz de pôr as cartas na mesa. Aprecio isso."

A porta se abriu e os gêmeos entraram.

"Por que grita tanto, Bunny?", Charles disse, rindo e fechando a porta atrás de si com um toque. "Ouvimos sua voz desde o início do corredor."

Bunny retomou o caso da caneta Montblanc. Constrangido, resvalei para o canto, examinando os livros da estante.

"Por quanto tempo estudou os clássicos?", uma voz ecoou no meu cotovelo. Henry girou o corpo na poltrona para me encarar.

"Dois anos", falei.

"O que leu em grego?"

"O Novo Testamento."

"Bem, é claro que leu *Koine*", ele disse rabugento. "E o que mais? Homero, sem dúvida. E os poetas líricos."

Henry queria que eu mordesse a isca, percebi. Senti medo de mentir. "Um pouco."

"E Platão?"

"Sim."

"A obra completa de Platão?"

"Alguns textos."

"Todos eles em tradução?"

Hesitei, por um momento longo demais. Ele me encarou, incrédulo. "*Não?*"

Enfiei as mãos no bolso do meu casaco novo. "Grande parte", respondi, o que não correspondia à verdade, de modo algum.

"Grande parte do quê? Dos diálogos? E o resto? Plotino?"

"Sim", menti. Até então jamais lera uma linha sequer de Plotino.

"Que obra?"

Infelizmente minha mente se esvaziou e não consegui lembrar de uma única obra de autoria indubitável de Plotino. As Éclogas? Não, diacho. Elas são de Virgílio. "Na verdade, Plotino não me interessa muito", falei.

"Não? E por que não?"

Ele agia como um policial durante o interrogatório. Pensativo, recordei de meu curso anterior, abandonado em benefício deste: introdução à arte dramática, no qual o jovial sr. Lanin nos fazia deitar no chão para os exercícios de relaxamento, enquanto andava pela classe dizendo coisas do gênero: "Agora imaginem que em seus corpos flui um líquido alaranjado frio".

Não consegui responder à questão sobre Plotino com rapidez suficiente para agradar ao paladar de Henry. Ele disse uma frase em latim.

"Como?"

Ele me encarou friamente. "Esqueça", falou, debruçando-se sobre o livro.

Para ocultar minha consternação, virei o rosto para a estante.

"Está contente, agora?", ouvi Bunny dizer. "Fez dele gato-sapato, como pretendia, não?"

Para meu profundo alívio, Charles aproximou-se e me cumprimentou. Mostrou-se cordial e tranquilo, porém mal trocamos duas palavras e a porta se abriu. Todos se calaram quando Julian entrou e a fechou delicadamente atrás de si.

"Bom dia", ele disse. "Já conheceram seu novo colega?"

"Sim", Francis respondeu. Com uma pontada de tédio na voz, pensei. Puxou uma poltrona para Camilla e depois acomodou-se em outra.

"Maravilhoso. Charles, pode esquentar a água do chá?"

Charles dirigiu-se a uma saleta lateral, pouco maior que uma despensa, e ouvi o som de água corrente. (Jamais soube exatamente o que havia naquele cubículo, nem como Julian, em determinadas ocasiões, era capaz de produzir lá dentro quatro pratos diferentes para uma refeição.) Depois saiu, fechando a porta antes de se acomodar.

"Muito bem", Julian disse, percorrendo a mesa com os olhos. "Conto que estejam prontos para abandonar o mundo fenomenológico e mergulhar no sublime."

Ele falava maravilhosamente, sua voz era mágica, eu gostaria de poder dar uma ideia melhor do que dizia, mas considero impossível, para um intelecto medíocre, reproduzir o discurso de uma mente superior — especialmente depois de tantos anos — sem perder boa parte do conteúdo na imitação. Naquele dia, discutia-se a perda do ego, as quatro loucuras divinas de Platão, a loucura em suas diversas manifestações; ele começou a falar sobre o fardo do ego, como o chamava, e o motivo primordial que levava as pessoas a desejar a perda do ego.

"Por que uma vozinha obstinada, dentro de nossas cabeças, nos atormenta tanto?", disse, olhando em torno da mesa. "Quem sabe por nos lembrar de que estamos vivos, de que somos mortais e possuímos uma alma individual — que nos amedronta tanto entregar e, no entanto, nos leva ao desespero, mais do que qualquer outra coisa? Não é a dor, porém, que nos dá consciência do ego? É terrível descobrir, na infância, que o indivíduo vive isolado do mundo inteiro, que ninguém e mais nada pode sofrer a dor da sua língua queimada ou joelho ralado, que os sofrimentos e pesares pertencem apenas a cada um. Mais terrível ainda, quando crescemos, é aprender que nenhuma pessoa, por mais que nos ame, pode nos compreender verdadeiramente. Nossos egos nos tornam muito infelizes, e por isso sentimos tanta ansiedade para perdê-lo, não concordam? Lembram-se das Erínias?"

"As Fúrias?", Bunny disse, os olhos faiscantes, perdidos atrás da franja caída.

"Exatamente. E como levavam as pessoas à loucura? Aumentavam o volume do monólogo interior, ampliavam características já existentes ao exagero, faziam que as pessoas fossem elas mesmas até um nível insuportável."

"E como se pode perder o ego enlouquecedor, abandoná-lo completamente? Amando? Sim, mas como o velho Céfalo ouviu certa vez de Sófocles, o mais trivial entre nós sabe que o amor é um mestre cruel e terrível. A pessoa perde o ego por causa do outro, mas ao fazê-lo submete-se ao deus mais deprimente e caprichoso de todos. *Guerra?* Pode-se perder o ego no calor da batalha, na luta por uma causa gloriosa, mas não restaram muitas causas gloriosas pelas quais valha a pena lutar nos dias de hoje." Ele riu. "Mesmo depois de tanto Xenofonte e Tucídides, ouso afirmar que não existem muitos jovens tão versados em táticas militares. Aposto que, se desejassem, seriam capazes de marchar sobre a cidade de Hampden e conquistá-la sozinhos."

Henry riu. "Poderíamos fazê-lo esta tarde, com seis homens", disse.

"Como?", perguntaram todos em coro.

"Uma pessoa cortaria as linhas telefônicas e de energia, uma ocuparia a ponte sobre o Battenkill, uma tomaria a estrada principal, para o Norte. O restante avançaria pelo Sul e Oeste. Não somos muitos, mas espalhados fecharíamos todas as vias de acesso", ao dizer isso, ergueu as mãos, com os dedos estendidos, "e avançaríamos para o centro, por todos os lados." Os dedos se fecharam. "Claro, teríamos a ajuda do fator surpresa", disse, e senti um arrepio inesperado diante da frieza de seu tom de voz.

Julian riu. "E quantos anos se passaram desde a última intervenção dos deuses nas guerras humanas? Aposto que Apolo e Atena Níke desceriam para lutar a seu lado, 'convidados ou não', como revelou o oráculo de Delfos aos espartanos. Imaginem os heróis que se tornariam."

"Semideuses", Francis disse, sorridente. "Poderíamos sentar em tronos, na praça central."

"Enquanto os mercadores locais pagavam tributos."

"Ouro. Pavões e marfim."

"Queijo prato e biscoitos de água e sal, isso sim", Bunny falou.

"As matanças são terríveis", Julian disse imediatamente. O comentário sobre biscoitos de água e sal azedou seu humor. "Porém, os trechos mais sanguinários de Homero e Ésquilo são com frequência magníficos — por exemplo, o glorioso discurso de Clitemnestra no *Agamêmnon* que tanto aprecio... Camilla, você representou Clitemnestra quando encenamos a *Oréstia*; recorda-se de alguma passagem?"

A luz entrando pela janela banhava seu rosto em cheio; sob uma luz tão intensa a maioria das pessoas descora, mas seus traços finos, nítidos, apenas se iluminavam, até chocar quem a observava: olhos claros e radiantes cercados por cílios longos, o brilho dourado nas têmporas a se mesclar gradualmente nos cabelos lustrosos, incandescentes como o mel. "Eu me lembro de um trecho", disse.

Fixando-se num ponto da parede, acima da minha cabeça, ela passou a recitar os versos. Encarei-a. Teria namorado? Francis, quem sabe? Ele e ela demonstravam muita intimidade, mas Francis não parecia ser do tipo que se interessava pelas moças. Não que eu tivesse alguma chance, rodeado como estava por todos aqueles rapazes ricos e inteligentes de terno preto; eu, com minhas mãos desengonçadas e modos suburbanos.

Sua voz, em grego, era áspera, baixa e adorável.

Assim morreu, dele vazou a vida toda
e no morrer salpicou meu corpo de rubro-
-escuro forte, a chuva amarga sabor de sangue
a contentar-me, como um jardim em glória após
a tempestade brota por Deus abençoado.

Seguiu-se um silêncio curto ao final da fala; para minha surpresa, Henry piscou solene a ela do outro lado da mesa.

Julian sorriu. "Uma passagem graciosa", disse. "Não me canso de ouvi-la, nunca. Mas por que um ato tão revoltante, no qual a rainha apunhala o marido no banho, é tão fascinante para nós?"

"Por causa da métrica", Francis disse. "O trímetro iâmbico. As cenas mais terríveis do *Inferno*, onde, por exemplo, Pier da Medicina, com o nariz arrancado, fala por um buraco sangrento na garganta..."

"Posso citar trechos mais fortes do que esse", Charles disse.

"Eu também. Mas a passagem é adorável, por causa da *terza rima*. Há musicalidade nela. O trímetro ecoa pela fala de Clitemnestra como um sino."

"Todavia, o trímetro iâmbico é muito comum na lírica grega, não é?", Julian indagou. "Por que este momento, em especial, nos tira o fôlego? Por que não nos sentimos tão atraídos por cenas mais calmas ou agradáveis?"

"Aristóteles afirma, na *Arte poética*", Henry disse, "que objetos como cadáveres, desagradáveis de ver, em si, podem se tornar encantadores numa obra de arte."

"Acredito que Aristóteles estava certo. Afinal, quais são as cenas poéticas gravadas em nossa memória, as nossas preferidas? Exatamente essas. A morte de Agamêmnon, a fúria de Aquiles. Dido na pira funerária. Os punhais dos traidores e o sangue de César... recordam-se da descrição de Suetônio, o corpo sendo removido na liteira, um braço pendendo para fora?"

"A morte é a mãe da beleza", Henry disse.

"E o que é a beleza?"

"Terror."

"Muito bem", Julian disse. "A beleza raramente é suave ou reconfortante. Pelo contrário. A verdadeira beleza sempre nos assusta."

Olhei para Camilla, seu rosto brilhando ao sol, e pensei num verso da *Ilíada* que adoro, sobre Palas Atena e o resplendor de seus olhos terríveis.

"E, se a beleza é terror", Julian disse, "o que é o desejo, então? Pensamos ter muitos desejos, mas no fundo temos apenas um. Qual seria?"

"Viver", Camilla disse.

"Viver para *sempre*", Bunny falou, o queixo apoiado nas mãos.

A chaleira apitou.

* * *

Assim que as xícaras foram distribuídas e Henry serviu o chá, com sua gravidade de mandarim, passamos a falar na loucura induzida pelos deuses: poética, profética e, finalmente, dionisíaca.

"Que, de longe, é a mais misteriosa", Julian disse. "Acostumamo-nos a pensar no êxtase religioso como uma característica exclusiva das sociedades primitivas, embora ocorra com frequência entre os povos mais civilizados. Os gregos, como sabem, não eram muito diferentes de nós. Um povo muito formal, extraordinariamente civilizado, bem reprimido. E, contudo, eram frequentemente levados *en masse* ao entusiasmo mais turbulento — em danças, frenesis, matanças, visões —, que para nós, suponho, pareceria demência clínica, irreversível. Mesmo assim os gregos — alguns deles, no mínimo — entravam e saíam de tal estado conforme o desejavam. Não podemos descartar por inteiro tais relatos como mitológicos. Existe documentação confiável, embora os comentaristas antigos se mostrassem tão espantados com tais fenômenos quanto nós. Alguns alegam que resultavam de rezas e jejuns, outros, que a bebida os provocava. Sem dúvida o caráter coletivo da histeria tem algo a ver com isso também. Mesmo assim, é difícil compreender o extremismo desse fenômeno. Os participantes ao que parece retroagiam a um estado não racional, pré-intelectual, onde a personalidade era substituída por algo de todo diferente — e por 'diferente' entendam um estado não mortal em todas as suas características. Inumano."

Pensei nas *Bacantes*, uma peça teatral cuja violência e selvageria me incomodam, tanto quanto o sadismo e sanguinolência do deus em questão. Comparada a outras tragédias, dominadas por princípios reconhecidos de justiça, por mais medonhas que sejam, representa o triunfo da barbárie sobre a razão: sombria, caótica, inexplicável.

"Não gostamos de admitir", Julian disse, "porém a ideia de perder o controle fascina pessoas controladas como nós mais do que a maioria dos outros temas. Todos os povos verdadeiramente civilizados — os antigos tanto quanto nós — atingiram a civilização por meio da repressão voluntária dos instintos animais anteriores. Nós, aqui nesta sala, seríamos, no fundo, tão diferentes assim dos gregos ou romanos? Obcecados pelo dever, piedade, lealdade, sacrifício? Todos esses fatores que para o gosto moderno são tão arrepiantes?"

Olhei em torno da mesa, para os seis rostos reunidos. Para o gosto moderno, eram mesmo de arrepiar. Imaginei que outro professor, em cinco minutos, telefonaria para o Apoio Psicológico, quando Henry falou em armar a turma de grego e marchar sobre a cidade de Hampden.

"E qualquer pessoa inteligente sente a tentação — em especial perfeccionistas como os antigos e nós aqui presentes — de tentar assassinar o ego primitivo, emotivo, ávido. Mas cometem um equívoco."

"Por quê?", Francis disse, debruçando-se ligeiramente.

Julian arqueou uma sobrancelha; o nariz longo, fino, conferia a seu perfil certa agudeza, como um etrusco em baixo-relevo. "Porque é perigoso ignorar a existência do irracional. Quanto mais instruída, inteligente e reprimida é a pessoa, mais necessita de métodos para canalizar os impulsos primitivos que subjugou com tanto esforço. Caso contrário, essas forças ancestrais poderosas acumularão força e energia até se tornarem violentas o bastante para romper as amarras, e tanta violência acumulada costuma, com frequência, suplantar totalmente a vontade. Como alerta para o que pode ocorrer na ausência de uma válvula de escape, temos o exemplo dos romanos. Dos imperadores. Pensem, por exemplo, em Tibério, o filho adotivo rebelde, tentando corresponder às expectativas de seu pai Augusto. Pensem na pressão tremenda, insuportável, que aguentou, seguindo as pegadas de um salvador, de um deus. As pessoas o odiavam. Por mais que tentasse, jamais era bom o suficiente, não conseguia se livrar do ego odiado, até que por fim as comportas se romperam. Ele foi arrastado por suas perversões e morreu, velho e louco, perdido nos adoráveis jardins de Capri. E nem ali foi feliz, como se esperaria, mas desgraçado. Antes de morrer, escreveu uma carta ao Senado: 'Peço a todos os deuses e deusas que me tragam devastação mais completa que a sensação diária de sofrimento'. Pensem nos que o sucederam. Calígula. Nero."

Depois de uma pausa: "O gênio romano, e o defeito romano", disse, "talvez tenha sido a obsessão pela ordem. Podemos ver na arquitetura, na legislação, na literatura — a negação feroz do caos, da escuridão, do irracional". Ele riu. "É fácil perceber por que os romanos, no geral muito tolerantes com as religiões estrangeiras, perseguiram impiedosamente os cristãos. Absurdo pensar que um criminoso comum teria ressuscitado dos mortos, e mais absurdo ainda que seus seguidores o adorassem bebendo seu sangue. Por ser ilógico, isso os apavorava, e fizeram de tudo para esmagar tal fé. No fundo, penso que tomaram medidas tão drásticas porque essa religião não só os assustava, como os atraía terrivelmente. Os pragmáticos mostram-se com frequência supersticiosos. Apesar de toda a sua lógica, existiu povo mais mergulhado no medo abjeto do sobrenatural do que os romanos?

"Os gregos eram diferentes. Possuíam a paixão pela ordem e simetria, tanto quanto os romanos, mas reconheciam a insensatez de se negar o mundo invisível, os deuses antigos. Emoção, trevas, barbárie." Olhou para o teto por um momento, o rosto quase perturbado. "Lembram-se do que falamos há pouco, das cenas terríveis, sanguinárias, que por vezes são as mais sedutoras?", disse. "Trata-se de um conceito bem grego, e muito profundo. Beleza é terror. O que chamamos de belo provoca arrepios. E o que poderia ser mais aterrorizante e belo, para mentes como a dos gregos e a nossa, do que a perda total do controle? Soltar as amarras do ser por um instante, estraçalhar a estrutura de nossos egos mortais? Eurípides descreve as mênades: cabeça virada para trás, garganta voltada para as estrelas, 'como corças, mais do que seres humanos'. Ser absolutamente livre! As pessoas podem, sem dúvida, lidar com tais paixões destrutivas de maneiras mais vulgares, menos eficientes. Quanta glória, contudo, há em libertá-las num único estouro! Cantar, gritar, dançar descalço na mata, no meio da noite, sem noção da mortalidade, como um animal! Falo em mistérios poderosos. Falo nos urros dos bois. Mel jorrando da terra. Se tivermos força suficiente na alma, poderemos rasgar o véu e olhar direto para a beleza crua e terrível; deixar que Deus nos consuma, nos devore, nos descarne. E, depois, nos devolva renascidos."

Estávamos todos debruçados, paralisados. Meu queixo, caído. Tomei consciência de minha respiração ofegante.

"E esta, para mim, é a sedução terrível do ritual dionisíaco. Difícil para nós imaginá-lo. O fogo do puro ser."

Depois da aula, desci as escadas em devaneio, a cabeça girando a mil, embora desperta, dolorosamente consciente de que eu, jovem, estava vivo naquele dia lindo; o céu, de um azul-escuro profundo, o vento espalhando as folhas amareladas e vermelhas num redemoinho de confetes.

Beleza é terror. O que chamamos de belo nos faz tremer.

Naquela noite, escrevi em meu diário: "As árvores estão esquizofrênicas agora, começam a perder o controle, enfurecidas pelo choque de suas novas cores. Alguém — teria sido Van Gogh? — disse que o laranja é a cor da insanidade. *Beleza é terror*. Desejamos ser devorados por ela, dissolver nossos egos no fogo que nos refinará".

Passei no correio (estudantes entediados, filas como sempre) e, ainda irracionalmente avoado, rabisquei um cartão-postal para minha mãe — um regato na montanha e bordos avermelhados. Uma frase, no verso, aconselhava: "Visite Vermont entre 25 de setembro e 15 de outubro, quando a queda da folhagem atinge os tons mais vívidos".

Ao enfiar o cartão no nicho para correspondência interestadual, vi Bunny do outro lado, de costas para mim, examinando os números das caixas postais. Parou, creio que na minha caixa, e abaixou-se para enfiar algo dentro dela. Depois empertigou-se sorrateiro e saiu andando depressa, de mão no bolso, o cabelo esvoaçando.

Esperei até que sumisse e abri a minha caixa. Dentro, deparei com um envelope creme — papel encorpado, áspero, muito formal —, mas a caligrafia era retorcida, infantil, como a de uma criança da quinta série, a lápis. O recado fora escrito a lápis, também, em letra irregular, miúda, difícil de ler:

Richard, meu caro,

O que me diz de almoçar comigo no sábado, por volta da uma? Conheço um restaurante grego. Bons coquetéis e tudo mais. É meu convidado. Por favor, aceite. Atenciosamente,

Bun

P.S., use gravata. Sei que usaria, de qualquer maneira, mas eles trarão uma horrorosa dos fundos e suplicarão: Ponha, por favor.

Examinei o recado e o guardei no bolso. Quando me dirigia à saída, quase me choquei com o dr. Roland, que entrava. No início não demonstrou reconhecer quem eu era. Mas quando já julgava ter escapado, as engrenagens de seu rosto rangeram e o sinal de reconhecimento assomou, aos trancos, no proscênio empoeirado.

"Como vai, dr. Roland?", falei, abandonando a esperança de fugir.

"Ele está funcionando bem, rapaz?"

Referia-se a meu carro imaginário. Christine. Chitty-Chitty-Bang-Bang. "Tudo bem", eu disse.

"Levou-o ao Redeemed Repair?"

"Sim."

"Problemas no cárter."

"Sim." Ao falar, recordei-me que mencionara antes um defeito na transmissão. Mas o dr. Roland embarcou numa conferência elucidativa sobre manutenção e vedação do cárter.

"E este", concluiu, "é um dos maiores problemas de um automóvel estrangeiro. Pode-se desperdiçar muito óleo assim. Umas latas de Penn State podem ajudar um pouco. Mas Penn State não dá em árvores."

Ele me olhou sugestivo.

"Quem vendeu a junta?", ele perguntou.

"Não me lembro", falei, entorpecido de tanto tédio, embora imperceptivelmente me esgueirasse em direção à porta.

"Foi o Bud?"

"Creio que sim."

"Ou Bill. Bill Hundy é um bom sujeito."

"Creio que foi Bud", falei.

"O que achou do gaio?"

Eu não sabia se ele falava de Bud, ou de um gaio na gaiola, ou, quem sabe, se enveredava pelo território da demência senil. Difícil acreditar que o dr. Roland era professor titular do Departamento de Ciências Sociais numa faculdade tão distinta. Mais parecia um velho molambento, daqueles que sentam ao lado da gente no ônibus para mostrar papéis amarrotados tirados da carteira.

Ele repassava uma série de informações fornecidas anteriormente sobre a proteção do cárter enquanto eu procurava uma brecha adequada para me lembrar de repente que estava atrasado para um compromisso, quando o dr. Blind (pronuncia-se "Blend"), amigo do dr. Roland, entrou, recurvado, apoiando-se na bengala. O dr. Blind tinha uns noventa anos e dava um curso chamado "subespaços invariáveis", famoso por ser monótono e ininteligível, bem como por ter, no exame final, desde as mais priscas eras, apenas uma pergunta, à qual se deveria responder apenas sim ou não. A questão ocupava três páginas e a resposta era sempre "sim". Bastava saber isso para passar de ano em subespaços invariáveis.

Ele era um chato pior que o dr. Roland, caso isso fosse possível. Juntos, formavam uma dupla de super-heróis das histórias em quadrinhos, invencível, um par protegido por tédio e confusão invulneráveis. Murmurei uma desculpa e fugi dali, deixando-os com seus superpoderes formidáveis.

2.

Contava que fizesse frio no dia de meu almoço com Bunny, pois meu melhor paletó era de tweed escuro salpicado. Mas, quando acordei no domingo, vi que o dia começou quente e que o calor aumentaria ainda mais.

"Vamos torrar hoje", disse o zelador quando passei por ele no corredor. "Chegou o veranico."

O paletó era sensacional — de lã irlandesa, cinza pontilhado de verde-musgo; adquirido em San Francisco, praticamente com todo o dinheiro que economizara trabalhando durante o verão —, mas era pesado demais para um dia quente, ensolarado. Depois de vesti-lo, fui ao banheiro para ajeitar a gravata.

Pouco disposto a conversar, surpreendi-me ao encontrar Judy Poovey na pia, escovando os dentes. Judy Poovey ocupava um quarto próximo ao meu e parecia acreditar que tínhamos muita coisa em comum, só porque ela também era de Los Angeles. Costumava me cercar nos corredores, obrigar-me a dançar nas festas, e dizer a várias amigas que pretendia dormir comigo, usando termos bem menos elegantes. Tinha roupas malucas, cabelos descoloridos e uma Corvette vermelha com placa da Califórnia escrita JUDY P. Sua voz alta chegava a ser esganiçada e ecoava no prédio como o grito terrível de alguma ave de rapina tropical.

"Oi, Richard", ela disse, cuspindo pasta de dentes. Vestia jeans cortados com desenhos vistosos, bizarros, feitos com Magic Marker, e top de lycra que descobria o diafragma submetido à aeróbica exagerada.

"Oi", falei, atando o nó da gravata.

"Está muito elegante hoje."

"Obrigado."

"Vai passear?"

Desviei os olhos do espelho e a encarei. "Como?"

"Aonde está indo?"

Já me acostumara a seus interrogatórios àquela altura. "Almoçar fora."

"Com quem?"

"Bunny Corcoran."

"Conhece Bunny?"

Olhei novamente para ela. "Um pouco. E você?"

"Claro. Estava na minha classe de história da arte. Ele é hilário. Odeio aquele amigo cavernoso dele, de óculos. Como se chama mesmo?"

"Henry?"

"Isso, ele mesmo." Ela se debruçou para olhar no espelho e começou a agitar o cabelo, movendo a cabeça de um lado para o outro. As unhas, vermelho-chanel, eram longas demais, do tipo que se compra em farmácia. "Acho ele um bundão."

"Gosto dele", falei ofendido.

"Eu não." Ela repartiu o cabelo no meio, usando as garras do indicador como pente. "Comigo, ele sempre bancou o filho da puta. Odeio aqueles gêmeos também."

"Por quê? Os gêmeos são legais."

"Você acha?", ela disse, girando o olho maquiado no espelho em minha direção. "Imagine só. Fui a uma festa no semestre passado, fiquei superalta, comecei a dançar esbarrando nos outros, entende? Todo mundo estava dançando assim, batendo em todo mundo. A gêmea resolveu cruzar a pista, e bumba, dei um encontrão nela, bem forte. Daí ela me xingou, disse uma coisa horrível, à toa. Quando dei por mim já tinha jogado um copo de cerveja na cara dela. Foi uma noitada daquelas. Em mim, já tinham jogado meia dúzia de cervejas, todo mundo estava fazendo isso, entende?

"Assim mesmo ela começou a gritar comigo, e na hora o irmão dela e o outro cara, o tal de Henry, me cercaram, como se fossem me dar uma surra." Ela ajeitou o cabelo em rabo de cavalo e estudou seu perfil no espelho. "Então. Eu estava bêbada, e os dois caras me cercaram, fazendo pressão, sabe, o Henry é *enorme*. Fiquei apavorada, mas estava tão louca que nem dei bola, mandei todo mundo se foder." Ela desviou os olhos do espelho e me encarou sorridente. "Eu tomei um monte de camicases naquela noite. Sempre me acontece alguma coisa horrível quando bebo camicases. Bato o carro, me meto em brigas..."

"O que aconteceu?"

Ela deu de ombros e olhou novamente para o espelho. "Já falei, mandei todo mundo se foder. E o irmão dela começou a *gritar* comigo. Parecia que estava a fim de me matar, entendeu? E o tal do Henry ficou ali, parado sem fazer nada, mas me dava mais medo do que o outro. E depois? Tinha um amigo meu na festa que era um animal, andava com a gangue dos motoqueiros, aquela das correntes e o cacete. Já ouviu falar em Spike Romney?"

Já. De fato, eu o notara em minha primeira festa de sexta-feira. Enorme, mais de cem quilos, mãos cheias de cicatrizes e ponteira de aço na bota de couro.

"Então, o Spike viu aquela turma me maltratando, e empurrou o gêmeo pelo ombro. Mandou ele dar o fora, mas no ato os dois pularam em cima dele. Queriam botar o Henry para fora, também... um monte de gente, mas não conseguiram. *Seis caras* não puderam com ele. Henry quebrou a clavícula de Spike, duas costelas e arrebentou a cara dele. Falei a Spike para chamar a polícia, mas por causa de uns problemas anteriores ele nem devia estar no campus. Foi uma cena horrível." Ela soltou novamente o cabelo, que cobriu parte do rosto. "O Spike é jogo duro. Um *bandido*. Qualquer um podia jurar que acabaria com a raça daqueles dois frescos de terno e gravata."

"Hum", falei, tentando controlar o riso. Engraçado pensar em Henry, com seus óculos redondos e livros em Páli, fraturando a clavícula de Spike Romney.

"Muito esquisito", disse Judy. "Acho que pessoas tensas assim ficam *realmente* perigosas quando brigam. Como o meu pai."

"É, creio que sim", falei, olhando novamente para o espelho, para ajustar o nó da gravata.

"Divirta-se", ela disse distraída, já a caminho da, porta. Aí, parou. "Ei, não vai morrer de calor com esse paletó?"

"É o único decente que eu tenho."

"Quer experimentar um que arranjei?"

Virei o rosto para encará-la. Como estudante de design de moda, mantinha um estoque de trajes variados em seu quarto. "É seu?", perguntei.

"Roubado do guarda-roupa do teatro. Ia aproveitar o pano para fazer, sei lá, um bustiê para mim."

Sensacional, pensei, mas assim mesmo a segui.

O paletó, surpresa, era ótimo — de seda, sem forro, cor de marfim, listadinho de verde-pavão. Meio folgado, mas caía bem. "Judy", falei, olhando para minhas abotoaduras, "achei lindo. Tem certeza de que posso usá-lo?"

"Pode ficar com ele", Judy disse. "Não tenho tempo para costurar nada para mim agora. Ando ocupada demais com o figurino daquela merda do *As You Like It*. Estreia em três semanas e nem sei ainda o que vou fazer. Tem um monte de calouros trabalhando comigo neste semestre, mas não sabem a diferença entre uma máquina de costura e uma furadeira."

"Puxa vida, adorei seu paletó, meu caro", Bunny disse quando descemos do táxi. "Seda, não é?"

"Sim. Foi do meu avô."

Bunny alisou o tecido macio, amarelado, na altura do punho, esfregando-o entre os dedos. "Lindo mesmo", disse com ares de conhecedor. "Mas pouco apropriado para esta época do ano."

"Como assim?", falei.

"É. Estamos na Costa Leste, meu caro. Sei que o laissez-faire impera em seu paraíso ensolarado, com referência ao trajar, mas por aqui não se permite o uso de calção de banho o ano inteiro. Azul e preto, eis a receita, azul e preto... Pode deixar que eu abro a porta para você. Aposto que você vai gostar deste local. Não é nenhum Polo Lounge, mas para Vermont não está ruim, certo?"

Entramos num restaurante minúsculo, aconchegante, com toalhas brancas e *bay windows* voltadas para um jardim à antiga — sebes, rosas em treliças, capuchinhas ladeando o caminho de pedra irregular. A clientela era composta de senhores prósperos de meia-idade: advogados corados do interior, com sapatos de sola de látex e ternos Hickey-Freeman, bem ao estilo de Vermont; senhoras de batom esbranquiçado e saias de lã e seda, bem-apessoadas, de perfil discreto e robusto. Um casal nos olhou de relance ao entrarmos, e tive uma noção clara da impressão que causávamos — dois belos estudantes universitários, filhos de pais ricos, sem grandes preocupações na vida. Embora as senhoras, no geral, tivessem idade para ser minha mãe, uma ou duas eram na verdade muito atraentes. Bela jogada, se alguém consegue chegar lá, pensei, imaginando uma bela e razoavelmente jovem matrona entediada em sua mansão, o marido sempre fora da cidade, a negócios. Jantares sofisticados, dinheiro no bolso, quem sabe algo bem maior, como um carro...

O garçom aproximou-se. "Têm reserva?"

"Corcoran", Bunny disse, de mão no bolso, girando de um lado para outro nos calcanhares. "Onde foi parar o Caspar hoje?"

"Saiu de férias. Retorna dentro de duas semanas."

"Sorte dele", disse Bunny simpático.

"Direi que mandou lembranças."

"Por favor, faça isso."

"Caspar é um ótimo sujeito", Bunny disse, seguindo o garçom até a mesa. "Maitre de primeira. Um senhor alto, de bigode, austríaco ou algo assim. E não é...", ele baixou a voz, quase num sussurro, "não é bicha, posso jurar. Os entendidos adoram trabalhar em restaurantes, já notou isso? Sabe, *todas as bichas que já conheci...*"

Percebi que a nuca do garçom se retesou ligeiramente.

"...no mundo vivem obcecadas por comida. Sempre me intrigou — por que isso? Problema psicológico? Tenho a impressão..."

Levei o dedo aos lábios e apontei para as costas do garçom, bem quando ele se virou para nos fulminar com um olhar indescritivelmente maligno.

"Consideram esta mesa adequada, *cavalheiros?*", disse.

"Claro", Bunny respondeu, radiante.

O garçom nos apresentou o cardápio com delicadeza afetada, sarcástica, e saiu pisando duro. Sentei-me e abri a carta de vinhos, o rosto em brasa. Bunny, ajeitando a cadeira, bebeu um pouco de água e olhou em volta, contente. "Belo local", comentou.

"Também gostei."

"Mas não chega a ser o Polo." Ele apoiou o cotovelo na mesa e afastou o topete que caía nos olhos. "Vai sempre lá? Ao Polo, obviamente."

"Não muito." Jamais ouvira falar no local, algo compreensível, pois ficava a seiscentos e tantos quilômetros de onde eu morava.

"Imaginei que fosse o tipo de restaurante adequado para seu pai levá-lo", Bunny comentou pensativo. "Para conversas de homem para homem, por exemplo. Meu pai adora o Oak Bar, no Plaza. Levou cada um de nós até lá para o primeiro drinque quando meus irmãos e eu completamos dezoito anos."

Sendo filho único, interessava-me pelos irmãos alheios. "Irmãos? Quantos?"

"Quatro. Teddy, Hugh, Patrick e Brady." Ele riu. "Foi terrível quando papai me levou lá, pois sou o caçula. Ele deu muita importância ao fato, sabe, 'pronto, filho, pode tomar seu primeiro drinque', e 'logo você ocupará o meu lugar'. Coisas do gênero, que me deixaram duro de medo. Não fazia nem um mês que eu e um colega, Cloke, havíamos saído de Saint Jerome para passar o dia fazendo uma pesquisa de história na biblioteca e deixado uma conta enorme no Oak Bar. Fugimos sem pagar. Molecagem, entende? E lá estava eu de novo, desta vez com meu pai."

"Eles o reconheceram?"

"Sim", ele disse consternado. "Como eu previa. Mas agiram de modo decente. Não falaram nada, apenas incluíram a pendura na conta do meu pai."

Tentei visualizar a cena: o pai bêbado, de terno e gravata, balançando o copo de scotch ou de outra bebida qualquer. E Bunny. Ele parecia meio flácido, mas era uma flacidez de músculos atualmente sem muito exercício. Robusto, jogara futebol americano no colégio. O tipo de filho que todo pai secretamente deseja: grande, bem-humorado, não muito brilhante, amante dos esportes, especialista em tapinhas nas costas e piadas maliciosas. "Ele percebeu?", perguntei. "Seu pai?"

"Que nada. Estava caindo de bêbado. Se eu trabalhasse no bar do Oak Room, ele não teria notado."

O garçom se aproximou novamente.

"Bem, eis que chega a santa", Bunny disse, concentrando-se no cardápio. "Você já decidiu o que prefere comer?"

"De que se trata, afinal?", perguntei a Bunny, debruçado para estudar a bebida que o garçom trouxera para ele. Dentro de um aquário pequeno vi um líquido cor de coral, com canudinhos coloridos e sombrinhas de papel e pedaços de frutas projetando-se em ângulos frenéticos.

Bunny retirou uma das sombrinhas e lambeu a ponta do palito. "Um monte de coisa. Rum, suco de uva-do-monte, leite de coco, *triple sec*, aguardente de pêssego, creme de menta e sei lá mais o quê. Experimente, é uma delícia."

"Não, muito obrigado."

"Vamos."

"Não, tudo bem."

"Por favor."

"Muito obrigado, não quero."

"Tomei isso pela primeira vez quando visitei a Jamaica no verão, há uns dois anos", disse Bunny, saudosista. "Um barman chamado Sam o preparou para mim. 'Tome três doses, amigo', ele falou, 'e não achará mais o caminho da porta', e graças a Deus ele acertou. Já esteve na Jamaica?"

"Ultimamente não."

"Provavelmente já enjoou de palmeiras, coqueiros e tudo mais, morando na Califórnia. *Eu* achei sensacional. Comprei um calção de banho cor-de-rosa, estampado de flores. Tentei levar o Henry para lá comigo, mas ele disse que lá não havia cultura, embora não seja verdade, existe um pequeno museu ou algo assim."

"Você se dá bem com Henry?"

"Mas é claro", Bunny disse, reclinando-se na cadeira. "Dividimos um quarto, no primeiro ano."

"E gosta dele?"

"Sem dúvida, sem dúvida. Contudo, não é fácil morar com ele. Odeia barulho, odeia gente, odeia bagunça. Nem pensar em convidar a namorada para ir com você ao quarto ouvir uns discos de Art Pepper, se é que me entende."

"Eu o considero um tanto rude."

Bunny deu de ombros. "É o jeito dele. Sabe, a mente de Henry não funciona do mesmo modo que a minha ou a sua. Vive sempre nas nuvens, pensando em Platão ou em sei lá o quê. Trabalha demais, leva-se muito a sério, estuda sânscrito, copta e outros idiomas malucos. Henry, vivo dizendo a ele, se quer perder tempo aprendendo alguma coisa, fora grego — isso e um inglês decente bastam para um sujeito, penso —, por que não compra uns discos da Berlitz e melhora um pouco seu francês? Arrume uma namorada que dança cancã, sei lá. Vulevú cuchê avec muá, e por aí afora."

"Quantos idiomas ele conhece?"

"Perdi a conta. Seis ou sete. Consegue ler *hieróglifos*."

"Uau!"

Bunny meneou a cabeça, afetuoso. "O rapaz é um gênio. Poderia trabalhar como tradutor nas Nações Unidas, se quisesse."

"Ele é de onde?"

"Missouri."

Bunny falou isso de modo tão cara de pau que me fez pensar que era piada, e eu ri.

Bunny ergueu uma sobrancelha, intrigado. "O que foi? Pensou que havia nascido no Palácio de Buckingham, por acaso?"

Dei de ombros e continuei a rir. Henry era tão peculiar, difícil imaginá-lo vindo de qualquer lugar que fosse.

"É isso aí", Bunny disse. "Do estado *Show-Me*. Nascido em St. Louis, como Tom Eliot. O pai era magnata da construção civil — meio trambiqueiro, segundo meus primos de St. Lou. Henry mesmo não dá a menor pista sobre as atividades do pai. Age como se não soubesse e certamente não dá a mínima."

"Já esteve na casa dele?"

"Está brincando? Ele é tão retraído, como se guardasse um segredo maior do que o Projeto Manhattan. Mas vi a mãe dele uma vez. Meio por acaso. Ela parou em Hampden para visitá-lo quando ia a Nova York e a encontrei perdida em Monmouth, perguntando a todos onde ficava o quarto do filho."

"Como ela era?"

"Elegante. Cabelo escuro, olhos azuis como os de Henry, casaco de mink, batom exagerado, se quer mesmo saber. Superjovem. Henry é filho único e ela o *adora*." Debruçando-se, ele baixou a voz. "A família tem tanto dinheiro que nem dá para acreditar. Milhões e mais milhões. Claro, é dinheiro novo, saído do forno, mas grana é grana, certo?" Ele piscou. "Por falar nisso, eu ia mesmo perguntar. Como seu paizão consegue os lucros indecentes?"

"Petróleo", falei. Não estava exatamente mentindo.

A boca de Bunny se abriu, formando um pequeno *o*. "Você tem poços de petróleo?"

"Bem, temos um", repliquei modesto.

"E produz muito?"

"Dizem que sim."

"Minha nossa!", Bunny disse. "O Oeste Dourado."

"Demos sorte", falei.

"Puxa", Bunny disse. "*Meu* pai é um mísero presidente de banco."

Percebi a necessidade de evitar o assunto, mesmo retornando desajeitadamente a Henry. "Mas se ele é de St. Louis", falei, "como conseguiu aprender tanto?"

Embora fosse uma pergunta inócua, Bunny inesperadamente mostrou-se constrangido. "Henry sofreu um acidente grave quando era pequeno", contou. "Foi atropelado ou algo assim e quase morreu. Ficou anos sem ir à escola, aprendendo com preceptores. A única coisa que podia fazer na época era ficar na cama lendo. Acho que era o tipo de menino que lia textos de nível universitário aos dois anos de idade."

"Atropelado por um carro?"

"Eu *acho* que sim. Não consigo imaginar outra coisa. Ele não gosta de tocar no assunto." Em voz baixa: "Sabe por que ele reparte o cabelo de modo a esconder o olho direito? Porque tem uma cicatriz ali. Quase perdeu o olho, não consegue enxergar bem até hoje. E anda meio duro, quase mancando. Não que faça muita diferença. Ele é forte como um touro. Não sei o que andou fazendo, levantava pesos, creio. Sei que se recuperou bem. Um típico Teddy Roosevelt, superando todos os obstáculos. Digno de toda a admiração". Ele afastou novamente o cabelo, e acenou para o garçom, pedindo outro drinque. "Sabe, pegue alguém como o Francis, por exemplo. Tem tanta classe quanto Henry. Rapaz da sociedade, dinheiro de montão. Tudo fácil demais, contudo. Ficou preguiçoso. Gosta de se divertir. Não faz nada depois das aulas, fora beber como um gambá e ir a festas. Bem, *Henry*...", ele ergueu a sobrancelha, "não larga o grego nem a pau. Ah, muito obrigado, senhor", disse ao garçom, que estendia o braço para servir mais um coquetel cor de coral. "Quer mais um?"

"Estou bem assim."

"Vamos lá, meu caro. Por minha conta."

"Aceito outro martíni, então", falei ao garçom, que já estava de costas. Ele deu meia-volta para me encarar.

"Grato", falei baixo, desviando a vista de seu sorriso automático, odioso, até me certificar de que se afastara.

"Sabe, não há nada mais repugnante do que uma bicha intrometida",

Bunny disse sorridente. "Se quer saber, por mim poderiam juntar todos e fazer uma fogueira."

Já conheci homens que atacavam a homossexualidade porque isso os incomodava, talvez mexesse com tendências ocultas neles próprios. E conheci homens que atacavam a homossexualidade porque eram contra. No início, enquadrei Bunny na primeira categoria. Seu comportamento extrovertido e a cordialidade estudantil afetada eram totalmente estranhos, e portanto suspeitos; ademais, ele estudava os clássicos, algo bastante inofensivo em si, mas ainda capaz de franzir testas em determinados círculos. ("Quer saber o que são os clássicos?", disse o deão de admissões para mim numa festa da escola havia uns dois anos. "Vou contar, então. *Guerras e gays.*" Sem dúvida, uma declaração vulgar e preconceituosa; porém, como muitas vulgaridades gnômicas, continha uma centelha de verdade.)

Conforme a conversa com Bunny prosseguia, entretanto, mais se tornava evidente a ausência de risos afetados, de ansiedade insatisfeita. Em compensação, eu identificava nele o descaramento jovial de um velho veterano de guerras no exterior, safado — pai de família, pencas de filhos, casado havia muito tempo — mas capaz de considerar o tópico infinitamente repugnante e curioso.

"E quanto ao seu amigo Francis?", falei.

Maldade, pensei, ou apenas desejo de ver como ele se safava dessa. Talvez Francis fosse homossexual, talvez não; com facilidade poderia ser um tipo conquistador realmente perigoso. Com certeza fazia o gênero de rapaz ladino, bem-vestido, impecável, que para o suposto faro apurado de Bunny deveria despertar suspeitas.

Bunny ergueu a sobrancelha. "Isso é besteira", retrucou secamente. "Quem disse isso?"

"Ninguém. Judy Poovey", falei, ao perceber que não aceitaria uma resposta evasiva.

"Bem, não imagino a razão por que ela tenha dito tal coisa, mas hoje em dia todo mundo tem fama de gay, por causa disso ou daquilo. Mas ainda existem filhinhos de mamãe ao velho estilo. Francis só precisa arranjar uma namorada." Ele fixou os olhos em mim através das lentes finas dos óculos. "E quanto a você?", perguntou, ligeiramente beligerante.

"Como?"

"Está solteiro? Deixou uma linda gata à sua espera no colégio em Hollywood?"

"Na verdade, não", falei. Não me sentia inclinado a explicar meus problemas com a namorada, não a ele. Só recentemente me livrara do longo e claustrofóbico relacionamento com uma moça californiana, a quem chamarei de Kathy. Eu a conheci no primeiro ano de colégio, no início atraído pelo ar inteligente, meditativo e descontente como o meu. Depois de um mês, no qual ela colou em mim para valer, comecei a perceber, algo horrorizado, que não passava de uma versão mais burra, entupida de psicologia pop, de Sylvia Plath. O caso se arrastou interminável, como uma novela de tevê lamurienta, insuportavelmente pegajoso, cheio de confissões de "inadequação" e baixa "autoestima" no estacionamento e outros sofrimentos banais. Foi ela uma das razões para minha ânsia de sair de casa; também a ela devo tanta prudência em relação ao alegre e aparentemente inofensivo bando de novas garotas que conheci nas primeiras semanas de faculdade.

Pensar nela me deixou lúgubre. Bunny debruçou-se sobre a mesa.

"É mesmo verdade", disse, "que as minas da Califórnia são mais gostosas?"

Comecei a rir tanto que temi engasgar e soltar o drinque pelo nariz.

"Garotas de praia?", ele piscou. "Seminuas na esteira, tomando banho de sol?"

"Aos montes."

Ele adorou. Como um tio velho desavergonhado, debruçou-se ainda mais sobre a mesa e começou a falar sobre a namorada, cujo nome era Marion. "Aposto que já a notou", disse. "Miudinha. Loira, olhos azuis, mais ou menos desta altura."

De fato, lembrei-me de que já a conhecia. Vira Bunny no correio, na primeira semana, conversando solícito com uma moça que se encaixava na descrição.

"Pois é", Bunny declarou orgulhoso, passando o dedo pela borda do copo. "Minha namorada. Ela *me* mantém na linha, pode apostar."

Desta vez, apanhado de surpresa no meio do gole, ri com tanta intensidade que quase sufoquei.

"Além de tudo, vai se formar em pedagogia infantil, não acha isso adorável? Quero dizer, é uma *garota* de verdade." Ele afastou as mãos, para indicar o vão entre elas. "Cabelo comprido, meio rechonchuda, não tem medo de usar vestido. Gosto disso. Pode me chamar de antiquado, mas não dou muita bola para as intelectuais. Veja Camilla. Ela é divertida, boa gente e tudo mais, porém..."

"Tenha dó", falei, sem parar de rir. "Ela é uma gracinha."

"Isso mesmo, isso mesmo", concordou, erguendo a palma em sinal de conciliação. "Um amor. Sempre digo isso. Parecida com uma estátua de Diana do clube do meu pai. Precisava de uns conselhos da mãe, contudo. Anda meio desleixada. Não se cuida como deveria, sabe. Só usa as roupas velhas do irmão, o que certas moças conseguem fazer com elegância — não, francamente, nenhuma consegue fazer isso com elegância *verdadeira*. Seja lá como for, não é o caso dela. Sai por aí parecida demais com o irmão. Quero dizer, considero Charles um belo rapaz, de caráter impecável, a toda prova, mas não gostaria de me casar com ele, entendeu?"

Embalado, pretendia dizer mais alguma coisa; de repente, porém, parou. O rosto se anuviou, como se um pensamento desagradável o contaminasse. Eu me senti intrigado, e ao mesmo tempo curioso; temeria ele ter falado demais, feito papel de idiota? Pensei em mudar de assunto, para poupar-lhe algum constrangimento, mas não foi preciso. Ele se recostou na cadeira e olhou para o outro lado do salão.

"Veja", disse. "Acha que é o nosso pedido? Já estava mais do que na hora."

Apesar do tanto que comemos naquela tarde — sopa, lagosta, patê, musse, uma impressionante variedade e quantidade —, nada se comparava ao que bebemos. Três garrafas de Taittinger, depois dos coquetéis, e brandy por cima de tudo, de modo que, gradualmente, nossa mesa tornou-se o único ponto de convergência do salão, em torno do qual os objetos giravam e desapareciam em velocidade estonteante. Os copos surgiam, como num passe de mágica, e eu bebia. Bunny brindou a tudo, de Hampden College a Benjamin Jowett,[*] passando por Atenas de Péricles; os brindes se tornavam mais e mais confusos com o passar do tempo, até que no momento em que serviram o café começava a escurecer. Bunny estava tão bêbado que pediu ao garçom para trazer

---

[*] Benjamin Jowett (1817-93), mestre inglês em clássicos, tradutor de Platão e Aristóteles. (N. T.)

dois charutos, o que foi feito, juntamente com a conta, virada para baixo num pratinho.

O salão pouco iluminado girava agora numa velocidade incrível, e o charuto, em vez de melhorar isso, só provocava a visão de uma série de pontos luminosos, escuros nas bordas, desagradavelmente semelhantes às horríveis criaturas unicelulares que me obrigavam a observar no microscópio até sentir dor de cabeça. Apaguei-o no cinzeiro, ou melhor, no que pensei ser o cinzeiro. Na verdade, era um prato de sobremesa. Bunny tirou os óculos de aro dourado, soltando cuidadosamente a haste de cada uma das orelhas, e começou a polir as lentes com um guardanapo. Sem óculos, os olhos eram pequenos, fracos e cordiais, lacrimejantes de tanta fumaça, com pés de galinha nas extremidades.

"Minha nossa, que almoço. Gostou, meu caro?", ele disse, charuto entre os dentes, erguendo a taça contra a luz à procura de alguma sujeira. Agia como um jovem Teddy Roosevelt sem bigode, pronto a liderar os Rough Riders morro acima, ou sair atrás da pista de um gnu, talvez.

"Foi maravilhoso. Muito obrigado."

Ele soprou uma nuvem enorme de fumaça azulada, fedorenta. "Boa comida, boa companhia, baldes de bebida, não se pode pedir mais do que isso, certo? Como é mesmo aquela música?"

"Qual música?"

"*I want my dinner*", Bunny cantou, "*and conversation, and...* sei lá, dum--te-dum."

"Não conheço."

"Eu também não. Quem canta é Ethel Merman."

A luz diminuía, e eu me esforçava para focalizar os objetos mais distantes. Notei que o lugar estava vazio, exceto por nossa mesa. No canto mais afastado pairava uma silhueta, o garçom, creio, um ser obscuro, de aspecto meio sobrenatural, muito embora desprovido do ar preocupado atribuído às assombrações: éramos o foco único de suas atenções; senti que concentrava em nós os raios de seu ódio espectral.

"Bem", falei, mudando de posição na cadeira, um movimento que quase me fez perder o equilíbrio, "acho que já podemos ir embora."

Bunny gesticulou magnânimo e virou a conta, vasculhando o bolso ao fazê-lo. Em seguida olhou para cima e sorriu. "Essa não."

"O que foi?"

"Odeio fazer isso, mas você poderia pagar o almoço desta vez?"

Ergui a sobrancelha, bêbado, e ri. "Não tenho um tostão."

"Nem eu", ele disse. "Estranho. Acho que deixei a carteira em casa."

"Ora, não me diga isso. Está brincando."

"Claro que não", retrucou despreocupado. "Esqueci mesmo. Viraria os bolsos para você ver, se a santa não estivesse olhando."

Eu me dei conta de que o garçom malévolo, pairando na penumbra, sem dúvida acompanhava o diálogo com renovado interesse. "Quanto foi?", perguntei.

Ele percorreu a coluna de números com dedos ébrios. "No total, duzentos e oitenta e sete dólares e cinquenta e nove centavos", disse. "Fora a gorjeta."

Surpreso com o valor, olhei para ele preocupado com seu pouco caso. "É uma fortuna."

"Bebemos bastante, não?"

"O que vamos fazer agora?"

"Não pode dar um cheque?", ele disse calmamente.

"Não trouxe o talão."

"Então use o cartão de crédito."

"Não tenho cartão de crédito."

"Ora, não me diga."

"É sério", falei, sentindo que a irritação aumentava a cada segundo.

Bunny afastou a cadeira, levantou-se. Seus olhos percorreram o restaurante com interesse distraído, como um segurança estudando o saguão do hotel, e por um momento turbulento pensei que pretendia fugir sem pagar. Mas ele apenas bateu no meu ombro. "Sente-se, meu caro", murmurou. "Vou dar um telefonema." Em seguida afastou-se, de mãos nos bolsos, as meias brancas brilhando na penumbra.

Demorou muito para voltar. Temia que nem retornasse, que tivesse pulado pela janela e fugido, deixando a conta para mim, quando finalmente uma porta se fechou e ele cruzou o salão em passo incerto.

"Não se preocupe, não se preocupe", ele disse, acomodando-se na cadeira. "Está tudo bem."

"O que fez?"

"Chamei Henry."
"E ele virá?"
"Em dois minutos."
"Ficou bravo?"
"Que nada", disse Bunny, descartando a possibilidade com um gesto. "Ele gosta de fazer isso. Aqui entre nós, acho que adorou a ideia de sair um pouco de casa."

Transcorridos dez minutos de extremo constrangimento, nos quais fingimos bebericar o resto do café frio, Henry entrou, com um livro debaixo do braço.

"Viu?", Bunny sussurrou. "Sabia que ele viria. Oi, tudo bem?", disse quando Henry aproximou-se da mesa. "Meu caro, ainda bem que você veio..."

"Cadê a conta?", Henry disse, num tom de voz frio, mortífero.

"Assim é que eu gosto, meu chapa", Bunny disse, esticando a mão por entre os copos e xícaras. "Muito obrigado. Fico devendo essa..."

"Oi", Henry disse, voltando-se para mim.

"Oi."

"Como vai?" Ele parecia um robô.

"Tudo bem."

"Ótimo."

"Aqui está, meu caro", Bunny falou, entregando a conta.

Henry olhou fixo para o total sem que sua fisionomia se alterasse.

"Bem", Bunny disse sociável, a voz ecoando no silêncio tenso, "eu me desculparia de afastá-lo de seu livro, mas você o trouxe consigo. De que se trata? É bom?"

Sem dizer uma palavra, Henry o mostrou a ele. A lombada trazia inscrições em algum idioma oriental. Bunny o estudou por um momento e o devolveu. "Interessante", comentou debilmente.

"Podemos ir agora?", Henry perguntou abruptamente.

"Claro, claro", Bunny disse apressado, e se ergueu num salto, quase derrubando a mesa. "Diga a palavra mágica. *Undele, undele*. Quando quiser."

Henry pagou a conta, enquanto Bunny se mantinha atrás dele como uma criança travessa. A volta para casa foi um sofrimento. Bunny, no banco de trás, realizou uma série de investidas brilhantes, porém inúteis, para iniciar a conversa. Uma a uma, as tentativas cintilaram e desapareceram, pois Henry mantinha os olhos fixos na estrada e eu, sentado na frente, ao lado dele, brincava com o cinzeiro, repetindo o ato de abri-lo e fechá-lo, até perceber o quanto isso era irritante. Com esforço, parei.

Ele parou na casa de Bunny primeiro. Despejando uma série de gracejos incoerentes, Bunny bateu em meu ombro e saltou do carro. "Certo. Henry, Richard, então chegamos. Sensacional. Muito bom. Obrigado mesmo — grande almoço —, bem, é isso aí, até logo..." A porta se fechou e ele saiu andando depressa.

Assim que ele entrou, Henry dirigiu-se a mim: "Lamento muito".

"Não se desculpe, por favor", falei embaraçado. "Foi um mal-entendido. Vou pagar depois."

Ele passou a mão pelo cabelo e vi surpreso que tremia. "Nem sonharia em aceitar uma coisa dessas", ele disse educado. "Foi culpa dele. "

"Mas...

"Ele o convidou dizendo que pagaria tudo, não foi?"

Sua voz traía um tom levemente acusador. "Bem, foi mais ou menos isso."

"E *por azar* esqueceu a carteira em casa."

"Sim, mas está tudo bem."

"Não está tudo bem coisa nenhuma", Henry retrucou. "Foi uma patifaria terrível. Como você poderia ter adivinhado? Ele supõe que qualquer pessoa quando sai com ele pode fazer com que apareça um monte de dinheiro sem mais nem menos. Nunca reflete sobre o assunto, não vê o quanto incomoda a todos. E se eu não estivesse em casa?"

"Tenho certeza de que ele se esqueceu, mais nada."

"Vocês foram de táxi até lá", Henry disse secamente. "Quem pagou?"

Comecei a protestar, automaticamente, mas desisti. Bunny pagara o táxi. Fez até questão disso, ostensivamente.

"Está vendo?", Henry disse. "Ele nem sabe agir com esperteza. Como se não bastasse agir assim conosco, ainda tem a cara dura de envolver um desconhecido."

Fiquei sem palavras. Seguimos até a entrada de Monmouth em silêncio.

"Chegamos", ele disse. "Lamento por tudo."

"Está tudo bem. Obrigado, Henry."

"Boa noite."

Parado sob a luz do pórtico, observei sua partida. Depois entrei, subi para o meu quarto e caí na cama, estuporado de tanto beber.

"Soubemos de seu almoço com Bunny", Charles disse.

Ri. Caía a tarde do dia seguinte, um domingo. Eu havia passado a maior parte do dia à mesa, lendo Parmênides. Além da dificuldade de ler em grego, sofria com a ressaca. Depois de passar muito tempo no texto, as letras nem se assemelhavam mais a letras, tornaram-se sinais indecifráveis, pegadas de pássaros na areia. Olhava pela janela numa espécie de transe, o mato dos campos, cortado rente, parecia veludo verde-brilhante, estendendo-se pelos morros como um carpete até o horizonte, quando vi os gêmeos lá longe, insinuando-se pelo gramado como um par de espectros.

Debrucei-me no parapeito e os chamei. Pararam e viraram, as mãos em viseira sobre os olhos apertados contra o ofuscamento da tarde. "Oi", gritaram, as vozes fracas quase em uníssono, flutuando até minha janela. "Desça."

Desci e fomos passear no bosque atrás da universidade, perto da pequena floresta de pinheiros emaranhados no sopé das montanhas. Um seguia à minha esquerda, o outro à direita.

Pareciam dois anjos, em especial naquele dia, os cabelos loiros esvoaçando, ambos de suéter branco e tênis. Não sei bem por que me chamaram. Embora muito educados, mostravam-se prudentes, ligeiramente intrigados, como se eu viesse de um país distante, de costumes exóticos, pouco familiares, obrigando-os a tomar muito cuidado para não me ofender nem chocar.

"Como souberam?", perguntei. "A respeito do almoço?"

"Bun telefonou esta manhã. E Henry nos contou tudo ontem à noite."

"Ele ficou furioso, creio."

Charles deu de ombros. "Com Bunny, talvez. Não com você."

"Não se dão muito bem, não é?"

Pareceram surpresos ao ouvir isso.

"São velhos amigos", Camilla disse.

"Amigos íntimos, eu diria", Charles completou. "Houve época em que andavam sempre juntos."

"Parecem brigar muito."

"Bem, isso é verdade", Camilla disse, "mas não significa que um não goste do outro. Henry é tão sério, e Bunny, bem, *pouco* sério, mas acabam se entendendo muito bem."

"É", Charles disse. "*L'Allegro* e *Il Penseroso*. Um par perfeito. Acho que Bunny é a única pessoa neste mundo capaz de provocar risos em Henry." Ele parou subitamente, apontando para longe. "Já esteve lá?", disse. "Há um cemitério naquele morro."

Era possível vê-lo, oculto entre os pinheiros — uma fileira de lápides isoladas, débeis, deterioradas, dispostas em ângulos que davam impressão de movimento fantástico, como se uma força histérica, um poltergeist talvez, as tivesse espalhado pouco antes.

"Muito antigo", Camilla disse. "Setecentista. Havia uma cidade lá também, com igreja e moinho. Não sobrou nada, só alicerces, mas ainda se podem ver as plantas dos jardins. Macieiras e roseiras, crescendo onde antes havia casas. Só Deus sabe o que pode ter acontecido lá. Uma epidemia, talvez. Ou um incêndio."

"Ou os Mohawk", Charles disse. "Você precisa ir até lá qualquer dia desses para conhecer o cemitério."

"É lindo. Principalmente quando neva."

O sol baixara, espalhando ouro por entre as árvores, lançando sombras diante de nós, no solo, longas e distorcidas. Caminhamos sem dizer nada por um longo tempo. No ar frio do final da tarde pairava um cheiro acre de fogueiras distantes. Só ouvíamos o ruído de nossos passos quebrando os gravetos da trilha e o sussurro do vento nos pinheiros; eu me sentia sonolento, a cabeça doía e tudo aquilo não parecia muito real, e sim um sonho. Sentia que a qualquer momento poderia acordar, a cabeça sobre a pilha de livros em minha mesa, dentro do quarto escuro, sozinho.

Camilla, de repente, levou o dedo aos lábios. Numa árvore morta, rachada ao meio por um raio, empoleiravam-se três aves imensas, negras, maiores que gralhas. Nunca vira algo parecido na vida.

"Corvos", Charles falou.

Observamos os pássaros, imóveis. Um deles pulou desajeitado até a ponta do galho, que estalou e balançou com o peso quando ele decolou. Os outros dois o seguiram, batendo as asas. Eles voaram pelo campo em formação triangular, lançando sombras negras no mato.

Charles riu. "Três deles para nós três. Um augúrio, aposto."

"Um presságio."

"De quê?", perguntei.

"Sei lá", Charles disse. "Ornitomancia é com o Henry. Ele adivinha o futuro no voo dos pássaros."

"Ele é um romano antigo. Saberia."

Começamos a voltar e, no alto de uma elevação, vi a fachada de Monmouth House, funesta à distância. O céu estava frio e vazio. Uma lasca de lua, como o crescente branco da unha, flutuava no crepúsculo. Não me acostumara ainda ao melancólico entardecer outonal, ao frio e à escuridão antecipada; a noite caía depressa demais, e a quietude dos prados me enchia de uma tristeza estranha, trêmula. Desolado, pensei em Monmouth House: corredores vazios, bicos de gás antiquados, a chave girando na porta do meu quarto.

"Bem, nos vemos outra hora", Charles disse, ao chegarmos na porta de entrada de Monmouth, o rosto pálido sob a lâmpada do pórtico.

Ao longe, vi as luzes da sala de jantar, em Commons; distinguia as silhuetas escuras movendo-se para lá das janelas.

"Foi legal", eu disse, enfiando as mãos nos bolsos. "Querem entrar e jantar comigo?"

"Infelizmente não dá. Precisamos ir para casa."

"Está bem", falei desapontado. "Fica para outro dia."

"Bem, quem sabe...?", disse Camilla, voltando-se para Charles.

Ele ergueu as sobrancelhas. "Hummm", falou. "Pode ser."

"Venha jantar conosco em nossa casa", disse Camilla, virando-se impulsivamente em minha direção.

"Não posso", falei imediatamente.

"Por favor."

"Não, muito obrigado. Tudo bem."

"Ora, eu insisto", Charles disse graciosamente. "Não há nada de especial, mas gostaríamos de ter sua companhia."

Senti uma onda de gratidão por ele. Queria ir, adoraria ir. "Se não for incômodo", falei.

"Imagine, não é incômodo nenhum", disse Camilla. "Vamos."

* * *

Charles e Camilla haviam alugado um apartamento mobiliado no terceiro andar de um prédio em North Hampden. A porta de entrada dava para uma pequena sala de estar, com paredes inclinadas e janelas de água-furtada. As poltronas e o sofá empoeirado eram revestidos por tecido brocado, puído nos braços: estampas rosadas com fundo bege, bolotas e folhas de carvalho sobre verde musgo. Havia, por toda a parte, pequenos guardanapos bordados, encardidos pelo tempo. No console da lareira (que, descobri depois, não funcionava) reluzia um par de candelabros esmaltados, ladeado por objetos de prata escurecida.

O local não era exatamente sujo, mas quase. Pilhas de livros por toda parte; mesas cheias de papéis, cinzeiros, garrafas de uísque, caixas de chocolate. Guarda-chuvas e galochas dificultavam a passagem pelo corredor estreito. No quarto de Charles, havia roupas espalhadas pelo chão e uma profusão de gravatas penduradas na porta do guarda-roupa; a mesa de cabeceira de Camilla estava lotada de xícaras de chá, canetas vazando, um copo de água com um maço de malmequeres secos. Aos pés da cama, um jogo de paciência por terminar. A distribuição do apartamento era peculiar, com janelas e corredores inesperados levando a lugar nenhum, portas baixas pelas quais se passava abaixando a cabeça. Onde quer que eu olhasse, encontrava uma novidade surpreendente: um velho estereograma (avenidas ladeadas de palmeiras em Nice, assombrada, sumindo ao longe, em sépia); pontas de flechas num mostruário empoeirado; um vaso de chifres-de-veado; o esqueleto de um pássaro.

Charles foi para a cozinha, onde passou a abrir e fechar armários. Camilla serviu um uísque irlandês da garrafa que apanhou em cima da pilha de *National Geographics*.

"Já esteve no parque La Brea?", ela perguntou, puxando conversa.

"Não." Desamparado e perplexo, desviei os olhos para a bebida.

"Imagine só. Charles", ela disse, virando-se para a cozinha, "ele mora na Califórnia e nunca esteve no parque dos fósseis."

Charles surgiu na porta, enxugando as mãos num pano de prato. "*Sério mesmo?*", disse, com assombro infantil. "Por que não?"

"Sei lá."

"Mas é muito interessante. Já parou para pensar nisso?"

"Conhece muita gente da Califórnia aqui?", Camilla disse.

"Não."

"Mas Judy Poovey você conhece."

Surpreendi-me: como sabia disso? "Ela não é amiga minha", falei.

"Nem minha", ela disse. "No ano passado, jogou um copo de cerveja no meu rosto."

"Eu soube", falei rindo, mas ela nem sequer sorriu.

"Não acredite em tudo o que escuta", ela disse, levando o copo à boca novamente. "Sabe quem é Cloke Rayburn?"

Já ouvira falar nele. Havia uma turma californiana fechada, esnobe, em Hampden, vinda de L. A. e San Francisco, principalmente; Cloke Rayburn era seu líder, cheio de sorrisos entediados e olhos sonolentos e cigarros. As garotas de Los Angeles, Judy Poovey inclusive, o endeusavam fanaticamente. Era o tipo que frequentava o banheiro masculino nas festas, cheirando cocaína na beira da pia.

"É amigo de Bunny."

"Como pode?", perguntei surpreso.

"Cursaram a escola preparatória juntos. A Saint Jerome, na Pensilvânia."

"Sabe como Hampden é", Charles disse, tomando um gole admirável de uísque. "As escolas progressistas adoram estudantes problemáticos, os coitadinhos. Cloke veio de uma faculdade no Colorado, onde cursou apenas o primeiro ano. Saía para esquiar diariamente e acabou reprovado em todas as matérias. Hampden é a última chance no mundo..."

"Para as piores pessoas do mundo", disse Camilla, rindo.

"Não é bem assim", falei.

"Bem, de certo modo creio que seja verdade", Charles disse. "Metade do pessoal veio para cá porque não foi aceito em lugar nenhum. Não que Hampden seja uma escola ruim. Talvez por isso mesmo seja maravilhosa. Veja o caso de Henry, por exemplo. Se Hampden não o aceitasse, ele provavelmente não faria faculdade nenhuma."

"Não acredito", teimei.

"Bem, sei que soa absurdo, mas ele não passou da décima série na escola. Quantas universidades decentes aceitariam um refugo da décima série? Além disso, há a questão dos testes padronizados. Henry recusou-se a fazer as provas

— provavelmente quebraria todos os recordes se aceitasse, mas tem algum tipo de objeção estética a elas. Pode imaginar a impressão que isso causou na comissão de seleção, certo?" Ele tomou mais um gole. "E você, como veio parar aqui?"

Difícil decifrar a expressão em seus olhos. "Gostei do folheto", falei.

"E, para a comissão de seleção, foi um motivo mais do que suficiente para aceitá-lo."

Queria beber água. A sala estava quente, minha garganta seca, e o uísque deixara um gosto terrível na boca. Não que fosse ruim, na verdade era de primeira, mas eu estava de ressaca, não me alimentara naquele dia e comecei a sentir náuseas.

Bateram uma vez na porta e depois a esmurraram. Sem pronunciar uma só palavra, Charles esvaziou o copo e voltou à cozinha, enquanto Camilla atendia.

Antes mesmo que a porta se abrisse completamente, vi o reflexo dos óculos redondos. Seguiu-se uma saraivada de olás e eles entraram: Henry; Bunny, com um saco marrom de supermercado; Francis, majestoso em seu capote preto longo, segurando com a mão enluvada de negro o gargalo de uma garrafa de champanhe. Último a entrar, ele beijou Camilla — não no rosto, mas na boca, com um estalo audível e satisfeito. "Oi, meu amor", ele disse. "Veja que mal-entendido delicioso aconteceu. Comprei champanhe, e Bunny trouxe cerveja preta. Podemos preparar *black and tans*. O que temos no cardápio para esta noite?"

Levantei-me.

Por uma fração de segundo, eles permaneceram em silêncio. Depois Bunny passou o saco de supermercado para Henry e avançou para estender a mão. "Ora, ora, se não é meu cúmplice", ele disse. "Gosta de comer fora, pelo que vejo."

Saudou-me com um tapinha nas costas e começou a tagarelar. Sentia calor, náuseas. Meus olhos percorreram a sala. Francis conversava com Camilla. Henry, à porta, moveu a cabeça e sorriu, quase imperceptivelmente, para me cumprimentar.

"Com licença", falei a Bunny. "Volto num minuto."

Procurei a cozinha. Era como a cozinha da casa de gente idosa, linóleo vermelho gasto no chão e — coerente com aquele estranho apartamento —

uma porta que dava no sótão. Enchi um copo com água da torneira e o tomei num gole só. Charles tinha aberto a porta do forno e cutucava costeletas de carneiro com o garfo.

Nunca apreciei muito carnes — em larga medida por causa de um passeio aflitivo à fábrica de salsicha na sexta série — e o cheiro de carneiro não me agradaria em circunstâncias normais. Tornou-se particularmente repulsivo para mim naquele estado. A porta do sótão estava aberta, presa por uma cadeira de cozinha, o vento soprava pela tela enferrujada. Enchi o copo novamente e parei ao lado da porta: *Respire fundo*, pensei, *ar fresco, eis a receita*... Charles queimou o dedo, praguejou, bateu a porta do forno. Quando deu meia-volta deparou comigo e se mostrou surpreso.

"Tudo bem?", ele disse. "O que foi? Quer outra bebida?"

"Não, obrigado."

Ele olhou para o meu copo. "O que está bebendo? Gim? Onde arranjou isso?"

Henry apareceu na porta. "Você tem uma aspirina?", perguntou a Charles.

"Está ali. Quer beber alguma coisa?"

Henry despejou algumas aspirinas na mão, além de pílulas misteriosas que tirou do bolso. Engoliu tudo com a ajuda de um uísque servido por Charles.

Deixara o frasco de aspirina em cima do móvel. Disfarcei, apanhei um par e tomei. Mas Henry me viu e disse: "Está doente?", sem ser grosseiro.

"Não, é só uma dor de cabeça."

"Não sofre disso sempre, espero."

"Como é que é?", Charles disse. "Está todo mundo doente?"

"Por que vocês se esconderam aqui?", a voz magoada de Bunny trovejou no corredor. "Quando vai sair a comida?"

"Aguente firme, Bunny. Daqui a um minuto."

Ele entrou, espiando a assadeira de costeletas recém-tirada da grelha por cima do ombro de Charles. "Acho que já está assada", disse, abaixando-se para pegar uma costeleta pequena pelo osso, que logo passou a mastigar.

"Bunny, tenha dó", Charles falou. "Assim não vai dar para todos."

"Estou morto de fome", Bunny retrucou de boca cheia. "Fraco de inanição."

"Então deixaremos os ossos para você roer", Henry disse rude.

"Ah, cala a boca."

"Sério mesmo, Bun, acho melhor você esperar mais um pouquinho", Charles disse.

"Tudo bem", Bunny falou, mas abaixou-se para roubar outra costeleta enquanto Charles estava de costas. Um filete de caldo rosado escorreu por sua mão e desapareceu pela manga da camisa.

Dizer que o jantar foi desagradável seria exagero, mas o clima tampouco estava bom. Embora não tivesse feito nenhuma estupidez, ou dito algo indevido, eu me sentia deprimido, amargurado. Falei pouco, comi menos ainda. A maior parte da conversa girou em torno de eventos que eu desconhecia, e nem mesmo as explicações solícitas de Charles contribuíram para esclarecê-los. Henry e Francis discutiam interminavelmente sobre a distância que os soldados mantinham entre si numa legião romana: ombro a ombro (como Francis defendia) ou (como julgava Henry) a quase um metro de distância. Isso levou a uma discussão ainda mais longa — difícil de acompanhar e para mim por demais aborrecida — sobre o caos primordial de Hesíodo. Seria simplesmente espaço vazio ou caos na moderna acepção do termo? Camilla pôs um disco de Josephine Baker; Bunny comeu minha costeleta.

Saí cedo. Tanto Francis quanto Henry ofereceram-se para me levar em casa, o que, por algum motivo, fez com que eu me sentisse pior ainda. Disse a eles que preferia andar um pouco e deixei o apartamento, sorrindo, quase delirando, a face queimando sob o efeito da solicitude fria e curiosa de todos.

Não estava longe da escola, faltavam apenas quinze minutos, mas esfriava, minha cabeça doía e a noitada deixara uma sensação profunda de inadequação, de fracasso, que aumentava a cada passo. Repassei incansavelmente cada detalhe das conversas, tentando recordar as palavras exatas, as inflexões reveladoras, os insultos ou gentilezas sutis que poderia ter deixado escapar, e minha mente — de bom grado — colaborou fornecendo várias distorções.

Quando entrei, meu quarto pareceu de outro planeta, prateado com o luar, a janela ainda aberta, o *Parmênides* aberto sobre a mesa, onde eu o deixara; o café pela metade, trazido do bar, jazia a seu lado, na embalagem descartável. Não fechei a janela, apesar do frio no quarto. Em vez disso, caí na cama, sem tirar os sapatos, sem apagar a luz.

Deitado de lado, olhando para a mancha branca de luar no assoalho de madeira, vi uma rajada de vento balançar as cortinas, longas e pálidas como espectros. Como se folheadas por mão invisível, as páginas do *Parmênides* viravam para lá e para cá.

Pretendia dormir poucas horas, mas acordei assustado na manhã seguinte com o sol entrando no quarto e o relógio indicando nove e cinco. Sem ao menos fazer a barba, pentear o cabelo ou trocar a roupa da noite anterior, apanhei o livro de redação em grego, o Liddell e Scott, e corri para a sala de Julian.

Exceto Julian, que sempre fazia questão de chegar alguns minutos atrasado, todos estavam lá. Ouvi que conversavam, do corredor, mas quando abri a porta fizeram silêncio e olharam para mim.

Ninguém falou por um momento. Depois Henry disse: "Bom dia".

"Bom dia", retribuí. Todos vendiam saúde na pálida luz setentrional: descansados, surpresos com minha aparência. Passei a mão no cabelo, envergonhado com os olhares.

"Parece que você não viu o barbeador esta manhã, meu caro", Bunny disse. "Parece até..."

A porta se abriu e Julian entrou.

Havia muitas tarefas a fazer em classe naquele dia, sobretudo para mim, tão defasado; às terças e quintas era uma delícia sentar e conversar sobre literatura ou filosofia, mas o resto da semana dedicávamos a gramática e redação em grego. No geral, isso significava trabalho duro e maçante, um esforço que eu, hoje — mais velho e um pouco menos disposto —, dificilmente me convenceria a realizar. Sem dúvida não faltavam motivos de preocupação para mim, além da frieza que aparentemente infectara meus colegas de novo, seu ar de aguda solidariedade, o modo implacável como seus olhos pareciam penetrar em mim. Houvera uma brecha em suas fileiras, mas esta se fechara; retornei ao ponto exato de partida.

Naquela tarde, fui conversar com Julian, usando como pretexto a transferência dos créditos, porém, tendo algo muito distinto em mente. Senti, de repente, que a decisão de abandonar tudo pelo estudo de grego fora tola e precipitada, tomada por razões equivocadas. O que andei pensando? Gostava de grego, gostava de Julian, mas não sabia se gostava de seus alunos e, de qualquer maneira, será que eu queria mesmo passar o resto de meus anos na faculdade olhando reproduções de *kouroi* mutilados, estudando sufixos gregos? Dois anos antes eu havia tomado uma decisão impensada similar, que me lançara num pesadelo de doze meses, cheio de coelhos no formol e visitas diárias ao necrotério, do qual por pouco escapei. Ali a situação não era tão ruim (arrepiado, recordei do velho laboratório de zoologia, às oito da manhã, com seus fetos de porcos em conserva), não, de modo algum, não era tão ruim assim. Todavia, eu temia ter cometido um erro enorme e naquele ponto do ano não poderia voltar aos cursos anteriores, ou mudar mais uma vez de orientador.

Suponho que tenha procurado Julian para recuperar a segurança abalada, na esperança de que ele me devolvesse a certeza que sentira no primeiro dia. Tenho quase certeza de que ele faria exatamente isso se eu chegasse a procurá-lo. Mas, na verdade, nem conversei com ele. No alto da escada, antes de sua sala, ouvi vozes no corredor e parei.

Julian e Henry conversavam. Nenhum dos dois me ouvira subir. Henry estava saindo, Julian o acompanhara e segurava a porta aberta. Testa franzida, demonstrava extrema preocupação, como se dissesse algo grave, importantíssimo. Na vã ou paranoica suposição de que falavam a meu respeito, avancei um passo e espiei, o máximo que pude, sem revelar minha presença.

Julian terminou de falar. Olhou para o lado por um momento, mordiscou o lábio inferior e ergueu a vista para Henry.

Henry falou, abaixando a voz, sem que suas palavras perdessem a veemência e a clareza: "Devo fazer o que for necessário?".

Para minha surpresa, Julian segurou as duas mãos de Henry entre as suas. "Você sempre deve fazer o que é necessário", ele disse.

Mas que diabos está acontecendo?, pensei. Parado no alto da escada, tentava não produzir nenhum ruído. Queria ir embora antes que me vissem, mas sentia medo.

Para minha surpresa, Henry abaixou-se e deu um beijo rápido, formal, no rosto de Julian. Depois deu meia-volta para ir embora e, felizmente para mim, olhou por cima do ombro, fazendo um último comentário. Desci a escada em silêncio, o máximo possível, e saí correndo quando atingi o segundo lance, fora do alcance de seus ouvidos.

* * *

A semana seguinte foi solitária e surrealista. As folhas caíam; chovia bastante, escurecia mais cedo; em Monmouth House as pessoas se reuniam sem sapatos em volta da lareira do térreo, queimando a lenha da reitoria, roubada furtivamente durante a noite, e bebiam sidra quente. Eu passava direto, a caminho da aula, e voltava direto para Monmouth, subia a escada, descartando cenários aconchegantes à beira do fogo, mal falava com os presentes, nem mesmo com os mais animados, que me convidavam para descer e participar da alegria comunitária do dormitório.

Suponho que eu estivesse apenas meio deprimido, uma vez que se encerrara o período das novidades, devido às características inesperadas do local onde eu me encontrava: uma terra estranha, com pessoas e costumes estranhos e clima imprevisível. Acreditava estar doente, mas não creio que estivesse; apenas sentia frio sem parar e não conseguia dormir mais do que uma ou duas horas por noite às vezes.

Nada é mais solitário ou perturbador que a insônia. Passava as noites estudando grego, até as quatro da madrugada, até que meus olhos ardessem e a cabeça zumbisse, até que a única luz acesa em Monmouth House fosse a minha. Quando não conseguia mais me concentrar no grego e o alfabeto começava a se transformar em triângulos e garfos incoerentes, eu lia *O grande Gatsby*. Era um de meus livros favoritos, retirado na biblioteca numa tentativa de encontrar algo que me animasse. Mas, claro, o livro só me fez piorar, uma vez que o mau humor impedia a visão de qualquer outra coisa além das trágicas semelhanças que imaginava haver entre mim e Gatsby.

"Sou uma sobrevivente", a garota me disse, na festa. Era loura e bronzeada e alta demais — quase da minha altura —, e antes mesmo de perguntar eu já sabia que vinha da Califórnia. Calculo que tenha sido algo em sua voz, algo na pele avermelhada, cheia de sardas, esticada por cima dos ossos da clavícula, esterno e das costelas, sem que seios de qualquer tipo se destacassem — isso eu vi pelo decote de seu colete Gaultier. Eu soube que era Gaultier, pois ela fez questão de mencionar a marca, casualmente. A meus olhos, não passava de uma roupa de mergulho, grosseiramente amarrada na frente.

Ela gritava para mim, vencendo a música: "Sabe, sofri muito na vida, por causa do acidente e tudo mais" (já ouvira a história; problemas nos tendões; grande perda para o mundo da dança; sorte das artes performáticas), "mas como tenho personalidade muito forte, sei o que desejo. As outras pessoas são importantes para mim, claro, mas sempre consigo o que eu quero delas". Sua voz ríspida exibia o staccato que os californianos por vezes adotam quando exageram na tentativa de parecerem nova-iorquinos, embora conservasse um traço radiante e arrastado do otimismo do *Golden State*. Líder da torcida uniformizada dos Malditos. Era o tipo de moça engraçadinha, entediada, fútil, que em minha terra natal não me daria a menor bola. Tentava me cantar, notei. Não dormira com ninguém em Vermont, fora uma ruiva que havia conhecido numa festa na primeira semana. Alguém me contou depois que ela era herdeira de uma fábrica de papel no Meio-Oeste. Passei a desviar os olhos sempre que a encontrava (a saída do perfeito cavalheiro, como diziam meus colegas de classe).

"Quer um cigarro?", gritei para ela.

"Não fumo."

"Eu também não. Só em festas."

Ela riu. "Está bem, me dá um", disse na minha orelha. "Não sabe onde a gente pode arrumar um baseado?"

Quando eu estava acendendo o cigarro dela, alguém acertou uma cotovelada nas minhas costas que me atirou para a frente. O pessoal dançava, a música estava alta de alucinar, a cerveja empoçava na pista e uma turma promovia arruaças no bar. Não dava para ver muita coisa, fora a massa dantesca de corpos no salão e uma nuvem de fumaça pairando próxima ao teto. Só onde a luz do corredor lançava um facho eu distinguia um copo virado aqui, uma boca com batom rindo acolá. A festa estava horrível e ia piorar — alguns calouros já vomitavam enquanto esperavam a vez desconsolados na fila do banheiro —, mas era sexta-feira, e depois de ter passado a semana inteira estudando grego, eu não me importava. Sabia que não encontraria meus colegas de classe ali. Tendo comparecido a todas as festas de sexta à noite desde o início do ano, aprendera que eles as evitavam como se fossem a Peste Negra.

"Obrigada", a moça disse. Ela me levou até perto da escada, onde havia menos barulho. Ali era possível conversar sem gritar, mas depois de seis vodcas com tônica eu não conseguia pensar no que dizer a ela, aliás nem me lembrava de seu nome.

"Você estuda o quê?", perguntei finalmente, meio tonto.

"Artes performáticas. Você já me perguntou isso."

"Desculpe. Esqueci."

Ela me olhou, crítica. "Você precisa relaxar um pouco. Olhe para suas mãos. Está tenso demais."

"Já relaxei o máximo que consigo", respondi com sinceridade.

Ela me encarou e notei por sua expressão que me identificara. "Sei quem você é", ela disse, examinando meu paletó e a gravata com cenas de caça ao cervo. "Judy contou tudo a seu respeito. É o calouro que estuda grego com aquela turma cavernosa."

"Judy? Como assim? O que ela andou falando a meu respeito?"

Minha pergunta foi ignorada. "Acho melhor tomar cuidado", ela disse. "Ouvi uma puta coisa horrível sobre aqueles caras."

"O quê?"

"Dizem que eles adoram o Demônio, porra."

"Os gregos desconhecem o Demônio", rebati pedante.

"Bem, não foi o que eu soube."

"E daí? É tudo mentira."

"E tem mais. Soube de outra coisa também."

"É mesmo?"

Ela não quis contar.

"E quem falou? Judy?"

"Não."

"Quem mais poderia ser?"

"Seth Gartrell", ela disse, como se isso encerrasse o caso.

Por coincidência, eu conhecia Gartrell. Um péssimo pintor, fofoqueiro incorrigível, cujo vocabulário se compunha quase totalmente de obscenidades, ruídos guturais e a palavra *pós-modernista*. "Aquele porco", falei. "Você o conhece?"

Ela me olhou com certa hostilidade. "Seth Gartrell é meu amigo."

Eu realmente havia bebido demais. "É mesmo?", falei. "Então me explique uma coisa: por que a namorada dele vive de olho roxo? É verdade que ele mija nos quadros, que nem Jackson Pollock?"

"Seth", ela retrucou friamente, "é um gênio."

"Acha mesmo? Só se for um mestre na fraude."

"Ele é um pintor sensacional. Conceitualmente, sabe. Todo mundo no Departamento de Arte diz isso."

"Sei. Bem, se todos dizem isso, deve ser verdade."

"Muita gente não gosta de Seth." Ela estava furiosa. "Creio que a maioria sente inveja dele, só isso."

Alguém puxou minha manga, na altura do cotovelo. Livrei-me com um puxão. Com minha sorte, só poderia ser Judy Poovey, tentando me atacar como inevitavelmente ocorria no final das festas de sexta-feira. Senti o puxão novamente, desta vez mais forte e mais impaciente; irritado, dei meia-volta e quase derrubei a loura.

Era Camilla. Vi primeiro os olhos cor de ferro, luminosos, confusos, faiscantes na luz mínima do bar. "Oi", ela disse.

Encarei-a. "Oi", falei, tentando sem sucesso disfarçar o quanto me sentia radiante e encantado ao vê-la. "Como vai? O que está fazendo aqui? Quer que eu pegue uma bebida?"

"Está ocupado?", ela disse.

Era difícil raciocinar. Os cachos dourados se derramavam de modo tentador sobre suas têmporas. "Não, claro que não", falei, sem fitá-la nos olhos, concentrado na área fascinante em torno da testa.

"Se estiver ocupado, tudo bem", ela disse baixando a voz, olhando por cima do meu ombro. "Não pretendia interromper nada."

Claro: a srta. Gaultier. Dei meia-volta, esperando um comentário ferino, mas ela havia perdido o interesse em mim e conversava animada com outro sujeito. "Nada disso", falei. "Não estava fazendo nada, mesmo."

"Quer passar o final de semana fora?"

"Como?"

"Vamos sair agora. Francis e eu. Ele tem uma casa a cerca de uma hora daqui."

Eu estava muito bêbado; caso contrário, não teria simplesmente feito que sim e seguido Camilla sem perguntar absolutamente nada. Para chegar à porta, precisávamos abrir caminho pela pista de dança: suor e calor, luzes cegantes piscando, corpos em terríveis colisões. Quando por fim saímos, eu me senti como se mergulhasse numa piscina de água fria e calma. A música depravada e os gritos arrefeceram, contidos pelas janelas fechadas.

"Minha nossa", Camilla disse. "Esta festa está um inferno. Tem gente vomitando por todos os cantos."

O acesso de pedrisco refletia o luar prateado. Francis esperava, oculto pelas sombras das árvores. Quando nos viu, saltou de repente no caminho iluminado. "Bu!", gritou.

Nós dois pulamos de susto. Francis sorriu de leve, a luz faiscando no pincenê fraudulento. A fumaça do cigarro saía pelas narinas. "Oi", falou para mim, antes de olhar para Camilla. "Pensei que tivesse fugido", disse.

"Deveria ter entrado junto comigo."

"Ainda bem que não entrei", Francis disse. "Vi coisas muito interessantes aqui fora."

"Por exemplo?"

"Guardas de segurança transportando uma moça de maca e um cachorro preto atacando alguns hippies." Francis riu, jogando as chaves do carro para o alto e fazendo com que tilintassem quando as apanhou. "Todos prontos?"

Ele tinha um conversível. Dirigiu o Mustang antigo o tempo inteiro com a capota abaixada no caminho para sua casa de campo. Nós três fomos no banco da frente. Por incrível que pareça, eu nunca tinha viajado num conversível, e por mais incrível que pareça, consegui dormir, apesar tanto do movimento quanto dos meus nervos, que deveriam ter me mantido acordado. Mesmo assim dormi, peguei no sono com a bochecha encostada no forro de couro da porta, a semana de insônia e seis vodcas com tônica fatais como uma injeção.

Pouco me recordo do trajeto. Francis dirigia bem devagar — era um motorista cauteloso, ao contrário de Henry, que guiava rápida e quase sempre irresponsavelmente, apesar de não ter olhos perfeitos. O vento noturno em meus cabelos, a conversa indistinta dos dois, as músicas no rádio, tudo se misturava e borrava em meus sonhos. Depois de alguns minutos de viagem, segundo minha impressão, tomei consciência repentina do silêncio e da mão de Camilla em meu ombro. "Acorde", ela disse. "Chegamos."

Confuso, meio sonhando, sem saber direito onde estava, sacudi a cabeça e me ajeitei no assento. Babara no queixo; limpei a saliva com as costas da mão.

"Está acordado?"

"Sim", respondi, embora não estivesse. No escuro, não via nada. Os dedos finalmente encontraram a maçaneta da porta, e só então, ao sair do carro, a lua escapou de trás das nuvens e vi a casa. Era tremenda. Vi a silhueta negra como nanquim, contra o céu, com suas torres pontudas, um pesadelo.

"Minha nossa", falei.

Francis encontrava-se a meu lado, porém mal me dei conta de sua presença antes que falasse, e a proximidade da voz me assustou. "Não se pode ter uma boa ideia da casa à noite", ele disse.

"Pertence a você?", falei.

Ele riu. "Não. É da minha tia. Grande demais para ela, mas recusa-se a vendê-la. Passa o verão aqui com meus primos. Durante o resto do ano, há apenas um caseiro."

No saguão de entrada, tão pouco iluminado que dava a impressão de que usavam gás, senti um cheiro doce, meio enjoativo. As paredes pareciam ter teias de aranha, por causa das sombras das palmeiras em vasos, e o teto, alto de dar vertigem, distorcia nossas sombras longas. Alguém nos fundos da casa tocava piano. Fotografias e retratos emoldurados em dourado espalhavam-se pelo saguão em longas perspectivas.

"O cheiro daqui é terrível", Francis disse. "Amanhã, se fizer calor, vamos abrir para que entre ar. Bunny tem asma, e toda esta poeira... Esta aqui é a minha bisavó", ele disse, apontando para uma fotografia que, percebera, atraía minha atenção. "A seu lado está o irmão — morreu no naufrágio do *Titanic*, pobre coitado. Encontraram a raquete de tênis dele boiando no Atlântico Norte umas três semanas depois do desastre."

"Venha conhecer a biblioteca", Camilla disse.

Francis nos seguiu de perto. Caminhamos pelo corredor, passando por diversos cômodos — uma sala em amarelo-limão, com espelhos dourados e candelabros, uma sala de jantar em mogno, que adoraria percorrer mas só pude ver de relance. A música do piano tornou-se mais audível; era Chopin, um dos prelúdios, possivelmente.

Ao entrar na biblioteca, perdi o fôlego: estantes envidraçadas emolduradas em estilo gótico, subindo por quatro metros e meio até o forro com afrescos e arremates em gesso. Nos fundos da sala havia uma lareira, grande como um sepulcro, e um lustre esférico — do qual pendiam prismas e contas de cristal — brilhava no alto.

Havia também um piano de cauda, e Charles tocava, o copo de uísque a seu lado, na banqueta. Estava um tanto embriagado; a música de Chopin fluía obscura, as notas se dissolviam sonolentas em sucessão. A brisa agitava as pesadas cortinas de veludo roídas pelas traças e fazia seu cabelo esvoaçar.

"Caramba", falei.

Charles, interrompendo a peça abruptamente, voltou-se para mim. "Vejam só, você veio", disse. "Está atrasado. Bunny já foi dormir."

"E Henry, onde está?", Francis indagou.

"Trabalhando. Talvez desça antes de ir dormir."

Camilla aproximou-se do piano e bebeu um gole do uísque de Charles. "Sugiro que dê uma espiada nos livros", disse para mim. "Há uma edição original de *Ivanhoé* aqui."

"A bem da verdade, creio que foi vendida", Francis disse, sentado numa poltrona de couro, ao acender o cigarro. "Há uma ou outra obra interessante, mas em geral só se encontra Maria Corelli e velhas edições de *Rover boys*."

Aproximei-me das estantes. Vi um livro chamado *London*, escrito por alguém chamado Pennant, seis volumes encadernados em couro vermelho — livros grossos, com sessenta centímetros de altura. A seu lado, *The Club History of London*, igualmente maciço, encadernado em couro de bezerro bege. O libreto de *The Pirates of Penzance*. Inúmeros *Bobbsey Twins*. O *Marino Faliero* de Byron, encadernado em couro preto, com a data 1821 em dourado na lombada.

"Ei, pegue um copo para você, se quer beber", Charles disse a Camilla.

"Não quero um inteiro. Prefiro beber do seu."

Ele passou o copo com uma das mãos. Com a outra, executou uma escala difícil, de trás para a frente.

"Toque alguma coisa", pedi.

Ele ergueu os olhos.

"Ah, por favor", Camilla disse.

"Não."

"Claro, no fundo ele não sabe tocar *nada* direito", Francis disse em tom comiserado.

Charles bebeu mais um gole e tocou mais uma oitava, batendo distraidamente nas teclas com a mão direita. Depois passou o copo para Camilla e com a mão esquerda livre transformou o exercício nas notas de abertura de um *rag* de Scott Joplin.

Ele tocava com elegância, as mangas enroladas, sorrindo com o resultado, passando dos graves aos agudos com toques sincopados complexos como um dançarino de sapateado subindo a escada de Ziegfeld. Camilla, a seu lado da banqueta, sorriu para mim. Sorri de volta, meio tonto. O forro alto produzia um eco espectral, conferindo àquela hilaridade desesperada um ar de memória desde o momento em que eu estava ali ouvindo, memória de coisas que jamais soubera.

Charlestons nas asas de biplanos em pleno voo. Festas a bordo de navios que naufragavam, a água gelada chegando à cintura da orquestra, que atacava bravamente o trecho final de "Auld lang syne". Na verdade, eles não cantaram "Auld lang syne" na noite em que o *Titanic* afundou, e sim hinos religiosos. Muitos hinos, e o padre rezou várias ave-marias, e o salão de baile da primeira classe em muito se assemelhava àquele ali: madeira escura, palmeiras em vasos, luminárias rosadas com franjas esvoaçantes. Havia bebido demais mesmo. Sentado de lado na poltrona, segurando os braços com força (*Santa Maria, mãe de Deus*), até o assoalho adernava, como o convés de um navio que naufraga; como se fôssemos todos escorregar para um canto, inclusive o piano, com um grito histérico, *aaaa*.

Ouvi passos na escada e Bunny, olhos caídos e cabelo de lado, entrou de pijama, cambaleando. "Mas que diacho", ele disse. "Você me acordou." Ninguém prestou atenção nele, contudo. Bunny serviu um drinque e, descalço, subiu trôpego a escada, voltando para a cama.

A organização cronológica da memória é algo interessante. No período anterior ao meu primeiro final de semana na casa de campo, as recordações daquele outono se apresentam distantes e imprecisas. Daquele dia em diante, entram em foco, nítidas, perfeitas. Os manequins rígidos com quem travei conhecimento inicial espreguiçaram-se, bocejaram e ganharam vida. Foram necessários meses até a remoção completa do véu de mistério e novidade, obstáculo para que eu os visse objetivamente. Saiba-se, a realidade superava em interesse qualquer versão idealizada que se pudesse imaginar. Contudo, a partir de então, em minha lembrança, eles deixaram de ser totalmente estranhos e começaram a aparecer, pela primeira vez, em formatos bem próximos de suas atraentes personalidades.

Eu mesmo pareço meio estranho nas memórias iniciais: observador e rabugento, singularmente silencioso. Durante minha vida inteira, as pessoas confundiram minha timidez com mau humor, esnobismo, má vontade ou algo assim. "Pare de bancar o superior!", meu pai gritava às vezes quando eu estava almoçando, vendo televisão ou cuidando da vida, de um modo ou de outro. Minha expressão facial (penso que seja isso, na verdade, apenas o jeito como a boca se curva nos cantos, sem relação real com meu estado de espírito), contudo, com a mesma frequência funcionou a meu favor ou como desvantagem. Meses depois de ter conhecido os cinco, descobri atônito que no início eles ficaram tão assustados comigo quanto eu com eles. Jamais imaginaria que viam em meu comportamento algo diferente do provincianismo e embaraço que sentia. Pelo menos, não que eu fosse o enigma que eles julgavam. Por que, acabaram perguntando, eu jamais falava a meu respeito com ninguém? Por que fazia tanta questão de evitá-los? (Surpreso, concluí que o truque de me esconder atrás das portas não era tão eficaz assim.) E por que não retribuía os convites deles? Embora tenha acreditado que me esnobavam na época, hoje percebo que apenas esperavam, como tias solteironas educadas, que eu realizasse o movimento seguinte.

Seja lá como for, naquele final de semana as coisas começaram a mudar, os vãos escuros entre as luminárias das ruas a diminuir mais e mais, a rarear, sinal inicial de que seu trem aproxima-se de território familiar, e logo atravessará as ruas conhecidas e bem-iluminadas do centro. A casa era o trunfo deles, seu tesouro mais precioso, e naquele final de semana o revelaram a mim, retraídos, passo a passo — os quartinhos estonteantes nas torres, o sótão de vigas altas, o velho trenó guardado no porão, tão grande que exigia quatro cavalos de tração, enfeitados com sininhos. O abrigo das carruagens tornara-se residência do caseiro. ("Ali está a sra. Hatch, no jardim. Um doce de criatura, mas o marido é adventista do sétimo dia, ou algo assim, muito severo. Precisamos esconder as bebidas quando ele entra na casa."

"Por quê?"

"Ele entra em depressão e começa a deixar panfletos por toda a parte.")

Passeamos pelo lago, à tarde, discretamente compartilhado pelas diversas propriedades vizinhas. No caminho, mostraram a quadra de tênis e a antiga casa de verão, com um domo imitando o estilo dórico, como usado em Pompeia, Stanford White e (dizia Francis, zombando do gosto vitoriano pelo classicismo) D. W. Griffith e Cecil B. de Mille. Era feito de placas pré-fabricadas, segundo ele vendidas desmontadas pela Sears, Roebuck. O terreno, em alguns trechos, guardava marcas do capricho geométrico vitoriano, sua forma original: pequenos tanques para peixes, aterrados; séries compridas de colunas brancas de antigos pergolados; *parterres* terminadas em pedra, onde não havia mais flores. Mas, em geral, tais traços haviam sido removidos, as sebes cresceram à vontade e as árvores nativas — olmos e lariços — suplantaram os marmeleiros e as araucárias do Chile.

O lago, rodeado de bétulas, era muito brilhante e calmo. Oculto entre os juncos havia um bote a remo de madeira, pintado de branco por fora e azul por dentro.

"Podemos remar nele?", perguntei intrigado.

"Claro. Mas se entrarem todos, afunda."

Eu nunca andara de bote na vida. Henry e Camilla me acompanharam — Henry remou, as mangas enroladas acima dos cotovelos, o paletó escuro no banco, a seu lado. Costumava, como descobri depois, mergulhar em monólogos didáticos, exaustivos, inteiramente autônomos, sobre o tema que lhe despertava o interesse num determinado momento — Catuvellauni, pintura bizantina, caçadores de cabeças ou as ilhas Salomão. Naquele dia falava em Elizabeth e Leicester, recordo-me: a esposa assassinada, a nave real, a rainha montada num cavalo branco, dirigindo-se às tropas em Tilbury Fort, e Leicester e o conde de Essex segurando as rédeas... O silvo dos remos e o zumbido hipnótico das libélulas mesclavam-se à sua monotonia acadêmica. Camilla, corada e sonolenta, passava a mão na água. Folhas amareladas das bétulas desprendiam-se, caindo na superfície. Só muitos anos depois, e muito longe dali, topei com esta passagem, em *A terra devastada*:

> *Elizabeth e Leicester*
> *Remos a bater*
> *Formou-se a popa*
> *Um casco adornado*
> *Vermelho e ouro*
> *A onda rápida*

Encrespou as duas margens
Vento sudoeste
Carregou a jusante
O repique dos sinos
Torres brancas
Weialala leia
Wallala leilala*

Fomos até o outro lado do lago e voltamos, ofuscados pela luz refletida na água, encontrando Bunny e Charles na varanda, comendo sanduíches de presunto e jogando baralho.

"Bebam a champanhe depressa", Bunny disse. "Está ficando choca."

"Onde está?"

"No bule de chá."

"O sr. Hatch sofreria um ataque se visse a garrafa na varanda", Charles disse.

Jogavam Go Fish: era o único jogo de cartas que Bunny sabia.

No domingo, ao acordar cedo, encontrei a casa silenciosa. Francis entregara minhas roupas à sra. Hatch para que fossem lavadas; vestindo o robe que me emprestara, desci para sentar na varanda por alguns minutos antes que os outros acordassem.

Lá fora fazia frio, e não ventava. O céu exibia o tom esbranquiçado característico das manhãs outonais, e as cadeiras de vime estavam cobertas de orvalho. As sebes e a extensão relvada cobriam-se de teias de aranha que capturavam o orvalho em gotículas, brilhando brancas como geada. Preparando-se para sua jornada rumo ao Sul, os andorinhões batiam as asas e revoavam sobre os beirais e, para lá do lençol branco de névoa sobre o lago, escutei os piados roucos, solitários, dos patos selvagens.

"Bom dia", disse uma voz fria atrás de mim.

---

* Elizabeth and Leicester/ Beating oars/ The stern was formed/ A gilded shell/ Red and gold/ The brisk swell/ Rippled both shores/ Southwest wind/ Carried down stream/ The peal of bells/ White towers/ Weialala leia/ Wallala leilala."

Atônito, virei a cabeça e vi Henry na outra ponta da varanda. Mesmo sem paletó, estava imaculado para aquela hora da manhã: calças passadas e vincadas, camisa branca engomada. Na mesa, diante dele, havia livros e papéis, um bule de café expresso fumegante, uma xícara pequena e — para mim, uma surpresa — um cigarro sem filtro queimando no cinzeiro.

"Acordou cedo", falei.

"Sempre acordo cedo. Manhãs são melhores para trabalhar, acredito."

Espiei os livros. "O que está estudando, grego?"

Henry devolveu a xícara ao pires. "Uma tradução de *Paraíso perdido*."

"Para qual idioma?"

"Latim", ele falou solene.

"Hum. Por quê?", perguntei.

"Estou interessado em ver no que vai dar. Milton, em minha opinião, é o maior poeta da língua inglesa, superior a Shakespeare, mas penso que de certa forma foi prejudicado por escrever em inglês — claro, deixou uma produção considerável em latim, mas os poemas datam de sua juventude, dos tempos de estudante; refiro-me à obra da maturidade. Em *Paraíso perdido* ele leva o inglês a seus limites extremos, mas não vejo como um idioma sem declinações possa suportar a ordem estrutural que tenta impor." Ele devolveu o cigarro ao cinzeiro. Eu o observei queimar. "Aceita um pouco de café?"

"Não, obrigado."

"Espero que tenha dormido bem."

"Sim, obrigado."

"Dormi melhor aqui do que costumo", Henry disse, ajustando os óculos e retornando ao léxico. Notei sinais sutis de fadiga, ou tensão, na inclinação do ombro que eu, veterano de muitas noites de insônia, reconheci imediatamente. Percebi, de repente, que sua vã tarefa não passava, provavelmente, de um método para matar o tempo no início da manhã, como outros insones fazem palavras cruzadas.

"Sempre levanta muito cedo?"

"Quase sempre", ele respondeu sem erguer os olhos. "Este lugar é lindo, e a luz matinal pode tornar até as coisas mais vulgares toleráveis."

"Sei a que se refere", falei, e sabia mesmo. O único momento do dia que considerava tolerável em Plano era o início da manhã, quase de madrugada, quando as ruas estavam vazias e a luz dourada banhava suave a grama seca, os alambrados, os chaparros solitários.

Henry fitou-me, erguendo os olhos do livro, quase curioso. "Você não era muito feliz na sua cidade, era?", disse.

A dedução, no estilo de Holmes, me surpreendeu. Ele sorriu ao perceber meu desconforto evidente.

"Não se preocupe. Você disfarça muito bem", disse, retornando ao livro. Depois ergueu os olhos novamente. "Os outros, no fundo, não entendem este tipo de coisa, sabe."

Ele falou isso sem malícia, sem empatia, sem muito interesse. Nem mesmo compreendi exatamente a que se referia, mas, pela primeira vez, tive uma pequena demonstração dos motivos que levavam a turma a gostar tanto dele. Crianças crescidas (um oxímoro, sei disso) passam de um extremo ao outro instintivamente; o jovem estudioso é mais pedante do que seu equivalente idoso. E eu, sendo jovem, levei muito a sério as declarações de Henry. Duvido que o próprio Milton fosse capaz de me impressionar mais.

Suponho que exista um momento crucial específico na vida de uma pessoa, quando o caráter se define para sempre; no meu caso, foi o primeiro outono passado em Hampden. Tantas coisas me acompanham desde aquele período até agora: gostos em matéria de roupas, livros e até mesmo comida — adquiridos na época, e em larga medida, admito, na emulação adolescente do restante da turma de grego. Apesar dos anos que transcorreram, tudo isso continuou vivo dentro de mim. É fácil, mesmo hoje em dia, recordar as rotinas diárias que subsequentemente adotei. Eles viviam com método fossem quais fossem as circunstâncias, surpreendentemente distantes do caos que sempre me pareceu inerente à vida universitária — dieta e rotina de estudos irregulares, visitas à lavanderia à uma da manhã. Havia determinados momentos do dia ou da noite, mesmo quando o mundo parecia desabar, em que sempre se podia encontrar Henry na sala de estudos da biblioteca, aberta dia e noite. Ou em que se sabia ser inútil procurar por Bunny, pois ele não abria mão dos encontros com Marion, às quartas, nem de seu passeio a pé domingueiro. (Ao modo do Império Romano, concluo, que prosseguiu de certa forma sua trajetória quando não havia mais ninguém para conduzi-lo e quando a razão para sua existência já desaparecera completamente, grande parte da rotina permaneceu intacta, mesmo nos dias terríveis que se seguiram à morte de Bunny. Até o final, sem falta, realizaram-se os jantares de domingo na casa de Charles e Camilla, exceto na noite do assassinato, quando ninguém sentiu vontade de comer e preferiu-se transferir o jantar para segunda.)

Surpreendeu-me a facilidade com que me incorporaram a sua existência cíclica, bizantina. De tão acostumados uns com os outros, creio que me viram como uma renovação, e se intrigaram com meus hábitos, até os mais mundanos: a atração pelas histórias de mistério e o vício crônico de ir ao cinema; o fato de que usava barbeadores descartáveis adquiridos no supermercado e cortava meu próprio cabelo em vez de ir ao barbeiro; e também o fato de que lia jornais e acompanhava o noticiário da televisão de quando em quando (um hábito que parecia uma ultrajante excentricidade, uma característica exclusivamente minha; nenhum deles se interessava pelo que acontecia no mundo, e sua ignorância das ocorrências recentes e até da história recente era impressionante. Certa vez, durante o jantar, Henry ficou abismado ao saber, por mim, que o homem pisara na Lua. "Impossível", disse, baixando o garfo.

"Mas é verdade", rebateram em uníssono os outros, que de algum modo ouviram a notícia.

"Não acredito."

"Eu vi", Bunny disse. "Pela televisão."

"*Como chegaram lá? Quando foi isso?*").

Ainda eram impressionantes como grupo, e foi em bases individuais que cheguei a conhecê-los de verdade. Como sabia que eu dormia tarde também, Henry por vezes parava para me ver, ao sair da biblioteca a caminho de sua casa. Francis, um hipocondríaco terrível que se recusava a ir ao médico sozinho, frequentemente me arrastava com ele e, estranhamente, foi no caminho dessas consultas ao especialista em alergias de Manchester ou ao doutor em ouvidos, nariz e garganta de Keene que nos tornamos amigos. Naquele outono ele precisou tratar um canal, durante quatro ou cinco semanas; todas as quartas-feiras ele entrava em meu quarto, pálido e silencioso, e íamos juntos a um bar na cidade, onde bebíamos até a hora da consulta, três da tarde. A desculpa oficial para minha presença era levá-lo de volta para casa quando terminava, tonto de anestesia, mas como eu o esperava no bar, enquanto ele atravessava a rua e sumia no consultório, em geral não me encontrava em estado mais adequado que ele para dirigir.

Gostava especialmente dos gêmeos. Eles me tratavam de modo alegre, espontâneo, como se eu os conhecesse havia mais tempo do que os conhecia na verdade. De Camilla gostava muito. Por mais que apreciasse sua companhia, contudo, sentia certo constrangimento em sua presença; não por falta de charme ou gentilezas da parte dela, e sim por meu desejo intenso de impressioná-la. Embora ansiasse por vê-la e pensasse nela com frequência, eu me sentia mais à vontade com Charles. Ele se parecia muito com a irmã, sendo impulsivo e generoso, apesar de rabugento; embora atravessasse fases melancólicas, quando não estava deprimido era em geral comunicativo. Em qualquer uma das situações, eu me entendia bem com ele. Pedimos o carro de Henry emprestado para ir a um bar de seu agrado no Maine, onde queria comer um *club sandwich*. Fomos a Bennington, em Manchester; às corridas de galgos em Pownal, onde ele acabou recolhendo e levando para casa um cachorro velho demais para as pistas, a fim de evitar que o animal fosse sacrificado. O nome do cão era Frost. Amava Camilla e a seguia por toda a parte: Henry citava longos trechos de *Madame Bovary* e seu galgo: "*Sa pensée, sans but d'abord, vagabondait au hasard, comme sa levrette, qui faisait des terdes dans la campagne.......* Mas o cão estava fraco, e muito agitado. Sofreu um ataque cardíaco no campo, numa clara manhã de dezembro, pulando alegre da varanda para perseguir um esquilo. Isso não foi de modo algum inesperado; o encarregado da pista avisara Charles de que o cachorro não duraria uma semana; mesmo assim, os gêmeos ficaram desgostosos, e passamos uma tarde de sábado deprimente, enterrando o bicho no quintal da casa de Francis, onde uma das tias de Francis havia feito um requintado cemitério de gatos, com direito a lápides e tudo mais.

O cão afeiçoou-se a Bunny também. Costumava acompanhar Bunny e a mim em longos passeios estafantes pelo mato, todos os domingos, cruzando cercas e regatos, pulando troncos e varando pastos. Bunny, por sua vez, parecia um velho tolo, de tanto que apreciava caminhadas. Suas saídas eram tão extenuantes que encontrava dificuldade em achar alguém que o acompanhasse, com exceção de mim e do cachorro — e foi graças a essas caminhadas que me familiarizei com a região de Hampden, seus caminhos de lenhadores e trilhas de caça, cachoeiras escondidas e secretos remansos para nadar.

A namorada de Bunny, Marion, raramente estava por perto; parcialmente, creio, porque ele não a queria conosco. E também, creio, por se interessar por nós menos ainda do que nos interessávamos por ela. ("Ela prefere ficar com as amigas", Bunny gabava-se a Charles e a mim. "Conversam sobre roupas e rapazes e outras bobagens. Você sabe como é.") Tratava-se de uma moça de Connecticut, loura, pequena, petulante, com um rosto redondo e bonito à mesma maneira que o de Bunny. Seu modo de vestir combinava o estilo adolescente com o matronal explícito — saias floridas, blusas monogramadas combinando com os sapatos e a bolsa. De tempos em tempos eu a via, ao longe, no pátio de recreio da creche do Centro de Estudos Infantis, quando seguia para a aula. Pertencia ao Departamento de Educação Infantil de Hampden; as crianças locais frequentavam ali as classes de maternal e pré, e eu a via com elas, de blusa monogramada, apitando, tentando obrigá-las a calar a boca e formar fila.

Ninguém comentava o assunto, mas descobri que as tentativas iniciais anteriores de incluir Marion nas atividades do grupo terminaram em desastre. Ela gostava de Charles, que se mostrava normalmente educado com todos, além de ter uma capacidade insuperável de conduzir conversas com qualquer um, das crianças pequenas às senhoras que trabalhavam na lanchonete; e ela tratava Henry, como a maioria das pessoas que o conheciam, com um certo respeito temeroso; mas odiava Camilla, e entre ela e Francis ocorrera algum incidente catastrófico, tão terrível que ninguém sequer o mencionava. Ela e Bunny mantinham um relacionamento do tipo que raramente testemunhei, a não ser entre casais que conviviam por vinte anos ou mais, um relacionamento que vacilava entre o tocante e o irritante. Ao lidar com ele, Marion se mostrava autoritária e distante, tratando-o do mesmo modo como tratava seus alunos do maternal. Ele, por sua vez, reagia com adulação, carinho ou cara feia. Em geral, aturava seus sermões com paciência, mas quando a enfrentava seguiam-se brigas terríveis. Por vezes ele batia em minha porta, tarde da noite, desolado, de olhos fundos, e mais relaxado do que o normal, resmungando: "Me deixa entrar, cara, você precisa me ajudar, Marion está atacada...". Minutos depois ouvíamos uma série de batidas ritmadas na porta: *rat-a-tat-tat*. Era Marion, boca apertada, a própria bonequinha brava.

"Bunny está aqui?", perguntava, erguendo-se na ponta dos pés, esticando o pescoço para espiar dentro do quarto, por cima do meu ombro.

"Não, ele não está aqui."

"Tem certeza?"

"Ele não está aqui, Marion."

"Bunny!", gritava sinistra.

Nenhuma resposta.

"Bunny!"

Então, para meu profundo constrangimento, Bunny emergia envergonhado, parando à porta. "Oi, amor."

"Onde se meteu?"

Bunny desconversava.

"Sabe, precisamos conversar."

"Estou ocupado agora, amor."

"Bem...", ela consultava o pequeno e elegante relógio de pulso Cartier, "estou indo para casa agora. Daqui a meia hora vou dormir."

"Tudo bem."

"Portanto, quero vê-lo dentro de vinte minutos, no máximo."

"Ei, espere um pouco. Eu não disse que iria..."

"Até daqui a pouco", ela dizia, antes de dar meia-volta e sair.

"Eu não vou", Bunny dizia.

"Isso mesmo."

"Pô, ela está pensando que é o quê?"

"Não vá."

"Sabe, preciso dar-lhe uma lição. Sou um sujeito ocupado. Mil coisas. Dono do meu nariz."

"Exatamente."

Seguia-se um silêncio constrangedor. Bunny levantava-se, finalmente. "Acho melhor ir embora."

"Tudo bem, Bunny."

"Entenda bem, não vou falar com a Marion, se é o que está pensando", ele dizia, na defensiva.

"Claro que não."

"Certo, certo", Bunny retrucava distraído, ao partir.

No dia seguinte ele e Marion almoçavam juntos ou passeavam pelo pátio de recreio. "Então você e Marion resolveram tudo, não?", um de nós perguntaria ao vê-lo sozinho mais tarde.

"Isso mesmo", respondia Bunny, embaraçado.

* * *

    Os finais de semana na casa de Francis eram os momentos mais felizes. As árvores mudaram de cor cedo, naquele outono, mas os dias continuaram quentes até outubro, e passávamos a maior parte do tempo fora da casa de campo. Exceto pelas partidas de tênis esporádicas, desanimadas (voleio alto, fora da quadra; procura preguiçosa da bola perdida, com o cabo da raquete, na grama alta), nunca nos dedicávamos a atividades muito atléticas; algo na atmosfera do local inspirava uma magnífica ociosidade, que eu não experimentava desde a infância.

    Hoje, ao pensar no assunto, vejo que lá bebíamos constantemente — não demais, de uma vez, mas o fluxo de destilados que começava com Bloody Marys no café da manhã se estendia até a hora de dormir, e isso, mais do que qualquer outra razão, explicava nosso torpor. Ao sair para ler um livro, eu pegava no sono quase de imediato, na poltrona; quando passeava de bote, logo cansava de remar e o deixava seguir à deriva a tarde inteira. (Que bote! Por vezes, até hoje, quando sinto dificuldade em dormir, tento imaginar que estou deitado no barco a remo, a cabeça recostada nas tábuas transversais da popa, a água batendo no casco, as folhas amareladas das bétulas esbarrando em meu rosto ao cair.) Ocasionalmente, tentávamos um projeto mais ambicioso. Certa vez Francis encontrou uma Beretta e munição na mesa de cabeceira da tia, e atravessamos uma rápida fase de tiro ao alvo (o galgo, acostumado a anos de estampidos na largada, precisava ficar preso no porão), atirando em vidros de conservas enfileirados numa mesa de vime que levávamos para o jardim. Mas isso terminou quando Henry, que enxergava muito mal, atirou e matou um pato por engano. Ele ficou muito abalado, e abandonamos a pistola.

    Os outros gostavam de jogar croqué, mas Bunny e eu não; nenhum dos dois conseguiu entrar no espírito do esporte, sempre acertávamos a bola como se jogássemos golfe. De vez em quando reuníamos forças suficientes para realizar um piquenique. Sempre iniciávamos pelos planos ambiciosos demais — cardápio elaborado, escolha de um local distante e obscuro — que invariavelmente terminavam com todos encalorados, sonolentos e ligeiramente embriagados, relutantes em empreender a longa jornada de volta com os apetrechos do piquenique. Em geral passávamos a tarde inteira sentados na grama, bebendo martíni da garrafa térmica, observando as formigas que formavam um cordão negro irregular na direção do prato cheio de bolo amassado, até que o martíni acabava, o sol se punha e éramos forçados a voltar para casa no escuro.

Virava sempre um acontecimento memorável Julian aceitar o convite para jantar na casa de campo. Francis encomendava comida de todos os tipos na mercearia, e folheava livros de culinária e preocupava-se por dias a fio com o que servir, com o vinho correto para acompanhar as receitas, com a louça, com o prato de reserva para o caso de o suflê desabar. Os smokings seguiam para a tinturaria; as flores chegavam da floricultura; Bunny abandonava seu exemplar de *A noiva de Fu Manchu* e passava a andar com um livro de Homero debaixo do braço.

Não sei por que insistíamos em caprichar tanto nesses jantares, pois quando Julian chegava estávamos todos invariavelmente exaustos e nervosos. Eram um fator de terrível tensão para todos, inclusive para o convidado. Tenho certeza — embora ele sempre se comportasse com o máximo de entusiasmo, charme e encanto com tudo e com todos —, pois aceitava em média apenas um em três convites. Eu sentia maior dificuldade em ocultar a tensão, no desconfortável smoking emprestado, com meu conhecimento reduzido de etiqueta à mesa. Os outros demonstravam mais prática em dissimular este aspecto. Cinco minutos antes da chegada de Julian, podiam estar deitados na sala — cortinas cerradas, o jantar esquentando na cozinha, todos passando o dedo pelos colarinhos, olhos fundos de fadiga —, mas no instante em que a campainha tocava, suas espinhas se retificavam, a conversa recuperava a vitalidade, até as pregas sumiam das roupas.

Embora na época considerasse tais jantares cansativos e problemáticos, hoje descubro algo maravilhoso em minhas recordações daqueles momentos: a sala escura como caverna, o teto alto e o fogo crepitando na lareira, os rostos luminosos, não sei nem como, e pálidos como de espectros. A luz da lareira aumentava nossas sombras, brilhava na prataria, tremulava nas paredes; seus reflexos alaranjados nas janelas davam a impressão de que uma cidade se incendiava lá fora. O sibilar das chamas se assemelhava ao ruído de uma revoada de pássaros, presos e desesperados num redemoinho no teto. E eu não me surpreenderia nem um pouco se a longa mesa de banquete em mogno, coberta pela toalha de linho, cheia de porcelanas e velas e frutas e flores, simplesmente desaparecesse no ar rarefeito, como uma mágica caixinha de joias num conto de fadas.

Uma cena repetida nesses jantares retorna insistentemente à minha lembrança, como uma obsessão num sonho. Julian, na cabeceira da mesa comprida, levanta-se e ergue a taça de vinho. "Vida eterna", diz.

E todos nós, em pé, também tocamos as taças, por cima da mesa, como um regimento a cruzar os sabres: Henry e Bunny, Charles e Francis, Camilla e eu. "Vida eterna", repetimos em uníssono, batendo as taças na mesa, em seguida, também em uníssono.

E sempre, sempre, o mesmo brinde. Vida eterna.

Hoje concluo que estava quase sempre presente e, no entanto, sabia muito pouco do que acontecia no final daquele período. Fisicamente, rareavam sinais de que havia algo acontecendo — eles eram espertos demais — e até mesmo as discrepâncias insignificantes que varavam suas barreiras de proteção deparavam-se, por assim dizer, com minha cegueira intencional. Ou seja: eu desejava manter a ilusão de que se portavam de maneira totalmente aberta em relação a mim, de que éramos todos amigos, sem segredos, embora os fatos demonstrassem que havia muitas coisas não compartilhadas comigo, e assim seria, ainda por algum tempo. E por mais que eu tentasse ignorar tais sinais, tinha consciência deles o tempo inteiro. Sabia, por exemplo, que os cinco por vezes faziam coisas — o que exatamente eu ignorava — sem me convidar, e quando apertados, eles se uniam para mentir, de um modo casual e bem convincente. Na verdade, eram tão convincentes, orquestravam tão impecavelmente as variações e os contrapontos da falsidade (a descontração inocente dos gêmeos conferindo um tom verossímil à atrapalhação de Bunny, ou a irritação entediada de Henry em reproduzir uma sequência trivial de eventos), que em geral eu acabava por acreditar neles, mesmo havendo prova contrária.

Claro, posso me recordar de algumas pistas — admito, em favor deles, que eram pistas mínimas — em retrospecto. Como o desaparecimento repentino, misterioso, e a reticência posterior em contar aonde haviam ido; nos comentários cifrados, em grego ou latim, para evitar que eu os compreendesse. Naturalmente, eu não gostava disso, mas não percebia nada de anormal ou alarmante; contudo, certas brincadeiras e observações casuais assumiram um significado horrível depois. No final do período escolar, por exemplo, Bunny adquiriu o hábito exasperante de cantar trechos de *The Farmer in the Dell*;

para mim, era simplesmente cansativo, não entendia a violenta comoção que provocava nos outros; pois na época não sabia, como sei hoje, que isso deve tê-los gelado até os ossos.

Percebia algumas coisas, claro. O contrário seria impossível, suponho, convivendo tanto com eles. Mas não passavam de pequenas contradições, discrepâncias, em sua maioria tão pequenas que servem para mostrar como praticamente inexistiam motivos para imaginar que havia algo errado. Por exemplo: os cinco sofriam acidentes demais. Viviam arranhados por gatos, cortando o rosto ao fazer a barba, tropeçando em banquetas no escuro — explicações razoáveis, admito, mas para pessoas sedentárias exibiam pequenos ferimentos e hematomas em excesso. Chamava a atenção também a estranha preocupação com o clima; estranha, para mim, pois nenhum deles se dedicava a atividades facilitadas ou dificultadas pelo tempo. Apesar disso, viviam obcecados pelas mudanças climáticas, Henry em particular. Ele controlava, sobretudo, quedas bruscas na temperatura; por vezes, no carro, percorria o dial do rádio freneticamente, como um capitão no mar antes da tempestade, em busca de dados barométricos, previsões de alcance mais amplo ou detalhes de qualquer tipo. Saber que a coluna de mercúrio estava baixando provocava--lhe uma depressão repentina, inexplicável. Imaginava o que ele faria quando chegasse o inverno; mas, na primeira nevada, sua preocupação desapareceu, para não voltar mais.

Pequenas coisas. Eu me lembro de acordar certa vez na casa de campo, às seis da manhã, quando todos ainda estavam na cama, e descer até a cozinha, encontrando os ladrilhos do piso recém-lavados, ainda úmidos, imaculados, a não ser pela pegada misteriosa de um serviçal dedicado, na areia, entre o aquecedor de água e o pórtico. Por vezes eu acordava à noite, quando estava lá, em meio ao devaneio, embora vagamente consciente de algo estranho; vozes abafadas, movimento, ganidos baixos do galgo que arranhava a porta de meu quarto... Em uma oportunidade ouvi os gêmeos a murmurar a respeito dos lençóis. "Idiota", Camilla sussurrou — e vi de relance um pano rasgado, esvoaçante, sujo de lama. "Você pegou os lençóis errados. Não podemos devolvê-los neste estado."

"Vamos trocar pelos outros."

"Mas eles notarão. A roupa de cama fornecida pela lavanderia tem uma marca. Seremos forçados a dizer que os perdemos."

Embora este diálogo não tenha ficado em minha cabeça por muito tempo, ele me intrigou, mais ainda pela resposta insatisfatória dos gêmeos quando toquei no assunto. Outra esquisitice foi a descoberta, certa tarde, de um imenso tacho de cobre borbulhando na boca traseira do fogão, do qual emanava um odor peculiar. Ergui a tampa e uma nuvem de vapor pungente, acre, atingiu meu rosto. O tacho estava cheio de folhas moles, amendoadas, cozinhando em cerca de dois litros de água escura. O que é isso?, pensei perplexo e curioso. Quando perguntei a Francis, ele respondeu secamente: "Para o meu banho".

É fácil entender tudo, em retrospecto. Mas ignorava tudo na época, exceto minha própria felicidade, e não sei o que dizer, pois a vida parecia encantada naqueles dias: uma teia de símbolos, premonições, agouros. Tudo, de algum modo, se encaixava; a Providência, tímida e benevolente, revelava-se aos poucos, e eu me sentia na iminência de uma grande descoberta, como se em determinada manhã tudo fosse fazer sentido — meu futuro, meu passado, minha vida inteira — e me permitisse sentar na cama como se me caísse um raio e dizer: *oh! oh.! oh!*

Passamos tantos dias felizes na casa de campo naquele outono que hoje eles se condensam num grande momento de prazer indistinto. Por volta do Dia de Todos os Santos as últimas flores silvestres teimosas secaram e o vento ganhou ímpeto gelado, despejando uma chuva de folhas amarelas na superfície enrugada do lago acinzentado. Naquelas tardes frias, quando o céu parecia de chumbo e as nuvens apostavam corrida, refugiávamo-nos na biblioteca, enchendo a lareira de lenha para aquecer o ambiente. Ramos pelados de salgueiro batiam na janela como dedos de uma caveira. Enquanto os gêmeos jogavam baralho numa ponta da mesa, Henry trabalhava na outra, Francis acomodava-se na poltrona da janela com um prato de sanduíches no colo, lendo, em francês, as *Mémoires* do duque de Saint-Simon, que por alguma razão decidira encarar até o fim. Frequentara várias escolas na Europa, falava um francês excelente, embora sua pronúncia mantivesse o mesmo sotaque esnobe e *blasé* de seu inglês; às vezes, pedia que me ajudasse nas lições do primeiro ano do curso de francês, histórias tediosas sobre Marie e Jean-Claude indo ao *tabac*, que ele lia com voz arrastada, divertida (*"Marie a apporté des légumes à son frère*"), provocando gargalhadas em todos. Bunny deitava-se de bruços sobre o tapete da lareira, fazendo sua tarefa; de quando em quando roubava um sanduíche de Francis ou tentava esclarecer uma dúvida, inseguro. Embora sempre se atrapalhasse com o idioma grego, ele começara a estudá-lo muito antes de qualquer um de nós, desde os doze anos, um detalhe do qual se gabava continuamente. Ele sugeria, de modo dissimulado, que se tratava de um capricho infantil, uma manifestação de gênio, *à la* Alexander Pope; mas a verdade (soube por Henry) era que ele sofria de dislexia profunda, e na escola dele seguiam a teoria de que era bom forçar o aprendizado de idiomas como o grego, hebraico e russo, que não utilizavam o alfabeto romano, pelos estudantes disléxicos. De qualquer maneira, seu talento como linguista era consideravelmente menor do que ele levava os outros a crer, sendo incapaz de decifrar mesmo os textos mais simples sem uma enxurrada de queixas, perguntas e ingestão contínua de alimentos. No final do período ele sofreu uma crise de asma e perambulava pela casa de pijama e roupão, o cabelo eriçado, aspirando teatralmente o inalador. As pílulas que tomava (fui informado sem ele o saber) o tornavam irritadiço, impediam que dormisse, favoreciam o aumento do peso. E aceitei esta explicação para o mau humor de Bunny no final do período, que, descobri depois, se devia a razões inteiramente diversas.

    O que devo contar? Sobre o que aconteceu no sábado de dezembro, em que Bunny saiu correndo pela casa às cinco da madrugada, gritando "Primeira nevada!", e sacudindo nossas camas? Ou sobre o dia em que Camilla tentou me ensinar sapateado? Ou sobre a vez em que Bunny virou o bote — com Henry e Francis dentro — porque imaginou ter visto uma cobra-d'água? Ou sobre a festa de aniversário de Henry, ou sobre as duas oportunidades em que a mãe de Franeis — cabelos ruivos, sapatos de crocodilo e esmeraldas — apareceu para visitá-lo, a caminho de Nova York, carregando o Yorkshire terrier e o segundo marido? (A mãe dele era do além; Chris, o segundo marido, parecia uma personagem de novela de televisão, pouco mais velho do que Francis. Ela se chamava Olivia. Quando a conheci, acabara de sair do Centro Betty Ford, curada do alcoolismo e da dependência de uma droga não especificada, pronta para trilhar o caminho do pecado novamente. Charles me contou que ela, certa feita, batera em sua porta no meio da noite perguntando se gostaria de ir para a cama com Chris e ela. Ainda recebo seus cartões de boas-festas.)

Certo dia, no entanto, se mantém particularmente vívido, um sábado luminoso de outubro, um dos últimos dias quentes daquele ano. Na noite anterior — que fora bem fria — ficamos conversando e bebendo até quase o amanhecer, e acordei tarde, afogueado, sentindo náuseas, as cobertas chutadas para o pé da cama, o sol entrando pela janela. Permaneci imóvel por um longo tempo. O sol entrava vermelho e dolorido pela pálpebra fechada. A casa em torno de mim estava silenciosa, trêmula, opressiva.

Desci com dificuldade, os pés estalando nos degraus. A casa estava imóvel, deserta. Finalmente encontrei Francis e Bunny na extremidade sombreada da varanda. Bunny vestia camiseta e bermudas; Francis, o rosto manchado de um rosa-albino, os olhos cerrados, quase trêmulos de dor, usava um robe de algodão caindo aos pedaços, furtado de um hotel.

Eles tomavam *prairie oysters*. Francis empurrou o dele em minha direção sem sequer olhar. "Tome", disse. "Vou enjoar se continuar vendo isso na minha frente mais um segundo."

A gema tremeu, levemente, mergulhada em ketchup e molho Worcestershire. "Não quero", falei, devolvendo o ovo.

Ele cruzou as pernas e tapou o nariz com as pontas do polegar e do indicador. "Nem sei por que preparei esta coisa", comentou. "Nunca dá certo. Acho melhor tomar um alka-seltzer."

Charles fechou a porta de tela atrás de si e percorreu indiferente a extensão da varanda em seu roupão de banho listado de vermelho. "Na verdade", disse, "você precisa de uma vaca-preta."

"Você tem mania de sorvete."

"*Funciona*, se quer saber. É um fato científico. Alimentos gelados aliviam a náusea e..."

"Sempre diz isso, Charles, mas não creio que seja verdade."

"Quer prestar atenção por um segundo? O sorvete retarda a digestão. A coca-cola acalma o estômago e a cafeína cura a dor de cabeça. O açúcar repõe as energias. Além disso, ajuda a metabolizar o álcool mais depressa. É a combinação perfeita."

"Então prepare uma para mim, por favor", Bunny disse.

"Prepare você mesmo", retrucou Charles, repentinamente irritado.

"Sério", Francis disse. "Só preciso de um alka-seltzer."

Henry — que estava de pé, e vestido, desde o primeiro raio de sol —

desceu logo depois, seguido de Camilla, sonolenta, corada e úmida do banho, seu cabelo como um crisântemo dourado caótico e encaracolado. Isso tudo às duas da tarde, ou quase. O galgo a acompanhava, entorpecido, um olho castanho parcialmente fechado movendo-se grotesco na órbita.

Não havia alka-seltzer, e Francis entrou para apanhar uma garrafa de ginger ale, gelo e copos. Ficamos ali sentados por algum tempo, enquanto a temperatura aumentava, bem como a luminosidade da tarde. Camilla — que raramente se conformava em ficar sentada e sempre queria fazer alguma coisa, qualquer coisa, como jogar cartas ou sair para um piquenique ou passeio — se mostrava entediada e inquieta, sem pretender ocultar sua condição. Segurava um livro, mas não lia; atravessara as pernas no braço da poltrona, batendo um dos calcanhares descalços no vime, num ritmo letárgico, obstinado. Afinal, para animá-la um pouco, Francis sugeriu uma caminhada até o lago. Ela concordou imediatamente, disposta. Como não havia mais nada para fazer, Henry e eu decidimos acompanhá-los. Charles e Bunny dormiam, chegavam a roncar nas poltronas.

O azul-forte do céu contrastava com as sombras das árvores avermelhadas e amareladas. Francis, descalço e ainda de roupão, caminhava precariamente sobre os gravetos e pedregulhos, balançando o copo de ginger ale. Quando chegamos ao lago ele entrou na água, até a altura dos joelhos, e acenou dramaticamente, como são João Batista.

Tiramos sapatos e meias. A água, perto da margem, estava clara, verde, gelando meu tornozelo, e as pedrinhas do fundo refletiam o sol. Henry, de paletó e gravata, andou dentro d'água até o ponto onde Francis se encontrava, a calça enrolada até os joelhos, como um banqueiro antiquado num quadro surrealista. O vento fustigava as bétulas, revelando a superfície pálida inferior das folhas, e entrou por baixo do vestido de Camilla, que inflou como um balão branco. Ela riu e o segurou rapidamente, mas o vento o levantou de novo.

Nós dois passeamos pela beirada, onde a água mal chegava aos pés. O sol iluminava o lago, em ondas — não parecia um lago de verdade, mas uma miragem no Saara. Henry e Francis afastaram-se: Francis falava, gesticulando muito em seu roupão branco, e Henry, as mãos cruzadas nas costas, era o próprio Satã escutando paciente a arenga de um profeta no deserto.

Andamos bastante pela margem do lago, ela e eu, depois voltamos. Camilla, uma das mãos a proteger os olhos delicados da luz, contava uma longa história sobre o problema criado pelo cachorro, que mastigara um tapete de pele de carneiro pertencente ao senhorio, e as tentativas subsequentes de disfarçar os danos e depois destruir a prova do crime — mas eu não prestava muita atenção: ela se parecia muito com o irmão, apesar de os modos diretos, descontraídos, serem quase mágicos quando repetidos, com variações mínimas, em sua pessoa. Eu me sentia sonhando acordado: bastava vê-la para mergulhar numa série quase infinita de fantasias, do grego ao gótico, do vulgar ao divino.

Observava seu perfil, atento às inflexões roucas e doces de sua voz ritmada, quando fui afastado de minha adoração por um grito agudo. Ela parou.

"O que foi?"

Ela olhava para baixo. "Veja."

Na água, uma mancha escura de sangue espalhava-se em volta dos pés dela; enquanto eu piscava, um filete vermelho fluía e se enrolava nos artelhos claros, ondulando na água como uma espiral de fumaça rubra.

"Minha nossa, o que aconteceu?"

"Não sei. Pisei em alguma coisa afiada." Ela apoiou a mão no meu ombro e segurei-a pela cintura. Havia um caco de vidro verde, com mais de sete centímetros, enfiado próximo ao peito do pé. O sangue pulsava ritmado conforme seu coração batia; o vidro, tingido de vermelho, reluzia malévolo ao sol.

"O que foi?", ela perguntou, tentando curvar o corpo para ver. "É sério?"

Rompera uma artéria. O sangue esguichava com força, depressa.

"Francis!", gritei. "Henry!"

"Meu Deus do céu", Francis disse, quando se aproximou o bastante para ver o sangue, e começou a correr em nossa direção, erguendo o roupão acima da água com uma das mãos. "Como foi fazer isso? Consegue andar? Me deixe ver", ele disse, sem fôlego.

Camilla segurou meu braço com força. O pé se cobrira de sangue. Gotas enormes pingavam da ponta, espalhando-se e tingindo a água límpida.

"Meu Deus", Francis disse, fechando os olhos. "Dói muito?"

"Não", ela respondeu bruscamente, mas eu percebi que doía. Ela tremia, e seu rosto empalidecera.

Henry, de repente, estava ali também, debruçado sobre ela. "Ponha o braço em volta do meu pescoço", disse; ergueu-a com habilidade, como se ela fosse feita de palha, passando um braço por trás da cabeça e o outro por trás dos joelhos. "Francis, corra e apanhe o estojo de primeiros socorros no carro. Encontro você na metade do caminho."

"Está bem", Francis disse, contente por ter alguém para lhe dizer como agir, e saiu correndo pela margem.

"Henry, *pode me soltar*. Estou sujando você de sangue."

Ele não lhe deu a menor confiança. "Richard, por favor", disse, "pegue a meia e amarre na altura do tornozelo."

Foi só neste momento que pensei num torniquete. Daria um médico terrível. "Está apertando demais?", perguntei.

"Tudo bem. Henry, por favor, ponha-me no chão. Sou pesada demais para você."

Ele sorriu. Havia uma pequena lasca no dente da frente, que eu não percebera antes; dava a seu sorriso um aspecto sedutor. "Você é leve como uma pluma", falou.

Por vezes, quando ocorre um acidente e a realidade é tão súbita e estranha para nossa compreensão, o surreal assume o controle. As ações transcorrem como num sonho lento, quadro a quadro; o movimento da mão ou uma frase proferida podem durar uma eternidade. Pequenas coisas — um grilo no galho, as nervuras de uma folha — são ampliadas, trazidas do fundo e colocadas em foco assustadoramente claro. Foi o que aconteceu então, na caminhada do descampado até a casa. Eu me sentia num quadro por demais vívido para ser real — cada pedregulho, cada folha de grama plenamente nítida, o céu azul a ponto de doer nos olhos. Camilla largou o corpo nos braços de Henry, a cabeça pendendo para trás, como uma moça morta, a curva da garganta linda e inanimada. A barra do vestido flutuava abstrata na brisa. As calças de Henry exibiam manchas redondas como moedas, vermelhas demais para ser de sangue, como se provocadas por uma broxa. Na quietude avassaladora, entre nossas passadas silenciosas, sentia minha pulsação rápida e tênue nos ouvidos.

Charles deslizou pela encosta descalço, ainda de roupão, tendo Francis nos calcanhares. Henry ajoelhou-se e colocou Camilla na grama. Ela ergueu-se nos cotovelos.

"Camilla, você está morta?", Charles perguntou, sem ar, ao agachar-se no solo para examinar o ferimento.

"Alguém", Francis disse, desenrolando um tanto do rolo de atadura, "vai ter de remover o caco de vidro de seu pé."

"Posso tentar?", Charles perguntou, olhando para ela.

"Tome cuidado."

Charles, segurando o calcanhar com uma das mãos, prendeu o vidro entre o polegar e o indicador da outra e o puxou com cuidado. Camilla respirou fundo, sofregamente.

Charles recuou como se tivesse sofrido uma queimadura. Fez que ia tocar o pé novamente, mas não conseguiu. Seus dedos estavam úmidos de sangue.

"Vamos lá, de novo", Camilla disse, a voz relativamente firme.

"Não posso. Tenho medo de machucá-la."

"Vai machucar de qualquer maneira."

"Não consigo", Charles disse desolado, erguendo os olhos.

"Saia da frente", Henry ordenou impaciente, ajoelhando-se para segurar o pé.

Charles virou o rosto; empalidecera, quase tanto quanto ela. Pensei que a antiga história poderia encerrar alguma verdade. Um gêmeo sentia dor quando o outro se feria.

Camilla recuou, de olhos arregalados; Henry ergueu o caco curvo de vidro na mão ensanguentada. *"Consummatum est"*, disse.

Francis lavou a ferida com iodo e fez o curativo.

"Minha nossa", falei, erguendo o caco para examiná-lo contra a luz.

"Boa menina", Francis disse, prendendo as ataduras no peito do pé. Como a maioria dos hipocondríacos, possuía a estranha capacidade de acalmar doentes. "Parabéns. Nem chorou."

"Não doeu tanto assim."

"Não uma ova", Francis disse. "Você foi muito corajosa."

Henry ergueu-se. "Ela foi corajosa", disse.

Naquela mesma tarde Charles e eu fomos sentar na varanda. Esfriara de repente; o céu estava brilhante, ensolarado, mas o vento aumentava. O sr. Hatch entrara na casa para acender a lareira, e eu senti um leve odor de madeira queimada. Francis estava lá dentro também, preparando o jantar.

Cantava, e sua voz alta, clara, ligeiramente desafinada, chegava até nós através da janela da cozinha.

O corte de Camilla não era muito sério. Francis levou-a até o pronto--socorro — Bunny foi junto, pois aborrecera-se por ter dormido durante todo o evento — e ela retornou depois de uma hora, com seis pontos no pé, um curativo e um frasco de Tylenol com codeína. Bunny e Henry resolveram sair para jogar croqué, e ela os acompanhou, pulando num pé, apoiando a ponta do outro no chão, num passo que, da varanda, dava a estranha impressão de ser agradável.

Charles e eu bebíamos uísque com soda. Ele tentara me ensinar a jogar piquê ("pois era o jogo de Rawdon Crawley em *Vanityfair*"), mas eu demorava a aprender e as cartas foram abandonadas na mesa.

Charles tomou um gole de seu drinque. Não se dera ao trabalho de trocar de roupa naquele dia. "Gostaria de não ter de voltar a Hampden amanhã", disse.

"Gostaria de não voltar nunca mais", falei. "Adoraria morar aqui."

"Bem, talvez seja possível."

"Como?"

"Não agora. Quem sabe no futuro. No final do curso."

"Como assim?"

Ele deu de ombros. "Bem, a tia de Francis não quer vender a casa, pois deseja mantê-la na família. Francis poderia comprá-la por uma ninharia quando completar vinte e um anos. E mesmo que não possa, Henry tem tanto dinheiro que nem sabe o que fazer com ele. Se quisessem, comprariam a casa juntos. Fácil."

Assustei-me com uma resposta tão pragmática.

"Quero dizer, Henry, quando terminar o curso — se é que vai terminá-lo —, só pretende encontrar um local onde possa escrever seus livros e estudar as Doze Grandes Culturas."

"Como assim, *se* terminar?"

"Talvez ele não deseje isso. Pode se aborrecer. Já falou em largar tudo mais de uma vez. Não tem obrigação de permanecer aqui, e com certeza não precisa arranjar emprego."

"Acha que não?" Senti curiosidade. Sempre imaginei Henry lecionando grego, em alguma universidade esquecida, porém excelente, do Meio--Oeste.

Charles riu, irônico. "Claro que não. Por que precisaria? Não necessita do dinheiro, e daria um professor terrível. E Francis nunca trabalhou na vida. Creio que poderia morar com a mãe, se aturasse o marido dela. Preferirá viver aqui. Julian não estaria longe, além disso."

Beberiquei um pouco, olhando para as figuras distantes no gramado. Bunny, o cabelo caindo na testa, preparava-se para jogar, flexionando o malho e gingando o corpo como um golfista profissional.

"Julian tem família?", perguntei.

"Não", Charles disse, a boca cheia de gelo. "Tem sobrinhos, que odeia. Preste atenção, agora", ele disse subitamente, erguendo-se da poltrona.

Olhei. No gramado, Bunny finalmente fez a jogada; a bola passou por fora dos arcos seis e sete, mas, incrível, bateu na estaca.

"Observe", falei. "Aposto que ele vai tentar jogar novamente."

"Mas não vai conseguir", Charles disse, sentando-se novamente, os olhos ainda fixos no gramado. "Olhe para Henry. Não vai deixar."

Henry apontava para os arcos negligenciados, e mesmo de longe percebi que citava as regras do jogo. Bunny, a voz enfraquecida pela distância, reclamava inconformado, aos gritos.

"Minha ressaca já passou", Charles disse depois de um tempo.

"A minha também", falei. A luz lançava longas sombras aveludadas no gramado dourado, e o céu nublado, radiante, estava claro para os lados de Constable; embora não quisesse admitir, eu estava meio bêbado.

Permanecemos em silêncio por algum tempo, observando o jogo. Do gramado vinha o ruído débil do malho ao atingir a bola de croqué; da janela, superando o retinir das panelas e o bater das portas dos armários, vinha a voz de Francis, que cantava, como se aquela fosse a música mais divertida do mundo: "*We are little black sheep who have gone astray... Baa baa baa...*".

"No caso de Francis comprar a casa", perguntei finalmente, "acredita que ele nos deixará morar aqui?"

"Claro. Morreria de tédio se vivesse sozinho com Henry. Calculo que Bunny precise trabalhar no banco, mas poderá nos visitar nos finais de semana, se deixar Marion e os filhos em casa."

Ri. Bunny contara na noite anterior que desejava ter oito filhos, quatro meninos e quatro meninas; isso provocou um longo e sério discurso de Henry sobre o modo como o cumprimento do ciclo reprodutivo era, na natureza, prenúncio invariável do rápido declínio e da morte.

"É terrível", Charles disse. "Realmente, já o imagino parado no quintal, usando um avental ridículo."

"Preparando hambúrgueres na churrasqueira."

"Tendo em volta uns vinte filhos, correndo e gritando."

"Piqueniques da Kiwani."

"Espreguiçadeiras La-Z-Boy."

"Meu Deus."

Um vento súbito agitou as bétulas; uma revoada de folhas amarelas soltou-se das árvores. Tomei um gole da minha bebida. Se tivesse crescido naquela casa, não gostaria tanto dela, não teria me familiarizado tanto com o rangido das portas de vaivém, com o padrão das clematites na treliça, ou com as ondas aveludadas do terreno, que se perdiam cinzentas no horizonte, onde se avistava — de leve — a estrada, no alto do morro, atrás das árvores. As próprias cores do local pareciam ter se infiltrado em meu sangue: assim como Hampden, nos anos subsequentes, sempre se apresentaria como um redemoinho confuso de branco e verde e vermelho em minha imaginação, a casa de campo surgia de repente numa gloriosa mistura de cores suaves de aquarela, marfim e lápis-lazúli, castanho e laranja-queimado e ouro. Apenas aos poucos os elementos tomavam forma: a casa, o céu, os pés de bordo. Mesmo naquele dia, ali na varanda, tendo Charles a meu lado e o cheiro de madeira queimada no ar, ela já se parecia com uma recordação; estendia-se perante meus olhos e, no entanto, era linda demais para ser verdadeira.

Escurecia; logo chegaria a hora do jantar. Terminei minha bebida num gole. A ideia de morar ali, sem ter que voltar nunca mais ao asfalto ou aos shopping centers e móveis modulares; de viver ali com Charles e Camilla e Henry e Francis, e quem sabe até com Bunny; sem que ninguém se casasse nem arranjasse emprego numa cidade a mil quilômetros de distância, nem fizesse qualquer das coisas traiçoeiras que os amigos fazem quando terminam a universidade; a ideia de que tudo permanecesse como estava, naquele instante — a ideia era tão celestial que mesmo sabendo, desde aquela hora, que jamais se realizaria, eu gostava de acreditar nela.

Francis tentava um final grandioso para sua canção. *"Gentlemen songsters off on a spreee... Doomed from here to eternity..."*

Charles me olhou de esguelha. "E quanto a você?", ele disse.

"Como assim?"

"Você não tem nenhum projeto?" Ele riu. "O que pretende fazer nos próximos quarenta ou cinquenta anos de sua vida?"

No gramado, Bunny acabava de atirar a bola de Henry uns vinte metros para fora do campo. Seguiu-se uma gargalhada entrecortada; fraca, porém clara, chegou a mim trazida pelo ar frio da noite. Aquela gargalhada me persegue até hoje.

3.

Desde o primeiro momento em que pus os pés em Hampden passei a temer o final do período, quando teria que voltar a Plano, a terra chata dos postos de gasolina e do pó. Conforme o período letivo avançava, a neve aumentava e as manhãs escureciam cada vez mais, eu me aproximava da data borrada na folha mimeografada ("Todos os trabalhos devem ser entregues até 17 de dezembro") que havia colado na porta do armário e minha melancolia se transformava em desespero. Não suportaria passar o Natal na casa de meus pais, com sua árvore de plástico e a tevê ligada o tempo inteiro. Além disso, meus pais não morriam de vontade de me receber. Nos últimos anos passaram a sair com um casal tagarela, sem filhos, mais velho do que eles, os MacNatt. O sr. MacNatt vendia peças de automóveis; a sra. MacNatt, produtos Avon, e tinha cara de pomba. Convenciam meus pais a pegar ônibus para fazer compras em lojas de fábrica, a participar de um jogo de dados chamado *bunko* e a frequentar o piano-bar do Ramada Inn. Essas atividades ganhavam ímpeto nas férias, e minha presença, por mais breve e irregular que fosse, era considerada um estorvo e era, de certa forma, lamentada.

Mas as férias constituíam apenas metade do problema. Uma vez que Hampden situava-se bem ao norte, seus prédios eram antigos e custava caro aquecê-los, a escola fechava nos meses de janeiro e fevereiro. Já ouvia meu pai, voz empastada de cerveja, reclamando de mim para o sr. MacNatt, que astutamente o espicaçava, insinuando em seus comentários que eu era muito mimado e que *ele* jamais permitiria que seu filho se aproveitasse dele, caso tivesse um. Com isso, provocava em meu pai um ataque de fúria; no final, ele acabava entrando dramaticamente em meu quarto, o dedo em riste, trêmulo, rolando os olhos como Otelo. Encenara este drama diversas vezes quando eu estava no ginásio e no colégio na Califórnia, sem nenhum motivo fora a vontade de exibir sua autoridade na frente da minha mãe e de seus amigos. Eu era sempre aceito de volta, assim que ele se cansava das atenções, e permitia que minha mãe "usasse o bom senso" para resolver o caso. Mas e agora? Eu nem tinha mais quarto próprio; em outubro recebi uma carta de minha mãe explicando que vendera a mobília e aproveitara o espaço para fazer um quarto de costura.

Henry e Bunny iriam à Itália nas férias de inverno, para conhecer Roma. Surpreendi-me ao saber disso, no início de dezembro, em especial porque os dois andavam às turras havia mais de um mês, sobretudo Henry. Bunny, eu sabia, o atormentava continuamente, pedindo dinheiro, e embora Henry reclamasse, parecia estranhamente incapaz de recusar. Deduzi que o problema não era o dinheiro *em si*, mas uma questão de princípio; também calculei que Bunny não se dava conta da tensão existente.

Bunny só sabia falar da viagem. Comprou roupas, guias turísticos, um disco chamado *Parliamo italiano*, que prometia ensinar italiano ao freguês em duas semanas ou menos ("Mesmo que você não tenha sorte com cursos de idiomas!", gabava-se a capa), e um exemplar do *Inferno*, em tradução de Dorothy Sayers. Ele sabia que eu não tinha para onde ir nas férias de inverno e adorava jogar sal nas minhas feridas. "Pensarei em você quando estiver bebendo Campari e passeando de gôndola", disse uma vez, piscando. Henry pouco comentava a viagem. Enquanto Bunny tagarelava, ele permanecia quieto, sentado, tragando com força o cigarro e fingindo não compreender o italiano falsificado de Bunny.

Francis disse que adoraria me levar a Boston para passar o Natal e depois viajar comigo para Nova York; os gêmeos telefonaram para a avó na Virgínia e ela aceitou com prazer me receber lá, também, até o final das férias de inverno. Mas eu necessitava de dinheiro. Teria de arranjar um emprego até o início do semestre seguinte. Para poder voltar na primavera, precisava de dinheiro, e não trabalharia caso saísse a passear com Francis. Os gêmeos tinham emprego garantido no escritório do tio advogado, que sempre os contratava nas férias, mas já era difícil encontrar tarefas para preencher o tempo dos dois. Charles levava o tio Orman a leilões imobiliários e liquidações. Camilla permanecia no escritório, para atender o telefone que nunca tocava. Estou certo de que jamais lhes ocorreu que eu precisava de um emprego também — todas as minhas histórias de *richesse* californiana funcionaram mais do que eu esperava. "O que vou fazer enquanto vocês trabalham?", perguntei a eles, esperando que entendessem a sugestão, mas não perceberam nada, claro. "Creio que não há muita coisa a fazer lá", Charles disse, desculpando-se. "Pode ler, conversar com Nana, brincar com os cachorros."

Minha única opção, pelo jeito, era ficar na cidade de Hampden. O dr. Roland estava disposto a garantir meu serviço, embora pagando um salário que não cobriria um aluguel decente. Charles e Camilla haviam sublocado o apartamento deles, e Francis emprestara o seu a um primo adolescente; o de Henry, pelo que eu sabia, permaneceria vazio, mas ele não o ofereceu, e eu era orgulhoso demais para pedir. A casa de campo estaria vazia também, mas ficava a uma hora de Hampden, e eu não tinha carro. Foi então que ouvi falar de um velho hippie, ex-aluno de Hampden, que possuía uma oficina de conserto de instrumentos musicais num galpão abandonado. Ele deixaria alguém morar no depósito de graça se o sujeito preparasse umas cavilhas e lixasse alguns bandolins de vez em quando.

Em parte por não querer que a piedade ou o desprezo alheio me incomodassem, ocultei os detalhes que cercavam minha decisão. Indesejável nas férias para meus pais glamourosos e inúteis, decidira permanecer em Hampden (em local não especificado) e estudar grego, recusando, por orgulho, as ofertas de dinheiro por parte deles.

Este estoicismo, a dedicação aos estudos, digna de um Henry, e o desprezo geral pelas coisas do mundo provocaram a admiração de todos, e de Henry em especial. "Eu não me importaria de passar o inverno aqui", ele disse numa noite desolada de novembro, quando andávamos para casa, voltando de Charles e Camilla, os sapatos mergulhados até os tornozelos nas folhas molhadas que cobriam o caminho. "A escola estará em recesso, as lojas da cidade fecharão às três da tarde. Tudo vai ficar branco e vazio, e não haverá outro barulho fora o vento. Nos velhos tempos a neve se acumularia até chegar ao telhado, as pessoas ficariam presas em suas casas e morreriam de fome. Só seriam encontradas na primavera." Sua voz era sonhadora, calma, mas me encheu de temores. Onde eu morava antes nem sequer nevava.

A última semana de aula transcorreu numa correria de malas, trabalhos datilografados, reservas de passagens aéreas e telefonemas para casa, para todos menos para mim. Eu não precisava entregar trabalhos antecipadamente, pois não tinha para onde ir; poderia fazer as malas com calma, depois que os dormitórios se esvaziassem. Bunny foi o primeiro a partir. Passara três semanas em pânico por causa do trabalho que precisava entregar para uma matéria optativa chamada mestres da literatura inglesa, creio. A tarefa era escrever vinte e cinco páginas sobre John Donne. Nenhum de nós imaginava como ele o faria, pois seu forte não era redigir; embora a dislexia fosse uma desculpa conveniente, o problema real não se encontrava aí, mas em sua incapacidade de se concentrar. Nisso, era como uma criança. Ele raramente lia os textos exigidos ou consultava a bibliografia recomendada em um determinado curso. Seu conhecimento das matérias não passava de um amontoado de fatos confusos, com frequência irrelevantes ao extremo, ou fora de contexto, dos quais se lembrava em função de discussões em classe ou acreditava ter lido em algum lugar. Quando chegava a hora de redigir um trabalho, ele submetia tais fragmentos duvidosos ao escrutínio minucioso de Henry (a quem tinha o hábito de consultar, como se o colega fosse um atlas), ou os recheava com as informações encontradas em *The World Book Encyclopedia* ou numa obra de referência intitulada *Men of Thought and Deed*, coleção em seis volumes escrita por E. Tipton Chatsford, Rev., na década de 1890, que consistia em resumos da vida dos grandes homens através dos tempos, para crianças, cheia de ilustrações dramáticas.

Qualquer texto de Bunny se caracterizava pela originalidade extrema, pois começava por consultar as obras citadas e acabava por desfigurar tudo com sua confusão mental. Mas a pesquisa sobre John Donne deve ter sido o pior trabalho composto por ele (ironicamente, foi seu único texto a ser publicado. Depois de seu desaparecimento, um jornalista pediu um exemplo da obra do jovem pesquisador sumido e Marion deu-lhe uma cópia de um parágrafo caprichosamente reescrito, que acabou chegando até a revista *People*).

Em algum lugar Bunny lera que John Donne conhecera Izaak Walton, e nos corredores escuros de sua mente a amizade cresceu imensamente, até que os dois sujeitos se tornaram, na imaginação fértil de Bunny, totalmente intercambiáveis. Jamais compreendemos como ele estabeleceu esta conexão fatal. Henry pôs a culpa em *Men of Thought and Deed*, mas ninguém podia afirmar isso com certeza. Uma semana ou duas antes da entrega do trabalho, ele começou a me visitar no quarto, lá pelas duas ou três da madrugada, parecendo ter escapado por pouco de uma catástrofe natural, a gravata torta, os olhos arregalados. "Olá, olá", dizia ao entrar, passando as duas mãos pelos cabelos desgrenhados. "Espero que não tenha acordado você, não se importa se eu acender a luz, se importa? Vamos lá. É isso aí..." E depois de acender a luz ele andava de um lado para o outro sem tirar o casaco, as mãos cruzadas nas costas, balançando a cabeça. Finalmente, parava e dizia, com expressão desesperada: "Metahemeralismo. Fale algo sobre o tema. Conte tudo o que souber. Preciso saber alguma coisa sobre metahemeralismo".

"Lamento. Não tenho a menor ideia do que se trata."

"Nem eu", admitia Bunny arrasado. "Tem a ver com arte ou estilo pastoral. Preciso seguir por aí, para relacionar John Donne a Izaak Walton, percebe?" E retomava as andanças. "Donne. Walton. Metahemeralismo. É assim que eu vejo a coisa."

"Bunny, nem acredito que a palavra *metahemeralismo* exista."

"Claro que existe. Vem do latim. Tem a ver com ironia e pastoral. Claro. É isso. Pintura ou escultura, sei lá."

"Está no dicionário?"

"Talvez. Nem sei como se escreve. Sabe...", ele fez um gesto, "o poeta e o pescador. *Parfait*. Bons companheiros. Aproveitando a boa vida. Metahemeralismo é a chave, entende?"

Ele ia por aí, durante meia hora ou mais. Bunny discorria sobre pesca, sonetos e só Deus sabe o que mais, até que no meio do monólogo tinha uma ideia brilhante e saía correndo tão depressa como chegara.

Ele terminou o trabalho quatro dias antes da data e o mostrou a todos antes de entregá-lo.

"Belo trabalho, Bunny, mas...", Charles comentou cauteloso.

"Obrigado, obrigado."

"Mas não acha que deveria mencionar John Donne com mais frequência? Afinal, não era para apresentar um estudo sobre a obra dele?"

"Donne que se dane", Bunny disse, dando de ombros. "Não quero confusão com ele."

Henry recusou-se a ler. "Está acima de minha compreensão, Bunny", ele disse, olhando para a primeira página. "Mas diga, qual foi o problema com a datilografia?"

"Usei espaço triplo", Bunny respondeu orgulhoso.

"Mas a distância entre as linhas é de *três centímetros*."

"Parece um livro de poesia, não acha?"

Henry emitiu um ruído zombeteiro pelo nariz. "Parece um cardápio, isso sim."

Só me lembro, do trabalho, que terminava com a frase "E assim deixamos Donne e Walton nos braços do metahemeralismo, despedimo-nos carinhosamente destes famosos caras de antanho". Imaginamos que ele seria reprovado. Mas Bunny não se preocupava: a iminência da viagem para a Itália, agora próxima o suficiente para que a torre de Pisa lançasse sua sombra escura sobre a cama dele à noite, o lançara num estado de alta agitação; ele estava ansioso para sair de Hampden o mais depressa possível e livrar-se dos compromissos familiares para que pudesse embarcar.

Bruscamente, ele perguntou se eu o ajudaria a fazer as malas, já que não estava muito ocupado. Aceitei, e ao chegar encontrei-o despejando o conteúdo das gavetas na mala, e roupas por toda a parte. Estendi o braço, retirei cuidadosamente uma gravura japonesa da parede e a coloquei sobre a escrivaninha. "Não toque nisso", ele gritou, largando a gaveta do criado-mudo no chão com estrondo e correndo para tirar o quadro de minha mão. "Isso aí tem mais de duzentos anos." A bem da verdade, eu sabia que a história era outra. Havia poucas semanas eu o vira na biblioteca, recortando a imagem de um livro cuidadosamente. Não disse nada, mas fiquei tão irritado que saí no mesmo instante, sem dar atenção às desculpas esfarrapadas com que tentava disfarçar sua vergonha. Mais tarde, depois da partida, encontrei em minha caixa de correio um recado estranho, pedindo desculpas, que embrulhava uma edição de bolso dos poemas de Rupert Brooke e uma caixa de Junior Mints.

Henry partiu rápida e discretamente. Certa noite nos contou que ia embora e na manhã seguinte sumiu. (Para St. Louis? para a Itália, já? nenhum de nós sabia.) Francis viajou um dia depois, entre prolongadas e carinhosas despedidas — Charles, Camilla e eu parados na beira da estrada, narizes escorrendo e orelhas geladas, enquanto Francis gritava para nós com a janela abaixada e o motor ligado soltando rolos de fumaça branca que cobriam o Mustang por cerca de quarenta minutos.

Talvez por ter sido a última partida, odiei quando os gêmeos foram embora. Depois que as buzinadas de Francis desapareceram na neve distante, sem eco, voltamos para a casa deles a pé, sem falar muito, pelo caminho do bosque. Quando Charles acendeu a luz, vi que o local estava espantosamente limpo — pia vazia, assoalho encerado, malas alinhadas perto da porta.

Os refeitórios foram fechados mais cedo naquele dia; nevava forte, escurecia e não tínhamos carro; a geladeira, recentemente limpa, cheirava a desinfetante e estava vazia. Sentados em volta da mesa da cozinha, improvisamos um jantar triste, composto de sopa de cogumelos em lata, biscoito cream cracker e chá sem leite nem açúcar. O assunto principal da conversa foi o itinerário de Charles e Camilla — e como lidariam com a bagagem, a que horas deviam chamar o táxi para pegar o trem das seis e meia a tempo. Participei das discussões sobre a viagem, mas a profunda melancolia que não me abandonaria mais nas semanas seguintes já se avizinhava; o som do carro de Francis, diminuindo até desaparecer ao longe, na paisagem silenciosa e coberta de neve, ainda estava em meus ouvidos. Pela primeira vez, eu me dei conta do quanto os dois meses seguintes seriam solitários, com a escola fechada, a neve profunda, todos ausentes.

Eles falaram que eu não precisava ir até lá para me despedir na manhã seguinte, pois partiriam muito cedo. Mesmo assim, passei lá de novo às cinco para dizer adeus. Era uma manhã clara, negra, cheia de estrelas; o termômetro na entrada de Commons desceu até chegar abaixo de zero. O táxi, envolto numa nuvem de fumaça, já os aguardava na frente. O motorista acabara de bater a tampa do porta-malas lotado. Charles e Camilla trancavam a porta e saíam. Estavam preocupados demais, evitando demonstrar prazer excessivo na minha presença. Os dois eram viajantes nervosos: os pais morreram num acidente automobilístico, quando foram a Washington passar um final de semana, e quando eles precisavam ir a algum lugar passavam os dias anteriores muito agitados.

Atrasaram-se, também. Charles largou a mala para apertar minha mão. "Feliz Natal, Richard. Por favor, escreva para nós", disse, e depois correu para o táxi. Camilla — atrapalhada com duas bolsas imensas — largou-as no chão e reclamou: "Droga, nunca vamos conseguir enfiar toda esta bagagem no trem".

Ela ofegava, e dois círculos vermelhos se destacavam em suas bochechas claras; jamais em minha vida vira alguém tão alucinadoramente linda como ela naquele momento. Parei, encarando-a como se fosse estúpido, o sangue pulsando forte nas veias, e meus planos cuidadosamente ensaiados para um beijo de despedida já esquecidos, quando ela correu e me abraçou com força. Sua respiração entrecortada ressoava alta em meus ouvidos e o rosto frio como gelo encostou no meu em seguida. Quando segurei sua mão enluvada, senti o pulso rápido sob meu polegar.

O táxi buzinou e Charles pôs a cabeça para fora da janela. "Vamos logo", gritou.

Carreguei as bolsas até a calçada e fiquei parado debaixo da luz da rua enquanto eles partiam. Os dois viraram de costas, no banco traseiro, e acenaram pelo vidro. Observei-os, vendo minha imagem deturpada refletida na curvatura do vidro escuro. O táxi dobrou a esquina e desapareceu.

Permaneci ali, na rua deserta, até não escutar mais o som do motor, ouvindo apenas o sibilar da neve fina que o vento espalhava pelo chão. Em seguida retomei o rumo do campus, as mãos enfiadas no fundo dos bolsos, o ranger dos pés insuportavelmente audível. Os alojamentos estavam pretos e silenciosos, e o estacionamento imenso atrás da quadra de tênis, vazio, a não ser pelos carros da administração e o caminhão da manutenção. Em meu dormitório os corredores estavam cheios de caixas de sapatos e cabides de roupas, as portas escancaradas, e tudo escuro e quieto como numa tumba. Nunca me sentira tão deprimido. Fechei a persiana e deitei na cama desarrumada, voltando a dormir.

Meus pertences eram tão poucos que podia levá-los numa única viagem. Quando acordei novamente, por volta do meio-dia, empacotei tudo em duas malas e, deixando a chave na segurança, carreguei as pela rua deserta, coberta de neve, até o endereço que o hippie me passara pelo telefone.

A caminhada era mais longa do que eu contava, e logo fui forçado a me afastar da via principal e cruzar uma região desolada perto do monte Cataract. Meu caminho seguia paralelo a um rio rápido, raso — o Battenkill —, cortado por pontes cobertas aqui e ali em seu curso. Havia poucas casas, e mesmo os trailers horríveis, medonhos, que se veem frequentemente no interior de Vermont, com pilhas enormes de lenha na lateral e fumaça preta saindo pela chaminé, eram raros e espaçados. Não via carro algum, exceto os ocasionais veículos abandonados, apoiados em blocos de cimento, na frente das casas.

Teria sido um passeio agradável, embora cansativo, mesmo no verão. Mas em dezembro, com meio metro de neve, carregando duas malas pesadas, eu até duvidava de minha capacidade para chegar ao final. Meus artelhos e dedos enrijeceram com o frio, e mais de uma vez fui obrigado a parar para descansar. Gradualmente, a área parecia mais e mais ocupada, e finalmente a estrada saiu onde me disseram que sairia: rua Prospect, em East Hampden.

Desconhecia aquela parte da cidade, situada num planeta diferente dos locais a que me acostumara — pés de bordo e fachadas de tábua, pracinhas gramadas e torre com relógio. Aquele trecho de Hampden era formado por uma série de caixas-d'água, trilhos de ferrovia enferrujados, galpões periclitantes e fábricas com portas fechadas por tábuas e janelas quebradas. Tudo ali parecia estar abandonado desde a Depressão, exceto um barzinho sem graça no final da rua que, a julgar pelos caminhões do lado de fora, faturava bem, mesmo naquela hora, início da tarde. Lâmpadas natalinas enfileiradas e enfeites de plástico decoravam o anúncio de cerveja em néon; espiando lá dentro, vi sujeitos alinhados no bar, usando camisa de flanela, todos empunhando copos de cerveja ou destilados. Nos fundos um grupo de jovens corpulentos, com bonés de beisebol, cercava uma mesa de bilhar. Parei do lado de fora da porta com painéis de vinil vermelho e olhei pela abertura mais uma vez. Deveria entrar e pedir informações, tomar um drinque, esquentar o corpo? Decidi que sim, e minha mão já tocava a imunda maçaneta de latão quando vi o nome do bar na janela: Boulder Tap. A julgar pelo noticiário local, o Boulder Tap era o epicentro de todas as contravenções cometidas em Hampden — esfaqueamentos, estupros, sempre sem testemunhas. Não era o tipo de lugar para se entrar sozinho e tomar um drinque, quanto mais um estudante universitário perdido vindo do outro lado da cidade.

Acabou não sendo tão difícil assim localizar a residência do tal hippie, afinal de contas. Um dos armazéns, à margem do rio, era pintado de roxo-escandaloso.

O hippie parecia bravo, como se eu o tivesse acordado, no momento em que finalmente respondeu às batidas na porta. "Da próxima vez é só ir entrando, meu", disse de cara feia. Era um sujeito baixo, vestia camiseta manchada de suor e usava barba ruiva; dava a impressão de passar muitas noites com os amigos no Boulder Tap, jogando bilhar. Apontou para o quarto onde eu poderia ficar, no alto de um lance de escada de ferro (sem corrimão, claro), e desapareceu sem dizer mais nada.

Entrei no quarto empoeirado, observando o assoalho de tábuas e o teto alto, com vigamento exposto. Fora a cômoda quebrada e a poltrona de encosto alto no canto não havia mobília. Vi também um cortador de grama, um barril de óleo enferrujado e uma bancada, sobre a qual se espalhavam lixas, algumas ferramentas de carpinteiro e pequenas peças de madeira recurvada, possivelmente pertencentes ao exoesqueleto dos bandolins. O chão estava imundo, cheio de serragem, pregos, embalagens de alimentos, pontas de cigarro e revistas *Playboy* da década de 70. As janelas estavam encardidas e embaçadas.

Larguei uma das malas, depois a outra, sentindo os dedos entorpecidos; por um momento minha mente se manteve entorpecida também, registrando cordata as impressões do local, sem comentários. Depois, de uma só vez, me dei conta do barulho forte de corredeira. Cruzei o quarto, aproximei-me de uma janela nos fundos, atrás da bancada, e levei um susto ao topar com o rio a pouco mais de um metro de distância. Adiante, era contido por um dique, onde batia esparramando água para todos os lados. Tentei limpar um círculo na janela com as mãos para ver melhor e notei que meu hálito continuava branco, mesmo dentro de casa.

Um ataque repentino, algo que só posso descrever como uma rajada de gelo, desabou sobre mim. Olhei para cima e vi um buraco enorme no teto. Vi o céu azul e a nuvem rápida passando da esquerda para a direita, pela abertura irregular. Embaixo havia uma fina camada de neve, desenhada com precisão no piso de madeira, com a forma exata do buraco acima, alterada apenas por uma pegada nítida, solitária, minha.

Muita gente perguntou depois se eu me dera conta do perigo que corria, ao tentar viver num ambiente sem aquecimento na região setentrional de

Vermont durante os meses mais frios do ano; para ser franco, não. No fundo de minha mente agitavam-se histórias conhecidas, de bêbados e idosos, de esquiadores negligentes, todos mortos congelados, mas por alguma razão nada disso se aplicaria a mim, pensei. Meu alojamento era desconfortável, admito, indecentemente imundo e amargamente frio, mas não me ocorreu jamais que fosse realmente perigoso. Outros estudantes haviam morado ali; o próprio hippie vivia na casa; uma das recepcionistas do Balcão de Informações Estudantis da faculdade me contara. Só que eu não sabia que o quarto do hippie tinha aquecimento adequado e que os estudantes anteriores haviam trazido um sortimento completo de aquecedores portáteis e cobertores elétricos. O buraco no teto, ademais, era um melhoramento recente, ignorado pelo Balcão de Informações Estudantis. Qualquer pessoa ao ouvir o caso teria me alertado, suponho, mas o fato era que ninguém sabia de nada. Tais acomodações me envergonhavam tanto que não contei a ninguém onde me instalaria, nem mesmo ao dr. Roland; a única pessoa inteirada do assunto era o hippie, que se mostrava completamente desinteressado pelo bem-estar das outras pessoas.

Pela manhã, bem cedo, quando ainda estava escuro, eu tinha de acordar, levantar da cama — apenas um monte de cobertores espalhados pelo chão — e seguir a pé até o escritório do dr. Roland. Ia como havia dormido, com duas ou três malhas de lã, ceroulas, calças de lã e capote. Uma longa caminhada, e se nevasse ou ventasse, era de doer. Chegava a Commons, gelado e exausto, na hora em que o zelador abria o prédio. Descia, tomava um banho e fazia a barba no porão, num banheiro sinistro — azulejos brancos, encanamento exposto, um vazamento no meio do piso — que pertencia a uma enfermaria improvisada durante a Segunda Guerra Mundial. Os funcionários da limpeza usavam as torneiras para encher os baldes, de modo que havia água e até um aquecedor a gás; escondera a toalha dobrada, barbeador e sabonete nos fundos de um armário com porta de vidro. Quando terminava a toalete, esquentava uma lata de sopa pronta e café solúvel na sala de ciências sociais, e quando o dr. Roland e as secretárias chegavam, eu já estava trabalhando firme.

O dr. Roland, acostumado como estava com minhas ausências e desculpas frequentes, além da dificuldade em terminar tarefas nos prazos marcados, ficou surpreso e desconfiado com aquela abrupta demonstração de eficiência.

Elogiava meu serviço e me interrogava detalhadamente; em diversas ocasiões eu o surpreendi discutindo minha metamorfose com o dr. Cabrini, chefe do Departamento de Psicologia, o único outro professor do prédio a não viajar naquele inverno. No início, sem dúvida, ele pensou que se tratasse de algum truque novo de minha parte. Mas, conforme transcorriam as semanas, a cada novo dia de trabalho entusiástico eu acrescentava mais uma estrela dourada a meu prontuário, e ele começava a crer em mim: timidamente no início, depois de modo triunfal. Mais ou menos no começo de fevereiro ele me deu um aumento. Talvez esperasse, em sua crença comportamentalista, reforçar ainda mais minha motivação. Lamentou seu erro, contudo, quando as férias de inverno se encerraram e retornei a meu quartinho confortável em Monmouth House, bem como a meus antigos hábitos de incompetência.

Trabalhava até tarde com o dr. Roland, o máximo possível sem despertar suspeitas, depois seguia para a lanchonete de Commons, onde jantava. Em noites de sorte arranjava até um lugar para ir depois. Vasculhava furioso os quadros de avisos atrás de reuniões dos Alcoólicos Anônimos, apresentações de *Brigadoon* pelo colégio local. Mas normalmente não havia nada, e Commons fechava às sete. Só me restava o longo caminho de casa na neve, no escuro.

O frio do armazém não se comparava a nada que eu conhecesse. E nunca mais passei por algo semelhante. Suponho que, se me restasse algum bom senso, teria saído e comprado um aquecedor elétrico, mas chegara havia apenas quatro meses, vindo de um dos locais de clima mais quente dos Estados Unidos, e mal sabia que tais confortos existiam. Nunca me ocorreu que metade da população de Vermont não passava pelos mesmos apuros, a cada noite — um frio de cortar os ossos, de provocar dores nas juntas, implacável ao ponto de penetrar em meus sonhos: gelo flutuante, expedições perdidas, luzes de aviões nas buscas pelos picos gelados, enquanto eu afundava sozinho nos mares do Ártico. Pela manhã, ao acordar, estava duro e dolorido como se tivesse levado uma surra. Por dormir no chão, creio. Só mais tarde concluí que a causa desse sofrimento estava nos tremores incessantes, que levavam meus músculos a contrações automáticas, como se fossem induzidas por choques elétricos, todas as noites, a noite inteira.

Por incrível que pareça o hippie, chamado Leo, vivia furioso por eu não passar mais tempo entalhando os braços dos bandolins ou entortando madeira ou fazendo o que ele considerava tarefa minha ali. "Você está me passando a perna, meu", ele dizia em tom de ameaça quando nos cruzávamos. "Ninguém engana o Leo assim. Ninguém." Não sei de onde havia tirado a ideia de que eu sabia construir instrumentos musicais, estudara o assunto e podia realizar tarefas técnicas de alta complexidade, pois eu jamais havia falado isso. "Claro que falou", ele insistiu, quando reafirmei minha ignorância. "Você disse que passou um verão nas montanhas, em Blue Ridge, fazendo saltérios. No Kentucky."

Não saberia como contestar isso. Costumo me sair bem quando confrontado com minhas próprias mentiras, mas as mentiras alheias me confundem. Só pude negar e dizer, com toda a honestidade, que nem mesmo sabia o que era um saltério. "Prepare as cavilhas", ele retrucou insolente. "Varra o chão." Respondi, com todas as letras, que não conseguia fazer as cavilhas num lugar tão frio que não me permitia nem tirar as luvas. "Então corte as pontas delas, meu", Leo disse, sem se perturbar. Estes diálogos ríspidos ocasionais na entrada eram meu único contato com ele. Tornou-se evidente com o passar do tempo que Leo, apesar de seu declarado amor pelos bandolins, nunca entrava na oficina, e não fazia nada havia quatro meses antes de minha chegada. Imaginei que ele nem soubesse do buraco no telhado. Certo dia, criei coragem e abordei a questão. "Pensei que o conserto seria uma de suas tarefas aqui", ele disse. Como testemunho de meu desespero, posso dizer que num domingo de fato tentei fazer isso, com restos de madeiras dos bandolins, que achei espalhados pelo chão, e quase perdi a vida na tentativa; a inclinação do telhado era grande, perdi o equilíbrio e quase caí no rio, conseguindo evitar isso apenas no último momento, agarrado a uma calha fina que, milagrosamente, aguentou meu peso. Salvei a pele com muito esforço — cortei as mãos na calha enferrujada e precisei tomar injeção contra tétano —, mas o martelo, o serrote de Leo e os pedaços de madeira caíram no rio. As ferramentas afundaram e é provável que Leo não saiba até hoje que se perderam. Infelizmente a madeira flutuou, parando na pequena represa, bem na entrada do vertedouro, na frente da janela no quarto de Leo. Claro, não perdeu a chance de mencionar isso, de falar que os estudantes universitários pouco se importam com os pertences alheios e que todo mundo só pensava em tirar proveito dele o tempo inteiro.

O Natal chegou e passou em branco, exceto porque não trabalhei e estava tudo fechado, sem que eu tivesse um lugar aonde ir me aquecer, a não ser pelas poucas horas na igreja. Voltei para casa depois, deitei e me enrolei nos cobertores, rolei de um lado para o outro, gelado até os ossos, pensando nos Natais ensolarados da infância — laranjas, bicicletas e bengalas doces, enfeites verdes brilhando na sala quente.

A correspondência chegava ocasionalmente, aos cuidados de Hampden College. Francis enviou uma carta de seis páginas, contando o quanto se entediava, que estava doente e praticamente tudo o que comera desde que eu o vira pela última vez. Os gêmeos, abençoados sejam, enviaram uma caixa de biscoitos feitos pela avó e escreveram cartas alternando a cor da tinta — preta para Charles, vermelha para Camilla. Mais ou menos na segunda quinzena de janeiro recebi um cartão-postal de Roma, sem endereço do remetente. Era uma fotografia da Primaporta Augustus; além disso, havia uma caricatura que Bunny fizera dele e de Henry, surpreendentemente boa, mostrando os dois fantasiados de romanos (de toga e óculos redondos) olhando curiosos na direção apontada pelo braço estendido da estátua. (César Augusto era o herói de Bunny; ele provocara um certo constrangimento em todos nós ao saudar com gritos a menção do nome durante uma leitura da história de Belém, em Lucas, 2, na festa de Natal do Departamento de Literatura. "É isso mesmo", ele disse, quando tentamos calá-lo. "Todos deviam pagar imposto.")

Ainda guardo o cartão. Caracteristicamente, escrito a lápis; borrou um pouco com o passar dos anos, mas ainda está legível. Não há assinatura, mas não resta dúvida sobre seu autor:

Richard, meu caro

já congelou? aqui até que
faz calor. Moramos numa Penscione
(como se escreve?) Pedi Conche por engano, ontem
no restaurante. Era horrível, mas
Henry comeu tudo. Todo mundo aqui é
católico, um saco. Arrivaderci, voltamos logo.

Francis e os gêmeos perguntaram com insistência meu endereço em Hampden. "Onde está morando?", escreveu Charles em tinta preta. "Isso mesmo, onde?", ecoou Camilla em vermelho. (Usava uma tinta em tom de marroquim, que para mim, desesperado de saudades, lembrava o rouco animado de sua voz.) Como eu não tinha endereço algum a fornecer, ignorei as perguntas e recheei as respostas com menções gerais à neve, beleza e solidão. Sempre penso no quanto minha vida deve ter parecido peculiar para alguém ao ler aquelas cartas, distante. A existência nelas descrita era impessoal, neutra, abrangente porém indefinida, com lacunas imensas que se erguiam para bloquear a compreensão do leitor a cada página. Com pequenas mudanças de datas e circunstâncias, poderiam ser tanto de Gautama quanto minhas.

Escrevia as cartas de manhã, antes de começar o serviço, na biblioteca, durante minhas prolongadas sessões de espera em Commons, onde permanecia até de noite, quando o zelador me mandava embora. Minha vida inteira parecia composta daqueles fragmentos desconjuntados do tempo, do tempo passado num lugar público e depois em outro, como se aguardasse a chegada de trens que não vinham nunca. E, como um dos fantasmas que dizem habitar os guarda-volumes durante a noite, perguntando aos passantes pelo horário do Expresso da Meia-Noite que descarrilou vinte anos antes, eu vagava de uma luz a outra até a hora temida em que as portas se fechavam e eu, abandonando o mundo luminoso do calor e das conversas alheias entreouvidas, sentia o arrepio gelado em meus ossos novamente, e tudo se apagava: luzes, calor. Jamais em minha vida conhecera o calor.

Tornei-me especialista na invisibilidade. Conseguia passar duas horas tomando um café, quatro almoçando, sem ser notado pela garçonete. Embora os encarregados de Commons me expulsassem todas as noites na hora de fechar, duvido que percebessem que falavam ao mesmo estudante. Nas tardes de domingo, lançando o manto da invisibilidade sobre os ombros, eu me sentava na enfermaria por seis horas ou mais, lendo placidamente a revista *Yankee* (Clamming on cuttyhunk) ou *Reader's Digest* ("Dez maneiras de curar a dor nas costas!"), minha presença ignorada pela recepcionista, médico e companheiros de infortúnio.

Mas, como o Homem Invisível de H. G. Wells, descobri que meu dom tinha um preço, que no meu caso assumia a forma de uma espécie de escuridão mental. Sentia que as pessoas não me viam, como se pretendessem passar através de mim; minhas superstições começaram a se transformar em manias. Convenci-me de que era apenas uma questão de tempo, até que um dos degraus de ferro podres que conduziam a meu quarto cedesse e eu caísse, quebrando o pescoço ou, pior ainda, uma perna; eu me congelaria ou morreria de fome antes que Leo me socorresse. Como certo dia subi a escada com sucesso, sem medo, com uma antiga canção de Brian Eno na cabeça ("In New Delhi/ And Hong Kong/ They all know that it won't be long... "), agora precisava cantá-la sempre que enfrentava a subida ou a descida da escada.

Sempre que atravessava a ponte sobre o rio, duas vezes por dia, precisava parar e procurar na neve cor de café, na beira da estrada, por uma pedra de tamanho considerável. Eu a levantava acima do parapeito coberto de gelo e a jogava na correnteza veloz que cobria os ovos de dinossauro de granito salpicado do leito — uma oferenda ao deus do rio, talvez, para obter uma travessia segura ou uma tentativa de provar que eu, embora invisível, ainda existia. O rio era tão raso e claro em certos pontos que eu às vezes ouvia a batida no fundo. Com as duas mãos no parapeito gelado, olhando a água que espumava ao passar pelas pedras maiores e fervia por entre as menores, imaginava como seria cair e rachar a cabeça numa daquelas pedras brilhantes; um estalo audível, o imediato desfalecimento, veias em vermelho marmorizando a água cristalina.

Se eu me atirasse, pensei, quem me encontraria naquele silêncio alvo? Será que a corrente me levaria rio abaixo, carregaria o corpo até o remanso, até atrás da fábrica de tintas, onde uma senhora me veria quando o farol do carro me iluminasse ao sair do estacionamento às cinco da tarde? Ou eu acabaria, como os pedaços dos bandolins de Leo, teimosamente preso num trecho tranquilo atrás de uma pedra, esperando pela primavera, as roupas flutuando em volta de mim?

Isso aconteceu, calculo, lá pela terceira semana de janeiro. O termômetro caía; minha vida, que antes era apenas solitária e desgraçada, tornou-se insuportável. A cada dia, entorpecido, ia trabalhar e voltava, por vezes com a temperatura bem abaixo de zero, enfrentando tempestades nas quais via tudo branco e só conseguia chegar em casa acompanhando o guard rail na beira da estrada. Ao chegar, eu me enrolava nos cobertores sujos e caía no chão como um defunto. Todos os momentos não consumidos em esforços para escapar do frio eram absorvidos pelas fantasias mórbidas *à la* Poe. Certa noite, em sonho, vi meu próprio cadáver, o cabelo duro de gelo, os olhos arregalados.

Chegava pontualmente ao escritório do dr. Roland todas as manhãs. Ele, que se dizia psicólogo, não percebeu nenhum dos Dez Sinais Alarmantes de um Colapso Nervoso, ou quaisquer que fossem os sintomas que ele deveria conhecer e ensinar aos outros. Em vez disso, aproveitava meu silêncio para falar consigo mesmo sobre futebol americano e cachorros que teve quando menino. Os raros comentários a mim dirigidos eram cifrados, incompreensíveis. Ele me perguntou, por exemplo, por que eu não participava de nenhuma peça, estando no Departamento de Drama. "Qual é o problema? Sofre de timidez, rapaz? Mostre a eles do que é capaz." Em outra ocasião ele me disse, de improviso, que em Brown recebera em seu quarto o rapaz que vivia no final do corredor. Certo dia comentou que não sabia que meu amigo estava passando o inverno em Hampden.

"Não tem nenhum amigo meu passando o inverno aqui", eu disse, e era verdade.

"Não deve afastar seus amigos desta maneira. Os melhores amigos que terá na vida serão aqueles que fizer agora. Sei que não acredita em mim, mas eles começam a desaparecer quando se atinge a minha idade."

Quando voltei para casa naquela noite, senti que tudo se esbranquiçava nas bordas e eu não parecia mais ter passado, nem lembranças, que passara a vida caminhando por aquele trecho luminoso de estrada sibilante.

Não sei exatamente o que havia de errado comigo. Os médicos diagnosticaram hipotermia crônica, dieta deficiente e uma pneumonia leve para complicar mais ainda. Não sei se explicam a confusão mental e as alucinações. Na época, nem percebi que estava doente: quaisquer sintomas de febre, ou dores, passaram despercebidos, ocultos pelos sofrimentos mais perceptíveis.

Eu estava em péssima forma. Foi o mês de janeiro mais frio dos últimos vinte e cinco anos. Temia gelar até a morte, mas não tinha absolutamente para onde ir. Suponho que poderia ter pedido ao dr. Roland para ficar no apartamento que ele dividia com a namorada, mas o constrangimento seria tão grande que eu preferia a morte. Não conhecia mais ninguém a quem recorrer, e fora bater na porta de estranhos, não me restava nada a fazer. Certa noite, desesperado, tentei telefonar para meus pais do telefone público do lado de fora do Boulder Tap; caía granizo, eu tremia com tanta violência que mal conseguia colocar as moedas no aparelho. Embora me iludisse com a esperança improvável de que me mandariam dinheiro ou uma passagem aérea, nem sabia direito o que esperava que me dissessem. Talvez acreditasse que, parado ali sob o granizo e os ventos da rua Prospect, eu me sentiria melhor simplesmente ouvindo vozes de pessoas num local distante, aquecido. Mas quando meu pai atendeu o telefone, no sexto ou sétimo toque, com a voz alterada pela cerveja e irritada, subiu um nó à minha garganta e desliguei.

O dr. Roland mencionou meu colega imaginário outra vez. Ele o vira na cidade, passeando na praça tarde da noite, quando voltava para casa.

"já lhe disse que não tenho amigos aqui", falei.

"Sabe de quem estou falando. Aquele rapaz alto. Usa óculos."

Alguém parecido com Henry? Bunny? "Deve ter se enganado", falei.

A temperatura caiu tanto que fui forçado a dormir algumas noites no hotel Catamount. Era o único ser humano lá, fora um velho de dentes podres que cuidava do hotel; ele dormia no quarto vizinho ao meu, impedindo meu sono com seu ronco alto e pigarro incessante. Não havia tranca decente na porta, só uma fechadura do tipo que se pode abrir com um grampo de cabelo; na terceira noite acordei de um sonho ruim (pesadelo com escada; passos de diferentes alturas e intervalos; um sujeito descendo na minha frente, muito depressa) e ouvi um ruído leve, um estalido. Sentei na cama e vi, horrorizado, que alguém girava a maçaneta furtivamente sob a luz da lua. "Quem está aí?", falei em voz alta, e o ruído cessou. Fiquei acordado, no escuro, por muito tempo. No dia seguinte fui embora, preferindo a morte calma no armazém de Leo ao assassinato no leito do hotel.

Uma tempestade terrível desabou no início de fevereiro, derrubando postes elétricos, atolando carros, trazendo para mim uma série de alucinações. As vozes surgiam do ruído da água, sussurravam na neve: *Deite-se*, ordenavam num murmúrio. *Vire para a esquerda. Vai ver só, se desobedecer*. Minha máquina de escrever ficava perto da janela, na sala do dr. Roland. No final da tarde, certo dia, quando estava escurecendo, olhei para o pátio vazio e percebi atônito que uma figura escura, imóvel, se materializara sob a lâmpada da rua. Alguém estava ali parado, as mãos nos bolsos do capote escuro, olhando para a minha janela. "Henry?", chamei, fechando os olhos até ver estrelas. Quando espiei novamente, não vi nada, exceto a neve caindo no cone claro e vazio sob a lâmpada.

Deitei-me no chão, à noite, tremendo, observando os flocos de neve caindo em coluna pelo buraco no teto. À beira da estupefação, eu escorregava pelo reto íngreme da inconsciência quando uma voz me disse, no último instante, que jamais acordaria caso dormisse. Lutei para manter os olhos abertos, e de repente a coluna de neve, erguendo-se brilhante e alta no canto, se revelava em toda a sua maldade sorridente, sussurrante, como um anjo aéreo da morte. Mas eu estava cansado demais para me importar; mesmo quando olhava para ela, sentia que as forças me abandonavam, e antes que pudesse reagir escorreguei para o abismo escuro do sono.

Comecei a perder a noção do tempo. Ainda me arrastava até o serviço pela manhã, mas apenas porque era quente lá, e acabava conseguindo realizar as tarefas simples que me cabiam. Eu não sabia, honestamente, o quanto ainda aguentaria tudo isso se algo surpreendente não tivesse ocorrido.

Jamais me esquecerei disso enquanto viver. Era sexta-feira, o dr. Roland pretendia ficar fora da cidade até a quarta-feira seguinte. Para mim, isso significava quatro dias no galpão, e mesmo com a mente turva concluí que poderia morrer congelado de verdade.

Quando fecharam Commons, segui para casa. A neve estava funda, e não tardou para que minhas pernas perdessem a sensibilidade até a altura dos joelhos. Quando a estrada chegou a East Hampden, pensei seriamente na possibilidade de não conseguir chegar ao armazém, e no que faria lá em caso de sucesso na jornada. Em East Hampden, tudo estava escuro e deserto, até mesmo o Boulder Tap; a única luz acesa num raio de quilômetros era a da cabine telefônica na frente do bar. Eu tinha uns trinta dólares no bolso, mais do que o suficiente para chamar um táxi que me levasse à rua Catamount, ao quartinho nojento com porta sem tranca e o que mais me aguardasse por lá.

Minha voz estava empastada e a telefonista não queria me dar o número de uma companhia de táxi. "O senhor precisa dizer o nome de uma empresa de táxi *específica*", ela falou. "Nós não podemos..."

"Não sei o nome de nenhuma empresa específica", falei com dificuldade. "Aqui não tem lista telefônica."

"Lamento, senhor, mas não podemos..."

"Red Top?", falei desesperado, tentando adivinhar o nome, passando depois a inventá-los. "Yellow Top? Town Taxi? Checker?"

Ou finalmente acertei um nome, ou ela sentiu pena de mim. Ouvi um clique, e uma voz mecânica forneceu o número. Disquei depressa para não esquecer, tão depressa que errei e perdi a moeda.

Tinha outra no bolso, a última. Tirei a luva para apanhá-la no bolso com meus dedos entorpecidos. Encontrei-a finalmente, e a tinha na mão, e estava a ponto de colocá-la no lugar, quando subitamente ela escorregou por entre meus dedos, e eu me abaixei para pegá-la, batendo com a testa na quina afiada da plataforma de metal na base do telefone.

Permaneci caído na neve, com o rosto para baixo, por alguns minutos. Ouvia um barulho estranho; ao cair, tentara agarrar o fone, que ficou fora do gancho, e o sinal de ocupado que aumentava e diminuía conforme o fone balançava de um lado para outro soava muito distante.

Esforcei-me para ficar de quatro pelo menos. Olhando para o ponto onde minha cabeça batera, vi uma mancha escura na neve. Quando toquei a testa com a mão sem luva, os dedos voltaram vermelhos. Perdera a moeda; além disso, eu me esquecera do número. Teria de voltar mais tarde, quando o Boulder Tap estivesse aberto, para trocar o dinheiro. Consegui me pôr em pé e deixei o fone preto pendurado no fio.

Subi a escada, parte em pé, parte usando mãos e joelhos. O sangue escorria pela testa. No alto parei para descansar e senti que em volta as coisas todas perdiam o foco: estática, entre as estações, chuvisco por um momento, até que as linhas pretas tremularam e a imagem retornou; não muito nítida, porém reconhecível. Câmera trêmula, comercial cavernoso. Oficina de Bandolins do Leo. Última casa, ao lado do rio. Preços módicos. Lembre-se de nós, quando quiser congelar sua carne.

Abri a porta da oficina com o ombro e passei a procurar o interruptor da luz quando de repente vi algo perto da janela que me fez vacilar, chocado. Uma figura, usando um longo sobretudo preto, estava parada imóvel do outro lado do quarto, à janela, mãos nas costas. Perto de uma das mãos reconheci o brilho fraco de um cigarro.

As luzes se acenderam com um estalo e zumbiram. A figura sombria, agora sólida e visível, virou de frente. Era Henry. Pretendia fazer um comentário jocoso qualquer, mas quando me viu arregalou os olhos e abriu a boca em um pequeno o.

Olhamo-nos por um momento, cada um numa extremidade da oficina.

"Henry?", perguntei finalmente, a voz pouco mais que um sussurro.

Ele deixou cair o cigarro dos dedos e deu um passo na minha direção. Era ele mesmo — expressão desanimada, corado, neve nos ombros do capote. "Minha nossa, Richard", ele disse. "O que aconteceu com você?"

Foi uma imensa surpresa vê-lo por ali. Permaneci parado onde estava, encarando-o, tentando manter o equilíbrio. Tudo ficou claro demais, branco nas bordas. Tentei segurar o batente da porta, mas caí. Só sei que Henry pulou para me segurar.

Ele me deitou no chão, e me cobriu com seu sobretudo, como se fosse uma manta. Olhei para cima, limpando a boca com as costas da mão. "De onde você surgiu?", perguntei.

"Resolvi voltar da Itália antes do previsto." Ele tirou o cabelo da minha testa, para examinar o ferimento. Vi sangue nas pontas de seus dedos.

"Viu que lugar legal eu arranjei?", falei, rindo.

Ele ergueu a cabeça, examinando o buraco no teto. "Estou vendo", ele disse bruscamente. "Parece o Panteão." E debruçou-se para olhar minha cabeça de novo.

Eu me lembro do carro de Henry, das luzes e das pessoas debruçadas sobre mim, e de que me forçaram a sentar quando eu não queria, e também me lembro de alguém tentando tirar sangue de mim, e de que reclamei, debilmente. Mas só me recordo claramente de num dado momento ter sentado e percebido que estava num quarto pouco iluminado, branco, instalado num leito de hospital, com uma intravenosa no braço.

Henry ocupava a poltrona perto da cama e lia com a luz de cabeceira acesa. Abandonou o livro quando me viu despertar. "O corte não foi sério", disse. "Estava limpo, era superficial. Você levou alguns pontos."

"Estou na enfermaria?"

"Você está em Montpelier. Eu o trouxe para o hospital."

"E para que a intravenosa?"

"Disseram que pegou uma pneumonia. Quer ler algo?", perguntou afável.

"Não, obrigado. Que horas são?"

"Uma da manhã."

"Mas pensei que você estivesse em Roma."

"Voltei há umas duas semanas. Se prefere voltar a dormir, posso pedir à enfermeira que lhe dê um remédio."

"Não, obrigado. Por que não me procurou antes?"

"Porque não sabia onde você morava. Deixou a faculdade como endereço de correspondência apenas. Esta tarde andei indagando por aí. Por falar nisso, como é mesmo o nome da cidade onde moram seus pais?"

"Plano. Por quê?"

"Pensei em ligar para eles."

"Não precisa", falei, ao me deitar novamente. O soro intravenoso era como gelo em minhas veias. "Fale sobre Roma."

"Está bem", ele disse, e começou a falar calmamente nas terracotas etruscas da Villa Giulia, dos lagos com lírios e das fontes do lado de fora, no ninfeu. E da Villa Borghese e do Coliseu, da vista do Palatino no início da manhã, e no quanto deveriam ser belos os banhos de Caracala, no tempo dos romanos, com seus mármores e bibliotecas e no calvário enorme, circular, e no frigidário, com a imensa banheira vazia, que ainda estava lá até hoje, e provavelmente sobre um monte de outras coisas, das quais nem me recordo, pois dormi.

Passei quatro noites no hospital. Henry ficou praticamente todo o tempo a meu lado, trazendo refrigerante quando eu pedia, bem como um barbeador e uma escova de dentes, além de me emprestar seu pijama — algodão egípcio sedoso, cor de creme, muito macio, com as iniciais HMW (o M de Marchbanks) bordadas em letras finas escarlates no bolso. Ele também trouxe papel e lápis, para os quais eu teria pouco uso mas que, suponho, eram fundamentais para ele, bem como um monte de livros, metade deles em idiomas que eu não compreendia, e outra metade que também não compreendi, de tão difíceis. Certa noite — a cabeça doendo de tanto Hegel — pedi-lhe que me trouxesse uma revista; ele pareceu surpreso, e quando voltou trazia nas mãos um exemplar da revista médica *Pharmacology Update*, que encontrara na recepção. Pouco conversávamos. Durante a maior parte do tempo, ele apenas lia, com uma concentração que me espantava; seis horas sem parar, mal erguendo a cabeça. Ele mal prestava atenção em mim. Mas permanecia a meu lado nas noites difíceis, quando eu sentia dificuldade em respirar e o peito doía tanto que nem me deixava dormir. Certa vez, quando a enfermeira do turno atrasou em três horas meus medicamentos, ele a seguiu, o rosto impassível, até o corredor e passou-lhe um sermão, em seu tom monótono e persuasivo, tão eloquente e tenso que a enfermeira (uma mulher arrogante, empedernida, que tingia os cabelos como uma garçonete de meia-idade, sempre com um comentário ácido na ponta da língua, para todos) compadeceu-se de mim; depois disso ela — que trocava os curativos do soro intravenoso com rispidez e me enchia de hematomas em sua busca descuidada das veias — passou a me tratar com mais carinho, e uma vez, ao tirar a temperatura, até me chamou de "bem".

O médico do pronto-socorro afirmou que Henry salvara minha vida. Um comentário dramático e gratificante de se ouvir — que repeti a várias pessoas —, mas secretamente eu achava que ele estava exagerando. Nos anos seguintes, contudo, passei a dar-lhe razão. Quando era mais jovem, eu me considerava imortal. E apesar de minha recuperação ter sido rápida, em curto prazo, por outro lado jamais superei completamente aquele inverno. Desde então tenho problemas nos pulmões, meus ossos sofrem com a menor queda de temperatura e pego resfriados com facilidade, o que não ocorria antes.

Relatei a Henry o diálogo com o médico. Ele não gostou. Franziu a testa e fez um comentário seco. Na verdade, nem me lembro do que ele disse, por incrível que pareça. Fiquei muito constrangido e não toquei mais no assunto. Continuo seguro de que ele me salvou. E, se em algum lugar existe o livro das boas ações, ao lado de seu nome há uma estrela dourada.

Puxa, estou ficando sentimental. Às vezes, quando penso nestas coisas, fico mesmo.

Recebi alta finalmente na segunda-feira de manhã e saí com um frasco de antibióticos e o braço todo furado. Insistiram em me levar até o carro de Henry numa cadeira de rodas, embora eu pudesse caminhar sem o menor problema e me sentisse humilhado em ser transportado como uma carga.

"Leve-me para o hotel Catamount", pedi quando chegamos a Hampden.

"Não", ele disse. "Você fica comigo."

Henry residia no primeiro andar de uma casa antiga, na rua Water, em North Hampden, a uma quadra de Charles e Camilla, perto do rio. Ele não gostava de receber ninguém e eu passei por lá apenas uma vez, rapidamente, por um ou dois minutos. O apartamento dele, bem maior que o de Charles e Camilla, parecia meio vazio. Os quartos eram grandes e anônimos, com assoalho de tábuas largas, sem cortinas nas janelas, e as paredes revestidas de gesso estavam pintadas de branco. A mobília, claro que de primeira, era gasta, escassa e comum. O local dava a impressão geral de desocupado; em alguns cômodos não vi absolutamente nada. Os gêmeos me contaram que Henry não apreciava a luz elétrica, por isso havia aqui e ali lampiões de querosene nos parapeitos das janelas.

Seu quarto, onde eu dormiria, encontrava-se trancado em minha visita anterior. Ali Henry guardava seus livros — menos do que se poderia imaginar — ao lado da cama de solteiro e quase mais nada, com exceção de um guarda-roupa provido de cadeado grande, chamativo. Pregada à porta havia uma foto em preto e branco, de uma revista antiga — *Life*, de 1945. Era Vivien Leigh e, surpresa, Julian bem mais jovem. Conversavam durante uma festa, de copos na mão. Ele sussurrava algo no ouvido dela, e ela ria.

"Quando foi tirada?", perguntei.

"Sei lá. Julian diz que não se lembra. De vez em quando a gente topa com fotografias dele em revistas antigas."

"Por quê?"

"Ele conhecia muita gente."

"Quem?"

"A maioria já morreu."

"*Quem?*"

"Não sei bem, Richard." Mas cedeu em seguida: "Já vi fotos dele com os Sitwell. E T. S. Eliot. Além disso, há uma cena engraçada, com aquela atriz... não me recordo do nome". Ele ficou pensativo por um minuto. "Loura", disse, "casada com um jogador de beisebol, creio."

"Marilyn Monroe?"

"Pode ser. Não era uma foto nítida. Saiu num jornal."

Em algum momento nos últimos três dias, Henry passara no armazém de Leo e recolhera meus pertences. As malas me esperavam ao pé da cama.

"Não quero tomar sua cama, Henry", falei. "Onde vai dormir?"

"Um dos quartos do fundo tem cama que sai da parede", Henry explicou. "Não sei como a chamam. Nunca dormi lá."

"E por que não a deixa para mim?"

"Não. Estou curioso para saber como é. Além disso, gosto de mudar o local onde durmo de vez em quando. Creio que ajuda a ter sonhos mais interessantes."

* * *

Planejei passar apenas alguns dias com Henry — retornei ao serviço com o dr. Roland na segunda-feira seguinte —, mas acabei ficando até o reinício das aulas. Não entendi por que Bunny disse que era difícil conviver com ele. Foi o melhor colega de quarto que já tive, quieto e organizado, em geral confinado a sua parte da casa. Muitas vezes não o encontrava ao voltar do trabalho; nunca me contava aonde ia e eu nunca perguntava. Mas ao voltar para casa, às vezes, ele preparava o jantar — não preparava pratos sofisticados como Francis, só comida caseira, como frango assado e batatas ao forno. Dieta de solteirão, que degustávamos sentados à mesa de cartas na cozinha, conversando.

Eu já havia aprendido a não me meter na vida dele àquela altura, mas certa noite, quando a curiosidade tornou-se incontrolável, perguntei: "Bunny ainda está em Roma?".

Ele fez uma pausa longa antes de responder. "Suponho que sim", ele disse, baixando o garfo. "Estava lá quando parti."

"Por que ele não voltou com você?"

"Acho que não quis. Eu havia pago o aluguel até o final de fevereiro."

"Ele o obrigou a pagar o aluguel?"

Henry levou mais comida à boca. "Francamente", ele disse, depois de mastigar e engolir, "não importa o que Bunny possa lhe dizer em contrário, a verdade é que ele não tem um tostão, nem o pai."

"Pensei que os pais dele fossem ricos", comentei atônito.

"Eu não diria isso", Henry retrucou calmamente. "Eles já tiveram algum dinheiro, mas gastaram tudo há muito tempo. Aquela casa terrível onde moram deve ter custado uma fortuna, e fazem questão de ostentar muito, ir a iate clubes e clubes de campo, enviar os filhos a escolas caras. Sendo assim, vivem endividados até o pescoço. Podem parecer ricos, mas não possuem um tostão. Calculo que o sr. Corcoran esteja praticamente falido."

"Bunny está bem de vida, tenho a impressão."

"Bunny nunca teve um centavo no bolso desde que eu o conheci", Henry disse acidamente. "Mas seus gostos são sofisticados. Isso é uma pena."

Voltamos a comer em silêncio.

"Se eu fosse o sr. Corcoran", Henry disse depois de algum tempo, "encaminharia Bunny nos negócios ou faria com que ele aprendesse uma profissão depois do colegial. Bunny não tem nada a ver com a faculdade. Ele aprendeu a ler com dez anos."

"Desenha bem", falei.

"Concordo. Mas não revelou vocação para os estudos. Deveriam tê-lo enviado para ser aprendiz de um pintor quando era menor, em vez de tê-lo matriculado em escolas caras, onde não aprendeu nada."

"Recebi um cartão-postal com um desenho ótimo, vocês dois ao lado da estátua de César Augusto."

Henry suspirou alto, exasperado. "Estávamos no Vaticano", ele disse. "Bunny passou o dia ofendendo latinos e católicos em voz alta."

"Pelo menos ele não fala italiano."

"Falava o bastante para pedir os pratos mais caros do cardápio sempre que íamos a um restaurante", Henry disse, e eu achei melhor mudar de assunto. Foi o que fiz.

No sábado, antes que as aulas recomeçassem, eu estava deitado na cama de Henry lendo um livro. Henry saíra antes de eu acordar. Ouvi, de repente, alguém batendo forte na porta da frente. Imaginando que Henry se esquecera da chave, fui abrir.

Era Bunny. Usava óculos escuros e — em contraste com o paletó de tweed desconjuntado e puído que sempre vestia — um terno italiano elegante. Além disso, engordara de cinco a dez quilos. Mostrou-se surpreso ao me ver.

"Puxa vida, é você? Oi, Richard", disse, apertando minha mão efusivamente. "*Buenos días*. Bom ver você. O carro não estava estacionado aí na frente, mas acabei de chegar e resolvi parar aqui, de qualquer maneira. Onde está o homem da casa?"

"Saiu."

"Então o que faz aqui? Arrombou a janela?"

"Estou passando uns dias. Recebi seu cartão-postal."

"Passando uns dias?", ele repetiu, olhando para mim de um jeito estranho. "Por quê?"

Fiquei surpreso por ele não saber. "Estive doente", falei, explicando resumidamente os acontecimentos.

"Hmnpf", Bunny disse.

"Quer um café?"

Passamos pelo quarto, a caminho da cozinha. "Pelo jeito você preparou um cantinho legal aqui", ele disse bruscamente, olhando para minhas coisas na mesa de cabeceira e para as malas no chão. "Só tem café americano?"

"O que esperava? Folger's?"

"Não tem um expresso, por acaso?"

"Não tem, lamento."

"Sou fã do expresso", disse animado. "Era só o que eu bebia na Itália. Existem centenas de lugares onde se pode sentar e pedir um expresso, sabia?"

"Já me falaram."

Ele tirou os óculos escuros e sentou-se. "Não tem nada decente para comer, por acaso?", ele disse, esticando o pescoço para espiar dentro da geladeira quando abri a porta para pegar o creme. "Ainda não almocei."

Abri mais a porta, para que pudesse olhar.

"Aceito um pouco de queijo", ele disse.

Cortei algumas fatias de pão e preparei um sanduíche de queijo, pois ele não mostrou disposição para levantar e fazer isso. Depois servi o café e sentei-me. "Conte-me sobre Roma", eu disse.

"Sensacional", ele disse, mordendo o sanduíche. "Cidade Eterna. Cheia de arte. Uma igreja em cada esquina."

"O que viu de interessante?"

"Mil coisas. Difícil lembrar os nomes agora. Eu já estava falando italiano feito um nativo quando saí."

"Diga alguma coisa."

Ele obedeceu, juntando o polegar com o indicador para dar ênfase, como um cozinheiro francês de comercial de televisão.

"Soa bem", falei. "O que significa?"

"Significa 'Garçom, traga as especialidades da casa'", ele disse, retornando ao sanduíche.

Ouvi o ruído suave da chave girando na fechadura, e depois a porta a fechar. Passos silenciosos para o lado oposto do apartamento.

"Henry?", Bun gritou. "É você?"

Os passos cessaram. Recomeçaram, rápidos, na direção da cozinha.

Quando chegou à porta, ele parou, encarando Bunny, o rosto inexpressivo. "Calculei que era você", disse.

"Bom dia para você também." Bunny, com a boca cheia, recostou-se na cadeira. "Como vai?"

"Bem", Henry disse. "E você?"

"Soube que anda cuidando de doentes", Bunny disse, apontando para mim. "Dor na consciência, é? Achou melhor fazer uma boa ação?"

Henry não falou nada, e tenho certeza de que naquele momento pareceria perfeitamente impassível para alguém que não o conhecesse, mas posso jurar que estava muito agitado. Puxou uma cadeira e sentou-se. Depois levantou novamente para pegar uma xícara de café.

"Aceito mais um pouco, se não se importa", Bunny disse. "É ótimo estar de volta aos Estados Unidos. Hambúrguer na brasa ao ar livre e tudo mais. Terra da oportunidade. Que Deus a abençoe."

"Chegou faz tempo?"

"Desci em Nova York ontem à noite."

"Lamento não estar aqui quando chegou."

"E onde estava?", Bunny disse, desconfiado.

"No supermercado." Era mentira. Não fazia a menor ideia de onde ele estivera, mas Henry não gastaria quatro horas no supermercado.

"Cadê a compra?", Bunny disse. "Vou ajudá-lo a carregar."

"Pedi que entregassem."

"O Food King tem entrega a domicílio?", Bunny disse, surpreso.

"Não fui ao Food King", Henry respondeu.

Constrangido, levantei-me para retornar ao quarto.

"Não, espere um pouco", Henry disse, tomando um longo gole do café antes de pôr a xícara na pia. "Bunny, se eu soubesse que você viria... mas Richard e eu temos de sair em alguns minutos."

"Para quê?"

"Tenho um compromisso no centro."

"Com o advogado?" Bunny riu de sua piada escandalosamente.

"Não, com o oculista. Por isso passei aqui", ele disse, dirigindo-se a mim. "Espero que não se importe. Precisam pingar algo em meus olhos e não poderei dirigir."

"Por mim tudo bem, claro", falei.

"Não vai demorar. Não precisa esperar, deixe-me lá e passe depois da consulta."

Bunny nos acompanhou até o carro. Os passos dos três rangiam na neve. "Ah, Vermont", ele disse, respirando fundo e batendo no peito, como Oliver Douglas na sequência de abertura de *Green Acres*. "O ar daqui me faz bem. Bem, a que horas vai voltar, Henry?"

"Não sei", Henry disse, entregando-me as chaves e acomodando-se no banco do passageiro.

"Bem, precisamos ter aquela *conversinha*."

"Claro, tudo bem, mas agora eu estou realmente com pressa, Bun."

"De noite, então?"

"Como quiser", Henry disse, batendo a porta do carro.

Quando saímos Henry acendeu um cigarro, mas não disse uma só palavra. Fumava muito desde a volta da Itália, quase um maço por dia, o que era raro, em seu caso. Seguimos para a cidade, e só quando estacionei na frente do consultório do oculista ele se deu conta e me olhou inexpressivo. "O que foi?"

"A que horas devo passar aqui para apanhá-lo?"

Henry olhou pela janela, para o edifício baixo cinzento em cuja fachada havia uma placa: CLÍNICA OFTALMOLÓGICA DE HAMPDEN.

"Meu Deus", ele disse, soltando uma risada amarga, seca, de surpresa. "Siga em frente."

Fui para a cama cedo naquela noite, por volta das onze; à meia-noite batidas insistentes na porta da frente me acordaram. Permaneci na cama, apurando os ouvidos por um minuto, depois levantei-me para atender.

No corredor escuro vi Henry, de roupão, pondo os óculos. Segurava um lampião de querosene, que lançava sombras longas, bizarras, nas paredes estreitas. Quando me viu, levou o indicador aos lábios. Ficamos parados no corredor, escutando. A luz do lampião era fantasmagórica, e parado ali de roupão, sonolento, rodeado de sombras trêmulas, eu me sentia acordando de um sonho dentro de outro ainda mais remoto, como num abrigo contra bombardeio antiaéreo do inconsciente.

Permanecemos ali por um longo tempo, até muito depois que cessaram as batidas e os passos na distância. Henry olhou para mim, e assim continuamos por mais alguns minutos. "Está tudo bem", ele disse, dando meia-volta abruptamente, a lamparina balançando feito louca de um lado para outro, enquanto ele caminhava de volta para seu quarto. Esperei mais um instante no escuro, e voltei para a cama.

No dia seguinte, por volta das três da tarde, eu passava uma camisa quando bateram novamente à porta. Segui até a entrada e dei com Henry parado ali.

"Acha que é o Bunny?", ele perguntou em voz baixa.

"Não", falei. A batida era delicada; Bunny sempre esmurrava a porta como se pretendesse derrubá-la.

"Vá até a janela lateral ver se descobre quem é."

Segui até o quarto da frente e espiei com cautela; não havia cortinas, era difícil chegar até as janelas sem ser visto. Situavam-se em ângulo, só consegui ver um ombro de sobretudo escuro e um cachecol de seda esvoaçando ao vento atrás dele. Voltei pela cozinha e disse a Henry: "Não pude ver direito, mas acho que é Francis".

"Certo. Pode abrir, então", Henry disse, e voltou para sua parte da casa.

Fui até a porta da frente e atendi. Francis olhava para trás, por cima do ombro, imaginando talvez que deveria desistir. "Oi", falei.

Ao voltar-se, ele me viu. "Oi", disse. Seu rosto se tornara mais magro e fino desde nosso último contato. "Pensei que não tivesse ninguém em casa. Como está?"

"Bem."

"Para mim, parece péssimo.

"Você também não está grande coisa", falei, rindo.

"Bebi demais ontem à noite, fiquei com dor de estômago. Queria ver o tremendo machucado em sua *cabeça*. Vai ficar com uma cicatriz?"

Levei-o para a cozinha e encostei a tábua de passar roupa no canto para que pudesse se acomodar. "Onde está Henry?", ele disse, tirando as luvas.

"Nos fundos."

Ele começou a remover o cachecol. "Só vou dar boa-tarde a ele, volto num minuto", disse bruscamente, e saiu.

Demorou muito a voltar. Cansei de esperar, e já estava quase terminando de passar a camisa quando a voz de Francis se elevou, num tom histérico. Fui para o quarto, onde poderia ouvir melhor o que diziam.

"...pensar no assunto? Meu Deus, mas ele está louco. Você não pode dizer que sabe o que ele pode..."

Num murmúrio, Henry disse algo, e Francis retrucou em voz alta:

"Não me interessa", falou com veemência. "Minha nossa, agora você estragou tudo. Não faz nem duas horas que estou na cidade, e você já... não interessa", ele disse, reagindo a outro murmúrio de Henry. "E tem mais, já é meio tarde para isso, não acha?"

Silêncio. Depois Henry começou a falar, sem que eu pudesse distinguir as palavras.

"*Você* não está gostando? *Você?*", Francis disse. "E quanto a mim?"

Sua voz baixou de repente, e ele prosseguiu, num tom inaudível para mim.

Voltei silenciosamente para a cozinha e pus água no fogo para preparar um chá. Ainda pensava no que tinha escutado quando, minutos depois, ouvi passos e Francis voltou à cozinha, desviando da tábua de passar, para recolher as luvas e o cachecol.

"Desculpe a pressa", ele disse. "Preciso descarregar o carro e limpar meu apartamento. Meu primo deixou uma tremenda bagunça lá. Acho que não pôs o lixo para fora nem uma vez. Quero ver o ferimento na sua cabeça."

Afastei o cabelo da testa e mostrei o corte. Os pontos haviam sido removidos e estava quase curado.

Ele se debruçou, olhando pelo pincenê. "Minha nossa, devo estar ficando cego. Não vejo nada. Quando começam as aulas? Na quarta?"

"Quinta, creio."

Vejo você lá, então", ele disse, e saiu.

Pendurei a camisa no cabide e fui para o quarto empacotar minhas coisas. Monmouth House reabria naquela tarde; talvez Henry pudesse me levar para a faculdade mais tarde com as malas.

Estava quase terminando quando Henry me chamou nos fundos do apartamento. "Richard?"

"Sim"

"Poderia vir aqui um momento, por favor?"

Fui até seu quarto. Ele estava sentado na beira da cama escamoteável, as mangas enroladas até os cotovelos, um jogo de paciência estendido diante dele, no cobertor. Seu cabelo caíra para o lado errado, e vi a cicatriz comprida na cabeça, toda franzida e enrugada, com elevações de carne branca projetando-se até a sobrancelha.

Ele ergueu os olhos para mim. "Poderia me fazer, um favor?"
"Claro."
Ele respirou fundo pelas narinas e ajeitou os óculos no osso do nariz. "Ligue para Bunny e pergunte se ele pode vir até aqui para conversar um minuto", ele disse.

De tão surpreso, não consegui dizer nada por meio segundo. Depois falei: "Claro. Tudo bem. Com prazer".

Ele fechou os olhos e esfregou as têmporas com as pontas dos dedos. Depois piscou para mim. "Obrigado."
"Por nada, tudo bem."
"Se quiser levar suas coisas de volta para a escola esta tarde, pode pegar o carro", ele disse sereno.

Entendi o recado. "Obrigado", falei, e foi só depois de pôr as malas no carro e seguir até Monmouth, onde pedi à segurança que destrancasse meu quarto, que liguei para Bunny, do telefone público no saguão, uma hora mais tarde. Era mais seguro.

4.

De certa forma eu acreditava que tudo seria como antes quando os gêmeos retornassem, que voltaríamos ao Liddell e Scotts, ao sofrimento dos exercícios de composição em prosa grega em grupo, enfim, à rotina do semestre anterior. Quanto a isso, eu me enganava.

Charles e Camilla escreveram dizendo que voltariam a Hampden no trem noturno, por volta da meia-noite de domingo, e na manhã de segunda-feira, quando os estudantes começassem a encher Monmouth House com seus equipamentos de som e caixas de papelão e esquis, contava que me visitassem, mas eles não vieram. Passei a terça-feira sem saber do paradeiro deles, nem de Henry ou dos outros, exceto Julian, que deixara um recadinho cordial em minha caixa de correio, com boas-vindas pelo reinício do curso e o pedido para traduzir uma ode de Píndaro para a primeira aula.

Na quarta-feira compareci à sala de Julian para pegar sua assinatura em meus cartões de matrícula. Demonstrou contentamento ao rever-me. "Você parece bem", disse, "mas não tão bem quanto deveria. Henry me tem mantido informado sobre sua recuperação."

"É?"

"Ainda bem que ele antecipou a volta da viagem", Julian disse, examinando meus cartões. "Vê-lo também me surpreendeu, contudo. Ele foi direto do aeroporto para minha casa, em meio a uma tempestade de neve, no meio da noite."

Muito interessante, pensei. "Ele ficou em sua casa?", perguntei.

"Sim, apenas por alguns dias. Henry também andou doente. Na Itália."

"Qual foi o problema?"

"Henry não é rijo como aparenta. Sofre da vista, tem dores de cabeça terríveis, às vezes sente dificuldades... creio que não se encontrava em condições de viajar, mas no fundo foi bom que não tivesse ficado por lá, ou não o teria encontrado. Fale a respeito. Como foi parar num lugar terrível daqueles? Seus pais não lhe mandam dinheiro, ou envergonha-se de pedir?"

"Eu não queria pedir nada."

"Então ganha de mim em matéria de estoicismo", ele disse, rindo. "Contudo, seus pais não morrem de amores por você, certo?"

"Nem um pouco."

"Sabe o motivo, por acaso? Seria muito rude de minha parte perguntar isso? Suponho que deveriam sentir-se orgulhosos e, no entanto, você parece mais órfão do que órfãos de verdade. E diga uma coisa", ele falou, olhando para cima, "por que os gêmeos ainda não me procuraram?"

"Não sei, também não os vi."

"Onde podem estar? Ainda não fui procurado nem por Henry. Apenas por você e Edmund. Francis telefonou, e conversamos brevemente. Estava com pressa, afirmou que passaria por aqui depois, mas não o fez... Duvido que Edmund tenha aprendido italiano. Não, nem uma palavra. O que pensa?"

"Eu não falo italiano."

"Nem eu. Agora não mais. Costumava ser fluente. Morei em Florença por algum tempo, mas isso já foi há trinta anos. Estará com eles esta tarde?"

"Talvez."

"Claro, trata-se de um assunto de menor importância, mas os cartões de matrícula devem seguir para o escritório do deão esta tarde, e ele se mostrará irritado se eu não os enviar. Não que me importe, mas poderá tornar as coisas difíceis para qualquer um de vocês, se quiser."

Preocupei-me, de certo modo. Os gêmeos estavam em Hampden havia dois dias, sem me ligar nem uma vez. Quando saí da sala de Julian parei em seu apartamento, mas não os encontrei em casa.

Não foram jantar naquela noite. Ninguém foi. Embora esperasse ver Bunny ao menos, encontrei Marion trancando seu quarto, e soube por ela, a intrometida, que os dois pretendiam sair naquela noite e só voltariam tarde.

Comi sozinho e voltei para o meu quarto no crepúsculo nevado, sentindo um desconforto irritado, como se fosse vítima de uma brincadeira de mau gosto. Liguei para Francis por volta das sete, sem obter resposta. Ninguém atendeu no apartamento de Henry também.

Estudei grego até a meia-noite. Depois escovei os dentes e lavei o rosto. Estava quase pronto para dormir, mas desci e fiz nova tentativa. Ninguém atendeu. Então, num palpite, liguei para a casa de campo de Francis.

Nada de resposta, também, mas algo me disse para deixar o telefone tocar mais do que o normal, e finalmente, após uns trinta toques, escutei um estalido e Francis disse, com voz rude: "Alô?". Tentava engrossar a voz, como disfarce, mas não me enganou; não conseguia deixar o telefone tocando, sem atender, e eu já o ouvira usando aquele expediente mais de uma vez.

"Alô?", repetiu, e o tom grave forçado na voz perdeu-se no final. Devolvi o fone ao gancho e deixei cair a linha.

Estava cansado, mas não conseguia dormir; minha irritação e perplexidade cresciam, alimentadas por uma sensação ridícula de desconforto. Acendi as luzes e revirei os livros até encontrar um romance de Raymond Chandler trazido de casa. Já conhecia a história, calculei que algumas páginas me ajudariam a dormir, mas como havia esquecido o enredo, antes de me dar conta já lera cinquenta páginas, depois cem.

Passaram-se várias horas, e eu estava bem desperto ainda. Os aquecedores a toda tornaram o ar do quarto quente e seco. Senti sede. Li até o final do capítulo, levantei-me, vesti o capote por cima do pijama e saí para pegar uma coca.

Commons estava imaculado e deserto. Por toda a parte, sentia o cheiro de tinta fresca. Passei pela lavanderia, impecável, muito iluminada, as paredes em creme limpas dos grafitos que se haviam acumulado no semestre anterior.

Comprei uma lata de coca numa das máquinas fosforescentes que se enfileiravam no fundo do corredor.

Dando a volta, espantei-me ao ouvir uma trilha sonora abafada, vinda da sala de estar comunitária. Alguém via televisão; Laurel e Hardy, atenuados por um forte chuvisco eletrônico, tentavam levar um piano de cauda escada acima. No início pensei que a sala estivesse deserta, mas logo notei o topo de uma cabeça loira, recostada no sofá que dava para o aparelho.

Aproximei-me e sentei. "Bunny", falei. "Como vai?"

Ele me encarou, os olhos vidrados, e precisou de alguns segundos para me reconhecer. Cheirava a bebida. "Dickie, meu caro", ele disse empastado. "Legal."

"O que está fazendo?"

Ele arrotou. "Passando mal para danar, a bem da verdade."

"Bebeu demais?"

"Não", ele respondeu evasivo. "Dor de estômago."

Pobre Bunny. Jamais confessava estar bêbado. Sempre alegava estar com dor de cabeça, ou precisando trocar os óculos. Procedia desta forma em vários momentos, na realidade. Certa manhã, depois de um programa com Marion, ele apareceu para tomar café da manhã com a bandeja lotada de sonhos recheados e notei uma marca roxa em seu pescoço, acima do colarinho. "O que aconteceu aí, Bun?", perguntei. Brincava, apenas, mas ele se mostrou ofendidíssimo. "Caí da escada", disse bruscamente, e comeu os sonhos em silêncio.

Resolvi esticar a história da dor de estômago. "Talvez tenha contraído alguma doença no exterior", falei.

"Talvez."

"Já foi até a enfermaria?"

"Que nada. Não resolveriam, mesmo. Vou esperar para ver. Melhor não sentar muito perto de mim, meu caro."

Embora já estivesse na outra ponta do sofá, afastei-me mais um pouco. Assistimos televisão por algum tempo, sem dizer nada. A imagem estava terrível. Ollie enterrara o chapéu de Stan até a altura dos olhos; Stan andava em círculos, tropeçando nos móveis, puxando a aba desesperado, com as duas mãos. Trombou com Ollie, que o esmurrou na cabeça. Olhando para Bunny, vi que se concentrava na tela. Olhos arregalados, boca ligeiramente aberta.

"Bunny", falei.

"O que foi?", perguntou, sem desviar a vista.

"Para onde foram todos?"

"Dormir, provavelmente", ele disse irritado.

"Sabe se os gêmeos estão na área?"

"Acho que sim."

"Já os viu?"

"Não."

"O que há de errado com todo mundo? Está bravo com Henry, por acaso?"

Ele não respondeu. Examinando seu perfil, notei que se mantinha absolutamente inexpressivo. Por um momento me acalmei e olhei para a televisão. "Vocês brigaram em Roma, ou o quê?"

De repente, ele pigarreou com estardalhaço, e pensei que fosse me dizer para cuidar da minha própria vida, mas em vez disso ele apontou algo e limpou a garganta novamente. "Vai beber esta coca?"

Eu já me esquecera do refrigerante, que jazia fechado, suando, sobre o sofá. Entreguei-o a ele, que o abriu e tomou um gole, arrotando em seguida.

"A pausa que refresca", disse. E depois: "Vou contar uma coisinha a respeito de Henry, meu caro".

"O quê?"

Ele deu mais um gole e voltou a atenção para o programa. "Ele não é o que você imagina."

"O que quer dizer com isso?", perguntei, depois de uma longa pausa.

"Quero dizer que ele não é o que você imagina", repetiu, mais alto desta vez. "Não é o que Julian pensa, nem o que os outros pensam." Ele bebeu mais coca. "Por algum tempo, ele quase me enganou."

"Sei", falei depois de algum tempo, incerto. Comecei a sentir a desconfortável intuição de que poderia ser algo relacionado a sexo, que eu preferia nem saber. Olhei para seu rosto, de lado: petulante, irritado, óculos na ponta do nariz fino, um início de papada no queixo. Henry o teria cantado em Roma? Inacreditável, mas uma hipótese. Se foi isso, então a coisa estava preta. Não poderia imaginar mais nada capaz de provocar tantos sussurros e segredinhos, ou que afetasse Bunny tão profundamente. Era o único do grupo a ter namorada e com toda a certeza dormia com ela, mas ao mesmo tempo ele era incrivelmente puritano — sensível, ofendia-se à toa, no fundo um hipócrita. Além disso, como entender a estranha facilidade com que Henry lhe dava dinheiro: pagando as contas, despesas de restaurante, soltando grana viva como se o outro fosse uma esposa perdulária? Talvez Bunny tivesse aceitado tudo, cego pela cobiça, e enfurecera-se ao perceber que a generosidade de Henry escondia algo.

Mas seria isso mesmo? Em algum lugar havia algo oculto, porém — dava para perceber, estava na cara — eu não sabia para onde as pistas apontavam. A conversa com Julian no corredor também me intrigara, mas havia sido muito diferente. Morei com Henry durante um mês, sem perceber o menor sinal de tensão, o que eu, sendo profundamente avesso a tais práticas, logo noto. Já havia percebido fortes inclinações neste sentido em Francis, um leve pendor em Julian; até mesmo Charles, interessado em mulheres pelo que eu sabia, demonstrava uma espécie de timidez adolescente que um homem como meu pai interpretaria com desconfiança. Mas, quanto a Henry, zero. Sem registro no contador Geiger. Se gostava de alguém, era de Camilla; em sua direção inclinava-se solícito ao conversar. A Camilla destinava seus raros sorrisos.

E mesmo se existisse nele um lado desconhecido para mim (sempre possível), haveria uma chance de que ele se interessasse por *Bunny*? A resposta era praticamente inquestionável: não. Além de não se mostrar atraído por Bunny, comportava-se como se mal o suportasse. E seu comportamento indicava que, avesso a Bunny em todos os aspectos, nessa questão específica sentiria repulsa por ele, até mais do que eu. Reconheço, em termos genéricos, que Bunny era atraente, mas ao aproximar mais a objetiva para focalizá-lo sob as luzes da sensualidade, só conseguia sentir o miasma acre das camisas fedorentas, músculos flácidos e meias sujas. Embora as mulheres não se importem com este tipo de coisa aparentemente, para mim ele era tão erótico quanto um técnico de futebol americano aposentado.

Levantei-me, sentindo de repente um profundo cansaço. Bunny me encarou, de boca aberta.

"Estou ficando com sono, Bunny", falei. "Vejo você amanhã, se der."

Ele piscou para mim. "Espero que você não pegue nenhum micróbio, meu caro", ele disse bruscamente.

"Eu também", falei, sentindo pena dele, sem saber por quê. "Boa noite."

Acordei às seis da manhã na quinta-feira, e planejava estudar grego, mas meu Liddell e Scott desaparecera sem deixar traço. Procurei, procurei, e acabei me lembrando, desolado: estava na casa de Henry. Notara sua falta ao fazer as malas; por algum motivo, não se encontrava junto com os outros livros. Depois de uma busca apressada, porém diligente, desisti, pensando em voltar para pegá-lo outro dia. Isso me deixava em situação delicada. A aula seguinte de grego só aconteceria na segunda, mas Julian passara um bocado de tarefa, e a biblioteca ainda estava fechada, pois trocavam a classificação, de Dewey decimal para Biblioteca do Congresso.

Desci e disquei o número de Henry, mas ninguém atendeu, como eu já esperava. Os aquecedores chiavam no corredor, onde ventava um pouco. Lá pelo trigésimo toque do telefone, ocorreu-me o seguinte: por que não ir até North Hampden, simplesmente, e pegar o livro? Ele não estava em casa — pelo menos eu pensava isso — e a chave estava comigo. A casa de campo de Francis era muito longe de lá. Se me apressasse, chegaria em quinze minutos. Desliguei e corri para a rua.

Na luz fria matinal o apartamento de Henry parecia deserto, não vi o carro, nem na entrada nem nos locais rua acima e rua abaixo onde preferia estacionar quando desejava evitar que soubessem de sua presença em casa. Só para ter certeza, bati na porta. *Pas de réponse.* Torcendo para não encontrá-lo no corredor, de roupão, a me encarar parado ao lado da porta do quarto, girei a chave cautelosamente e entrei.

Não havia ninguém, mas o apartamento estava uma bagunça — livros espalhados, papéis, xícaras de café e copos de vinho vazios; uma fina camada de poeira cobria tudo, e o resto de vinho nos copos secara, transformando-se numa mancha bordô no fundo. Na cozinha encontrei pilhas de pratos sujos, e o leite azedo, fora da geladeira. Henry era, de hábito, limpo como um gato; eu jamais o vira tirar o casaco sem que o pendurasse imediatamente. Uma mosca morta flutuava no fundo da xícara de café pela metade.

Nervoso, como ao entrar na cena de um crime, vasculhei rapidamente os quartos, os passos ecoando fortes no silêncio. Não tardei a ver o livro, em cima da mesa do corredor, um dos locais mais óbvios em que deveria procurar. *Como pude deixar de vê-lo?*, perguntei a mim mesmo. Olhara por toda parte no dia da partida. Henry o teria visto, e deixado ali para mim? Agarrei-o imediatamente, ansioso para sair, inquieto, quando meu olho foi atraído por um pedaço de papel também em cima daquela mesa.

Estava escrito, com a caligrafia de Henry:

TWA 219

795 × 4

Um número telefônico, com o código DDD 617, na letra de Francis, fora acrescentado ao pé da página. Peguei o papel e o estudei. Eles usaram o verso de um aviso de atraso na devolução de um livro, cuja data era três dias antes apenas.

Sem mesmo saber por quê, larguei o Liddell e Scott e segui para o telefone na sala da frente com o papel na mão. O código era de Massachusetts, provavelmente de Boston; consultei o relógio e disquei o número, transferindo a cobrança da ligação para o escritório do dr. Roland.

Um instante. Dois toques. Um clique. "Você ligou para o escritório de advocacia de Robeson Taft, na rua Federal", informou a gravação. "No momento, não podemos atendê-lo. Por favor, telefone entre nove horas e..."

Desliguei e fiquei encarando o papel. Recordei-me, algo inquieto, da farpa de Bunny, dizendo que Henry precisava de um advogado. Em seguida peguei o telefone novamente e disquei para o auxílio à lista, pedindo o número da TWA.

"Quem fala é Henry Winter", expliquei à pessoa que me atendeu na companhia aérea. "Estou telefonando para confirmar minha reserva."

"Um momento, sr. Winter. Qual o número da reserva, por favor?"

"Há....", falei, tentando pensar rápido, andando de um lado para o outro, "creio que não tenho o número aqui comigo, mas talvez seja possível..." Foi então que notei o número no canto superior direito. "Espere. Já achei. É 219."

Ouvi o som de teclas de computador. Bati o pé, impaciente, olhando pela janela à procura do carro de Henry. Depois me lembrei, assustado, que Henry estava sem carro. Eu não o devolvera depois do empréstimo no domingo. Ainda estava estacionado atrás da quadra de tênis, onde o deixara.

Em pânico, num reflexo automático, quase desliguei — se Henry estava sem carro, poderia entrar a qualquer momento. "Está tudo certo, sr. Winter", a moça disse atenciosamente. "O agente de viagens não explicou que é desnecessário confirmar a reserva quando as passagens são adquiridas a menos de três dias do embarque?"

"Não", respondi impaciente, e ia desligar quando a informação foi processada em minha mente. "Três dias?", repeti.

"Bem, em geral as reservas são confirmadas na data da compra, especialmente no caso de passagens sem possibilidade de reembolso como estas. O agente deveria ter informado isso quando o senhor comprou as passagens na terça."

Data da compra? Sem reembolso? Parei de andar. "Estou confuso. Pode me confirmar os dados?"

"Certamente, sr. Winter", ela disse solícita. "VOO TWA 401, partindo de Boston amanhã, do aeroporto de Logan, portão 12, às 20h45, com chegada prevista a Buenos Aires, na Argentina, para as 6h01. Haverá escala em Dallas. Quatro passagens, a setecentos e noventa e cinco dólares cada, só de ida, num total...", ela apertou mais algumas teclas, "num total de três mil cento e oitenta dólares, mais impostos, e o senhor preferiu pagar com seu cartão American Express, certo?"

Minha cabeça começou a rodar. Buenos Aires? Quatro passagens? Só de ida? Para amanhã?

"Espero que o senhor e sua família façam uma boa viagem pela TWA, sr. Winter", a operadora disse em tom cordial, desligando em seguida. Fiquei parado, segurando o telefone, até que o ruído de discar soou na outra ponta.

Algo me ocorreu de repente. Devolvi o fone ao gancho e corri para o quarto, abrindo a porta. Os livros e a estante haviam desaparecido; o guarda-roupa que sempre ficava trancado estava aberto, vazio; o cadeado aberto, pendurado pela haste. Por um momento fixei os olhos nele, nas letras romanas maiúsculas que diziam YALE, no fundo, e depois segui para o outro quarto. Os guarda-roupas também estavam vazios, restavam só os cabides no suporte de metal. Dei meia-volta, apressado, e quase tropecei nas duas malas enormes de couro de porco, com fivelas pretas, do lado interno da porta. Tentei erguer uma delas, pesava muito.

Meu Deus, pensei, *o que eles pretendem fazer?* Retornei até a mesa e devolvi o papel ao lugar em que estava antes. Saí correndo pela porta da frente, com meu livro na mão.

Assim que me afastei de North Hampden passei a andar devagar, extremamente intrigado, meus pensamentos atormentados por uma pontada de ansiedade. Sentia que precisava tomar providências, mas não sabia o que fazer. Bunny saberia algo a respeito? Dificilmente, pensei, e pressentia que era melhor não perguntar nada a ele. *Argentina*. O que havia na Argentina? Pastos, cavalos, caubóis que usavam chapéus de copa reta com pompons pendurados na aba. Borges, o escritor. Butch Cassidy se escondera lá, diziam, assim como o dr. Mengele, Martin Bormann e dúzias de elementos abomináveis.

Eu me lembrava vagamente de uma história contada por Henry, na casa de Francis, certa noite, sobre uma viagem a certo país latino-americano — Argentina, talvez, eu não tinha certeza. Tentei pensar. Viagem com o pai, negócios no local, uma ilha na costa... Mas o pai de Henry viajava muito; além disso, se havia alguma ligação, qual seria? Quatro passagens? Só de ida? Se Julian sabia disso — ele parecia estar inteirado de tudo em relação a Henry, ao contrário dos outros —, por que me perguntou sobre o paradeiro da turma no dia anterior?

Minha cabeça doía. Ao sair do bosque, perto de Hampden, e entrar no descampado coberto de neve brilhante, vi duas colunas de fumaça saindo das chaminés enegrecidas pelo tempo em Commons. Silêncio e frio cobriam tudo, exceto o caminhão de leite que aguardava na entrada dos fundos, enquanto dois sujeitos silenciosos, sonolentos, descarregavam as caixas, que batiam no asfalto com estrondo.

Os refeitórios estavam abertos, embora naquela hora da manhã não houvesse nenhum estudante, só funcionários da lanchonete e pessoal da manutenção, tomando café da manhã antes do início do expediente. Subi e pedi café preto com dois ovos quentes, que consumi à mesa perto da janela no salão principal deserto.

As aulas começavam naquele dia, quinta-feira, mas minha primeira aula com Julian estava marcada para a segunda apenas. Depois do café voltei a meu quarto e comecei a trabalhar nos segundos aoristos irregulares. Só lá pelas quatro da tarde finalmente fechei os livros, e quando olhei pela janela, para o descampado, vi que o sol se punha no oriente, e teixos e freixos lançavam longas sombras na neve. Era como se eu tivesse acordado naquela hora, sonolento e desorientado, para descobrir que escurecia e eu havia passado o dia dormindo.

Naquela noite serviriam o banquete de volta às aulas — rosbife, vagem, suflê de queijo e um sofisticado prato de lentilhas para os vegetarianos. Jantei sozinho, na mesma mesa do café da manhã. Os corredores lotaram, todos fumavam, riam, puxavam cadeiras extras para as mesas cheias, circulavam de um grupo a outro para dar olá. Ao lado da minha havia uma mesa de estudantes de arte, identificáveis pelos dedos sujos de tinta e manchas propositais nas roupas; um deles esboçava algo no guardanapo de pano, com uma hidrográfica preta; outro comia arroz na tigela, usando pincéis invertidos como pauzinhos orientais. Nunca os vira por ali. Ao tomar café, examinando o salão, concluí que Georges Laforgue estava com a razão, afinal de contas: eu realmente me afastara do resto da universidade — não que eu fizesse questão de conhecer melhor gente capaz de usar pincéis no lugar dos talheres.

Perto de minha mesa um par de homens de Neandertal extorquia dinheiro para uma cervejada no estúdio de escultura. Aqueles dois eu conhecia, de fato; impossível estudar em Hampden sem este desprazer. Um era filho de um famoso contraventor da Costa Oeste, o outro filho de um produtor de cinema. Eram, respectivamente, presidente e vice-presidente do Conselho Estudantil, cargos que utilizavam principalmente para organizar concursos de quem bebia mais, desfiles de camiseta molhada e torneios de luta livre feminina na lama. Passavam ambos de um metro e noventa — boca sempre entreaberta, barba por fazer, cretinos, cretinos, cretinos, tipos que nunca entravam em casa no final da tarde durante o horário de verão, preferindo ficar no gramado com geladeiras de isopor e toca-fitas até escurecer. A maioria os considerava sujeitos incríveis, e talvez fossem decentes o bastante para emprestar o carro a quem se dispunha a sair para comprar cerveja, ou lhes vendesse maconha, ou algo do gênero; os dois — em especial o filho do produtor de cinema — tinham nos olhos um brilho esquizofrênico, suíno, que não me agradava nem um pouco. Party Pig era seu apelido, não totalmente desprovido de afeição. Ele gostava do nome e fazia questão de honrá-lo de todas as maneiras. Vivia enchendo a cara e aprontando barbaridades como provocar incêndios, jogar calouros pela chaminé ou jogar barriletes de cerveja pelas portas envidraçadas.

Party Pig (também conhecido como Jud) e Frank avançaram em direção à minha mesa. Frank estendeu uma lata de tinta cheia de moedas e notas amassadas. "Oi, cara", ele disse. "Cervejada no estúdio de escultura esta noite. Quer dar uma força?"

Deixei o café de lado, na mesa, enfiei a mão no bolso do paletó e encontrei um quarto de dólar, mais algumas moedinhas.

"Ei, dá um tempo, cara", Jud disse, em tom ameaçador na minha opinião. "Não tem mais nada, não?"

Hoi polloi. Barbaroi. "Sinto muito", falei ao levantar da mesa. Apanhei o casaco e saí.

Voltei para o quarto, sentei na frente da escrivaninha e abri o léxico, mas não olhei para o livro. "Argentina?", falei para a parede.

Na sexta-feira de manhã segui para a aula de francês. Vários alunos cochilavam no fundo da classe, vencidos sem dúvida pelas festividades da noite anterior. O odor de desinfetante e removedor de giz combinado com as luzes fluorescentes pulsantes e o recitar monótono dos verbos condicionais provocaram em mim uma espécie de transe também. Sentado na frente da escrivaninha, balançando ligeiramente, por força da fadiga e do tédio, mal senti a passagem do tempo.

Levantei-me no final, desci as escadas até o telefone público e liguei para Francis na casa de campo. Deixei o telefone tocar umas trinta vezes, sem obter resposta.

Caminhei pela neve até Monmouth House, subi para o meu quarto e pensei, ou melhor, não pensei, apenas sentei-me na beirada da cama, olhando pela janela, para os teixos revestidos de gelo lá fora. Depois de algum tempo ergui-me e fui até a mesa, mas não consegui estudar. Passagem só de ida, segundo a atendente. Sem reembolso.

Na Califórnia passaria das onze da manhã. Meus pais estariam no serviço. Desci até meu velho amigo, o telefone público, e liguei para o apartamento da mãe de Francis, em Boston, transferindo a cobrança para o número de meu pai.

"Ah, Richard", ela disse, quando finalmente compreendeu quem eu era. "Meu querido. Quanta gentileza sua em ligar. Pensei que viria passar o

Natal conosco, em Nova York. Onde está, meu rapaz? Posso mandar alguém buscá-lo?"

"Não, obrigado. Estou em Hampden", expliquei. "Francis está aí?"

"Meu querido, ele está na *escola*, não é?"

"Sinto muito", falei, repentinamente constrangido. Errara ao ligar assim, sem ter pensado no que diria. "Lamento. Creio que me enganei."

"Não entendi."

"Pelo que eu soube, ele iria a Boston hoje."

"Bem, se está aqui, querido, ele não me procurou. Onde disse que está mesmo? Tem certeza de que não precisa de Chris? Ele pode ir buscá-lo de carro."

"Não precisa. Na verdade, não estou em Boston, mas em..."

"Está ligando da escola?", ela disse, assustada. "Aconteceu alguma coisa, querido?"

"Não, senhora, claro que não", falei. Por um momento, senti o impulso de desligar, mas era tarde demais. "Ele passou aqui ontem à noite, eu já estava quase dormindo. Poderia jurar que ele pretendia ir para Boston hoje. *Ah, lá está ele!*", gritei estupidamente, torcendo para conseguir enganá-la.

"Onde, meu querido? Aí?"

"Está do outro lado do gramado, vindo para cá. Muito obrigado, senhora... há... Abernathy", falei, envergonhadíssimo por não me lembrar do nome do atual marido.

"Pode me chamar de Olivia, querido. Dê um beijo no meu filhinho e peça a ele para ligar no domingo."

Apressei as despedidas — já estava suando frio — e dava meia-volta para subir a escada quando Bunny, usando um dos ternos novos e mascando ruidosamente um chiclete enorme, aproximou-se em passos largos. Era a última pessoa com quem eu queria conversar, mas não consegui me livrar. "Olá, meu caro", ele disse. "Onde foi que Henry se meteu?"

"Não sei", respondi após certa hesitação.

"Nem eu", ele disse agressivo. "Não o vejo desde segunda-feira. Nem François, nem os gêmeos. Com quem estava falando no telefone?"

Fui incapaz de pensar numa boa resposta. "Francis", falei. "Estava conversando com Francis."

"Hum", ele disse, enfiando a mão no bolso novamente. "De onde ele ligou?"

"De Hampden, acho."

"Não era interurbano?"

Senti um arrepio na nuca. Saberia ele algo a respeito? "Não", falei. "Não que eu saiba."

"Henry não lhe disse nada sobre sair da cidade, por acaso?"

"Não. Por quê?"

Bunny permaneceu em silêncio. Depois disse: "Não vejo luzes na casa dele há várias noites. E o carro desapareceu. Não está estacionado na rua Water".

Por alguma razão estranha, ri. Caminhei até a porta dos fundos, que tinha uma abertura na parte de cima pela qual se avistava o estacionamento atrás das quadras de tênis. O carro de Henry estava lá, exatamente onde eu o estacionara, claro como o dia. Eu o mostrei a ele. "Está bem ali", falei. "Viu?"

Bunny diminuiu o ritmo da mastigação, e seu rosto anuviou-se com o esforço de raciocínio. "Puxa, que coisa esquisita."

"Por quê?"

Uma bola pensativa emergiu de seus lábios, cresceu lentamente e estourou com um estalo. "Por nada", ele disse bruscamente, e passou a mascar o chiclete de novo.

"Por que eles sairiam da cidade?"

Ele ergueu a mão e afastou o cabelo dos olhos. "Você ficaria surpreso, se soubesse", ele disse risonho. "O que planeja fazer agora, meu caro?"

Subimos para o meu quarto. No caminho, ele parou na geladeira coletiva e espiou lá dentro, forçando os olhos míopes para inventariar o conteúdo. "Tem alguma coisa sua aí, meu caro?", ele perguntou.

"Não."

Estendendo a mão, ele pegou uma torta de ricota congelada. Na embalagem alguém colara um recado: "Por favor, não peguem. Sou bolsista. Jenny Drexler".

"Acho que isso serve, por enquanto", ele disse, olhando rapidamente para o corredor. "Vem alguém?"

"Não."

Ele escondeu a torta debaixo do paletó e saiu assobiando na direção do meu quarto. Lá dentro cuspiu o chiclete e o colou na parte interna da minha lata de lixo, num movimento rápido, dissimulado, como se esperasse que eu não visse nada. Depois sentou-se e comeu a torta direto da caixa com uma colher que tirou da gaveta. "Minha nossa", ele disse, "isso é terrível. Quer um pouco?"

"Não, obrigado."

Bunny lambeu a colher, pensativo. "Limão demais, eis o defeito. E falta ricota." Fez uma pausa, pensando talvez na questão da torta. Depois disse, abruptamente: "Pode falar. Você e Henry passaram muito tempo juntos no mês passado, não foi?".

Adotei uma postura defensiva, instintivamente. "Acho que sim."

"Conversaram muito?"

"Um pouco."

"Ele contou muita coisa sobre nossa viagem a Roma?", disse, encarando-me com interesse.

"Quase nada."

"Contou o motivo da antecipação da volta?"

Finalmente, pensei, aliviado. Agora esclareceríamos a história de uma vez por todas. "Não. Ele não falou quase nada", o que era verdade. "Só soube que antecipara a volta quando o vi aqui. Nem sabia que você continuava lá. Finalmente, quando perguntei a seu respeito, certa noite, ele contou. Foi tudo."

Bunny deu uma dentada desanimada na torta. "Ele contou por que voltou?"

"Não." Como Bunny não disse nada, acrescentei: "Teve algo a ver com dinheiro, não foi?".

"Ele falou isso?"

"Não." E, como ele se fechara de novo, prossegui: "Mas disse que você não tinha dinheiro, que precisou pagar o aluguel e o resto. Foi isso?".

Bunny, de boca cheia, fez um gesto de desprezo com a mão.

"Henry é fogo", ele disse. "Eu gosto dele, você também, mas, aqui entre nós, acho que tem um pouco de sangue judeu."

"Como?", perguntei perplexo.

Ele acabava de morder novamente a torta, e precisou de algum tempo para me responder.

"Nunca ouvi ninguém reclamar tanto ao ajudar um colega", ele disse finalmente. "Vou lhe dizer o que é. Henry morre de medo que as pessoas se aproveitem dele."

"O que quer dizer?"

Ele engoliu. "Sabe, provavelmente alguém lhe disse, quando era pequeno: 'Menino, você tem muito dinheiro, e as pessoas um dia tentarão tomá-lo'." Seu cabelo caíra sobre um olho; como um velho capitão, ele piscou para mim, malicioso, com o outro. "O problema não está no dinheiro, sabe. Ele não precisa de nada. É uma questão de princípio. Precisa ter certeza de que as pessoas não gostam dele só por causa do dinheiro, mas pelo que ele é."

Fiquei surpreso com aquela declaração, que se opunha a tudo o que eu sabia a respeito da frequente — e, para meus padrões de julgamento — extravagante generosidade.

"Então não teve nada a ver com dinheiro?", falei finalmente.

"Nada."

"E qual foi o motivo, se me permite indagar?"

Bunny debruçou-se, o rosto pensativo, e por um momento quase transparente, franco. Quando abriu a boca novamente pensei que fosse dizer exatamente o que pensava; em vez disso, ele pigarreou e perguntou se eu não me importaria de passar um café.

Naquela noite, deitado na cama para estudar grego, minha memória foi refrescada por um clarão, como se pusessem um holofote oculto em minha cara, de surpresa. *Argentina*. A própria palavra perdera a capacidade de me espantar, e devido à minha ignorância quanto ao espaço físico que ocupava no globo, assumira características peculiares. O *Ar* áspero do início trazia à mente imagens de ouro, ídolos, cidades perdidas na selva, que por sua vez conduziam à câmara sinistra e silenciosa de *Gen*, com a brilhante interrogação de *Tina* no final — tudo besteira, claro, mas parecia que de algum modo tortuoso o nome em si, único fato concreto disponível para mim, poderia constituir um enigma ou uma pista. Mas não foi isso que me fez pular na cama, e sim a súbita percepção da hora — nove e vinte, vi ao consultar o relógio. Estavam todos no avião agora (ou não?), a caminho da bizarra Argentina da minha imaginação, cortando os céus escuros.

Deixei o livro de lado e passei para a poltrona ao lado da janela, sem conseguir estudar pelo resto da noite.

O fim de semana passou, como passaria, e para mim significou estudar grego, fazer as refeições sozinho no salão, e mais reflexão sobre o velho enigma na volta ao quarto. Meus sentimentos haviam sido feridos, eu sentia mais falta deles do que admitia. Bunny comportava-se de modo estranho além disso. Eu o vi um par de vezes no final de semana, acompanhado por Marion e pelos amigos dela, falando pomposamente, enquanto todos o ouviam boquiabertos de admiração (eram em sua maioria estudantes de pedagogia infantil, que o consideravam tremendamente erudito, suponho, por cursar grego e usar óculos de aro metálico). Eu o vi uma vez com seu antigo colega Cloke Rayburn. Mas não conhecia Cloke direito, e não quis parar para dizer bom-dia.

Aguardei a aula de grego, na segunda-feira de manhã, com extrema curiosidade. Acordei às seis naquele dia. Não querendo chegar cedo demais, permaneci em meu quarto, inteiramente vestido, por muito tempo, e percebi meio alarmado ao consultar o relógio que se eu não me apressasse chegaria atrasado. Recolhi os livros, fui para fora; a meio caminho do Lyceum, percebi que corria e me forcei a diminuir o passo.

Já havia recuperado o fôlego quando abri a porta dos fundos. Lentamente, subi a escada, os pés em movimento, a mente singularmente vazia — como eu me sentia nas manhãs de Natal quando, após uma noite de excitação quase insana, percorria o corredor até a porta fechada, atrás da qual meus presentes me aguardavam, como se o dia não tivesse nada de especial, de súbito abandonado pelo desejo.

Estavam todos lá, todos: os gêmeos, seguros e alertas, à janela; Francis, de costas para mim; Henry, ao lado dele; Bunny, do outro lado da mesa, reclinado na cadeira. Contava uma anedota qualquer. "Então, foi o seguinte", ele disse a Henry e Francis, virando um pouco o rosto na direção dos gêmeos. Todos mantinham os olhos fixos nele, ninguém me viu entrar. "O diretor disse: 'Meu filho, o governador não enviou o perdão até agora, e passa das cinco horas. Quais são suas últimas palavras?'. E o sujeito medita por um momento, olha por cima do ombro e diz: 'Bem, o governador fulano de tal não contará com o meu voto nas próximas eleições, eu juro'." Rindo, ele se reclinou ainda mais na cadeira; em seguida olhou para cima e me viu, parado feito um idiota, na porta. "Pode entrar, pode entrar", disse, batendo as pernas da frente da cadeira de madeira no chão com um ruído.

Os gêmeos olharam para mim, surpresos como dois cervos. Exceto por certa rigidez em volta do queixo, Henry mostrava-se sereno como Buda. Mas Francis estava tão branco que parecia verde.

"Estamos contando piadas antes de começar a aula", Bunny disse cordial, reclinando-se na cadeira outra vez. Afastou a franja dos olhos. "Certo. Smith e Jones cometem um assalto à mão armada, e os dois pegam pena de morte. Claro, tentam o indulto de todas as maneiras possíveis, mas Smith perde suas chances, antes do outro, e acaba amarrado na cadeira elétrica." Ele gesticulou resignado, filosófico, e então, inesperadamente, piscou para mim. "Aí", ele prosseguiu, "permitiram que Jones assistisse à execução, e ele está lá, observando seu companheiro ser atado à cadeira." Vi Charles, os olhos inexpressivos, mordendo com força o lábio inferior. "O diretor entra, e pergunta: 'Alguma novidade sobre seu indulto, Jones?'. O preso responde: 'Nada ainda, diretor'. 'Muito bem', diz o diretor, consultando o relógio. 'Então nem vale a pena voltar para a cela, não é mesmo?'" "Ele moveu a cabeça para trás e riu, satisfeito com o desfecho, mas os outros nem mesmo sorriram.

Quando Bunny recomeçou ("Sabem aquela do Velho Oeste? Naquele tempo, ainda enforcavam quem...") Camilla encostou no parapeito da janela e sorriu nervosa para mim.

Resolvi me aproximar e sentar entre ela e Charles. Camilla deu um beijo rápido em meu rosto. "Tudo bem?", disse. "Sente curiosidade de saber onde estávamos?"

"Não acredito que nem chegamos a ver você", Charles disse calmamente, inclinando-se em minha direção, de tornozelo cruzado sobre o joelho. Seu pé tremia violentamente, como se tivesse vida própria, e ele o segurou com uma das mãos. "Houve um mal-entendido terrível com o apartamento."

Não imaginava o que ouviria da parte deles, mas com certeza não era aquilo. "Como?", falei.

"Esquecemos a chave na Virgínia."

"Tia Mary-Gray foi obrigada a dirigir até Roanoke para despachá-la via Federal Express."

"Pensei que o apartamento estivesse alugado para alguém", falei desconfiado.

"Ele foi embora há uma semana. Bancamos os idiotas ao pedir que nos enviasse a chave pelo correio. E a dona da casa mora na Flórida. Ficamos na casa de campo de Francis o tempo inteiro."

"Presos como ratos."

"Francis nos levou para lá de carro, e a cerca de três quilômetros da casa aconteceu um problema terrível com o carro", Charles disse. "Fumaça preta, ruídos metálicos."

"A direção quebrou. Caímos numa vala."

Os dois falavam muito depressa. Por um momento, a voz estridente de Bunny ergueu-se acima da deles. "E o juiz tinha um método particular, que costumava seguir. Enforcava um ladrão de gado na segunda, um trapaceiro na terça, os assassinos na quarta..."

"...e depois", Charles dizia, "precisamos andar até a casa de Francis, e passamos *vários dias* ligando para Henry nos buscar. Mas ele não atendia o telefone — você sabe como é tentar entrar em contato com ele..."

"Não havia *comida* na casa de Francis, exceto uma lata de azeitonas pretas e um pote de Bisquick."

"Isso mesmo. Comemos só azeitonas e Bisquick."

Poderia ser verdade, aquilo?, pensei subitamente. Por um instante eu me animei — meu Deus, como havia sido tolo —, mas logo me recordei do modo como deixaram o apartamento de Henry, das malas perto da porta.

Bunny tentava um final grandioso. "E então o juiz disse: 'Meu filho, hoje é sexta, gostaria de enforcá-lo hoje mesmo, mas preciso esperar até terça, porque...'."

"Faltava até leite", Camilla disse. "Precisamos misturar Bisquick com água."

Ouvimos o som discreto de um pigarro, olhei para cima e vi Julian fechando a porta atrás de si.

"Minha nossa, seus tagarelas", ele disse, quebrando o silêncio repentino. "Onde vocês todos se meteram?"

Charles tossiu, os olhos fixos num ponto qualquer do outro lado da sala, e começou a recitar mecanicamente a história da chave do apartamento e do carro caindo na vala e das azeitonas com Bisquick. O sol do inverno, a entrar oblíquo pela janela, conferia a todos uma aparência gélida, minuciosamente detalhada; nada parecia real, e eu via aquilo tudo como um filme complicado, que começara a ver na metade e não conseguia entender direito. As piadas de Bunny sobre presos me perturbaram por algum motivo, embora não fosse a primeira vez que contava piadas infames; já o fizera antes, no outono. Na época foram recebidas com a mesma frieza silenciosa, mas não passavam de piadas infelizes, idiotas. Sempre imaginei que as contava por ter em seu quarto um livro de anedotas de cadeia ou algo assim, a fazer companhia na estante à autobiografia de Bob Hope, os livros de Fu Manchu e *Men of Thought and Deed*. (Era verdade, afinal. Tinha mesmo.)

"Por que não ligaram para mim?", Julian disse perplexo, até um pouco magoado, quando Charles terminou a história.

Os gêmeos o fitaram vexados.

"Não pensamos nisso", Camilla disse.

Julian riu e recitou um aforismo de Xenofonte que falava em barracas e soldados e proximidade do inimigo, e sugeria que nos momentos difíceis era melhor recorrer ao auxílio de sua própria gente.

Voltei para casa sozinho depois da aula, assombrado e confuso. Meus pensamentos eram tão contraditórios e perturbadores que eu não conseguia nem ao menos especular, só me perguntava, pasmo, o que afinal estava acontecendo à minha volta. Sem aulas marcadas para o resto do dia, a perspectiva de retornar ao quarto era intolerável. Sentei-me numa poltrona em Commons, perto da janela, por uns quarenta e cinco minutos. E se fosse até a biblioteca? E se saísse no carro de Henry, que ainda estava comigo, para dar um passeio ou pegar a matinê no cinema da cidade? E se pedisse um Valium a Judy Poovey?

Decidi, finalmente, que a última possibilidade era um pré-requisito para planos posteriores. Voltei para Monmouth House e subi ao quarto de Judy, encontrando apenas um recado em tinta dourada na porta: "Beth — que tal ir a Manchester, para almoçar com Tracy e comigo? Estarei na sala de figurinos até as onze. J".

Parado na frente da porta de Judy, olhei as fotografias que a decoravam: batidas de carros, manchetes sensacionalistas do *Weekly World News*, uma Barbie enforcada nua, pendurada na maçaneta. Já passava da uma da tarde. Voltei para minha porta branca imaculada, no final do corredor, a única não contaminada por propaganda religiosa, pôsteres dos Fleshtones e frases suicidas de Artaud, tentando imaginar como aquela gente toda conseguia encher tão depressa as portas de porcarias e o motivo que as levava a isso.

Deitado na cama, olhei para o teto, procurando adivinhar quando Judy voltaria, planejando como proceder nesse meio-tempo, quando bateram na porta.

Era Henry. Abri mais a porta, olhei fixamente para ele e não disse nada.

Ele me encarou paciente, despreocupado. Estava calmo, pensativo, e trazia um livro debaixo do braço.

"Oi", ele disse.

Depois de uma pausa, mais longa do que a primeira, falei: "Oi".

"Tudo bem?"

"Tudo bem."

"Que bom."

Seguiu-se outro longo intervalo silencioso.

"O que vai fazer esta tarde?", ele perguntou educadamente.

"Nada", falei, tomado de surpresa.

"Gostaria de passear comigo?"

Apanhei o casaco.

Assim que nos afastamos de Hampden, ele saiu da autoestrada e seguiu por uma via de cascalho que eu não conhecia. "Aonde vamos?", perguntei, desconfiado.

"Pensei em dar uma passada numa casa da via Old Quarry, onde estão vendendo tudo", Henry disse, sem se perturbar.

Tive uma das maiores surpresas da minha vida quando, uma hora mais tarde, a estrada finalmente nos levou a uma casa grande, onde uma placa na entrada avisava: VENDA TOTAL.

Embora a casa fosse magnífica, o leilão não foi grande coisa: um piano de cauda coberto com prataria e cristais lascados; um relógio de carrilhão; diversas caixas cheias de discos, utensílios de cozinha e brinquedos; algumas peças de mobília estofada, arranhadas por gatos, na garagem.

Folheei uma pilha de partituras antigas, vigiando Henry com o canto do olho. Ele examinava a prataria, distraído; tocou um trecho de *Träumerei* no piano com uma das mãos; abriu a porta do relógio e examinou o mecanismo; conversou longamente com a sobrinha do dono, que acabava de sair da casa principal, sobre a melhor época para o plantio de bulbos de tulipa. Depois que eu percorri a pilha de partituras por duas vezes, passei para os cristais e os discos; Henry comprou uma enxada de jardinagem por vinte e cinco centavos.

"Lamento ter trazido você até aqui à toa", ele disse na volta para casa.
"Não foi nada", falei, encolhido no banco, bem perto da porta.
"Sinto um pouco de fome. Você não está com fome? Gostaria de comer alguma coisa?"

Paramos para jantar na periferia de Hampden. O restaurante estava praticamente deserto, a noite mal começara. Henry pediu um jantar enorme — sopa de ervilhas, rosbife com molho roti, salada, purê de batata, café, torta — e comemos em silêncio, com apetite metódico. Eu cisquei uma omelete, sentindo dificuldade em tirar os olhos de cima dela durante a refeição. Era como se estivéssemos no vagão-restaurante de um trem, onde o garçom me forçara a sentar na frente de outro senhor solitário, gentil, alguém que nem falava minha língua, talvez, mas que se mostrava satisfeito por jantar em minha companhia, deixando transparecer um ar de calma aceitação, como se me conhecesse desde a infância.

Quando terminamos ele tirou o cigarro do bolso da camisa (fumava Lucky Strike; sempre que penso nele, vejo o círculo vermelho sobre seu peito) e me ofereceu um, fazendo com que os cigarros saltassem um pouco para fora do maço e erguendo uma sobrancelha. Balancei a cabeça.

Ele fumou um, depois outro, e na segunda xícara de café olhou para mim. "Por que está tão calado esta tarde?"

Dei de ombros.

"Não quer saber mais a respeito de nossa viagem para a Argentina?"

Devolvi a xícara ao pires e o encarei. Depois comecei a rir.

"Sim", falei. "Claro. Conte tudo."

"Não sabe como eu descobri? Que você sabia a respeito?"

Isso não me havia ocorrido, e calculo que ele tenha lido tudo em meu rosto, pois foi sua vez de rir. "Nenhum mistério", ele disse. "Quando liguei para cancelar as reservas — eles não queriam aceitar o cancelamento, claro, eram passagens sem reembolso, mas acho que esta parte já resolvi —, bem, na companhia aérea eles se mostraram surpresos, pois eu havia ligado para confirmar tudo no dia anterior."

"E como soube que era eu?"

"Quem mais poderia ter sido? Você tinha a chave. Eu sei, eu sei", ele disse, quando tentei interrompê-lo. "Deixei a chave com você de propósito. Tornaria as coisas mais fáceis depois, por várias razões, mas por puro acaso você chegou na hora errada. Eu havia saído do apartamento por algumas horas apenas, nunca sonhei que passaria lá entre meia-noite e sete da manhã. Eu o perdi por alguns minutos. Se você demorasse uma hora para passar lá, teria ido embora com tudo."

Ele tomou um gole de café. Eu tinha tantas perguntas a fazer que seria inútil tentar colocá-las em ordem, de modo coerente. "Por que deixou a chave?", perguntei.

Henry deu de ombros. "Por ter quase certeza de que não a usaria desnecessariamente", ele disse. "Se tivéssemos ido embora, alguém precisaria abrir o apartamento para a proprietária em algum momento, e eu teria enviado instruções para que você entrasse em contato com ela e para despachar o resto das coisas. Mas esqueci o maldito Liddell e Scott. Bem, não posso afirmar isso. Sabia que o esquecera lá, mas na pressa, por algum motivo, não pensei que voltaria para pegá-lo *bei Nacht und Vebel*, como acabou voltando. Foi estupidez de minha parte. Você sofre de insônia, tanto quanto eu."

"Explique melhor. Vocês não foram para a Argentina, afinal de contas?"

Henry fungou e fez um gesto, pedindo a conta. "Claro que não", ele disse. "Estaria aqui, se tivesse ido?"

Após pagar a conta ele perguntou se eu queria ir até a casa de Francis. "Não creio que ele esteja lá", disse.

"Neste caso, para que a visita?"

"Meu apartamento está uma bagunça, hospedei-me lá até conseguir alguém para fazer a faxina. Por acaso conhece alguma agência de serviços domésticos? Francis conseguiu uma pessoa no balcão de empregos da cidade, mas foi roubado em cinquenta dólares que estavam na gaveta da cômoda e duas garrafas de vinho."

No caminho até North Hampden evitei bombardear Henry com perguntas, ficando de boca fechada até chegarmos lá.

"Ele não está em casa, tenho certeza", ele disse, ao destrancar a porta da frente.

"E aonde foi?"

"Ver Bunny. Levou-o para jantar em Manchester e depois ao cinema, ver um filme que Bunny escolheu. Quer tomar um café?"

O apartamento de Francis situava-se num prédio medonho, dos anos 70, propriedade da universidade. Era mais amplo e oferecia mais privacidade que as casas velhas com assoalho de carvalho existentes no campus, e como consequência era muito cobiçado. Por outro lado, havia piso de linóleo, corredores mal iluminados, decoração ordinária e moderna, como um Holiday Inn. Francis, pelo jeito, pouco se importava com tudo isso. Levara sua própria mobília para lá, tirada da casa de campo, mas a escolhera sem critério, criando uma mistura atroz de estilos, estofados, madeiras claras e escuras.

A busca revelou que Francis não tinha nem café nem chá ("Ele precisa fazer compras", Henry disse, examinando por cima do meu ombro outro armário vazio), só algumas garrafas de scotch e água Vichy. Peguei copos, gelo e uma garrafa de Famous Grouse, que levamos para a sala de estar mal iluminada, os sapatos rangendo na brancura horrível do linóleo.

"Então vocês não viajaram", falei quando nos sentamos, e Henry serviu uma dose para cada um.

"Não."

"Por quê?"

Henry suspirou, apanhando um cigarro no bolso da camisa. "Dinheiro", ele disse, quando o fósforo brilhou na penumbra. "Não tenho investimentos, como Francis, apenas uma mesada. Dá e sobra para viver, e durante alguns anos guardei um pouco na poupança. Mas Bunny já gastou quase tudo. Eu não teria como pôr as mãos em mais de trinta mil dólares, nem se vendesse meu carro."

"Trinta mil dólares é muito dinheiro."

"Sim."

"E por que precisava de tanto?"

Henry soltou um anel de fumaça, parte no círculo amarelado de luz sob a lâmpada, parte na escuridão. "Porque não pretendíamos voltar", ele disse. "Nenhum de nós tinha vistos de trabalho. Precisávamos levar dinheiro suficiente para sustentar os quatro durante um bom tempo. Por falar nisso", ele disse, erguendo a voz como se eu tentasse interrompê-lo — na verdade, não tentei, "por falar nisso Buenos Aires não era nosso destino final, apenas uma escala."

"*Como?*"

"Se eu tivesse dinheiro, suponho que seguiríamos para Paris ou Londres, para alguma cidade movimentada, e depois para Amsterdam, e daí para a América do Sul. Assim, seria mais difícil que nos localizassem. Mas não tínhamos dinheiro, só nos restou a alternativa de ir para a Argentina e dali preparar um roteiro até o Uruguai — local perigoso e instável também, embora adequado para nossos propósitos. Meu pai tem participação num projeto imobiliário lá. Não seria difícil arranjar um lugar para morar."

"E ele sabia de seus planos", falei, "seu pai?"

"Acabaria descobrindo. Na verdade, eu pretendia pedir a você que entrasse em contato com ele assim que chegássemos lá. Se algo inesperado acontecesse, ele poderia nos ajudar, quem sabe até nos tirar do país, se necessário. Ele conhece pessoas importantes lá, gente do governo. Caso contrário, ninguém saberia."

"Ele faria isso por vocês?"

"Meu pai e eu não somos muito próximos", Henry disse, "mas sou filho único." Ele tomou o resto do scotch e balançou o gelo no copo. "Seja como for, embora eu não tivesse muito dinheiro vivo, contava com os cartões de crédito para as despesas imediatas. Restaria apenas a questão de levantar uma soma suficiente para viver durante algum tempo. Era onde Francis entrava. Ele e a mãe vivem de um fundo a longo prazo, creio que já sabe disso, e podem retirar até três por cento do total a cada ano, o que dá mais ou menos cento e cinquenta mil dólares. Em geral, não fazem uso desse recurso, mas em teoria qualquer um dos dois pode sacar a soma, se for o caso. Um escritório de advocacia de Boston cuida de tudo, e na quinta-feira de manhã saímos da casa de campo, viemos até Hampden por alguns minutos, para que os gêmeos e eu pudéssemos recolher nossas coisas e depois fomos até Boston. Lá, nos hospedamos no Parker House. Um hotel adorável, não acha? Dickens costumava ficar lá quando vinha aos Estados Unidos.

"De qualquer forma, Francis marcara uma reunião com os advogados, e os gêmeos precisavam resolver um problema com o passaporte. Juntar tudo e deixar o país exige mais planejamento do que se imagina, porém tomamos todas as providências; partiríamos na noite seguinte, tudo só poderia dar certo. Os gêmeos nos preocupavam um pouco, mas não haveria problema se eles, na pior das hipóteses, tivessem de esperar dez dias para viajar até nós. Eu mesmo precisava resolver algumas coisas, poucas, e Francis garantira que retirar o dinheiro era apenas uma questão de ir ao centro e assinar alguns papéis. Sua mãe descobriria o saque, mas o que poderia fazer, depois que ele partisse?

"Mas ele não retornou na hora prevista. Esperamos três horas, depois mais uma. Quando os gêmeos chegaram, nós três pedimos almoço no apartamento. Nesse momento Francis chegou, meio histérico. O dinheiro daquele ano já havia sido sacado, entende. A mãe retirara até o último centavo permitido, sem avisá-lo. Foi uma surpresa desagradável, pior ainda em função das circunstâncias. Ele tentou de tudo — pedir emprestado ao fundo de investimento, suspender a aplicação. Aliás, se você entende de fundos a longo prazo, trata-se da atitude mais desesperada possível. Os gêmeos queriam ir em frente, correr o risco. Mas... era uma situação difícil. Após a partida não poderíamos voltar, e o que faríamos lá, afinal de contas? Viver numa casa nas árvores, como Wendy e os Meninos Perdidos?" Ele suspirou. "Portanto, lá estávamos, de malas prontas, passaportes na mão, sem dinheiro. Ou muito pouco. Somando os recursos dos quatro, não dava nem cinco mil dólares. Discutimos bastante, e no final concluímos que a única opção seria voltar para Hampden. Por enquanto, pelo menos."

Ele contou tudo calmamente, mas ao ouvi-lo senti uma bola crescer no estômago. O quadro ainda era completamente obscuro, e o que eu podia ver não me agradava nem um pouco. Não falei nada por um longo tempo, apenas olhei para as sombras que a lâmpada lançava no teto.

"Henry, meu Deus", falei finalmente. Minha voz soava insípida e estranha aos meus próprios ouvidos.

Ele ergueu uma sobrancelha e não disse nada, o copo vazio na mão, o rosto semiencoberto pelas sombras.

Eu o encarei. "Meu Deus", falei. "O que vocês fizeram?"

Ele sorriu oblíquo, e debruçou-se para servir mais uma dose de scotch. "Creio que você já faz uma boa ideia", ele disse. "Agora eu gostaria de saber uma coisa. Por que ajudou a encobrir nossos movimentos?"

"Como?"

"Sabia que deixaríamos o país. Mas não contou a ninguém. Por quê?"

As paredes escureceram, a sala enegreceu. O rosto de Henry, mal iluminado pela lâmpada, pálido, contrastava com a escuridão, e pequenos reflexos luminosos piscavam no aro dos óculos, brilhavam nas profundezas ambarinas do uísque, reluziam azulados em seus olhos.

"Não sei", falei.

Ele sorriu. "Não?", ele disse.

Eu o encarei, sem falar nada.

"Afinal de contas, nós não confiamos em você", ele disse. Seu olhar intenso se fixara em mim, firme. "Poderia nos ter impedido a qualquer momento, mas não o fez. Por quê?"

"Pelo amor de Deus, Henry, o que vocês fizeram?"

Ele sorriu. "Diga você."

O mais horrível era que, de algum modo, eu já sabia. "Vocês mataram alguém", falei. "Não foi?"

Ele me olhou por um momento, e depois, para minha profunda, imensa surpresa, recostou-se na poltrona e riu.

"Meus parabéns", ele disse. "Você é tão inteligente quanto eu pensava. Deduziria tudo, mais cedo ou mais tarde, eu poderia jurar. Sempre insisti nisso ao discutir com os outros."

A escuridão rodeava o círculo mínimo de luz, palpável como uma cortina. Acometido por uma espécie de paralisia, senti por um momento tanto a impressão claustrofóbica de que as paredes se fechavam sobre nós, quanto a vertigem por seu afastamento até o infinito, a nos deixar suspensos numa imensidão escura. Engoli seco, e olhei para Henry novamente. "Quem foi?", perguntei.

Ele deu de ombros. 'Uma insignificância, realmente. Um acidente."

"Não foi de propósito?"

"Imagine, claro que não", ele disse, surpreso.

"O que aconteceu?"

"Nem sei por onde começar." Ele fez uma pausa, tomou um gole da bebida. "Recorda-se, no outono passado, quando estudávamos no curso de Julian o que Platão chamava de loucura telésia? *Bakcheia?* Frenesi dionisíaco?"

"Sim", respondi impaciente. Só mesmo Henry para vir com essa conversa logo agora.

"Bem, decidimos chegar a isso."

Por um momento, pensei não ter compreendido. "Como assim?", falei.

"Resolvemos realizar uma bacanal."

"Duvido."

"Sério."

Olhei fixo para ele. "Está brincando."

"Não."

"É a coisa mais excêntrica que já escutei na vida."

Ele deu de ombros.

"Por que resolveram fazer uma coisa dessas?"

"Fiquei obcecado pela ideia."

"Por quê?"

"Bem, pelo que sei, ninguém mais tentou nos últimos dois mil anos." Ele fez uma pausa, ao ver que não me convencia. "Afinal, o apelo de sair de si mesmo, por pouco tempo que fosse, é imenso", ele disse. "Escapar do modo cognitivo de experimentação, transcender o acidente da existência momentânea. Há outras vantagens, difíceis de explicar, ocorrências a que os antigos apenas aludem e que eu mesmo só entendi depois dos acontecimentos."

"Por exemplo?"

"Bem, não chamamos isso de mistério à toa", Henry disse acidamente. "Aceite minha palavra, neste caso. Ninguém deve subestimar o apelo primordial — o afastamento total de si, a perda da personalidade. E, no processo, renascer em harmonia com o princípio da vida eterna, livre das amarras da mortalidade e do tempo. Desde o início isso me atraiu, mesmo quando ainda não sabia nada sobre o tema, e o abordei menos como *mystes* potencial, e mais como antropólogo. Os cronistas antigos são muito circunspectos em suas descrições. Tornou-se possível, graças a um esforço intenso, reconstituir alguns rituais sagrados — os hinos, os objetos sagrados, o que vestir e as palavras a pronunciar. O mistério propriamente dito apresentava dificuldades: como as pessoas atingiam esse estado, qual era o catalisador?" Sua voz era sonhadora, divertida. "Tentamos de *tudo*. Bebida, drogas, orações, até pequenas doses de veneno. Certa noite, em nossa primeira tentativa, simplesmente bebemos demais e perdemos a consciência, no bosque perto da casa de Francis, vestindo quítons."

"Vocês usaram *quítons*?"

"Sim", Henry disse irritado. "Tudo em benefício da ciência. Preparamos as túnicas com lençóis no sótão de Francis. Na primeira noite não aconteceu nada, só ficamos de ressaca e doloridos por dormir no chão duro. Na segunda tentativa não bebemos tanto, vestimos os quítons e fomos para o morro atrás da casa de Francis, no meio da noite, onde entoamos os hinos gregos, embriagados, como se estivéssemos na iniciação de um grêmio estudantil, e de repente Bunny começou a rir tanto que caiu como um pino de boliche e rolou morro abaixo.

"Só a bebedeira não funcionaria, era óbvio. Meu Deus. Nem posso contar as coisas que tentamos. Vigílias. Jejuns. Libações. Eu me sinto deprimido só de pensar nisso. Queimamos ramos de cicuta e aspiramos a fumaça. Sei que a Pítia mascava folhas de louro, mas isso também não adiantou nada. Você encontrou folhas de louro, lembra-se, no fogão de Francis?"

Não tirei os olhos dele. "Por que não me contaram nada disso?", falei.

Henry apanhou o cigarro no bolso. "Bem, na verdade", ele disse, "isso é meio óbvio."

"Como assim?"

"*Claro* que nunca iríamos contar nada a você. Mal o conhecíamos. Pensaria que éramos malucos." Ele se calou por algum tempo. "Sabe, não tínhamos quase nada que nos orientasse. Suponho que de certo modo nos equivocamos quanto aos relatos sobre a Pítia, a *pneuma enthusiastikon*, com seus vapores venenosos e outros recursos. Estes procedimentos, embora resumidos, estão mais bem documentados que os métodos báquicos, e pensei por algum tempo que os dois estavam ligados. Após um período de tentativa e erro tornou-se evidente que não, e que nos faltava algo, muito provavelmente algo muito simples. Como se provou depois."

"E o que era, afinal?"

"Só o seguinte. Para receber o deus, neste ou noutro mistério, é preciso que a pessoa se encoste num estado de *euphemia*, pureza ritual. Isso está no centro do mistério báquico. Platão refere-se a ela. Antes que o Divino possa se manifestar, o corpo mortal — nosso lado de pó, a parte que decai — precisa se purificar ao máximo."

"E como se procede?"

"Por meio de atos simbólicos, em sua maioria relativamente universais no mundo grego. Água derramada na cabeça, banhos, jejuns — Bunny não gostava da ideia do jejum, nem do banho, se quer saber, mas o resto cumpriu os preceitos. Quanto mais tentávamos, mais a coisa toda parecia desproposital, até que um dia percebi algo óbvio — a saber, que o ritual religioso é arbitrário, a não ser que se possa ver através dele, penetrar no significado mais profundo." Ele fez uma pausa. "Sabe o que Julian diz a respeito da *Divina comédia*?"

"Não, Henry, não sei."

"Que é incompreensível para quem não for cristão. Se alguém deseja ler Dante, compreender o que diz, precisa se transformar num cristão, mesmo que seja por algumas horas. O mesmo valia para o nosso caso. Exigia uma abordagem engajada, e não uma atitude de voyeur ou de pesquisador. No início, suponho, era impossível proceder de outro modo, examinando fragmentos que sobreviveram à passagem dos séculos. A vitalidade do ato era inteiramente ofuscada pela beleza, pelo terror, pelo sacrifício." Ele tragou o cigarro com força e o apagou. "Muito simples", disse. "Nós não acreditávamos. E a crença era a condição absolutamente necessária. Crença e entrega absoluta."

Esperei que prosseguisse.

"Naquela altura, entenda, estávamos a ponto de desistir", ele disse calmamente. "A empreitada fora interessante, mas não muito. Além disso, gerava uma série de problemas. Nem imagina quantas vezes quase nos flagrou."

"É mesmo?"

"Claro." Ele bebeu um pouco de uísque. "Suponho que não se lembra da noite em que desceu a escada, na casa de campo, por volta da uma da manhã", ele disse. "Foi até a biblioteca para pegar um livro. Ouvimos seus passos descendo a escada. Eu me escondi atrás da cortina; poderia ter estendido o braço para tocá-lo, se desejasse. Em outra oportunidade, você acordou antes que voltássemos para casa. Precisamos entrar pela porta dos fundos e subir a escada com cautela, como ladrões. Era cansativo andar pela casa na ponta dos pés descalços, no escuro. Além disso, o frio aumentava. Falam que a *oreibasia* realizava-se na metade do inverno, mas suponho que o Peloponeso nessa época do ano é mais ameno do que Vermont.

"Depois de tanto esforço parecia insensato não tentar mais uma vez, antes que o tempo virasse de vez. E tudo se tornou sério de repente. Jejuamos por três dias, um recorde em comparação com as tentativas anteriores. Recebi uma mensagem num sonho. Tudo seguia lindamente, pronto para a decolagem, e eu me sentia de um modo inédito, como se a própria realidade se modificasse à nossa volta, de um modo belo e perigoso, como se uma força incompreensível nos arrastasse para um desfecho que ignorávamos." Ele pegou o copo novamente. "O único problema era Bunny. Ele não compreendia, nos aspectos fundamentais, que as coisas se haviam modificado. Estávamos mais próximos uns dos outros do que nunca, e mais ainda, a cada dia. Já fazia muito frio; se nevasse, o que poderia acontecer a qualquer momento, precisaríamos esperar até a primavera. Eu não suportava esta perspectiva, depois de tantas tentativas. E ele poderia estragar tudo no último minuto. Poderia jurar que ele ia arruinar o projeto. No momento crucial faria alguma brincadeira asinina. No segundo dia minha dúvida cresceu, e à tarde, antes da noite escolhida, Charles o viu em Commons, comendo um sanduíche de queijo quente e tomando milk-shake. Foi a conta. Decidimos sair de fininho, sem chamá-lo. Tentar durante o final de semana seria arriscado demais, você esteve a ponto de nos surpreender várias vezes. Costumávamos sair na quinta à noite e voltar lá pelas três ou quatro da madrugada seguinte. Na noite escolhida saímos mais cedo, antes do jantar, sem dizer uma palavra a ele."

Henry acendeu um cigarro. Fez uma longa pausa.

"E então?", perguntei. "O que aconteceu?"

Ele riu. "Nem sei o que dizer."

"Como assim?"

"Bem, deu certo."

"Certo?"

"Totalmente."

"Mas como é possível?"

"Funcionou mesmo."

"Não entendo bem o que quer dizer com isso."

"Falo no sentido literal."

"Mas como?"

"É arrebatador. Glorioso. Tochas, estertores, cânticos. Lobos rugindo em volta, um touro mugindo na escuridão. O rio tingiu-se de branco. Era como um filme em câmera rápida, a lua crescendo e diminuindo, as nuvens correndo no firmamento. As trepadeiras cresciam tão depressa do chão que se enrolavam nas árvores como serpentes; as estações passavam num piscar de olhos, os anos também... Quero dizer, pensamos nas mudanças fenomenológicas como a essência pura do tempo, mas não é nada disso. O tempo é algo capaz de desafiar primavera e inverno, nascimento e morte, o bem e o mal, indiferentemente. Algo imutável e glorioso e absolutamente indestrutível. A dualidade deixa de existir; não há ego, não há 'eu' e, no entanto, não tem nada a ver com aquelas comparações horrorosas que encontramos nas religiões orientais, o ser como uma gota d'água engolida pelo oceano do universo. Senti como se o universo se expandisse até preencher os limites do ser. Não tem ideia do quanto os limites da existência diária, ordinária, parecem tênues depois de uma experiência deste gênero. Foi como virar bebê. Eu não me lembrava de meu nome. A sola do meu pé encheu-se de cortes e nem senti."

"Mas, fundamentalmente, são rituais *sexuais*, não são?"

A frase saiu mais como afirmação do que como pergunta. Ele nem piscou, esperou que eu prosseguisse.

"Então? São ou não são?"

Henry debruçou-se para apagar o cigarro no cinzeiro. "Claro que sim", ele disse cordial, frio como um padre de terno preto e óculos de asceta. "Sabe disso tão bem quanto nós."

Trocamos olhares por um momento.

"O que fizeram, exatamente?", falei.

"Bem, na verdade penso que não precisamos entrar neste tipo de detalhe agora", ele disse suavemente. "Existe um certo envolvimento carnal nos procedimentos, mas o fenômeno é basicamente espiritual, em sua natureza."

"Você viu Dioniso, suponho."

Não falei a sério, e espantei-me quando ele fez que sim, tranquilamente, como se confirmasse que terminou a lição de casa.

"Você o viu corporificado? O tirso? O pele de cabra?"

"Como você poderia conhecer a forma de Dioniso?", Henry disse, ferino. "O que acha que vimos? Uma caricatura? Um desenho igual ao dos vasos?"

"Mas não posso acreditar que vocês *realmente viram...*"

"E se você nunca tivesse visto o mar na vida? E se conhecesse apenas desenhos infantis — lápis azul, ondas crespas? Reconheceria o mar real se o tivesse visto apenas no desenho? Saberia identificar o oceano quando o visse? Você não faz a menor ideia da aparência de Dioniso. Estamos falando de um deus. E deuses são um caso sério." Ele se recostou novamente na poltrona e me analisou. "Você não precisa acreditar em mim, sabe", ele disse. "Éramos quatro, lá. Charles tem uma marca de mordida no braço, chegou a sangrar, e ele nem desconfia como foi feita. Com certeza, não é humana. Grande demais. E deixou estranhas perfurações em vez de sinais dos dentes. Camilla disse que por algum tempo pensou ser um cervo; estranho, pois o resto de nós se lembra de ter caçado um cervo no bosque. Tivemos a impressão de que a perseguição durou quilômetros. E durou mesmo, isso é um fato. Ao que parece corremos muito, sem parar, pois quando voltamos a nossas personalidades, não sabíamos onde estávamos. Depois concluímos ter cruzado pelo menos quatro cercas de arame farpado, embora eu não possa dizer como, e estávamos muito afastados da propriedade de Francis, a dez ou quinze quilômetros, no meio do mato. E foi aí que ocorreu a parte infeliz da história.

"Guardo apenas uma vaga lembrança desta parte. Alguma coisa, ou alguém, provocou um ruído atrás de mim, e dei meia-volta, quase perdendo o equilíbrio, para atacar o que quer que fosse — um vulto amarelo, indistinto, enorme — com o punho esquerdo, que não é o mais forte no meu caso. Senti uma dor terrível nos nós dos dedos, e depois, quase instantaneamente, algo me atingiu, e perdi totalmente o fôlego. Estava escuro, lembre-se; eu não via quase nada. Ataquei de novo, com a direita, com toda a força, jogando o peso do corpo no golpe, e desta vez ouvi um estalo e um grito.

"Não sabemos direito o que aconteceu depois. Camilla estava bem à frente, mas Charles e Francis vinham logo atrás e me alcançaram. Eu guardo a lembrança nítida de me levantar e ver os dois correndo pelo mato. Meu Deus, posso vê-los agora. Os cabelos cheios de folhas e lama, as roupas transformadas em farrapos. Pararam, de olhos vidrados, ofegantes e hostis — não reconheci nenhum dos dois, creio que teriam começado a lutar se a lua não saísse de trás das nuvens. Olhamo-nos. As coisas começaram a voltar ao normal. Olhei para minhas mãos, estavam cobertas de sangue, e algo pior do que sangue. Em seguida Charles deu um passo à frente e ajoelhou-se para examinar algo a meus pés. Eu também me abaixei e percebi que era um homem. Ele estava morto. Tinha cerca de quarenta anos, vestia camisa amarela xadrez — do tipo que costumam usar por aqui, sabe — e fraturara o pescoço. Seu cérebro se espalhava pelo rosto. Realmente, não sei o que aconteceu. Foi uma confusão terrível. Fiquei coberto de sangue, tinha sangue até nos óculos.

"Charles contou uma história diferente. Ele se lembra de me ver ao lado do corpo. Mas diz que se recorda também de lutar contra alguém, puxar com toda a sua força, e de repente perceber que puxava o braço de um homem, com o pé apoiado na axila. Francis... bem, não posso garantir nada. A cada vez, ele se lembra de algo diferente."

"E Camilla?"

Henry suspirou. "Suponho que jamais saberemos o que aconteceu", ele disse. "Só a localizamos bem mais tarde. Estava sentada, calma na margem de um riacho, com os pés na água, a túnica imaculadamente branca, sem sangue algum a não ser no cabelo. Estava escuro, duro, completamente encharcado de sangue. Como se tivesse tentado tingi-lo de vermelho."

"Como isso pôde ter acontecido?"

"Não sabemos." Ele acendeu outro cigarro." De qualquer maneira, o sujeito morreu. E nós estávamos no meio do mato, meio nus, cobertos de lama, tendo na frente um cadáver. Confusos. Eu perdia e recuperava a consciência, quase dormi; mas Francis debruçou-se para olhar melhor e sofreu um violento ataque de náusea. Com isso recuperei a lucidez. Disse a Charles para procurar Camilla e depois ajoelhei-me para revistar os bolsos do sujeito. Não encontrei muita coisa — alguns documentos com o nome dele — que ajudasse.

"Ignorava como proceder. Lembre-se, estava ficando frio, passáramos dias sem comer nem dormir, e minha mente perdera a clareza. Por alguns minutos — minha nossa, quanta confusão nisso tudo — pensei em cavar uma cova, mas concluí que seria loucura. Não poderíamos passar a noite inteira ali. Não sabíamos onde estávamos, nem o que aconteceria depois, nem que horas eram. Além disso, não possuíamos ferramentas para cavar. Por um momento, quase entrei em pânico — não dava para deixar o corpo em campo aberto, certo? —, mas depois me dei conta de que seria a única coisa a fazer. Meu Deus. Nem lembrávamos onde o carro estava. Não conseguia me imaginar arrastando o corpo morto acima por sei lá quanto tempo; e mesmo que chegássemos ao carro, para onde o levaríamos?

"Portanto, quando Charles voltou com Camilla, fomos embora. Em retrospecto, vejo que foi a melhor saída. Não haveria uma equipe de legistas examinando tudo, revirando o Norte de Vermont. Este é um lugar primitivo.

As pessoas morrem de causas violentas com frequência. Nem sabíamos quem era o sujeito; nada nos ligava a ele. Só precisávamos encontrar o carro e voltar para casa sem que alguém nos visse." Ele se debruçou para pegar mais scotch. "Foi exatamente o que fizemos."

Eu também peguei outra dose, e permanecemos sentados em silêncio por mais um minuto.

"Henry", falei, "meu Deus do céu."

Ele ergueu uma sobrancelha. "Sério, foi mais desagradável do que você imagina", ele disse. "Certa vez, atropelei um cervo com meu carro. Era uma linda criatura, e vê-lo estrebuchar sangrando, patas quebradas... Bem, isso foi muito pior, mas pelo menos havia acabado logo. Jamais imaginei que haveria uma sequência." Ele deu um gole no scotch. "Infelizmente, não foi bem assim. Bunny não deixou que fosse."

"O que quer dizer?"

"Você o viu hoje de manhã. Está nos deixando loucos com isso. Cheguei ao limite da minha paciência."

Ouvi o som da chave girando na fechadura. Henry ergueu o copo e bebeu o resto do uísque num longo gole. "Deve ser Francis", ele disse, acendendo a luz da sala.

5.

Quando as luzes se acenderam, e o círculo de escuridão deu lugar aos contornos mundanos e familiares da sala de estar — escrivaninha desordenada; sofá baixo, irregular; cortinas empoeiradas, com formato requintado, que sobraram para Francis depois de um dos expurgos na decoração da casa da mãe —, foi como se eu tivesse acendido a luz após um longo pesadelo; piscando, percebi aliviado que as portas e janelas encontravam-se ainda em seus lugares, e que a mobília não se movera sozinha, por mágica diabólica, no escuro.

Alguém girou a maçaneta. Francis entrou na sala. Ofegava, puxando irritado os dedos de uma luva, para tirá-la.

"Caramba, Henry", disse. "Que noite."

Eu estava fora de sua linha de visão. Henry olhou para mim de relance e pigarreou discretamente. Francis virou a cabeça.

Pensei ter olhado para ele sem me trair, mas evidentemente não o fiz. Creio que meu rosto denunciava tudo.

Ele me encarou por um longo tempo, a luva metade presa, metade solta na mão, pendurada.

"Ah, não", ele disse depois de um tempo. "Henry. Você não podia."

"Mas contei", Henry disse.

Francis fechou os olhos com força, depois os reabriu. Estava branco, de uma palidez seca como talco, como giz numa superfície áspera. Por um momento, pensei que ele fosse desmaiar.

"Está tudo bem", Henry disse.

Francis não se mexeu.

"Calma, Francis", Henry disse, um tanto rabugento. "Tudo bem. Sente-se."

Respirando fundo, ele cruzou a sala e desabou pesadamente na poltrona, procurando um cigarro no bolso.

"Ele já sabia", Henry disse. "Como eu previ."

Francis olhou para mim, com o cigarro apagado tremendo na ponta dos dedos. "Sabia?"

Não respondi. Por um momento, imaginei se tudo não seria uma brincadeira de mau gosto monstruosa. Francis levou a mão ao rosto.

"Suponho que a esta altura todos já saibam", disse. "E nem mesmo sei por que me sinto tão mal a respeito."

Henry havia ido até a cozinha para pegar um copo. Serviu o scotch e passou o copo para Francis. "*Deprendi miserum est*", ele disse.

Para minha surpresa Francis riu, numa risadinha sem humor.

"Meu Deus do céu", ele disse, tomando um longo gole. "Que pesadelo. Nem imagino o que está pensando de nós, Richard."

"Não faz diferença", falei sem pensar, mas logo percebi, abalado, que era verdade; não fazia muita diferença, pelo menos não do modo preconcebido que se poderia esperar.

"Bem, acho que se pode dizer que estamos encrencados", Francis disse, esfregando os olhos com o polegar e o indicador. "Não sei o que vamos fazer com Bunny. Quase dei nele quando estávamos na fila do maldito filme."

"Você o levou a Manchester?", Henry disse.

"Sim. Mas as pessoas são muito abelhudas, e a gente nunca sabe quem está sentado atrás de você. E o filme não prestava."

"O que viram?"

"Uma porcaria qualquer sobre a despedida de solteiro de um sujeito. Eu queria tomar um remédio para dormir e ir para a cama." Ele tomou o resto do scotch e serviu outra dose. "Minha nossa", disse, dirigindo-se a mim. "Você está sendo muito legal nesta história toda. Eu me sinto terrivelmente sem graça."

Permanecemos algum tempo em silêncio. Finalmente, eu disse: "O que pretendem fazer?".

Francis suspirou. "Não fizemos nada *de propósito*", ele disse. "Sei que foi terrível, mas o que podemos fazer agora?"

O tom resignado de sua voz me enfureceu e deprimiu ao mesmo tempo. "Eu não sei. Por que não vão à polícia, por exemplo?"

"Está brincando, claro", Henry disse secamente.

"E se dissessem que não sabem o que houve? Que o encontraram caído no mato? Meu Deus, sei lá, falem que o atropelaram, que ele correu na frente do carro, algo assim."

"Seria uma atitude totalmente imbecil", Henry disse. "Foi um acidente infeliz, lamento muito que tenha acontecido, mas francamente não vejo interesse dos contribuintes ou meu em me ter por sessenta ou setenta anos na cadeia de Vermont."

"Mas foi um *acidente*. Você mesmo disse."

Henry deu de ombros.

"Se agirem direito, podem sair com uma pena leve. Talvez nem sejam presos."

"Talvez não", Henry concordou. "Mas lembre-se, estamos em Vermont."

"E que diferença isso faz?"

"Faz uma diferença enorme, infelizmente. Se formos a julgamento, será aqui. Não teremos um júri exatamente imparcial."

"E daí?"

"Diga o que disser, você não me convencerá de que um júri composto por moradores de Vermont, em sua maioria pobres, possa demonstrar qualquer piedade por quatro estudantes universitários que assassinaram um vizinho deles."

"As pessoas de Hampden esperam há anos que ocorra algo do gênero", Francis disse, acendendo um cigarro no outro. "Não escaparemos da acusação de assassinato em primeiro grau. Com sorte, escaparemos da cadeira elétrica."

"Imagine só a cena", Henry disse. "Somos jovens, instruídos, razoavelmente bem de vida; e, talvez mais importante, forasteiros. Não somos de Vermont. Suponho que um júri imparcial considere certos fatores atenuantes, como a idade, o fato de ter sido um acidente, e assim por diante. Mas aqui..."

"Quatro filhinhos de papai da universidade?", Francis disse. "Bêbados? Drogados? Invadindo a fazenda do sujeito no meio da noite?"

"Estavam dentro das terras dele?"

"Creio que sim", Henry disse. "Foi lá que encontraram o corpo, segundo os jornais."

Não vivia em Vermont havia muito tempo, mas já era o suficiente para saber o que qualquer morador local digno do nome pensaria *disso*. Invadir as terras de alguém era o mesmo que invadir sua casa. "Meu Deus", falei.

"Isso não é nem a metade", Francis disse. "Meu Deus, estávamos usando lençóis. Descalços. Encharcados de sangue. Cheirando a bebida. Você pode nos imaginar entrando na delegacia para explicar tudo isso?"

"Nem estávamos em condições de explicar nada", Henry disse em devaneio. "Realmente. Duvido que possa compreender o estado em que nos encontrávamos. Uma hora antes nós realmente *saímos de nossas mentes*. O esforço sobre-humano para abandonar completamente a mente não é nada, em comparação ao esforço para retornar a ela."

"Sem dúvida, não foi como estalar os dedos e pronto, aqui estamos novamente, suas belas personalidades anteriores", Francis disse. "Creia em mim. Foi igual a um tratamento de choque."

"Nem sei como conseguimos voltar para casa sem que nos vissem", Henry disse.

"Seria impossível criar uma história plausível a partir disso. Meu Deus. Precisei de várias semanas para superar tudo. Camilla passou três dias sem falar."

Com um arrepio gelado, lembrei de Camilla: garganta enrolada num lenço vermelho, incapacitada para falar. Laringite, disseram.

"Sim, aquilo foi muito estranho", Henry disse. "Ela pensava com clareza, mas as palavras não saíam. Como se tivesse sofrido um derrame. Quando recomeçou a falar, o francês que aprendera no colégio voltou primeiro que o inglês ou o grego. Palavras simples. Eu me lembro dela sentada na beira da cama, contando até dez, apontando para *la fenêtre, la chaise...*"

Francis riu. "Ela estava muito engraçada", disse. "Quando perguntei como ela se sentia, Camilla respondeu: '*Je me sens comme Hélène Keller, mon vieux*'."

"Ela foi ao médico?"

"Ficou maluco?"

"E se não melhorasse?"

"Bem, o mesmo havia ocorrido com todos nós", Henry disse. "Mas só durou algumas horas."

"Não conseguiam falar?"

"Mordidos, arranhados." Francis falou. "Sem fala. Meio doidos. Se tivéssemos procurado a polícia, eles nos acusariam de todos os crimes sem solução ocorridos na Nova Inglaterra nos últimos cinco anos." Ele ergueu um jornal imaginário. "Hippies malucos indiciados por chacina rural. Assassinato em ritual macabro de fulano de tal."

"Satanistas adolescentes matam pacato morador", Henry disse, acendendo o cigarro.

Francis começou a rir.

"Seria diferente se tivéssemos a perspectiva de um julgamento decente", Henry falou. "Mas não a temos."

"E, pessoalmente, não consigo imaginar nada pior do que ser condenado à prisão perpétua por um juiz itinerante de Vermont e um corpo de jurados composto por telefonistas."

"A situação está longe de ser maravilhosa", Henry disse. "Mas poderia ser muito pior, com certeza. Nosso maior problema agora é Bunny."

"O que há de errado com ele?"

"Não há nada de errado *com ele*."

"Então qual é o problema?"

"Ele não consegue ficar de boca fechada, só isso."

"Já conversaram com Bunny?"

"Umas dez milhões de vezes", Francis disse.

"E ele falou em procurar a polícia?"

"Se ele continuar assim", Henry disse, "nem vai ser preciso. A polícia virá até nós. Argumentar com ele não adianta. Ele simplesmente não compreende a seriedade deste negócio todo."

"Mas ele não quer ver vocês na cadeia, com certeza."

"Se parar para pensar, claro que não", Henry disse imperturbável. "E estou seguro de que ele não quer ir para a cadeia, principalmente."

"Bunny? Então por quê...?"

"Porque ele sabe de tudo desde o começo, em novembro, e não procurou a polícia", Francis disse.

"Mas esta não é a questão", Henry disse. "Até mesmo ele tem bom senso o bastante para não nos denunciar. Ele não tem álibi para a noite do crime, e se formos parar na prisão por sua causa, ele sabe que eu, pelo menos, farei tudo o que estiver ao meu alcance para levá-lo junto." Ele apagou o cigarro. "O problema é que ele não passa de um irresponsável, e mais cedo ou mais tarde vai falar demais, com a pessoa errada", ele disse. "Talvez sem más intenções, mas não posso me ater aos motivos a esta altura dos acontecimentos. Você o viu esta manhã. Ele estaria em péssima situação se a história chegasse aos ouvidos da polícia, mas ele pensa, claro, que as piadas medonhas que conta são terrivelmente sutis, inteligentes, e que ninguém vai entender as alusões."

"Ele até consegue entender que seria um erro nos denunciar", Francis disse, servindo-se de mais uma dose. "Mas parece impossível enfiar na cabeça dele que atende também a seu próprio interesse não sair por aí falando do jeito que ele fala. E, realmente, tenho medo de que ele *conte* tudo para alguém quando sofrer um de seus ataques de sinceridade."

"Contar a alguém? A quem?"

"Marion. O pai. O deão de estudos." Ele deu de ombros. "Sinto arrepios só de pensar. Ele é o tipo que sempre se levanta nos fundos do tribunal, nos últimos cinco minutos de *Perry Mason*."

"Bunny Corcoran, o garoto detetive", Henry disse secamente.

"E como ele descobriu? Não foi junto com vocês, certo?"

"De fato, Bunny estava *com você*." Ele olhou para Henry, e para minha surpresa os dois começaram a rir.

"O que foi? Qual a graça?", perguntei, alarmado.

A pergunta detonou outra explosão de gargalhadas. "Nada", Francis disse finalmente.

"Sério, não é nada mesmo", Henry disse, soltando um suspiro curioso. "As coisas mais esquisitas provocam o riso em mim, no momento." Ele acendeu outro cigarro. "Ele ficou com você naquela noite, ou pelo menos no início. Não se lembra? Vocês foram ao cinema."

"*Os 39 degraus*", Francis disse.

A partir desta referência, eu me lembrei de tudo. Noite outonal, ventava, a lua cheia se escondera atrás das nuvens esfiapadas. Estudara até tarde na biblioteca e não havia jantado. Ao caminhar para casa, com um sanduíche comprado no bar em meu bolso, vendo as folhas secas caírem à minha volta, cruzei com Bunny, que ia ver a mostra de Hitchcock que a Cinemateca exibia no auditório.

Chegamos atrasados e não havia mais lugares disponíveis; fomos obrigados a sentar no carpete que cobria a escada. Bunny apoiou-se nos cotovelos, estendendo as pernas para a frente e cutucando pensativamente os molares para descolar uma bala Dum-Dum. O vento forte chacoalhava as paredes finas; uma porta se escancarou, ficou batendo até alguém prendê-la com um tijolo. Na tela, as locomotivas apitavam no pesadelo em preto e branco, cruzando as pontes de ferro sobre abismos.

"Tomamos um drinque depois da sessão", falei. "Aí ele subiu para o quarto."

Henry suspirou. "Gostaria que tivesse feito isso", disse.

"Perguntou várias vezes onde vocês estavam."

"Ele sabia muito bem, já o tínhamos prevenido meia dúzia de vezes. Se não se comportasse, o deixaríamos para trás."

"Então ele teve a brilhante ideia de ir até a casa de Henry para pregar um susto nele", Francis disse, servindo mais uma dose.

"Isso me deixou furioso", Henry disse, abruptamente. "Mesmo que nada tivesse acontecido, teria sido uma atitude covarde. Ele sabia onde eu guardava a chave de reserva. Abriu a porta e entrou."

"Mesmo assim, talvez não tivesse acontecido nada. Mas houve uma série horrível de coincidências. Se tivéssemos parado no caminho para dar sumiço nas roupas, ou ido para a casa dos gêmeos, ou vindo para cá, ou se Bunny não pegasse no sono..."

"Ele dormiu lá?"

"Sim, caso contrário desistiria, teria ido embora", Henry disse. "Só voltamos para Hampden lá pelas seis da manhã. Por milagre, localizamos o carro, apesar da escuridão e de estarmos no meio do mato... Bem, foi estupidez seguir para North Hampden naquelas roupas ensanguentadas. A polícia poderia ter parado o carro, ou poderíamos ter sofrido um acidente, qualquer coisa. Mas eu passei mal, não raciocinava direito, suponho que segui para o apartamento por instinto."

"Ele se despediu de mim por volta da meia-noite."

"Então permaneceu em meu apartamento, sozinho, da meia-noite e meia até as seis. E o legista calculou a hora da morte entre uma e quatro. Foi uma das poucas cartas decentes que o destino nos deu. Embora Bunny não estivesse conosco, dificilmente conseguiria provar o contrário. Infelizmente, não podemos usar essa carta, exceto em circunstâncias desesperadoras." Ele deu de ombros. "Se ele ao menos tivesse deixado a luz acesa, ou qualquer coisa que nos alertasse."

"Mas ele queria nos pregar um grande susto, entende? Pular em cima da gente no escuro."

"Entramos, acendemos a luz, e aí já era tarde demais. Ele acordou no mesmo instante. E lá estávamos nós..."

"...de túnica branca, cheios de sangue como personagens de Edgar Allan Poe", Francis disse desanimado.

"Minha nossa. E como ele reagiu?"

"O que acha? Quase morreu de medo."

"O que foi bem feito", Henry disse.

"Conte do sorvete."

"Bem, isso foi o toque final", Henry disse, enigmático. "Ele pegou um tijolo de sorvete no congelador e o comeu enquanto esperava — não se deu ao trabalho de servir um pouco na tigela, sabe, queria comer tudo mesmo —, e dormiu. O sorvete derreteu em cima dele, na poltrona e no tapete oriental que eu tinha. Era um tapete muito antigo, e o pessoal da lavanderia disse que não podia fazer nada. Voltou em tiras. Fora a *poltrona*." Ele acendeu um cigarro. "Ele gritou como um desesperado quando nos viu..."

"...e não havia meio de calar a boca", Francis disse. "Lembre-se, às seis da manhã a vizinhança ainda dormia..." Ele balançou a cabeça. "Eu me lembro de Charles aproximando-se dele, tentando conversar, e Bunny gritando, a nos chamar de assassinos sanguinários. Depois de um ou dois minutos..."

"Foram só alguns segundos", Henry disse.

"...depois de um minuto, Camilla pegou um cinzeiro de cristal e atirou nele. Acertou em cheio no peito."

"Não o atingiu com muita força", Henry disse pensativo, "mas na hora certa. Ele se calou instantaneamente e a encarou. Camilla disse: 'Bunny, cale a boca. Vai acordar os vizinhos. Atropelamos um cervo na estrada, quando voltávamos para casa'."

"Em seguida", Francis disse, "ele enxugou a testa, virou os olhos para cima e fez uma cena típica de Bunny — puxa vida, vocês quase me mataram de susto, eu estava dormindo, fiquei assustado, foi por isso que... e por aí afora."

"Enquanto isso", Henry disse, "nós quatro ficamos ali parados, com as roupas cheias de sangue, sem cortinas para nos proteger, de luz acesa, totalmente expostos à visão de qualquer um que passasse de carro. Ele falava tão alto, as luzes eram tão fortes, eu me sentia tão fraco de exaustão e choque que só consegui olhar para ele. Meu Deus — estávamos cobertos com o sangue do sujeito, deixando marcas pela casa, o sol saía e ainda por cima havia Bunny. Impossível raciocinar e tomar uma atitude. Camilla, com muita sensibilidade, apagou a luz. Percebi que, independentemente das aparências, ou de quem estivesse ali, precisávamos dar sumiço nas roupas e tomar um banho, sem perder nem mais um segundo."

"Eu praticamente precisei arrancar o lençol da pele", Francis disse. "O sangue secara, grudando em mim. Quando consegui fazer isso, Henry e os outros já estavam no banheiro. Vapor para todo lado; a água da banheira tingira-se de vermelho; nos azulejos, pingos escuros. Foi um pesadelo."

"Nem imagina o quanto foi medonho estar ali com Bunny", Henry disse, balançando a cabeça. "Mas que diacho, não dava para ficar esperando que ele fosse embora. Havia sangue por toda parte, os vizinhos logo acordariam, e pelo que eu imaginava, a polícia poderia bater em nossa porta a qualquer momento..."

"Bem, assustá-lo foi ruim, mas ele não era nenhum J. Edgar Hoover", Francis disse.

"Exatamente", Henry concordou. "Não queríamos dar a impressão, naquela altura, de que a presença de Bunny era uma ameaça terrível. Certo, ele constituía uma ameaça, pois eu sabia que tentava descobrir o que ocorrera, mas no momento, pelo menos, ele era o menor dos nossos problemas. Se houvesse tempo, eu teria explicado tudo a ele, na hora. Mas não havia tempo."

"Meu Deus", Francis disse, trêmulo. "Até agora não consigo entrar no banheiro de Henry. O sangue sujou as peças. Vi a navalha de Henry pendurada no gancho. Estávamos cheios de marcas roxas, com o corpo inteiro arranhado."

"Charles sofreu mais que os outros."

"Meu Deus. Todo espetado por espinhos."

"E aquela *mordida*."

"Você nunca poderia imaginar", Francis disse. "Dez centímetros de diâmetro, marcas de dentes profundas. Lembra-se do que Bunny falou?"

Henry riu. "Claro. Conte a ele."

"Bem, estávamos todos juntos, e Charles abaixou-se para pegar o sabonete. Nem desconfiava que Bunny nos vigiava. Espiava pela porta, creio. De repente ouvi sua voz, naquele tom formal e irônico que costuma usar: 'Charles, parece que o tal cervo arrancou um pedaço do seu braço'."

"E Bunny ficou ali parado, a maior parte do tempo, fazendo comentários disparatados", Henry disse. "E, de repente, ele sumiu. Sua partida súbita me perturbou, mas vê-lo fora do caminho foi um alívio. Tínhamos muito a fazer e pouco tempo."

"E se ele contasse para alguém?"

Henry olhou para mim, inexpressivo. "Para quem?"

"Para Marion. Para mim. Para qualquer um."

"Não. Naquela altura eu não previa tal risco. Ele nos acompanhara nas tentativas anteriores, como sabe, de modo que nosso aspecto não lhe pareceria tão extraordinário assim. A coisa toda foi feita em absoluto segredo. Ele esteve envolvido conosco, por meses. Como poderia contar a alguém sem explicar a história toda, sem fazer ele próprio papel de palhaço? Julian conhecia nossas intenções, porém eu seria capaz de jurar que Bunny não falaria com ele sem nos consultar antes. Dito e feito, eu estava correto."

Ele parou para acender o cigarro. "Já amanhecia, e a confusão era pavorosa — pegadas sangrentas na entrada, os quítons largados no chão. Os gêmeos vestiram minhas roupas velhas e saíram para limpar a entrada e o carro. Precisávamos queimar os quítons, mas eu não queria acender uma fogueira imensa no quintal. Nem queimá-los dentro de casa, correndo o risco de acionar o alarme contra incêndio. A senhoria sempre me diz para não usar a lareira, mas eu já desconfiava que ela estava em ordem. Corri o risco e dei sorte. Funcionou."

"Não consegui ajudar em nada", Francis disse.

"Não mesmo", Henry disse rabugento.

"Foi impossível evitar. Pensei que ia vomitar. Entrei no quarto de Henry e dormi."

"Todos nós gostaríamos de ter ido dormir, mas alguém precisava limpar a sujeira", Henry disse. "Os gêmeos voltaram lá pelas sete. Eu ainda lidava com o banheiro, imundo. Charles tinha as costas perfuradas por espinhos, parecia um agulheiro. Camilla e eu gastamos muito tempo para tirá-los, com pinça. Depois voltei ao banheiro, para terminar o serviço. O pior já havia passado, mas eu mal conseguia manter os olhos abertos, de tanto cansaço. As toalhas não estavam muito sujas — evitamos usá-las —, mas algumas exibiam manchas de sangue e precisei lavá-las na máquina, com bastante sabão em pó. Os gêmeos dormiram, na cama escamoteável dos fundos, eu acomodei Charles e apaguei."

"Catorze horas", Francis disse. "Nunca dormi tanto tempo em minha vida."

"Nem eu. Como um morto. Sem sonhos."

"Difícil explicar o quanto eu me desorientei", Francis disse. "O sol saiu na hora em que fui dormir, e tive a impressão de ter fechado os olhos por um momento. Quando os abri de novo estava escuro, o telefone tocava, eu não tinha a menor ideia de onde estava. Tocava sem parar, eu me levantei e atravessei o corredor. Alguém me falou para não atender, mas..."

"Nunca vi ninguém mais incapaz de deixar tocar o telefone", Henry disse. "Nem mesmo na casa dos outros."

"E o que eu podia fazer? Deixar que tocasse? Bem, atendi, e era Bunny, alegre como um passarinho. Nós quatro éramos uns doidos, um bando de nudistas, que tal jantar na Brasserie?"

Ajeitei-me na poltrona. "Esperem", falei. "Não foi na noite em que..."

Henry fez que sim. "Você veio com ele", disse. "Lembra-se?"

"Claro", respondi, inacreditavelmente excitado por ver a história finalmente vinculada à minha experiência pessoal. "Claro. Cruzei com Bunny quando ele ia encontrá-los."

"Não se incomode com isso, mas ficamos todos um tanto surpresos quando ele apareceu aqui junto com você", Francis disse.

"Bem, suponho que ele pretendesse ficar a sós conosco e descobrir o que havia ocorrido, mas isso poderia esperar", Henry disse. "Como já expliquei, nossa aparência não o chocou tanto assim. Ele já havia saído conosco nas primeiras noites, passado por momentos muito semelhantes àqueles... qual é a palavra que define isso?"

"...em que vomitamos pela casa", Francis completou, "e caímos na lama, e só retornamos de madrugada. Ele viu o sangue — devia querer saber exatamente *como* matamos o cervo. Mesmo assim..."

Desconfortável, pensei nas *Bacantes*: cascos e costelas sangrentas, pedaços pendurados nos pinheiros. Os gregos tinham uma palavra para isso: *omophagia*. A cena voltou à minha lembrança: ao entrar no apartamento de Henry vi os rostos cansados, e Bunny os saudou, malicioso: "*Khairei*, matadores de cervos!".

Estavam todos muito quietos naquela noite, calados e pálidos, embora não mais do que o normal, para quem estava sofrendo de uma ressaca brava. Só a laringite de Camilla chamou minha atenção. Eles haviam bebido na noite anterior, explicaram; ficaram bêbados como gambás. Camilla esquecera o suéter em casa e pegara um resfriado na volta a North Hampden. Lá fora, estava escuro e chovia forte. Henry me entregou as chaves do carro e me pediu para guiar.

Era sexta-feira, mas por causa do tempo ruim não havia quase ninguém na Brasserie naquela noite. Comemos torradas com queijo derretido e escutamos a chuva bombardear o telhado. Bunny e eu bebemos uísque com água quente; os outros preferiram chá.

"Sentem-se constrangidos, *bakchoi*?", Bunny disse malicioso depois que o garçom anotou nosso pedido.

Camilla fechou a cara para ele.

Quando voltamos para o carro, depois do jantar, Bunny o contornou, inspecionou os faróis, chutou os pneus. "Saíram com este carro a noite passada?", perguntou, piscando por causa da chuva.

"Sim."

Ele afastou o cabelo molhado dos olhos e se abaixou para examinar o para-choque. "Carros alemães", disse. "Odeio dizer isso, mas creio que eles dão de dez em Detroit. Não vejo nem um risco."

Perguntei o que queria dizer.

"Ah, eles saíram por aí completamente bêbados. Um perigo ambulante, em plena via pública. Atropelaram um cervo. Vocês o mataram?", ele perguntou a Henry.

Ao andar para o lado do passageiro, Henry olhou para cima. "Como?"

"O cervo. Vocês o mataram?"

Henry abriu a porta. "Para mim, parecia mortinho da silva", disse.

* * *

Seguiu-se um longo silêncio. Meus olhos sofriam por causa do excesso de fumaça. Uma névoa densa acumulava-se no teto.

"Então, qual é o problema?", perguntei.

"O que quer dizer?"

"O que aconteceu? Vocês contaram tudo a ele ou não?"

Henry respirou fundo. "Não", ele disse. "Poderíamos ter contado. Porém, quanto menos gente soubesse, melhor, obviamente. Quando ficamos a sós, eu o sondei com cautela, mas ele se mostrou satisfeito com a história do cervo, e deixei para lá. Se ele não havia deduzido os fatos por si, não vi razão para contar nada. O corpo do sujeito foi encontrado, saiu uma reportagem no *Examiner* de Hampden, sem maiores problemas. Mas a seguir — outra trapaça da sorte —, como em Hampden não ocorrem muitos fatos do gênero, suponho, eles publicaram uma suíte, duas semanas depois. 'Morte misteriosa na comarca de Battenkill'. E Bunny viu este artigo."

"Demos um azar terrível". Francis disse. "Ele nunca lê jornais. Nada disso teria acontecido se a cretina da Marion não se metesse."

"Marion tinha uma assinatura do jornal, algo a ver com a escola maternal", Henry explicou, esfregando os olhos. "Bunny estava com ela em Commons, antes do almoço. Marion conversava com uma das amigas, e Bunny, calculo, sentiu-se entediado e começou a ler o jornal. Os gêmeos e eu subimos para dar um olá, e a primeira coisa que ele falou, praticamente em plena sala, foi: 'Ei, pessoal, um fazendeiro que criava galinhas foi assassinado perto da casa de Francis'. E depois leu um trecho do artigo em voz alta. Crânio fraturado, arma do crime desaparecida, nenhum motivo, sem pistas. Eu pensava num modo de mudar de assunto quando ele disse: 'Ei. Dia 10 de novembro? Foi na noite que vocês passaram na casa do Francis. A noite em que atropelaram o cervo'.

"'Não vejo', falei, 'como pode saber a data.'

"'Aconteceu no dia 10. Eu me lembro porque foi na véspera do aniversário de mamãe. Grande coincidência, não?'

"'Sim, claro', falei. 'Sem dúvida.'

"'Se eu fosse desconfiado', ele disse, 'suspeitaria que você era o assassino,

Henry, voltando de Battenkill naquela mesma noite, com sangue da cabeça aos pés.'"

Ele acendeu outro cigarro. "Lembre-se de que estávamos na hora do almoço, com Commons cheio de gente. Marion e a amiga escutavam cada palavra, e além disso, sabe como ele fala alto... Rimos, naturalmente, e Charles disse algo engraçado, e conseguimos mudar de assunto. Mas ele olhou o jornal de novo. 'Não acredito, pessoal', ele disse. 'Um assassinato descarado, no mato, a menos de cinco quilômetros de onde vocês estavam. Sabe, se a polícia os visse naquela noite, estariam provavelmente presos a esta altura. Eles puseram um número de telefone para a gente ligar se souber de alguma coisa. Se eu quisesse, poderia arranjar um bocado de complicações para vocês...' etc. etc.

"Claro, eu não sabia como reagir. Estaria só brincando? Suspeitaria de algo? Por fim conseguimos mudar de assunto, mas fiquei com uma sensação terrível de que ele percebeu meu constrangimento. Ele me conhece muito bem — e tem um sexto sentido para este tipo de coisa. E eu fiquei muito abalado. Meu Deus. Foi logo antes do almoço, guardas de segurança por toda parte, metade deles ligados à polícia de Hampden... Quero dizer, nossa história não resistiria à menor investigação, e eu sabia disso. Obviamente, não atropelamos nenhum cervo. Não havia marcas nos carros, nem um arranhão. E se alguém nos relacionasse com o sujeito morto... Bem, como eu dizia, fiquei contente quando ele desistiu do tema. Mas percebi, naquele momento, que a história renderia mais. Ele nos provocou — inocentemente, creio, tanto em público quanto em particular — até o final do semestre. Sabe como ele é. Quando enfia uma coisa dessas na cabeça, não desiste mais."

Eu sabia. Bunny tinha a detestável habilidade de escolher assuntos capazes de constranger seu interlocutor e agarrar-se a eles com ferocidade quando percebia seu efeito. Nos meses transcorridos desde que eu o conhecera, Bunny jamais perdeu a chance de me atormentar, por exemplo, com a história do paletó que eu usava quando saímos para almoçar pela primeira vez, prova, em sua opinião, de meu estilo californiano de vestir, inconsistente e sem personalidade. A um observador imparcial, minhas roupas não eram assim tão diferentes das dele, mas Bunny prosseguia incansável e inesgotável com seus comentários ferinos sobre o tema porque, apesar de meu riso bem-humorado, creio que deve ter percebido por intuição meu ponto fraco. Ele sabia me tirar do sério, notava meu constrangimento incrível com as diferenças virtualmente imperceptíveis em meu modo de agir e o do resto da turma. Possuo o dom de me adaptar a qualquer ambiente — não existiu adolescente californiano mais típico, nem estudante de medicina mais descarado e dissoluto que eu —, mas, apesar de meus esforços, por algum motivo jamais consigo me misturar completamente, e permaneço, em determinados aspectos, muito distinto de meu ambiente, como um camaleão verde, que segue sendo uma entidade distinta da folha verde sobre a qual repousa, por mais perfeita que seja nele a reprodução daquele tom de verde. Bunny, sempre de modo rude, em público, me acusava de usar uma camisa contendo poliéster, ou criticava minhas calças, iguaizinhas às que usava, por ter o que chamava de "corte Costa Oeste". Ele tirava seu prazer deste esporte da impressão infalível e maligna de que isso, acima de todas as coisas, provocava em mim o maior constrangimento. Jamais teria deixado de pôr o dedo na ferida de Henry e mencionar sempre o crime; não, uma vez intuído o incômodo, ele não conseguia se conter e seguia atormentando a vítima.

"Claro, ele não sabia de nada", Francis disse. "Sério mesmo. Tudo não passava de uma grande gozação para ele. Ele adorava falar no caso do fazendeiro que nós havíamos assassinado, só para me irritar. Certo dia, disse que viu um policial na frente da minha casa interrogando a senhoria."

"Fez isso comigo também", Henry disse. "Ele sempre ameaçava telefonar para o jornal, dando dicas. Dizia que nós cinco repartiríamos a recompensa. Chegava a pegar o telefone e fingir que discava."

"Você deve entender como isso afetou nossa sensibilidade, depois de um tempo. Meu Deus. E as coisas que disse na sua frente! Era terrível, impossível prever quando vinha a bomba. Pouco antes do final do semestre, ele prendeu um exemplar do jornal no limpador de para-brisa do meu carro. 'Morte misteriosa na comarca de Battenkill.' Foi horrível saber que ele havia guardado o jornal só para nos atormentar."

"O pior de tudo", Henry disse, "era que não podíamos fazer absolutamente nada. No início chegamos até a pensar em contar-lhe toda a história, nos colocarmos nas mãos dele, por assim dizer. Percebemos, porém, que naquela altura seria impossível prever sua reação. Ele vivia resmungando, doente, preocupado com as notas. E o semestre ia terminar logo também. Decidimos arriscar e cuidar dele até as férias de Natal — convidá-lo para sair, dar presentes, dedicar bastante tempo a ele —, e torcer para que ele deixasse o caso de lado até o final do inverno." Ele suspirou. "Ao final de cada semestre, inevitavelmente, Bunny sugere uma viagem para nós dois: ele escolhe o roteiro e eu pago tudo. O dinheiro dele não dá para um passeio a Manchester, sozinho. E, quando a ideia voltou à baila, como eu já esperava, pensei: por que não? Assim pelo menos um de nós poderia ficar de olho nele no inverno; e talvez a mudança de cenário ajudasse. Devo ressaltar também que não seria tão ruim que ele me devesse alguns favores. Ele queria ir para a Itália ou para a Jamaica. Como eu detesto a Jamaica, comprei duas passagens para Roma e aluguei quartos perto da piazza di Spagna."

"E deu-lhe dinheiro para comprar roupas e aquele livros inúteis de italiano?"

"Sim. Fiz uma despesa considerável, mas o investimento valia a pena, segundo meus cálculos. Achei até que me divertiria. Mas nunca, nem nos pesadelos mais terríveis... Nem sei por onde começar. Quando ele viu nossos quartos ficou furioso — no entanto, eram muito confortáveis, com afrescos no teto, um terraço antigo belíssimo, vista magnífica, eu me sentia orgulhoso por ter encontrado acomodações como aquelas — e começou a reclamar que não passava de um cortiço, era frio demais, o encanamento vazava; em resumo, considerava o local totalmente inaceitável, e não entendia como eu havia caído num conto do vigário assim. Ele imaginava que eu jamais seria vítima de um logro daqueles, mas pelo jeito estava errado. Insinuou que cortariam nossas gargantas no meio da noite. Eu ainda me sentia mais receptivo para suas manias. Perguntei onde gostaria de se hospedar, já que não apreciava os quartos. Sugeriu então sair dali e passar para uma suíte — não um apartamento, uma suíte, entende — no Grand Hotel.

"Ele insistiu muito, e afinal eu disse que não faríamos nada do gênero. Para começar a taxa de câmbio estava desfavorável, e os quartos — pagos adiantadamente, com o meu dinheiro — já eram caros demais para minhas possibilidades. Bunny passou dias emburrado, fingindo sofrer ataques de asma, andando de um lado para outro, usando a bomba de inalação e me acusando de sovinice. Quando ele viajava, fazia questão do melhor. Enfim, perdi a paciência. Disse que os quartos eram satisfatórios para mim, e seguramente melhores que o de costume para ele. Sabe, puxa vida, era um *palazzo*, pertencia a uma condessa, custara uma fortuna — em resumo, não restava a menor chance de me convencer a gastar quinhentas mil liras por noite só para ter a companhia de norte-americanos e papel de carta timbrado do hotel.

"Sendo assim, continuamos na piazza di Spagna, que ele se encarregou de transformar na sucursal do inferno. Bunny me atormentava sem parar — por causa do carpete, do encanamento, do dinheiro que eu lhe dava, sempre pouco em sua opinião. Estávamos a poucos passos da via Condotti, a rua com as lojas mais caras de Roma. *Eu* era sortudo, ele dizia. Não admirava que eu estivesse me divertindo tanto, podia comprar qualquer coisa que desejasse, enquanto ele era obrigado a aturar aquele cortiço, sempre de nariz escorrendo, como se fosse um filho adotado. Fiz o possível para aplacar sua fúria, mas quanto mais eu gastava, mais ele queria. Além disso, ele nunca me deixava sair de seu alcance. Queixava-se se eu o deixasse sozinho, mesmo por alguns minutos. Mas, se eu o convidava para ir a um museu ou igreja — puxa, estávamos em *Roma* —, ele se entediava rapidamente e insistia para ir embora. Chegamos a tal ponto que eu não conseguia nem mais ler um livro em paz. Um horror. Ele batia na porta do banheiro quando eu estava no banho. Flagrei-o mexendo na minha mala. Sabe", ele fez uma pausa delicada, "é um pouco irritante dividir um apartamento com alguém tão descarado. Talvez eu tivesse me esquecido de como era morar com ele, como fizemos na faculdade, no primeiro ano. Ou então, acostumei-me a viver sozinho. Após uma semana de tensão, achei que ia ter um ataque de nervos. Mal conseguia olhar para ele. E outras coisas me preocupavam também. Você sabe", ele disse para mim, abruptamente, "que de vez em quando sofro de dores de cabeça muito fortes, não é?"

Eu sabia. Bunny — que adorava descrever suas doenças e as dos outros — descrevera em detalhes os sofrimentos de Henry, em cochichos sensacionalistas: Henry, deitado num quarto escuro, com bolsas de gelo na cabeça e um lenço em cima dos olhos.

"As enxaquecas já não ocorrem com tanta frequência. Quando eu tinha treze ou catorze anos, elas me atormentavam sem parar. Mas hoje, quando surgem — pode ser apenas uma vez por ano —, são muito piores. Depois das primeiras semanas na Itália, senti a iminência de uma das fortes. Inconfundível. Os ruídos tornam-se insuportáveis; os objetos tremulam; a visão periférica escurece, e vejo todos os tipos de cenas desagradáveis pairando nas bordas. Há uma pressão terrível no ar. Olho para uma placa de rua e não consigo ler os dizeres, não compreendo uma frase simples que me falam. Não se pode fazer muito a respeito quando isso ocorre, mas eu tento — permaneço no quarto, de janelas fechadas, tomo remédios, procuro ficar em silêncio. Acabei concluindo que precisava contatar meu médico nos Estados Unidos. Os medicamentos eficazes são fortes demais, impossível comprá-los sem receita. Em geral, vou ao pronto-socorro para tomar uma injeção. Como prever a reação de um médico italiano se eu entrasse em seu consultório, desesperado, sendo turista americano, para pedir uma injeção de fenobarbital?

"Naquela altura, porém, já era tarde demais. A dor de cabeça começou em poucas horas, e depois disso tornei-me incapaz de procurar um médico e explicar meu problema. Não sei se Bunny tentou me levar ou não. Fala italiano tão mal que, ao tentar se comunicar com alguém, acaba insultando a pessoa, quase sempre. O escritório do American Express não ficava muito longe de onde estávamos, e certamente lá poderiam indicar-lhe um médico que falasse inglês, mas isso, claro, jamais ocorreria a Bunny.

"Nem sei direito o que aconteceu nos dias seguintes. Permaneci no quarto, deitado, de janelas fechadas e cobertas com jornais. Foi impossível conseguir gelo, só jarros de *acqua semplice* morna — eu não estava conseguindo me expressar em inglês, quanto mais em italiano. Só Deus sabe onde Bunny se meteu. Não me lembro de tê-lo visto, nem de mais nada.

"Portanto, passei vários dias deitado de costas, incapaz até de piscar sem parecer que minha cabeça ia explodir, vendo tudo escuro, sofrendo de náuseas constantes. Perdi e recuperei a consciência várias vezes, até que percebi uma leve luminosidade no canto da janela. Não sei quanto tempo passei olhando para ela. Concluí finalmente que era dia, que a dor diminuíra um pouco e que, apesar da dificuldade pavorosa, conseguia me mexer um pouco. Também me dei conta de que sentia uma sede imensa. Não havia água no jarro, de modo que me levantei, vesti o pijama e saí para procurar o que beber.

"Meu quarto e o de Bunny davam para extremidades opostas de um salão central — pé-direito de quatro metros, com afrescos no estilo de Carracci; molduras em estuque ricamente esculpidas; portas francesas dando para o terraço. A luz matinal quase me cegou, mas distingui uma silhueta, que julguei pertencer a Bunny, debruçada sobre os papéis de minha mesa. Esperei até que os olhos se acostumassem com a luminosidade, apoiado na maçaneta para manter o equilíbrio, e disse: 'Bom dia, Bun'.

"Bem, ele deu um pulo, como se tivesse levado um choque, e remexeu os papéis para tentar esconder algo, e de repente percebi o que era. Avancei e peguei meu diário. Ele vivia pedindo para ler o que eu escrevia. Por isso, eu o escondera atrás do aquecedor. Suponho que tenha revistado tudo durante minha doença. Não era a primeira vez que o localizava, mas como eu escrevia em latim, duvido que tivesse entendido alguma coisa. Nem usava seu nome real. *Cuniculus molestus* o definia muito bem. E ele jamais entenderia isso sem um dicionário.

"Infelizmente, enquanto fiquei doente, ele teve todas as chances de conseguir o dicionário. E apesar de todos zombarem do latim precário de Bunny, ele conseguiu traduzir as passagens mais recentes para o inglês com razoável competência. Devo admitir, jamais pensei que ele fosse capaz de uma coisa dessas. Com certeza dedicou vários dias ao serviço.

"Nem cheguei a me aborrecer. Estava surpreso demais. Olhei para a tradução, bem na minha frente. Olhei para ele, e de repente Bunny, afastou a poltrona e começou a gritar comigo. Matamos o tal sujeito, ele disse, nós o matamos a sangue-frio e nem nos demos ao trabalho de contar isso para ele. Mas ele sabia desde o início que algo cheirava mal naquela história, e quando eu o chamei de Coelho, quase foi até o consulado americano para avisar a polícia... Em seguida — foi bobagem minha — dei-lhe um tapa no rosto, com toda a força." Henry suspirou. "Não deveria ter feito isso. Não o esbofeteei por raiva, e sim por frustração. Estava doente, exausto; temia que alguém ouvisse seus gritos; não aguentava mais, nem mais um segundo.

"Eu o atingi com mais força do que pretendia. Ele ficou boquiaberto. Minha mão deixara uma grande marca branca no rosto dele. De repente, o sangue voltou ao rosto, que se avermelhou. Ele começou a gritar comigo, a praguejar histérico, tentando me socar. Ouvi passos apressados na escada, alguém batendo com força na porta, e um jorro de palavras delirantes em italiano. Apanhei o diário e a tradução, para jogá-los na lareira — Bunny tentou pegá-los, mas eu o mantive afastado até que as chamas os devoraram —, e gritei para quem quer que fosse entrar. Era a empregada. Ela entrou no quarto gritando em italiano. Mas falava tão rápido que não entendi nada. No início, pensei que reclamava do barulho. Depois compreendi que não. Ela sabia que eu estava doente; passei dias fechado no quarto, sem fazer barulho. Aí ela ouviu os gritos. Pensou que eu tivesse morrido durante a noite, talvez, e que o outro *signor* me encontrara, mas agora eu estava ali, de pé na frente dela, portanto, não era este o caso, obviamente. Eu precisava de um médico? Uma ambulância? *Bicarbonato di soda?"*

"Agradeci e disse que não, já me sentia bem melhor, e tentei explicar a discussão, andando de um lado para outro, mas ela se mostrou plenamente satisfeita com a situação e desceu para preparar nosso café da manhã. Bunny não entendeu nada. Nem fazia ideia do que tínhamos conversado, claro. Suponho que o diálogo, para ele, pareceu sinistro e inexplicável. Perguntou-me para onde ela fora, e o que havia dito, mas eu me sentia mal, e furioso. Voltei para meu quarto e fechei a porta. Esperei até que ela subisse com o café da manhã, que foi servido no terraço, onde comemos.

"Curiosamente, Bunny falou pouco. Depois de um período de silêncio tenso, ele indagou a respeito da minha saúde, contou o que havia feito enquanto eu estava doente e nem mencionou a briga recente. Tomando café eu tentava manter a cabeça no lugar, era só o que me restava fazer. Ele estava magoado, certamente — o diário continha comentários desagradáveis —, de modo que resolvi tratá-lo melhor daí em diante, na esperança de evitar novos problemas."

Ele parou para tomar um gole de uísque. Encarei-o.

"Achou que poderia evitar novos problemas?", falei.

"Conheço Bunny melhor do que você", Henry disse, enigmático.

"Mas e quanto ao que ele havia dito — sobre a polícia?"

"Ele não estava disposto a procurar a polícia, Richard."

"Se o problema fosse apenas o sujeito morto, as coisas seriam diferentes, não entende?", Francis disse, inclinando-se na poltrona. "Sua consciência não o incomoda. Não sente qualquer tipo de escrúpulo moral. Ele só pensa que foi *passado para trás* na história toda."

"Bem, francamente, eu imaginava que lhe fazia um favor ao ocultar o caso", Henry disse. "Mas ele ficou furioso — e continua com raiva, é bom que saibam —, pois escondemos tudo dele. Sentiu-se magoado. Excluído. E minha única chance era tentar compensar isso. Éramos velhos amigos, afinal."

"Conte sobre as coisas que Bunny comprou com seu cartão de crédito enquanto você estava doente."

"Só descobri isso bem mais tarde", Henry disse sombrio. "Agora não faz muita diferença." Ele acendeu outro cigarro. "Suponho que, ao descobrir tudo, entrou em estado de choque", disse. "Ademais, encontrava-se num país estranho, era incapaz de falar a língua local, não tinha um centavo no bolso. Comportou-se bem por algum tempo. Assim que se deu conta da situação — o que não tardou —, viu que apesar das circunstâncias eu estava à sua mercê, na prática. Não imagina a tortura a que me submeteu em seguida. Falava sobre o caso o dia inteiro. Nos restaurantes, lojas, táxis. Claro, estávamos lá fora de temporada, havia poucos turistas americanos na cidade, mas, no que me diz respeito, há famílias inteiras em Ohio imaginando se é mesmo verdade que... Ai, meu Deus. Monólogos exaustivos na Hosteria dell'Orso. Uma discussão na via dei Cestari. Tentativa abortada de encenar o crime no saguão do Grand Hotel.

"Certa tarde, num café, ele repisava o caso quando notei um sujeito na mesa ao lado atento a cada palavra. Quando nos levantamos, ele se levantou também. Vacilei, sem saber o que pensar. O alemão — pelo menos ele falou neste idioma com o garçom — talvez soubesse inglês, e poderia ter acompanhado a conversa de Bunny em detalhe. Talvez fosse apenas um homossexual, mas eu queria evitar qualquer risco. Voltamos para casa, escolhi ruas estreitas, dobrei à direita e à esquerda ao acaso, e julguei que o tivesse despistado, mas não foi o caso aparentemente, pois quando me levantei na manhã seguinte e espiei pela janela, eu o vi, parado ao lado da fonte. Bunny entusiasmou-se. Falou que era igual a um filme de espionagem. Queria sair para ver se o sujeito tentava nos seguir. Precisei segurá-lo, praticamente à força. Vigiei-o a manhã inteira pela janela. O alemão ficou lá, fumou alguns cigarros e afastou-se depois de algumas horas; lá pelas quatro da tarde Bunny, que se queixara sem parar desde meio-dia, aprontou tal escândalo que afinal saímos para comer algo. Mal nos afastamos da piazza algumas quadras, vi o alemão de novo, andando atrás de nós, a certa distância. Dei meia-volta e segui na direção dele, queria enfrentá-lo; ele desapareceu, mas em seguida, passados alguns minutos, vi que ele nos seguia de novo.

"Já andava meio preocupado, e aquilo me apavorou. Entramos imediatamente numa travessa e voltamos para casa dando uma volta enorme. Bunny não almoçou naquele dia, quase me deixou louco. Sentei-me perto da janela e vigiei até escurecer. Mandei Bunny calar a boca e tentei pensar numa saída. Não creio que soubesse exatamente onde estávamos; caso contrário, por que perambular pela piazza em vez de subir direto ao nosso apartamento caso quisesse nos dizer algo? De um modo ou de outro, saímos do apartamento no meio da noite e fomos para o Excelsior, com a aprovação de Bunny. Serviço de quarto e tudo mais. Temi encontrar o sujeito pelo resto do tempo passado em Roma — minha nossa, ainda sonho com ele —, mas não o vi outra vez."

"O que ele queria, na sua opinião? Dinheiro?"

Henry deu de ombros. "Ignoro. Infelizmente, naquele ponto, pouco dinheiro me restava para dar a alguém. As visitas de Bunny ao alfaiate e outros gastos praticamente me deixaram a zero. Depois, ainda precisei pagar o hotel. Não ligo para dinheiro, não mesmo, mas ele estava me pondo louco. Eu nunca conseguia ficar sozinho. Era impossível escrever uma carta ou dar um telefonema sem que Bunny me vigiasse de perto, *arrectis auribus*, tentando ouvir tudo. Quando eu tomava banho ele entrava no quarto e mexia nas minhas coisas; quando saía, encontrava as roupas reviradas na gaveta e migalhas nas páginas dos livros. Qualquer movimento meu despertava suas suspeitas.

"Aguentei o quanto pude, mas comecei a me sentir desesperado e, francamente, muito mal. Sabia que abandoná-lo em Roma seria perigoso, mas a cada dia as coisas pioravam, e no final percebi que ficar não era obviamente a solução. Eu já sabia que nós quatro não poderíamos de modo algum retornar à escola na primavera, como de costume — e que precisávamos pensar num plano, talvez algo pírrico e insatisfatório. Mas eu precisava de um tempo, de tranquilidade e algumas semanas de sossego nos Estados Unidos para refletir um pouco. Então, naquela mesma noite, no Excelsior, enquanto Bunny dormia um sono profundo, embriagado, fiz as malas — deixando para ele uma passagem e dois mil dólares, mas nenhum recado — e tomei um táxi para o aeroporto, onde peguei o primeiro avião para casa.

"Você deixou dois mil dólares para ele?", perguntei, espantado.

Henry deu de ombros. Francis balançou a cabeça e resmungou. "Isso não é nada", disse.

Eu encarei os dois.

"Realmente, não é nada", Henry disse calmo. "Nem imagina o quanto me custou a viagem à Itália. E meus pais são generosos, mas não tão generosos assim. Nunca precisei pedir dinheiro a eles na vida, até recentemente. No momento, minhas economias terminaram, e não sei até quando eles acreditarão em histórias como um conserto caríssimo do meu carro. Sabe, eu me dispunha a ser razoável com Bunny, mas ele não entende que eu, afinal de contas, sou apenas um estudante que recebe mesada, e não uma fonte inesgotável de recursos... O pior é que não vejo saída. Não sei o que acontecerá se meus pais se irritarem e cortarem minha mesada, o que muito provavelmente acontecerá num futuro próximo se as coisas prosseguirem neste ritmo."

"Ele está chantageando vocês?"

Henry e Francis trocaram olhares.

"Não é bem assim", Francis disse.

Henry balançou a cabeça. "Bunny não vê a coisa por este ângulo", ele disse desanimado. "Precisava conhecer os pais dele para compreender. Os Corcoran enviaram os filhos para as escolas mais caras que conheciam e deixaram que se virassem sozinhos. Os pais não lhe dão um centavo. Pelo jeito, nunca deram. Ele me disse que o mandaram para Saint Jerome mas não lhe davam nem dinheiro para comprar os livros didáticos. Um método esquisito de criar os filhos, na minha opinião — similar a certos répteis, que chocam os ovos e depois abandonam os filhos aos elementos. Não me surpreende que isso tenha inculcado em Bunny a noção de que é mais honrado viver explorando os outros do que trabalhando."

"Mas eu pensava que ele pertencesse a uma família nobre", falei.

"Os Corcoran têm mania de grandeza. O problema é que lhes falta dinheiro para bancar isso. Sem dúvida consideram-se aristocráticos e importantes ao forçar os filhos a viver à custa alheia."

"Bunny não sente vergonha alguma", Francis disse. "Explora até os gêmeos, que são quase tão pobres quanto ele."

"Quanto maior a soma, melhor, e ele nunca pensa em pagar ninguém. Sem dúvida, Bunny prefere morrer a procurar um emprego."

"A família Corcoran preferia vê-lo morto", Francis disse acidamente, acendendo o cigarro e tossindo ao soltar a fumaça. "Mas os pudores em relação ao trabalho costumam desaparecer quando alguém é forçado a bancar seu próprio sustento."

"Para mim é inconcebível", Henry disse, "pois arranjaria um emprego, ou seis se fosse preciso, para não pedir dinheiro aos outros. Basta ver o seu caso", ele falou, dirigindo-se a mim, "seus pais não se mostram muito generosos com você, certo? Seus escrúpulos chegam a tal ponto, porém, que beiram a insensatez."

Não reagi, embaraçado.

"Minha nossa. Acho que você preferiria morrer de frio naquele armazém a pedir duzentos dólares a um de nós." Ele acendeu o cigarro e soltou uma nuvem de fumaça, enfático. "Seria, para nós, uma soma infinitesimal. Aposto que gastaremos o dobro ou o triplo com Bunny até o final da próxima semana."

Eu o encarei. "Está brincando."

"Oxalá estivesse."

"Não me importo em emprestar dinheiro também", Francis disse, "se for o caso. Mas Bunny nos achaca a níveis irracionais. Mesmo antes, ele considerava corriqueiro pedir cem dólares a troco de nada, sem mais nem menos."

"Sem nunca agradecer", Henry disse irritado. "E como consegue gastar tanto? Se tivesse um mínimo de vergonha na cara, procuraria o balcão de empregos e arranjaria um serviço."

"Nós dois poderemos acabar lá daqui a poucas semanas se ele não sossegar", Francis disse sombrio, derramando boa parte do scotch na mesa ao servir outra dose. "Já gastei milhares de dólares com ele. *Milhares*", ele disse a mim, tomando um gole com cuidado do copo que tremia em suas mãos. "Na maioria das vezes, em restaurantes. Aquele porco. Tudo na maior amizade, vamos sair para comer alguma coisa, e assim por diante, mas do jeito que as coisas estão, como posso recusar? Minha mãe pensa que me viciei em drogas. O que mais poderia pensar? Pediu a meus avós que não me mandassem mais dinheiro, e desde janeiro não recebo um tostão além dos juros dos investimentos. Costumava dar para as despesas, mas não posso pagar jantares de cem dólares para os outros todas as noites."

Henry deu de ombros. "Ele sempre foi assim", disse. "Sempre. Era divertido; gostava dele; chegava a sentir pena. Para mim não era nada emprestar dinheiro para os livros escolares sabendo que ele jamais pagaria a dívida."

"Agora tudo mudou", Francis disse. "Não se trata apenas de dinheiro para os livros. E não podemos recusar."

"Quanto tempo ainda conseguem aguentar?"

"Pouco tempo."

"E quando o dinheiro acabar?"

"Não sei", Henry disse, erguendo os óculos para esfregar os olhos outra vez.

"Talvez eu possa conversar com ele."

"Não", Francis e Henry disseram juntos, com uma intensidade que me surpreendeu.

"Mas por quê...?"

O silêncio constrangedor que se seguiu foi quebrado por Francis.

"Bem, talvez você saiba disso, talvez não", disse, "mas Bunny sente ciúme de você. Já pensa que estamos todos contra ele. Se ficar com a impressão de que você ficou do nosso lado..."

"Você não pode deixar transparecer que sabe de tudo", Henry disse. "De modo algum. A não ser que queira piorar as coisas."

Por um momento, ninguém falou. O apartamento encheu-se de fumaça azulada, e o piso de linóleo branco tornou-se ártico, surreal. A música do aparelho de som do vizinho penetrava pelas paredes. *Grateful Dead*. Meu Deus.

"Fizemos algo terrível", Francis disse abruptamente. "Claro, o sujeito que matamos não era nenhum *Voltaire*. Mesmo assim, foi vergonhoso. Eu me sinto mal."

"Claro, eu também me sinto", Henry disse, sem se perturbar. "Mas não mal a ponto de querer ir para a cadeia."

Francis bufou e serviu mais uma dose de uísque, que tomou de um só gole. "Não", disse, "não a esse ponto."

Ninguém falou nada por um momento. Eu me sentia sonolento, enjoado, como se estivesse num sonho interminável, dispéptico. Repeti o que já havia dito, um tanto surpreso com o som de minha voz na sala silenciosa. "O que pretendem fazer?"

"Não sei o que pretendemos fazer", Henry disse, calmamente, como se eu perguntasse quais seus planos para aquela tarde.

"Bem, eu *sei* o que vou fazer", Francis disse. Ele se levantou, cambaleando, e levou o dedo ao colarinho. Espantado, encarei-o, e ele riu de meu ar surpreso.

"Vou dormir", disse, erguendo os olhos de modo melodramático, "'*dormir plutôt que vivre*'."

"*Dans un sommeil aussi doux que la mort...*", Henry completou, com um sorriso.

"Minha nossa, Henry, você conhece tudo", Francis falou. "Chega a me revoltar." E deu as costas, saindo do quarto com passos incertos, enquanto afrouxava a gravata.

"Acho que ele está muito bêbado", Henry disse, ao ouvir a porta bater lá dentro e o som da torneira aberta no banheiro. "Ainda é cedo. Quer jogar um pouco de baralho?"

Pestanejei.

Ele estendeu o braço e apanhou dois baralhos numa caixa, na ponta da mesa — cartas da Tiffany, com as costas em azul celeste e o monograma de Francis em dourado —, e começou a embaralhar com habilidade. "Podemos jogar besigue, ou *euchre*, como quiser", ele disse, o dourado e azul dissolvendo-se em suas mãos, como um borrão. "Pessoalmente, prefiro o pôquer — claro, trata-se de um jogo vulgar e não tem muita graça só em dois —, mesmo assim há um componente aleatório nele que me atrai."

Eu o observei, as mãos firmes, as cartas estalando, e de repente uma lembrança singular me ocorreu: Tojo, no auge da batalha, forçando seu estado-maior a sentar e jogar cartas com ele a noite inteira.

Ele passou o baralho para mim. "Quer cortar?", disse, acendendo um cigarro.

Olhei para as cartas, e depois para a chama do fósforo, que queimava com claridade ofuscante entre seus dedos.

"Você não se preocupa muito com tudo isso, não é mesmo?", falei.

Henry inalou com força, soltou a fumaça, apagou o fósforo com um movimento da mão. "Não", disse, olhando pensativo para a fumaça que saía da ponta. "Darei um jeito para nos livrar do problema, creio. Mas para isso precisamos de uma ocasião oportuna, o que exige paciência. Suponho também que tudo depende, no final das contas, do que estamos dispostos a fazer. Posso dar as cartas?", perguntou, estendendo a mão para apanhar o baralho novamente.

Acordei de um sono pesado, sem sonhos, deitado em posição desconfortável no sofá de Francis, com o sol matinal entrando pelas janelas do fundo. Permaneci imóvel por algum tempo, tentando lembrar onde estava e como fora parar ali; aquela sensação agradável abruptamente transformou-se em pesar quando me recordei da conversa na noite anterior. Sentei-me e esfreguei a marca deixada pela almofada do sofá em meu rosto, que parecia um waffle. O movimento causou dor de cabeça. Olhei para o cinzeiro transbordando, a garrafa quase vazia de Famous Grouse, o jogo de pôquer solitário estendido na mesa. Não sonhei; a noite fora real.

Sentia sede. Fui até a cozinha, meus passos ecoavam no silêncio do apartamento, e bebi um copo d'água, em pé ao lado da pia. O relógio da cozinha marcava sete horas da manhã.

Enchi o copo novamente e o levei para a sala. Sentei-me no sofá e bebi, mais devagar — tomar o primeiro copo de uma vez provocara náuseas —, e olhei para o pôquer solitário de Henry. Ele provavelmente jogou enquanto eu dormia. Em vez de tentar formar flushes nas colunas, full hands e quadras nas fileiras, que era a atitude mais prudente neste jogo, ele tentara dois straight flushes nas fileiras e perdera. Por que agira assim? Para ver se driblava a sorte? Ou estava cansado apenas?

Apanhei as cartas, embaralhei o monte e armei o jogo, de acordo com os procedimentos estratégicos que ele mesmo me ensinara. Consegui superar sua marca em cinquenta pontos. Os rostos frios, garbosos, me encaravam: valetes em preto e vermelho, a rainha de espadas com seu ar suspeito. Uma onda repentina de náusea e fadiga percorreu meu corpo. Fui até o closet, peguei meu casaco e saí, fechando a porta cuidadosamente atrás de mim.

O corredor, banhado pela luz da manhã, dava a impressão de um corredor de hospital. Parado na escada, vacilante, olhei para a porta de Francis, indistinta das outras na longa série similar.

Suponho que meu momento de dúvida, caso tenha existido, ocorreu ali, quando eu estava parado na escada fria, espectral, olhando para a porta do apartamento de onde saíra. Quem era aquela gente? O quanto eu realmente os conhecia? Poderia confiar neles para valer na hora da verdade? Por que, entre tantas pessoas, resolveram confiar logo em mim?

Parece estranho, mas pensando no caso, em retrospecto, concluo que aquele momento específico no tempo, quando eu estava parado no corredor deserto, foi o ponto no qual poderia ter escolhido agir de modo diferente em vez de fazer o que fiz. Mas, é claro, não reconheci aquele momento quando ocorreu; suponho que ninguém o reconhece. Em vez disso apenas bocejei, livrei-me da tontura que me incomodava e desci as escadas.

De volta a meu quarto, exausto e meio tonto, eu teria preferido fechar as janelas e deitar na cama — que me pareceu, subitamente, a cama mais sedutora do mundo, apesar do travesseiro mofado e dos lençóis sujos. Mas era impossível. A aula de composição em grego começava em duas horas e eu não havia feito minha lição de casa.

A tarefa consistia num ensaio de duas páginas, em grego, sobre um epigrama de Calímaco, de livre escolha. Só terminara a primeira página e apressei-me em escrever o restante, impaciente e um tanto desonesto, pois redigi em inglês e traduzi palavra por palavra. Julian pedira que não trabalhássemos deste modo. O valor da composição em prosa, no grego, afirmava, não se encontrava no aumento do domínio do idioma, o que poderia ser conseguido por diversos outros métodos, mais fáceis, e sim no fato de ensinar o estudante a pensar em grego, quando adequadamente realizada. Os padrões de pensamento se modificavam, ele dizia, quando forçados ao confinamento de uma língua rígida e pouco familiar. Certas ideias comuns tornavam-se impossíveis de expressar; outras, jamais cogitadas, ganhavam vida, encontrando uma nova articulação milagrosa. É necessariamente difícil, suponho, explicar com exatidão o que quero dizer. Só posso afirmar que a natureza de *incendium* é de todo diferente do *feu* com o qual um francês acende o cigarro, e que ambos os termos são muito diferentes do inumano e severo *pur* que os gregos utilizam, o *pur* que consumiu as torres de Ílion, ou crepitou nas praias desoladas, fustigadas pelo vento, na pira funeral de Pátroclo.

Pur: esta única palavra contém para mim o segredo, o brilho, a tremenda clareza do grego arcaico. Como fazer com que os outros vejam essa luz estranha, áspera, que penetra nas paisagens de Homero e ilumina os diálogos de Platão, essa luz alienígena, impossível de se articular em nossos idiomas comuns? A língua que compartilhamos é o idioma do intricado, do particular, adequada a sitiantes e marginais, a passageiros do metrô e bebedores de cerveja, a língua de Ahab e Falstaff e da sra. Gamp; embora eu a considere inteiramente apropriada para reflexões deste gênero, ela falha completamente quando tento descrever, empregando-a, o que amo no grego, um idioma inocente de todos os subterfúgios e trocadilhos, um idioma obcecado pela ação e pelo júbilo de ver a ação se multiplicar dentro da ação, da ação a marchar incansável para a frente, sempre plena de mais ações a preencher seus flancos e a acompanhar a ordem unida da retaguarda, numa longa fila direta de causa e efeito, em direção ao inevitável, ao único final possível.

Em certo sentido, era por isso que eu me sentia tão próximo dos outros no curso de grego. Eles também conheciam esta paisagem deslumbrante e aflitiva, morta havia séculos; eles compartilhavam a experiência de erguer a vista dos livros, com olhos do século V, e encontrar um mundo desconcertante em sua indolência e isolamento, como se não fosse aqui seu lar. Por isso admirava Julian, e Henry em particular. Seu raciocínio, seus próprios olhos e ouvidos se fixavam inequívocos nos confins daqueles ritmos duros e antigos — o mundo, de fato, não era seu lar, pelo menos não o mundo como eu o conhecia — e, longe de se comportarem como visitantes ocasionais da terra que eu conhecia apenas como turista embevecido, agiam como moradores permanentes, tão permanentes, suponho, como era possível que fossem. O grego arcaico era uma língua difícil, uma língua muito difícil mesmo, e é inteiramente possível estudá-la a vida toda e continuar incapaz de falar uma só palavra; ainda hoje sorrio ao pensar no inglês ponderado, formal de Henry, o inglês de um estrangeiro instruído, em comparação com sua fluência e segurança em grego — ágil, eloquente, espantosamente espirituoso. Sempre me deliciava ouvir os diálogos entre ele e Julian em grego, suas discussões e zombarias, como jamais faziam em inglês, que eu saiba; muitas vezes vi Henry erguer o telefone com um "Alô" irritado e cauteloso, e jamais me esquecerei de seu regozijo irresistível quando descobria Julian na outra ponta da linha e dizia: "*Khairei!*".

Sentia certo desconforto — depois de ter ouvido a história que me contaram — com os epigramas de Calímaco, que tratavam do enrubescimento das faces, do vinho, dos beijos de adolescentes esguios sob a luz das tochas. Escolhi por isso um dos mais tristes, que é mais ou menos assim: "Pela manhã enterramos Melanippus; ao crepúsculo a virgem Basilo morreu por suas próprias mãos, pois não suportava depositar seu irmão na pira e viver; a casa suportou um duplo penar, e Cyrene baixou a cabeça ao ver o lar de jovens felizes encher-se de desolação".

Terminei minha redação em menos de uma hora. Depois de repassar o texto e conferir a conclusão, lavei o rosto, troquei de camisa e passei, com os livros debaixo do braço, pelo quarto de Bunny.

Dos seis, Bunny e eu éramos os únicos a morar no campus, e sua casa situava-se na outra ponta do gramado em relação a Commons. Ocupava um quarto no térreo, o que seguramente não lhe convinha, pois ficava a maior parte do tempo na cozinha do andar de cima: passando as calças, vasculhando a geladeira, debruçado na janela em mangas de camisa, gritando para quem estava lá embaixo. Quando ele não atendia, eu o procurava lá e o encontrava sentado no parapeito de camiseta, bebendo uma xícara de café e folheando uma revista. Surpreendi-me um pouco ao encontrar os gêmeos lá: Charles em pé, com o tornozelo esquerdo cruzado por cima do direito, mexendo emburrado o café, a olhar pela janela; Camilla — o que me espantou, Camilla odiava serviços domésticos — passando as camisas de Bunny.

"Oi, meu caro", Bunny disse. "Vamos entrando. Estamos aqui, tomando um cafezinho. Sabe, as mulheres só servem para uma ou *duas* coisas", acrescentou, quando percebeu que eu olhava para Camilla e a tábua de passar, "muito embora, sendo um cavalheiro", ele piscou caricato, "não possa mencionar qual é a outra coisa na presença de moças. Charles, sirva uma xícara de café para ele, por favor. Não precisa lavar, já está limpa", ele disse estridente, quando Charles pegou uma xícara suja no escorredor e abriu a torneira. "Terminou o exercício de composição?"

"Sim."

"Qual o epigrama?"

"Vinte e dois."

"Sei. Parece que todos escolheram os mais lacrimosos. Charles preferiu o que fala da moça morta e da saudade que os amigos sentem, e você, Camilla, quis o..."

"Catorze", Camilla disse sem erguer os olhos, pressionando o colarinho com a ponta do ferro, energicamente.

"Ah, eu peguei um dos mais picantes. Já esteve na França, Richard?"

"Não", falei.

"Então é melhor ir conosco, no verão."

"Com vocês? Quem vai?"

"Henry e eu."

Levei tamanho susto que só consegui encará-lo piscando.

"França?", falei.

"Mé ui. Uma viagem de dois meses. Superchique. Olha só." Ele me passou a revista, na verdade um folheto de propaganda ilustrado.

Examinei o material. Sem dúvida, era uma excursão do além. Um "luxuoso cruzeiro em hotel flutuante", que se iniciava na região de Champagne e depois prosseguia, por balão de ar quente, até a Borgonha. De volta ao hotel flutuante, passava por Beaujolais, Riviera, Cannes e Monte Carlo. Não faltavam ilustrações, fotos de refeições sofisticadas em cores brilhantes, hotéis flutuantes enfeitados com flores, turistas animados estourando champanhe e acenando do cesto do balão para os camponeses emburrados nos campos distantes.

"Não parece sensacional?", Bunny disse.

"Fabuloso."

"Gostei de Roma, mas na verdade a cidade não passa de uma catacumba. Além disso, gosto de passear. Circular bastante, conhecer os costumes locais. Aqui entre nós, aposto que Henry vai dar pulos com esta ideia."

Aposto que vai mesmo, pensei, olhando a foto de uma moça mostrando um pão para a câmera e sorrindo como se fosse maníaca.

Os gêmeos evitavam meu olhar de propósito. Camilla concentrava-se na camisa de Bunny, Charles permanecia de costas para mim, olhando pela janela da cozinha.

"Sabe, a ideia do balão é genial", Bunny disse para esticar o assunto, "mas andei pensando, como é que a gente faz para ir ao banheiro? Encosta no caminho?"

"Pelo jeito ainda vou me demorar um pouco", Camilla disse repentinamente. "Falta pouco para as nove. Por que você não vai na frente com Richard, Charles? Diga a Julian que não precisa esperar por nós."

Bem, acho que não vai demorar tanto assim, vai?", Bunny disse contrariado, estendendo o pescoço para conferir. "Qual é o problema, afinal? Onde você aprendeu a passar roupa, diacho?"

"Nunca aprendi. Sempre mandamos as *nossas* camisas para a lavanderia."

Charles me acompanhou quando saí, permanecendo alguns passos atrás. Atravessamos o corredor e descemos a escada sem dizer palavra, mas ao chegar ao térreo ele forçou o passo até me alcançar, puxou meu braço e me empurrou para dentro da sala de jogos. Nas décadas de 20 e 30 houve uma febre de bridge em Hampden; quando o entusiasmo desapareceu, as salas foram abandonadas e hoje serviam apenas como ponto de venda de drogas, para datilografia e para encontros românticos clandestinos.

Ele fechou a porta. Eu olhei para a mesa de jogo, incrustada nos quatro cantos com os naipes, paus, espadas, ouros e copas.

"Henry nos chamou", Charles disse. Ele arranhava o naipe de ouros com o polegar, a cabeça propositadamente baixa.

"Quando?"

"Esta manhã, bem cedo."

Nenhum de nós falou por um momento.

"Lamento muito", Charles disse, erguendo a vista.

"Lamenta o quê?"

"Lamento que ele tenha contado tudo a você. Lamento tudo. Camilla está muito preocupada."

Ele se mostrava relativamente calmo, e seus olhos inteligentes cruzaram com os meus com sinceridade melancólica, conformada. Gostava de Francis e Henry, mas acima de tudo considerava inadmissível que algo acontecesse aos gêmeos. Pensei com o peito apertado no quanto eles sempre haviam sido gentis; no quanto Camilla me tratou com carinho nas primeiras semanas em que eu me sentia deslocado. Charles costumava subir até o meu quarto ou aproximar-se de mim no meio da multidão, supondo tranquilamente — o que me comovia — que éramos amigos íntimos. Pensei nas caminhadas e passeios de carro e jantares na casa deles: nas cartas — com frequência sem resposta da minha parte — que chegaram a intervalos regulares nos longos meses de inverno.

Em algum lugar, acima da cabeça, ouvi os roncos e rangidos dos canos de água. Trocamos olhares.

"O que pretendem fazer?", perguntei. Eu só sabia repetir esta pergunta nas últimas vinte e quatro horas, mas ninguém me dava uma resposta satisfatória.

Ele ergueu um ombro só, daquele jeito engraçado que compartilhava com a irmã. "Sei lá", disse desanimado. "Acho melhor irmos."

Quando chegamos à sala de Julian, Henry e Francis já estavam lá. Francis não terminara seu ensaio. Rabiscava a segunda página rapidamente, os dedos azuis de tinta, enquanto Henry revisava a primeira, fazendo anotações com a caneta-tinteiro.

Ele não ergueu a vista. "Olá", disse. "Feche a porta, por gentileza."

Charles empurrou a porta com o pé. "Más notícias", disse.

"Muito ruins?"

"Sim, financeiramente falando."

Francis soltou uma praga, num sussurro contido, sem interromper a tarefa. Henry introduziu mais algumas modificações, depois sacudiu a folha no ar para secá-la.

"Vocês querem fazer o favor?", ele disse brando. "Isso pode esperar um pouco. Não quero pensar no assunto durante a aula. Já acabou a última página, Francis?"

"Só um minuto", Francis disse, apressando-se, as palavras saindo em garranchos da caneta.

Henry postou-se atrás da poltrona de Francis, debruçando-se sobre seu ombro para revisar o início da última página, um cotovelo apoiado na mesa. "Camilla está com ele?", disse.

"Sim. Passando aquela camisa nojenta."

"Hum." Ele apontou para o texto com a caneta. "Francis, é melhor usar o optativo em vez do subjuntivo, aqui."

Francis voltou ao início do texto — já estava quase no final da página — para corrigir o erro.

"E esta letra deve ser pi, e não capa."

Bunny chegou atrasado, de péssimo humor. "Charles", disse bruscamente, "se pretende que sua irmã arranje um marido algum dia, acho melhor ensiná-la a passar roupa direito." Eu estava exausto, mal preparado, e fiz o que pude para manter a atenção na aula. Tinha francês às duas, mas depois da aula de grego voltei direto para o quarto, tomei uma pílula para dormir e fui para a cama. O sonífero foi um recurso desnecessário; não precisava dele, mas a mera perspectiva da insônia ou de uma tarde cheia de pesadelos e ruídos distantes do encanamento era desagradável demais.

Dormi profundamente, até mais do que deveria, e o dia passou com facilidade. Escurecia quando algo, ao longe, me acordou. Batiam na porta.

Era Camilla. Meu aspecto devia ser terrível, pois ela ergueu uma sobrancelha e riu ao me ver. "Você só sabe dormir?", disse. "Por que está sempre dormindo quando eu o procuro?"

Pisquei para focalizá-la. As janelas estavam fechadas, o corredor escuro, e para mim, meio drogado e sonolento, ela não parecia mais a diva inacessível, e sim uma aparição inefável, terna, com seus pulsos finos e sombras e cabelos desgrenhados, a Camilla que residia, adorável, na penumbra melancólica dos meus sonhos.

"Entre", falei.

Ela entrou, fechando a porta atrás de si. Sentei-me na beira da cama desarrumada, descalço e de colarinho aberto, e pensei no quanto seria maravilhoso se aquilo fosse mesmo um sonho, se eu pudesse andar até onde ela estava e colocar as duas mãos em suas faces, e beijá-la nas pálpebras, na boca, no ponto em sua testa onde o cabelo cor de mel se tornava dourado.

Trocamos olhares por um longo tempo.

"Está doente?", ela perguntou.

Sua pulseira dourada brilhava no escuro. Engoli em seco. Era difícil pensar no que dizer.

Ela se levantou. "Acho melhor ir embora", disse. "Lamento ter incomodado. Passei para perguntar se queria dar uma volta de carro."

"Como?"

"Uma volta. Tudo bem. Fica para outra vez."

"Onde?"

"Em algum lugar. Em nenhum lugar. Marquei com Francis em Commons daqui a dez minutos."

"Não, espere um pouco", falei. Eu me sentia maravilhoso. Um torpor narcótico ainda me fazia sentir os membros pesados, e imaginei como me divertiria a seu lado — tonto, hipnotizado — caminhando até Commons, na neve, ao escurecer.

Levantei-me — demorei muito para conseguir, o chão se afastava gradualmente sob meus olhos, como se eu estivesse crescendo mais e mais por força de um processo orgânico — e andei até o guarda-roupa. O assoalho balançava suavemente sob meus pés, como o piso de um avião. Encontrei o casaco e um cachecol. As luvas seriam difíceis demais, desisti delas.

"Tudo bem", falei. "Estou pronto."

Ela franziu a testa. "Lá fora está meio frio", disse. "Não acha melhor calçar os sapatos?"

Caminhamos até Commons debaixo de chuva fina, na neve semiderretida, e, quando chegamos, Charles, Francis e Henry nos aguardavam. A composição do grupo era significativa, embora pouco clara, com a presença de todos menos Bunny. "O que está acontecendo?", falei, olhando de relance para eles.

"Nada", Henry disse, desenhando no chão com a ponta afiada e reluzente do guarda-chuva. "Vamos apenas dar uma volta. Pensei que seria agradável", ele parou, diplomaticamente, "se saíssemos um pouco da faculdade, talvez para jantar..."

Sem Bunny, deixou subentendido. Onde estaria ele? A ponta do guarda-chuva de Henry brilhava. Ergui os olhos, reparando que Francis me encarava, de sobrancelhas erguidas.

"O que foi?", perguntei irritado, balançando um pouco, próximo à porta.

Ele suspirou, emitindo um som agudo, divertido. "Você está *bêbado*?", perguntou.

Todos me olhavam, um tanto intrigados. "Sim", falei. Não era verdade, mas faltava-me disposição para explicar.

O céu frio, enevoado, cobrindo de garoa fina as pontas das árvores, tornava até a paisagem conhecida dos arredores de Hampden um tanto indiferente e remota. Os vales embranqueceram de neblina, e o topo do monte Cataract sumiu, obscurecido por uma névoa fria. Sem conseguir ver a montanha onisciente que dominava Hampden e sua periferia, encontrei dificuldade em me localizar, como se penetrássemos em território estranho e desconhecido, embora já tivesse percorrido aquela estrada centenas de vezes nos mais diversos tipos de clima. Henry guiava, depressa como de costume, os pneus derrapando na pista negra molhada, a água borrifando as laterais da estrada.

"Descobri este local há cerca de um mês", ele disse, reduzindo a velocidade conforme nos aproximávamos de uma casa de fazenda branca, no alto de um morro, cercada de fardos de feno melancólicos, espalhados pelo pasto coberto de neve. "Ainda está à venda, o preço é muito alto."

"Quantos hectares?", Camilla perguntou.

"Cerca de setenta."

"E que diabos vocês fariam com tanta terra?" Ela ergueu a mão para afastar o cabelo dos olhos, e mais uma vez notei o reflexo da pulseira: *cabelos esvoaçantes, cabelos castanhos cobrindo a boca...* "Por acaso pretendem virar fazendeiros?"

"Na minha opinião", Henry disse, "quanto mais terra melhor. Eu gostaria de possuir muita terra, de poder viver numa casa sem ver a estrada, nem um poste telefônico, nem qualquer outra coisa indesejável. Suponho que seja impossível em nossa época, e esta fazenda encontra-se praticamente à beira da estrada. Vi outra propriedade, para lá da divisa, no estado de Nova York..."

Um caminhão passou, jogando água na gente.

Todos pareciam inusitadamente calmos e relaxados. Eu sabia por quê. Bunny não estava conosco. Evitavam mencioná-lo, com despreocupação deliberada; ele devia estar agora em algum lugar, pensei, fazendo algo, eu não queria perguntar o quê. Encostei no banco do carro e olhei para os filetes prateados, irregulares, que as gotas de chuva formavam ao escorrer pelo vidro da janela.

"Se fosse comprar uma casa em algum lugar, eu a compraria aqui", Camilla disse. "Sempre preferi as montanhas ao litoral."

"Eu também", Henry disse. "Neste aspecto, meu gosto é bem helenístico. Interesso-me por locais remotos, de difícil acesso, selvagens. O mar nunca me atraiu. Bem ao estilo arcádico, segundo Homero. Lembram-se? *Não tinham nada a ver com navios...*"

"É assim porque você nasceu no Meio-Oeste", Charles disse.

"Se alguém seguir sua linha de raciocínio, contudo, concluiria que amo as planícies, os descampados. E não amo. As descrições de Troia na *Ilíada* são horríveis — sol causticante, planícies e nada mais. Pelo contrário, sempre senti atração pelo terreno acidentado, montanhoso. As línguas mais antigas nasceram em locais assim, bem como as mitologias mais estranhas, as cidades mais velhas e as religiões mais bárbaras — o próprio Pã nasceu nas montanhas, como sabem. E Zeus. *Em Parásia Reia o concebeu*", ele disse em grego, "*onde havia uma montanha rodeada da mais densa mata.*"

Estava escuro. Os campos à nossa volta jaziam silenciosos na névoa noturna, velados e misteriosos. Aquela era uma região remota, pouco visitada, rochosa e coberta de florestas, sem o apelo curioso das colinas de Hampden, com seus chalés para esquiadores e lojas de antiguidades, uma região perigosa e primitiva, onde tudo era negro e desolado, onde não se via nem uma placa.

Francis, que conhecia o território melhor do que nós, havia dito que encontraríamos um hotelzinho ali perto, mas era difícil de acreditar que se poderia achar algo habitável num raio de oitenta quilômetros. Fizemos a curva, então, e os faróis iluminaram uma placa enferrujada que exibia marcas arredondadas de tiro, informando que no Hoosatonic Inn, adiante, nascera a *Pie à la Mode*.

O prédio era rodeado por uma varanda maltratada — cadeiras de balanço empenadas, pintura descascada. Lá dentro, o saguão era uma mistura intrigante de mogno e veludo roído por traças, enfeitado com cabeças de cervos, calendários de posto de gasolina e uma coleção enorme de descansos para travessas do Bicentenário pendurados na parede.

O salão de refeições estava deserto, exceto por alguns moradores locais, que ali jantavam. Todos nos encararam com curiosidade indisfarçada, inocente, quando entramos, de ternos escuros e óculos, Francis com abotoaduras monogramadas e gravata Charvet, Camilla em seu corte masculino e casaco de astracã cinturado. Surpreendi-me um pouco com esse comportamento coletivo tão aberto — nada de olhares ameaçadores ou de condenação — até me ocorrer que os presentes não perceberam que éramos alunos da universidade. Quando nos aproximássemos, seríamos instantaneamente identificados como jovens ricos da escola, rapazes que costumavam fazer muito barulho e deixar uma gorjeta pequena. Mas no momento éramos apenas estranhos, num local onde rareavam estranhos.

Ninguém apareceu para anotar nosso pedido. O jantar veio num passe de mágica instantâneo: carne de porco, nabos, milho e abóbora, em tigelas de louça com imagens dos presidentes (até Nixon) na lateral.

O garçom, um rapaz rosado de unhas roídas, rodeou a mesa por algum tempo. Perguntou finalmente, com timidez: "Vocês são da cidade de Nova York?".

"Não", Charles disse, pegando o prato de biscoitos que se encontrava na frente de Henry. "Somos daqui."

"De Hoosatonic?"

"Não, de Vermont."

"Não são de Nova York?"

"Eu não sou", Francis disse animado. "Nasci em Boston."

"Já estive lá", disse o rapaz, impressionado.

Francis sorriu distraído e puxou um prato.

"Aposto que vocês gostam dos Red Sox."

"Acertou. Eu gosto", Francis disse. "Um bocado. Mas eles não ganham nunca, certo?"

"Só de vez em quando. Duvido que vençam o campeonato algum dia."

O rapaz ficou um pouco mais por ali, procurando algo para dizer. Henry ergueu os olhos para ele.

'Sente-se", disse inesperadamente. "Jante conosco."

Desconcertado, após certa hesitação embaraçada ele puxou uma cadeira, mas recusou-se a comer; paravam de servir o jantar às oito, contou, e dificilmente chegaria mais alguém. "A autoestrada passa longe daqui", disse. "E o pessoal da região vai para a cama muito cedo." Seu nome, descobrimos, era John Deacon; tinha a minha idade — vinte anos — e cursara a Equinox High School, em Hoosatonic mesmo, tendo terminado o colegial havia dois anos. Desde a formatura, explicou, trabalhava na fazenda do tio; o serviço de garçom era novidade, para matar o tempo durante o inverno. "Faz só três semanas que estou aqui" disse. "Gosto do emprego, acho. A comida é legal. E posso jantar de graça."

Henry, que em geral hostilizava o *hoi polloi* — uma categoria por ele expandida para incluir dos adolescentes metaleiros ao deão de estudos de Hampden, um sujeito que fizera sua própria fortuna e tinha diploma de Yale em cultura americana — e era hostilizado por ele, mantinha um relacionamento surpreendentemente caloroso com pessoas simples, com gente do povo e fazendeiros. Era desprezado pelos funcionários de Hampden, mas admirado pelos zeladores, jardineiros e cozinheiros. Embora não os tratasse como a iguais — ele não tratava a ninguém exatamente como a um igual —, tampouco resvalava na cordialidade condescendente dos milionários. "Penso que somos mais hipócritas quanto à doença ou pobreza, em comparação aos povos antigos", Julian disse certa vez, pelo que me lembro. "Nos Estados Unidos, um sujeito rico tenta fingir que um pobre é igual a ele em todos os aspectos, exceto no financeiro, o que simplesmente não corresponde à verdade. Será que alguém se recorda da definição de justiça na *República* de Platão? A Justiça, numa sociedade, é conseguida quando cada um dos níveis hierárquicos atua dentro de seu espaço e contenta-se com isso. Um homem pobre, ao tentar elevar-se acima de sua condição, só encontra a infelicidade desnecessária. E os pobres mais sábios sempre souberam disso, assim como os ricos mais sábios."

Não sei bem se isso é verdade — se for, eu em que posição fico? volto a limpar para-brisas em Plano? —, mas não resta dúvida de que Henry confiava tanto em sua capacidade e posição no mundo, e as desfrutava com tanta tranquilidade, que provocava um efeito estranho em si e nos outros, os quais se mostravam confortáveis em suas posições subalternas na companhia dele, fossem quais fossem. Os pobres, em geral, não se mostravam impressionados com seus modos, embora o admirassem e respeitassem; como consequência, viam através dele, chegando ao Henry real, o Henry que eu conhecia, taciturno, educado, em muitos aspectos simples e direto como eles. Compartilhava essa característica com Julian, muito admirado por seus vizinhos agricultores, do mesmo modo como Plínio era, em nossa imaginação, amado pelos pobres de Comum e Tifernum.

Durante boa parte da refeição Henry e o rapaz conversaram como amigos íntimos, para meu espanto, a respeito da terra ao redor de Hampden e Hoosatonic — zoneamentos, projetos imobiliários, valor do hectare, terras devolutas e títulos de propriedade e quem era dono do quê — enquanto nós jantávamos e ouvíamos. Típica conversa que se poderia ouvir num posto de gasolina ou loja de ração; ouvi-la, contudo, fez com que eu me sentisse curiosamente feliz, em paz com o mundo.

Em retrospecto, considero estranho o pouco poder que o fazendeiro morto exercia sobre uma imaginação mórbida e histérica como a minha. Posso imaginar muito bem a extravagância dos pesadelos provocados por um fato assim (ao abrir a porta da sala de aula, uma figura vestindo camisa de flanela, sem rosto, surgiu encostada na mesa, ou deixando de lado o texto que escrevia no quadro-negro para dar meia-volta e me encarar sorrindo), mas suponho que seja revelador o fato de eu nunca pensar no assunto, que só me vem à mente quando algo aviva a memória. Creio que os outros sofreram poucas perturbações com isso, assim como eu, pois tocaram a vida normalmente, de bom humor, por muito tempo. Mesmo monstruoso, o cadáver em questão mal passava de um boneco, um manequim carregado pelos contrarregras e atirado aos pés de Henry no palco para ser descoberto apenas quando as luzes se acendessem; sua figura, de olhos arregalados e coberta de sangue, jamais deixou de provocar um certo frisson ansioso, e mesmo assim era relativamente inofensiva, se comparada com a ameaça real e permanente que Bunny no momento representava.

Bunny, apesar de transmitir uma impressão de estabilidade amigável, sólida, possuía na verdade uma personalidade errática, instável. Numerosas razões explicavam isso, mas em primeiro lugar vinha sua completa incapacidade de pensar antes de agir. Ele navegava pelo mundo guiado apenas pelas luzes deficientes do impulso e do hábito, confiando que seu rumo não encontraria pela frente obstáculos insuperáveis pela pura força do impulso. Mas seus instintos fracassaram na avaliação do conjunto inédito de circunstâncias introduzido pelo crime. No momento em que as antigas boias de sinalização foram, por assim dizer, reposicionadas no escuro, o mecanismo de piloto automático que orientava sua psique tornou-se inútil; as ondas fustigavam o convés, e ele derivava sem rumo, encalhando em bancos de areia, mudando de direção ao acaso, de modo bizarro.

Para o observador distraído, suponho, ele continuava a ser o mesmo sujeito alegre, distribuindo tapinhas nas costas, comendo Twinkies e HoHos na sala de leitura da biblioteca e deixando cair as migalhas no meio dos livros de grego. Mas por trás dessa fachada ilusória, mero blefe, ocorriam mudanças notáveis, pavorosas até, transformações que eu já conseguia perceber ligeiramente e que se manifestavam com mais clareza a cada dia.

Em certos aspectos, era como se não tivesse acontecido nada. Comparecíamos às aulas, fazíamos as lições de grego e transmitíamos, a nós mesmos e aos outros, a impressão geral de que estava tudo bem. Na época alegrei-me por ver Bunny, apesar da perturbação mental óbvia, seguindo a velha rotina com facilidade. Hoje, claro, vejo que a rotina era a única coisa que o mantinha estável. Seu único ponto de referência, ao qual se agarrava com tenacidade feroz, pavloviana, em parte por hábito e em parte por não ter por que substituí-la. Suponho que os outros já haviam notado que o prosseguimento dos antigos rituais era, em certos aspectos, um teatro em benefício de Bunny, uma representação para acalmá-lo. No meu caso, não. Só percebi o quanto estava perturbado quando ocorreu o seguinte.

Passávamos o fim de semana na casa de campo de Francis. Fora a quase imperceptível tensão que se manifestava em todos os contatos com Bunny na época, tudo parecia transcorrer com calma, e ele demonstrara bom humor no jantar daquela noite. Quando subi para me deitar ele permaneceu embaixo, bebendo o vinho que sobrara do jantar, e jogando gamão com Charles, aparentemente o mesmo de sempre. Mas no meio da noite fui acordado por uma gritaria incoerente, no fundo do corredor perto do quarto de Henry.

Sentei-me na cama e acendi a luz.

"Você não dá a menor importância a nada", ouvi Bunny gritar; seguiu-se um estrondo, como se provocado por livros jogados no chão. "Nada além de você mesmo, porra, você e os outros... eu queria ver o que Julian ia pensar, seu filho da mãe, se eu contasse a ele um pouco... *não toque em mim*", ele gritou. "Fora daqui!"

Mais barulho, de mobília virada, e a voz de Henry, ligeira e severa. A de Bunny a cobria. "*Vá em frente*", ele gritou, alto o bastante para acordar a casa inteira. "Tente me impedir. Não tenho medo de você. Você me dá nojo, seu veado, seu nazista, *seu judeu de merda...*"

Mais um estrondo, de madeira quebrando. Bateram à porta. Ouvi passos rápidos no corredor. Depois ruídos abafados de soluço — soluços contidos, terríveis, que prosseguiram durante algum tempo.

Por volta das três, quando tudo estava quieto e eu quase dormindo de novo, ouvi passos leves no corredor e, depois de uma pausa, batidas em minha porta. Era Henry.

"Minha nossa", ele disse distraidamente, percorrendo meu quarto com os olhos: a cama de dossel desfeita e as roupas espalhadas pelo tapete. "Ainda bem que estava acordado. Vi a luz sob a porta."

"Meu Deus, o que houve?"

Ele passou a mão pelo cabelo desgrenhado. "O que acha?", ele disse, encarando-me inexpressivo. "Não sei, na verdade. Devo ter feito algo que o incomodou, mas não me pergunte o quê, não faço a menor ideia. Lia em meu quarto, quando ele entrou pedindo um dicionário. Na verdade, pediu que eu procurasse o significado de uma palavra, e... será que você tem uma aspirina?"

Sentei-me na cama e abri a gaveta do criado-mudo, cheia de lenços de papel e óculos de leitura e panfletos da Christian Science, de uma das tias velhas de Francis. "Não vejo nenhuma", falei. "O que aconteceu?"

Ele suspirou e largou o corpo pesadamente numa poltrona. "Tenho aspirina em meu quarto", ele disse. "Na latinha que está no bolso do casaco. E também uma caixinha esmaltada, azul. E cigarros. Poderia apanhar isso para mim?"

Pensei que estivesse doente, de tão pálido e abalado. "O que houve?", insisti.

"Não quero entrar lá."

"Por que não?"

"Bunny está dormindo em minha cama."

Eu o encarei. "Caramba", falei. "Eu não vou..."

Ele descartou minhas palavras com um gesto cansado. "Tudo bem. Sério. Ele está dormindo profundamente. Só estou irritado demais para ir até lá."

Saí silenciosamente de meu quarto e atravessei o corredor. O quarto de Henry ficava no fundo. Parei do lado de fora, com uma das mãos na maçaneta, ouvindo claramente os roncos peculiares de Bunny.

Apesar dos ruídos que escutara antes, não estava preparado para a cena que encontrei lá: livros espalhados pelo chão, a mesa de cabeceira virada e, perto da parede, os restos de uma cadeira preta de rattan, de pernas arqueadas. A cúpula torta do abajur lançava uma luz irregular, demente, sobre o quarto. No meio de tudo Bunny dormia, o rosto pousado sobre a manga do paletó de tweed e um pé ainda calçado com o sapato de bico fino balançando para fora da cama. De boca aberta, os olhos inchados e esquisitos sem os óculos, ele roncava e resmungava durante o sono. Apanhei as coisas de Henry e saí dali o mais depressa que pude.

Bunny acordou tarde na manhã seguinte, os olhos encovados, de mau humor, e desceu quando Francis, os gêmeos e eu tomávamos café da manhã. Ignorou nossos cumprimentos e foi direto ao armário, preparando uma tigela de flocos de milho açucarados antes de sentar-se à mesa sem dizer uma única palavra. No silêncio abrupto que se seguiu, ouvi o sr. Hatch entrar pela porta da frente. Francis pediu licença e apressou-se em falar com ele. Ouvi os murmúrios dos dois, enquanto Bunny mastigava o cereal lentamente. Passaram-se alguns minutos. Eu olhava de esguelha para Bunny, debruçado sobre a tigela, quando de repente, na janela por trás de sua cabeça, vi a silhueta do sr. Hatch, que cruzava o campo depois do jardim, carregando os restos da cadeira destruída para a pilha de lixo.

Embora problemáticos, tais ataques histéricos não eram frequentes. Revelavam, porém, o quanto Bunny andava incomodado e o quanto poderia se mostrar desagradável caso o provocassem. Enfurecia-se mais com Henry, afinal Henry o traíra, e para Henry sobravam sempre as consequências de suas explosões. Porém, curiosamente, ele tolerava Henry no dia a dia. Em relação aos demais, mostrava-se quase sempre irritado. Poderia explodir com Francis, por exemplo, se este fizesse um comentário em sua opinião pretensioso. Ou ficar inexplicavelmente furioso quando Charles lhe oferecesse um sorvete; mas nunca provocava Henry à toa, de modo arbitrário ou trivial. Isso apesar do fato de Henry não se esforçar para agradá-lo, como faziam os outros. Quando vinha à baila a ideia da excursão à França — que retornava com frequência —, Henry o escutava indiferente, e suas respostas eram automáticas, forçadas. Para mim, a expectativa confiante de Bunny era mais apavorante que qualquer ataque de raiva; como poderia se iludir a ponto de achar que fariam a viagem e quanto ao fato de que seria um pesadelo se chegasse a acontecer? Mas Bunny, feliz como um paciente de hospício, tagarelava horas a fio sobre as delícias da Riviera, ignorando a tensão no rosto de Henry ou o vazio silencioso, tenebroso, que ocorria quando se cansava de falar e sentava, com a mão no queixo, olhando para o infinito em devaneio.

Em geral, pelo jeito, ele sublimava sua raiva de Henry maltratando o resto do mundo. Mostrava-se descortês, rude, sempre pronto a começar uma briga com qualquer um que entrasse em contato com ele. Relatos de seu comportamento chegavam a nós por vários canais. Ele atirou um sapato nos hippies que jogavam *hackysack* do lado de fora, perto de sua janela; ameaçou bater num vizinho que ouvia rádio alto demais; chamou uma das funcionárias do escritório de Bursar de troglodita. Ajudou-nos, calculo, o fato de que seu círculo de conhecidos incluía pouca gente com quem mantinha contato frequente. Julian via Bunny tanto quanto os outros, mas seu relacionamento não ultrapassava a sala de aula. Mais problemática era sua amizade com o ex--colega de colégio Cloke Rayburn; e, mais problemático que tudo, o namoro com Marion.

Marion, já sabíamos, também notara a mudança de comportamento de Bunny, o que a intrigava e enfurecia. Se visse o modo como agia quando estava conosco, sem dúvida concluiria que o problema não era com ela. Ocorre que ela só via os encontros desmarcados, a má vontade, as mudanças de humor e os ataques de raiva repentinos, aparentemente dirigidos apenas a ela. Estaria saindo com outra moça? Queria romper o namoro? Uma amiga no Centro de

Estudos Infantis contou a Camilla que certo dia Marion telefonara seis vezes para Bunny e que na última vez ele havia batido o telefone na cara dela.

"Deus, meu Deus, fazei com que ela lhe dê o fora", Francis disse, erguendo os olhos para o céu, ao receber a informação. Ninguém disse mais nada sobre o assunto, mas passamos a observá-los cuidadosamente, torcendo para que isso acontecesse. Se estivesse em seu juízo perfeito, Bunny seguramente manteria a boca fechada. Mas daquele jeito, com o subconsciente caído do poleiro, batendo as asas errático como um morcego pelos corredores vazios do cérebro, ninguém poderia prever seu modo de agir.

Ele não encontrava Cloke com frequência. Bunny e ele pouco tinham em comum, fora a escola que frequentaram juntos, e Cloke — que andava com uma turma da pesada e tomava drogas — preocupava-se mais consigo mesmo e dificilmente notaria o comportamento de Bunny ou daria qualquer importância a isso. Cloke morava no alojamento vizinho ao meu, uma casa chamada Durbinstall (apelidada de Dalmane Hall pelos gaiatos do campus, era um centro animado do que a diretoria costumava chamar de "atividades relacionadas a narcóticos", e quem a visitava ouvia pequenas explosões e testemunhava incêndios ocasionais, obra da turma que preparava *free-base* e dos estudantes de química que trabalhavam no porão), e, felizmente para nós, Bunny morava no térreo, na parte da frente. Como mantinha as persianas sempre erguidas e não havia árvores por perto, era possível sentar na varanda da biblioteca, a cerca de vinte metros, e desfrutar da visão clara e desimpedida de Bunny, emoldurado pela janela iluminada, a ler histórias em quadrinhos de boca aberta ou conversar, agitando os braços, com Cloke, este invisível.

"Gosto de ter uma ideia", Henry explicou, "de onde ele anda." Mas, na verdade, era muito simples seguir os passos de Bunny: penso que ele também não se mostrava disposto a deixar que os outros, e Henry em especial, se afastassem de sua vista por muito tempo.

Quando tratava Henry com deferência, os outros sofriam as consequências cotidianas, desgastantes, insuportáveis de sua raiva. Na maior parte do tempo, ele era apenas irritante: por exemplo, não perdia a chance de atacar a Igreja Católica, de modo equivocado. A família de Bunny era episcopal; meus pais, ao que me constava, não se ligavam a religião alguma; Henry, Francis e os gêmeos, porém, foram educados na religião católica. Embora nenhum deles frequentasse muito a igreja, a interminável torrente de blasfêmias ignorantes os incomodava. Entre piscadas e caretas, ele contava histórias de freiras pecadoras, moças católicas depravadas, padres pederastas ("Então o padre fulano disse ao coroinha — um menino de nove anos, sabe, ele era escoteiro junto comigo — disse a Tim Mulrooney: 'Filho, você gostaria de ver onde os padres dormem à noite?'."). Ele inventava histórias revoltantes sobre as perversões dos diversos papas; mencionava pontos pouco divulgados da doutrina católica; arengava a respeito das conspirações do Vaticano, ignorando os argumentos claros de Henry e as referências resmungadas de Francis a respeito dos protestantes arrivistas.

Era pior quando ele escolhia para vítima uma pessoa específica. Sua sobrenatural perspicácia lhe dizia em qual nervo tocar, e em que momento exato, para ferir e provocar o máximo de indignação. Charles, de natureza afável, tardava em se enraivecer; mas as diatribes anticatólicas o perturbavam tanto que a xícara tremia em cima do pires. Ele também se ressentia dos comentários sobre a bebida. A bem da verdade, Charles bebia um bocado. Como todos nós, aliás; mesmo assim, embora ele não se excedesse na quantidade a ponto de chamar a atenção, eu o flagrara com frequência cheirando a bebida nos momentos mais inesperados, ou o encontrara de copo na mão no início da tarde, ao passar em sua casa — algo compreensível nas atuais circunstâncias. Bunny demonstrava uma preocupação fraudulenta e furiosa com seu bem-estar, temperada com comentários maldosos sobre bêbados e pinguços. Exagerava na contagem dos coquetéis consumidos por Charles. Deixava questionários ("Você sente às vezes que precisa de um drinque para chegar ao final do dia?") e panfletos (uma criança sardenta olhando chorosa para os pais, perguntando: "Mamãe, o que é bêbado?") anonimamente, na caixa de correspondência de Charles, e certa vez chegou ao ponto de dar o nome dele ao grupo de Alcoólicos Anônimos do campus, o que inundou Charles de folhetos e telefonemas, culminando com uma visita de um bem intencionado membro.

Com Francis, por outro lado, a situação era mais delicada e desagradável. Ninguém mencionava a questão, jamais, porém todos nós sabíamos que ele era gay. Embora não fosse promíscuo, de vez em quando desaparecia misteriosamente nas festas, e certa vez me abordou, de modo sutil mas inconfundível, quando passeávamos no bote sozinhos, bêbados, de tarde. Eu havia deixado cair um remo na água e na confusão para recuperá-lo senti seus dedos percorrendo de modo casual e deliberado meu rosto na altura do maxilar. Ergui os olhos, assustado, e nossos olhares se cruzaram, como ocorre nestes momentos, e paramos por um momento, o barco à deriva, o remo esquecido na água. Eu me sentia terrivelmente aflito; embaraçado, desviei os olhos; de repente, para minha surpresa, ele caiu na gargalhada por causa de minha reação.

"Não?", ele disse.

"Não", falei aliviado.

Alguns imaginariam que o episódio teria provocado um certo esfriamento em nossas relações. Embora suponha que ninguém, tendo devotado muita energia ao estudo dos clássicos, chegue a se perturbar muito com a homossexualidade, experimento certo constrangimento quando o problema diz respeito a mim diretamente. Embora gostasse de Francis, sua presença me deixava nervoso; curiosamente, isso desapareceu depois que ele se insinuou. A cantada era inevitável, acho que eu já sabia, e a temia. Depois que ocorreu, passei a me sentir à vontade sozinho com ele, mesmo nas situações mais questionáveis — bêbado, em seu apartamento, ou mesmo a seu lado no banco de trás do carro.

Entre Francis e Bunny, o clima era diferente. Embora não demonstrassem incômodo quando estavam com a turma, quem convivia com eles o bastante reparava que raramente faziam algo juntos, ou passavam muito tempo sozinhos. O motivo não me escapava, nem aos outros. Mesmo assim, jamais me ocorreu que não gostavam um do outro, nem que as piadas vulgares de Bunny ocultavam, ardilosamente, uma alfinetada maliciosa em Francis.

Suponho que o choque do reconhecimento é um dos choques mais desagradáveis. Nunca havia considerado, embora o devesse, que os preconceitos insanos de Bunny, que tanto me divertiam, não eram nada irônicos, e sim mortalmente sérios.

Sem dúvida Francis, em circunstâncias normais, era perfeitamente capaz de cuidar de si mesmo. Sempre tinha uma resposta na ponta da língua, não encontraria dificuldade em colocar Bunny em seu devido lugar, sempre que o quisesse, mas no momento mostrava-se apreensivo demais para fazê-lo, o que dava para entender. Todos sabíamos que Bunny, por assim dizer, carregava um frasco de nitroglicerina consigo, dia e noite, e de vez em quando fazia questão que o víssemos, mesmo de relance, para que ninguém se esquecesse de que o levava e que poderia atirá-lo no chão quando desejasse.

Não tenho coragem de relatar todas as coisas infames que fez ou disse a Francis, as brincadeiras de mau gosto, os insultos aos veados e bichas, a série de perguntas públicas e humilhantes sobre suas preferências e práticas: clínicas e incrivelmente detalhadas, relacionadas a enemas, ratos saltadores e lâmpadas incandescentes.

"*Só uma vez*", Francis sussurrou entre dentes. "*Só uma vez*, eu queria..."

Mas não havia absolutamente nada que alguém pudesse dizer ou fazer.

Era de se esperar que eu, sendo na época perfeitamente inocente de qualquer crime contra Bunny ou a humanidade, não serviria de alvo para suas rajadas furiosas. Infelizmente eu também servia, talvez mais infelizmente para ele do que para mim. Como pôde ser cego a ponto de não ver o perigo de hostilizar o único elemento imparcial, seu aliado em potencial? Pois eu gostava de Bunny, assim como gostava dos outros, e não teria me alinhado com os demais se ele não me atacasse com tanta ferocidade. Talvez sua mente usasse a desculpa do ciúme; a posição de Bunny no grupo começou a se deteriorar mais ou menos na época em que cheguei; seu ressentimento infantil e imaturo decerto nunca se manifestaria, não fosse sua condição paranoica, que o incapacitava para distinguir amigos de inimigos.

Aos poucos, passei a detestá-lo. Implacável como um cão de caça, percebia com seu instinto infalível e rápido todas as coisas do mundo que me deixavam inseguro e que eu queria desesperadamente esconder. Repetia, comigo, jogos sádicos, insistentes. Adorava me induzir a mentiras. "Sensacional, sua gravata", dizia. "Hermès legítima, não é?" Quando eu confirmava, ele estendia a mão rápido por cima da mesa e expunha a humilde etiqueta da gravata. Ou, no meio da conversa, ele subitamente perguntava: "Richard, meu caro, por que você nunca mostra fotografias de sua família?".

Ele se especializava em se agarrar a tais detalhes. O quarto de Bunny estava cheio de recordações familiares, uma série impecável a servir de propaganda: Bunny e os irmãos jogando *lacrosse* num campo iluminado, em preto e branco; Natais familiares, com os pais sofisticados em robes caríssimos e cinco meninos louros de pijamas idênticos, rolando no chão com um spaniel animado, um trem elétrico ridículo de tão grande e a árvore de Natal suntuosa ao fundo. A mãe de Bunny, em seu baile de debutante, jovem e arrogante em sua estola de mink branco.

"Por quê?", ele perguntava, fingindo inocência. "Não há máquinas fotográficas na Califórnia? Ou você quer esconder mamãe usando poliéster dos amigos? Qual a escola frequentada por seus pais mesmo?", dizia. E antes que eu pudesse responder: "Fazem o gênero Ivy League? Ou cursaram a universidade estadual?".

Era o tipo de crueldade completamente gratuita. Minhas mentiras sobre a família convenciam a todos, creio, mas não suportavam ataques frontais. Meus pais nem terminaram o colégio; minha mãe usava calças de poliéster mesmo, adquiridas numa loja de fábrica. Na única fotografia que eu possuía, desfocada, ela olhava para a câmera meio vesga, uma das mãos apoiada na cerca de plástico e a outra sobre o novo cortador de grama de papai. Esta, ostensivamente, foi a razão do envio da foto. Minha mãe presumiu que eu me interessaria pela nova aquisição; conservei-a por ser o único retrato dela, escondido no dicionário Webster (na letra M de Mãe), em cima da mesa. Mas acordei no meio da noite, certa vez, de repente apavorado com a ideia de que Bunny a encontraria quando vasculhasse meu quarto. Nenhum lugar me pareceu seguro o bastante. Queimei-a no cinzeiro no final.

Por mais que os interrogatórios em particular fossem desagradáveis, não tenho palavras para descrever os tormentos que eu sofria em público quando ele resolvia mostrar sua capacidade de torturador. Bunny está morto agora, *requiescat in pace*, mas enquanto viver, jamais me esquecerei de um momento de sadismo pelo qual passei nas mãos dele no apartamento dos gêmeos.

Poucos dias antes, Bunny havia me atormentado falando sobre a escola que eu frequentara. Deveria ter confessado a verdade, que cursei a escola pública de Plano. Francis passara por uma série de colégios particulares na Inglaterra e Suíça, e Henry havia estudado em escolas norte-americanas de renome antes de abandonar os estudos formais; mas os gêmeos frequentaram uma escola rural, em Roanoke, e mesmo a tão louvada Saint Jerome, de Bunny, não passava de um colégio caro e fraco, o tipo de instituição que anuncia na *Town and Country*, oferecendo atendimento especializado para repetentes. Eu não precisava me envergonhar da escola que frequentara neste aspecto, mas evitei a questão até que finalmente, encurralado e desesperado, falei que havia estudado na Renfrew Hall, uma escola só para meninos, irrelevante, próxima a San Francisco. Ele se mostrou satisfeito, mas depois, para meu enorme constrangimento, retornou ao assunto na frente de todos.

"Quer dizer que você estudou na Renfrew", Bunny disse cordial, voltando-se para mim ao enfiar um punhado de pistaches na boca.

"Sim."

"E quando você terminou o curso?"

Falei a data da minha formatura real.

"Ah", disse, mastigando os pistaches. "Então estudou com Von Raumer."

"Como?"

"Com Alec. Alec von Raumer. De San Francisco. Amigo de Cloke. Encontrei-o outro dia e conversamos um pouco. Há vários ex-alunos de Renfrew em Hampden segundo ele."

Fiquei quieto, torcendo para que mudasse de assunto.

"Quer dizer que conhece Alec, então?"

"Bem, superficialmente."

"Engraçado, ele me disse que não se lembra de você", Bunny insistiu, estendendo a mão para pegar mais um punhado de pistaches, sem tirar os olhos de mim. "Não mesmo."

"A escola era muito grande."

Ele limpou a garganta. "É mesmo?"

"Sim."

"Von Raumer disse que era minúscula. Só uns duzentos alunos." Ele fez uma pausa, enfiando um punhado de pistaches na boca, que mascou enquanto falava. "Em que alojamento você ficava?"

"Você não conhece."

"Von Raumer pediu que eu perguntasse isso."

"E que diferença faz?"

"Ora, nenhuma. Não faz diferença nenhuma, meu caro", Bunny disse, malicioso. "Só achei tudo muito esquisito, *n'est-ce pas*? Você e Alec estudaram na mesma escola durante quatro anos, em Renfrew, onde havia pouquíssimos alunos, e nunca se conheceram?"

"Só estudei lá por dois anos."

"E por que sua foto não saiu no livro de formatura?"

"Saiu sim."

"Saiu coisa nenhuma."

Os gêmeos estavam tensos. Henry, de costas, fingia não ouvir. Sem se virar, de repente ele disse: "E como *você* sabe se ele está no livro de formatura ou não?".

"Acho que eu nunca saí num livro de formatura na minha vida", disse Francis. "Odeio quando tiram o meu retrato. Sempre que..."

Bunny não lhes deu atenção. Largou o corpo na poltrona.

"Vamos lá", ele disse. "Dou cinco dólares se você me disser o nome do dormitório."

Seus olhos fixaram-se em mim; brilhavam de satisfação perversa. Falei qualquer coisa incoerente e levantei-me consternado para buscar um copo d'água na cozinha. Apoiado na pia, encostei o copo na têmpora. Na sala, Francis murmurou algo incompreensível, enfurecido, e Bunny riu maldoso. Despejei a água na pia e abri a torneira para não ouvir o que diziam.

Como uma mente complexa, nervosa e delicadamente ajustada como a minha foi capaz de se adaptar perfeitamente após um choque como o assassinato, enquanto a de Bunny, aparentemente mais robusta e empedernida, entrou em colapso? Ainda penso nisso, às vezes. Se Bunny só queria vingança, poderia tê-la conseguido com facilidade, sem se expor a riscos desnecessários. O que pensava obter com aquela tortura lenta e explosiva? Teria algum objetivo em mente, alguma meta? Ou suas atitudes eram tão inexplicáveis para ele quanto para nós?

Ou, talvez, não fossem tão inexplicáveis assim. Pois em realidade, Camilla lembrou certa vez, não ocorrera uma mudança total da personalidade de Bunny, um surto esquizofrênico, e sim o crescimento dos diversos componentes desagradáveis de sua personalidade que até então se manifestavam esporadicamente e passaram a agir em conjunto, ampliados, com força assustadora. Por mais que seu comportamento fosse revoltante, já o conhecíamos, de modo mais diluído, menos virulento. Mesmo na época mais tranquila ele zombava de meu sotaque californiano, do sobretudo de segunda mão e do meu quarto despojado, onde não havia bibelôs de bom gosto, embora o fizesse sempre de maneira tão engenhosa que eu só me divertia. ("Minha nossa, Richard", ele diria, ao erguer um sapato velho para enfiar o dedo no buraco da sola, "qual é o problema dos rapazes da Califórnia? Quanto mais ricos, mais miseráveis parecem. Você nem vai ao barbeiro. Daqui a pouco seu cabelo vai chegar no ombro, e o veremos andar por aí usando trapos como Howard Hughes.") Jamais me ocorreu ficar ofendido; aquele era Bunny, meu amigo, que tinha menos dinheiro no bolso do que eu e um rasgo no fundilho da calça ainda por cima. Boa parte de meu horror por sua nova atitude derivava da semelhança com o comportamento antigo, com sua forma afetuosa de zombar de mim, e seu súbito abandono das antigas regras equivalia — como se costumássemos lutar boxe de brincadeira — a me encurralar num canto e me moer de pancada.

Mesclado a tudo isso — em oposição a tantas situações desagradáveis — restava muita coisa do antigo Bunny, o sujeito que eu conhecia e amava. Por vezes, ao vê-lo à distância — mãos nos bolsos, assobiando, caminhando com seu ar despreocupado —, eu sentia uma estranha mistura de afeição e arrependimento. Eu o perdoava cem vezes, apenas com base num olhar, num gesto, no jeito de balançar a cabeça. Parecia-me impossível que alguém sentisse raiva dele, independente do que fizesse. Infelizmente, escolhia momentos assim para atacar. Mostrava-se cordial, afetuoso, jogando conversa fora como de costume, apenas para se recostar na poltrona e no mesmo ritmo despejar coisas tão horrendas, maliciosas, traiçoeiras, que eu jurava jamais esquecer daquilo e jamais perdoá-lo de novo. Quebrei a promessa inúmeras vezes. Estava a ponto de dizer que era uma promessa que afinal mantive, mas não seria verdade. Mesmo atualmente não consigo sentir por Bunny nada parecido com raiva. De fato, não imagino algo capaz de me dar mais prazer do que vê-lo entrar em meu quarto agora, os óculos embaçados, cheirando a lã molhada, esfregando o cabelo para tirar a água da chuva, como um cachorro velho, dizendo: "Dickie, meu caro, o que tem aí para oferecer a um amigo sedento?".

A gente gosta de acreditar que existe um fundo de verdade no velho ditado: *Amor vincit omnia*. Mas eu aprendi algo em minha vida breve e triste: este ditado é falso. O amor não vence tudo. E quem acha isso é um idiota.

Camilla era atormentada apenas por ser mulher. De certa forma, ela era o alvo mais vulnerável... sem que fosse culpada, simplesmente porque no mundo grego, de modo geral, a mulher era considerada uma criatura inferior, para ser vista e não ouvida. Esse sentimento dominante entre os arquivos é tão amplo que contamina a própria essência da língua. Não consigo pensar em melhor exemplo para isso na gramática grega do que o axioma, um dos primeiros que aprendi: homens têm amigos, mulheres, parentes, e animais, sua própria espécie.

Bunny, longe de almejar a pureza helênica, defendia tal ponto de vista apenas por ser mesquinho. Não gostava de mulheres, não apreciava sua companhia, e mesmo Marion, sua *raison d'être*, como proclamava, era tolerada apenas como concubina, de má vontade. Em relação a Camilla, Bunny era forçado a assumir uma postura um pouco mais paternalista, dirigindo-se a ela com a condescendência de um pai idoso ao lidar com a filha deficiente. Para o resto de nós ele se queixava de que Camilla atrapalhava a turma, sendo um empecilho para a seriedade dos estudos. Considerávamos sua opinião uma pândega. Para ser honesto, nenhum de nós, nem mesmo o mais brilhante, almejava a consagração acadêmica nos anos seguintes. Francis era muito preguiçoso; Charles, dispersivo demais; e Henry errático e no geral estranho, uma espécie de Mycroft Holmes da filologia clássica. Camilla não fugia à regra, preferindo secretamente, como eu, as delícias fáceis da literatura inglesa às exigências extenuantes do grego. O mais divertido era ouvir Bunny demonstrar preocupação a respeito da capacidade intelectual alheia.

Deve ter sido difícil para ela conviver com um grupo só de rapazes. Miraculosamente, não tentava compensar isso com atitudes duras ou belicosas. Agia como uma moça, do tipo adorável e esguio, que apreciava deitar-se na cama para comer chocolate, uma moça cujo cabelo cheirava a jacinto, de cachecol branco a flutuar suave na brisa; uma moça inteligente e encantadora, como jamais existira. Por mais estranha e maravilhosa que fosse, contudo, um fio de seda numa floresta de lã negra, não era a criatura frágil que se poderia imaginar. Em muitos aspectos, era fria e competente como Henry; resoluta e solitária em seus hábitos, e também bastante reservada. Na casa de campo, não raro ela desaparecia da vista, sozinha, para ir ao lago ou ao porão, onde a encontrei certa vez sentada no imenso trenó castanho, lendo com um casaco de pele estendido sobre os joelhos. Tudo teria sido terrivelmente estranho e desequilibrado sem sua presença. Ela era a rainha que fazia jogo com o par de valetes pretos, o rei preto e o coringa.

Havia algo de inexplicável nos gêmeos, talvez por isso tanto me fascinassem. Algo que me parecia escapar sempre, quando julgava ter compreendido o que era. Charles, alma gentil e um tanto etérea, constituía um enigma, embora Camilla fosse o verdadeiro mistério, o cofre que eu jamais arrombaria.

Nunca conseguia saber qual sua opinião sobre um assunto e percebia que Bunny encontrava ainda mais dificuldade em compreendê-la. Nos bons tempos ele a ofendia desajeitadamente, sem querer; assim que o relacionamento azedou, passou a insultá-la e hostilizá-la de várias formas, em geral errando o alvo. Camilla era imune a zombarias quanto a sua aparência; encarava-o sem piscar quando ele contava as anedotas mais vulgares e humilhantes; ria se ele tentava ridicularizar seu gosto ou sua inteligência; ignorava seus discursos frequentes, pontilhados de citações eruditas equivocadas, talvez encontradas com imenso esforço, todas a afirmar que as mulheres eram categoricamente inferiores a ele: na filosofia, na arte, no pensamento. Só serviam para caçar marido e cuidar da casa.

Só uma vez ele a incomodou. Foi no apartamento dos gêmeos, tarde da noite. Charles, felizmente, saíra para comprar gelo com Henry. Havia bebido muito e se estivesse por perto a situação fugiria do nosso controle, certamente. Bunny mal conseguia parar sentado, de tão embriagado. Até então comportara-se de maneira aceitável, mas de repente, sem qualquer aviso, virou-se para Camilla e disse: "Como vocês dois podem morar juntos?".

Ela deu de ombros, de um jeito curioso, típico dos gêmeos.

"Hem?"

"Sei lá", Camilla disse. "É conveniente. Barato."

"Bem, eu acho tudo isso muito estranho."

"Sempre morei com Charles."

"Não têm muita privacidade, não é mesmo? Num apartamento pequeno como este. Vivem um por cima do outro toda hora?"

"O apartamento tem dois quartos."

"E quando você se sente solitária no meio da noite?"

Seguiu-se um momento de silêncio.

"Não sei aonde você pretende chegar", ela disse friamente.

"Claro que sabe", Bunny disse. "Conveniente uma ova. Superclássico, isso sim. Os gregos dormiam com os irmãos e irmãs e tudo bem... opa", ele disse, segurando o copo de uísque que ia cair do braço da poltrona. "Claro, é contra a lei e tudo mais", ele disse. "Mas isso para vocês não deve ser nada. Depois daquele crime, o resto é moleza."

Aquilo me aturdiu. Francis e eu o encaramos, de queixo caído, enquanto ele esvaziava o copo e estendia a mão para pegar novamente a garrafa.

Para minha profunda surpresa, Camilla disse, ferina: "Você não deve pensar que estou dormindo com meu irmão só porque não durmo com você".

Bunny soltou uma gargalhada indecente. "Não dormiria com você nem que me pagasse, mina", disse. "Nem por todo o chá da China."

Ela o encarou, os olhos azuis absolutamente inexpressivos. Depois levantou-se e foi para a cozinha, deixando Francis e eu às voltas com um dos silêncios mais pesados que já enfrentei.

Desaforos religiosos, ataques de mau humor, insultos, coerção, dívidas: apenas detalhes, irritantes por certo, mas ao que parece incapazes de levar cinco pessoas ao assassinato. Mas, ouso dizer, só depois de matar um homem me dei conta do quanto um assassinato é um ato complexo e enganador, não necessariamente provocado por um motivo único, dramático. Atribuí-lo a tal motivo seria fácil demais. Existiu, decerto. Mas o instinto de autopreservação não é tão decisivo quanto se crê. Afinal, ele não representava um perigo imediato, e sim um risco lento, paulatino, do tipo que pode, pelo menos em teoria, ser adiado ou afastado de várias maneiras. Posso imaginar facilmente nosso grupo lá, no local e momento determinados, de súbito ansiosos para reconsiderar a decisão, talvez até dispostos a conceder uma última chance, desastrosa. O medo de pôr nossas vidas em risco poderia nos ajudar a levá-lo até a forca e colocar o laço em seu pescoço, mas um ímpeto mais urgente se fazia necessário para seguir em frente e tirar a cadeira.

Bunny, sem se dar conta, nos deu o ímpeto que faltava. Gostaria de poder afirmar que agi levado por um motivo trágico, avassalador. Mas mentiria se dissesse isso; mentiria se afirmasse que, naquela tarde de domingo de abril, eu agi devido a um impulso do gênero.

Uma questão interessante: o que eu estava pensando, quando vi seus olhos arregalados de incredulidade (*"Espera aí, pessoal, é uma brincadeira, não é.?"*) pela última vez? Não pensei que ajudava a salvar meus amigos, certamente que não; nem pensei no medo; nem na culpa. Mas nas pequenas coisas. Nos insultos, insinuações, pequenas crueldades. As centenas de humilhações que se acumularam no decorrer dos meses, sem retribuição. Pensei nelas, e em mais nada. Foi só por causa delas que consegui observá-lo sem um pingo de arrependimento ou piedade quando ele vacilou na beira do penhasco por um longo momento — os braços balançando, os olhos rolando, como um comediante do cinema mudo escorregando na casca de banana — antes de cair de costas e mergulhar para a morte.

Henry, eu acreditava, tinha um plano. Não sabia qual. Ele sempre desaparecia em missões misteriosas, que talvez não tivessem nada demais. Mas na época, ansioso para acreditar que alguém pelo menos controlava a situação, eu as imbuía de esperanças significativas. Com frequência ele se recusava a abrir a porta tarde da noite quando o lampião queimava lá dentro e eu sabia que ele estava em casa; mais de uma vez ele chegou atrasado para o jantar, com os sapatos molhados e os cabelos desgrenhados pelo vento, os punhos e a calça escura impecável manchados de barro. Uma pilha de livros misteriosos, num idioma do Oriente Médio que parecia ser árabe, com o carimbo da biblioteca de Williams College, materializou-se no banco de trás de seu carro. Verificando discretamente a capa, vi que o cartão ainda se encontrava lá. A última pessoa a consultá-lo fora um certo F. Lockett, em 1929.

Talvez o fato mais esquisito, todavia, eu tenha testemunhado certa tarde, quando peguei uma carona para Hampden com Judy Poovey. Eu queria levar minha roupa para a lavanderia e Judy, que ia para o centro, ofereceu-me uma carona; já havíamos terminado as tarefas, cheirado um montão de cocaína no estacionamento do Burger King e estávamos parados na Corvette, num sinal vermelho, ouvindo uma música terrível ("Free bird") na emissora de rádio de Manchester, e Judy não parava de falar, típica cheiradora de cocaína que era, sobre um casal conhecido que fizera sexo no Food King ("Dentro da própria loja! Bem no corredor de comida congelada!"), quando ela olhou pela janela e riu. "Olhe", disse, "não é seu amigo quatro-olhos ali?"

Surpreso, inclinei-me para a frente. Havia uma lojinha do outro lado da rua — narguilés, tapeçarias, caixas de badulaques e todos os tipos de ervas e incenso no balcão. Nunca tinha visto ninguém lá dentro, exceto o velho hippie melancólico de óculos da vovó, diplomado em Hampden, dono do local. Mas, para meu espanto, vi Henry — terno preto, guarda-chuva e tudo — entre os mapas celestes e unicórnios. Ele estava parado na frente do balcão examinando uma folha de papel. O hippie quis dizer algo, mas Henry o interrompeu, apontando para um objeto atrás do balcão. O hippie deu de ombros e apanhou uma garrafinha. Eu os observei, sem fôlego.

"O que acha que *ele* está fazendo lá dentro, tentando molestar aquele pobre coitado? É uma loja de merda, tá sabendo? Estive lá uma vez para comprar uma balança, mas não tinha nenhuma, só cristais e outras porcarias. Sabe aquelas balancinhas de precisão de plástico verde... Ei, você não está prestando atenção", ela reclamou ao perceber que eu ainda olhava fixo pela janela. O hippie se curvara e procurava algo sob o balcão. "Quer que eu buzine, é?"

"*Não*", gritei, nervoso por causa da cocaína, e afastei sua mão da buzina.

"Minha nossa, não precisa me assustar desse jeito." Ela levou a mão ao peito. "Merda. Estou a mil por hora. Tinha anfeta naquela coca. Tudo bem, já vou", ela disse irritada, quando o sinal ficou verde e o caminhão de gás atrás de nós começou a buzinar.

Livros árabes roubados? Loja hippie em Hampden? Eu não conseguia imaginar o que Henry estava fazendo. Porém, suas ações, por mais desarticuladas que parecessem, reforçavam minha fé infantil em sua capacidade, como se eu fosse um dr. Watson, a observar as atitudes de seu ilustre amigo, aguardando o desfecho esclarecedor.

O que ocorreu, de certo modo, poucos dias depois.

Numa noite de quinta, por volta da meia-noite e meia, eu tentava, de pijama, cortar o cabelo com o auxílio de um espelho e uma tesoura de unha (nunca consegui fazer isso direito; o resultado final era infantil, o corte eriçado, *à la* Arthur Rimbaud) quando bateram à porta. Atendi, segurando a tesoura e o espelho. Era Henry. "Olá", falei. "Entre."

Pulando cuidadosamente os tufos de cabelo castanho no chão, ele se sentou à mesa de estudos. "E então?", falei, esticando a mão para podar uma mecha comprida perto da orelha.

"Você estudou um pouco de medicina, certo?"

Percebi que era um prelúdio para perguntas relacionadas à saúde. Meu ano de medicina forneceu um conhecimento precário, na melhor das hipóteses, mas os outros, que nada sabiam de medicina e consideravam a disciplina per se mais uma forma de magia bem-intencionada do que ciência propriamente dita, solicitavam constantemente minha opinião sobre dores e incômodos, respeitosos como selvagens perante um curandeiro. Sua ignorância variava do comovente ao chocante; Henry, talvez por ter sofrido moléstias variadas, sabia um pouco mais do que os outros, embora me surpreendesse, às vezes, com uma pergunta séria sobre humores ou o baço.

"Você está doente?", perguntei, de olho em seu reflexo no espelho.

"Preciso saber a dosagem de uma fórmula."

"Como assim, a dosagem de uma fórmula? Dosagem de que tipo?"

"Há uma dosagem, certo? Uma fórmula matemática qualquer, capaz de indicar a quantidade correta que se deve ministrar conforme o peso e a altura, ou algo assim."

"Depende da concentração do medicamento", falei. "Não posso arriscar um palpite em algo assim. Melhor consultar o *Physicians' Desk Reference*."

"Não posso."

"Mas é simples de consultar."

"Não falo disso. O que desejo não consta do *Physicians' Desk Reference*."

"Você pode ter uma surpresa."

Por um momento, o único som foi provocado pela tesoura. Finalmente, ele disse: "Você não está entendendo. Não se trata de uma droga usada normalmente pelos médicos".

Abaixei a tesoura e olhei para seu reflexo no espelho.

"Meu Deus, Henry", falei. "O que você arranjou? LSD ou algo do gênero?"

"Digamos que sim", ele disse calmamente.

Larguei o espelho e virei o rosto para encará-lo. "Henry, não acho que seja uma boa ideia", falei. "Não sei se já lhe contei, mas tomei LSD um par de vezes. No segundo ano colegial. Foi o pior erro que já cometi na vida..."

"Concordo que é difícil calcular a dosagem de uma droga assim", ele disse imperturbável. "Contudo, digamos que haja certas indicações empíricas. Por exemplo, que uma quantidade X da droga em questão é suficiente para afetar um animal de trinta e cinco quilos, e que outra, ligeiramente superior, basta para matá-lo. Obtive uma fórmula aproximada, mas nosso caso diz respeito a cálculos mais precisos. Bem, sabendo isso, consegue calcular o resto?"

Apoiei-me na mesa para encará-lo, deixando o corte de cabelo de lado. "Depende do que você tem", falei.

Ele me estudou por um momento, pensativo, depois enfiou a mão no bolso. Ao abri-la, não pude acreditar em meus olhos. Depois, aproximei-me. Vi um cogumelo esguio, pálido, estendido na palma aberta.

"*Amanita caesaria*", ele disse. "Não é o que está pensando", falou ao ver a expressão em meu rosto.

"Sei muito bem o que é um cogumelo amanita."

"Nem todos os amanitas são venenosos. Este aqui é inofensivo."

"Para que serve?", falei, pegando o cogumelo em sua mão para examiná-lo contra a luz. "É alucinógeno?"

"Não. Na verdade, serve para comer mesmo — os romanos os apreciavam demais —, mas as pessoas os evitam, em geral, pois o confundem facilmente com o irmão gêmeo venenoso."

"Irmão gêmeo?"

"*Amanita phalloides*", Henry disse solícito. "O cogumelo da morte."

Não falei nada por um momento.

"O que pretende fazer?", perguntei finalmente.

"O que acha?"

Levantei-me agitado e cheguei mais perto da escrivaninha. Henry guardou o cogumelo no bolso novamente e acendeu um cigarro. "Tem um cinzeiro?", disse educadamente.

Dei-lhe uma lata de refrigerante vazia. Quase terminou o cigarro antes que eu falasse. "Henry, não acho que seja uma boa ideia."

Ele ergueu uma sobrancelha. "Por que não?"

Por que não, ele me pergunta. "Porque", respondi um tanto abalado, "é possível encontrar vestígios de veneno. Qualquer tipo de veneno. Acha que ninguém vai achar esquisito se Bunny cair duro de repente? Qualquer legista idiota pode..."

"Eu já sei", Henry disse paciente. "Por isso preciso descobrir a dosagem certa."

"Não tem nada a ver com dosagem. Mesmo uma quantidade ínfima pode ser..."

"...suficiente para deixar alguém extremamente doente", Henry disse, acendendo outro cigarro. "Mesmo que não seja letal."

"Como assim?"

"É o seguinte", ele disse, ajeitando os óculos no nariz: "em termos exclusivos da virulência, existem diversos venenos excelentes, em geral muito superiores a este. Há nas matas dedaleira e acônito aos montes. Posso obter arsênico em papel mata-moscas. Mesmo as ervas pouco comuns aqui — meu Deus, os Borgia teriam chorado na loja de ervas que descobri em Brattleboro na semana passada. Heléboro, mandrágora, puro óleo de losna... aposto que as pessoas compram qualquer coisa por ser natural. Vendem losna como repelente orgânico de insetos, como se fosse mais seguro que o repelente vendido no supermercado. Uma garrafinha bastaria para matar um exército." Ele arrumou os óculos novamente. "O problema com essas substâncias — apesar de sua excelência — ocorre, como você bem lembrou, na hora de ministrá-las. Amatoxinas criam problemas, como venenos. Vômitos, cegueira, convulsões. Ao contrário de certos estimulantes italianos, relativamente rápidos e gentis. Mas, por outro lado, o que seria mais fácil de ministrar? Não me especializei em botânica, sabe. Até os micetólogos encontram dificuldade em distinguir os amanitas. Cogumelos colhidos no mato... alguns venenosos, misturados no lote... um amigo fica gravemente enfermo, o outro...?" Ele deu de ombros.

Trocamos olhares.

"Como pode ter certeza de que não vai comer demais?", perguntei a ele.

"Certeza não posso ter", ele disse. "Minha vida correrá perigo, de forma que preciso estreitar a margem de risco. Só preciso me preocupar comigo, entende. O resto seguirá seu curso próprio."

Eu entendi o que ele queria dizer. O plano continha diversas falhas graves, mas era, em essência, brilhante: uma certeza matemática haveria, pois Bunny, em qualquer refeição, costumava comer o dobro do que os outros comiam.

O rosto de Henry manteve-se pálido e sereno por detrás da fumaça do cigarro. Ele levou a mão ao bolso e retirou novamente o cogumelo.

"Muito bem", ele disse. "Um único cogumelo de A. *phalloides*, mais ou menos deste tamanho, faz com que um cachorro saudável, de trinta e cinco quilos, adoeça gravemente. Com vômitos e diarreia, mas sem convulsões, pelo que observei. Não creio em danos ao fígado ou algo assim sério, mas suponho que a palavra final, no caso, caberá aos veterinários. Evidentemente..."

"Henry, como você sabe disso?"

Ele se calou por um momento. Então disse: "Lembra-se daqueles dois bóxers terríveis que pertenciam ao casal do andar de cima, no meu prédio?".

Era horrível, mas não me contive e ri. "*Não*", falei. "Você não teria coragem."

"É, mas eu tive", ele disse secamente, mordiscando o cigarro. "Um deles passa bem, felizmente. O outro nunca mais virará a *minha* lata de lixo. Morreu em vinte horas, por causa de uma dose pouco mais forte — a diferença foi mínima, no máximo um grama. Sabendo isso, penso poder determinar a dose de veneno que cada um de nós deve ingerir. Todavia, preocupa-me a variação na concentração de veneno de um cogumelo para outro. Não sei se um farmacêutico conseguiria medir isso. Talvez eu esteja errado — com certeza, você sabe mais sobre o assunto —, mas um cogumelo pesando dois gramas pode conter mais veneno do que outro pesando três, certo? Eis meu dilema."

Ele tirou uma folha de papel do bolso de cima, coberta de números. "Odeio envolvê-lo nesta história, mas ninguém conhece matemática o suficiente, e eu mesmo não me sinto muito seguro. Quer dar uma olhada?"

Vômitos, cegueira, convulsões. Mecanicamente, peguei o papel de sua mão. Estava coberto de equações algébricas, mas no momento, francamente, a álgebra não ocupava lugar de destaque em minhas preocupações. Balancei a cabeça, pronto a devolver o papel, quando ergui os olhos para ele e algo me impediu. Percebi que estava em condições de acabar com aquilo na hora, ali mesmo. Ele precisava de fato de minha ajuda, caso contrário não me procuraria; apelos emocionais de pouco adiantariam, mas se eu demonstrasse que entendia do assunto, conseguiria convencê-lo a desistir.

Levei o papel até minha escrivaninha, sentei-me, apanhei o lápis e com esforço percorri o emaranhado de números, passo a passo. As equações de concentração, em química, nunca foram o meu forte, e já apresentam bastante dificuldade quando se pretende calcular uma concentração fixa numa solução de água destilada; mas lidar com concentrações variadas em objetos de forma irregular era virtualmente impossível. Ele decerto usara toda a álgebra elementar que conhecia para chegar àquele resultado, e pelo que eu via, até que não se saíra tão mal; mas o problema não poderia ser resolvido algebricamente, se é que poderia ser resolvido. Quem tivesse três ou quatro anos de cálculo na universidade chegaria a um resultado pelo menos na aparência mais convincente; por tentativa e erro, consegui diminuir as margens ligeiramente, apesar de ter me esquecido do pouco cálculo que um dia me ensinaram, e a resposta encontrada, embora mais próxima que a dele, estava longe da correta.

Larguei o lápis e olhei para cima. A tarefa exigira uma hora de concentração. Henry lia o *Purgatório* de Dante, que apanhara na estante, absorto.

"Henry."

Ele ergueu os olhos, distraído.

"Henry, acho que isso não vai dar certo."

Ele fechou o livro, marcando a página com o dedo. "Cometi um erro na segunda parte", ele disse. "Quando comecei a fatoração."

"Foi uma boa tentativa, mas basta examinar as equações para concluir que são insolúveis sem tabelas químicas e um bom conhecimento de cálculo e química propriamente dita. Não há como resolver isso de outro modo. As concentrações químicas não são medidas em gramas ou miligramas, sabe, e sim em mols."

"Poderia resolver isso para mim?"

"Lamento, mas não posso. Fiz o possível, porém. Em termos práticos, não tenho uma resposta precisa. Mesmo um professor de matemática sofreria um bocado com isso."

"Hum", Henry disse, olhando para o papel em cima da mesa por cima do meu ombro. "Sou mais pesado que Bunny, sabe. Uns doze quilos. Faria alguma diferença?"

"Sim, mas a diferença não seria o suficiente para lhe dar alguma segurança, não com uma margem de erro potencial tão grande. Bem, se fosse trinta quilos mais gordo, então..."

"O veneno só faz efeito em vinte horas", ele disse. "Mesmo que eu tome uma dose muito grande, teria uma certa vantagem, um período para providências. Se preparasse um antídoto, por via das dúvidas..."

"Um antídoto?" falei, surpreso, recostando o corpo na poltrona. "E existe?"

"Atropina. Encontra-se no meimendro."

"Minha nossa, Henry. Se não morrer por causa do cogumelo, morrerá com isso."

"A atropina é relativamente segura em pequenas quantidades."

"Falam o mesmo sobre o arsênico, mas eu não experimentaria de modo algum."

"Provocam efeitos exatamente opostos. A atropina acelera o sistema nervoso, dispara o coração. As amatoxinas o deprimem."

"Desconfio dessa história de um veneno anular o outro."

"Mas acontece. Os persas, mestres do envenenamento, dizem que..."

Recordei-me dos livros no carro de Henry. "Os persas?", falei.

"Sim. De acordo com o grande..."

"Não sabia que você lia árabe."

"Não leio muito bem, mas são grandes autoridades no assunto, e os livros de que eu precisava não haviam sido traduzidos. Com ajuda de um dicionário, eu os consultei."

Pensei nos livros que vira, empoeirados, a encadernação gasta pelo tempo. "Quando estes livros foram escritos?"

"Por volta do século XV, creio."

Larguei o lápis. "Henry."

"O que foi?"

"Isso não se faz. Não pode confiar num texto tão antigo."

"Considero os persas mestres do envenenamento. Obtive os manuais, com instruções detalhadas dos procedimentos. Não conheço nada que se compare a eles."

"Envenenar alguém é muito diferente de curar."

"Os livros são utilizados há séculos. Não resta dúvida quanto a sua eficácia."

"Bem, respeito o conhecimento antigo tanto quanto você, mas não arriscaria a vida tomando um remédio da Idade Média."

"Suponho, então, que possa checar as informações em outras fontes", ele disse sem muita convicção.

"Assim espero. Trata-se de uma questão muito séria..."

"Muito obrigado", ele disse com suavidade. "Você ajudou muito." E retornou ao *Purgatório*. "Sabe, esta tradução não é das melhores", disse, folheando o livro ao acaso. "Singleton é melhor para quem não sabe italiano, bem literal, mas perde-se a *terza rima*, claro. Por isso, deve ler no original. Na poesia de qualidade a música flui mesmo quando não se conhece o idioma. Apaixonei-me por Dante antes mesmo de aprender a primeira palavra de italiano."

"Henry", falei em voz baixa, ansiosa.

Ele me encarou, irritado. "Qualquer coisa que eu faça será perigosa, entende?", ele disse.

"E não adiantará nada se você morrer."

"Quanto mais ouço falar da viagem à França, menos a morte me parece terrível", ele disse. "Você ajudou muito. Boa noite."

No início da tarde seguinte, Charles me visitou. "Nossa, como faz calor aqui", ele disse, tirando o casaco úmido, que pendurou nas costas de uma cadeira. Seu cabelo estava molhado, o rosto corado e radiante. Uma gota d'água tremia na ponta do nariz comprido e fino. Ele fungou e a limpou. "Não saia lá fora, em hipótese alguma", disse. "Está terrível. Diga uma coisa, sabe do paradeiro de Francis?"

Passei a mão no cabelo. Naquele dia, sexta-feira, não havia aula à tarde, eu não saíra do quarto o dia inteiro e quase não dormira na noite anterior. "Henry passou aqui ontem à noite", falei.

"Sério? O que ele queria? Ah, quase esqueci." Ele tirou do bolso do casaco um embrulho feito com guardanapos. "Trouxe-lhe um sanduíche, pois você não foi almoçar. Camilla disse que a encarregada do refeitório viu quando eu o peguei e fez uma marca preta no meu nome em uma lista."

Era de queijo cremoso e geleia, percebi sem precisar examinar de perto. Os gêmeos adoravam, o que não era bem o meu caso. Desembrulhei o sanduíche e o mordi no canto. Depois, sentei-me na frente da escrivaninha. "Andou conversando com Henry, recentemente?", falei.

"Só esta manhã. Ele me levou de carro até o banco."

Peguei o sanduíche e dei outra mordida. Não havia dormido, e meu cabelo cortado ainda jazia espalhado pelo chão, em tufos. "Ele por acaso", falei, "mencionou algo sobre..."

"Sobre o quê?"

"Sobre convidar Bunny para jantar daqui a uns quinze dias?"

"Ah, isso", Charles disse, deitado de costas na minha cama, enquanto ajeitava os travesseiros para a cabeça. "Pensei que já soubesse de tudo há tempos. Não é de hoje que ele pensa no assunto."

"E o que *você* acha?"

"Acho que ele vai ter um trabalhão para encontrar cogumelos em quantidade suficiente. Não vai dar nem dor de barriga. Não chegou a época. Na semana passada ele pediu ajuda a Francis e a mim, mas só encontramos um. Francis voltou excitado, dizendo: 'Minha nossa, olhem só os cogumelos que encontrei', mas quando olhamos no saco, só havia um punhado de bufas-de-lobo."

"Acredita que ele consiga a quantidade necessária?"

"Se esperar um pouco, com certeza. Você não tem cigarro, não é?"

"Não tenho."

"Pena que não fuma. Não sei por que se recusa. Era atleta na escola, ou algo assim?"

"Não."

"Bun diz que não fuma por isso. Um técnico de futebol o influenciou, quando era menino."

"Viu Bunny ultimamente?"

"Não muito. Ele passou em casa ontem à noite e não demorou para ir embora."

"Isso tudo não é só onda?", falei, encarando-o de perto. "Pretendem mesmo ir até o fim?"

"Prefiro ir para a cadeia a saber que Bunny vai pegar no meu pé pelo resto da vida. E tampouco gostaria de ir para a prisão, se quer mesmo saber. Sabe", ele disse, sentando na cama e curvando o corpo, como se sentisse dor de barriga, "como eu queria fumar um cigarro. Como é mesmo o nome daquela moça horrorosa que mora neste andar? Judy...?"

"Poovey", completei.

"Fale com ela, por favor. Peça um maço. Ela tem jeito de quem guarda um pacote inteiro na gaveta."

Esquentava. A neve suja manchou-se de chuva morna e derretia em alguns pontos, expondo a grama amarelada, limosa, que havia embaixo. Os pingentes de gelo estalavam e caíam como adagas dos beirais pontudos dos telhados.

"Poderíamos estar na América do Sul a esta altura", Camilla disse certa noite, quando tomávamos bourbon em xícaras de chá no meu quarto, ouvindo o barulho da chuva no telhado. "Engraçado, não acha?"

"Sim", falei, apesar de não ter sido convidado.

"Na época, resisti muito à ideia. Hoje penso que teria gostado de morar lá."

"Duvido muito."

Ela apoiou o queixo na mão fechada. "Ora, não pode ser tão ruim. Dormiríamos em redes. Aprenderíamos espanhol. Moraríamos numa casinha, criando galinhas no quintal."

"Teriam dor de barriga", falei. "Levariam um tiro."

"Posso imaginar coisas piores", ela disse, olhando de esguelha, de um jeito que me cortou o coração.

As folhas da janela tremeram com uma súbita rajada de vento.

"Sabe", falei, "ainda bem que você não foi."

Ela ignorou meu comentário e, olhando pela janela escura, bebeu mais um gole da xícara.

Estávamos na primeira semana de abril, uma época desagradável para todos. Bunny, que se mostrara relativamente calmo até então, ficou furioso com Henry, que se recusou a levá-lo de automóvel até Washington, D. C., para ver uma exposição de biplanos da Primeira Guerra Mundial no Smithsonian. Os gêmeos recebiam telefonemas diários de um certo B. Perry irado, de seu banco, e Henry de D. Wade, do dele. A mãe de Francis descobrira sua tentativa de retirar dinheiro do fundo de investimento, e a cada dia enviava uma carta preocupada. "Meu Deus", ele resmungou, quando abriu a última e a leu com repugnância.

"O que ela disse?"

"'Meu querido. Chris e eu estamos preocupados com você'", Francis leu com voz neutra. "'Embora eu não me considere uma autoridade na Juventude Atual, e embora você esteja passando talvez por algo que eu seja velha demais para compreender, sempre achei que poderia procurar Chris para resolver seus problemas.'"

"Chris tem problemas piores que os seus, pelo jeito", falei. O personagem que Chris interpretava em *Os Jovens Médicos* dormia com a esposa do irmão e se envolvera com uma quadrilha de tráfico de bebês.

"Aposto que Chris tem lá seus problemas. Aos vinte e seis anos, casado com a minha mãe, entende?" Ele leu: "'Odeio tocar neste assunto, e não diria nada se Chris não tivesse insistido, mas, querido, você sabe o quanto ele o ama, e como já viu este tipo de coisa antes, muitas vezes, no meio artístico, pode ajudar. Por isso, telefonei para o Betty Ford Center, querido, que tal? Eles prepararam um apartamento exclusivo para você, querido', por favor, deixe-me terminar", ele disse, quando comecei a rir. "'Sei que odeia a ideia, mas não precisa sentir vergonha, trata-se de uma doença, querido, foi o que me disseram quando estive lá, e agora sinto-me muito melhor, você nem imagina. Claro, não sei o que você anda tomando, querido, mas sejamos práticos, seja lá o que for, é caríssimo, e eu gostaria de ser muito sincera, preciso dizer que não podemos pagar, você sabe como é o seu avô, e temos os impostos da casa a pagar, e tantas outras coisas...'"

"Acho melhor você ir", falei.

"Está brincando? Fica em Palm Springs, ou algo do gênero, e além disso eles o prendem e obrigam a praticar aeróbica. Minha mãe vê televisão demais", ele disse, olhando novamente para a carta.

O telefone começou a tocar.

"Merda", ele disse, com uma voz cansada.

"Não atenda."

"Se eu não atender, ela é capaz de chamar a polícia", ele disse, apanhando o telefone no gancho.

Saí (Francis andava de um lado para o outro: "*Estranho? Como assim? O que quer dizer? Eu, falando de um jeito estranho?*") e caminhei até a agência do correio, onde encontrei, em minha caixa postal, uma surpresa. Julian, em um recado elegante, me convidava para almoçar no dia seguinte.

Julian, em ocasiões especiais, convidava a classe para almoçar; cozinhava muito bem; quando era jovem vivia na Europa, dos juros do fundo de investimento, e conquistou a reputação de ser também um excelente anfitrião. Esta foi, de fato, a base para conhecer tanta gente famosa em sua época. Osbert Sitwell, em suas memórias, cita as "sublimes festinhas" de Julian Morrow, e há referências similares em cartas de pessoas como Charles Laughton, a duquesa de Windsor e Gertrude Stein. Cyril Connolly, famoso como convidado difícil de contentar, disse a Harold Acton que Julian era o americano mais charmoso que já conhecera — um elogio dúbio, admito — e Sara Murphy, ela mesma uma anfitriã de destaque, certa vez escreveu-lhe pedindo a receita de *sole véronique*. Mas, apesar de saber que Julian com frequência convidava Henry para almoçar à *deux*, jamais recebera um convite para comer a sós com ele, e isso ao mesmo tempo me deixou orgulhoso e levemente preocupado. Naquele momento, qualquer coisa ligeiramente fora da rotina me parecia ameaçadora e, por mais que me sentisse lisonjeado, não pude deixar de pensar que ele tinha outro objetivo que não o prazer de minha companhia. Levei o convite para casa e o estudei. O estilo leve, indireto em que fora redigido pouco contribuiu para dissipar minha sensação de que havia algo por trás. Deixei um recado com a telefonista, confirmando minha presença para o dia seguinte, à uma hora.

"Julian não sabe nada do que aconteceu, certo?", perguntei a Henry quando o encontrei.

"Como? Claro que sabe", Henry disse, erguendo os olhos do livro.

"Ele sabe que vocês mataram o tal sujeito?"

"Não precisa falar tão alto", Henry disse mordaz, virando-se na poltrona. E depois, em voz baixa: "Ele foi informado do que pretendíamos fazer. E aprovou. No dia seguinte fomos de carro até sua casa de campo. Relatamos os acontecimentos. Ele ficou encantado".

"Contaram tudo a ele?"

"Bem, não vi razão para deixá-lo preocupado, se é isso que deseja saber", Henry disse, ajustando os óculos antes de voltar à leitura.

Julian, como de costume, preparou ele próprio o almoço, e comemos na mesa redonda em sua sala. Depois de semanas seguidas de nervosismo, conversas desagradáveis e péssima comida no refeitório, a perspectiva de uma refeição em sua companhia era imensamente animadora; ele era um companheiro encantador, e seus pratos, embora enganosamente simples, continham uma espécie de integridade augusta, um luxo que jamais deixava de satisfazer o convidado.

Comemos cordeiro assado, batatas, ervilhas com alho-poró e erva-doce; bebemos uma garrafa de Château Latour, encorpado e alucinadamente delicioso. Comi com um apetite que não sentia havia eras, quando notei que mais um prato surgira, num passe de mágica, perto do meu cotovelo. Cogumelos. Pálidos e esguios, do tipo que eu vira antes, borbulhando em um molho de vinho tinto que cheirava a coentro e arruda.

"Onde conseguiu isso?", perguntei.

"Ah. Você é muito observador", ele disse satisfeito. "Não são maravilhosos? Muito raros. Henry os trouxe para mim."

Tomei um gole rápido de vinho para ocultar minha decepção.

"Ele me disse... Posso?", perguntou, apontando para a travessa.

Passei-lhe a travessa, e ele pôs alguns em seu prato. "Obrigado", disse. "O que eu estava dizendo? Ah, claro. Henry me contou que este cogumelo, especificamente, era um dos pratos favoritos do imperador Cláudio. Interessante, quando se pensa na maneira como Cláudio morreu."

Eu me lembrava. Agripina incluiu um cogumelo venenoso em seu prato certa noite.

"São muito saborosos", Julian disse ao experimentar o primeiro. "Você saiu com Henry, em suas expedições de coleta?"

"Ainda não. Ele não me convidou."

"Devo confessar que nunca dei muita importância a cogumelos, mas, como todos os seus presentes, eles são divinos."

Entendi tudo de repente. Henry preparava o caminho com muita inteligência. "Foi a primeira vez que ele os trouxe?", perguntei.

"Claro. Eu obviamente não confiaria em qualquer um, em casos como este, mas Henry parece conhecer profundamente o assunto, o que me surpreende."

"Creio que ele conhece mesmo", falei, pensando nos cachorros envenenados.

"Um sujeito notável em tudo o que faz. Sabe plantar flores, consertar relógios como um relojoeiro, fazer somas gigantescas de cabeça. Mesmo quando se trata de algo simples, como um curativo no dedo, ele consegue um resultado superior ao dos outros." Julian serviu mais um copo de vinho. "Soube que os pais sofreram um grande desapontamento quando Henry resolveu concentrar-se exclusivamente nos clássicos. Discordo deles, claro, mas de certo modo é mesmo uma pena. Ele daria um ótimo médico, ou soldado, ou cientista."

Ri. "Ou um ótimo espião."

Julian riu também. "Vocês todos dariam excelentes espiões", disse. "Esgueirando-se nos cassinos, ouvindo conversas de chefes de Estado. Não quer mesmo experimentar os cogumelos? Estão sensacionais."

Bebi o resto do vinho. "Mas é claro", falei, estendendo o braço para apanhar a travessa.

Depois do almoço, quando os pratos já haviam sido levados e conversávamos sobre temais gerais, Julian perguntou, de supetão, se eu notara alguma peculiaridade em Bunny recentemente.

"Não notei nada de especial", disse, tomando um gole de chá, cuidadosamente.

Ele ergueu uma sobrancelha. "Não? Mas seu comportamento tem sido muito estranho. Henry e eu conversamos ontem mesmo sobre os modos bruscos e agressivos do rapaz."

"Creio que ele anda de mau humor."

Ele balançou a cabeça. "Não sei. Edmund é um sujeito simples. Jamais pensei que me surpreenderia com atos ou palavras dele e, no entanto, tivemos uma conversa muito bizarra há pouco tempo."

"Bizarra?", perguntei cauteloso.

"Talvez tenha apenas lido algo que o perturbou. Não sei. Preocupo-me com ele."

"Por quê?"

"Francamente, temo que esteja a ponto de se converter a alguma religião. Seria um desastre."

Aquilo me intrigou. "Realmente?"

"Já vi acontecer antes. E não consigo pensar em outra razão para seu súbito interesse pela ética. Não que Edmund seja um devasso, mas eu o considero um dos rapazes menos preocupados com a moral que já conheci. Surpreendi-me quando ele começou a indagar — com toda a seriedade — sobre conceitos nebulosos, do tipo Pecado e Perdão. Ele anda pensando em ir à igreja, posso antecipar. Talvez aquela moça tenha algo a ver com isso, não concorda?"

Ele se referia a Marion. Julian tinha o hábito de atribuir todos os defeitos de Bunny a ela, indiretamente — a preguiça, o mau humor, a falta de gosto. "Talvez", falei.

"Ela é católica?"

"Creio que seja presbiteriana", falei. Julian sentia um desprezo educado, porém implacável, pela tradição judaico-cristã em todas as suas manifestações. Ele negava isso quando indagado, citando evasivamente sua afeição por Dante e Giotto, mas qualquer demonstração aberta de religiosidade detonava o alarme pagão; eu acreditava que ele, como Plínio, com quem se parecia em vários aspectos, considerava o cristianismo um culto degenerado, levado a extremos extravagantes.

"Presbiteriana, é?", ele disse, desanimado.

"Creio que sim."

"Bem, independente do que se pensa do catolicismo romano, trata-se de um poderoso inimigo. Aceitaria uma conversão a ele com resignação. Mas sofreria uma decepção profunda se o perdesse para os presbiterianos."

Na primeira semana de abril o clima transformou-se repentinamente, tornando-se delicioso, embora fora de época. O céu ficou azul, o ar quente e sem vento, o sol banhava o solo barrento com a impaciência doce de junho. Na beirada da floresta as árvores mais jovens amarelaram, e surgiram os primeiros brotos das folhas novas; os pica-paus bicavam os galhos e eu, deitado na cama de janela aberta, ouvia o barulho borbulhante da neve derretida a escorrer pela sarjeta a noite inteira.

Na segunda semana de abril todos aguardavam ansiosos para saber se o tempo continuaria bom. Foi o que ocorreu, com serena firmeza. Jacintos floresceram nos canteiros, violetas e pervincas nos prados; borboletas brancas, úmidas, revoavam embriagadas pelas sebes. Deixei de lado o capote de inverno e as galochas, e saí para passear em mangas de camisa, quase leve de contentamento.

"Isso não vai durar", Henry disse.

Na terceira semana de abril a grama ficou verde e as macieiras floriram descuidadas. Certa noite de sexta-feira eu lia em meu quarto, de janelas abertas, sentindo a brisa fresca revirando os papéis em minha mesa. Realizavam uma festa na outra ponta do gramado, o riso e a música flutuavam no ar noturno. Passava da meia-noite. Eu cochilava, adormecera sobre o livro, quando alguém gritou meu nome lá fora.

Acordei assustado e sentei-me bem a tempo de ver um pé de sapato de Bunny entrar voando pela janela aberta. Caiu no chão provocando um baque surdo. Num pulo, cheguei até o peitoril. Lá em baixo vi sua figura cambaleante, descabelada, tentando manter-se em pé segurando num pequeno tronco de árvore.

"Qual é o problema com você, caramba?"

Ele não respondeu, apenas ergueu a mão livre, num gesto meio de despedida, meio de saudação, e desapareceu no escuro. A porta dos fundos bateu, e minutos depois ele esmurrava a porta do meu quarto.

Assim que abri ele entrou mancando, só com um pé de sapato, deixando atrás de si uma trilha barrenta de pegadas macabras, desiguais. Os óculos estavam tortos e ele cheirava a uísque. "Dickie, meu caro", ele resmungou.

A explosão debaixo da minha janela aparentemente o esgotou, deixando-o estranhamente ensimesmado. Tirou a meia suja de terra e a jogou longe, descuidado. Caiu em cima da minha cama.

Aos poucos, consegui arrancar dele um relato sobre os eventos daquela noite. Os gêmeos o tinham convidado para jantar, e depois para a ir a um bar no centro tomar uns drinques; em seguida, ele passara na festa do gramado, sozinho, onde um holandês tentou convencê-lo a fumar maconha e uma caloura ofereceu tequila tirada da garrafa térmica. ("Um docinho de garota. Meio zumbi, contudo. Usava tamanco, acredita? E uma camiseta manchada. Não aguento isso. 'Menina', falei, 'você é tão bonita, como consegue andar por aí desse jeito?'") Depois, abruptamente, ele interrompeu a narrativa e saiu correndo — deixou a porta do quarto aberta, e escutei o som alto, forte, de alguém vomitando.

Bunny demorou muito para voltar. Quando retornou, cheirava mal e tinha o rosto molhado, muito pálido; mas parecia recomposto. "Uau", disse, desabando na poltrona, enquanto limpava a testa com um pano vermelho. "Deve ter sido algo que comi."

"Conseguiu chegar ao banheiro?", perguntei, incerto. Achei que poderia ter vomitado perto da minha porta.

"Não", ele respondeu ofegando pesadamente. "Despejei tudo no armário das vassouras. Pegue um copo d'água, por favor."

No corredor a porta do armário de serviço encontrava-se parcialmente aberta, permitindo a visão parcial do horror lá dentro. Passei por ela correndo a caminho da cozinha.

Bunny me encarou com a vista embaçada quando voltei. Sua expressão se alterara inteiramente e algo em seu rosto provocou meu desconforto. Dei-lhe a água, e ele bebeu um gole rápido, ávido.

"Não tão depressa", falei.

Ele não me deu atenção e tomou o resto de uma só vez, depois deixou o copo sobre a mesa, com a mão trêmula. Gotículas de suor surgiram em sua testa.

"Ai, meu Deus", ele disse. "Minha nossa."

Inquieto, aproximei-me da cama e sentei, tentando pensar num assunto inócuo, mas antes que eu pudesse dizer qualquer coisa, ele falou.

"Não aguento mais", resmungou. "Não posso. Meu Deus do céu."
Permaneci em silêncio.
Trêmulo, ele passou a mão na testa. "Você nem sabe de que diabos estou falando, não é?", disse, num tom estranho, desagradável.
Agitado, cruzei as pernas. Previa aquele momento, eu o temia havia meses. Senti um impulso de sair correndo do quarto, deixá-lo ali sentado, mas ele enterrou o rosto nas mãos.
"Tudo verdade", resmungou. "Tudo verdade. Juro por Deus. Ninguém sabe, só eu."
Absurdamente, eu torcia para que fosse um alarme falso. Talvez tivesse brigado com Marion. Talvez o pai tivesse morrido de ataque do coração. Continuei sentado, imóvel.
Ele desceu as palmas pelo rosto, como se o limpasse de água, e olhou para mim. "Você não faz ideia", disse. Seus olhos avermelhados brilhavam medonhos. "Cara, você não faz a menor ideia, porra."
Levantei-me, incapaz de suportar a cena, e percorri o quarto com os olhos, distraidamente. "Bem", falei, "você não quer uma aspirina? Ia perguntar antes. Se tomar duas agora, não se sentirá tão mal..."
"Acha que fiquei louco, não acha?", Bunny disse abruptamente.
De certo modo, eu antecipara que seria assim, nós dois sozinhos, Bunny bêbado, no meio da noite... "Que nada", falei. "Você só precisa de um pouco..."
"Você pensa que sou um lunático. Doido de pedra. *Ninguém me dá ouvidos*", disse, erguendo a voz.
Entrei em pânico. "Acalme-se", falei. "Eu estou ouvindo tudo."
"Ah, é? Então escute isso."

Passava das três da manhã quando ele terminou de falar. A história que contou era confusa, coisa de bêbado, fora de sequência e cheia de digressões maldosas, moralistas; mas não tive dificuldade em compreender tudo. Já a escutara antes. Ficamos ali sentados, quietos, por algum tempo. A lâmpada sobre a mesa me ofuscava a vista. A festa lá fora corria solta, e um rap baixo, porém insistente, rolava ao longe.
Bunny respirava sofregamente, asmático. A cabeça pendeu sobre o peito,

mas ele acordou com um tranco. "O que foi?", disse, confuso, como se alguém gritasse em sua orelha, por trás. "Ah, é."

Não falei nada.

"O que acha da história, hem?"

Não fui capaz de responder. Esperava, no fundo, que ele tivesse esquecido tudo.

"Coisa horrorosa. Os fatos são mais estranhos que a ficção, meu caro. Não é bem assim. Como é mesmo?"

"A realidade supera a ficção", falei automaticamente. Felizmente, pensei, eu não precisava me esforçar para parecer abalado ou surpreso. Quase vomitei, de tão incomodado.

"A gente aprende com isso", Bunny disse com voz empastada, "que pode ser qualquer um, até seu vizinho. A gente nunca sabe."

Cobri o rosto com as mãos.

"Pode contar a quem quiser", Bunny disse. "Conte ao prefeito, porra. Nem ligo. Mande todos eles para aquela mistura de correio e cadeia, no fórum. Ele acha que é muito esperto", resmungou. "Sabe, se não estivéssemos em Vermont, ele não dormiria tão bem à noite, posso apostar. Sabe, meu pai é o melhor amigo do comissário de polícia de Hartford. Se ele descobrir algo a respeito, minha nossa. Papai e ele fizeram o colégio juntos. Eu costumava sair com a filha dele, na décima série..." Sua cabeça caiu, mas ele se recuperou. "Meu Deus", disse, quase caindo da poltrona.

Eu o encarei.

"Me passa o sapato, por favor."

Entreguei-lhe o pé que faltava e a meia. Ele os olhou por um momento, depois os enfiou no bolso do blazer. "Cuidado com as pulgas", falou, e foi embora, deixando a porta do quarto aberta atrás de si. Ouvi seu andar vacilante enquanto mancava até o final da escada.

Os objetos do quarto pareciam inchar e diminuir a cada batida de meu coração. Terrivelmente entorpecido, sentei-me na cama, com o cotovelo no parapeito da janela, e tentei pôr as ideias em ordem. O rap diabólico flutuava do prédio em frente, de cujo telhado um par de sujeitos agachados, escondidos nas sombras, atirava latas de cerveja em cima de um bando de hippies desconsolados, reunidos em torno de uma fogueira acesa dentro da lata de lixo, tentando fumar um baseado. Uma lata de cerveja voou do telhado, depois outra, que acertou um deles na cabeça com um som fraco. Risos, gritos indignados.

Eu acompanhava as centelhas que saíam da lata de lixo quando um pensamento repentino me apavorou. Por que Bunny viera até meu quarto em vez de procurar Cloke ou Marion? Ao olhar para as janelas, a resposta era tão óbvia que me arrepiou. Pois meu quarto era o mais próximo, apenas. Marion morava na Roxburgh, na outra extremidade do campus, e Cloke no lado mais afastado de Durbinstall. Nenhum dos locais se mostrava com tanta facilidade a um bêbado cambaleando na noite. Monmouth, em compensação, encontrava-se a uns dez metros, e meu quarto, facilmente visível graças à janela iluminada, deve ter iluminado seu caminho como um farol.

Suponho que seria interessante declarar a esta altura que eu me sentia dividido, de certa maneira em dúvida quanto às implicações morais de cada uma das opções disponíveis. Mas não me lembro de ter sentido nada do gênero. Calcei os tênis e desci para telefonar a Henry.

O telefone público de Monmouth ficava no corredor, perto da porta dos fundos, exposto demais para meu gosto, de modo que caminhei até o prédio de Ciências, os tênis pesados na grama molhada, e descobri uma cabine isolada no terceiro andar, perto do laboratório de química.

O telefone deve ter tocado umas cem vezes. Ninguém atendeu. Finalmente, exasperado, desliguei e telefonei para os gêmeos. Depois de oito toques, para meu alívio, Charles disse alô, sonolento.

"Oi sou eu", falei rapidamente. "Aconteceu uma coisa."

"O quê?", ele perguntou, repentinamente alerta. Ouvi o barulho da cama quando ele sentou.

"Ele me contou. Acabou de contar."

Seguiu-se um longo silêncio.

"Alô?", falei.

"Ligue para Henry", Charles disse abruptamente. "Desligue e telefone para ele imediatamente."

"Já tentei. Ele não atende."

Charles praguejou em voz baixa. "Preciso pensar", disse. "Droga. Pode vir até aqui?"

"Claro. Agora?"

"Vou passar na casa de Henry, ver se ele atende quando eu bater na porta. Creio que já estarei de volta quando você chegar. Tudo bem?"

"Tudo bem", falei, mas ele já havia desligado.

Quando cheguei lá, vinte minutos depois, encontrei Charles voltando da casa de Henry, sozinho.

"Não deu sorte?"

"Não", ele disse, ofegante. O cabelo estava desgrenhado, e ele usava uma capa de chuva por cima do pijama.

"O que faremos?"

"Não sei. Suba. Pensaremos em algo."

Mal tiramos nossos agasalhos e a luz no quarto de Camilla se acendeu. Ela surgiu à porta, piscando, o rosto afogueado. "Charles? O que *você* está fazendo aqui?", disse quando me viu.

De um modo um tanto incoerente, Charles explicou os fatos. Sonolenta, ela protegeu os olhos da luz com o antebraço e o escutou atenta. Usava camisola de dormir masculina, grande demais para ela, e quando dei por mim, mantinha os olhos fixos em suas pernas — pernas morenas, tornozelo esguio, pés adoráveis, de menino, com solas empoeiradas.

"Ele está em casa?", perguntou.

"Calculo que sim."

"Tem certeza?"

"Onde mais poderia estar às três da manhã?"

"Aguarde um segundo", ela disse, pegando o telefone. "Gostaria de tentar uma coisa." Ela discou, esperou um momento e desligou. Em seguida, recomeçou a discar.

"O que está fazendo?"

"É um código", ela disse, prendendo o fone entre o ombro e a orelha. "Dois toques, desligue, ligue de novo."

"*Um código?*"

"Sim. Ele me ensinou, uma vez. Oi. Alô, Henry", ela disse de repente, sentando-se.

Charles olhou para mim.

"Puxa vida", ele disse em voz baixa. "Acho que ele estava acordado o tempo inteiro."

"Sim", Camilla disse. Olhava para o chão, balançando o pé cruzado ritmadamente. "Tudo bem. Direi isso a eles."

Ela desligou. "Henry pediu que você passasse por lá, Richard", disse. "Deve sair agora. Ele o espera. Por que estão me olhando desse jeito?", perguntou a Charles.

"Um código, é?"

"E o que tem isso de mais?"

"Você nunca me contou."

"Bobagem. Nunca me ocorreu."

"E por que você e Henry precisam de um código secreto?"

"Não é secreto."

"Então por que não me contou?"

"Charles, não banque o infantil."

Henry — acordadíssimo, nenhuma explicação — esperava por mim na porta, de roupão. Segui-o até a cozinha, onde ele serviu um café e me fez sentar. "Agora", disse, "conte tudo o que aconteceu."

Foi o que fiz. Sentado do outro lado da mesa, fumando um cigarro após outro, ele mantinha os olhos azuis-escuros fixos em mim. Interrompeu o relato em uma ou duas ocasiões, querendo esclarecimentos. Pediu-me que repetisse determinadas passagens. Cansado demais, eu me atrapalhei um pouco, mas Henry mostrou-se paciente com minhas digressões.

Quando terminei, o sol brilhava e os passarinhos cantavam. Via pontos luminosos na frente do rosto. Uma brisa fria, úmida, remexia as cortinas. Henry apagou a luz e foi para o fogão, onde preparou mecanicamente ovos com bacon. Meus olhos acompanharam seus movimentos em pés descalços na cozinha ainda escura na madrugada.

Enquanto comíamos, eu o examinei curioso. Estava pálido, com expressão cansada e preocupada, embora nada indicasse sua linha de pensamento.

"Henry", falei.

Ele se assustou. Era a primeira palavra dita por um de nós em meia hora ou mais.

"Em que está pensando?"

"Nada."

"Ainda pretende envenená-lo?"

Ele ergueu a vista em um lampejo de raiva que me surpreendeu. "Não diga absurdos", ele fuzilou. "Gostaria que se calasse por um minuto e me deixasse pensar."

Encarei-o. Ele se levantou abruptamente para encher sua xícara de café. Permaneceu de costas para mim por algum tempo, as mãos apoiadas no balcão. Depois virou-se.

"Lamento", disse desolado. "Mas não é nada agradável ver em retrospectiva que todo o esforço e concentração dedicados a uma ideia foram desperdiçados, pois ela era completamente ridícula. Cogumelos envenenados. Parece coisa de sir Walter Scott."

Fui pego de surpresa. "Mas eu pensei que fosse uma boa ideia", falei.

Ele esfregou os olhos com o polegar e o indicador. "Boa demais", disse. "Suponho que alguém, acostumado a trabalhar demais com a mente, quando se defronta com a necessidade de agir de modo direto, desenvolve a tendência de complicar, de tornar tudo exageradamente astuto. No papel, a ideia apresenta um certo equilíbrio. Na hora de aplicá-la, contudo, percebo o quanto é terrivelmente complicada."

"Qual seria o problema?"

Ele ajustou os óculos. "O veneno é excessivamente lento."

"Pensei que quisesses isso."

"Existe uma dúzia de problemas no plano. Alguns você identificou. O controle da dose apresenta sérios riscos, mas o tempo, em minha opinião, é o grande empecilho. No que me diz respeito, quanto mais demorar, melhor. Mesmo assim... Uma pessoa pode fazer um monte de coisas em doze horas." Ele ficou quieto por um momento. "Não que eu tenha deixado passar este aspecto, desde o início. A ideia de matá-lo era tão repulsiva que só consegui pensar nela como num problema de xadrez. Num jogo. Não faz ideia do quanto eu pensei no assunto. Pensei até na força do veneno. Dizem que faz a garganta inchar, sabia? A vítima fica muda, incapaz de denunciar quem a envenenou." Ele suspirou. "Eu me iludi muito facilmente com os Medici, os Borgia, com suas rosas e anéis envenenados... É possível fazer isso, sabia? Envenenar uma rosa e dá-la de presente. A dama arranha o dedo e cai morta.

Sei preparar uma vela capaz de matar se for acesa em ambiente fechado. Ou envenenar um travesseiro, um livro de orações..."

Falei: "E quanto a pílulas para dormir?".

Ele olhou para mim, irritado.

"É sério. As pessoas morrem por causa delas aos montes."

"E onde conseguiremos pílulas para dormir?"

"Estamos em Hampden College. Se precisarmos de alguma droga, será fácil consegui-la."

Trocamos olhares.

"E como o obrigaríamos a ingeri-las?"

"Dizendo que é Tylenol."

"E como o convenceríamos a tomar nove ou dez comprimidos de Tylenol?"

"Poderíamos esmagar tudo e misturar com o uísque."

"Acha que Bunny tomaria um uísque cheio de pó branco no fundo do copo?"

"Pode ser, a probabilidade de ele comer um prato de cogumelos venenosos é a mesma."

Durante um longo período de silêncio, no qual um passarinho cantou animado do lado de fora da janela, Henry manteve os olhos fechados, esfregando as têmporas com as pontas dos dedos.

"O que pretende fazer?", perguntei.

"Acho que vou sair e tomar certas providências", ele disse. "Você deve ir para casa dormir."

"Tem algum plano?"

"Não. Quero, porém, checar uma possibilidade. Eu o levaria de carro até a escola, mas não creio que seja uma boa ideia circular a seu lado neste exato momento." Ele revirou os bolsos do roupão de banho, tirando de lá fósforos, penas de caneta e a caixa azul esmaltada com suas pílulas. Finalmente encontrou duas moedas, que colocou sobre a mesa. "Passe numa banca e compre o jornal de hoje no caminho de sua casa."

"Por quê?"

"Para o caso de alguém estranhar sua presença na rua a esta hora da manhã. Pode ser que a gente precise conversar esta noite. Se eu não o encontrar, deixarei um recado dizendo que o dr. Springfield ligou. Não entre em contato comigo antes disso, exceto se for absolutamente necessário."

"Claro."

"Vejo você mais tarde, então", ele disse, saindo da cozinha. Ao chegar à porta, deu meia-volta e olhou para mim. "Nunca me esquecerei disso, sabe", ele disse, como se fosse algo banal.

"Não é nada."

"É tudo, e você tem consciência disso."

"Você já me fez alguns favores também", falei, mas ele já se afastara, sem me escutar. Ou, pelo menos, não respondeu.

Comprei o jornal numa lojinha na mesma rua e caminhei de volta para a faculdade pela floresta verdejante, úmida, afastado da trilha principal, subindo nas pedras maiores e pulando os troncos caídos que ocasionalmente bloqueavam meu caminho.

Quando cheguei ao campus ainda era cedo. Entrei pela porta dos fundos de Monmouth e, parando no alto da escada, surpreendi-me ao ver a supervisora da casa e um bando de moças em trajes caseiros, reunidas em volta do armário das vassouras e falando em tons variados de aguda indignação. Quando tentei passar por elas, Judy Poovey, de quimono preto, agarrou meu braço. "Ei", ela disse, "alguém vomitou aí dentro."

"Foi um dos malditos calouros", disse uma garota atrás de mim. "Eles bebem até cair e sobem até o andar dos veteranos para vomitar."

"Bem, não sei quem fez isso", a supervisora falou, "mas jantou espaguete, seja lá quem for."

"Hum."

"Significa que não comeu no refeitório ontem."

Eu forcei a passagem por elas e entrei em meu quarto, fechando a porta. Caí na cama e peguei no sono quase imediatamente.

Dormi o dia inteiro, com a cara enfiada no travesseiro, em um confortável sono dos mortos, apenas remotamente incomodado pelo toque frio da realidade — conversas, passos, portas batidas — que se insinuava espasmódica nas águas mornas e escuras do sonho. O dia transformou-se em noite, e continuei dormindo, até que finalmente o ruído rouco da descarga na privada me fez virar de costas e acordar.

A festa de sábado à noite já se iniciara, na vizinha Putnam House. Portanto, o jantar se encerrara, a lanchonete estava fechada e eu havia dormido pelo menos catorze horas. A residência estava deserta. Levantei-me, fiz a barba e tomei um banho quente. Vesti o roupão, comi uma maçã que encontrei na cozinha e desci descalço, para ver se havia recados para mim ao lado do telefone.

Encontrei três. Bunny Corcoran, às quinze para as seis. Minha mãe, da Califórnia, às oito e quarenta e cinco. E o dr. H. Springfield, médico, dizendo que me atenderia assim que fosse conveniente para mim.

Estava faminto. Quando cheguei ao apartamento de Henry, deleitei-me com a visão de Charles e Francis comendo os restos de um frango frio com salada.

Henry aparentemente não dormira desde que eu o vira pela última vez. Usava um velho paletó de tweed com remendo nos cotovelos, e havia manchas de grama nos joelhos das calças. Usava polainas cáqui por cima dos sapatos enlameados. "Os pratos ficam no armário lateral, caso tenha fome", ele disse, puxando uma cadeira, onde largou pesadamente o corpo como um velho fazendeiro ao retornar da lavoura.

"Onde esteve?"

"Falaremos nisso depois do jantar."

"Onde está Camilla?"

Charles começou a rir.

Francis largou a coxa do frango. "Tinha um programa", ele disse.

"Está brincando. Com quem?"

"Cloke Rayburn."

"Foram à festa", Charles disse. "Ele a levou para tomar um drinque antes e tudo mais."

"Marion e Bunny foram com eles", Francis disse. "Ideia de Henry. Esta noite ela vai ficar de olho naquele sujeito."

"Aquele sujeito deixou um recado para mim esta tarde", falei.

"Aquele sujeito andou aprontando o dia inteiro", Charles disse, cortando uma fatia de pão.

"Agora não, por favor", Henry disse com voz cansada.

Depois que os pratos foram removidos, Henry pôs os cotovelos sobre a mesa e acendeu um cigarro. Precisava barbear-se e havia círculos negros sob seus olhos.

"Mas qual é o plano?", Francis disse.

Henry jogou o fósforo no cinzeiro. "Neste final de semana", ele disse. "Amanhã."

Parei com a xícara de café a meio caminho dos lábios e encarei-o.

"Ai, meu Deus", Charles falou desconcertado. "Assim tão rápido?"

"Não aguento esperar mais."

"Como? O que podemos fazer a curto prazo?"

"Também não gosto disso, mas se esperarmos mais tempo, talvez não tenhamos outra oportunidade até o próximo final de semana. Neste caso, pode ser que não haja outra chance, nunca mais."

Fizemos silêncio por um momento.

"Isso é real?", Charles perguntou, incerto. "Quero dizer, definitivo?"

"Nada é definitivo", Henry disse. "As circunstâncias não estarão inteiramente sob nosso controle. Mas quero que todos estejam preparados caso surja a oportunidade."

"Para mim, isso soa meio vago", Francis disse.

"E é. Não pode ser de outro modo, infelizmente, pois Bunny fará a maior parte do serviço."

"Como assim?", Charles disse, reclinando-se na cadeira.

"Um acidente. Durante uma caminhada, para ser exato." Henry fez uma pausa. "Amanhã é domingo."

"Sim."

"Portanto, se o tempo estiver firme, Bunny sairá para dar um passeio a pé, com toda a certeza."

"Nem sempre ele sai", Charles disse.

"Digamos que saia. Temos uma boa ideia de seu itinerário."

"Mas ele varia", falei. Já havia acompanhado Bunny em diversos passeios assim no semestre anterior. Costumava pular cercas, cruzar riachos, fazer desvios inesperados.

"Sim, é claro, mas temos uma ideia aproximada", Henry disse. Ele tirou um pedaço de papel do bolso e o estendeu sobre a mesa. Ao me debruçar, vi que se tratava de um mapa. "Ele sai pela porta dos fundos da casa, contorna as quadras de tênis, e quando chega à floresta não segue para North Hampden, e sim para o Leste, no rumo do monte Cataract. Mata fechada, pouca gente caminha por ali. Continua até cruzar a trilha dos cervos — sabe a qual me refiro, Richard, aquela marcada por pedras brancas — e vira para o Sudeste. Ela continua por cerca de um quilômetro, depois se bifurca..."

"Mas poderá perdê-lo, se esperar ali", falei. "Já andei com ele por esse caminho. Pode tanto seguir para o Leste quanto continuar em direção ao Sul."

"Bem, talvez já o tenhamos perdido neste ponto", Henry disse. "Sei que pode ignorar a trilha completamente e seguir para o Leste até chegar à rodovia. Mas conto que não o fará desta vez. O tempo está bom — evitará um roteiro fácil demais."

"Mas e a segunda bifurcação? Não pode saber para onde ele irá a partir dali."

"Nem será preciso. Recorda-se onde passa? No desfiladeiro."

"Ah", Francis disse.

Seguiu-se um longo silêncio.

"Agora prestem atenção", Henry disse, tirando o lápis do bolso. "Ele virá da escola, ao sul. Podemos evitar sua rota inteiramente, entrando pela autoestrada 6, a oeste."

"Vamos de carro?"

"Sim, na primeira parte. Pouco depois do ferro-velho, antes do acesso para Battenkill, há uma estrada de terra. Pensei que fosse particular, e neste caso não poderíamos utilizá-la, mas passei na prefeitura esta tarde e descobri que é um antigo caminho de lenhadores. Acaba em uma clareira no meio da floresta. Mas nos levará diretamente ao desfiladeiro, que fica a uns quatrocentos metros dali. Podemos caminhar esse trecho final."

"E quando chegarmos lá?"

"Esperaremos. Fiz o trajeto de Bunny até o desfiladeiro duas vezes esta tarde, ida e volta, e cronometrei o percurso. Gastará pelo menos meia hora desde a saída do quarto. Isso nos dará tempo mais que suficiente para dar a volta e surpreendê-lo."

"E se ele não aparecer?"

"Bem, se ele não aparecer, perderemos tempo, apenas."

"E se um de nós o acompanhar?"

Ele balançou a cabeça. "Já pensei nisso", disse. "Não é uma boa ideia. Se ele seguir para a emboscada sozinho — por vontade própria —, ninguém terá motivos para nos ligar ao caso."

"Se isso, se aquilo", Francis disse amargurado. "Essa história me parece muito vaga."

"Queremos algo vago."

"Não vejo nada de errado no primeiro plano."

"O primeiro plano é estilizado demais. O planejamento é fundamental em todas as fases."

"Mas o planejamento é melhor do que o acaso."

Henry alisou o mapa amarrotado em cima da mesa com a palma da mão. "Engana-se", ele disse. "Se tentarmos organizar os eventos meticulosamente e chegar a um ponto X por uma sequência lógica, é óbvio que, pela lógica, alguém poderá partir do ponto X e chegar a nós. Para uma pessoa perspicaz, a razão é sempre evidente. Mas o acaso? É invisível, errático, angelical. O que poderia ser melhor, em nosso ponto de vista, do que permitir que Bunny escolha as circunstâncias de sua própria morte?"

Estava tudo quieto. Lá fora, os grilos cantavam em rítmica monotonia, incômodos.

Francis — o rosto úmido e muito pálido — mordeu o lábio inferior. "Quero ver se entendi direito. Esperamos por ele no desfiladeiro e torcemos para que passe por lá. Se ele passar, basta empurrá-lo — em plena luz do dia — e voltar para casa. Acertei?"

"Mais ou menos", Henry disse.

"E se ele não for sozinho? E se alguém passar por ali naquela hora?"

"Não é crime passear na floresta numa tarde de primavera", Henry disse. "Podemos desistir até o momento em que ele se aproximar da beirada. E empurrá-lo só demorará um minuto. Se encontrarmos alguém no caminho de volta para o carro — acho improvável, porém possível —, podemos dizer que houve um acidente e que íamos pedir auxílio."

"Mas e se alguém nos vir?"

"Creio que isso é extremamente improvável", Henry disse, largando um cubo de açúcar no café, que respingou.

"Mas é possível."

"Qualquer coisa é possível, mas as probabilidades trabalharão a nosso favor neste caso", Henry disse. "Quais são as chances de que uma pessoa, sem que a vejamos antes, passe por aquele lugar isolado exatamente durante a fração de segundo exigida para empurrá-lo?"

"Pode acontecer."

"Qualquer coisa *pode* acontecer, Francis. Ele *pode* ser atropelado por um carro esta noite e nos poupar todo esse esforço."

Uma brisa leve, úmida, com cheiro de chuva e flores de macieira soprou pela janela. Comecei a suar, sem me dar conta, e o vento em minha face fez com que eu me sentisse pegajoso, tonto.

Charles pigarreou e todos olhamos para ele.

"Vocês sabem se...", ele disse. "Quero dizer, será que a altura é suficiente? E se ele..."

"Passei lá hoje com uma trena", Henry disse. "O ponto mais alto tem vinte metros, e isso basta. A parte mais difícil é fazer com que ele vá até lá. Se ele cair de um ponto mais baixo, talvez só quebre a perna. Claro, muita coisa depende da queda em si. Cair de costas é melhor do que de frente para nosso objetivo."

"Mas tem gente que cai de um avião e não morre", Francis disse. "E se a queda não o matar?"

Henry tirou os óculos para esfregar o olho. "Bem, como sabem, há um riacho no fundo do desfiladeiro. Não é profundo, mas basta. A queda vai abalá-lo, sem dúvida. Temos de arrastá-lo até lá e segurar seu rosto debaixo d'água por algum tempo — poucos minutos bastam. Se ele estiver consciente, podemos levá-lo até o alto de novo..."

Charles passou a mão pela testa úmida, corada. "Meu Deus", ele disse. "Sabem o que estamos dizendo?"

"Qual é o problema?"

"Enlouquecemos, por acaso?"

"Do que está falando?"

"Enlouquecemos. Perdemos a cabeça. Como podemos pensar *nisso*?"

"Não gosto da ideia, tanto quanto você."

"Isso é loucura. Nem sei como conseguimos falar no assunto. Precisamos pensar em outra coisa."

Henry tomou um gole de café. "Se é capaz de pensar em outra coisa", ele disse, "pode falar. Sou todo ouvidos."

"Bem... por que não podemos simplesmente fugir? Pegar o carro esta noite e ir embora?"

"Para onde?", Henry disse insípido. "Com que dinheiro?"

Charles calou-se.

"Muito bem", Henry disse, traçando uma linha no mapa com o lápis. "Creio que será muito fácil sair de lá sem que nos vejam, embora a passagem da estradinha para a rodovia exija um certo cuidado."

"Usaremos o meu carro ou o seu?", Francis perguntou.

"O meu, creio. As pessoas costumam notar carros como o seu."

"Talvez seja melhor alugar um carro."

"Não. Uma atitude assim pode arruinar tudo. Se agirmos do modo mais natural possível, ninguém prestará atenção em nós. As pessoas não prestam atenção em noventa por cento do que veem."

Seguiu-se uma pausa.

Charles tossiu de leve. "E depois?", disse. "Voltamos para casa, e pronto?"

"Voltamos para casa", Henry repetiu, acendendo um cigarro. "Realmente, não precisamos nos preocupar", disse, apagando o fósforo. "Parece arriscado, mas se examinarmos o problema logicamente, não poderia ser mais seguro. Não terá aparência de assassinato, de modo algum. E quem sabe que temos um motivo para matá-lo? Eu sei, eu sei", ele disse impaciente, quando tentei interrompê-lo. "Mas eu ficaria extremamente surpreso se soubesse que ele contou para mais alguém."

"Como pode saber o que ele pretende fazer? Pode contar para todo mundo naquela festa."

"Mas eu estou disposto a apostar que ele não o fará. Bunny é imprevisível, claro, mas a esta altura suas ações ainda fazem algum sentido rudimentar. Tinha boas razões para contar a você primeiro, por exemplo."

"E quais seriam?"

"Não pensa que, de todas as pessoas, ele tenha escolhido você ao acaso para contar tudo, não é?"

"Não sei. Eu estava mais disponível do que os outros."

"A quem mais ele poderia contar?", Henry disse impaciente. "Não procurou a polícia logo de cara. Perderia tanto quanto nós, se o fizesse. E, pela mesma razão, não ousaria contar nada a um estranho. O que o deixa com um leque extremamente restrito de opções em termos de confidentes em potencial. Marion, para começar. Seus pais, em seguida. Cloke, em terceiro lugar. E Julian, como possibilidade remota. E você."

"E quem lhe garante que ele não falou com Marion, por exemplo?"

"Bunny pode ser estúpido, mas não a esse ponto. A faculdade inteira saberia no dia seguinte. Cloke seria uma escolha ruim por outros motivos. Não perderia a cabeça, mas não é digno de confiança, mesmo assim. Irresponsável, nervoso. E muito concentrado em seus próprios interesses. Bunny gosta dele — chega a admirá-lo até —, mas nunca o procuraria com uma história dessas. E não teria coragem de contar aos pais, nem em um milhão de anos. Eles o apoiariam sem dúvida, mas primeiro chamariam a polícia."

"E Julian?"

Henry deu de ombros. "Bem, ele poderia contar a Julian. Isso eu admito perfeitamente. Mas ainda não contou, e creio que as chances de que fale, por enquanto, são diminutas."

"Por quê?"

Henry franziu a testa para mim. "Em quem você acha que Julian acreditaria?"

Ninguém falou nada. Henry tragou o cigarro com força. "Então", disse, soltando a fumaça. "Por um processo de eliminação. Ele não falou com Marion nem com Cloke, por medo de que eles contassem a outras pessoas. Não disse nada aos pais pelo mesmo motivo, e provavelmente não o fará, a não ser como último recurso. Quais as possibilidades que lhe restam? Só duas. Poderia falar com Julian — que não acreditaria nele — ou com você, que acreditaria mas não contaria a mais ninguém."

Eu o encarei. "Pura conjetura", falei depois de algum tempo.

"Nada disso. Pensa, por acaso, que se ele tivesse contado a mais alguém, estaríamos sentados aqui agora? E acha que agora, depois de ter contado a você, seria precipitado a ponto de espalhar a história antes de conhecer sua reação? Por que supõe que ele lhe telefonou esta tarde? Por que supõe que ele atormentou o resto de nós o dia inteiro?"

Não respondi.

"Porque ele queria lançar um balão de ensaio", Henry disse. "Embebedou-se na noite passada, estava cheio de si. Hoje, não sabe direito o que você pensa. Quer a opinião de alguém. E procurará uma pista em sua resposta."

"Não compreendo", falei.

Henry bebeu mais café. "O que não compreende?"

"Não sei por que tem tanta pressa em matá-lo se acha que ele não vai contar a mais ninguém além de mim."

Ele deu de ombros. "Ele *ainda* não contou a mais ninguém. Talvez venha a contar em breve."

"Talvez eu possa dissuadi-lo."

"Francamente, não estou disposto a correr esse risco."

"Na minha opinião, vocês estão falando em correr um risco muito maior."

"Espere um pouco", Henry disse, erguendo a cabeça para me encarar com a vista turva. "Peço desculpas pela franqueza, mas se acredita ter qualquer influência sobre Bunny, engana-se redondamente. Ele não gosta de você, e pelo que sei jamais gostou. Seria desastroso se logo você resolvesse interceder por nós."

"Mas ele veio falar comigo."

"Por motivos óbvios, nenhum deles muito sentimental." Henry deu de ombros. "Enquanto eu tinha certeza de que ele não contara a ninguém, estava disposto a esperar indefinidamente. Mas você serviu como sinal de alarme, Richard. Sabia que, se ele fosse contar a alguém, contaria a você primeiro. E, depois de contar a você — sem acontecer nada, vai pensar que pode não ser tão ruim —, encontrará mais facilidade na hora de falar a outra pessoa. E a outra. Sinto que os eventos se precipitarão a partir de agora."

Sentia as palmas suadas. Apesar da janela aberta, a sala parecia pesada, abafada. Ouvia cada um deles respirando; mantinham um ritmo constante, comedido, inspirando e expirando com regularidade irritante, os quatro pulmões a devorar o ar rarefeito.

Henry abriu e fechou os dedos até que estalassem, de braço estendido. "Pode ir agora, se quiser", ele me disse.

"Quer que eu saia?", perguntei, com certa agressividade.

"Pode ficar ou não", ele disse. "Mas não precisa, não tem um motivo para tanto. Eu queria que você tivesse uma ideia geral. Quanto menos detalhes conhecer, melhor." Ele bocejou. "Você precisava saber algumas coisas, suponho, mas sinto que não o ajudei em nada ao envolvê-lo a este ponto."

Levantei-me, olhando para o grupo reunido em volta da mesa.

"Certo", falei. "Muito bem, muito bem."

Francis ergueu uma sobrancelha para mim.

"Deseje-nos sorte", disse Henry.

Bati em seu ombro desajeitadamente. "Boa sorte", falei.

Charles — fora da linha de visão de Henry — procurou meus olhos. Sorriu e fez com os lábios a frase: "*Ligo amanhã, está bem?*".

Sem aviso, repentinamente, sufocou-me uma onda de emoções. Temendo dizer algo infantil, algo que provocasse meu arrependimento posterior, apanhei o casaco, bebi o resto do café de um gole só e saí sem me despedir, nem formalmente.

A caminho de casa, pela mata escura, de cabeça baixa e mãos nos bolsos, eu praticamente me choquei com Camilla. Vi que se embriagara, pelos modos entusiasmados.

"Olá", ela disse, pegando no meu braço para me levar de volta ao lugar de onde eu vinha. "Adivinhe com quem eu saí?"

"Já me disseram."

Ela riu, de um modo doce, contido, que aqueceu meu coração. "Não é engraçado?", disse. "Banquei a espiã. Bunny voltou para casa. Mas temos um problema: acho que Cloke gostou de mim."

Mal podia vê-la, estava muito escuro. O peso de seu braço me confortava maravilhosamente, e o hálito doce do gim aquecia minha face.

"Cloke comportou-se direito?", perguntei.

"Sim, foi muito gentil. Saímos para jantar e tomamos coquetéis vermelhos, com sabor de Popsicles."

Emergimos da floresta nas ruas desertas, azuladas pela iluminação pública de North Hampden. Ao luar, tudo estava silencioso e estranho. Uma brisa suave fazia soar os sininhos de uma varanda qualquer.

Quando parei de caminhar, ela me puxou pelo braço. "Não quer vir comigo?", disse.

"Não"

"Por que não?"

Mesmo descabelada, era linda, a boca manchada pelo tal coquetel, e só de olhar para ela podia jurar que desconhecia totalmente os planos de Henry.

Iria com eles no dia seguinte. Alguém provavelmente diria que ela não precisava ir, mas Camilla insistiria e acabaria indo assim mesmo.

Tossi. "Sabe", falei.

"O que é?"

"Venha para casa comigo."

Ela cerrou as sobrancelhas. "Agora?"

"Sim."

"Por quê?"

Com o vento, os sininhos soaram de novo, insidiosos.

"Porque eu quero que venha."

Ela me olhou com ar composto, vago, embriagado, parada na ponta dos pés cobertos por meias pretas e torcendo o tornozelo para dentro, sem esforço, formando um L curioso.

Sua mão segurou a minha. Eu a apertei com força. Nuvens cobriam a lua.

"Venha comigo", falei.

Ela ficou bem na ponta dos pés e me beijou, um beijo meigo que tinha gosto de Popsicles. *Ah, você*, pensei, o coração disparado.

Repentinamente, ela se afastou. "Preciso ir", disse.

"Não. Por favor, não vá."

"Preciso ir. Ficarão preocupados se eu não aparecer."

Ela se despediu com um beijo rápido e saiu caminhando pela rua. Observei até que dobrasse a esquina, depois enfiei as mãos nos bolsos e voltei para casa.

Acordei no dia seguinte assustado, com o sol frio e música no corredor. Era tarde, meio-dia, ou início da tarde; apanhei o relógio na mesa de cabeceira e me assustei mais ainda. Faltavam quinze para as três. Pulei da cama e comecei a me vestir, apressado, sem me preocupar em fazer a barba ou pentear o cabelo.

Vestindo o casaco, já no corredor, vi que Judy Poovey vinha em minha direção, jovial. Vestira-se com apuro, para os padrões de Judy, e inclinava a cabeça tentando pôr um brinco.

"Você vai?", ela disse quando me viu.

"Aonde?", perguntei intrigado, a mão ainda na maçaneta.

"Qual é o problema com você? Mora em Marte, por acaso?"

Eu a encarei perplexo.

"À festa", ela disse impaciente. "Agito da Primavera. Lá em Jennings. Começou há uma hora."

Suas narinas estavam inflamadas, abertas. Ela ergueu uma das mãos para limpar o nariz.

"Já sei o que você andou fazendo", falei.

"Tenho mais um montão. Jack Teitelbaum foi a Nova York no último fim de semana e trouxe uma tonelada. E Laura Stora tem Ecstasy, e aquele cara maluco preparou no porão de Durbinstall — sabe, o estudante de química — um monte de anfeta. Vai me dizer que não sabe nada a respeito?"

"Não."

"O Agito da Primavera é o *grande lance*. Todo mundo está se preparando há meses. Pena que não fizeram a festa ontem. O tempo estava ótimo. Já foi almoçar?"

Ela queria saber se eu havia saído. "Não", falei.

"Sabe, o tempo está legal, mas um pouco frio. Saí e tive que voltar para pegar o casaco. Bem, você vai ou não?"

Eu a encarei, inexpressivo. Saíra do quarto sem a menor ideia de onde ir. "Preciso comer primeiro", falei finalmente.

"Boa ideia. No ano passado fui sem comer nada. Queimei fumo e tomei uns trinta martínis. Fiquei numa boa, mas depois fui para o Fun O' Rama. Lembra-se? O parque de diversões que montaram aqui? Acho que você ainda não estava na escola. Bom, foi um puta erro. Eu tinha passado o dia inteiro bebendo, fiquei queimada de sol, e fui com Jack Teitelbaum e a turma dele. Não pretendia ir na montanha-russa, mas daí pensei, tudo bem, sempre vou numa boa..."

Ouvi paciente o resto da história, que terminava, como eu já calculava, com Judy vomitando pirotecnicamente atrás da barraca de cachorro-quente.

"Portanto, este ano, sem chance. Vou ficar só na coca. A pausa que refresca. Por falar nisso, precisa convidar aquele amigo seu... qual é mesmo o nome dele?... ah, *Bunny*, para vir conosco. Ele está na biblioteca."

"Como?", disse, repentinamente todo ouvidos.

"Isso mesmo. Tire ele de lá. Faça com que dê umas bolas, sei lá."

"Ele está na biblioteca?"

"Sim. Eu o vi pela janela da sala de leitura agora mesmo. Ele não tem carro?"

"Não."

"Sabe, pensei que ele poderia nos dar uma carona. Jennings fica meio longe. Sei, acho que ando meio preguiçosa, fora de forma. Juro que vou começar os exercícios da Jane Fonda de novo."

Já passava das três. Tranquei a porta e segui para a biblioteca, brincando nervoso com a chave em meu bolso.

Era um dia estranho, opressivo. O campus parecia deserto — todo mundo na festa, suponho — e o gramado verde, as tulipas afetadas, mantinham-se silenciosos, na expectativa, sob o céu nublado. Em algum lugar, uma janela bateu. Acima da minha cabeça, nas garras negras maldosas de um olmo, uma pipa marrom agitou-se convulsivamente, depois parou. *Estamos em Kansas*, pensei. Isso é *Kansas antes da chegada do ciclone*.

A biblioteca estava um túmulo, iluminada por luzes fluorescentes, que por contraste tornavam a tarde mais fria e cinza do que estava mesmo. As janelas, na sala de leitura, eram brilhantes e brancas. Estantes, cortinas, nem uma alma viva.

A bibliotecária — uma mulher desprezível chamada Peggy — lia, atrás da escrivaninha, uma edição de *Women's Day*, e nem ergueu os olhos. A máquina de xerox zumbia baixinho no canto. Subi a escada para o segundo andar e segui para a seção de idiomas estrangeiros na sala de leitura. Vazia, como eu imaginava, mas numa das mesas, perto da porta, vi uma eloquente pilha de livros, sacos de batata frita engordurados e papel de embrulho.

Aproximei-me para dar uma olhada de perto. Tinha o ar de abandono recente; havia uma lata de refrigerante de uva com um quarto do conteúdo, ainda suada e fria ao toque. Por um momento, não soube como proceder — ele poderia ter ido ao banheiro, talvez retornasse em seguida — e pensava em sair quando vi o recado.

Em cima de um volume da *World Book Encyclopedia* uma folha amassada de papel pautado dobrada ao meio dizia "Marion" na letra miúda, rebuscada de Bunny. Abri a nota e li rapidamente:

queridinha,

Cansei de esperar. Fui até a festa tomar umas. Vejo você depois. B

Dobrei novamente o recado e sentei-me no braço da poltrona antes ocupada por Bunny. Quando saía para caminhar, Bunny costumava partir por volta da uma da tarde. Mas estava na festa em Jennings. Eles haviam perdido a chance.

Desci a escada e saí pela porta dos fundos, depois fui até Commons — a fachada em tijolo vermelho lisa como um cenário teatral contra o céu vazio — e liguei para Henry do telefone público. Ninguém atendeu. Tampouco obtive resposta na casa dos gêmeos.

Commons estava deserta, exceto pela dupla idosa de magros zeladores e pela telefonista de peruca ruiva que passava o final de semana tricotando, sem dar a menor atenção às ligações. Como de costume, as luzes da mesa telefônica piscavam freneticamente, mas ela se mantinha de costas, ignorando-as como o malfadado radiotelegrafista a bordo do *Californian* na noite em que o *Titanic* naufragou. Passei por ela e caminhei pelo corredor, passando às máquinas automáticas, onde comprei um copinho de café solúvel aguado e tentei ligar novamente. Ninguém atendeu.

Desliguei e voltei ao salão comunitário deserto com um exemplar de uma revista de ex-alunos que encontrei no correio debaixo do braço, e sentei-me à janela para tomar o café.

Passaram-se quinze minutos, depois vinte. Os formados em Hampden pelo jeito não faziam nada depois que terminavam o curso, fora abrir lojas de cerâmica em Nantucket ou entrar para um *ashram* no Nepal. Abandonei a revista e olhei desanimado pela janela. A luz lá fora estava muito estranha. De algum modo intensificava o verde do gramado, e a sua imensidão parecia artificial, luminosa, de outro mundo. Uma bandeira norte-americana, solitária e desolada no céu violeta, tremulava no mastro de latão.

Sentado, observei-a por um minuto e, de repente, incapaz de me conter por um segundo que fosse, vesti o casaco e saí em direção ao desfiladeiro.

As árvores estavam mortalmente quietas, mais ameaçadoras do que nunca — verdes e negras e estagnadas, escuras entre os odores de lama e putrefação. Nenhum vento soprava; nenhum pássaro cantava, nenhuma folha se movia. Os cornisos se erguiam, brancos e surreais, contra o céu escuro, o ar pesado.

Comecei a correr, os gravetos estalavam sob meus pés, a respiração ofegante doía em meus ouvidos, e não demorou para que o caminho conduzisse à clareira. Parei ali, respirando com dificuldade, e demorei um pouco a perceber que não havia ninguém.

O desfiladeiro ficava à esquerda — descarnado, traiçoeiro, um abismo a levar até as rochas do fundo. Cuidando para não me aproximar demais da beirada, andei até ele para espiar. Tudo absolutamente imóvel. Virei de costas, na direção das árvores de onde eu havia saído.

Para minha imensa surpresa, de repente ouvi um ruído leve e vi a cabeça de Charles surgir do nada. "Ei!", ele chamou, num murmúrio de contentamento. "Mas que diabos...?"

"Cale-se", disse uma voz contrariada, e logo Henry materializou-se, como num passe de mágica, andando em minha direção depois de sair dos arbustos que o ocultavam.

Fiquei sem fala, atônito. Ele piscou para mim, irritado, e ia falar quando um súbito estalo nos galhos me fez virar o rosto para ver Camilla, de calça cáqui, descendo pelo tronco de uma árvore.

"O que está havendo?", perguntou Francis, de algum lugar ali perto. "Posso fumar um cigarro agora?"

Henry não respondeu. "O que veio fazer aqui?", disse, num tom de voz muito contrariado.

"Tem uma festa hoje."

"Como?"

"Uma festa. Ele está lá agora." Fiz uma pausa. "Não virá."

"Está vendo, eu bem que avisei", Francis disse, aflito, ao sair das moitas cautelosamente, limpando as mãos. Caracteristicamente, não se vestira para a ocasião, e usava um belo terno. "Ninguém me dá ouvidos. Eu disse que deveríamos ter ido embora já faz uma hora."

"Como sabe que ele está na festa?", Henry perguntou.

"Ele deixou um recado. Na biblioteca."

"Vamos voltar para casa", Charles disse, limpando uma mancha de lama do rosto com as costas da mão.

Henry não lhe deu a menor atenção. "Droga", ele disse, e balançou a cabeça rapidamente, como um cachorro que se livra da água. "Esperava que ele viesse e pudéssemos acabar com isso de uma vez por todas."

Seguiu-se uma longa pausa.

"Sinto fome", Charles disse.

"Eu também, estou morrendo de fome", Camilla falou distraída, e depois seus olhos se arregalaram. "Ah, não."

"O que foi?", todos falaram ao mesmo tempo.

"O jantar. Hoje é domingo. Ele vai jantar em nossa casa esta noite."

Todos permaneceram em silêncio, desconsolados.

"Não tinha pensado nisso", Charles disse. "Nem uma única vez."

"Nem eu", Camilla falou. "Não temos nada para comer em casa."

"Precisaremos parar no supermercado na volta."

"O que podemos comprar?"

"Sei lá. Qualquer coisa fácil de preparar."

"Não acredito em vocês dois", Henry disse rabugento. "Eu os avisei sobre o jantar."

"Mas nós *esquecemos*", disseram os gêmeos, em desespero simultâneo.

"Como puderam fazer isso?"

"Bem, se você acorda com a intenção de matar alguém às duas da tarde, não vai se lembrar de preparar um jantar para o defunto, certo?"

"Estamos na época do aspargo", Francis disse, tentando ajudar.

"Sim, mas vamos encontrar aspargo no Food King?"

Henry suspirou e começou a caminhar na direção da floresta.

"Aonde vai?", Charles perguntou alarmado.

"Vou procurar samambaias. Depois podemos ir embora."

"Ora, deixe isso para lá", Francis falou, acendendo um cigarro e jogando fora o fósforo. "Ninguém vai nos ver."

Henry deu meia-volta. "Pode ser que nos vejam. Se virem, pretendo ter uma boa desculpa para nossa presença aqui. E pegue aquele fósforo", ele disse acidamente a Francis, que soltou uma nuvem de fumaça e o encarou.

Escurecia rapidamente, e esfriava também. Abotoei meu casaco e sentei-me na rocha úmida que dava para o desfiladeiro, olhando para o riacho barrento e cheio de folhas que corria lá no fundo e prestando pouca atenção na discussão dos gêmeos sobre o que servir no tal jantar. Francis fumava, encostado numa árvore. Depois de algum tempo, apagou o cigarro com a sola do sapato e veio sentar-se a meu lado.

Passaram-se alguns minutos. O céu, de tão nublado, tingia-se de púrpura.

O vento agitava as bétulas do outro lado, e eu tremia. Os gêmeos discutiam monotonamente. Sempre que ficavam de mau humor, comportavam-se assim — confusos, agitados — e pareciam-se com Heckle e Jeckle.

Henry surgiu de repente entre as árvores, agitando o mato e limpando a mão enlameada nas calças. "Alguém se aproxima", disse em voz baixa.

Os gêmeos pararam de falar e olharam para ele.

"Como?", Charles disse.

"Ali atrás. Escutem."

Fizemos silêncio e trocamos olhares. Uma brisa fria fustigava a mata, e uma revoada de pétalas de corniso caiu na clareira.

"Não ouço nada", Francis disse.

Henry levou um dedo aos lábios. Nós cinco paramos, atentos, por mais um momento. Tomei fôlego, e ia falar quando ouvi algo.

Passos, estalidos de gravetos quebrados. Trocamos olhares. Henry mordiscou os lábios e olhou em volta. O desfiladeiro era aberto, sem esconderijos possíveis, para o resto de nós não havia modo de correr atravessando a clareira e fugir pela mata sem fazer barulho. Henry estava a ponto de dizer algo, quando de repente as moitas se abriram ali perto, e ele saiu da clareira, entre duas árvores, como alguém oculto pelo batente da porta, numa rua.

O resto de nós, em campo aberto, trocamos olhares e depois nos voltamos para Henry, a uns dez metros de distância, escondido em segurança nas sombras à beira da mata. Ele gesticulou para nós, impaciente. Ouvi o ruído súbito de passos no cascalho e, sem me dar conta direito do que fazia, virei de costas e fingi inspecionar o tronco de uma árvore próxima.

Os passos se aproximaram. Senti arrepios na nuca e me abaixei para conferir de perto o tronco: casca prateada, fria ao tato, formigas marchando por uma fissura na superfície lisa.

Em seguida — antes que eu o percebesse — os passos pararam, perto das minhas costas.

Ergui os olhos e vi Charles. Ele olhava direto em frente, com uma expressão assombrada, e estive a ponto de perguntar-lhe o que era quando ouvi a voz de Bunny, num tom irritado e descrente, atrás de mim.

"Puxa vida, essa é boa", ele disse brusco. "O que foi? Reunião do Clube dos Amigos da Natureza?"

Virei-me. Era Bunny mesmo, um metro e oitenta e tantos, erguendo-se atrás de mim numa imensa capa de chuva que chegava quase a seus tornozelos.

Seguiu-se um silêncio medonho.

"Oi, Bun", Camilla disse com voz sumida.

"Oi." Ele segurava uma garrafa de cerveja — Rolling Rock, estranho que eu me recorde disso — e a levantou, tomando um gole longo, como num gargarejo. "Puxa", ele disse, "vocês andam passeando um bocado pela floresta atualmente. Sabe", disse, cutucando minhas costas, "andei tentando falar com você."

Sua presença súbita, estrondosa, era demais para mim. Eu o encarei, confuso, enquanto ele tomava outro gole, baixava a garrafa, limpava a boca com as costas da mão; estava parado ali, tão perto, que eu sentia seu hálito forte de cerveja.

"Muito bem", ele disse, afastando o cabelo dos olhos após arrotar. "Qual é o caso, matadores de cervos? Resolveram vir até aqui para estudar a vegetação?"

Ouvi um farfalhar na mata, e depois um pigarro discreto.

"Bem, não exatamente", disse uma voz fria.

Bunny deu meia-volta, surpreso — eu também —, a tempo de ver Henry sair das sombras.

Ele avançou e encarou Bunny satisfeito. Segurava uma pá de jardinagem e tinha as mãos negras de lama. "Olá", disse. "Mas é uma grande surpresa."

Bunny o olhou por um longo tempo, duramente. "Minha nossa", disse. "O que andou fazendo, enterrando os mortos?"

Henry sorriu. "Na verdade, foi bom você ter aparecido por aqui."

"Estão fazendo algum tipo de convenção?"

"Bem, creio que sim", Henry respondeu alegre, após uma pausa. "Suponho que possa dizer isso, se quiser."

"Se quiser", repetiu Bunny zombeteiro.

Henry mordeu o lábio inferior. "Sim", falou sério. "Se quiser. Embora eu mesmo preferisse usar outro termo."

Tudo estava muito quieto. Em algum lugar ao longe, na mata, ouvi o riso distante, fraco, de um pica-pau.

"Diga uma coisa", Bunny falou, e pensei ter notado pela primeira vez uma nota de desconfiança. "Mas porque diacho vocês estão aqui?"

As matas permaneceram em silêncio, sem emitir som algum.

Henry sorriu. "Ora, catando samambaias", ele disse, dando um passo em direção a Bunny.

LIVRO II

Dioniso [*é*] o Mestre das Ilusões, capaz de fazer com que uma trepadeira brote do madeiramento de um navio, e em geral permite a seus seguidores que estes vejam o mundo como ele não é.

E. R. Dodds, *Os gregos e o irracional*

6.

Só para constar, não me considero uma pessoa ruim (embora ao dizer isso eu realmente soe como um assassino!). Sempre que leio sobre assassinatos nos jornais, impressiona-me a obstinada, quase tocante segurança com que estranguladores, pediatras adeptos de injeções letais, enfim, depravados e culpados de todas as descrições recusam-se a admitir o mal em si mesmos; sentem-se compelidos, até, a afirmar um tipo espúrio de decência. "Basicamente, sou uma boa pessoa." A frase é do último assassino sequencial — destinado à cadeira elétrica, ao que dizem —, que com o machado encarnado despachou recentemente meia dúzia de enfermeiras no Texas. Acompanhei seu caso com interesse pelos jornais.

Muito embora eu jamais tenha me considerado uma ótima pessoa, tampouco consigo me convencer de que sou alguém mau de modo espetacular. Talvez seja simplesmente impossível, alguém pensar em si nestes termos, sendo nosso amigo texano um bom exemplo. O que fizemos foi terrível e, apesar disso, não creio que qualquer um de nós seja exatamente mau; atribuam tudo à minha fraqueza, ao orgulho de Henry, ao excesso de exercícios de prosa em grego — a qualquer coisa.

Não sei. Suponho que deveria ter uma ideia melhor de onde eu estava me metendo. Contudo, o primeiro assassinato — do fazendeiro — havia sido tão simples aparentemente, uma pedra jogada no lago, afundando sem deixar ondas na superfície. O segundo também foi fácil, pelo menos no início, e não tive pistas do quanto se mostraria diferente depois. O que consideramos um peso ordinário, dócil (baque súbito, queda rápida até o fundo, águas escuras cobrindo tudo, sem deixar traço), foi de fato uma carga em profundidade que explodiu sem aviso prévio sob a superfície lisa, e suas repercussões ainda não cessaram totalmente, até agora.

No final do século XVI o cientista italiano Galileu Galilei realizou uma série de experiências sobre a natureza dos corpos em queda, largando objetos (a acreditar no que dizem) do alto da torre de Pisa para medir a aceleração conforme caíam. Suas descobertas foram as seguintes. Os corpos adquirem velocidade durante a queda. Quanto mais um corpo cai, mais depressa ele se move. A velocidade de um corpo em queda livre equivale à aceleração da gravidade multiplicada pelo tempo da queda em segundos. Em resumo, considerando-se as variáveis de nosso caso, o corpo específico em queda viajava a uma velocidade superior a dez metros por segundo quando bateu nas pedras.

Percebe-se, portanto, a rapidez do fato. Impossível passar o filme em câmera lenta, ou examinar os fotogramas um a um. Vejo agora o que vi então, passando com a rapidez enganosa e fácil de um acidente: cascalho voando, braços estendidos, agitando-se, uma das mãos tentando agarrar um galho sem sucesso. Uma revoada de corvos assustados a sair do mato, crocitando negros contra o céu. Corte para Henry, voltando da beirada. Depois o filme se rompe no projetor, a tela fica preta. *Consummatum est.*

Se, deitado à noite na cama, eu me torno a plateia involuntária para este pequeno documentário questionável (ele desaparece quando abro os olhos, de qualquer maneira, mas sempre retorna, do início, incansável, quando os fecho novamente), deslumbra-me o quanto ele se caracteriza pelo distanciamento em termos de ponto de vista. É excêntrico nos detalhes, em larga medida desprovido de carga emotiva. Nestes aspectos, ele espelha a experiência vivida, mais do que se imagina. O tempo, as cenas repetidas, introduziram na memória uma ameaça que o original não possuía. Observei os acontecimentos com muita calma — sem medo, sem piedade, sem mais nada, exceto uma curiosidade espantosa —, de forma que a noção do evento ficou registrada indelevelmente em meu nervo ótico, mas estranhamente ausente de meu coração.

Passaram-se horas antes que eu reconhecesse o que havíamos feito; dias (meses? anos?) antes que começasse a compreender a magnitude do fato. Suponho que pensamos nisso demais, simplesmente. E falamos demais no assunto, até que o esquema deixou de ser produto da imaginação e adquiriu vida própria, terrível... Nenhuma vez, para os sentidos imediatos, ocorreu-me que aquilo tudo fosse diferente de um jogo. Um ar irreal sufocava até mesmo os detalhes práticos, como se planejássemos não a morte de um amigo, mas o itinerário de uma viagem fabulosa que eu, pelo menos, jamais acreditava empreender realmente.

O que é impensável é inexequível. Julian costumava afirmar isso na aula de grego, e apesar de acreditar que ele dizia isso para encorajar um rigor maior em nossos hábitos mentais, a frase se mostra perversamente apropriada para o assunto em pauta. A ideia de matar Bunny era medonha, impossível; mesmo assim, flertamos com ela incessantemente, convencemo-nos de que não havia alternativa, fizemos planos que se mostraram um tanto improváveis e ridículos mas que acabaram funcionando muito bem quando postos em prática... Não sei. Um mês ou dois antes do evento, eu me chocaria com a ideia de matar qualquer pessoa. Mas naquela tarde de domingo, quando de fato assisti a um assassinato, eu o considerei a coisa mais fácil do mundo. Como ele caiu depressa; como logo estava tudo terminado.

Por alguma razão, para mim é difícil escrever esta parte, em larga medida porque o tópico está associado de modo inextricável a muitas noites como essa (acidez estomacal, nervos em frangalhos, o relógio avançando tediosamente de quatro para cinco). Além disso, é desanimadora, pois reconheço que as tentativas de análise são quase inúteis. Não sei por que fizemos isso. Não me atrevo a afirmar que, se as circunstâncias o exigissem, nos recusaríamos a fazê-lo de novo. E se lamento tudo, de certa forma, isso provavelmente não faz a menor diferença.

Lamento também apresentar uma exegese tão resumida e frustrante do que é, de fato, a parte central de minha história. Já reparei que mesmo os matadores mais exibidos e desavergonhados relutam em relatar seus crimes. Há poucos meses, numa banca de aeroporto, comprei a autobiografia de um notório assassino e me desconsolei ao não encontrar detalhes sensacionalistas.

Nos momentos de maior suspense (noite chuvosa; rua deserta; dedos fechados em torno do lindo pescoço da Vítima Número Cinco) ele mudava, com certa timidez, para um assunto inteiramente distinto. (O leitor sabia do teste de QI aplicado nele na prisão? Seu QI era quase igual ao de Jonas Salk.) A maior parte do livro era dedicada a discursos repetitivos sobre a vida na prisão — comida ruim, brincadeiras no pátio, passatempos tediosos dos presidiários. Cinco dólares desperdiçados.

De certa maneira, contudo, sei como meus colegas se sentem. Não que tudo tenha "ficado preto". Nada disso. Só que o evento em si apresenta-se nublado, por força de um efeito primitivo, entorpecente, que o obscureceu no momento; o mesmo efeito, suponho, que permite a mães em pânico nadar em rios gelados ou entrar em casas incendiadas para salvar o filho; o efeito que ocasionalmente permite que uma pessoa profundamente pesarosa assista a um funeral sem derramar uma só lágrima. Certas coisas são terríveis demais para que se possa percebê-las numa tacada só. Outras — cruas, excitantes, indeléveis em seu horror — são terríveis demais para que se percebam, e pronto. Só mais tarde, na solidão, na memória, é que a gente se dá conta: quando a poeira assenta; quando os convidados já partiram; quando a pessoa olha em torno e percebe — para sua imensa surpresa — que está num mundo inteiramente diverso.

Quando retornamos ao carro ainda não nevava, mas as árvores já se encolhiam sob o céu pesado, quietas, na expectativa, como se pressentissem o peso do gelo que desabaria sobre elas até o anoitecer.

"Meu Deus, cuidado para não atolar", Francis disse quando passamos por mais um buraco, jogando barro na janela com um baque surdo.

Henry engatou a primeira.

Mais um buraco, que me fez rilhar os dentes, mentalmente. Na tentativa de sair, os pneus giraram em falso, atirando lama para todos os lados, o carro deu um solavanco e caiu dentro do buraco outra vez. Henry praguejou e engatou a ré.

Francis abaixou o vidro da janela e esticou a cabeça para fora. "Ai meu Deus", disse, "pare o carro. Atolamos. Não dá para sair..."

"Não atolamos."

"Claro que sim. Se forçar, só vai piorar tudo. Henry, pelo amor de Deus. Pare de..."

"Calado", Henry disse.

Os pneus traseiros cantaram. Os gêmeos — eu estava no meio dos dois — viraram para olhar o lamaçal pela janela traseira. Henry engatou a primeira abruptamente, e com um tranco súbito, que me tirou um peso do peito, saímos do buraco.

Francis largou o corpo no assento. Dirigia cuidadosamente, e andar de carro com Henry, mesmo em circunstâncias propícias, o enervava.

Ao chegar à cidade, seguimos para o apartamento de Francis. Combinamos que os gêmeos e eu seguiríamos em separado para cada casa — os dois para o apartamento deles, eu para o campus — enquanto Henry e Francis cuidariam do carro. Henry desligou o motor. O silêncio era assustador, penoso.

Ele me olhou pelo espelho retrovisor. "Precisamos conversar um pouco", disse.

"O que é?"

"A que horas saiu de seu quarto?"

"Quinze para as três, mais ou menos."

"Alguém o viu?"

"Duvido muito. Não que eu saiba."

Esfriando depois do longo percurso, o carro sibilava e estalava, acomodando-se contente no chassi. Henry permaneceu em silêncio por um momento, e ia falar quando Francis, de repente, apontou para fora. "Ei", disse, "está *nevando*?"

Os gêmeos debruçaram-se para ver. Henry, mordendo o lábio inferior, não deu importância ao fato. "Nós quatro", disse, "fomos à matinê no Orpheum, na cidade — sessão dupla, da uma até as cinco para as cinco. Depois passeamos um pouco de carro, retornando", ele consultou o relógio, "às cinco e quinze. Isso resolve o nosso caso, sem dúvida. Não sei bem como proceder em relação a você."

"Mas não posso dizer que fui com vocês?"

"Não, pois você não foi."

"E quem saberá a diferença?"

"A moça da bilheteria do Orpheum, pelo menos. Fomos até lá e compramos ingressos para a sessão da tarde, e paguei com uma nota de cem dólares. Ela se lembra de nós, isso eu garanto. Sentamos no balcão e usamos a saída de emergência para escapar, depois de uns quinze minutos do primeiro filme."

"E por que não posso dizer que eu os encontrei lá?"

"Teria sido possível, mas você não tem carro. E não pode dizer que chamou um táxi, checa-se isso com facilidade. Ademais, saiu andando pelo campus. Disse que estava em Commons antes de ir ao nosso encontro?"

"Sim."

"Então suponho que não há nada que possa dizer a não ser que voltou para casa. Não é a história ideal, mas a esta altura não temos alternativa viável. Diremos que nos encontrou *depois* da sessão de cinema, na hipótese muito provável de que alguém o tenha visto. Ligamos para você às cinco e o encontramos no estacionamento. Foi conosco até a casa de Francis — não faz muito sentido, mas não temos saída — e voltou para casa a pé."

"Entendi."

"Quando chegar em casa, confira se alguém deixou recado entre três e meia e cinco horas. Se houver algum, precisamos pensar num motivo para sua recusa em atender os telefonemas."

"Olhem", Charles disse. "Puxa, está *nevando de verdade.*"

Flocos minúsculos, quase invisíveis, no alto dos pinheiros.

"Mais uma coisa", Henry disse. "Não podemos nos comportar como se esperássemos ouvir uma notícia sensacional a qualquer momento. Vão para casa. Leiam um livro. Não creio que haja necessidade de nos falarmos esta noite — só liguem se for absolutamente indispensável."

"Nunca vi neve nesta época do ano", Francis olhava pela janela. "Ontem a temperatura chegou a vinte graus."

"Estava na previsão do tempo?", Charles disse.

"Não que eu saiba."

"Olhem só. Perto da Páscoa, imaginem."

"Não sei por que se excitam tanto", Henry disse rabugento. Ele adotava um ponto de vista de agricultor em relação ao tempo, preocupando-se com o modo como as condições climáticas afetavam o crescimento, germinação, floração etc. "Vai apenas matar todas as flores."

Andei depressa no caminho para casa, pois esfriara. Uma imobilidade típica de novembro cobria, como um oxímoro mortífero, a paisagem de abril. A neve caía com força no momento — imensos flocos silenciosos pairando sobre as matas primaveris, as flores brancas em sintonia com a neve: uma terra de pesadelo, de pernas para o ar, como num livro infantil. Meu caminho passava por um pomar de macieiras, claras e floridas, brilhando ao crepúsculo como uma alameda de guarda-chuvas pálidos. Os flocos brancos caíam entre elas, suaves e sonhadores. Não parei para apreciar a cena, porém. Apenas apertei o passo. O primeiro inverno em Hampden provocara horror à neve.

Não havia recados para mim no térreo. Subi para meu quarto, troquei de roupa, não consegui decidir o que fazer com as roupas sujas, pensei em lavá-las, imaginei que despertaria suspeitas, e finalmente enfiei tudo no fundo do saco de roupa suja. Depois sentei-me na cama e olhei para o relógio.

Estava na hora do jantar, eu não havia comido nada o dia inteiro, mas não sentia fome. Fui até a janela observar a neve iluminada pelas lâmpadas da quadra de tênis, depois voltei a me sentar na cama.

Os minutos transcorreram lentamente. A anestesia que me conduzira através do evento começou a perder a força, e a cada segundo a ideia de passar a noite sentado, sozinho, parecia cada vez mais insuportável. Liguei o rádio, desliguei, tentei ler um pouco. Quando descobri que não conseguia fixar a atenção num livro, tentei outro. Passaram-se dez minutos no máximo. Retomei o primeiro livro, abandonei-o outra vez. Em seguida, sabendo que não deveria, desci até o telefone público e disquei o número de Francis.

Ele atendeu no primeiro toque. "Oi", disse quando me identifiquei. "O que foi?"

"Nada."

"Tem certeza?"

Ouvi um murmúrio de Henry no fundo. Francis, afastando a boca do fone, disse algo que não entendi.

"O que vocês estão fazendo?", falei.

"Nada de especial. Tomando um drinque. Espere um minuto, por favor", disse em resposta a novo murmúrio.

Houve uma pausa, seguida de um diálogo, e a voz ríspida de Henry surgiu na linha. "Qual é o problema? Onde você está?", ele disse.

"Em casa."

"Algum problema?"

"Pensei em passar aí para tomar um drinque."

"Não é uma boa ideia. Eu já estava de saída quando você ligou."

"O que pretende fazer hoje?"

"Bem, se quer mesmo saber, vou tomar um banho e dormir."

A linha emudeceu por um momento.

"Ainda está aí?", Henry perguntou.

"Henry, vou ficar maluco aqui. Não sei o que fazer."

"Ora, faça qualquer coisa que desejar", Henry disse afável. "Desde que permaneça bem perto de casa."

"Não vejo que diferença pode fazer se eu..."

"Quando algo o preocupa", Henry disse abruptamente, "por que não tenta resolver em outro idioma?"

"Como?"

"Ajuda a diminuir o ritmo. Impede que os pensamentos escapem ao controle. Contribui para manter a disciplina em qualquer ocasião. Ou pode proceder como os budistas."

"*Como?*"

"Na prática do zen existe um exercício chamado *zazen* — similar, creio, à prática teravádica do *vipassana*. Sente-se na frente de uma parede branca. Não importa a emoção que o perturbe; por mais violenta e intensa que seja, você deve permanecer imóvel. Encarando a parede. A disciplina, claro, está em permanecer sentado."

Fiquei em silêncio, tentando encontrar um idioma no qual pudesse expressar minha opinião sobre aquele conselho cretino.

"Agora escute bem", ele prosseguiu, antes que eu pudesse dizer algo. "Estou exausto. Vejo você na aula amanhã, está bem?"

"*Henry*", falei, mas ele já havia desligado.

Numa espécie de transe, subi a escada. Desejava beber, desesperadamente, mas não havia nada em casa. Sentei-me na cama e olhei pela janela.

Os comprimidos para dormir haviam acabado. Sabia disso, mas abri a gaveta e chequei o frasco, por via das dúvidas. Vazio, exceto pelos comprimidos de vitamina C, que conseguira no ambulatório. Pílulas brancas, miúdas. Despejei-as na mesa, coloquei-as em ordem e depois tomei uma, esperando que o ato de engolir me ajudasse, mas que nada.

Sentei-me imóvel, tentando não pensar. Era como se eu esperasse por alguma coisa, não sabia direito o quê, algo capaz de aliviar a tensão, fazendo com que eu me sentisse melhor, embora não imaginasse evento, passado, presente ou futuro, capaz de produzir tal efeito. Uma eternidade passou, pareceu-me. Repentinamente, um pensamento horrível: *Então é assim? Vai ser assim a partir de hoje?*

Olhei para o relógio. Mal se passara um minuto. Levantei-me e, sem me dar ao trabalho de trancar a porta, fui até o quarto de Judy.

Por milagre, ela estava em casa — bêbada, passando batom. "Oi", disse, sem desviar os olhos do espelho. "Quer ir a uma festa?"

Não sei o que disse a ela, algo sobre não me sentir bem.

"Cheire uma carreira", ela disse, virando a cabeça de um lado para outro a fim de examinar o perfil.

"Prefiro um remédio para dormir, se tiver."

Ela girou o batom para baixo, prendeu a tampa e abriu a gaveta do criado-mudo. Não era bem um criado-mudo, e sim uma escrivaninha-padrão da faculdade, como a que havia em meu quarto. Mas, como uma selvagem incapaz de compreender seu verdadeiro propósito — poderia transformá-la numa estante para armamentos, ou apoio para vasos de flores —, ela fizera da escrivaninha uma penteadeira, cheia de cosméticos, com tampo de vidro, laterais em cetim rosa e, por cima, um espelho de três lados, iluminado. Revirando uma profusão de lápis e pós compactos, ela encontrou um frasco de remédio, examinou-o contra a luz, jogou-o no lixo e apanhou outro. "Este aqui serve", disse, entregando-o para mim.

Examinei o vidro. Havia dois comprimidos no fundo. O rótulo só dizia: PARA DOR.

Perguntei, irritado: "O que é? Anacin, por acaso?".

"Tome um. É ótimo. O tempo virou, não é?"

"É" falei, tomando um comprimido e devolvendo o frasco.

"Pode ficar para você", ela disse, já de volta à maquiagem. "Cara. Aqui nesta merda só neva. Não sei por que diabos vim para cá. Quer uma cerveja?"

Ela possuía geladeira no quarto, no closet. Abri caminho na selva de cintos e chapéus e vestidos rendados para chegar até ele.

"Eu não estou a fim", ela disse quando estendi a garrafa. "Já tomei todas. Não foi à festa?"

"Não", disse, e depois parei, com a garrafa nos lábios. Algo me chamou a atenção no gosto, no cheiro, e logo me lembrei: Bunny cheirando a cerveja; o líquido derramado, espumando no solo. A garrafa caindo junto com ele no abismo.

"Fez bem", Judy disse. "Estava frio, a banda era uma droga. Vi seu amigo. Como é mesmo o nome dele? O Coronel."

"Como?"

Ela riu. "Sabe, Laura Stora o apelidou de Coronel. Era vizinha dele e ficava puta da vida quando ouvia aqueles discos com as marchas de John Philip Sousa que ele tocava o tempo inteiro."

Ela falava em Bunny. Deixei a garrafa de lado.

Mas Judy, graças a Deus, estava ocupada demais com o lápis de sobrancelha. "Sabe", disse, "acho que Laura tem aquele problema com comida, não é anorexia, mas o outro, que nem o de Karen Carpenter, que faz a gente vomitar. Na noite passada fui com ela e Trace até a Brasserie, e, juro mesmo, ela se entupiu até não conseguir mais respirar. Depois foi ao banheiro dos homens botar tudo para fora. Tracy e eu ficamos olhando uma para a outra. Acha isso *normal*? Depois Trace me disse, bom, lembra quando Laura disse que foi parar no hospital como mono? Que nada. Na verdade, a *história* foi a seguinte..."

Ela seguiu tagarelando. Olhei-a, perdido em meus terríveis pensamentos.

De repente, percebi que parara de falar. Olhava para mim, na expectativa de uma resposta.

"Como?", falei.

"Eu perguntei se não foi a coisa mais cretina que você já ouviu?"

"Foi."

"Os pais dela acho que não dão a mínima." Ela fechou a gaveta de maquiagem e virou-se, olhando para mim. "E então? Quer ir à festa?"

"De quem é?"

"De Jack Teitelbaum, seu desligado. No porão de Durbinstall. O conjunto de Sid vai tocar, com Moffat de volta à bateria. E alguém falou que vai ter uma dançarina numa jaula. Vamos lá."

Por alguma razão, não consegui responder a ela. A recusa incondicional aos convites de Judy era um reflexo tão profundamente arraigado que precisava sempre me esforçar muito para dizer sim. Depois pensei em meu quarto. Cama, cômoda, escrivaninha. Livros abertos, como eu os deixara.

"Vamos", ela disse coquete. "Você nunca sai comigo."

"Está bem", falei finalmente. "Vou pegar o casaco."

Só muito tempo depois descobri o que Judy me dera: Demerol. Quando chegamos à festa, começou a bater. Ângulos, cores, os flocos de neve em profusão, o barulho da banda de Sid — tudo se tornou suave, calmo, infinitamente magnânimo. Notei uma estranha beleza no rosto das pessoas que antes me provocavam repulsa. Sorri para todos, e todos me sorriram em retribuição.

Judy (Judy! Deus a abençoe!) me deixou com seu amigo Jack Teitelbaum e um sujeito chamado Lars, e foi buscar uns drinques. Uma luz celestial banhava tudo. Ouvi Jack e Lars falarem sobre videogames, motocicletas, kick-boxing feminino, e comovi-me com as tentativas de me incluir na conversa. Lars perguntou se eu queria dar uma bola com narguilé. O gesto, para mim, foi profundamente tocante, e de repente me dei conta de que me enganara a respeito daquele pessoal. Eram gente boa, gente comum, o sal da terra; eu me sentia um felizardo por conhecê-los.

Tentava encontrar um meio de externar esta epifania quando Judy voltou com as bebidas. Tomei a minha, fui buscar outra, percebi que flutuava num torpor leve, agradável. Alguém me deu um cigarro. Jud e Frank estavam lá, e Jud usava uma coroa de papelão na cabeça, do Burger King. A coroa o enobrecia, curiosamente. Virando a cabeça para trás, uivando de tanto gargalhar, brandindo um caneco de cerveja imenso, ele parecia Cuchulain, Brian Boru, um rei irlandês mítico. Cloke Rayburn jogava bilhar no salão dos fundos. Fora de sua linha de visão, observei quando passava giz no taco, sério, e se debruçava sobre a mesa, deixando que os cabelos caíssem sobre o rosto. Clique. As bolas coloridas se espalharam em todas as direções. Luzinhas coloridas passaram na frente dos meus olhos. Pensei em átomos, moléculas, coisas tão pequenas que a gente nem via.

Lembro-me de que depois fiquei enjoado e abri caminho na multidão para tomar ar fresco. Vi a porta aberta, convidativa, presa por um bloco, senti o ar frio no rosto. Depois — não sei, devo ter apagado, pois só me lembro de estar de costas na parede, num lugar inteiramente diverso, com uma moça desconhecida que conversava comigo.

Compreendi gradualmente que deveria estar ali parado havia algum tempo. Pisquei, num esforço corajoso para focalizá-la. Uma gracinha, nariz para o alto, insolente mas bem-humorada; cabelo escuro, sardas, olhos azuis muito claros. Eu já a conhecia, da fila do bar talvez, já a virá sem prestar muita atenção. E ela estava ali novamente, como uma aparição, bebendo vinho tinto num copo de plástico, a me chamar pelo nome.

Não entendia o que ela dizia, embora o timbre de sua voz superasse claramente o barulho: animado, rouco, curiosamente agradável. Debrucei-me um pouco — era uma moça baixa, pouco mais de um metro e meio — e levei a mão em concha ao ouvido. "Como?", falei. Ela riu, ergueu-se na ponta dos pés, aproximou o rosto do meu. Perfume. Sussurros trovejando em meus ouvidos, calorosos.

Eu a segurei pelo punho. "Muito barulho aqui", falei em seu ouvido, roçando seu cabelo com os lábios. "Vamos sair."

Ela riu de novo. "Mas acabamos de entrar", disse. "Você reclamou que estava morrendo de frio."

Hum, pensei. Seus olhos eram claros, entediados, e me examinavam com uma espécie de intimidade intrigada na luz fraca.

"Vamos para algum lugar mais calmo, então."

Ela ergueu o copo e me olhou pelo fundo. "No seu quarto ou no meu?"

"No seu", falei, sem hesitar um só momento.

Uma boa moça, muito prazer. Gritinhos meigos no escuro, o cabelo caindo no meu rosto, fungadas sutis, como as meninas do colégio. O calor de um corpo em meus braços era algo já quase esquecido. Quanto tempo passei sem beijar ninguém? Meses, muitos meses.

Estranho pensar no quanto tudo pode ser simples. Uma festa, bebida, uma moça bonita, desconhecida. Assim viviam meus colegas, em sua maioria — gabando-se de suas conquistas na noite anterior, durante o café da manhã, como se aquele pequeno vício inofensivo, doméstico, que se encaixava em algum ponto abaixo da bebida e acima da gulodice na lista dos pecados, fosse um abismo de depravação e decadência.

Pôsteres; flores secas numa caneca de cerveja; o brilho etéreo do aparelho de som na escuridão. Tudo muito familiar, da minha juventude suburbana e, no entanto, agora, parecia inacreditavelmente remoto e inocente, uma recordação de um baile de formatura remoto. Seu batom tinha gosto de chiclete. Enterrei o rosto na carne macia, ligeiramente ácida do pescoço, e a puxei com força — murmurando, balbuciando, sentindo que mergulhava mais e mais fundo, numa vida de trevas, num semiabandono.

Acordei às duas e meia — a crer no mostrador digital vermelho, demoníaco, do relógio — em pânico absoluto. Sonhara — nada muito aterrorizante, na verdade — que Charles e eu estávamos num trem tentando evitar um terceiro passageiro misterioso. Os vagões estavam lotados de gente da festa — Judy, Jack Teitelbaum, Jud com a coroa de papelão — e nós abríamos caminho pelos corredores. Dentro do sonho, contudo, eu sentia que nada daquilo era importante, que uma questão muito mais urgente exigia minha atenção, embora não me lembrasse o que era. Aí me lembrei, e o choque me despertou.

Foi como acordar de um pesadelo e mergulhar num pesadelo pior ainda. Sentei-me, o coração disparado, procurando o interruptor na parede vazia, até me dar conta de que não estava em meu quarto. Formas estranhas, sombras pouco familiares me rodeavam terríveis; nenhuma pista de meu paradeiro, e por um momento delirante pensei que estava morto. Depois senti o corpo adormecido a meu lado. Instintivamente recuei e a toquei com delicadeza, usando o cotovelo. Não se moveu. Permaneci na cama mais um ou dois minutos, tentando organizar os pensamentos; depois me levantei, peguei as roupas, vesti-me o melhor que pude, no escuro, e fui embora.

Na rua pisei num degrau escorregadio e caí de boca num monte de neve. Fiquei deitado por um momento, depois ajoelhei-me e olhei em torno, incrédulo. Alguns flocos de neve eram uma coisa, mas eu não acreditava na possibilidade de uma mudança tão repentina e violenta assim no tempo. As flores sumiram, como o gramado; tudo havia desaparecido. Uma imensidão limpa e lisa de neve estendia-se azulada, brilhando até onde a vista alcançava.

Esfolara as mãos e batera o cotovelo. Com muito esforço, levantei-me. Quando virei para ver de onde vinha, notei horrorizado que acabara de sair do dormitório de Bunny. Sua janela, no térreo, me encarava, negra e silenciosa.

Pensei em seus óculos de reserva, em cima da escrivaninha; na cama vazia; nas fotos da família, sorridente na escuridão.

Quando voltei para meu quarto — por um trajeto confuso, circular —, caí na cama sem tirar o casaco e os sapatos. As luzes estavam acesas, eu me sentia estranhamente exposto e vulnerável, mas não me levantei para apagá-las. A cama balançava um pouco, como uma jangada, e mantive um pé no chão para firmá-la.

Em seguida peguei no sono, dormindo profundamente por algumas horas, até ser acordado pelas batidas na porta. Despertado pelo pânico renovado, lutei para me livrar do capote, que se enrolara na altura dos joelhos e parecia me atacar com a força de uma criatura viva. A porta se abriu. Nenhum som. "Qual é o problema com você, diacho?", disse uma voz ríspida.

Francis surgiu à porta. Parou com a mão enluvada na maçaneta, olhando para mim como se eu fosse um lunático.

Parei de me debater e larguei a cabeça novamente no travesseiro. Senti tanto prazer em vê-lo que me deu vontade de rir, e acho que ri mesmo, de tão dopado. "*François*", falei como um idiota.

Ele fechou a porta e aproximou-se da cama, onde parou, olhos fixos em mim. Era ele mesmo — neve nos cabelos, neve nos ombros, vestindo o sobretudo preto comprido. "Você está bem?", ele disse, depois de uma longa pausa, em tom de menosprezo.

Esfreguei os olhos e tentei de novo. "Oi", falei. "Desculpe-me. Estou ótimo. Mesmo."

Ele continuou olhando para mim, inexpressivo, e não falou nada. Tirou o capote e o deixou nas costas da cadeira. "Quer um chá?", perguntou.

"Não."

"Bem, prepararei uma xícara para mim, se não se importa."

Quando ele voltou eu já me sentia mais sóbrio. Colocou a chaleira sobre o aquecedor e apanhou os saquinhos de chá na gaveta. "Pronto", ele disse. "Beba um pouco de chá. Não encontrei leite na cozinha."

Senti alívio ao vê-lo ali comigo. Sentei-me e bebi o chá, enquanto Francis tirava os sapatos e as meias. Colocou-os sobre o radiador, para secar. Seus pés eram compridos e finos, longos demais para seus tornozelos magros, ossudos; flexionando os artelhos, ele me encarou. "Foi uma noite medonha", disse. "Já saiu lá fora?"

Eu contei como havia passado a noite, omitindo a parte da garota.

"Minha nossa", ele disse, abrindo o colarinho. "Fiquei sentado no apartamento. Passei o maior sufoco."

"Alguém ligou para você?"

"Não. Minha mãe telefonou às nove; não consegui falar com ela. Disse que precisava terminar um trabalho."

Por algum motivo meus olhos desviaram-se para suas mãos, que tamborilavam inconscientemente no tampo da escrivaninha. Ele viu que eu vi, forçou-as a parar, palmas estendidas. "Nervos", disse.

Sentados, passamos algum tempo sem dizer nada. Deixei a xícara no parapeito da janela e recostei-me na cadeira. O Demerol provocava uma espécie de efeito Doppler em minha cabeça, como o guincho dos pneus de um carro, passando veloz e desaparecendo ao longe. Meu olhar vagou pelo quarto, distraído — por quanto tempo, ignoro —, até que percebi, gradualmente, que Francis olhava para mim com uma expressão deliberada, insistente. Resmunguei alguma coisa, levantei-me e procurei um Alka-Seltzer na gaveta.

O movimento repentino provocou tonturas. Parei, tentando me lembrar onde guardara o frasco, quando de repente me dei conta de que Francis estava atrás de mim e virei o corpo.

Ele aproximou o rosto do meu. Para minha surpresa, levou as mãos até meus ombros e inclinou-se para me beijar, bem na boca.

Foi um beijo de verdade — longo, lento, deliberado. Ele me pegou desequilibrado, e agarrei seu braço para evitar a queda: rápido, ele tomou fôlego e me abraçou antes que eu pudesse reagir, e mais por reflexo do que por qualquer outro motivo, eu o beijei também. Sua língua era pontuda. A boca tinha um gosto azedo, masculino, de chá e cigarro.

Ele se afastou um pouco, respirou fundo e inclinou-se para beijar meu pescoço. Olhei em torno do quarto, desarvorado. *Meu Deus*, pensei, *que noite*.

"Espere um pouco, Francis", falei, "me largue."

Ele começou a desabotoar meu colarinho. "Seu idiota", ele disse, rindo. "Você vestiu a camisa do avesso."

Cansado e bêbado, comecei a rir. "Pare, Francis", falei. "Espere um pouco."

"Vai ser bom", ele disse. "Eu prometo."

Prosseguimos. Meus nervos cansados começaram a se queixar. Seus olhos cresceram maliciosos por trás do pincenê. Ele os tirou em seguida, largando-os em cima da mesa, descuidado.

Depois, inesperadamente, ouvimos batidas na porta. Afastamo-nos. Trocamos olhares, enquanto alguém insistia nas batidas.

Francis praguejou entre os dentes, mordeu os lábios. Eu, em pânico, abotoei a camisa o mais depressa que pude, apesar dos dedos entorpecidos, e comecei a dizer algo, mas ele fez um gesto para que eu me calasse.

"Mas e se for...?", sussurrei.

Quase disse: "E se for Henry?". Mas na verdade pensava: "E se for a polícia?". Francis, eu sabia, pensava o mesmo.

Novas batidas, mais insistentes desta vez.

Meu coração batia forte. Desconcertado pelo medo, cruzei o quarto e sentei-me na cama.

Francis passou a mão pelo cabelo. "Entre", disse.

De tão nervoso, precisei de algum tempo para notar que era apenas Charles. Ele apoiou o cotovelo no batente, o cachecol vermelho enrolado descuidadamente em torno do pescoço. Quando entrou no quarto, concluí imediatamente que estava bêbado. "Oi", ele disse a Francis. "Mas que diabos vocês dois estão fazendo aqui?"

"Você quase nos mata de medo."

"Queria saber se estavam aqui. Henry ligou e me tirou da cama."

Nós dois o encaramos, esperando por uma explicação. Ele tirou o casaco e me fitou com ar intenso, lacrimoso. "Você apareceu no meu sonho", disse.

"Como?"

Ele piscou para mim. "Acabei de me lembrar", disse. "Tive um sonho esta noite. Você estava nele."

Olhei para ele. Antes que pudesse contar que ele também esteve no meu sonho, Francis disse impaciente: "Vamos logo, Charles. Qual é o problema?".

Charles passou a mão no cabelo desgrenhado pelo vento. "Nada", disse. Enfiando a mão no bolso do casaco, puxou um maço de papéis dobrados ao meio no comprimento. "Fez a lição de grego de hoje?", perguntou a mim.

Ergui os olhos para o teto. Grego era a última coisa do mundo em que poderia pensar.

"Henry pensou que poderia ter se esquecido. Ligou e pediu que eu trouxesse a minha para você copiar, por via das dúvidas."

Ele estava completamente embriagado. Não arrastava as palavras, mas cheirava a uísque e mal conseguia manter-se em pé. Seu rosto brilhava, rosado como o de um anjo.

"Conversou com Henry? Ele ouviu alguma coisa?"

"A virada do tempo o preocupa muito. Não aconteceu nada, que ele saiba. Nossa, faz calor aqui", ele disse, tirando o paletó.

Francis, sentado na cadeira perto da janela, balançava a perna cruzada, equilibrando a xícara de chá no tornozelo exposto, e encarava Charles sério.

Charles virou-se, cambaleando ligeiramente. "O que está olhando?"

"Tem uma garrafa aí no seu bolso?"

"Não"

"Mentira, Charles. Ouvi o barulho."

"E que diferença isso faz?"

"Quero tomar um gole."

"Está bem", Charles disse irritado. E tirou uma garrafa de meio litro, chata, do bolso interno do paletó. "Tome", disse. "Mas não banque o esganado, me deixe um pouco."

Francis bebeu o resto do chá e apanhou a garrafa. "Obrigado", falou, despejando dois dedos na xícara. Olhei para ele — terno escuro, sentado com as costas retas e pernas cruzadas na altura do joelho. O próprio retrato da respeitabilidade, a não ser pelos pés descalços. Assim, de repente, pude vê-lo como o mundo o via, como eu o vi ao conhecê-lo — frio, educado, rico, absolutamente impecável. Uma ilusão tão convincente que mesmo eu, conhecendo a falsidade essencial da imagem, me sentia curiosamente reconfortado por ela.

Ele bebeu o uísque num gole só. "Precisamos curar sua bebedeira, Charles", ele disse. "A aula começa em menos de duas horas."

Charles suspirou e sentou-se ao pé da cama. Mostrava-se muito cansado, uma condição que não se manifestava em olheiras, ou palidez, mas na tristeza sonhadora e corada da face. "Sei disso", falou. "Contava com a caminhada para me ajudar."

"Precisa de um café."

Ele limpou a testa úmida com as costas da mão. "Preciso muito mais do que um café", disse.

Desamarrotei os papéis e comecei a copiar o texto em grego, na escrivaninha.

Francis sentou-se na cama ao lado de Charles. "E Camilla?"

"Dormindo."

"O que vocês dois fizeram ontem à noite? Encheram a cara?"

"Não", Charles disse, conciso. "Faxina na casa."

"Duvido. Você está brincando."

"Não estou, sério mesmo."

Ainda meio dopado, não compreendia o texto que estava copiando, só uma frase aqui, outra acolá. *Cansados da marcha, os soldados pararam no templo para oferecer sacrifícios. Voltei daquela região e afirmei ter visto a Górgona, sem me transformar em pedra.*

"Nossa casa está cheia de tulipas, se quiser uma", Charles disse, e isso me confundiu.

"Como assim?"

"Antes que a neve se acumulasse, saímos para recolher as flores. Enchemos todos os cantos. Até os copos de água."

Tulipas, pensei, examinando o amontoado de letras em frente. Os gregos antigos usavam outro nome para elas, ou nem sequer conheciam a tulipa? A letra *psi*, em grego, tem forma de tulipa. De repente, na densa floresta do alfabeto, na página, pequenas tulipas negras começaram a pipocar, num padrão aleatório, como pingos de chuva.

Minha vista embaçou. Fechei os olhos. Permaneci sentado por um longo tempo, entorpecido, até perceber que Charles pronunciava meu nome.

Virei a cadeira. Eles estavam de saída. Francis, sentado em minha cama, amarrava os sapatos.

"Aonde vão?", perguntei.

"Trocar de roupa, em casa. Já está na hora."

Temia ficar sozinho — ansiava por companhia, aliás —, mas também sentia o inexplicável e intenso desejo de me ver livre dos dois. O sol nasceu. Francis apagou a luz. A luz da manhã, fraca e sóbria, tornava meu quarto terrivelmente quieto.

"Nos vemos em seguida", ele disse, e depois escutei os passos a sumir na escada. O silêncio cobria tudo no amanhecer — xícaras sujas, cama desarrumada, flocos de neve a flutuar do lado de fora da janela, em uma calma leve, perigosa. Meus ouvidos doíam. Quando retornei ao trabalho, as mãos trêmulas manchadas de tinta, incomodava-me o ruído da pena no papel, áspero a romper a calma. Pensei no quarto escuro de Bunny, no desfiladeiro distante vários quilômetros; nas camadas e mais camadas de silêncio.

"E onde está Edmund na manhã de hoje?", Julian perguntou quando abrimos os livros de gramática.

"Em casa, suponho", Henry disse. Ele chegara atrasado, impedindo que conversássemos antes da aula. Parecia calmo, descansado, mais do que seria direito.

Os outros mostravam-se surpreendentemente calmos também. Até Francis e Charles, bem-vestidos, recém-barbeados, comportavam-se com a despreocupação de antigamente. Camilla sentou-se entre os dois, o cotovelo apoiado de modo negligente sobre a mesa, segurando o queixo com a mão, tranquila como uma orquídea.

Julian franziu a testa para Henry. "Ele está doente?"

"Não sei."

"O tempo ruim pode ter feito com que se atrasasse um pouco. Talvez seja melhor esperar alguns minutos."

"Acho uma boa ideia", Henry disse, retornando ao livro.

Após a aula, assim que nos afastamos do Lyceum e nos aproximamos do bosque de bétulas, Henry olhou em volta para se certificar de que ninguém nos poderia ouvir; aproximamo-nos todos para escutá-lo, mas naquele exato momento, reunidos em círculo, soltando nuvens brancas quando respirávamos, ouvi alguém chamar meu nome e, ao longe, o dr. Roland, avançando com dificuldade na neve como um cadáver ambulante.

Afastei-me do grupo e fui encontrá-lo. Ele respirava com dificuldade, tossia muito e pigarreava. Disse que precisava me mostrar uma coisa em sua sala.

Nada me restava a fazer exceto acompanhá-lo, ajustando meu passo a sua lentidão pesada. Lá dentro ele parou várias vezes na escada, reclamando da sujeira que o zelador não removera, chutando debilmente o lixo espalhado. Segurou-me por uma hora. Quando escapei, finalmente, os ouvidos doloridos e um punhado de papéis soltos que tentavam escapar das mãos por causa do vento, o bosque de bétulas estava vazio.

Não sei o que esperava, mas o mundo seguramente não saíra de órbita da noite para o dia. As pessoas corriam de um lado para outro, a caminho da aula, tudo transcorria como de costume. O céu estava cinzento, e um vento gelado soprava do monte Cataract.

Comprei um milk-shake na lanchonete e voltei para casa. Atravessava o corredor, a caminho do quarto, quando esbarrei em Judy Poovey.

Ela me encarou. Enfrentava uma ressaca brava, a julgar pelas olheiras profundas.

"Oi, tudo bem?", falei, desviando o corpo. "Desculpe."

"Espere", ela disse.

Dei meia-volta.

"Quer dizer que dormiu com Mona Beale na noite passada?"

Por um segundo, não entendi o que estava dizendo. "Como?"

"E então?", ela perguntou, maliciosa. "Foi bom?"

Surpreso, dei de ombros e recomecei a andar pelo corredor.

Para meu aborrecimento, ela me seguiu e segurou meu braço. "Ela tem namorado, sabia? Torça para que ninguém conte a ele."

"Não me importo."

"No semestre passado ele deu uma surra em Bram Guernsey. Achou que Bram estava dando em cima dela."

"Era *ela* que estava dando em cima de *mim*."

Ela me olhou de esguelha, maliciosa. "Bem, todo mundo sabe que ela é uma puta."

Pouco antes de acordar, tive um sonho terrível.

Estava num banheiro antigo, enorme, como aqueles dos filmes de Zsa Zsa Gabor, com torneiras e espelhos dourados, revestimento cor-de-rosa no piso e nas paredes. Um aquário redondo, com peixinhos dourados, repousava num pedestal espiralado. Aproximei-me para olhá-lo, os passos ecoando nos ladrilhos, e notei de repente um ruído ritmado, plinc, plinc, plinc. A torneira pingava, na banheira.

A banheira também era cor-de-rosa. Estava cheia de água, e Bunny, inteiramente vestido, jazia imóvel no fundo. De olhos abertos e óculos tortos, tinha as pupilas de tamanhos diferentes — uma grande, preta, a outra um pontinho apenas. A água estava clara, parada. A ponta da gravata ondulava próxima à superfície.

Plinc, plinc, plinc. Não consegui me mexer. Então, subitamente, ouvi passos e vozes que se aproximavam. Aterrorizado, percebi que precisava ocultar o corpo em algum lugar mas não sabia onde. Mergulhei a mão na água gelada, segurei-o por debaixo do braço e tentei erguê-lo, mas não consegui; a cabeça caía para trás, a boca aberta cheia de água...

Lutando para aguentar o peso, recuei e derrubei o aquário do pedestal, quebrando-o. Havia peixes dourados em volta dos meus pés, entre os cacos de vidro. Alguém bateu na porta. Apavorado, larguei o corpo, que caiu novamente na banheira com estardalhaço, esparramando água para fora, e acordei.

Escurecia. Senti meu peito batendo forte, irregular, como se um pássaro imenso estivesse preso no tórax, debatendo-se até a morte. Ofegando, continuei deitado na cama.

Quando o pior passou, sentei-me. Tremia inteiro, banhado de suor. Longas sombras, longa noite de pesadelo. Via meninos brincando na neve lá fora, meras silhuetas contra o céu medonho, cor de salmão. Seus gritos e risadas, ao longe, pareciam insanos. Esfreguei as mãos nos olhos com força. Pontos leitosos, estrelinhas luminosas. *Ai, meu Deus, pensei.*

Cara nua no ladrilho frio. O ronco e o rugido da descarga era tão alto, imaginei que me engoliria. Foi igual a todas as vezes em que passei mal, a todos os acessos de vômito por bebedeira que sofri em banheiros de postos de gasolina e bares. Visões de detalhes insignificantes: pequenos botões na base do vaso sanitário, que a gente nunca nota em outras ocasiões; louça suada, zumbido nos canos, o longo gorgolejar da água descendo em espiral.

Enquanto lavava o rosto, comecei a chorar. As lágrimas se misturavam com facilidade à água fria, no arroxeado luminoso de meus dedos em concha, e no início nem notei que chorava. Os soluços eram regulares, desprovidos de emoção, automáticos como os ataques de náusea que haviam cessado finalmente. Não havia razão para as lágrimas, nada tinham a ver comigo. Ergui a cabeça e olhei para meu reflexo choroso no espelho com interesse distante. O *que isso significa?*, pensei. Minha aparência era terrível. Nenhum dos outros perdera a compostura; todavia, lá estava eu, tremendo e vendo morcegos como Ray Milland em *The Lost Weekend*.

Um vento frio soprava pela janela. Abalado, não conseguira me refrescar. Resolvi tomar um banho quente, jogando um punhado dos sais de banho de Judy na banheira. Quando saí e vesti a roupa, já me sentia melhor.

Nihil sub sole novum, pensei ao percorrer o corredor de volta ao meu quarto. Qualquer ação, no tempo infinito, reduz-se a nada.

Já estavam todos lá quando cheguei para jantar na casa dos gêmeos naquela noite, reunidos em volta do rádio, ouvindo a previsão do tempo como se fosse um boletim da guerra recém-chegado do front. "Quanto à previsão para os próximos dias", disse a voz ágil do locutor, "esperamos tempo frio na quinta-feira, com céu nublado e possibilidade de pancadas de chuva, elevando a temperatura para..."

Henry desligou o rádio. "Com um pouco de sorte", ele disse, "a neve derreterá até amanhã à noite. Onde esteve esta tarde, Richard?"

"Em casa."

"Ainda bem que veio. Preciso de um favorzinho seu, caso não se importe."

"De que se trata?"

"Gostaria de levá-lo até o centro amanhã, depois do jantar, para que assistisse aos filmes no Orpheum e nos contasse o enredo. Importa-se?"

"Não."

"Sei o quanto o atrapalha, durante a semana, mas realmente não creio que seja aconselhável, para qualquer um de nós, voltar lá. Charles ofereceu-se para preparar sua lição de grego se quiser."

"Se eu usar o mesmo papel amarelo que você", Charles disse, "e a caneta-tinteiro, ele jamais notará a diferença."

"Obrigado", falei. Charles possuía um talento impressionante para a falsificação, segundo Camilla datado da infância — assinaturas perfeitas no boletim da quarta série, justificativas impecáveis para faltas na sexta. Eu o convocava sempre para fazer a assinatura do dr. Roland no meu livro de ponto.

"Falando sério", Henry disse, "odeio pedir que faça isso. Temo que os filmes sejam horrorosos."

Eram muito ruins mesmo. No primeiro, um filme de estrada dos anos 70, o sujeito abandona a esposa para cruzar o país de carro. Acaba se desviando da rota e vai parar no Canadá, onde se envolve com desertores do serviço militar; no final volta para a mulher e os dois se reconciliam numa cerimônia hippie. O pior de tudo foi aguentar a trilha sonora. Músicas acompanhadas de violão, abusando da palavra *liberdade*.

O segundo filme, mais recente, tratava da guerra do Vietnã. Chamava-se *Fields of Shame* — superprodução com vários astros. Os efeitos especiais, contudo, eram realistas demais para o meu gosto. Soldados perdendo a perna e coisas do gênero.

Quando saí, vi o carro de Henry estacionado adiante, na rua, com as luzes apagadas. Na casa de Charles e Camilla, depois, encontrei o grupo reunido em torno da mesa da cozinha, mangas arregaçadas, estudando grego. Quando chegamos eles se agitaram, e Charles se levantou para fazer café, enquanto eu lia minhas anotações. Nenhum dos dois filmes tinha enredo decente, encontrei alguma dificuldade em passar a ideia geral.

"Mas eles devem ser *terríveis*", Francis disse. "Sentirei vergonha se descobrirem que vimos filmes tão ruins."

"Não entendi nada", Camilla disse.

"Nem eu", Charles disse. "Por que o sargento bombardeou a aldeia onde viviam os inocentes?"

"Isso mesmo", Camilla disse. "Por quê? E o que fazia o menino com o cachorrinho no meio de tudo? De onde conhecia Charlie Sheen?"

Charles havia feito um serviço de primeira com a minha lição de grego, e eu admirava o resultado, antes da aula do dia seguinte, quando Julian entrou. Parado à porta, olhou para o lugar vazio e riu. "Minha nossa", disse. "Outra vez, não é possível."

"Mas é isso aí", Francis disse.

"Devo dizer: espero que nossas aulas não tenham se tornado insuportavelmente maçantes. Por favor, avisem Edmund de que farei um esforço supremo para despertar seu interesse, caso resolva comparecer à aula amanhã."

Ao meio-dia, tornou-se evidente que a previsão do tempo falhara. A temperatura caiu mais, e nevou de novo à tarde.

Nós cinco combinamos em sair para jantar naquela noite, e quando os gêmeos e eu chegamos ao apartamento de Henry, ele estava de péssimo humor. "Adivinhem quem acabou de me telefonar?", disse.

"Quem?"

"Marion."

Charles sentou-se. "O que ela queria?"

"Saber se estive com Bunny."

"E o que respondeu?"

"Claro que eu respondi que não", Henry disse irritado. "Tinham um encontro marcado no domingo à noite, e ela falou que ele sumiu desde sábado."

"Estava preocupada?"

"Não muito."

"Então qual é o problema?"

"Nada." Ele suspirou. "Só espero que o tempo melhore amanhã."

Não melhorou. A quarta-feira amanheceu clara e fria, com mais cinco centímetros de neve que se acumularam durante a noite.

"Sem dúvida", Julian disse, "eu não me importo quando Edmund falta a uma aula ou outra. Mas três em seguida? Vocês conhecem as dificuldades dele em acompanhar o curso."

"Não podemos prosseguir com isso durante muito tempo", Henry disse no apartamento dos gêmeos naquela noite, quando fumávamos cigarros depois de deixar os ovos com bacon intactos no prato.

"E o que podemos fazer?"

"Não sei. Mas ele desapareceu há setenta e duas horas, e vai pegar mal se não começarmos a nos mostrar preocupados logo."

"Mas ninguém está preocupado", Charles disse.

"Ninguém mais convive tanto com ele. Espero que Marion esteja em casa", ele disse, consultando o relógio.

"Por quê?"

"Talvez tenha chegado a hora de telefonar para ela."

"Pelo amor de Deus", Francis disse. "Não a envolva nisso."

"Não pretendo envolvê-la em nada. Só quero deixar claro que nenhum de nós vê Bunny há três dias."

"E o que espera que ela faça?"

"Espero que chame a polícia."

"Perdeu a cabeça, por acaso?"

"Bem, se ela não chamar, seremos obrigados a fazer isso", Henry disse impaciente. "Quanto mais tempo demorar, mais esquisito ficará. Não quero uma grande confusão, gente fazendo mil perguntas."

"Então por que chamar a polícia?"

"Porque não haverá muita agitação se formos logo. Talvez mandem um ou dois investigadores para fazer algumas perguntas pensando que se trata provavelmente de um alarme falso..."

"Se ninguém o encontrou até agora", falei, "não sei por que um par de guardas de trânsito de Hampden conseguiria resultados diferentes."

"Ninguém o encontrou porque ninguém o procurou ainda. Está a menos de um quilômetro daqui."

Quem atendeu precisou de muito tempo para chamar Marion ao telefone. Henry aguardou paciente, olhando para o chão; gradualmente, seus olhos começaram a se desviar, e após cinco minutos ele soltou uma praga exasperada e olhou para cima. "Mas que diacho", disse. "Por que ela demora tanto? Pegue um cigarro para mim, Francis, por favor."

Henry levou o cigarro à boca, e Francis o acendeu no momento em que Marion atendeu o telefonema. "Alô? Marion, tudo bem?", ele disse, soltando uma nuvem de fumaça, de costas para nós. "Ainda bem que consegui falar com você. Bunny está aí?"

Pequena pausa. "Certo", Henry disse, procurando um cinzeiro. "E por acaso sabe onde ele está?"

Novo silêncio, mais demorado. Henry escutava, o rosto impassivelmente satisfeito. De repente, seus olhos se arregalaram. "Como?", perguntou, um tanto alarmado.

Todos nós pulamos de susto. Henry não olhava para nós, fixara-se num ponto na parede, acima de nossas cabeças, os olhos azuis redondos e vítreos.

"Compreendo", ele disse finalmente.

Mais falatório do outro lado da linha.

"Bem, se por acaso ele passar por aí, gostaria que me ligasse. Pode anotar meu número?"

Quando desligou, havia em seu rosto uma expressão estranha. Todos o olhavam.

"Henry?", Camilla disse. "O que foi?"

"Ela está furiosa. Nem um pouco preocupada. Esperando que ele chegue a qualquer momento. Não sei", ele disse, olhando para o chão. "Isso é muito peculiar, mas uma amiga — chamada Rika Thalheim — viu Bunny na porta do First Vermont Bank esta tarde."

O espanto impediu que falássemos qualquer coisa. Francis riu, incrédulo.

"Meu Deus", Charles disse. "Isso é impossível."

"Certamente", Henry concordou, seco.

"Por que alguém inventaria uma mentira dessas?"

"Nem imagino. As pessoas acreditam ver os maiores absurdos, creio. Bem, é claro que ela não o viu", ele acrescentou, com irritação, dirigindo-se a Charles, que parecia perturbado. "Mas não sei como proceder agora."

"O que quer dizer?"

"Bem, não podemos chamar a polícia e dizer que ele desapareceu, pois uma pessoa o viu há menos de seis horas."

"Então, o que vamos fazer? Esperar?"

"Não", Henry disse, mordiscando o lábio inferior. "Preciso pensar em algo."

"Mas onde afinal se meteu Edmund?", Julian disse na quinta-feira de manhã. "Não sei quanto tempo ele pretende se ausentar, mas comporta-se irresponsavelmente, pois nem entrou em contato comigo."

Ninguém respondeu. Ele ergueu os olhos do livro, intrigado com nosso silêncio.

"O que há de errado?", ele disse, zombeteiro. "Tantos rostos constrangidos. Talvez", prosseguiu, mais ferino, "alguns sintam vergonha por não ter estudado o bastante para a aula de ontem."

Vi quando Charles e Camilla trocaram olhares. Por algum motivo, justamente naquela semana Julian nos encheu de tarefas. Conseguimos, de um modo ou de outro, preparar os trabalhos escritos; mas ninguém havia conseguido terminar as leituras, e na classe, no dia anterior, houve momentos de silêncio envergonhado, que nem mesmo Henry foi capaz de evitar.

Julian olhou para o livro. "Acho melhor, antes de começarmos", disse, "que um de nós ligue para Edmund e peça a ele que venha para cá se estiver em condições. Não me importa que não tenha lido os textos, trata-se de uma aula importante e não gostaria que ele a perdesse."

Henry levantou-se. Mas Camilla falou, inesperadamente: "Duvido que ele esteja em casa".

"Então onde está? Viajou?"

"Não sei."

Julian baixou os óculos de leitura e olhou por cima deles. "Como assim?"

"Não o vemos há vários dias."

Os olhos de Julian se arregalaram, demonstrando surpresa teatral, infantil. Não foi a primeira vez que percebi sua semelhança com Henry, a mesma mistura de frieza e interesse. "É mesmo?", disse. "*Muito* peculiar. Alguém tem ideia de onde ele possa estar?"

O tom de voz alarmante, interrogativo, me deixou nervoso. Concentrei-me nos círculos de luz aquosos, ondulados, que o vaso de cristal lançava no tampo da mesa.

"Ninguém", Henry disse. "Estamos preocupados."

"Aposto que sim." Seus olhos fixaram-se estranhamente em Henry, por um longo momento.

Ele sabe, pensei em pânico. *Sabe que mentimos. Só não sabe o que há por trás da mentira.*

Após o almoço, depois da aula de francês, sentei-me no andar de cima da biblioteca com os livros abertos sobre a mesa na minha frente. O dia claro estava estranho, brilhante, como num sonho. O gramado coberto de neve — pontilhado pelas figuras de pessoas distantes, iguais a bonequinhos — estendia-se liso como glacê num bolo de aniversário; um cachorrinho corria, latindo, atrás de uma bola; fumaça de verdade saía de casinhas de brinquedo.

Nesta época, pensei, *há um ano*. O que eu fazia? Ia para San Francisco, no carro emprestado por um amigo, percorrer a seção de poesia das livrarias, preocupado com minha matrícula em Hampden. E agora aqui estava eu, sentado num quarto frio, usando roupas estranhas e com medo de ir para a cadeia.

Nihil sub sole novum. Um apontador de lápis gemeu alto em algum lugar. Baixei a cabeça sobre meus livros — sussurros, passos cuidadosos, o cheiro de papel velho nas narinas. Semanas antes, Henry ficara furioso quando os gêmeos manifestaram escrúpulos moralistas em relação à ideia de matar Bunny. "Não sejam ridículos", ele sapecou.

"Mas como", Charles disse, já a ponto de chorar, "como pode justificar um assassinato a sangue-frio?"

Henry acendeu um cigarro. "Prefiro pensar nisso", havia dito, "como uma redistribuição da matéria."

Acordei assustado ao ver Henry e Francis em pé na minha frente.

"O que foi?", perguntei, esfregando os olhos ao encará-los.

"Nada", Henry disse. "Quer ir até o carro conosco?"

Sonolento, desci a escada e segui-os até onde haviam estacionado o carro, na frente da livraria.

"Qual é o problema?", perguntei depois que entramos.

"Sabe onde Camilla se meteu?"

"Ela não está em casa?"

"Não. Julian também não a viu."

"O que desejam com ela?"

Henry suspirou. Fazia frio dentro do carro, o ar que ele soltava era branco. "Aconteceu alguma coisa", ele disse. "Francis e eu vimos Marion na guarita, com Cloke Rayburn. Conversavam com alguém da segurança."

"Quando?"

"Faz uma hora mais ou menos."

"Acha que eles tomaram alguma providência?"

"Não devemos tirar conclusões precipitadas", Henry disse. Olhava para o telhado da livraria que brilhava ao sol, coberto de gelo. "Gostaríamos que Camilla passasse no quarto de Cloke para descobrir o que aconteceu. Eu mesmo iria, se o conhecesse melhor."

"E ele me odeia", Francis disse.

"Eu o conheço um pouco."

"Não o bastante. Charles e ele se dão bem, mas não consigo encontrá-lo também."

Tirei um Rolaids do bolso e comecei a mascar.

"O que está comendo?", Francis perguntou.

"Rolaids."

"Aceito um, caso não se importe", Henry disse. "Acho melhor passar na casa deles outra vez."

Desta vez Camilla abriu a porta, apenas uma fresta, para espiar desconfiada. Henry começou a dizer algo, mas ela lançou um olhar de alarme. "Oi", disse. "Entrem."

Nós a seguimos sem dizer uma só palavra pelo corredor escuro até a sala. Lá, junto com Charles, estava Cloke Rayburn.

Charles levantou-se, nervoso; Cloke continuou onde estava, olhando para nós com ar sonolento, inescrutável. Vermelho de tanto tomar sol, precisava fazer a barba. Charles ergueu as sobrancelhas para nós e sua boca formou a palavra *drogado*.

"Oi", Henry disse em seguida. "Como vai?"

Cloke tossiu uma tosse profunda, desagradável — e tirou um Marlboro do maço na sua frente. "Mais ou menos", disse. "E você?"

"Tudo bem."

Enfiou o cigarro no canto da boca, acendeu-o e tossiu novamente. "Oi", disse para mim. "Como vão as coisas?"

"Tudo bem."

"Vi você na festa em Durbinstall, no domingo."

"É, eu fui."

"Tem visto a Mona?", perguntou, sem malícia alguma na voz.

"Não", retruquei bruscamente, e me dei conta de que todos me olhavam.

"Mona?", Charles perguntou, depois de um momento de silêncio curioso.

"Linda garota", Cloke disse. "Do segundo ano. Mora no mesmo alojamento que Bunny."

"E quanto a ele?", Henry disse.

Cloke recostou-se na poltrona e fixou Henry com seus olhos vermelhos, entorpecidos. "Pois é", disse, "estávamos mesmo falando de Bun. Vocês não o viram nos últimos dias, viram?"

"Não. E você?"

Cloke não falou nada por um momento. Depois balançou a cabeça. "Não", disse ríspido, esticando a mão para pegar o cinzeiro. "Não sei onde foi parar. Estive com ele no sábado à noite e só comecei a achar isso esquisito hoje."

"Falei com Marion ontem à noite", Henry disse.

"Já sei", Cloke disse. "Ficou meio preocupada. Cruzei com ela em Commons hoje de manhã, e ela me falou que ele não aparece no quarto há cinco dias. Pensou que poderia ter ido para a casa dele, mas não. Ela telefonou para Patrick, o irmão dele, mas Bunny não foi para Connecticut. Nem para Nova York, segundo Hugh."

"Ela falou com os pais dele?"

"Bem, ela não queria botar ele numa encrenca."

Henry ficou em silêncio por um instante. Depois disse: "Mas onde você acha que ele está, então?".

Cloke desviou os olhos, desconfortável.

"Você o conhece há mais tempo do que eu. Ele não tem um irmão em Yale?"

"Sim. Brady, no curso de administração de empresas. Mas Patrick disse que falou com Brady e nada."

"Patrick mora com os pais, certo?"

"Sim. Tem um negócio por lá, eu acho, uma loja de artigos esportivos ou algo assim, que está começando."

"E Hugh é o advogado."

"Sim. O mais velho. Trabalha no Milbank Tweed de Nova York."

"E quanto ao outro irmão — o que é casado?"

"Hugh é o irmão casado."

"Mas há um outro, também casado, não é?"

"Ah, Teddy. Sei que não foi para lá."

"Por quê?"

"O cara mora com o sogro. E eles não se dão muito bem."

Seguiu-se um longo silêncio.

"Imagina onde ele possa estar?", Henry disse.

Cloke debruçou-se, os cabelos longos caíram sobre seu rosto, e ele bateu a cinza do cigarro. Sua fisionomia traía apreensão, segredos, e depois de alguns momentos ele ergueu os olhos. "Vocês notaram", ele disse, "que Bunny anda cheio da nota nas últimas duas ou três semanas?"

"Como assim?", Henry perguntou, um tanto cáustico.

"Conhece Bunny. Vive duro. Mas, ultimamente, anda cheio de dinheiro. Um montão, sabe. Talvez a avó tenha mandado um presente, mas podem apostar que não foram os pais dele."

Seguiu-se outro momento de silêncio. Henry mordeu os lábios. "Onde está tentando chegar?", ele disse.

"Notaram isso, então."

"Agora que você falou, sim."

Cloke remexeu-se desconfortável na poltrona. "Que isso fique só entre nós, certo?", disse.

Sentindo um aperto no peito, sentei-me.

"O que é?", Henry perguntou.

"Nem sei se devo mencionar isso."

"Se acredita que é importante, fale de uma vez", Henry disse secamente.

Cloke deu a última tragada no cigarro e o apagou com um movimento deliberado, agressivo. "Vocês sabem", ele disse, "que eu vendo um pouco de pó, de vez em quando, não sabem? Pouca coisa", ele disse rapidamente. "Um grama aqui, outro ali. Só para mim e para meus amigos. Não dá muito trabalho e ganho um dinheirinho extra."

Trocamos olhares. Nenhuma novidade nisso. Cloke era um dos maiores traficantes do campus.

"E daí?", Henry disse.

Cloke pareceu surpreso. Depois deu de ombros. "Bem", disse, "conheço um chinês em Mott Street, em Nova York, um cara meio tenebroso, mas ele gosta de mim, e me vende tudo o que eu preciso, é só levar a grana. Pó, de vez em quando um pouco de fumo, mas o fumo só dá dor de cabeça. Eu o conheço há anos. Fizemos até algumas transas quando Bunny e eu estudamos em Saint Jerome." Ele parou. "Bem. Vocês sabem que Bunny vive duro."

"Sim."

"Bom, ele sempre mostrou muito interesse pela transa. Dinheiro fácil, entende. Se ele tivesse algum para investir, eu teria deixado que entrasse na jogada. Como investidor, entende? Mas nunca tinha grana, e além disso Bunny não tinha nada que se meter num negócio desses." Ele acendeu outro cigarro. "Bem, seja lá como for", ele disse, "esta história está me preocupando."

Henry franziu a testa. "Lamento, mas não entendi."

"Dei uma mancada, eu acho, deixando que ele fosse comigo na transa faz umas duas semanas."

Já sabíamos do passeio a Nova York. Bunny gabava-se dele o dia inteiro. "E daí?", Henry perguntou.

"Não sei não, fiquei preocupado. Ele sabe onde o sujeito mora, certo? E como ele apareceu cheio de dinheiro, quando conversei com Marion, pensei que..."

"Acha que ele foi até lá sozinho?", Charles disse.

"Não sei. Tomara que não. Ele nem conheceu pessoalmente o cara."

"Bunny faria uma coisa dessas?", Camilla disse.

"Francamente", Henry disse, tirando os óculos para limpá-los rapidamente com o lenço, "para mim parece o tipo de coisa estúpida que Bunny faria."

Ninguém disse nada por um momento. Henry olhou para o alto. Seus olhos, sem óculos, eram míopes, estranhos, fixos. "Marion sabe disso?", ele disse.

"Não", Cloke falou. "E prefiro que não toquem no assunto com ela, certo?"

"Tem algum outro motivo para pensar nisso?"

"Não. Mas aonde mais ele pode ter ido? E Marion contou para você que Rika Thalheim o viu na porta do banco na quarta-feira?"

"Sim."

"Isso é muito esquisito, mas faz sentido, se você pensar direito. E se ele foi para Nova York com algumas centenas de dólares, hem? Dizendo que tinha muito mais para trazer depois. Os caras iam picar ele e jogar na lata de lixo por causa de vinte paus. Bom, não sei. Talvez tenham dito a ele que voltasse para casa, tirasse todo o dinheiro do banco e levasse lá."

"Mas Bunny nem tem conta no banco."

"Que a gente saiba", Cloke completou.

"Tem toda a razão", Henry disse.

"E você não pode telefonar para o tal sujeito?", Charles disse.

"Como vou ligar? O nome não consta da lista e ele não distribui cartões de visita, sacou?"

"E como você faz para entrar em contato com ele?"

"Telefono para um outro cara."

"Então ligue para seu contato", Henry disse calmamente, guardando o lenço novamente no bolso e recolocando os óculos.

"Eles não vão me dizer nada."

"Pensei que fossem seus melhores amigos."

"O que acha?", Cloke disse. "Pensa que os caras fazem parte dos escoteiros? Está brincando? Eles são jogo duro. Traficantes da pesada."

Por um instante, apavorado, pensei que Francis fosse cair na gargalhada, mas felizmente ele conseguiu transformar o riso num acesso de tosse teatral, escondendo o rosto com as mãos. Henry, sem ao menos olhar para ele, deu-lhe um tapa forte nas costas.

"Então, como devemos agir, em sua opinião?", disse Camilla.

"Sei lá. Gostaria de entrar no quarto dele, ver se levou a mala ou algo assim."

"Não está trancado?", Henry disse.

"Está. Marion pediu ao pessoal da segurança que o abrisse, mas não teve jeito."

Henry mordeu o lábio. "Bem", ele disse, "não seria muito difícil entrar, apesar disso, não é?"

Cloke deixou o cigarro de lado e olhou para Henry com súbito interesse. "Não mesmo."

"Dá para entrar pela janela do quarto, fica no térreo. As folhas de proteção contra tempestades já foram retiradas, afinal."

"Acho que posso dar um jeito no trinco."

Os dois trocaram olhares.

"Acho melhor", Cloke falou, "passar lá agora e tentar."

"Vamos com você."

"Cara", Cloke disse, "não dá para ir *todo mundo*."

Vi quando Henry olhou para Charles, que estava atrás de Cloke e entendeu o recado. "Eu vou", ele disse de repente, em voz alta demais, e tomou o resto do drinque.

"Cloke, mas como você foi se meter numa coisa dessas?", Camilla falou.

Ele riu, condescendente. "Ora, isso não é nada. Basta saber lidar com os caras, do jeito deles. Ninguém me passa para trás, sabe."

Discretamente, Henry passou por trás da poltrona de Cloke, aproximando-se de Charles, e murmurou algo em seu ouvido. Charles fez que sim, disfarçando bem.

"Bem que eles tentam foder qualquer um", Cloke disse. "Mas eu sei como eles agem. Agora, Bunny não tem a menor ideia, pensa que é algum tipo de brincadeira com notas de cem dólares jogadas no chão esperando que algum idiota passe e pegue..."

Quando ele parou de falar, Charles e Henry já haviam combinado o que precisavam, e Charles apanhava o casaco no closet. Cloke pegou os óculos escuros e levantou-se. Cheirava a ervas secas, ligeiramente, um eco do cheiro de maconha que impregnava os corredores empoeirados de Durbinstall: óleo de patchuli, cigarros de cravo, incenso.

Charles enrolou o cachecol no pescoço. Sua expressão era vaga e turbulenta ao mesmo tempo; os olhos perdidos, a boca firme, mas as narinas se dilatavam ligeiramente quando respirava.

"Tome cuidado", Camilla disse.

Ela falou com Charles, mas Cloke deu meia-volta e sorriu. "Vai ser moleza", disse.

Ela os acompanhou até a porta. Assim que a fechou, virou-se para nós.

Henry levou o dedo aos lábios.

Esperamos até que os passos sumissem na escada e só falamos quando Cloke ligou o carro. Henry aproximou-se da janela e abriu a cortina rendada surrada. "Já foram", disse.

"Henry, acha mesmo que foi uma boa ideia?", Camilla disse.

Ele deu de ombros, olhando para a rua. "Não sei. Desta vez, fui obrigado a tocar de ouvido."

"Gostaria que *você* tivesse ido. Por que não foi?"

"Poderia ter ido, mas achei melhor assim."

"O que disse a ele?"

"Bem, vai ficar muito claro, até mesmo para Cloke, que Bunny não saiu da cidade. Tudo o que possui está dentro do quarto. Dinheiro, óculos de reserva, capote de inverno. Aposto que Cloke vai querer ir embora sem falar nada, mas disse a Charles que insista para chamar Marion pelo menos e peça que ela dê uma olhada também. Se *ela* vir, então... Não sabe nada a respeito dos problemas de Cloke, e se soubesse isso não a impediria de agir. Se não me engano, ela chamará a polícia, ou pelo menos ligará para os pais de Bunny. E duvido que Cloke consiga impedi-la."

"Não o encontrarão hoje", Francis disse. "Escurecerá em poucas horas."

"Sim, mas com um pouco de sorte começarão a procurá-lo amanhã cedo."

"Acha que alguém vai querer falar conosco a respeito?"

Não sei", Henry disse distraído. "Não sei como procedem nestes casos."

Um raio de sol delgado bateu nos prismas de um candelabro acima da lareira, produzindo fragmentos luminosos trêmulos e brilhantes, distorcidos pelas reentrâncias da água-furtada. De repente as imagens de todos os filmes de crimes que já vira começaram a pipocar em minha mente — salas sem janelas, luzes ofuscantes e corredores estreitos, imagens que não me pareciam teatrais ou exóticas, mas imbuídas de características indeléveis da memória, da experiência vivida. *Não pense, não pense*, disse a mim mesmo, olhando fixamente para a mancha clara e fria de sol no tapete a meus pés.

Camilla tentou acender um cigarro, mas um fósforo se apagou, depois outro. Henry pegou a caixa de sua mão e acendeu mais um, cuja chama cresceu intensa; ela se aproximou, uma das mãos protegendo a chama, a outra pousada no pulso dele.

Os minutos transcorriam com penosa lentidão. Camilla apanhou uma garrafa de uísque na cozinha, e nos sentamos em volta da mesa para jogar *euchre*, Francis e Henry contra Camilla e eu. Camilla jogava bem — era seu jogo favorito —, mas eu não me considerava um bom parceiro, e perdemos mão após mão para eles.

No apartamento, tudo quieto: tilintar de copos, embaralhar de cartas, apenas. Henry enrolara as mangas acima do cotovelo, o sol refletia no aro metálico do pincenê de Francis. Concentrei-me no jogo o quanto pude, mas de tempos em tempos pregava os olhos no relógio no quarto ao lado, sobre a lareira. Era uma das peças bizarras, bricabraque vitoriano, que os gêmeos tanto apreciavam — um relógio num elefante de porcelana branca, em cima do assento que vai no lombo, e um pequeno cornaca negro de turbante dourado e culotes que dava as horas. Havia algo de diabólico no cornaca, e sempre que eu erguia os olhos ele parecia me olhar com malícia zombeteira.

Perdi a conta dos pontos, das partidas. A sala escureceu.

Henry largou as cartas. "Chega", disse.

"Cansei também", Francis falou. "Por que demoram tanto?"

O relógio tiquetaqueava audivelmente, de modo irregular, fora de ritmo. Permanecemos ali sentados, ao crepúsculo, deixando de lado as cartas. Camilla pegou uma maçã no cesto de frutas e sentou-se à janela, comendo lentamente enquanto olhava para a rua. A luz da tarde brilhava em volta de sua silhueta, queimando seu cabelo de vermelho e dourado e espalhando-se difusa pela saia de lã que erguera descuidada até os joelhos.

"Talvez tenha dado tudo errado", Francis disse.

"Não seja ridículo. O que pode ter dado errado?"

"Um milhão de coisas. Charles pode ter perdido o controle, por exemplo."

Henry o encarou, cético. "Acalme-se", disse. "Não sei de onde tira estas ideias. De Dostoievski, por acaso?"

Francis ia responder quando Camilla deu um pulo. "Está chegando", ela disse.

Henry levantou-se. "Onde? Está sozinho?"

"Sim", Camilla disse, correndo para a porta.

Ela desceu para encontrá-lo na entrada, e logo os dois estavam de volta.

Charles chegou de olhos arregalados e cabelos desgrenhados. Tirou o casaco, jogou-o em cima da cadeira e acomodou-se pesadamente no sofá. "Por favor, alguém, preciso de uma bebida."

"Foi tudo bem?"

"Sim."

"O que aconteceu?"

"Cadê a bebida?"

Henry, impaciente, serviu-lhe uísque num copo sujo. "Foi tudo bem? Chamaram a polícia?"

Charles bebeu um gole demorado, franziu a testa e fez que sim.

"E Cloke, para onde foi? Para a casa dele?"

"Acho que sim."

"Conte tudo, desde o início."

Charles terminou de beber e largou o copo. O rosto se avermelhara, febril, suado. "Você tinha razão quanto ao quarto", ele disse.

"O que quer dizer com isso?"

"Foi pavoroso. Terrível. A cama desarrumada, poeira cobrindo tudo, metade de um Twinkie em cima da mesa, as formigas fazendo a festa. Cloke ficou com medo e queria ir embora, mas liguei para Marion antes que ele saísse. Ela chegou em poucos minutos. Olhou em torno, parecia assustada, mas não falou quase nada. Cloke ficou muito agitado."

"Ele mencionou a história das drogas?"

"Não. Tentou puxar o assunto um par de vezes, mas ela não lhe deu muita atenção." Ele olhou para cima. "Sabe, Henry", disse abruptamente, "creio que cometemos um grande erro não indo lá antes. Deveríamos ter revistado o quarto antes que um deles o visse."

"Por que diz isso?"

"Olhe o que eu achei." Ele mostrou uma folha de papel que tirou do bolso.

Henry a apanhou rapidamente e a examinou. "Como conseguiu isso?"

Ele deu de ombros. "Sorte. Estava em cima da mesa. Eu a embolsei na primeira chance."

Olhei por cima do ombro de Henry. Era uma cópia xerox da primeira página do *Examiner* de Hampden. Espremida entre uma coluna do serviço de pesquisa agrícola do governo e um anúncio de enxada havia uma nota pequena, mas chamativa.

MORTE MISTERIOSA EM BATTENKILL

O delegado do Departamento de Polícia de Battenkill, em conjunto com a delegacia de Hampden, continua a investigar o brutal homicídio de Harry Ray McRee, em 12 de novembro. O cadáver mutilado do sr. McRee, granjeiro e ex--membro da Associação dos Produtores de Ovos de Vermont, foi encontrado em sua fazenda em Mechanicsville. O motivo do crime não parece ter sido roubo, e embora o sr. McRee tivesse vários inimigos, tanto no ramo avícola quanto na comarca de Battenkill em geral, nenhum deles foi considerado suspeito do crime.

Horrorizado, debrucei-me mais. A palavra *mutilado* causou-me um choque, era a única que eu conseguia ver na página — mas Henry a virou e começou a estudar o outro lado. "Bem", disse, "pelo menos não se trata de cópia de um recorte. Aposto que ele a tirou na biblioteca, usando o exemplar da escola."

"Espero que tenha razão, mas isso não significa que seja a única cópia."

Henry pôs a folha no cinzeiro e riscou um fósforo. Quando aproximou o palito da beirada da folha, uma chama avermelhada tomou a lateral, depois envolveu o papel inteiro, de repente. As palavras se iluminaram por um momento, depois se fecharam e escureceram. "Bem", ele disse, "agora é tarde. Pelo menos conseguiu pegar esta. O que aconteceu em seguida?"

"Marion foi embora. Até o dormitório vizinho, Putnam House, e voltou com uma amiga."

"Quem?"

"Não a conheço. Uta ou Ursula, algo assim. Uma das moças com cara de sueca, que usa suéter de pescador o tempo inteiro. Ela deu uma olhada também, e Cloke ficou na cama sentado, fumando um cigarro, como se sofresse de dor de barriga, e finalmente a outra — Uta ou sei lá o quê — sugeriu que subissem e procurassem o responsável pelo prédio de Bunny."

Francis começou a rir. Em Hampden, o responsável pelo prédio era a pessoa a quem se reclamava quando a janela não fechava ou alguém punha música alta demais.

"Sabe, acho que foi uma boa ideia, se não ainda estaríamos lá parados", Charles disse. "A responsável era aquela moça escandalosa, ruiva, que sempre usa botas de montaria — como se chama? Briony Dillard?"

"Isso mesmo", confirmei. Além de ser encarregada do prédio e membro ativo do Conselho Estudantil, ela também presidia um grupo esquerdista do campus, e sempre tentava mobilizar a juventude de Hampden, profundamente alienada.

"Bem, ela entrou em cena e botou fogo no circo", Charles disse. "Anotou nossos nomes. Fez um montão de perguntas. Chamou os vizinhos de Bunny e começou a interrogar todo mundo. Chamou a Assistência ao Estudante, depois a segurança. O pessoal da segurança disse que mandaria alguém", ele acendeu o cigarro, "mas que realmente a questão, desaparecimento de um estudante, escapava à alçada deles, melhor que chamassem a polícia. Pode pegar mais um drinque para mim, por favor?", ele disse, virando-se abruptamente para Camilla.

"E eles apareceram?"

Charles, equilibrando o cigarro entre o indicador e o médio, limpou o suor da testa com as costas da mão. "Sim", disse. "Dois sujeitos. E também dois guardas."

"O que fizeram?"

"Os seguranças, nada. Mas os policiais foram bem eficientes. Um deles revistou o quarto, enquanto o outro levou todo mundo para fora e começou a fazer perguntas."

"Perguntas de que tipo?"

"Quem o vira pela última vez, se desaparecera fazia muito tempo, onde poderia estar. Soa tudo muito óbvio, mas ninguém se preocupou com isso antes."

"E Cloke disse alguma coisa?"

"Quase nada. Foi tudo muito confuso, cheio de gente, a maior parte morrendo de vontade de contar o que sabia, ou seja, nada. Ninguém me deu a menor importância. A senhora da Assistência ao Estudante tentou se intrometer, bancando a dona da escola e dizendo que não era problema da polícia, que a universidade cuidaria de tudo. Até que um dos policiais se irritou. 'Escute aqui', ele disse, 'qual é o problema de vocês? O rapaz desapareceu já faz uma semana e ninguém falou nada até agora. Trata-se de um problema sério, e se quer saber minha opinião, creio que a universidade se omitiu.' Bem, isso tirou a funcionária da Assistência ao Estudante de cena, e de repente o policial saiu do quarto com a carteira de Bunny.

"Todos fizeram silêncio. Havia duzentos dólares na carteira, mais a identidade de Bunny. O policial que a encontrou disse: 'Acho melhor entrar em contato com a família do rapaz'. Todos começaram a murmurar. A senhora da Assistência ao Estudante empalideceu e disse que precisava ir ao escritório, onde pegaria a ficha de Bunny imediatamente. O policial a acompanhou.

"Naquela altura, o prédio já estava cheio de gente. As pessoas chegavam e se amontoavam para ver o que estava acontecendo. O primeiro policial mandou que fossem embora, cuidar da própria vida, e Cloke escapou, na confusão. Antes de sair, ele me chamou de lado e pediu para não mencionar o problema das drogas."

"Espero que tenha esperado até que o liberassem."

"Esperei. Não demorou muito. O policial queria conversar com Marion, e disse que eu e a tal de Uta podíamos ir embora assim que anotasse nossos nomes. Isso já faz uma hora mais ou menos."

"Então por que só voltou agora?"

"Já chego lá. Não queria cruzar com a escola inteira no caminho de casa, então cortei caminho pelos fundos do campus, por trás do prédio da Administração. Foi um grande erro. Quando passava perto do bosque de bétulas, a encrenqueira da Assistência ao Estudante — aquela que discutiu com o guarda — me viu pela janela do escritório do deão e mandou que eu entrasse."

"O que ela foi fazer no escritório do deão?"

"Usar o telefone direto. Falavam com o pai de Bunny. Ele gritou com todo mundo, ameaçou processar a faculdade. O deão de estudos tentava acalmá-lo, mas o sr. Corcoran insistia em falar com alguém conhecido. Eles tentaram ligar para você, Henry, mas ninguém atendia na sua casa."

"Ele pediu para falar comigo?"

"Creio que sim. Estavam a ponto de mandar alguém até o Lyceum para chamar Julian quando a mulher me viu pela janela. Havia um milhão de pessoas lá — o policial, a secretária do deão, quatro ou cinco pessoas do departamento, a velha maluca que trabalha na seção de Registros. Na sala ao lado, onde fazem as matrículas, alguém tentava encontrar o presidente. Alguns professores ficaram por lá também. Creio que o deão de estudos estava no meio de uma conferência quando a senhora da Assistência ao Estudante entrou com o policial. Seu amigo estava lá, Richard. O dr. Roland.

"Bem, a multidão se afastou para me dar passagem, e quando me aproximei o deão de estudos entregou o telefone. O sr. Corcoran acalmou-se quando percebeu quem eu era. Perguntou, todo cúmplice, se aquilo não era algum tipo de brincadeira."

"Meu Deus", Francis disse.

Charles o olhou de esguelha. "Ele perguntou de você. 'Cadê o cabelo de cenoura?', disse."

"E o que mais ele falou?"

"Foi muito gentil. Perguntou sobre todos nós, na verdade. Mandou um abraço para cada um."

Seguiu-se uma longa pausa constrangedora.

Henry mordiscou o lábio inferior e aproximou-se do armário de bebidas para servir-se. "Alguém citou a história do banco, por acaso?"

"Sim. Marion passou o nome da tal moça. Por falar nisso...", ao erguer a cabeça, seu olhar era distraído, ausente, "esqueci de dizer antes, mas Marion forneceu o seu nome à polícia. E o seu também, Francis."

"Por quê?", Francis perguntou, assustado. "Para quê?"

"Eles queriam saber com quem ele andava, quem eram seus amigos. "

"Mas por que *eu*?"

"Acalme-se, Francis."

Na sala não havia mais luz. O céu tingiu-se de lilás, e as ruas cobertas de neve brilhavam surreais, lunares. Henry acendeu a luz. "Acredita que a busca começará esta noite?"

"Procurarão por ele, com certeza. Se procurarão no lugar certo já é outra história."

Ninguém se manifestou por um momento. Charles, pensativo, balançou o gelo do copo. "Sabem", disse, "fizemos uma coisa terrível."

"Fomos obrigados, Charles, e já discutimos isso."

"Eu sei, mas não consigo parar de pensar no sr. Corcoran. Nas férias que passamos em sua casa. Ele foi tão gentil ao telefone."

"A situação, para todos nós, melhorou muito."

"Para alguns de nós, você quer dizer."

Henry sorriu acidamente. "Não sei não", ele disse. "Πελλαίον βούζ μέγαζ έιν ’Αίδη."

A tradução aproximada seria que no Mundo Subterrâneo um boi enorme só custa um centavo, e como eu sabia a que se referia, apesar de tudo ri. Para os antigos, segundo a tradição, tudo era muito barato no inferno.

Quando Henry saiu, ofereceu-se para me dar uma carona até a escola. Era tarde, e quando estacionamos atrás do dormitório, perguntei se queria ir comigo até Commons, para jantar.

Paramos no correio, para Henry checar se havia correspondência. Só abria a caixa postal a cada três semanas, de modo que havia uma pilha de cartas à espera; parou ao lado da lata de lixo, examinou a correspondência com indiferença, jogando metade dela no lixo, sem abrir. De repente, parou.

"O que foi?"

Ele riu. "Olhe em sua caixa. Um questionário da universidade. Querem uma avaliação de Julian."

Fechavam o salão de jantar quando chegamos, e os funcionários já estavam lavando o chão. Como a cozinha já havia encerrado as atividades, pedi pão com manteiga de amendoim enquanto Henry preparava um chá. O salão principal estava deserto. Sentamo-nos numa mesa de canto, nossos reflexos visíveis nas janelas de vidro escuro espelhado. Henry pegou a caneta e começou a preencher a avaliação de Julian.

Olhei para meu formulário enquanto comia o sanduíche. As questões pediam avaliações entre 1-fraco e 5-excelente: *Este membro do corpo discente é interessado? Bem preparado? Pronto a prestar auxílio fora do horário de aula?* Henry, sem a menor hesitação, percorreu a lista marcando sempre cinco. Depois, vi que preenchia um espaço com o número 19.

"O que é isso?"

"O número de cursos que fiz com Julian", ele disse sem erguer os olhos.

"Você fez *dezenove* cursos com Julian?"

"Sim, contando as optativas e tudo mais."

Por um momento não houve som algum, exceto o arranhar da caneta de Henry e o barulho distante dos pratos na cozinha.

"Todo mundo recebe este questionário, ou só nós?"

"Só nós."

"E por que se dão ao trabalho?"

"Para cumprir com as exigências burocráticas, suponho." Ele virou para a última página, que estava praticamente em branco. *Por favor, acrescente aqui quaisquer elogios ou críticas que possa ter em relação a seu professor. Se necessário, use outra folha.*

A pena pairou sobre o papel. Depois ele dobrou a folha e a pôs de lado.

"Como é", falei, "você não vai escrever nada?"

Henry bebeu um gole de chá. "Como posso fazer com que o deão de estudos compreenda que temos uma divindade em nosso meio?"

Depois do jantar voltei para meu quarto. Temia a noite que se aproximava, mas não pelas razões que se poderiam esperar — não me preocupava com a polícia, nem com o peso na consciência —, nada disso. Muito pelo contrário. Naquela altura, por um método puramente subconsciente, já bloqueara com sucesso o assassinato e tudo o que com ele se relacionava. Conversava a respeito com um grupo selecionado, mas raramente pensava no assunto quando só.

O que eu sofria, quando estava sozinho, era uma espécie de horror neurótico, um ataque de nervos comum, elevado à décima potência. Cada ato ou palavra cruel de minha parte retornava com clareza ampliada, por mais que eu procurasse afastar tais pensamentos ou me convencer do contrário: insultos e culpas e embaraços que remontavam à mais tenra infância — o menino aleijado de quem eu zombara, a galinha que esganei na Páscoa — desfilavam na minha frente, um por um, em seu esplendor vívido e corrosivo.

Tentei estudar grego, mas não adiantou. Consultava o léxico, mas esquecia tudo quando tentava escrever; as formas verbais, os substantivos, eles me abandonaram completamente. Por volta da meia-noite desci e liguei para os gêmeos. Camilla atendeu. Sonolenta, meio bêbada, indo para a cama.

"Conte uma história engraçada", pedi.

"Não me lembro de nenhuma."

"*Qualquer* história."

"'Cinderela'? 'Os três ursinhos'?"

"Conte algo que aconteceu com você quando era pequena."

Ela me contou sobre o único momento em que se lembrava de ter visto o pai, antes que ele e sua mãe morressem. Nevava, ela disse, e Charles dormia, e ela estava de pé no berço, olhando pela janela. O pai, no jardim, de pulôver cinza gasto, jogava bolas de neve na cerca. "Deve ter sido no meio da tarde. Não sei o que ele fazia lá. Só sei que o vi e queria tanto sair um pouco; tentei descer do berço para ir até ele. Então minha avó entrou e ergueu a lateral para evitar que eu saísse, e comecei a chorar. Meu tio Hilary — irmão de vovó, ele morava conosco quando eu era pequena — entrou no quarto e me viu chorando. 'Coitadinha', ele falou. E procurou algo nos bolsos. Encontrou uma trena, que me deu para que eu brincasse."

"Uma trena?"

"Sim. Sabe, daquelas que a gente aperta um botão para soltar a fita. Charles e eu brigávamos por causa dela o dia inteiro. Ainda está aqui em casa, em algum lugar."

* * *

Acordei tarde na manhã seguinte, com batidas desagradáveis na porta.

Abri e vi Camilla, que parecia ter se vestido apressadamente. Quando entrou, tranquei a porta atrás dela e fiquei parado, piscando, de roupão. "Já saiu de casa hoje?", ela perguntou.

Um arrepio de ansiedade percorreu minha nuca. Sentei-me na beira da cama. "Ainda não", falei. "Por quê?"

"Não sei o que está acontecendo. A polícia está interrogando Charles e Henry, e não tenho ideia de onde Francis se meteu."

"Como?"

"Um policial chegou às sete da manhã, perguntando por Charles. Não explicou o que desejava com ele. Charles se vestiu e os dois saíram juntos, e depois, às oito, recebi um telefonema de Henry. Ele perguntou se eu não me importaria que se atrasasse um pouco, e eu quis saber do que falava, pois não havíamos marcado nenhum encontro. 'Obrigado', ele disse, 'eu sabia que você entenderia, pois a polícia passou aqui perguntando de Bunny, e precisam fazer algumas perguntas.'"

"Tenho certeza de que ele está bem."

Ela passou a mão pelos cabelos, num gesto exasperado, parecido com o do irmão. "Mas não é só isso", ela disse. "Tem gente por todo lado. Repórteres. Polícia. A escola virou um hospício."

"Procuram por ele?"

"Não sei o que estão fazendo. Ao que parece, dirigem-se para o monte Cataract."

"Talvez seja melhor, para nós, sair do campus por uns tempos."

Seu olhar claro, prateado, percorreu ansioso meu quarto. "Talvez", disse. "Vista-se, e daí decidiremos como agir."

Entrei no banheiro e fazia a barba rapidamente quando Judy Poovey entrou também e passou por mim tão depressa que cortei o rosto. "Richard", ela disse, segurando meu braço, "você já soube?"

Toquei o rosto e olhei para o sangue na ponta dos dedos, depois a encarei, contrariado. "Soube do quê?"

"De Bunny", ela disse, num sussurro, com os olhos arregalados.

Fixei os olhos nela, sem saber o que ela pretendia dizer.

"Jack Teitelbaum me contou. Cloke está falando com ele sobre a noite passada. Nunca ouvi falar de alguém que tenha desaparecido assim, sem mais nem menos. E Jack explicou que, se não o encontraram até agora, bem... quero dizer, tenho certeza de que está bem, e tudo mais", ela disse quando notou o modo como eu a olhava.

Não consegui pensar em nenhum comentário.

"Se quiser dar uma passada no meu quarto, vou ficar lá por enquanto."

"Claro."

"Sabe, se precisar conversar, ou algo assim, sempre estou em casa. Quando quiser."

"Obrigado", falei, um tanto abrupto.

Ela olhou para mim, os olhos arregalados de compaixão, de compreensão com a solidão e falta de civilidade do sofrimento. "Vai dar tudo certo", ela disse, apertando meu braço, e depois saiu, parando na porta para o último olhar piedoso.

Apesar do aviso de Camilla, a confusão lá fora me pegou desprevenido. O estacionamento se encheu de gente de Hampden, onde todos — operários em sua maioria, a julgar pela aparência, alguns com marmitas, outros acompanhados de crianças — caminhavam com bastões, na direção de monte Cataract, em fileiras amplas, irregulares, enquanto os estudantes se aglomeravam em torno, olhando para eles com curiosidade. Havia policiais, voluntários, um ou dois policiais estaduais; no gramado, estacionado ao lado dos veículos oficiais, havia um transmissor de rádio, um caminhão de lanches e uma perua da ActionNews Twelve.

"O que esta gente toda veio fazer aqui?", falei.

"Olhe", ela disse. "Não é Francis?"

Lá longe, no meio da multidão, vi um cacho de cabelos ruivos, o perfil inconfundível do pescoço coberto pelo cachecol e o capote preto. Camilla ergueu a mão e gritou para chamá-lo.

Ele abriu caminho a cotoveladas, em meio ao grupo de funcionários da lanchonete, que se aglomeraram para ver a confusão. Fumava um cigarro; debaixo do braço, carregava um jornal. "Oi", disse ao chegar mais perto. "Dá para acreditar nisso?"

"O que se passa?"

"Uma caça ao tesouro."

"Como?"

"Os Corcoran ofereceram uma recompensa enorme ontem à noite. Todas as fábricas de Hampden fecharam as portas. Alguém quer café? Tenho um dólar."

Chegamos com dificuldade ao caminhão de lanches, em meio aos funcionários administrativos e da manutenção, que olhavam tudo desolados.

"Três cafés, dois com leite, por favor", Francis disse à senhora gorda do balcão.

"Não tem leite, só Cremora."

"Preto, então." Ele se virou para nós. "Já leram o jornal de hoje?"

Era a última edição do *Examiner* de Hampden. Na primeira página, uma coluna trazia foto recente e desfocada de Bunny, com o título: POLÍCIA E FAMÍLIA PROCURAM JOVEM DE 24 ANOS DESAPARECIDO EM HAMPDEN.

"Vinte e quatro?", falei, espantado. Os gêmeos tinham vinte anos, como eu; Henry e Francis, vinte e um.

"Ele repetiu de ano algumas vezes", Camilla disse.

"Sei."

Na tarde de domingo Edmund Corcoran, estudante universitário em Hampden, conhecido pelos amigos e familiares pelo apelido de "Bunny", participou de uma festa no campus, saindo no meio da tarde, ao que consta para encontrar a namorada Marion Barnbridge, de Rye, Nova York, também estudante em Hampden. Foi a última vez que alguém viu Bunny Corcoran.

Barnbridge e amigos de Corcoran, preocupados, acionaram ontem a polícia local, que emitiu um Aviso de Pessoa Desaparecida. A busca se inicia hoje na região de Hampden. Descrição do rapaz na página 5.

"Já leu?", perguntei a Camilla.

"Sim. Pode virar a página."

O jovem, com um metro e oitenta e cinco de altura, pesa noventa quilos e tem cabelos louros e olhos azuis. Usa óculos, e quando foi visto pela última vez vestia paletó esporte de tweed cinza, calça cáqui e capa de chuva amarela.

"Seu café, Richard", Francis disse, virando-se ágil, com uma xícara em cada mão.

Na escola preparatória de St. Jerome, em College Falls, Massachusetts, Corcoran destacou-se nos esportes, participando do time titular de hóquei, *lacrosse* e remo, além de levar o time de futebol, os Wolverines, ao primeiro lugar do campeonato estadual, como capitão da equipe, em seu último ano. Em Hampden, Corcoran serviu como voluntário da brigada de incêndio. Estudava letras clássicas, e foi descrito pelos colegas como "erudito".

"Essa é boa", Camilla disse.

Cloke Rayburn, amigo e colega de Corcoran, um dos primeiros a notificar a polícia, disse que Corcoran era "um sujeito legal, que não se envolvia com drogas ou confusões".
    Na tarde de ontem, desconfiado, ele entrou no quarto de Corcoran, e em seguida avisou a polícia.

"Está errado", Camilla disse. "Não foi ele."
"Não há uma palavra sobre Charles."
"Graças a Deus", ela disse, em grego.

Os pais de Corcoran, Macdonald e Katherine Corcoran, de Shady Brook, Connecticut, chegam a Hampden hoje para ajudar na busca ao caçula dos cinco filhos (leia mais em "A família reza", p. 10). Em entrevista telefônica o sr. Corcoran, presidente do Bingham Bank and Trust Company e membro da diretoria do First National Bank de Connecticut, disse: "Não podemos fazer nada aqui. E queremos dar todo o apoio necessário". Ele disse ter conversado com o filho pelo telefone uma semana antes do desaparecimento, sem ter notado nada de anormal.

Katherine Corcoran falou, a respeito do filho: "Bunny é muito ligado à família. Se houvesse algum problema, sei que teria falado comigo, ou com Mack".

Uma recompensa de cinquenta mil dólares foi oferecida a quem fornecer informações que permitam localizar Edmund Corcoran, graças a contribuições da família Corcoran, do Bingham Bank and Trust Company e do Highland Heights Lodge, da Loyal Order of the Moose.

O vento soprava. Com a ajuda de Camilla, dobrei o jornal e o entreguei a Francis. "Cinquenta mil dólares", falei. "Isso é muito dinheiro."

"Não admira que toda essa gente tenha vindo de Hampden esta manhã", Francis disse, tomando um gole de café. "Minha nossa, faz frio aqui."

Demos meia-volta e seguimos para Commons. Camilla disse a Francis: "Já sabe a respeito de Charles e Henry, não é?".

"Sei. Mas eles disseram a Charles que precisariam falar com ele de novo, não é?"

"E Henry?"

"Eu não desperdiçaria meu tempo com preocupações a respeito dele."

Commons estava quente demais e surpreendentemente vazia. Nós três ocupamos um sofá pegajoso, de vinil preto, onde tomamos o café. As pessoas entravam e saíam, trazendo rajadas de vento frio ao abrir a porta. Alguns se aproximavam para perguntar se havia novidades. Jud "Party Pig" MacKenna, vice-presidente do Conselho Estudantil, passou a lata de tinta vazia, pedindo contribuições para o fundo de emergência para a busca. Juntamos as moedas e demos um total de um dólar.

Conversávamos com Georges Laforgue que nos contava em detalhe, entusiasmado, um desaparecimento similar em Brandeis quando de repente Henry surgiu do nada atrás dele.

Laforgue virou o rosto. "Oh", disse friamente quando viu quem era.

Henry inclinou a cabeça ligeiramente. *"Bonjour, monsieur Laforgue"*, disse. *"Quel plaisir de vous revoir."*

Laforgue, com um floreio, tirou o lenço do bolso e assoou o nariz por uns cinco minutos; depois, dobrando novamente o lenço em quadrados regulares, deu as costas para Henry e continuou sua história. No caso dele, o tal estudante fora para a cidade de Nova York de ônibus sem avisar ninguém.

"E quanto a este rapaz — Birdie?"

"Bunny."

"Sim. Bem, ele desapareceu faz poucos dias. Logo voltará, por sua própria conta, e todos se sentirão como idiotas." Ele baixou a voz. "Creio que a escola teme um processo, e talvez por isso a diretoria tenha perdido o senso de medida, não é? Mas, por favor, não digam que falei isso."

"Claro que não."

"Minha posição é delicada com o deão, sabe?"

"Sinto um certo cansaço", Henry disse depois, no carro, "mas não há nada com que nos preocuparmos."

"O que eles queriam saber?"

"Pouca coisa. Há quanto tempo eu o conhecia, se ele agia de maneira estranha, se tinha motivos para sair da escola. Claro, ele agiu de maneira estranha nos últimos meses, e eu declarei isso. Também falei que não andava muito com ele ultimamente, o que é verdade." Ele balançou a cabeça. "Honestamente. *Duas horas.* Não sei se eu teria levado isso adiante se soubesse quanta besteira nos aguardava."

Paramos no apartamento dos gêmeos e encontramos Charles dormindo no sofá, de barriga para baixo, sem tirar o sapato nem o sobretudo, um braço caído para fora, expondo cinco centímetros do pulso e outro tanto da manga.

Ele acordou sobressaltado. Seu rosto estava inchado e marcado pelo estofamento do sofá.

"Como foi?", perguntou Henry.

Charles sentou-se e esfregou os olhos. "Tudo bem, acho. Queriam que eu assinasse um depoimento sobre os acontecimentos de ontem."

"Eles me visitaram também."

"É mesmo? O que queriam?"

"Fazer as mesmas perguntas."

"Foram gentis com você?"

"Não muito."

"Puxa vida, eles me trataram tão bem na delegacia de polícia. Ganhei até café da manhã. Rosca com geleia e café preto."

* * *

Não havia aula na sexta-feira, e, portanto, Julian permaneceria em casa, sem ir a Hampden. Não morava longe de onde estávamos — a meio caminho de Albany, onde fomos comer panquecas num restaurante de caminhoneiros — e após o almoço Henry sugeriu, de surpresa, que passássemos por lá.

Eu não conhecia a casa de Julian, nunca a vira, mas presumia que o resto da turma já o tinha visitado uma centena de vezes. Na verdade — com exceção notável de Henry, claro —, Julian não recebia visitas. Não chega a ser tão surpreendente quanto parece; ele mantinha uma distância cordial, porém firme, dos estudantes; e embora se mostrasse muito mais interessado em nós do que a maioria dos professores por seus alunos, não nos tratava como iguais, nem mesmo a Henry. As aulas com ele se caracterizavam mais pela ditadura benevolente do que pela democracia. "Sou professor de vocês", declarou certa vez, "por saber mais." Embora seus modos, em termos psicológicos, fossem de intimidade quase dolorosa, na superfície ele se revelava frio e objetivo. Recusava-se a ver em nós características negativas, concentrando-se nas qualidades mais marcantes, que cultivava e estimulava, excluindo o que houvesse de tedioso e indesejável. Apesar de eu sentir um prazer supremo em me adaptar a esta imagem imprecisa — e, no final das contas, em descobrir que quase me tornara o personagem que representei por tanto tempo com habilidade —, jamais restou dúvida sobre sua recusa em nos ver inteiros, ou, a bem da verdade, fora dos papéis magníficos que inventou para nós: *genis gratus, corpore glabellus, arte multiscius, et fortuna opulentus* — rosto suave, pele macia, bem-educados e ricos. Era sua curiosa cegueira para todos os problemas de natureza pessoal, creio, que lhe dava condições de transformar até as dificuldades concretas de Bunny em questões espirituais.

Na época, como ainda hoje, eu não sabia praticamente nada a respeito da vida de Julian fora da sala de aula, o que talvez conferisse o ar aflitivo de mistério a tudo o que dizia e fazia. Sem dúvida a vida pessoal dele era tão defeituosa quanto a dos outros, mas o único lado de sua personalidade que nos permitia ver era trabalhado até atingir tal grau de perfeição que, longe de nós, parecia levar uma vida tão rarefeita que eu nem conseguia imaginar.

Portanto, eu estava natural e imensamente curioso para ver onde ele morava. Era uma casa grande de pedra, no alto de um morro, a quilômetros de distância da estrada, rodeada apenas de árvores e neve, até onde a vista alcançava — imponente, sem dúvida, sem ter, contudo, o ar gótico e monstruoso da casa de campo de Francis. Ouvira falar maravilhas de seu jardim e também do interior da casa — vasos áticos, porcelana de Meissen, quadros de Alma-Tadema e Frith. Mas o jardim estava coberto de neve, e Julian fora de casa; pelo menos, não atendeu quando batemos.

Henry olhou para baixo, onde esperávamos, no carro. Tirou uma folha de papel do bolso e deixou um recado dobrado no vão da porta.

"Os estudantes também participam das buscas?", Henry perguntou no caminho de volta ao campus. "Não gostaria de me juntar ao grupo, se fosse chamar a atenção para nós. Por outro lado, pareceria muita indiferença simplesmente voltar para casa, não é?"

Ele permaneceu quieto por um momento, pensando. "Acho melhor dar uma olhada", disse. "Charles, você já fez o bastante por hoje. Creio que pode ir para casa."

Depois de deixar os gêmeos em casa, nós três seguimos para o campus. Contava que naquela altura os grupos de busca já estivessem cansados, a caminho de casa, mas surpreendi-me ao encontrar o local mais animado do que nunca. Havia policiais, funcionários da universidade, escoteiros, pessoal da manutenção e guardas de segurança, fora uns trinta estudantes de Hampden (alguns reunidos no grupo oficial do Conselho Estudantil, o restante seguindo atrás, para dar um passeio) e bandos de moradores do centro. Um grupo enorme que, no entanto, visto de cima do morro, por nós três, parecia estranhamente reduzido e insignificante na vastidão da neve.

Descemos o morro — Francis, meio emburrado porque não queria ir, uns três passos atrás — e nos misturamos à multidão. Ninguém prestou muita atenção em nós. Atrás de mim ouvi palavras enroladas, difíceis de distinguir, de um walkie-talkie. Espantado, tropecei no chefe da segurança.

"Cuidado", ele gritou. Era um sujeito corpulento, com cara de buldogue e manchas avermelhadas no nariz e na bochecha.

"Desculpe", falei apressado. "Poderia me dizer onde..."

"Estudantes", ele resmungou, virando a cabeça como se fosse cuspir. "Ficam andando por aí, se metem no meio do caminho, não sabem o que devem fazer."

"Mas estamos tentando descobrir", Henry retrucou.

O guarda deu meia-volta, rapidamente, e seus olhos não se fixaram em Henry, mas em Francis, que estava parado, distraído. "Ah, então é você?", ele disse venenoso. "O metido que vive parando o carro no estacionamento da diretoria."

Francis parou, assustado.

"É você mesmo. Sabe quantas multas pendentes já tem? Nove. Entreguei sua ficha ao deão na semana passada. Tomara que seja suspenso, perca as provas. Que não possa mais frequentar a biblioteca. Se dependesse de mim, ia para a cadeia."

Francis ficou olhando para ele, de queixo caído. Henry o puxou pelo braço e afastou-se.

Uma fileira de moradores da cidade, longa, irregular, arrastava-se pela neve, alguns deles batendo descuidados com os bastões no solo. Caminhamos até o final da fila e entramos no grupo.

Saber que o corpo de Bunny encontrava-se a uns três quilômetros a sudoeste dali tirou meu interesse e pressa na busca, e segui o grupo desanimado, olhando para o chão. Marchando à frente, um grupo de autoridades, formado por policiais estaduais e locais, de cabeça baixa, conversava discretamente, enquanto um pastor-alemão corria em círculos. A atmosfera estava pesada, e o céu em volta da montanha nublado, tempestuoso. O sobretudo de Francis esvoaçava atrás dele, em movimentos teatrais; ele olhava para os lados furtivamente, para ver se o inquisidor estava por perto, e de vez em quando tossia de leve, desconsolado.

"Mas por que diabos você não pagou as multas?", Henry murmurou para ele.

"Me deixe em paz."

Arrastamos os pés na neve pelo que me pareceram horas, até que as agulhadas enérgicas nas solas deram lugar ao entorpecimento desconfortável; as botas pesadas dos policiais rangiam na neve, os cassetetes balançavam ameaçadores nos cintos largos. Um helicóptero sobrevoava a cena, rugindo acima das árvores, e passou por nós antes de retornar para o lado de onde viera. A luz diminuía, e as pessoas voltavam pelo morro em direção a suas casas.

"Vamos embora", Francis disse, pela quarta ou quinta vez.

Resolvemos voltar, afinal, quando um policial parou na nossa frente. "Já se cansaram?", perguntou, sorrindo.

"Acho que sim", Henry disse.

"Vocês conheciam o rapaz?"

"Na verdade, sim."

"Têm alguma ideia de onde ele pode estar?"

Se isso fosse um filme, pensei, olhando tranquilamente para o rosto corado e agradável do policial, *agora ficaríamos nervosos e agiríamos de modo muito suspeito.*

"Quanto custa uma televisão?", Henry indagou a caminho de casa.

"Por quê?"

"Gostaria de ver o noticiário esta noite."

"Acho que é muito caro", Francis disse.

"Vi uma televisão no sótão, em Monmouth", falei.

"Pertence a alguém?"

"Estou certo que sim."

"Bem", Henry disse, "podemos devolvê-la depois."

Francis vigiou, enquanto Henry e eu subimos até o sótão e procuramos a televisão no meio das luminárias quebradas, caixas de papelão e quadros a óleo horríveis da turma de Arte I. Finalmente encontramos a televisão, atrás de uma gaiola de coelho velha, e a carregamos escada abaixo até o carro de Henry. A caminho da casa de Francis, paramos nos gêmeos para chamá-los.

"Os Corcoran tentaram entrar em contato com você esta tarde", Camilla disse a Henry.

"O sr. Corcoran ligou meia dúzia de vezes."

"Julian telefonou também. Está muito aborrecido."

"E Cloke", Charles disse.

Henry parou. "O que ele queria?"

"Ter certeza de que você e eu não falamos nada sobre drogas quando fomos interrogados pela polícia esta manhã."

"O que disse a ele?"

"Quanto a mim, que não falei. Quanto a você, que não sabia."

"Vamos logo", Francis disse, consultando o relógio. "Vamos perder o noticiário caso não se apressem."

Instalamos a televisão sobre a mesa de jantar de Francis e a movemos até conseguir uma imagem decente. Vimos os créditos finais de *Petticoat Junction*, imagens da caixa-d'água de Hooterville e o expresso Cannonball.

Em seguida vinha o noticiário. Quando o tema de abertura terminou, um pequeno círculo surgiu no canto esquerdo da mesa da apresentadora; dentro dele havia um desenho estilizado de um policial com lanterna na mão e cachorro na coleira, em cima da palavra BUSCA.

A apresentadora olhou para a câmera. "Centenas participam dos trabalhos, milhares rezam", ela disse, "no início das buscas pelo estudante de Hampden College, Edmund Corcoran."

A cena mudou para um local cheio de árvores; a fila de voluntários, filmada por trás, batia nas moitas com bastões, enquanto o cão pastor que já conhecíamos latia e ria para nós na tela.

"Onde estão vocês?", Camilla disse. "Não vão aparecer?"

"Olhem", Francis falou, "é aquele sujeito medonho."

"Uma centena de voluntários", disse a voz, "chegou esta manhã a Hampden College para ajudar os estudantes na busca do colega desaparecido desde a tarde de domingo. Até agora não surgiram pistas sobre o paradeiro de Edmund Corcoran, um jovem de vinte e quatro anos de Shady Brook, Connecticut. A reportagem da ActionNews Twelve, no entanto, recebeu uma informação importante pelo telefone, que pode mudar o rumo do caso segundo as autoridades."

"Como?", Charles disse, para o aparelho.

"Mais informações com Rick Dobson, ao vivo do local."

Surgiu a imagem de um sujeito de capa com cinto, segurando o microfone, parado na frente de um lugar que parecia ser um posto de gasolina.

"Conheço aquele lugar", Francis disse, inclinando-se para a frente. "É a oficina Redeemed Repair, na autoestrada 6."

"Psiu", alguém falou.

O vento soprava com força. Depois que a microfonia deu lugar ao chiado, o repórter disse, de cabeça baixa: "Esta tarde, à uma e cinquenta e seis, a

ActionNews Twelve recebeu uma informação importante, que pode ajudar a polícia a resolver o recente desaparecimento em Hampden".

O câmera mostrou um velho de macacão, gorro de lã e boné escuro sujo de graxa. Ele olhava fixo para o lado; sua cabeça era redonda, o rosto tranquilo e imperturbável como o de um bebê.

"Estou aqui conversando com William Hundy", o repórter disse, "sócio da oficina Redeemed Repair, em Hampden, e também membro do Grupo de Buscas de Hampden, que tem novas informações sobre o caso."

"*Henry*", Francis disse. Notei surpreso que seu rosto empalidecera repentinamente.

Henry pegou o maço de cigarros no bolso. "Sim", ele disse conciso. "Estou vendo."

"Qual é o problema?", perguntei.

Henry tirou um cigarro do maço. Não tirou os olhos da tela. "Aquele sujeito", disse, "conserta sempre meu carro."

"Sr. Hundy", disse o repórter pomposo, "pode nos contar o que viu na tarde de domingo?"

"Ai, meu Deus", Charles disse.

"Quieto", Henry falou.

O mecânico olhou timidamente para a câmera e desviou a vista. "No domingo à tarde", ele falou com a voz anasalada dos nativos de Vermont, "um LeMans com poucos anos de uso, cor creme, parou naquela bomba ali." Desajeitado, como se tivesse esquecido de algo, ele ergueu o braço e apontou para um local que a câmera não estava mostrando. "Eram três homens, dois na frente e um atrás. Gente de fora. Pareciam estar com muita pressa. Isso não me chamaria a atenção, mas o rapaz estava com eles. Eu o reconheci pelo retrato nos jornais."

Meu coração quase parou de bater — *três homens, carro branco* —, mas logo refleti sobre os detalhes. Éramos quatro homens, além de Camilla, e Bunny nem chegara perto do carro no domingo. E Henry possuía uma BMW, muito diferente de um Pontiac.

Henry parou de bater o cigarro, que não acendera, na lateral do maço e o deixou balançando entre os dedos.

"Embora a família Corcoran não tenha recebido nenhuma nota pedindo resgate, as autoridades ainda não descartaram a possibilidade de sequestro. Rick Dobson, ao vivo para a ActionNews Twelve."

"Obrigada, Rick. Se algum telespectador tiver mais informações sobre este caso, ou qualquer outro, pode ligar para a linha Dicas, 363-DICAS, entre nove e cinco horas..."

"O Conselho Escolar de Hampden votou hoje uma das questões mais controvertidas..."

Mantivemos os olhos fixos na televisão, em silêncio estupefato, pelo que me pareceram vários minutos. Finalmente os gêmeos trocaram olhares e começaram a rir.

Henry balançou a cabeça, ainda a olhar para a tela, incrédulo. "Este pessoal de Vermont", disse.

"Conhece o tal sujeito?", Charles perguntou.

"Ele conserta o meu carro já faz uns dois anos."

"É louco?"

Ele balançou a cabeça novamente. "Louco ou mentiroso, a fim da recompensa. Não sei o que dizer. Sempre me pareceu normal, embora tenha me puxado para o canto certa vez e começado a falar no reino de Cristo na terra."

"Bem, seja lá qual for seu motivo", Francis disse, "ele nos prestou um grande favor."

"Não sei, não", Henry disse. "Sequestro é um crime sério. Se a polícia começar uma investigação criminal, pode tropeçar em coisas que preferimos que não descubram."

"E como poderiam? O que isso tudo tem a ver conosco?"

"Não me refiro a algo importante. Mas há pequenos detalhes que podem vir a nos comprometer, se alguém se der ao trabalho de relacioná--los. Fui estúpido ao pedir que debitassem as passagens em meu cartão de crédito, por exemplo. Seria muito difícil explicar isso. E quanto a seu fundo de investimento, Francis? E nossas contas bancárias? Retiradas maciças nos últimos seis meses, sem comprar nada. E Bunny tinha um monte de roupas novas penduradas no armário sem que ganhasse o suficiente para comprá-las."

"Alguém teria que investigar muito para descobrir tudo isso."

"Alguém precisaria apenas dar dois ou três telefonemas para os lugares certos."

Neste exato momento, o telefone tocou.

"Meu Deus", Francis gemeu.

"Não atenda", Henry disse.

Mas Francis atendeu, como eu previa. "Alô?", disse cauteloso. Pausa. "Certo. Boa noite para o senhor também, sr. Corcoran", disse, sentando-se e fazendo o sinal de o.k. com o polegar e o indicador. "Soube de alguma novidade?"

Longa pausa. Francis ouviu atentamente por alguns minutos, olhando para o chão e balançando a cabeça; depois de algum tempo começou a bater com o pé no chão, impaciente.

"O que está havendo?", Charles sussurrou.

Francis afastou o telefone do ouvido e fez um sinal com a mão.

"Sei o que ele pretende", Charles disse desanimado. "Quer convidar todo mundo para jantar com ele no hotel."

"Na verdade, senhor, nós já jantamos", Francis disse. "Não, claro que não... Sim, claro, sim, senhor. Tentei entrar em contato, mas sabe, as coisas estão muito confusas... Certamente..."

Finalmente, Francis desligou. Olhamos para ele.

Francis deu de ombros. "Bem", disse, "eu tentei. Ele nos espera no hotel daqui a vinte minutos."

"Como, nós todos?"

"Sozinho eu não vou."

"Ele está só?"

"Não." Francis foi para a cozinha; ouvimos quando abriu e fechou as portas dos armários. "Veio a turma toda, fora Teddy, que deve chegar a qualquer momento."

Seguiu-se uma pequena pausa.

"O que está fazendo aí?", Henry perguntou.

"Pegando uma bebida."

"Também quero", Charles disse.

"Serve scotch?"

"Prefiro bourbon, se tiver."

"Faça dois, então", Camilla disse.

"Por que não traz a garrafa para cá de uma vez?", Henry disse.

Depois que saíram deitei-me no sofá de Francis, fumando um cigarro dele e tomando scotch, enquanto assistia *Jeopardy*. Um dos concorrentes era de San Gilberto, que se situa muito próximo de onde fui criado, no máximo uns dez quilômetros. Os subúrbios se confundem; por lá, a gente nunca sabe onde um acaba e o outro começa.

Depois passou um filme feito para televisão sobre a ameaça de colisão entre a Terra e outro planeta. Todos os cientistas do mundo se unem para evitar a catástrofe. Um astrônomo de araque, que aparece sempre nos programas de entrevistas, cujo nome seria provavelmente reconhecido, fazia o papel de si mesmo numa ponta.

Por alguma razão, senti medo de ver o noticiário sozinho, às onze horas, e mudei para a Tevê Educativa, onde passavam uma série chamada A *história da metalurgia*. Até que era bem interessante, mas dormi antes do final, de tão bêbado e cansado.

Quando acordei, alguém me cobrira com uma manta, e vi a sala azulada pela luz fria do amanhecer. Francis, sentado no parapeito da janela, de costas para mim, ainda vestia as mesmas roupas da noite anterior e comia cerejas ao marasquino direto do vidro equilibrado sobre o joelho.

Sentei-me. "Que horas são?"

"Seis", disse de boca cheia, sem se virar.

"Por que não me acordou?"

"Só cheguei às quatro e meia. Bêbado demais para levá-lo até sua casa. Quer uma cereja?"

Ainda estava embriagado, de colarinho aberto e roupas amarrotadas. A voz saía fraca, sem ênfase.

"Onde passou a noite?"

"Com os Corcoran."

"E não *bebeu*."

'Claro que bebi."

"Até as quatro?"

"Eles continuaram bebendo depois que fui embora. Havia cinco ou seis caixas de cerveja na banheira."

"Não imaginava que seria uma ocasião frívola."

"Foi doada pelo Food King", Francis disse. "A cerveja. O sr. Corcoran e Brady pegaram uma parte e levaram para o hotel."

"Onde se hospedaram?"

"Não sei o nome", ele disse insípido. "Lugar terrível. Um desses motéis enormes, com luminoso de néon, sem serviço de quarto. Todos os quartos eram interligados. Os filhos de Hugh gritavam e jogavam batata frita nos outros, a televisão estava ligada em todos os quartos. Foi um inferno... Sério mesmo", disse sem o menor senso de humor, e começou a rir. "Creio que consigo enfrentar qualquer coisa depois da noite passada. Sobreviver a uma guerra nuclear. Pilotar um avião. Alguém — um dos malditos moleques, aposto — pegou minha echarpe favorita em cima da cama e colocou um pedaço de coxa de frango dentro. Aquela de seda, estampada com relógios. Acabou com ela."

"Eles ficaram bravos?"

"Quem, os Corcoran? Claro que não. Acho que nem perceberam."

"Não estou falando da echarpe."

"Ah." Ele pegou mais uma cereja no vidro. "Estavam todos muito bravos, de certo modo. Não se falava noutra coisa, mas eles não pareciam ter perdido a cabeça. O sr. Corcoran bancava o preocupado e triste por algum tempo, mas em seguida começava a brincar com as crianças e a distribuir cerveja para todo mundo."

"Marion também foi?"

"Sim. E Cloke. Saiu para dar uma volta com Brady e Patrick e voltou cheirando a fumo. Henry e eu passamos a noite sentados em cima do aquecedor, conversando com o sr. Corcoran. Creio que Camilla foi cumprimentar Hugh e a esposa e acabou retida por eles. Nem sei o que aconteceu com Charles."

Depois de algum tempo, Francis balançou a cabeça. "Não sei não", disse, "você já se deu conta de como tudo isso é *engraçado*, de um jeito terrível?"

"Não vejo nada de engraçado, sinceramente."

"Acho que não", ele disse, acendendo o cigarro com as mãos trêmulas. "O sr. Corcoran disse que a Guarda Nacional chega hoje. Que confusão."

Olhando já havia algum tempo para o vidro de cerejas, sem saber direito o que era, perguntei: "Por que está comendo isso?".

"Não sei", ele disse, fixando a vista no vidro. "O gosto é péssimo."

"Jogue fora."

Ele tentou erguer o vidro da janela, que subiu fazendo barulho.

Uma lufada de ar gelado atingiu meu rosto. "Ei", falei.

Ele atirou o vidro pela janela e depois jogou todo o seu peso para abaixá--la. Precisou de minha ajuda. Finalmente ela desceu, e a cortina descansou em paz, ao lado da janela. O caldo da cereja deixou uma marca vermelha comprida na neve.

"Um toque de Jean Cocteau, não acha?", Francis disse. "Cansei. Se não se importa, vou tomar um banho agora."

Ouvi o barulho da banheira enchendo e estava de saída quando o telefone tocou.

Era Henry. "Desculpe", ele disse. "Estava tentando ligar para Francis."

"E ligou. Espere um pouco." Larguei o fone e chamei Francis.

Ele veio de calça e camiseta, metade do rosto coberto por espuma de barba, com a navalha na mão. "Quem é?"

"Henry."

"Diga-lhe que estou no banho."

"Ele está no banho", falei.

"Ele não está no banho", Henry disse. "Ele está na sala a seu lado. Ouvi sua voz."

Entreguei o telefone a Francis. Ele o segurou longe do rosto para não sujá-lo de espuma.

Ouvi Henry falando, mas não distingui as palavras. Após um momento, os olhos sonolentos de Francis se arregalaram.

"Ah, não", ele disse. "Eu não."

Novamente a voz de Henry, fria e lacônica.

"Não, e falo sério, Henry. Estou cansado, vou dormir agora, impossível..."

Sua expressão se alterou de repente. Para minha imensa surpresa, ele soltou um palavrão e bateu o telefone com tanta força que a mesa tremeu.

"O que foi?"

Ele encarava o telefone. "Desgraçado", ele disse. "Desligou na minha cara."

"O que aconteceu?"

"Ele quer que a gente saia com o maldito grupo de busca novamente. *Agora*. Eu não sou como ele. Não consigo passar cinco ou seis dias acordado e..."

"Agora? Mas é muito cedo."

"A busca já começou faz uma hora, ao que consta. Droga. Será que ele não dorme nunca?"

Não havíamos comentado o incidente em meu quarto havia algumas noites, e no silêncio estúpido do carro senti necessidade de esclarecer tudo.

"Sabe de uma coisa, Francis", falei.

"O quê?"

Pensei que o melhor era ser direto e acabar com aquela história. "Bem, não me sinto atraído por você. Quero dizer, não do jeito..."

"Interessante", ele disse friamente, "eu também não me sinto atraído por você."

"Mas"

"Você estava dando sopa."

Seguimos pelo resto do caminho até a escola num silêncio desconfortável.

A confusão aumentara inacreditavelmente durante a noite. Encontramos centenas de pessoas no local: policiais fardados, sujeitos com cães e cornetas e máquinas fotográficas comprando pão doce no caminhão da lanchonete e tentando espiar pelas janelas escuras das peruas de reportagem — três, agora, sendo uma da emissora de Boston — estacionadas sobre o gramado de Commons, pois o estacionamento estava lotado.

Encontramos Henry na frente de Commons. Ele lia, com profundo interesse, um livrinho escrito em algum idioma do Oriente Médio, encadernado em couro. Os gêmeos — sonolentos, de nariz vermelho, desalinhados — estavam escarrapachados num banco como dois adolescentes, dividindo uma xícara de café.

Francis os cumprimentou e chutou o pé de Henry.

Henry levantou a cabeça. "Oi", disse. "Bom dia."

"Deveria sentir vergonha de dizer isso. Ainda não preguei os olhos. Não como há três dias."

Henry marcou a página com uma fita e guardou o livro no bolso do casaco. "Certo", ele disse simpático, "então coma um pão doce."

"Não tenho dinheiro."

"Dou-lhe o dinheiro."

"Não quero comer pão doce, pombas."

Afastei-me e fui falar com os gêmeos.

"Você perdeu uma festança ontem à noite", Charles disse.

"Já soube."

"A mulher de Hugh passou uma hora e meia mostrando fotos das crianças para nós."

"No mínimo", Camilla disse. "E Henry bebeu cerveja na lata."

Silêncio.

"E o que você fez?", Charles disse.

"Nada. Vi um filme na televisão."

Os dois ergueram os olhos. "É mesmo? Viu o filme da colisão dos planetas?"

"O sr. Corcoran deixou a tevê neste canal, mas alguém mudou antes do fim", Camilla falou.

"Como acabou?"

"Vocês viram até onde?"

"Estavam no laboratório da montanha. Os jovens cientistas, entusiasmados, tentavam conseguir o apoio do velho cientista cínico, que se recusava a ajudar."

Estava explicando o *dénouement* quando Cloke Rayburn surgiu abruptamente do meio da multidão. Parei de contar, pensando que ele queria falar com os gêmeos e comigo, mas ele apenas nos cumprimentou com um movimento da cabeça e dirigiu-se a Henry, que descansava na beira da varanda.

"Escute", ouvi quando ele falou, "não tive chance de conversar com você na noite passada. Conversei com o pessoal de Nova York e soube que Bunny não passou por lá."

Henry não disse nada por um momento. "Mas você não tinha dito que era impossível entrar em contato com eles?"

"Bem, eu consegui. Mas deu um trabalhão. Eles não o viram, no entanto."

"Como sabe?"

"Hem?"

"Você falou que não dava para acreditar numa só palavra que eles diziam."

Ele pareceu surpreso. "É mesmo?"

"Sim."

"Ei, espere um pouco", Cloke disse, tirando os óculos escuros. Seus olhos estavam vermelhos, fundos. "Os caras disseram a verdade. Não pensei nisso antes — bem, acho que não faz tanto tempo assim —, mas a história saiu nos jornais de Nova York. Se eles estivessem metidos no caso, não ficariam no apartamento, nem atenderiam uma ligação minha... Qual é a sua, cara?", ele disse nervoso quando Henry não se manifestou. "Você não falou nada para ninguém, falou?"

Henry emitiu um ruído indistinto, gutural, que poderia significar qualquer coisa.

"Como?"

"Ninguém perguntou", Henry disse.

Seu rosto era inexpressivo. Cloke, evidentemente constrangido, esperou que ele prosseguisse. Depois de algum tempo, recolocou os óculos de sol numa atitude ligeiramente defensiva.

"Muito bem", Cloke disse. "Está bem. Tudo bem. Até mais."

Depois que ele se afastou, Francis falou a Henry, intrigado: "Mas que diabos você pretende com isso?".

Mas Henry não respondeu.

O dia transcorreu como num sonho. Vozes, cachorros latindo, som do helicóptero sobrevoando o local. O vento soprava com força, rugia nas árvores como o oceano. O helicóptero viera da sede da polícia do estado de Nova York, em Albany. Possuía, afirmaram, um sensor infravermelho especial. Um voluntário decolara num ultraleve, que revoava no alto, quase batendo na copa das árvores. Havia grupos de busca de verdade, liderados por sujeitos com berrantes, e marchamos pelos morros cobertos de neve em ondas sucessivas.

Roças de milho, pastos, outeiros cobertos de mato fechado. Conforme nos aproximávamos do sopé da montanha, o terreno formava um declive. No vale, lá embaixo, formara-se uma névoa espessa, um caldeirão branco fumegante de onde saíam apenas os topos das árvores, tenebrosos e dantescos. Aos poucos descemos, e o mundo sumiu de nosso campo de visão. Charles, a meu lado, caminhava inflexível, quase hiper-realista com seu rosto corado e respiração ofegante. Um pouco afastado, Henry parecia uma alma penada, seu corpanzil leve e estranhamente etéreo envolto pela neblina.

Horas depois, no terreno já em aclive, encontramos outro grupo, um pouco menor. Dele participavam pessoas cuja presença me surpreendeu, chegando até a me comover. Lá estavam Martin Hoffer, o velho e respeitado compositor, docente da faculdade de música; a senhora de meia-idade que conferia as carteiras de identidade na hora do almoço, com aparência inexplicavelmente trágica, em seu casaco de tecido liso; o dr. Roland, cuja respiração saía pelo nariz de modo audível, mesmo a uma certa distância.

"Olhem", Charles falou. "Aquele ali não é Julian?"

"Onde?"

"Claro que não", Henry disse.

Mas era. Como de costume, fingiu que não nos viu, até que chegamos mais perto, tornando impossível nos ignorar. Prestava atenção nas palavras de uma senhora miúda, com ar traiçoeiro, que eu conhecia como faxineira dos dormitórios.

"Ora, vejam", ele disse, quando ela terminou de falar, fingindo surpresa ao recuar. "De onde surgiram? Conhecem a sra. O'Rourke?"

A sra. O'Rourke sorriu timidamente. "Já vi vocês antes", ela disse. "Os estudantes pensam que as funcionárias não prestam atenção neles, mas conheço todos de vista."

"Fico contente em saber", Charles disse. "Então quer dizer que se lembra de mim? Número dez, na Bishop House?"

Disse isso com tanto entusiasmo que ela corou de prazer.

"Mas é claro", disse. "Eu me lembro de você. Vive pegando a minha vassoura emprestada."

Durante este diálogo, Henry e Julian conversavam em voz baixa. "Você deveria ter me contado antes", ouvi Julian dizer.

"Mas nós contamos."

"Sei que contaram, mas mesmo assim. Edmund já havia faltado às aulas antes", Julian disse, perturbado. "Pensei que estivesse simulando alguma doença. As pessoas dizem que ele foi sequestrado, mas acho isso bobagem, não concorda?"

"Preferia que meu filho fosse sequestrado em vez de passar seis dias nesta neve", disse a sra. O'Rourke.

"Bem, espero que não tenha acontecido nada de ruim a ele. Vocês já sabem que os parentes dele estão aqui, não é? Estiveram com eles?"

"Hoje não", Henry disse.

"Claro, claro", Julian disse apressadamente. Ele antipatizava com os Corcoran. "Tampouco os vi. Hora imprópria para intromissões... Esta manhã cruzei com o pai, por acaso, e com um dos irmãos também. Levava o filho no ombro, como se estivessem a caminho de um piquenique."

"Uma criança pequena daquelas não deveria sair neste frio", disse a sra. O'Rourke. "Não deve ter nem três anos."

"Concordo. Não posso imaginar um motivo para alguém levar o filho numa busca deste tipo."

"Eu certamente não deixaria um filho meu chorar daquele jeito."

"Talvez fosse o frio", Julian murmurou. Seu tom de voz indicava delicadamente que se fartara do assunto e não queria mais falar nisso.

Henry limpou a garganta. "Conversou com o pai de Bunny?"

"Só por um momento. Ele... bem, suponho que cada um lida com o caso a sua maneira... Edmund se parece muito com ele, não acha?"

"Como todos os irmãos, aliás", Camilla disse.

Julian sorriu. "Sim! Quantos irmãos! Parece coisa de conto de fadas..." Ele consultou o relógio. "Minha nossa", disse. "Como é tarde."

Francis rompeu seu silêncio emburrado. "Vai embora agora?", perguntou a Julian, ansioso. "Quer uma carona?"

Ele tentava escapar descaradamente. As narinas de Henry se abriram, mais por surpresa bem-humorada do que por raiva: olhou irônico para Francis, mas Julian, que fitava o horizonte, desconhecendo o drama que se desenrolava, dependente de sua resposta, fez que não.

"Não, muito obrigado", disse. "Pobre Edmund. Estou muito preocupado, sabem."

"Imaginem como os pais dele se sentem", disse a sra. O'Rourke.

"Claro", Julian disse, num tom de voz que transmitia tanto piedade quanto antipatia pelos Corcoran.

"Se fosse comigo, ficaria louca."

Inesperadamente, Julian tremeu, erguendo a gola do casaco. "Mal dormi na noite passada, de tanta preocupação", disse. "Um rapaz tão meigo, tão ingênuo; realmente, gosto muito dele. Se algo lhe acontecesse, eu não suportaria."

Ele olhava para os morros, para o cenário cinematográfico de homens e neve e amplidão à nossa volta; e embora sua voz fosse ansiosa, seu rosto assumiu uma expressão sonhadora, estranha. O caso o incomodara, percebi, mas também vi que havia algo no caráter da busca, um ar de ópera, que não podia deixar de agradá-lo, do ponto de vista estético.

Henry também percebeu isso. "Parece coisa de Tolstoi, não é?", comentou.

Julian olhou por cima do ombro, e surpreendi-me ao perceber a alegria em seu rosto.

"*Sim*", disse. "Parece mesmo, não é?"

Por volta das duas da tarde dois sujeitos de sobretudo escuro nos abordaram, saídos do nada.

"Charles Macaulay?", disse o mais baixo. Era um sujeito corpulento, com olhos duros, mas joviais.

Charles, a meu lado, parou e o encarou, inexpressivo.

O sujeito enfiou a mão no bolso do paletó e tirou a identidade. "Agente Harvey Davenport, Divisão Regional Nordeste do FBI."

Por um momento Charles perdeu a compostura. "O que deseja?", perguntou, piscando.

"Conversar com você, se não se importa."

"Não vai demorar muito", disse o mais alto. Era descendente de italianos, de ombros curvados e nariz batatudo, deplorável, e falava com voz agradável, suave.

Henry, Francis e Camilla pararam, e encaravam os estranhos com graus diversos de interesse e susto.

"Além disso", Davenport disse malicioso, "seria bom sair do frio por alguns minutos, certo? Aposto que está se congelando."

Depois que se foram o resto de nós se arrepiou de ansiedade, mas como não podíamos conversar continuamos a caminhada, olhos fixos no solo, com medo de levantar a cabeça. O relógio marcou três da tarde, depois quatro. A busca ainda prosseguiria por muito tempo, mas na primeira oportunidade voltamos para o carro em silêncio.

"O que querem com ele?", Camilla perguntou pela décima vez.

"Não sei", Henry disse.

"Ele já deu seu depoimento."

"Na delegacia. Ainda não falou com esses aí."

"E que diferença faria? Por que queriam falar com ele?"

"Não sei, Camilla."

Quando chegamos ao apartamento dos gêmeos encontramos, para nosso alívio, Charles lá, sozinho. Deitado no sofá, tomava um drinque e conversava com a avó pelo telefone.

Já estava um pouco alto. "Nana mandou um beijo", disse a Camilla quando desligou o telefone. "Está muito preocupada. Um inseto qualquer está acabando com as azaleias."

"O que é isso nas suas mãos?", Camilla perguntou surpresa.

Ele ergueu as mãos, palmas para fora, um tanto trêmulas. As pontas dos dedos estavam pretas. "Eles tiraram minhas impressões digitais", disse. "Até que foi interessante. Ninguém pediu isso antes."

Por um momento ficamos chocados demais, sem dizer nada. Henry deu um passo à frente, pegou uma das mãos dele e a examinou contra a luz. "Sabe por que fizeram isso?", indagou.

Charles limpou o suor da testa com a mão livre. "Eles lacraram o quarto de Bunny", contou. "Tem uma equipe procurando digitais e recolhendo provas em sacos plásticos."

Henry largou a mão. "Mas por quê?"

"Não sei o motivo. Eles querem as digitais de todos os que estiveram no quarto na quinta-feira e tocaram nas coisas."

"E de que adiantaria? Eles não têm as digitais de Bunny."

"Pelo jeito têm sim. Bunny já foi escoteiro, e a tropa dele inteira tirou as impressões digitais para ganhar uma carteirinha ou sei lá o quê. Encontraram a ficha dele não sei onde."

Henry sentou-se. "Por que queriam conversar com você?"

"Foi essa a primeira pergunta que me fizeram."

"Como?"

"Por que acha que queremos falar com você?" Ele passou as costas da mão na lateral do rosto. "Este pessoal é esperto, Henry", ele disse. "Muito mais inteligente do que a polícia local."

"Como eles o trataram?"

Charles deu de ombros. "O sujeito chamado Davenport foi meio ríspido. O outro — o italiano — mais gentil, mas me deixou assustado. Não falou quase nada, ficou apenas escutando. É muito mais esperto que o outro..."

"E então?", Henry disse, impaciente. "O que foi?"

"Nada. Sei lá... Precisamos tomar muito cuidado, só isso. Eles tentaram me pegar mais de uma vez."

"Como assim?"

"Bem, quando eu disse a eles que fui com Cloke ao quarto de Bunny na quinta-feira, por exemplo."

"E foi o que aconteceu", Francis disse.

"Sei disso. Mas o italiano — ele é realmente um sujeito simpático — mostrou-se preocupado. 'Tem certeza disso, filho?', ele perguntou. 'Pense melhor.' Fiquei realmente confuso, pois sabia que fomos às quatro mesmo, mas Davenport insistiu: 'Pense bem, porque seu amigo Cloke nos disse que passaram mais de uma hora no quarto antes de avisar os outros'."

"Eles queriam saber se Cloke tinha algo a esconder", Henry disse.

"Talvez. Ou apenas queriam saber se eu estava mentindo."

"E estava?"

"Claro que não. Mas, se me perguntassem algo mais delicado e eu me apavorasse... Você não tem ideia de como é. Dois contra um, e a gente não tem nem tempo para pensar... eu sei, eu sei", ele disse desanimado. "Mas eles não são como a polícia. Os investigadores de uma cidade pequena não esperam descobrir nada. Ficariam chocados se soubessem a verdade, provavelmente nem acreditariam se eu contasse tudo. Mas estes caras..." Ele tremeu. "Eu nunca me dei conta do quanto confiamos nas aparências. Não somos mais inteligentes do que os outros, mas não temos cara de quem fez algo errado. No que diz respeito aos outros, somos iguais a um bando de professores de catecismo. Mas estes caras não se deixam enganar pelas aparências." Ele ergueu o copo e tomou um gole. "Por falar nisso", disse, "eles fizeram um montão de perguntas sobre a viagem de vocês à Itália."

Henry ergueu os olhos, espantado. "Eles perguntaram sobre o dinheiro? Perguntaram quem pagou tudo?"

"Não." Charles terminou o drinque e balançou o gelo do copo por um momento. "Temia que perguntassem. Mas creio que se impressionaram muito com os Corcoran. Creio que, se eu dissesse que Bunny nunca usava a mesma cueca duas vezes, eles teriam acreditado."

"E quanto ao sujeito de Vermont?", Francis disse. "Aquele que apareceu na televisão na noite passada?"

"Não sei. Mostraram-se mais interessados em Cloke do que em qualquer outro. Talvez quisessem apenas comparar a história dele com a minha, mas fizeram perguntas estranhas, que... sei lá. Não me surpreenderia se ele saísse por aí contando aquela história, de que Bunny foi sequestrado por traficantes de drogas."

"Nem eu", Francis disse.

"Claro, ele contou a *nós*, que nem mesmo somos seus amigos. No entanto, o pessoal do FBI acredita que somos íntimos."

"Espero que tenha esclarecido isso direitinho", Henry disse, acendendo o cigarro.

"Estou certo de que Cloke se encarregou disso."

"Não necessariamente", Henry disse. Ele sacudiu o fósforo e o atirou no cinzeiro, antes de tragar com força o cigarro. "Sabe", disse, "no início pensei que esta associação com Cloke fosse um tremendo infortúnio. Agora percebo que se trata de uma das melhores coisas que nos aconteceu."

Antes que alguém pudesse perguntar aonde ele queria chegar, Henry consultou o relógio. "Minha nossa", disse. "Vamos embora. São seis horas quase."

No caminho da casa de Francis, uma cadela grávida cruzou a rua na nossa frente.

"Isso", Henry disse, "é um mau presságio."

Do quê, ele não disse.

O noticiário estava começando. O âncora ergueu os olhos de sua papelada, com ar grave, porém satisfeito. "A busca frenética — até o momento infrutífera — continua, na tentativa de localizar o estudante de Hampden College, Edward Corcoran."

"Nossa", Camilla disse, procurando um cigarro no casaco do irmão. "Pensei que eles acertariam pelo menos o nome."

A televisão mostrou uma tomada aérea dos morros cobertos de neve, que pareciam um mapa de guerra, com soldadinhos de alfinete. O monte Cataract erguia-se imenso no fundo.

"Cerca de trezentos voluntários", disse a voz em off, "incluindo membros da Guarda Nacional, polícia, bombeiros de Hampden e funcionários do serviço público de Vermont, vasculharam a área hoje, segundo dia das buscas. Além disso, o FBI iniciou uma investigação independente hoje em Hampden."

A imagem tremeu, depois passou abruptamente para um sujeito alto, com chapéu de caubói, que segundo a legenda era Dick Postonkill, delegado da comarca de Hampden. Falava, mas não saía som algum de sua boca; os voluntários espiavam curiosos, ao fundo, erguendo-se na ponta dos pés para acompanhar a entrevista silenciosa. Depois de alguns momentos o áudio entrou, distorcido. O delegado estava no meio de uma frase.

"...para insistir que os voluntários", disse, "saiam sempre em grupos, mantenham-se na trilha, comuniquem previamente seu itinerário previsto e se agasalhem bem, para o caso de quedas repentinas da temperatura."

"Falamos com o delegado de Hampden, Dick Postonkill", disse o âncora animado, "que deu conselhos importantes para a segurança dos participantes da busca neste tempo frio." Ele virou o rosto, e a câmera, num zoom, o focalizou por outro ângulo. "Uma das raras pistas para o desaparecimento de Corcoran foi fornecida por William Hundy, empresário local e telespectador da ActionNews Twelve, que ligou para nossa linha DICAS, fornecendo informações importantes. Hoje o sr. Hundy colaborou com as autoridades estaduais e locais dando a descrição dos supostos sequestradores de Corcoran..."

"Estaduais e locais", Henry disse.

"Como?"

"Nada de federais."

"Claro que não", Charles disse. "Ou pensa que o FBI vai acreditar numa história maluca de um morador de Vermont?"

"Se não acreditam, por que estão aqui?", Henry disse.

Uma questão preocupante. Sob o sol do meio-dia, um grupo de homens descia apressado os degraus da Prefeitura. O sr. Hundy, de cabeça baixa, estava entre eles. Penteara o cabelo e usava um terno azul-claro no lugar do macacão da oficina.

Uma repórter — Liz Ocavello, uma espécie de celebridade local, apresentadora de um programa sobre questões polêmicas da atualidade, além de um quadro chamado "Movie beat" no telejornal — aproximou-se, segurando o microfone. "Sr. Hundy", chamou. "Sr. Hundy."

Ele parou, confuso, enquanto seus companheiros prosseguiram, deixando-o sozinho na escadaria. Assim que perceberam o que acontecia, voltaram depressa e o rodearam, para conferir um tom oficial à entrevista. Puxaram Hundy pelo braço como se quisessem apressá-lo, mas o mecânico hesitou e não quis prosseguir.

"Sr. Hundy", Liz Ocavello disse, intrometendo-se, "soube que trabalhou hoje com os desenhistas da polícia na preparação do retrato falado das pessoas que viu com o rapaz desaparecido, no domingo."

O sr. Hundy concordou com um movimento brusco da cabeça. Seus modos tímidos, evasivos, do dia anterior deram vez a uma atitude ligeiramente mais segura.

"Pode nos dizer como eles eram?"

O grupo tentou puxar o sr. Hundy novamente, mas ele parecia hipnotizado pela câmera. "Bem", ele disse, "eles não eram daqui. Eles eram... escuros."

"Escuros?"

Conseguiram obrigá-lo a descer alguns degraus, e ele olhou por cima do ombro. "Árabes", disse.

Liz Ocavello, de óculos e penteado exagerado para uma âncora aceitou a revelação com tanta tranquilidade que pensei ter escutado mal. "Obrigada, sr. Hundy", ela disse, afastando-se, enquanto o mecânico e seus companheiros sumiam de cena. "Liz Ocavello, da Prefeitura de Hampden."

"Obrigado, Liz", o apresentador falou animado, girando em sua poltrona.

"Espere um pouco", Camilla disse. "Ele falou mesmo o que eu escutei?"

"O quê?"

"*Árabes*? Ele disse que Bunny estava num carro com árabes?"

"Enquanto prosseguem as buscas", o apresentador disse, "as igrejas da região uniram-se nas preces pelo rapaz desaparecido. De acordo com o reverendo A. K. Poole, da Igreja Luterana, participam das orações diversas igrejas da região, que abrange três estados, entre elas a Batista, Metodista, do Santo Sacramento e Assembleia de Deus..."

"Fico imaginando o que este mecânico seu amigo pretende, Henry", Francis disse.

Henry acendeu um cigarro. Fumou metade antes de falar. "Perguntaram alguma coisa sobre árabes, Charles?"

"Não."

"Acabaram de dizer na televisão que Hundy não falou com o FBI", Camilla disse.

"Mas não podemos garantir isso."

"Acha que pode ser alguma armação?"

"Nem sei o que pensar."

A imagem na tela mudou. Uma senhora cinquentona, magra, bem-vestida — cardigã Chanel, colar de pérolas, cabelos até os ombros, bem penteados — falava com voz nasalada, estranhamente familiar.

"Isso mesmo", ela disse. Onde eu ouvira aquela voz antes? "O pessoal de Hampden é muito gentil. Chegamos ao hotel na tarde de ontem, e a governanta já nos aguardava para..."

"Governanta", Francis repetiu revoltado. "No Coachlight Inn não tem governanta nenhuma."

Estudei a senhora da tela com renovado interesse. "É a mãe de Bunny?"

"Isso mesmo", Henry disse. "Tinha esquecido. Você não a conhece."

Era uma mulher esbelta, loura e cheia de sardas no pescoço, como costuma ocorrer com senhoras de sua idade e compleição; pouco se parecia com Bunny, a não ser pelos cabelos e nariz, igual ao dele: fino, pontudo, inquisidor, que se harmonizava perfeitamente com o restante de suas feições mas que sempre fora um tanto incongruente na cara de Bunny, onde parecia pregado mais tarde, numa revisão, no meio do rosto grande, grosseiro. Seus modos eram altivos e vagos. "Oh", disse, girando o anel em seu dedo, "recebemos um dilúvio de cartas, telefonemas, flores maravilhosas, do país inteiro..."

"Eles a doparam, por acaso?", perguntei.

"O que quer dizer?"

"Bem, ela não parece muito preocupada, não é?"

"É claro", disse a sra. Corcoran, pensativa, "estamos alucinados com tudo isso. Espero que nenhuma mãe tenha de passar por sofrimentos semelhantes aos meus nestas últimas noites. Mas o tempo parece que vai melhorar, e conhecemos tantas pessoas adoráveis, os comerciantes locais se mostraram tão generosos, de todas as maneiras possíveis..."

"Na verdade", Henry disse quando cortaram a fala dela para passar os comerciais, "ela é bastante fotogênica, não acham?"

"Parece ser osso duro de roer."

"Ela é um demônio", Charles disse, embriagado.

"Ora, não é tão ruim assim", Francis falou.

"Você diz isso porque ela o paparica o tempo inteiro", Charles contestou. "E por causa da sua própria mãe."

"Me paparica? Do que está falando? A sra. Corcoran não me paparica coisa nenhuma."

"Ela é medonha", Charles disse. "Quer coisa mais horrível do que ensinar aos filhos que o dinheiro é a única coisa que conta no mundo, embora seja uma desgraça trabalhar para ganhá-lo? Eles jogaram os filhos no mundo sem um tostão furado. Ela nunca deu a Bunny..."

"A culpa é do sr. Corcoran também", Camilla disse.

"Sei, bem, pode ser. Sei lá. Nunca vi um bando de gente tão gananciosa e vazia. A gente olha para eles e pensa: Mas que família de bom gosto, que gente simpática, mas não passam de um bando de inúteis, parecem saídos de um anúncio. Eles têm uma sala na casa deles", Charles disse, voltando-se para mim, "chamada Sala Gucci."

"Como?"

"Isso mesmo. Pintaram a sala com aquelas listas horríveis dos produtos Gucci. Saiu em várias revistas. *House Beautiful* publicou um artigo ridículo sobre decoração excêntrica, ou outro tema similar, absurdo — sabe, do tipo em que sugerem ao leitor pintar uma lagosta no teto para ser original e criativo." Ele acendeu um cigarro. "Bem, isso mostra o tipo de gente que eles são. Superficiais. Bunny pode ser considerado o melhor da turma, de longe, mas até ele..."

"Odeio Gucci", Francis disse.

"É mesmo?", Henry disse, saindo de seu devaneio. "Realmente? Acho genial."

"Não me venha com essa, Henry."

"Bem, é tão caro. Mas também é feio de doer, não acham? Aposto que fazem tudo ficar feio de propósito. E as pessoas compram, por pura perversidade."

"Não vejo nada de genial nisso."

"Qualquer coisa é genial quando feita em larga escala", Henry disse.

Quando voltava para casa naquela noite, sem prestar atenção no caminho, fui abordado por um sujeito grande e mal-encarado perto das macieiras de Putnam House. Ele disse: "Você é Richard Papen?".

Parei, olhei para ele e respondi que sim.

Para minha surpresa, levei um soco na cara e caí de costas na neve. O tombo me tirou o fôlego.

"Fique longe de Mona!", ele gritou para mim. "Se chegar perto dela outra vez eu te mato, entendeu?"

Tonto demais para responder, olhei para ele. Tomei um chute forte nas costelas, e depois o sujeito se afastou, emburrado. Ouvi passos rangendo na neve e uma porta sendo batida.

Olhei para as estrelas. Pareciam estar muito distantes. Finalmente, consegui me erguer — sentia uma dor forte nas costas, mas pelo jeito não havia fraturado nenhum osso — e manquei até chegar em casa, no escuro.

Acordei tarde no dia seguinte. Meu olho doía quando eu virava de lado. Permaneci deitado por algum tempo, piscando para o sol brilhante, enquanto os detalhes confusos da noite anterior retornavam como num sonho; quando peguei o relógio na mesa de cabeceira, vi que era tarde, quase meio-dia. Por que ninguém apareceu para me pegar?

Levantei-me, e meu reflexo levantou-se para me encarar, no espelho em frente. Ele parou e olhou — cabelo desalinhado, boca aberta em espanto idiota — como um personagem de gibi ao tomar uma marretada na cabeça, vendo passarinhos e estrelas perto da testa. Mais espantoso de tudo era o olho roxo de história em quadrinhos desenhado em minha órbita, nos mais ricos tons de roxo e púrpura de Tiro.

Escovei os dentes, vesti-me e corri para fora. A primeira pessoa que encontrei foi Julian, a caminho do Lyceum. Estacou, ao me ver, assustado de maneira inocente e chapliniana. "Minha nossa", ele disse, "o que aconteceu com você?

"Soube de alguma novidade esta manhã?"

"Não", ele disse, olhando para mim curioso. "Seu olho. Parece que se meteu numa briga de bar."

Em outra ocasião eu me envergonharia de contar a verdade, mas andava tão cansado de mentir que senti um impulso de sair limpo, pelo menos daquela história irrelevante. Contei, portanto, o que acontecera.

Sua reação me surpreendeu. "Então foi mesmo uma briga", ele disse, com entusiasmo infantil. "Emocionante. Está apaixonado por ela?"

"Nem a conheço direito."

Ele riu. "Meu caro, resolveu falar a verdade hoje", disse, com espantosa perspicácia. "A vida tornou-se terrivelmente dramática de repente, não acha? Como num romance... Por falar nisso, já lhe contei que fui procurado por uns sujeitos ontem à tarde?"

"Por quem?"

"Dois homens. No início, fiquei um tanto ansioso — imaginei que fossem do Departamento de Estado, ou coisa pior. Já soube de meus problemas com o governo de Isram?"

Não sabia ao certo o que Julian pensava que o governo de Isram — um estado terrorista dos piores — poderia querer com ele, mas seu medo derivava do contato com a princesa real exilada, para quem dera aulas havia uns dez anos. Depois da revolução ela foi obrigada a se esconder e acabou aparecendo em Hampden College. Julian foi seu professor por quatro anos, dando aulas particulares supervisionadas pelo antigo ministro da Educação isramiano, que costumava vir da Suíça de avião, trazendo presentes como caviar e chocolate, para verificar se o currículo era aceitável para a herdeira destinada ao trono de seu país.

A princesa possuía uma fortuna fabulosa. (Henry a viu de relance certa vez — óculos escuros, casaco de marta comprido — saltitando apressada pela escada do Lyceum, com os guarda-costas nos calcanhares.) A dinastia a que pertencia datava da época da torre de Babel e acumulara riquezas monstruosas através dos tempos, em boa parte carregadas para fora do país pelos parentes e colaboradores sobreviventes. Mas puseram sua cabeça a prêmio, e como resultado ela vivia isolada, superprotegida, sem amigos, mesmo na época da adolescência em Hampden. Os anos subsequentes fizeram dela uma reclusa. Mudava de um local para outro, temendo que a assassinassem; a família inteira — exceto um primo ou dois e o irmão deficiente mental, internado — havia sido assassinada no decorrer dos anos, e até mesmo o ex-ministro da Educação, seis meses após a formatura da princesa na faculdade, morrera devido a um projétil disparado por um franco-atirador quando estava sentado no jardim de seu chalé em Montreux.

Julian não se envolvera na política isramiana, apesar de sua afeição pela princesa e simpatia — em tese — pelos monarquistas e antipatia pelos revolucionários. Mas recusava-se a viajar de avião ou a receber pacotes pelo correio, e temia visitantes inesperados. Não viajava para o exterior havia oito ou nove anos. Se eram precauções razoáveis ou não, difícil dizer, mas sua ligação com a princesa não era particularmente forte, e suspeito que a Jihad do Isram tinha mais o que fazer do que caçar professores de clássicos na Nova Inglaterra.

"Claro, não pertenciam ao Departamento de Estado coisa nenhuma, embora fossem ligados ao governo de algum modo. Tenho um sexto sentido para essas coisas, não é curioso? Um dos sujeitos descendia de italianos, muito charmoso, realmente... quase aristocrático, a seu modo pitoresco. O contato me intrigou. Disseram que Edmund tomava drogas."

"Como?"

"Não acha esquisito? Eu me surpreendi *muito*."

"E o que disse?"

"Disse que *duvidava*. Pode parecer pretensão minha, mas conhecia Edmund muito bem, creio. Era muito tímido, quase puritano... Recuso-me a imaginá-lo envolvido nisso, e além disso os jovens que se drogam são tão lerdos e prosaicos. Mas sabe o que o sujeito me disse? Que *a gente nunca sabe*, quando se trata dos jovens. Não creio que ele esteja correto. O que acha?"

Caminhamos por Commons — dava para ouvir os pratos no restaurante — e, com o pretexto de resolver uma questão no outro lado do campus, acompanhei Julian até o Lyceum.

Aquela parte da escola, do lado de North Hampden, era normalmente pacífica e desolada, a neve imaculada e intacta sob os pinheiros, até a primavera. No momento, estava pisoteada e cheia de lixo como um terreno baldio. Alguém batera com o jipe num olmo — vidro partido, para-choque amassado, o tronco lascado a exibir um corte amarelado; um grupo de moleques da cidade descia o morro gritando palavrões em cima de um pedaço de papelão.

"Meu Deus", Julian disse, "pobres crianças."

Despedi-me na porta dos fundos do Lyceum e caminhei até a sala do dr. Roland. Era domingo; ele não estava lá. Entrei e tranquei a porta, passando a tarde inteira sossegado: arquivando a papelada, tomando café turvo numa caneca onde se lia RHONDA, sem prestar muita atenção nas vozes no corredor.

Sei que as vozes eram audíveis, poderia ter entendido o que diziam, caso prestasse atenção, mas não foi o caso. Só mais tarde, depois que saíram do escritório e eu já havia me esquecido do assunto, soube de quem eram e que minha tarde talvez não tivesse passado com tanta segurança assim.

Os agentes do FBI, segundo Henry, montaram seu quartel-general provisório numa sala de aula nos fundos do corredor onde o dr. Roland tinha seu escritório, e foi ali que o interrogaram. Estavam a menos de dez metros de mim, talvez bebendo o mesmo café turvo da garrafa térmica que preparei na sala dos professores. "Estranho", Henry disse, "mas a primeira coisa em que pensei ao tomar o café foi em você."

"Por quê?"

"Tinha um sabor esquisito. De queimado. Como o seu café."

A sala de aula (segundo Henry) tinha um quadro-negro coberto por equações de quarto grau, dois cinzeiros cheios e uma mesa de reuniões comprida, onde os três se sentaram. Havia também um computador *laptop*, um saco plástico amarelo com o logotipo do FBI e uma caixa de doces de açúcar de bordo — bolotas, homenzinhos, em caixetinhas. Pertenciam ao italiano. "Para meus filhos", ele explicou.

Henry, claro, saiu-se maravilhosamente bem. Ele não falou isso, nem precisava. Em certo sentido, ele era o autor daquele drama e esperara por trás do pano durante muito tempo por aquele momento, quando poderia entrar em cena e assumir o papel que escrevera para si: frio, porém amigável; hesitante, reticente nos detalhes; brilhante, sem revelar toda a sua inteligência, contudo. Gostou de conversar com eles, confessou. Davenport era um filisteu, não valia a pena mencioná-lo, mas o italiano, sombrio e educado, revelou-se encantador. ("Como aqueles florentinos que Dante encontrou no Purgatório") Seu nome era Sciola. Interessou-se muito pela viagem à Itália, fez um monte de perguntas a respeito, mais como turista que como policial. ("Vocês por acaso conheceram o, como se chama mesmo, o San Prassede, perto da estação de trem? Que tem uma pequena capela ao lado?") Ele falava italiano também, e mantiveram um curto diálogo neste idioma, rindo, o que irritou Davenport, incapaz de compreender uma só palavra, louco para voltar ao interrogatório.

Henry não revelou muitos detalhes, ao menos não para mim, sobre o interrogatório em si. Mas afirmou que a linha de investigação deles, fosse qual fosse, não era correta. "Além disso", ele falou, "acho que já deduzi o caminho deles."

"E qual é?"

"Cloke."

"Acham que Cloke o matou?"

"Pensam que Cloke esconde alguma informação. Sabem que seu comportamento é questionável. A bem da verdade, é mesmo. E têm informações que ele não lhes forneceu, sem dúvida."

"Como por exemplo?"

"A organização do tráfico de drogas dele. Datas, nomes, locais. Eventos anteriores à vinda dele para Hampden até. E tentam, ao que parece, ligar estes fatos a mim, o que não conseguiram fazer de modo satisfatório, claro. Minha nossa. Chegaram a fazer perguntas sobre os medicamentos que tomo, os anestésicos que me deram no primeiro ano. Havia pastas por toda parte, informações que ninguém reuniu antes — fichas médicas, avaliações psicológicas, relatórios dos professores, amostras de trabalhos escolares, notas... Fizeram questão de exibir tudo isso para mim. Tentavam me intimidar, suponho. Sei muito bem o que consta na minha ficha, mas na de Cloke... notas baixas, drogas, suspensões — seria capaz de apostar que ele deixou uma série de pistas em sua papelada. Não sei se os registros por si bastaram para deixá-los curiosos, ou se o próprio Cloke comprometeu-se quando interrogado. De mim, eles queriam — assim como de Julian, Brady e Patrick Corcoran — detalhes do relacionamento entre Bunny e Cloke. Julian não sabia nada a respeito. Brady e Patrick, pelo jeito, contaram um monte de coisas. Eu também."

"Do que está falando?"

"Bem, Brady e Patrick saíram com ele para fumar maconha no estacionamento do Coachlight Inn na noite anterior."

"Mas o que você disse a eles?"

"Tudo o que Cloke nos contou. Sobre o traficante de drogas de Nova York."

Caí de costas na poltrona. "Ai, meu Deus", falei. "Tem certeza de que sabe o que está fazendo?"

"Sem dúvida", Henry disse sereno. "Era o que eles queriam ouvir. Rodearam a tarde inteira, até que finalmente resolvi deixar escapar a história... eles pularam na cadeira. Cloke aguentará um ou dois dias de pressão, mas isso é uma sorte para nós. Não poderia desejar nada melhor para mantê-los ocupados até que a neve derreta — já notaram como o tempo melhorou nos últimos dois dias? Creio que as estradas já estão quase limpas."

Meu olho roxo despertou muito interesse, especulações e debates — contei a Francis que os agentes do FBI me bateram, só para ver o resultado — mas nada comparável à comoção do artigo publicado pelo *Herald* de Boston. O jornal enviara um repórter no dia anterior, assim como o *Post* de Nova York e o *Daily News*, também de Nova York. Mas o repórter do *Herald* furou todo mundo.

DESAPARECIMENTO EM VERMONT PODE TER LIGAÇÃO COM DROGAS

Agentes federais que investigam desde 24 de abril o desaparecimento de Edmund Corcoran, 24, estudante de Hampden, que deflagrou uma operação de busca gigantesca nos últimos três dias, descobriram que o jovem desaparecido poderia estar envolvido com drogas. Autoridades federais que revistaram o quarto de Corcoran encontraram materiais relacionados a drogas e resíduos de cocaína. Embora Corcoran não tenha um histórico de consumo de drogas, fontes próximas ao estudante declararam que Corcoran, normalmente extrovertido, tornou-se agitado e nervoso nos meses anteriores a seu desaparecimento. (Leia "O que seus filhos não contam", p. 6)

A notícia nos intrigou, embora todo mundo no campus já soubesse do que se tratava. Judy Poovey me contou a história.

"Sabe o que encontraram no quarto dele? O espelho que pertencia a Laura Stora. Acho que todo mundo em Durbinstall cheirou coca naquele espelho. Muito antigo, cheio de ranhuras e fendas nas laterais. Jack Teitelbaum o chamava de Rainha do Brilho, pois sempre dava para raspar uma carreira, em caso de desespero. Bem, embora seja tecnicamente dela, o espelho tornou-se propriedade coletiva. Laura disse que estava sumido havia séculos, alguém o roubou da sala de uma das casas novas, em março. Bram Guernsey falou que Cloke disse que não estava no quarto de Bunny antes, que os federais plantaram o espelho lá, e depois Bram falou que Cloke achava que tudo não passava de uma armadilha. Uma armação, como em *Missão impossível*, ou num dos livros paranoicos de Philip K. Dick. E disse a Bram que os federais puseram uma câmera oculta em Durbinstall, e outras coisas malucas. Bram falou que Cloke tem medo de dormir e passou as últimas quarenta e oito horas acordado, a poder de cristais de metedrina. Fica sentado no quarto, cheirando uma carreira atrás da outra, de porta trancada, ouvindo aquela música do Buffalo Springfield sem parar, você conhece? 'Aconteceu algo por aqui... não sei bem o que é.' Pirou. As pessoas ficam nervosas e de repente só querem escutar velharias dos hippies, que nunca ouviriam se estivessem normais. Quando meu gato morreu eu pedi emprestado um monte de discos de Simon e Garfunkel. Mas tudo bem." Ela acendeu um cigarro. "Como eu soube de tudo isso? Laura está apavorada, descobriram que o espelho era dela, e ela já está na condicional, sabe, foi obrigada a prestar serviços comunitários no semestre passado porque Flipper Leach dançou e dedou Laura e Jack Teitelbaum — lembra-se disso, não é?"

"Nunca ouvi falar de Flipper Leach."

"Claro que você conhece Flipper. Ela é uma vaca. O pessoal a chama de Flipper* porque ela capotou o Volvo do pai dela umas quatro vezes quando era caloura."

"Não compreendo o que a tal de Flipper tem a ver com o caso."

"Ela não tem nada a ver com tudo isso, Richard, você parece aquele sujeito em *Dragnet*, que só quer saber dos fatos. Acontece que Laura está apavorada, o pessoal da Assistência ao Estudante ameaçou chamar os pais dela, a não ser que conte como o espelho foi parar no quarto de Bunny, mas ela não tem a menor ideia, porra. E tem mais, os caras do FBI descobriram tudo sobre o Ecstasy que ela levou na festa Agito de Primavera, na semana passada, e querem que ela entregue todo mundo. Eu falei: 'Laura, não faça isso, vai pegar

---

* *To flip over* significa "virar", ou "capotar", em inglês.

mal, como aconteceu com Flipper, e todo mundo vai odiar você, e vai acabar tendo que se transferir para outra escola'. Como Bram disse..."

"Sabe onde está Cloke agora?"

"Era isso que eu ia contar. Quer calar a boca um minuto? Ninguém sabe. Ele estava alucinado, pediu o carro de Bram emprestado na noite passada para fugir da escola, mas hoje de manhã o carro apareceu no estacionamento com as chaves no contato, e ninguém o viu, não está no quarto pelo menos, acho que tem algo esquisito acontecendo por aqui, mas eu não faço a menor ideia do que é... Nunca mais tomo metedrina, juro. Maior roubada. Ei, eu ia mesmo perguntar, o que aconteceu com seu olho?"

De volta à casa de Francis com os gêmeos — Henry saíra para almoçar com os Corcoran —, contei a eles a história que ouvira de Judy.

"Mas eu conheço aquele espelho", Camilla disse.

"Eu também", Francis falou. "Um bem velho, todo manchado. Estava no quarto de Bunny já fazia um bom tempo."

"Pensei que fosse dele."

"Como será que foi parar lá?"

"Se a moça o deixou numa sala qualquer", Charles disse, "ele provavelmente viu, gostou e levou embora."

Isso era altamente provável. Bunny tinha uma leve tendência à cleptomania e costumava embolsar artigos pequenos, sem valor, que o atraíam — cortadores de unha, botões, rolos de fita adesiva. Escondia tudo em seu quarto, em pequenos ninhos. Praticava seu vício em segredo, mas ao mesmo tempo não se incomodava em carregar abertamente objetos de maior porte e valor quando o dono se afastava. Fazia isso com tanta segurança e tranquilidade — enfiava garrafas de bebida ou caixas de flores debaixo do braço e saía andando sem nem olhar para trás — que eu imaginava se ele sabia que estava roubando. Certa vez eu o ouvi explicar de maneira vigorosa a Marion o castigo adequado para as pessoas que roubavam comida da geladeira coletiva.

Embora a situação de Laura Stora fosse ruim, a de Cloke era muito pior. Descobrimos depois que ele não trouxera o carro de Bram Guernsey por sua livre e espontânea vontade, mas graças ao empenho dos agentes do FBI que o pegaram quando estava a uns quinze quilômetros de Hampden. Eles o levaram de volta à sala de aula transformada em quartel-general e o mantiveram lá durante a noite de domingo quase inteira, e embora não saiba o que disseram a ele, na segunda-feira pela manhã Cloke pediu que seu advogado comparecesse ao interrogatório.

A sra. Corcoran (segundo Henry) ficou furiosa ao saber que alguém teve a coragem de sugerir que Bunny usava drogas. No almoço, na Brasserie, um repórter aproximou-se da mesa dos Corcoran e perguntou se poderiam comentar os "indícios de drogas" encontrados no quarto de Bunny.

O sr. Corcoran, perplexo, cerrou as sobrancelhas de forma impressionante e disse: "Mas é claro, como não, bem", mas a sra. Corcoran, cortando o filé *au poivre* com violência incontida, nem olhou para cima ao lançar sua diatribe. Indícios de drogas, como diziam, não eram drogas, e lamentavelmente a imprensa resolvera acusar pessoas que não se encontravam ali para apresentar sua defesa, e ela já sofria o suficiente com o caso para ter de aguentar desconhecidos que insinuavam que seu filho era um drogado. Tudo aquilo era razoável e verdadeiro, e o repórter do *Post* publicou a declaração no dia seguinte, palavra por palavra, ao lado de uma foto deselegante da sra. Corcoran de boca aberta, sob o título: MÃE FALA: MEU FILHO NÃO.

Na segunda-feira, por volta das duas da madrugada, Camilla pediu que eu a acompanhasse na caminhada da casa de Francis até a dela. Henry saíra por volta da meia-noite; Francis e Charles, que bebiam para valer desde as quatro da tarde, não se mostravam dispostos a diminuir o ritmo. Entrincheiraram-se na cozinha de Francis, apagaram a luz e preparavam entre risos que me assustavam uma série de coquetéis terríveis, chamados *Blue Blazers*, que incluíam uísque flambado, transferido em chamas de uma caneca de estanho para outra.

No apartamento dela, Camilla — trêmula, preocupada, a face avermelhada de frio — convidou-me para subir e tomar um chá. "Será que fizemos bem em deixá-los lá?", disse, acendendo a luz. "Tenho medo de que ponham fogo na casa."

"Não tem problema", falei, embora pensasse a mesma coisa.

Tomamos chá. A luz nos aquecia no apartamento silencioso e confortável. Em casa, na cama, em meu abismo particular de desejo, as cenas que sonhava sempre se iniciavam assim: no momento em que, um pouco tontos de bebida, nós dois ficávamos a sós, e ela, nesta situação, invariavelmente me tocava, como se por acaso, ou encostava em mim, convenientemente próxima, seu rosto tocando o meu, para mostrar uma passagem num livro; oportunidades que eu aproveitava, de modo gentil porém masculino, para dar início aos prazeres mais violentos.

A xícara de chá, excessivamente quente, queimou a ponta dos meus dedos. Deixei-a de lado e olhei para Camilla — distraída, fumando um cigarro, a meio metro de distância, apenas. Eu poderia me perder para sempre naquele rostinho singular, no pessimismo de sua linda boca. *Venha até aqui. Vamos apagar a luz, vamos?* Tais frases, que eu imaginava em sua voz, eram quase intoleravelmente meigas; agora, sentado a seu lado, seria inconcebível que eu as dissesse.

E mesmo assim: por que a dificuldade? Ela participara do assassinato de dois homens; acompanhara a morte de Bunny, calma como uma madona. Recordo-me da voz fria de Henry, seis semanas atrás: *Havia um certo elemento carnal nos procedimentos, sim.*

"Camilla?", falei.

Ela ergueu os olhos, distraída.

"O que aconteceu realmente naquela noite na floresta?"

Esperava, se não surpresa, pelo menos sua encenação. Mas ela nem piscou. "Bem, não me lembro de quase nada", ela disse com voz pausada. "E o que lembro é quase impossível de descrever. Hoje está menos nítido em minha lembrança do que há poucos meses. Talvez eu precise escrever ou algo assim para não esquecer."

"E do que você se recorda?"

Ela deixou passar um momento antes de responder. "Bem, tenho certeza de que Henry já lhe contou tudo", disse. "Dito em voz alta, parece meio tolo. Eu me lembro de um bando de cachorros. Cobras enroladas em meus braços.

Árvores em chamas, pinheiros de fogo, como tochas enormes. Havia uma quinta pessoa conosco na maior parte do tempo."

"Uma quinta pessoa?"

"Não era sempre uma pessoa."

"Não entendo o que está querendo dizer."

"Sabe como os gregos chamam Dioniso. πολυειδής. O que tem muitas formas. Algumas vezes era homem, outras mulher. E também outra coisa. Eu... posso lhe contar algo que lembro bem", ela falou abruptamente.

"O quê?", eu disse, esperando algum detalhe passional, surpreendente.

"O sujeito morto. Deitado no solo. Sua barriga estava aberta e saía fumaça de lá."

"Da barriga?"

"Fazia frio naquela noite. Jamais me esquecerei do cheiro. Quando meu tio limpava um cervo era igual. Pergunte a Francis. Ele também se lembra."

Horrorizado demais, não consegui dizer nada. Ela estendeu o braço para pegar o bule e servir mais chá. "Você sabe", disse, "por que estamos dando tanto azar agora?"

"Por quê?

"Porque dá azar deixar um corpo insepulto. O fazendeiro foi encontrado logo em seguida. Mas você se lembra de Palinuro, na *Eneida*? Ele assombrou a todos, permaneceu entre eles por longo tempo. Temo que nenhum de nós consiga dormir à noite até que Bunny seja enterrado."

"Isso é besteira."

Ela riu. "No século IV, antes de Cristo, a frota ática inteira adiou sua partida só porque um soldado espirrou."

"Anda conversando demais com Henry."

Depois de um momento em silêncio, ela disse: "Você sabe o que Henry nos obrigou a fazer uns dias depois do que aconteceu na floresta?".

"O quê?"

"Ele nos obrigou a matar um leitão."

Chocou-me mais a calma assombrosa com que ela contou isso do que o fato em si. "Ai, meu Deus", falei.

"Cortamos a garganta dele. E passamos o corpo de um para o outro, pelo alto, para que o sangue escorresse pelas nossas cabeças e mãos. Foi horrível. Quase vomitei."

Em minha opinião, as vantagens de se cobrir deliberadamente de sangue — mesmo sangue de porco — imediatamente após cometer um homicídio eram questionáveis, mas disse apenas: "Por que ele os induziu a fazer isso?".

"Assassinar é poluição. O homicida desonra a todos com quem entra em contato. E o único modo de purificar o sangue é usando sangue. Deixamos o porco sangrar em cima de nós. Depois entramos e nos lavamos. Depois disso, tudo bem."

"Está tentando me convencer", disse, "que..."

"Não se preocupe", ela retrucou apressada. "Duvido que desta vez ele planeje algo similar."

"Por quê? Não funcionou?"

Ela não percebeu o sarcasmo. "Claro que funcionou. Muito bem."

"E por que não repetir o ritual?"

"Porque Henry enfiou na cabeça que isso o incomodaria."

Alguém tentou enfiar a chave na fechadura, e momentos depois Charles abriu a porta. Tirou o sobretudo e o largou no tapete.

"Olá, olá", cantou, contorcendo-se para tirar o paletó, que jogou por cima do sobretudo. Não entrou na sala, seguindo direto pelo corredor que dava nos quartos e banheiro. Uma porta se abriu, depois outra. "Millie, minha querida", chamou. "Onde está, doçura?"

"E essa, agora", Camilla disse. Em voz alta, respondeu: "Estamos aqui, Charles".

Charles entrou na sala com a gravata torta e o cabelo desalinhado. "Camilla", falou, apoiado no batente da porta. "Camilla." Então me viu.

"Você", disse, não muito educado. "O que está fazendo aqui?"

"Estamos tomando chá", Camilla disse. "Quer um pouco?"

"Não." Ele deu meia-volta e desapareceu de novo. "Muito tarde. Vou para a cama."

Bateu a porta. Camilla e eu nos olhamos. Levantei-me.

"Bem", falei, "acho melhor voltar para casa."

Os grupos prosseguiram as buscas, mas o número de participantes encolheu dramaticamente, e não restou nenhum estudante. A operação tornou-se rígida, secreta, profissional. Soube que a polícia convocou uma médium, um especialista em impressões digitais e cães farejadores especiais, treinados em Dannemora. Talvez por imaginar que havia em mim uma nódoa secreta, imperceptível a pessoas mas provavelmente detectada pelo faro dos cães (nos filmes, o cachorro sempre identifica primeiro o vampiro, por mais suave e inocente que este pareça), pensar em cães farejadores tornou-me supersticioso. Passei a evitar cachorros, até o par de labradores pacíficos que pertenciam ao professor de cerâmica e sempre corriam com a língua de fora atrás de quem jogava frisbee. Henry — imaginando, talvez, uma Cassandra trêmula a despejar profecias para um coro de policiais — preocupava-se mais com a médium. "Se nos desmascararem", disse com pessimismo, "será por causa dela."

"Vai me dizer que acredita nestas coisas?"

Ele me olhou com indescritível desprezo.

"Você me espanta", ele disse. "Acha que só existe aquilo que consegue ver."

A médium era uma jovem mãe do Norte de Nova York. Um choque elétrico provocado por um cabo de alta tensão a pôs em coma. Quando acordou, três semanas depois, conseguia "ver" coisas apenas tocando um objeto ou segurando a mão de um estranho. A polícia a convocara para resolver casos de desaparecimento e ela tivera sucesso. Certa vez localizou o corpo de uma criança estrangulada, simplesmente apontando o lugar certo num mapa. Henry, que de tão supersticioso costumava deixar um pires com leite do lado de fora da porta para apaziguar os espíritos malignos de passagem, a observou fascinado quando a moça passou solitária nos limites do campus — óculos de lentes grossas, casaco suburbano, cabelos ruivos presos por um lenço de bolinhas.

"Lamentável", disse, "mas não ousei me aproximar. Gostaria muito de conversar com ela."

Nossos colegas, em sua maioria, entraram em pânico, contudo, pela informação — correta ou não, até hoje não sei — de que o Departamento de Narcóticos infiltrara agentes no campus para uma investigação paralela. Théophile Gautier, escrevendo a respeito do efeito de *Chatterton* de Vigny sobre a juventude de Paris no século XIX, disse que na noite parisiense praticamente se podia ouvir o som das pistolas solitárias quando eram engatilhadas. Em Hampden, a noite animava-se com o ruído das descargas. Viciados em cocaína e pílulas cambaleavam pelos corredores de olhos vidrados, inconformados com suas perdas. Alguém jogou tanta maconha no vaso sanitário do ateliê de escultura que precisaram chamar uma equipe para fazer a limpeza da fossa séptica.

Por volta das quatro e meia da tarde, na segunda-feira, Charles passou pelo meu quarto. "Oi", falou. "Quer sair para comer algo?"

"Onde está Camilla?"

"Sei lá, em algum lugar", disse, percorrendo meu quarto com seus olhos claros. "Quer vir ou não?"

"Sim... claro", falei.

Ele se animou. "Ótimo. O táxi está esperando lá embaixo."

O motorista do táxi — um sujeito corado chamado Junior, que levara Bunny e eu para o centro no primeiro passeio durante o outono e que dentro de três dias conduziria Bunny de volta a Connecticut, pela última vez, dentro de um caixão — olhou para nós pelo retrovisor quando passamos em College Drive. "Vocês vão até a Brassiere?", perguntou.

Referia-se à Brasserie. Era uma brincadeira que sempre fazia conosco. "Sim", falei.

"Não", Charles disse de supetão. Encostado na porta, como uma criança, ele olhava fixo em frente, tamborilando no descanso do braço com os dedos. "Queremos ir para a rua Catamount, número 1910."

"Para onde?", falei.

"Ora, espero que não se importe", ele disse, quase olhando para mim. "Queria ir a um lugar diferente. Não fica longe, e além disso ando cansado da comida da Brasserie. Tudo bem?"

O local escolhido por ele — um bar chamado Farmer's Inn — não se destacava pela comida, nem pela decoração — mesas de fórmica e cadeiras dobráveis — ou pela clientela reduzida, em geral bêbados da roça com mais de sessenta e cinco anos. Na verdade, era inferior à Brasserie em todos os aspectos, menos um, a generosidade das doses do uísque de garrafão servido no bar por cinquenta centavos.

Escolhemos lugares no final do bar, perto da televisão, que exibia um jogo de basquetebol. A senhora do bar — cinquentona, com sombra turquesa nos olhos e vários anéis de turquesa para combinar — nos encarou, examinando os ternos e gravatas. O pedido de Charles a surpreendeu, dois uísques duplos e um *club sandwich*. "Minha nossa", ela disse, com voz de arara. "Resolveram deixar a garotada tomar uma agora, é?"

Não entendi direito o que pretendia dizer — referia-se a nossas roupas, a Hampden College ou queria ver nossas identidades? Charles, que no instante anterior estava mergulhado na depressão, olhou para cima e brindou-a com um sorriso pleno de calor humano e doçura. Tinha jeito com garçonetes. Elas sempre o rodeavam nos restaurantes, faziam questão de oferecer um serviço especial a ele.

A senhora olhou para ele — satisfeita, incrédula — e riu desbragadamente. "Puxa, não é demais", ela disse com voz rouca, esticando a mão cheia de anéis para pegar o Silva-Thin queimando no cinzeiro a seu lado. "Pensei que os mórmons só bebessem coca-cola."

Assim que ela desapareceu na cozinha para entregar nosso pedido ("Bill", ouvi quando chamou por trás das portas de vaivém. "Ei, Bill! Escute só essa!"), o sorriso desapareceu da face de Charles. Ele pegou o copo e deu de ombros sem o menor senso de humor quando tentei olhar para ele.

"Desculpe", disse. "Espero que não se importe de vir aqui. É mais barato do que na Brasserie e não vamos encontrar ninguém."

Não se mostrava disposto a conversar, era efervescente, por vezes, mas também se comportava como criança, emburrado e ensimesmado — e estava bebendo sem parar, os cotovelos fixos no balcão e o cabelo caído na face. Quando o sanduíche chegou, ele o abriu, comeu o bacon e deixou o resto, enquanto eu bebia e via os Lakers. Estranho estar ali, num bar abafado de Vermont, assistindo ao jogo. Na Califórnia, na faculdade, havia um pub chamado Falstaff's, com telão; um amigo pateta chamado Carl costumava me arrastar para lá, onde tomava cerveja barata e via jogos de basquete. Aposto que está vendo este mesmo jogo agora, sentado na banqueta estofada de vermelho.

Distraía-me com este e outros pensamentos deprimentes enquanto Charles entornava o quarto ou quinto uísque, quando alguém começou a mudar de canal com um controle remoto: *Jeopardy*, *Wheel of Fortune*, *MacNeil*

Lehrer, e finalmente um programa local de entrevistas. Chamava-se *Tonight in Vermont*. O cenário imitava uma casa de fazenda antiga da Nova Inglaterra, com imitação de mobília Shaker e ferramentas agrícolas tradicionais, como forcados, penduradas na parede de papelão ao fundo. Liz Ocavello era a apresentadora. Imitando Oprah e Phil, ela fazia um quadro de perguntas e respostas no final do programa, em geral pouco polêmico, pois os convidados costumavam ser dóceis — o comissário estadual para Assuntos de Veteranos, voluntários anunciando uma campanha para doar sangue ("Pode repetir o endereço, Joe?").

Seu convidado naquela noite, contudo, era William Hundy. Precisei de algum tempo para reconhecê-lo. Usava terno — não o azul-claro esporte, e sim um bem antigo, como se fosse um ministro religioso rural. E bancava a autoridade na OPEP e nos árabes, por razões que não entendi imediatamente. "Por causa da OPEP", ele disse, "não temos mais postos de gasolina Texaco. Eu me lembro de quando era criança, era posto Texaco para tudo quanto é lado. Mas os árabes, sabem, chegam comprando tudo..."

"*Olhe*", falei para Charles, mas quando consegui que levantasse a cabeça haviam mudado de canal, para *Jeopardy*.

"O que foi?", ele perguntou.

"Nada."

Jeopardy, *Wheel of Fortune*, *MacNeil Lehrer*, por um bom tempo, até que alguém gritou: "Desligue essa merda, Dotty".

"Vocês querem assistir o quê?"

"*Wheel of Fortune*", respondeu um coro áspero.

Mas *Wheel of Fortune* estava no final (Vanna mandando um, beijo de boa-noite), e quando olhei novamente vi a casa de fazenda simulada com William Hundy. Ele contava sua participação no programa *Today* naquela manhã.

"Ei", alguém disse, "é o dono da Redeemed Repair."

"*Ele* não é o dono."

"Quem é, então?"

"Ele é sócio de Bud Alcorn."

"Vê se cala a boca, Bobby."

"Não", disse o sr. Hundy, "não vi Willard Scott. Acho que não saberia o que dizer se visse. Montaram um esquema gigantesco lá, mas é claro que não parece tão grande na tevê."

Chutei o pé de Charles.

"Sei", ele disse desinteressado, erguendo o copo com mão trêmula.

Surpreendi-me ao ver como o sr. Hundy tornou-se tão falante em apenas quatro dias. Minha surpresa foi ainda maior ao ver a reação calorosa da plateia do estúdio a suas opiniões — fizeram perguntas respeitosas, variando do sistema judiciário ao papel do pequeno empresário na comunidade, e rolavam de rir com suas piadas sem graça. Só poderia atribuir tanta popularidade ao que vira ou alegava ter visto. Seu ar espantado e hesitante desaparecera. Com as mãos cruzadas sobre o estômago, ele respondia às perguntas com o sorriso pacífico de um pontífice concedendo audiências. Mostrava-se tão à vontade que eu jurava haver algo de desonesto por trás. Intrigava-me que, aparentemente, mais ninguém notasse isso.

Um baixinho moreno, em mangas de camisa, que agitava a mão já fazia algum tempo, foi finalmente convocado a falar por Liz e ergueu-se. "Meu nome é Adnan Nassar, sou palestino-americano", disse apressado. "Cheguei a este país vindo da Síria, há nove anos, e adquiri a cidadania norte-americana. Sou subgerente do Pizza Pad, na autoestrada 6."

O sr. Hundy virou a cabeça de lado. "Muito bem, Adnan", ele disse cordial. "Aposto que esta história seria praticamente impossível em seu país. Mas aqui o sistema funciona assim mesmo. Para todos. E isso vale sempre, independente de sua raça ou cor da pele." Aplausos.

Liz, microfone na mão, percorreu o corredor e apontou para uma senhora com penteado exagerado, mas o palestino agitou furiosamente os braços e a câmera o focalizou outra vez.

"Esta não é a questão", ele disse. "Sou árabe e me revoltei com suas demonstrações de preconceito racial contra meu povo."

Liz aproximou-se do palestino e segurou seu braço, para confortá-lo, no estilo de Oprah. William Hundy, sentado na poltrona Shaker de imitação, no palco, desequilibrou-se ligeiramente quando inclinou o corpo para responder. "Gosta daqui?", disse secamente.

"Sim."

"Quer voltar para sua terra?"

"Muito bem", Liz disse elevando a voz, "ninguém está querendo dizer que..."

"A porta da rua", disse o sr. Hundy, mais alto ainda, *"é serventia da casa."*

Dotty, a senhora do bar, riu satisfeita e tragou o cigarro. "Bem feito", ela disse.

"Sua família veio de onde?", o árabe perguntou sarcástico. "Você é índio, por acaso?"

O sr. Hundy fingiu não ouvir nada. "Pago sua passagem de volta", ele disse. "Quanto custa uma passagem só de ida para Bagdá hoje em dia? Se quiser, terei o maior prazer em..."

"Eu acho", Liz apressou-se em interferir, "que o senhor não entendeu bem o que este cavalheiro está tentando dizer. Ele só falou que..." Ela passou o braço em torno do ombro do palestino, que o tirou furioso.

"Você passou a noite ofendendo os árabes", gritou. "Não sabe nada sobre os árabes." E bateu no peito com o punho cerrado. "Eu sei, está em meu coração."

"No seu e no do seu amigo Saddam Hussein."

"Como tem coragem de nos chamar de gananciosos, milionários que só sabem desfilar em carrões? Isso me ofende. Sou árabe e procuro preservar os recursos naturais..."

"Pondo fogo nos poços de petróleo, certo?"

"...dirigindo um Toyota Corolla."

"Não falei de você *em particular*", Hundy disse, "e sim dos malucos da OPEP e dos miseráveis que sequestraram aquele pobre rapaz. Acha que eles andam por aí num Toyota Corolla? Pensa que toleramos o terrorismo aqui? É assim que agem em seu país?"

"Você mente", o árabe gritou.

Por um momento, confuso, o câmera focalizou Liz Ocavello; ela olhava sem ver para um ponto fora da tela e aposto que pensava exatamente o mesmo que eu: *Ai, meu Deus, lá vem...*

"Não minto", Hundy disse inflamado. "Eu sei. Trabalho com automóveis há trinta anos. Acha que não me lembro, quando Carter era presidente, que vocês nos humilharam, em 1975? E agora chegam aqui bancando os donos do pedaço e ficam comendo grão-de-bico e aqueles pães chatos imundos?"

Liz olhava para o lado, tentando transmitir instruções.

O árabe gritou um palavrão daqueles.

"Chega! Parem com isso!", Liz Ocavello gritou, desesperada.

O sr. Hundy levantou-se, olhos flamejantes, apontando o dedo em riste para a plateia. "*Negrada do deserto!*", gritou descontrolado. "*Negrada do deserto. Negrada...!*"

A câmera se moveu numa panorâmica maluca para o canto do cenário, mostrando os cabos pretos amontoados, os refletores. Perdeu e recuperou o foco. Depois, num corte malfeito, o comercial do McDonald's entrou no ar.

"Ulalá!", alguém gritou entusiasmado.

Ouvi aplausos esparsos.

"Ouviu aquilo?", Charles disse depois de uma pausa.

Havia me esquecido dele praticamente. Sua voz empastada combinava com o cabelo suado caído na testa. "*Cuidado*", tentei preveni-lo, em grego. "*Ela pode ouvi-lo.*"

Ele resmungou qualquer coisa, oscilando em cima da banqueta de vinil brilhante e ferro cromado.

"Vamos embora. É tarde", falei, procurando o dinheiro no bolso.

Vacilante, fixando a vista em mim, ele se debruçou e segurou meu punho. A luz da vitrola automática refletiu em seus olhos, tornando-os estranhos, alucinados, como os olhos luminosos de assassino que por vezes surgem inesperados na face de um amigo fotografado com flash.

"Cale-se, cara", ele disse. "Escute."

Puxei a mão e desci da banqueta. Neste momento, ouvi o ribombar nítido, longo. Trovão.

Trocamos olhares.

"Está chovendo", ele sussurrou.

A chuva caía, tilintando na minha janela enquanto eu, deitado de costas, não conseguia pregar o olho, escutando.

Choveu durante a noite inteira e na manhã seguinte, uma chuva morna, cinza e contínua como um sonho.

Quando acordei eu já sabia o que encontraria naquele dia, sabia pelo aperto no estômago desde o instante em que espiei pela janela, para o gramado, vendo trechos de grama viscosa, meio podre, e por toda a parte ping, ping, ping.

Foi um daqueles dias misteriosos, opressivos, que por vezes temos em Hampden, quando as montanhas que se erguem no horizonte somem na névoa e o mundo parece vazio e leve, perigoso até. Caminhando pelo campus, a grama molhada manchando os pés, a gente se sentia no Olimpo, Valhala, ou numa terra desolada qualquer acima das nuvens; os marcos na paisagem, velhos conhecidos — torre do relógio, casas —, flutuando como recordações de uma vida passada, isolados e incongruentes na neblina.

Chuvisco e lama. Commons cheirava a roupa molhada, tudo escuro e subjugado. Encontrei Henry e Camilla no andar de cima, sentados numa mesa perto da janela, o cinzeiro cheio entre eles, Camilla apoiando o queixo nas mãos e um cigarro queimando entre os dedos enodoados.

O salão de refeições principal situava-se no segundo andar, num anexo moderno que se projetava para os fundos, sobre a área de carga. Vidros imensos, fustigados pela chuva, nos cercavam por três lados, e tínhamos vista privilegiada da área de carga, onde os caminhões com manteiga e ovos descarregavam no início da manhã, e da estradinha escorregadia e escura que serpenteava por entre as árvores e desaparecia na névoa em direção a North Hampden.

Serviram sopa de tomate no almoço, e café com leite desnatado, pois o comum acabara. A chuva tamborilava no vidro das janelas. Henry estava distraído. O FBI o visitara novamente na noite anterior — não contou o que queriam — e ele falava sem parar, em voz baixa, sobre a *Íliom* de Schliemann, as pontas dos dedos da mão enorme, quadrada, segurando a borda da mesa como se esta fosse uma tábua Ouija. Quando morei com ele, no inverno, por vezes dedicava horas a estes monólogos didáticos, despejando uma carga pedante e espantosamente precisa de informações com a calma lenta e ausente de um hipnotizado. Falava sobre a escavação de Hissarlik: "lugar terrível, maldito", disse em devaneio — cidades queimadas, os tijolos derretidos até se transformarem em vidro... um lugar terrível, disse ausente, maldito, ninho de pequenas víboras marrons conhecidas pelos gregos como *antelion*, e milhares e milhares de pequenos deuses mortos, com cabeça de coruja (deusas, na verdade, um protótipo medonho de Atena), a olhar fanáticas e rijas das ilustrações.

Não sabia onde Francis estava e não precisava perguntar por Charles. Na noite anterior eu o conduzira para casa de táxi e tive de ajudá-lo a subir a escada e deitar na cama, onde, a julgar pelo seu estado, ainda se encontrava. Vi dois sanduíches de queijo cremoso com geleia, embrulhados em guardanapos, no prato de Camilla. Não estava em casa quando cheguei com Charles e parecia ter saído da cama naquele momento: cabelos desalinhados, sem batom, vestindo um suéter de lã cinza que cobria metade da mão. A fumaça saía do cigarro em um filete cinza como o céu lá fora. A mancha mínima e branca de um carro surgiu na estrada que vinha da cidade, distante, sumindo nas curvas para surgir novamente, cada vez maior.

Era tarde. As pessoas saíam, depois de ter almoçado. Um velho faxineiro passou esfregando o chão, com um balde, começando pelo balcão das bebidas.

Camilla olhava pela janela. Seus olhos se arregalaram de repente. Devagar, incrédula, ela ergueu a cabeça; e depois pulou da cadeira, esticando o pescoço para ver melhor.

Eu também vi e corri para a janela. Uma ambulância estacionou logo abaixo de nós. Dois enfermeiros, perseguidos por um bando de fotógrafos, passaram correndo, com as cabeças abaixadas por causa da chuva, carregando a maca. A forma que transportavam havia sido coberta por uma manta, mas no momento de passar pela porta dupla (num movimento lento, longo, como se enfiassem um pão no forno), antes que a fechassem, eu vi na beirada uns dez centímetros de capa de chuva amarela.

Gritos ao longe, no térreo de Commons; portas batendo, uma confusão crescente, vozes cobrindo vozes, e depois uma voz áspera, erguendo-se acima das outras: "Ele está vivo?".

Henry respirou fundo. Depois fechou os olhos; exalando o ar com força, ele levou a mão ao peito e largou o corpo na cadeira, como se tivesse levado um tiro.

O que aconteceu foi o seguinte.

Por volta da uma e meia da tarde, na terça-feira, Holly Goldsmith, caloura de dezoito anos, de Taos, Novo México, resolveu levar seu perdigueiro Milo para dar uma volta.

Holly, que estudava dança moderna, embora soubesse da busca por Bunny, como a maioria dos estudantes do primeiro ano não participou dela, aproveitando o recesso para rever matérias e recuperar o sono perdido. Compreensivelmente, preferiu evitar as rotas dos grupos de busca ao sair para seu passeio. Portanto, conduziu Milo por trás das quadras de tênis até o desfiladeiro, já percorrido havia três dias pelos grupos. Além disso, o cachorro gostava de correr por lá.

E Holly, contou:

"Quando perdemos o campus de vista, soltei a coleira de Milo para que ele pudesse correr à vontade. Ele adora isso...

"Bem, eu estava lá [na beira do desfiladeiro], esperando por ele. Milo rolou pela encosta, e corria de um lado para outro, latindo, como de costume. Eu havia esquecido a bola de tênis. Pensei que estivesse em meu bolso, mas enganei-me. Saí procurando uns pedaços de pau, queria atirá-los para ele ir buscar. Quando me aproximei da beirada do precipício, vi que ele tinha alguma coisa na boca e balançava a cabeça de um lado para outro. Chamei, mas ele não veio. Pensei que tivesse caçado um coelho ou algo assim...

"Creio que Milo cavou, até a altura da cabeça e do peito dele — não dava para ver direito. Notei os óculos, primeiro... ele mordeu uma [orelha] e ficou puxando, feito... sim, por favor... lambendo o rosto... pensei, por um momento, que ele estivesse..." [ininteligível]

Nós três descemos correndo (faxineiro de boca aberta, cozinheiros espiando da cozinha, as serventes da lanchonete com seus cardigãs de enfermeira debruçadas na balaustrada), passando pelo bar, pelo correio, onde pelo menos daquela vez a senhora de peruca vermelha na mesa telefônica deixará de lado seu tricô e o saco com lãs variadas e seguirá até a porta, um lenço de papel amassado na mão, acompanhando com olhos curiosos nossa passagem, enquanto chegávamos ao salão principal de Commons, onde um grupo de policiais mal-encarados, o delegado, alguns guardas-florestais e de segurança cercavam uma moça que chorava. Alguém tirava fotos, todos falavam ao mesmo tempo, até que alguém olhou para nós e gritou: "Ei! Você! Conhecia o rapaz?".

Os flashes espoucaram de vários pontos, e microfones e câmeras aos montes nos cercaram.

"Vocês o conheciam fazia muito tempo?"

"...incidente relacionado com drogas?"

"...viajaram juntos para a Europa, certo?"

Henry passou a mão pelo rosto; jamais me esquecerei de sua fisionomia. Branco como talco, gotículas de suor no lábio superior, a luz refletida em seus óculos... "Me deixem em paz", ele murmurou, pegando Camilla pelo pulso e tentando abrir caminho até a porta.

Eles se aglomeraram na sua frente, tentando bloquear o caminho.

"...poderia comentar...?"

"...melhores amigos?"

O bico negro de uma câmera foi enfiado em seu rosto. Com um movimento do braço Henry a afastou, derrubando-a no chão. As baterias se espalharam com o baque audível. O dono — um sujeito gordo, com boné dos Mets — gritou e ajoelhou-se consternado no piso, depois levantou-se praguejando, como se pretendesse agarrar Henry pelo pescoço. Seus dedos resvalaram nas costas do paletó de Henry, que se virou com rapidez surpreendente.

O sujeito recuou. Era gozado, as pessoas não pareciam perceber logo de cara o quanto Henry era grande. Talvez por causa das roupas, que funcionavam como um disfarce imperfeito, porém impenetrável, como nas histórias em quadrinhos (por que ninguém percebe que Clark Kent, com seu ar de "intelectual", só precisa tirar os óculos para virar Super-Homem?). Talvez seja uma questão de querer que as pessoas vejam. Possuía um talento notável para passar despercebido — numa sala, num carro, uma capacidade de se desmaterializar, quando queria — e talvez este dom fosse apenas o reverso do outro: o poder de concentrar subitamente as moléculas que conferiam solidez à sua figura etérea numa metamorfose assustadora para os espectadores.

A ambulância foi embora. A estrada se estendia, lisa e vazia, na garoa. O agente Davenport subiu apressado os degraus de acesso a Commons, os sapatos pretos ecoando no mármore molhado. Quando nos viu, parou. Sciola, atrás dele, galgou com esforço os últimos dois ou três degraus, segurando um joelho com a mão espalmada. Parou atrás de Davenport e nos encarou por um momento, respirando com dificuldade. "Lamento muito", disse.

Um avião passou, invisível, acima das nuvens.

"Ele está morto, então?", Henry perguntou.

"Temo que sim."

O barulho do avião sumiu no vazio úmido, no vento.

"Onde o encontraram?", Henry disse depois de um tempo. Estava pálido, suando nas têmporas, embora perfeitamente composto. Sua voz soava vazia.

"Na mata", Davenport disse.

"Aqui perto", Sciola disse, esfregando os olhos avermelhados. "A cerca de um quilômetro daqui."

"Estavam lá?"

Sciola parou de esfregar o olho. "Como?"

"Estavam lá quando o encontraram?"

"Estávamos no Blue Ben, almoçando", Davenport disse rispidamente. Respirava pesadamente pelas narinas, e seu cabelo aloirado brilhava com gotículas de garoa. "Fomos até lá para dar uma olhada. Agora vamos contatar a família."

"Eles não sabem?", Camilla perguntou depois de um momento de surpresa.

"Não se trata disso", Sciola disse. Batia no peito, tocando de leve com os dedos amarelados o bolso do sobretudo. "Precisamos entregar a eles um formulário. Gostaríamos de mandar o corpo para o laboratório de Newark, para uns exames. Em casos como este, contudo...", sua mão encontrou algo, e ele tirou lentamente um maço de Pall Mall, "em casos como este, é difícil conseguir que a família autorize. Não posso culpá-los. Já faz uma semana que estão esperando, a família inteira, provavelmente vão querer enterrar logo o rapaz e acabar com isso..."

"O que aconteceu?", Henry perguntou. "Vocês sabem?"

Sciola procurou a caixa de fósforos e conseguiu acender o cigarro depois de duas ou três tentativas. "Difícil dizer", ele falou, largando o fósforo ainda aceso. "Foi encontrado no fundo do desfiladeiro com o pescoço quebrado."

"Acha que ele pode ter se matado?

A expressão de Sciola não se modificou, mas um filete de fumaça saiu pelas narinas, numa sutil indicação de surpresa. "Por que diz isso?"

"Porque alguém aí dentro acabou de dizer."

Ele olhou para Davenport. "Não dê atenção para o que esta gente diz, rapaz", ele disse. "Não sei o que os policiais locais podem descobrir, e a decisão final cabe a eles, mas não creio que classificarão o caso como suicídio."

"Por que não?"

Ele piscou para nós placidamente, os olhos cansados com pálpebras pesadas como as de uma tartaruga. "Não há indício algum", disse. "Que eu saiba. O delegado pensa que ele saiu para dar uma volta, não se agasalhou o suficiente, o tempo piorou, talvez estivesse com muita pressa para chegar em casa..."

"Ninguém tem certeza", Davenport disse, "mas parece que ele tinha bebido."

Sciola fez um gesto cansado, italiano, de resignação. "Mesmo que não tivesse", falou, "o terreno estava escorregadio, cheio de lama. Chovia. Pelo que sabemos, já podia ter escurecido."

Ninguém falou nada por algum tempo.

"Entenda uma coisa, rapaz", Sciola disse, algo solidário. "Trata-se apenas da minha opinião, mas se quer mesmo saber, acho que seu amigo não se matou. Vi o local onde ele caiu. O mato, na beirada, pode enganar...". Ele fez um gesto débil no ar.

"Roupa rasgada", Davenport disse bruscamente. "Sujeira debaixo da unha. Quando o rapaz caiu, ele tentou se agarrar a qualquer coisa que pudesse."

"Ninguém está tentando dizer o que aconteceu", Sciola disse. "Só o aconselho a não acreditar em tudo o que ouve. Aquele lugar é um perigo, deveriam cercá-lo para evitar acidentes... Por que você não senta um pouco, moça?", ele disse a Camilla, que parecia muito abalada.

"Isso vai complicar a vida da escola, de qualquer maneira", Davenport disse. "Pelo modo como a encarregada da Assistência ao Estudante se comportou, percebo que tentam se esquivar da responsabilidade. Se ele se embriagou numa festa da escola... Vi um caso similar em Nashua, onde moro, há uns dois anos. Um garoto bebeu demais na festa do grêmio estudantil, apagou em cima de um banco de neve, e só o acharam quando a máquina passou para limpar a área. Acho que tudo depende do quanto eles beberam e onde tomaram a última dose. Mesmo que não tenha bebido, ficou muito mal para a faculdade, não acham? O rapaz estava na escola e sofreu o acidente dentro do campus. Com todo o respeito pelos pais, eu os conheci e são do tipo que vai processar a escola."

"Como *você* acha que aconteceu?", Henry perguntou a Sciola.

Aquela linha de interrogatório não me parecia muito inteligente, especialmente ali, naquela hora, mas Sciola riu, mostrando os dentes, expansivo como um cachorro velho ou um gambá — dentes demais, descoloridos, manchados. "Eu?", perguntou.

"Sim."

Ele não falou nada por um momento, depois tragou o cigarro e balançou a cabeça. "O que eu penso não faz a menor diferença, rapaz", disse depois de uma pausa. "Não se trata de um caso federal."

"Como?"

"Ele disse que não é um caso federal", Davenport falou ríspido. "Não se cometeu crime federal nenhum aqui. A polícia local vai cuidar de tudo. Fomos chamados aqui, no início, por causa do maluco, aquele da oficina mecânica, mas o sujeito não tem nada a ver com isso. O pessoal de Washington mandou um fax para nós com um monte de informações a respeito dele antes de nossa vinda. Querem saber quem é ele? Um doido que mandava coisas para Anwar Sadat pelo correio na década de 70. Laxantes, cocô de cachorro, catálogos com fotos de mulheres orientais nuas. Ninguém lhe dava muita atenção, mas quando o sr. Sadat foi assassinado, acho que foi em 82, a CIA investigou Hundy, e os dados que recebemos vieram da Agência. Nunca o prenderam, mas ele é doido. Gasta milhares de dólares passando trotes telefônicos para o Oriente Médio. Vi a carta que ele escreveu para Golda Meir, ele a chamava de prima querida... Bem, a gente sempre estranha quando alguém como ele começa a falar. Parece inofensivo, não quer recompensa alguma — um agente disfarçado o abordou com um cheque, mas o sujeito não aceitou o dinheiro. Mas é preciso ter muito cuidado com gente assim. Eu me lembro de Morris Lee Harden, em 78; parecia a pessoa mais doce deste mundo, consertava relógios e os dava para os meninos pobres, mas nunca me esquecerei do dia em que cavaram os fundos da joalheria e encontraram..."

"Estes rapazes não se lembram de Morris, Harv", Sciola disse, jogando o cigarro no chão. "Aconteceu antes da época deles."

Permanecemos parados ali mais um pouco, formando um semicírculo desajeitado, e quando parecia que todos iam falar ao mesmo tempo, dizendo que estava na hora de ir embora, ouvi um ruído estranho, abafado, vindo de Camilla. Olhei para ela aturdido. Ela chorava.

Por um momento, ninguém parecia saber como agir. Davenport olhou para Henry e para mim, contrariado, e virou o rosto como se dissesse: *Isso é culpa de vocês.*

Sciola, demonstrando sua consternação lenta, sombria, tentou por duas vezes estender a mão e pegá-la pelo braço. Na terceira os dedos lentos finalmente fizeram contato com o cotovelo dela. "Moça", ele disse a ela, "quer uma carona até sua casa?"

O carro deles — como era de se esperar, um Ford preto — estava estacionado no sopé do morro, no pátio de cascalho do prédio de Ciências. Camilla caminhou na frente dos dois. Sciola conversava com ela como se consolasse uma criança; ouvi quando perguntou, audível acima do ruído dos passos, da água pingando e do assobio do vento entre as árvores: "Seu irmão está em casa?".

"Sim."

Ele balançou a cabeça devagar. "Sabe", ele disse, "gosto de seu irmão. Bom rapaz. Gozado, eu não sabia que um menino e uma menina podiam ser gêmeos. Sabia disso, Harv?", disse para o outro.

"Não."

"Nem eu. Eram mais parecidos na infância? Quero dizer, os dois têm traços similares, mas seu cabelo não é da mesma cor que o dele. Minha mulher tem primos gêmeos. Os dois são muito parecidos e ambos trabalham na Previdência." Ele parou, pacífico. "Você se dá muito bem com seu irmão, não é?"

Ela respondeu com um monossílabo sussurrado.

Ele balançou a cabeça, lúgubre. "Muito bem", disse. "Aposto que têm histórias interessantes a contar. Sobre percepção extrassensorial, estas coisas. Os primos da minha mulher, os gêmeos, vão a convenções e você não acreditaria nas coisas que contam na volta."

Céu branco. Árvores indistintas no horizonte, as montanhas desaparecidas. Minhas mãos pendiam dos punhos do paletó como se não me pertencessem. Nunca me acostumei ao modo como o horizonte se apagava, ali, deixando a gente num torpor, confuso, numa paisagem incompleta de sonho, como um esboço do mundo conhecido — a silhueta de uma árvore substituindo a floresta, postes de iluminação e chaminés flutuando fora de contexto, sem que o resto da pintura aparecesse —, uma terra de amnésia, uma espécie de Céu distorcido, onde os marcos conhecidos da paisagem podiam ser identificados, porém distanciados demais, desarranjados, tornados terríveis pelo vazio entre eles.

Um sapato velho jazia no asfalto, na frente da área de carga, onde a ambulância estacionara havia poucos minutos. Não era o sapato de Bunny. Não sei a quem pertencia, nem como foi parar lá. Era apenas um tênis velho, caído de lado. Não sei por que me lembro dele agora ou por que me impressionou tanto.

7.

Embora Bunny não tivesse conhecido muita gente em Hampden, a escola era tão pequena que quase todos sabiam quem ele era, de um modo ou de outro; as pessoas sabiam seu nome, o conheciam de vista ou se lembravam do som de sua voz, que talvez fosse a característica mais marcante de todas. Curioso, apesar de ter guardado alguns retratos de Bunny, não foi o rosto, mas sua voz, a voz perdida, que permaneceu comigo com o passar dos anos — estridente, insistente, anormalmente ressonante, que, uma vez ouvida, não era esquecida com facilidade. Nos primeiros dias após sua morte, os salões de jantar tornaram-se estranhamente quietos, sem seus tremendos berros a ecoar no seu lugar habitual, perto da máquina de leite.

Era normal, portanto, que sentissem sua falta, até que o pranteassem — é penoso quando alguém morre numa escola como Hampden, onde estávamos tão isolados, tão forçados a conviver. Surpreendeu-me, todavia, a demonstração generalizada de pesar que ocorreu quando seu falecimento tornou-se oficial. Pareceu-me não apenas gratuito, mas até vergonhoso, dadas as circunstâncias. Ninguém se importara muito com o desaparecimento, nem mesmo no final da busca, quando já se esperava que as notícias, quando surgissem, seriam ruins. Para o público, a busca não passou de uma inconveniência descomunal. Mas, com a divulgação da notícia de sua morte, as pessoas se comportaram de modo frenético. Todo mundo, de repente, o conhecera; todos ficaram arrasados de dor; todos iam tentar superar aquilo e levar a vida adiante, que jeito. "Ele teria desejado que fosse assim." Ouvi a frase a semana inteira, na boca de gente que não tinha a menor ideia do que Bunny desejava. Funcionários da universidade, carpideiras anônimas, estranhos que se amontoavam e choravam na porta dos salões de jantar. A Junta Diretora, num comunicado, disse que "em harmonia com o espírito incomparável de Bunny Corcoran, bem como em consonância com os ideais humanistas e progressistas de Hampden College", uma doação generosa seria feita, em nome dele, ao Movimento pelas Liberdades Civis Americanas — uma organização que Bunny abominaria, caso soubesse de sua existência.

Poderia gastar páginas e mais páginas sobre a palhaçada pública que se seguiu à morte de Bunny. Baixaram a bandeira a meio pau. Os conselheiros psicológicos realizaram plantões de vinte e quatro horas. Alguns cretinos do Departamento de Ciência Política passaram a usar braçadeiras negras. Houve uma sequência furiosa de plantio de árvores, serviços fúnebres, eventos para arrecadar fundos e espetáculos musicais. Uma caloura tentou suicídio — por motivos inteiramente dissociados do caso — comendo frutas venenosas de um pé de nandina, no jardim do prédio de Música, mas de algum modo isso entrou na histeria geral. Todos usaram óculos escuros por vários dias. Frank e Jud, sempre adotando o lema de que A Vida Continua, circularam com a lata de tinta, recolhendo contribuições para uma cervejada em memória de Bunny. Alguns funcionários da escola consideraram a iniciativa de mau gosto, sobretudo porque a morte de Bunny chamara a atenção do público para a excessiva frequência de eventos regados a álcool em Hampden, mas Frank e Jud não se abalaram. "Ele teria desejado que déssemos a festa", afirmaram teimosos, mas isso não correspondia à verdade. Por outro lado, a Assistência ao Estudante morria de medo de Frank e Jud. Seus pais eram diretores vitalícios; o pai de Frank doara uma fortuna para a construção da nova biblioteca, e o de Jud construíra o prédio de Ciências; afirmava-se que os dois jamais seriam expulsos, e uma advertência do deão de estudos não os impediria de fazer qualquer coisa que metessem na cabeça. Portanto, saiu a cervejada, e foi exatamente o tipo de iniciativa de mau gosto e incoerente que se poderia esperar — mas estou pulando parte da história.

Hampden College, como um todo, sempre se mostrou estranhamente inclinado à histeria. Por isolamento, malícia ou simples tédio, as pessoas eram muito mais crédulas e excitáveis do que as pessoas instruídas costumam ser, e a atmosfera hermética, superaquecida, criava um cenário formidável para o melodrama e a distorção. Recordo-me, por exemplo, do terror cego irracional que se seguiu ao disparo do alarme da defesa civil por um engraçadinho. Alguém disse que era um ataque nuclear; o rádio e a tevê, cujo sinal nunca era grande coisa nas montanhas, quase não pegavam naquela noite, e na avalanche de telefonemas a mesa pifou, lançando a escola num pânico violento e quase inimaginável. Carros colidiram nos estacionamentos. As pessoas gritavam, choravam, doavam seus pertences, reuniam-se em pequenos grupos em busca de conforto e calor humano. Alguns hippies se entrincheiraram no edifício de Ciências, no único abrigo antiaéreo, e recusavam-se a deixar entrar quem não soubesse a letra de "Sugar magnolia". Formaram-se facções, os líderes surgiram no caos. Como o mundo afinal não acabou, as pessoas acharam tudo maravilhoso e comentaram saudosas o evento por anos a fio.

Embora menos espetacular, a manifestação de pesar por Bunny foi, em muitos aspectos, um fenômeno similar — uma afirmação da comunidade, um clichê para expressar seu pesar e homenageá-lo. *Aprender Fazendo* é o lema de Hampden. As pessoas experimentaram a sensação de invulnerabilidade e bem-estar comparecendo a shows de rap e concertos de flauta ao ar livre; adoraram ter uma desculpa oficial para trocar em público detalhes de seus pesadelos ou crises nervosas. Em certo sentido, era tudo teatro, mas estávamos em Hampden, onde a expressão da criatividade valia mais do que qualquer outra coisa e a simulação fazia parte do currículo. As pessoas encaravam sua dor com seriedade, como as crianças pequenas por vezes brincam, sérias e sem se divertir, em lojas e escritórios de mentirinha.

As cerimônias hippies, em especial, assumiam um significado quase antropológico. Bunny, em vida, dedicara-se a uma cruzada perpétua contra eles. Os hippies contaminavam a banheira com corantes de tecidos e ligavam seus aparelhos de som alto demais, o que o incomodava. Bunny os bombardeava com latas vazias de refrigerante e chamava a segurança sempre que os via fumando maconha. Depois que morreu, eles marcaram sua passagem para outro plano de modo impessoal, quase tribal — com cantos, mandalas, tambores, realizando seus rituais inescrutáveis e misteriosos. Henry parou para observá-los, de longe, apoiando a ponta do guarda-chuva na ponta do sapato com polainas cáqui.

"*Mandala* é uma palavra páli?", perguntei a ele.

Henry fez que não. "Vem do sânscrito", disse. "Significa 'círculo'."

"Então trata-se de um ritual hindu."

"Não necessariamente", ele disse, observando os hippies como se fossem animais do zoológico. "Sempre foram associadas ao tantrismo — os mandalas, digo. O tantrismo desempenhou uma espécie de influência corruptora no panteão do budismo indiano, embora certos elementos tenham sido assimilados e reestruturados dentro da tradição budista até por volta do ano 800 da nossa era. O tantrismo possuía tradição acadêmica própria — uma tradição deturpada, em minha opinião, mas sempre uma tradição." Ele parou, observando uma moça de tamborim na mão, girando alucinada no gramado. "Mas, para responder sua pergunta, creio que o mandala situa-se numa posição muito respeitável, na história de Theravada, o budismo ortodoxo. Encontramos sua representação em relicários na planície do Ganges e em outros locais, já no século I antes de Cristo."

Relendo isso, senti que em alguns aspectos cometi uma injustiça para com Bunny. As pessoas gostavam dele. Ninguém o conhecera muito bem, mas, por um estranho traço de sua personalidade, quanto menos alguém o conhecia, mais pensava que o conhecia. Visto à distância, projetava uma impressão de solidez de personalidade, de integridade que, no fundo, era tão pouco substancial quanto um holograma; de perto, ele era poeira no raio de luz, a gente podia passar a mão através dele. Se a pessoa recuasse o bastante, contudo, a ilusão se recompunha, e lá estaria ele, mais real do que na realidade, apertando os olhos por trás dos óculos pequenos, afastando uma mecha de cabelo com uma das mãos.

Uma personalidade assim se desintegra quando analisada. Só pode ser definida pela anedota, pelo encontro fortuito ou pela frase entreouvida. As pessoas com as quais jamais dialogou de repente se lembravam, com uma pontada de afeição, de o terem visto atirando um pau para o cachorro pegar ou roubando tulipas do jardim de um professor. "Ele *entrava na vida das pessoas*", disse o reitor da universidade, inclinando-se para segurar-se na tribuna com as duas mãos; e embora ele repetisse a mesma frase, do mesmo jeito, dois meses depois, no serviço fúnebre em homenagem à caloura (que se deu melhor com uma lâmina de barbear do que com as frutas envenenadas), no caso de Bunny, pelo menos, era verdadeira. Ele realmente entrava na vida das pessoas, na vida dos estranhos, de um modo inteiramente imprevisto. Foram elas que realmente lamentaram perdê-lo — ou perder quem julgavam que ele fosse — com um sofrimento não prejudicado pela falta de intimidade com seu objeto.

Era essa irrealidade de sua imagem, esse ar de personagem de quadrinhos, por assim dizer, o segredo de seu encanto e o motivo que, no final das contas, tornou sua morte tão triste. Como um grande comediante, ele contaminava o ambiente onde quer que aparecesse; para gozar sua constância, a gente desejava vê-lo nas situações mais esquisitas: Bunny andando de camelo, Bunny cuidando de um bebê, Bunny no espaço sideral. Morto, esta estabilidade se cristalizou, tornando-se outra coisa inteiramente diversa: ele virou o gozador familiar, escalado — com eficácia surpreendente — para um papel trágico.

Quando a neve finalmente derreteu, sumiu depressa como surgira. Em vinte e quatro horas não era mais vista, exceto por pequenos trechos adoráveis, na sombra da floresta — ramos enfeitados de branco, pingando no solo — e nos montes cinzentos à beira da pista. O gramado de Commons estendia-se amplo e desolado, como um campo de batalha napoleônico: remexido, sórdido, lotado de pegadas.

Foi uma época estranha, fragmentada. Nos dias anteriores ao enterro, não nos vimos muito. Os Corcoran carregaram Henry com eles na volta para Connecticut; Cloke, à beira de um colapso nervoso, hospedou-se sem ser convidado no apartamento de Charles e Camilla, onde bebia cerveja Grolsch em lata e dormia no sofá com o cigarro aceso na mão. E eu me distraía com Judy Poovey e suas amigas Tracy e Beth. Na hora das refeições elas passavam para me pegar ("Richard", Judy dizia, estendendo a mão por cima da mesa para pegar a minha, "você *precisa* comer") e no resto do tempo eu vivia prisioneiro dos programas que arranjavam para mim — filmes nos cinemas drive-in, comida mexicana, visitas ao apartamento de Tracy para tomar *margaritas* e assistir à MTV. Embora não me importasse com as idas aos drive-ins, não apreciava a sequência interminável de *nachos* e drinques à base de tequila.

Adoravam um negócio chamado camicases, e tingiam as *margaritas* de um azul-eletricidade terrível.

No fundo, eu em geral gostava da companhia delas. Apesar dos defeitos, Judy era uma alma boa, tão mandona e tagarela que me sentia curiosamente seguro a seu lado. De Beth não gostava. Era bailarina, de Santa Fé, com rosto lustroso, sorriso idiota e covinhas quando ria. Em Hampden era considerada uma beldade, mas eu odiava seu andar rebolado de cocker spaniel e a voz de menininha — muito afetada para o meu gosto — que em geral descambava para a lamúria. Depois de um ou dois colapsos nervosos, costumava assumir às vezes um ar ausente que me deixava irritado. Tracy era ótima. Jeitosa e judia, com um sorriso sensacional e queda por maneirismos à Mary Tyler Moore, como se abraçar ou rodopiar de braços estendidos. As três fumavam um bocado, contavam histórias maçantes e intermináveis ("Então, nosso avião ficou retido na pista do aeroporto por *cinco horas*"), e falavam sobre pessoas que eu não conhecia. Eu, o enlutado distraído, podia ficar olhando pela janela sem ser incomodado. Por vezes cansava delas, e quando dizia que estava com dor de cabeça ou com sono, Tracy e Beth desapareciam com eficiência previamente combinada, para que eu ficasse a sós com Judy. Apesar de suas boas intenções, o tipo de conforto que me oferecia não me atraía nada, e depois de dez ou quinze minutos a sós com ela já me dispunha a tomar quantas *margaritas* houvesse e ver a MTV na casa de Tracy.

Francis, entre todos nós, estava mais solto, e ocasionalmente passava para me visitar. Por vezes, me encontrava sozinho; caso contrário, sentava-se rígido na poltrona na frente da mesa e fingia, ao estilo de Henry, examinar meus livros de grego, até que a pessoa — mesmo Tracy, a lerda — se tocava e ia embora. Assim que a porta se fechava e após os passos na escada, ele fechava o livro e debruçava-se, agitado, piscando muito. Nossa maior preocupação, na época, era a autópsia requisitada pela família de Bunny; sofremos um choque quando Henry, em Connecticut, nos avisou que o exame estava em andamento, escapando da casa dos Corcoran certa tarde para ligar a Francis de um telefone público, sob as bandeiras que tremulavam e toldos listrados de uma loja de carros usados, com o barulho da rodovia ao fundo. Segundo o que ouvira, a sra. Corcoran disse ao marido que seria melhor assim, pois, caso contrário (e Henry jurou ter escutado isso com clareza), *eles nunca saberiam com certeza.*

Digam o que disserem sobre a culpa, uma coisa é certa: dota o sujeito de uma imaginação diabólica; passei duas ou três das piores noites da minha vida acordado, bêbado, com aquele gosto horrível da tequila na boca, preocupado com fiapos de tecido, impressões digitais, fios de cabelo. Só conhecia autópsias pelas reprises de *Quincy* na tevê, e nem me ocorreu que a informação de uma série pudesse ser indigna de confiança. Eles não verificavam as informações cuidadosamente, mantendo um médico de plantão no estúdio como consultor? Sentava-me na cama, acendia a luz; a boca exibia manchas azuis medonhas. Quando devolvia a bebida no banheiro, saía tudo brilhante, perfeitamente claro, um jato de ácido turquesa possante, da cor de Ty-D-Bol.

Mas Henry, em condições de observar os Corcoran em seu hábitat natural, logo compreendeu o que ocorria. Francis ficou tão ansioso ao receber a boa notícia que nem esperou a saída de Tracy e Judy, contando a novidade imediatamente, em grego capenga, enquanto Tracy estranhava nossa disposição para praticar a língua numa hora daquelas.

"*Não tema*", ele disse. "*É a mãe. Preocupa-se com a desonra do filho ter a ver com vinho.*"

Não entendi o que dizia. A forma utilizada por ele para *desonra* (ἀτῑμία) também podia significar "direitos civis". "*Atimia?*", repeti.

"Sim."

"*Mas os direitos se aplicam aos vivos, não aos mortos.*"

"Οιμοι", disse, balançando a cabeça. "Nada disso, nada disso. Oh, meu Deus."

Ele olhou em volta, estalando os dedos, enquanto Judy e Tracy acompanhavam o diálogo com interesse. Era mais difícil conversar numa língua morta do que se poderia pensar. "*Houve muitos rumores. A mãe sofre. Não pelo filho*", ele acrescentou apressadamente quando viu que eu estava a ponto de falar, "*pois ela é uma mulher perversa. Ela lamenta a vergonha que caiu sobre sua casa.*"

"*E qual seria essa vergonha?*"

"Οινον", ele disse impaciente. "Φάρμακον. *Quer provar que o corpo do filho não continha vinho*" (neste caso, empregou uma metáfora elegante e intraduzível: resíduos no odre vazio de seu corpo).

"*E por que, diga-me, ela se preocupa?*"

"Porque os cidadãos comentam. É vergonhoso para um jovem morrer embriagado."

Pelo menos a conversa relatada por Henry correspondia à verdade. A sra. Corcoran, que anteriormente se colocara à disposição de qualquer interlocutor, enfureceu-se com a posição desairosa em que se encontrava. Os primeiros artigos, que a descreviam como "bem-vestida", "vigorosa", um "primor" na família, deram lugar a alusões e acusações vagas, como em MÃE FALA: MEU FILHO NÃO. Apesar de uma única garrafa de cerveja ter sido encontrada, para sugerir a presença de álcool, e apesar da ausência absoluta de drogas, os psicólogos, nos noticiários noturnos da tevê, falaram em disfunções familiares, no fenômeno da carência, lembrando que as tendências ao vício com frequência passavam dos pais para os filhos. Foi um golpe duro. A sra. Corcoran, ao deixar Hampden, passou por seus antigos amigos, os repórteres, desviando os olhos, dentes cerrados e um sorriso reluzente de ódio.

Claro, foi tudo injusto mesmo. A julgar pelo noticiário, Bunny era o estereótipo do "drogado" ou "adolescente-problema". Não importava nada que todos os seus conhecidos (incluindo nossa turma: Bunny não era um delinquente juvenil) negassem isso; nem importava que a autópsia detectasse um índice ínfimo de álcool no sangue, e nada de drogas; nem importava que ele não fosse mais adolescente: os rumores — pairando como abutres nos céus em volta do cadáver — finalmente desceram e fixaram-se com suas garras para sempre. Um parágrafo anunciou secamente os resultados da autópsia numa página interna do *Examiner* de Hampden. Mas, pelo pessoal da faculdade, ele seria lembrado como o adolescente sempre embriagado; seu espectro drogado ainda é evocado nas salas escuras, pelos calouros, junto com os decapitados no acidente de carro, a adolescente que se enforcou no sótão de Putnam e o resto do obscuro contingente de mortos em Hampden.

O enterro estava marcado para quarta-feira. Na manhã de segunda encontrei dois envelopes na minha caixa postal: um de Henry, o outro de Julian. Abri primeiro a carta de Julian. Ele a enviara de Nova York e a escrevera apressadamente, com a caneta vermelha que usava para corrigir nossas provas de grego.

Caro Richard,

    Sinto-me profundamente infeliz esta manhã, como me sentirei por muitas manhãs futuras. A notícia da morte de nosso amigo encheu meu coração de tristeza. Não sei se tentou entrar em contato comigo. Estive fora, não estou bem, e duvido que retorne a Hampden antes do enterro...

    Com muito pesar, penso que quarta-feira será o último dia em que nos reuniremos todos. Espero que esta carta o encontre bem. Com muito amor.

No final, apenas suas iniciais.

A carta de Henry, de Connecticut, era rebuscada como uma mensagem em código da frente ocidental.

Caro Richard,

    Espero que esteja bem. Estou na casa dos Corcoran há vários dias. Embora me sinta menos capaz de consolá-los do que possam perceber, em seu luto, pelo menos permitem que eu ajude nas pequenas tarefas domésticas.

    O sr. Corcoran pediu-me que escrevesse aos colegas de escola de Bunny para convidá-los a passar a noite anterior ao enterro em sua casa. Ao que sei, você ficará instalado no porão. Caso não pretenda comparecer, por favor, telefone à sra. Corcoran e avise.

    Vejo você no enterro, ou antes, espero.

Não havia assinatura, apenas uma citação da *Ilíada*, em grego. Era do livro 11, quando Odisseu, afastado dos amigos, encontra-se sozinho em território inimigo:

Força, disse meu coração; sou um combatente;
Vi cenas bem piores do que esta.

Fui com Francis, de carro, para Connecticut. Contava que os gêmeos nos acompanhassem, mas eles saíram no dia anterior, com Cloke — que, para surpresa geral, recebeu um convite pessoal da própria sra. Corcoran. Imaginávamos que nem seria convidado. Depois que Sciola e Davenport o pegaram tentando fugir da cidade, a sra. Corcoran recusou-se a falar com ele. ("Está tentando livrar a cara", Francis disse.) De qualquer modo, ele foi convidado pessoalmente, e também seus amigos Rooney Wynne e Bram Guernsey, por intermédio de Henry.

Os Corcoran, na verdade, chamaram um monte de gente de Hampden — colegas de dormitório, pessoas que eu nem imaginava que Bunny conhecesse. Uma moça chamada Sophie Dearbold, a quem conhecia de vista, do curso de francês, ia pegar carona conosco.

"Como Bunny a conheceu?", perguntei a Francis quando íamos buscá-la no dormitório.

"Creio que não a conhecia muito bem. Mas andou atrás dela no primeiro ano. Aposto que Marion não vai gostar nem um pouco de sua presença."

Embora eu temesse os possíveis constrangimentos da viagem, na prática foi um tremendo alívio contar com a companhia de uma estranha. Quase nos divertimos, de rádio ligado, enquanto Sophie (olhos castanhos, voz irritante), apoiando os braços no encosto do banco dianteiro, falava conosco. Francis mostrava um bom humor que eu não via fazia séculos. "Você é parecida com Audrey Hepburn", ele disse à moça. "Sabia disso?" Ela nos deu Kools e chicletes de canela, e contou casos engraçados. Ri, olhando pela janela para não perder o acesso. Nunca estivera em Connecticut na vida. Nem num enterro.

Shady Brook ficava numa estrada estreita, cheia de pontes, que saía da rodovia numa curva fechada, serpenteando por vários quilômetros pelos pastos e lavouras. Depois de algum tempo os campos deram lugar a um campo de golfe. SHADY BROOK COUNTRY CLUBE, dizia uma placa em madeira pirografada na frente da sede, que imitava o estilo Tudor. As casas distribuíam-se pelo terreno, espaçadas, cada uma em lotes de vinte a trinta mil metros quadrados.

O local parecia um labirinto. Francis procurava a numeração nas caixas de correio, entrando seguidamente por caminhos errados, sendo obrigado a retornar, praguejando, arranhando a marcha. Não havia placas indicativas, nem lógica aparente nos números das casas, e após meia hora de tentativas, comecei a torcer para que jamais encontrássemos a casa e pudéssemos dar meia-volta e retornar a Hampden satisfeitos.

Mas, claro, nós a encontramos. No final de uma rua sem saída havia uma casa moderna e grande, do tipo "arquitetônico", com muito cedro claro, vários níveis e terraços assimétricos propositadamente vazios. O jardim era pavimentado com pedras escuras, e não havia quase vegetação, a não ser por algumas nogueiras do Japão e vasos pós-modernos, espalhados a intervalos.

"Uau!", Sophie disse, como típica garota de Hampden, sempre obsequiosa na homenagem à modernidade.

Olhei para Francis, e ele deu de ombros.

"A mãe dele gosta de arquitetura moderna", disse.

Eu não conhecia o sujeito que abriu a porta, mas soube quem era instantaneamente, quase nauseado, como num sonho. Era alto, rosto rosado, maxilar avantajado e boca pequena aberta num o pequeno. Surpreendentemente ágil, como um garoto, ele deu um passo à frente e apertou a mão de Francis. "Ora", disse, "ora, ora, ora." Sua voz era nasalada e ríspida como a de Bunny. "Se não é o Cabelo de Cenoura. Como vai, rapaz?"

"Tudo bem", Francis disse, e o profundo carinho com que falou surpreendeu-me, assim como sua intensidade ao retribuir o aperto de mão.

O sr. Corcoran passou o braço pesado em torno de seu pescoço e o puxou para perto de si. "Esse é dos meus", disse para Sophie e para mim, passando a mão no cabelo de Francis. "Meus irmãos eram todos ruivos, mas entre meus filhos nenhum saiu assim. Não entendo isso. Quem é você, querida?", disse a Sophie, soltando Francis para estender a mão a ela.

"Oi. Sou Sophie Dearbold."

"Muito bem. Você é uma gracinha. Não é mesmo, rapazes? É a cara da sua tia Jean, menina."

"Como?", Sophie disse confusa, após uma pausa.

"Isso mesmo, querida. Sua tia. Irmã de seu pai. A adorável Jean Lickfold, que ganhou o campeonato feminino de golfe aqui no clube no ano passado."

"Não, senhor, é Dearbold."

"Dearfold. Estranho. Não conheço nenhum Dearfold. Bem, conheci um sujeito chamado Breedlow, mas já faz uns vinte anos. Empresário. Dizem que passou a perna no sócio, pegou bem uns cinco milhões."

"Não sou daqui."

Ele ergueu uma sobrancelha para a moça, do modo como Bunny fazia. "Não?", disse.

"Não."

"Não é de Shady Brook?", falou, como se fosse difícil de acreditar.

"Não."

"Então de onde você é, querida? De Greenwhich?"

"Detroit."

"Que Deus a abençoe, então. Veio de longe, certo?"

Sophie, sorrindo, balançou a cabeça e começou a explicar, quando, sem o menor aviso, o sr. Corcoran a abraçou e começou a chorar.

O horror nos imobilizou. Sophie arregalou os olhos, por trás dos ombros curvados dele, como se tivesse levado uma facada.

"Ah, querida", ele lamentou, o rosto enfiado no pescoço dela. "Doçura, como você vai viver sem ele agora?"

"Vamos, sr. Corcoran", Francis disse, puxando a manga dele.

"Nós o amávamos tanto, menina", disse o sr. Corcoran entre soluços. "Não é? Amávamos você também. Ele gostaria que você soubesse disso. Você sabe, não é, querida?"

"Sr. Corcoran", Francis disse, segurando-o pelos ombros para sacudi-lo com força. "*Sr. Corcoran.*"

Ele deu meia-volta e pendurou-se em Francis, uivando.

Contornei-os pelo outro lado e consegui passar seu braço em volta do meu pescoço. Seus joelhos cederam; ele quase me arrastou para o chão, mas Francis e eu, cambaleando com seu peso, conseguimos erguê-lo e manobrá-lo para dentro. Conseguimos que fosse até uma poltrona, onde desabou. ("Merda", ouvi Sophie murmurar, "*merda.*")

Chorava, ainda. Seu rosto estava arroxeado. "Morto", lamentou-se quando tentei afrouxar seu colarinho, e me segurou pelo pulso. "*Meu menino.*"

Seu olhar — desamparado, alucinado — me atingiu como um porrete. Pela primeira vez, de fato, a verdade irrevogável, amarga, alojou-se em minha mente. O mal que causamos. Foi como bater a toda a velocidade numa parede de tijolos. Larguei seu colarinho, percebendo minha completa impotência. Queria morrer. "Meu Deus", murmurei. "Que Deus me ajude. Sinto muito..."

Senti um chute forte no tornozelo. Era Francis. Seu rosto estava branco como cera.

Um relâmpago intenso explodiu em meu rosto. Segurei as costas da poltrona, fechei os olhos e vi luzes vermelhas, enquanto os soluços prosseguiam ritmados e me atingiam como uma surra de cacete.

Pararam de súbito, abruptamente. O silêncio tomou conta de tudo. Abri os olhos. O sr. Corcoran — lágrimas tardias a escorrer pelo rosto, já recomposto nos outros aspectos — olhava com interesse para o filhote de spaniel, que mordiscava furtivamente a ponta do seu sapato.

"*Jennie*", disse autoritário. "Desobediente. Mamãe já não mandou você para fora, hem?"

Com um ruído infantil, para consolá-la, ele se abaixou para pegar a cachorrinha, que agitava furiosamente os pés no ar, e a levou para fora da sala.

"Pronto, vá embora", ouvi quando falou, despreocupado. "Fora."

Uma porta de tela rangeu lá dentro. Ele voltou logo: calmo, radiante, um pai de propaganda.

"Algum de vocês quer cerveja?", disse.

Isso nos tirou a fala. Ninguém respondeu. Encarei-o tremendo, o rosto em chamas.

"Vamos lá, moçada", falou, dando uma piscadela. "Ninguém se habilita?"

Francis conseguiu limpar a garganta, num pigarro rouco. "Sim, acho que eu aceito uma, claro."

Silêncio.

"Eu também", Sophie disse.

"Três?", disse o sr. Corcoran para mim, jovial, erguendo três dedos.

Movi a boca, mas não saiu som algum.

Ele virou a cabeça de lado, como se só tivesse um olho, para me estudar. "Ainda não nos conhecemos, não é, rapaz?"

Fiz que não.

"Macdonald Corcoran", disse, inclinando-se para estender a mão. "Mas pode me chamar de Mack."

Murmurei meu nome.

"Como?", ele disse zombeteiro, levando a mão ao ouvido.

Repeti meu nome, mais alto.

"Ah! Você é o menino da Califórnia! Cadê seu bronzeado, rapaz?" Rindo alto de suas próprias palavras, ele se afastou para buscar a cerveja.

Sentei-me pesadamente, exausto, meio nauseado. Estávamos numa sala exagerada, saída das páginas do *Architectural Digest*, ampla como um depósito, com claraboias e lareira de pedra, poltronas estofadas em couro branco, mesa de café em forma de feijão — moderna, cara, tipo italiana. Uma estante de troféus envidraçada ocupava toda a parede do fundo, repleta de taças, medalhas, recordações esportivas e escolares; em nefasta proximidade, várias coroas fúnebres que, somadas aos troféus, davam ao canto um ar de Kentucky Derby.

"Mas que lugar bonito", Sophie disse. Sua voz ecoou nas superfícies angulosas e assoalho reluzente.

"Oh, muito obrigado, querida", disse o sr. Corcoran da cozinha. "Saímos em *House Beautiful* no ano passado, e no caderno de Decoração do *Times* no retrasado. Não é o que eu prefiro, mas como a decoradora da família é Kathy, tudo bem."

A campainha tocou. Trocamos olhares. Tocou de novo, melodiosa, e a sra. Corcoran surgiu dos fundos da casa, passando por nós sem dizer palavra, sem sequer nos olhar.

"*Henry*", chamou. "Seus convidados chegaram." Depois abriu a porta da frente. "Olá", disse ao jovem entregador em pé do lado de fora. "De onde vem? Da floricultura Sunset?"

"Sim, senhora. Pode assinar aqui, por favor?"

"Espere um pouco. Já telefonei para vocês. Quero saber por que entregaram estas *coroas* aqui esta manhã, enquanto eu estava fora."

"Não fui eu. Acabei de pegar no serviço."

"Você é da floricultura Sunset, certo?"

"Sim, madame." Senti pena dele. Era um adolescente, com marcas de Clearasil mal removidas no rosto.

"Eu pedi *especificamente* que apenas os arranjos florais e vasos fossem enviados para cá. Todas as coroas deveriam ter ido para o local do velório."

"Lamento, senhora. Se ligar para o gerente e..."

"Percebo que você não entendeu nada. Não quero estas coroas em minha casa. Exijo que as leve imediatamente para o velório em seu caminhão. E nem tente me entregar essa aí", disse, quando ele ergueu uma coroa exagerada, de cravos vermelhos. "Diga apenas quem mandou."

O rapaz consultou a nota na prancheta. "Com os sinceros pêsames do sr. Robert Bartle e esposa."

"Ah!", disse o sr. Corcoran que chegava com as cervejas na mão, desajeitado, sem bandeja. "Betty e Bob mandaram isso, é?"

A sra. Corcoran o ignorou. "Pode descarregar aquelas samambaias", ela disse ao entregador, examinando os vasos embrulhados em papel prateado.

Depois que ele saiu a sra. Corcoran inspecionou as samambaias, erguendo as folhas para checar se havia alguma morta e tomando nota nas costas dos envelopes com uma lapiseira fina prateada. Ao marido, disse: "Viu a coroa enviada pelos Bartle?".

"Sim. Foram muito gentis."

"Nada disso. Na verdade, não considero adequado que um empregado mande algo do gênero. Será que Bob está querendo pedir um aumento?"

"Ora, querida."

"Não acredito nestas plantas também", ela disse, enfiando o indicador na terra do vaso. "A violeta africana está quase morta. Louise morreria de vergonha se soubesse."

"O que vale é a intenção."

"Sei disso. Mesmo assim, aprendi uma coisa: nunca mais encomendar nada na floricultura Sunset. Tudo o que vem da Flowerland, de Tina, é mais bonito. *Francis*", ela disse, no mesmo tom entediado, sem erguer a cabeça. "Você não vem nos visitar desde a Páscoa."

Francis tomou um gole de cerveja. "Ah, está tudo bem", ele disse, incoerente. "E a senhora?"

Ela suspirou e balançou a cabeça. "Tem sido duro, terrível", disse. "Tentamos superar isso aos poucos, vivendo um dia de cada vez. Nunca me dei conta do quanto pode ser difícil para uma mãe ir em frente e... Henry, é você?", ela perguntou vigilante, ao ouvir o som de passos na escada.

Uma pausa. "Não, mãe, sou eu."

"Procure-o, Pat, e peça a ele que desça", ela falou. Em seguida, voltou-se para Francis. "Recebemos um buquê maravilhoso de lírios de sua mãe esta manhã", disse a ele. "Ela está bem?"

"Ah, está ótima. Está na cidade agora. Ficou muito triste", ele acrescentou constrangido, "quando soube de Bunny." (Francis me contou que ela ficou histérica ao telefone e precisou tomar um calmante.)

"Ela é uma pessoa tão adorável", a sra. Corcoran disse carinhosa. "Fiquei com muita pena quando soube que havia sido internada no Betty Ford Center."

"Ela só passou alguns dias lá", Francis disse.

Ela ergueu uma sobrancelha. "É? Então já melhorou muito, não é? Soube que é um local excelente."

Francis pigarreou. "Bem, ela foi para lá porque precisava descansar um pouco. Muita gente faz isso, sabia?"

A sra. Corcoran mostrou-se surpresa. "Você não se importa que eu toque nesse assunto, não é?", disse. "Acho que não deveria. Sua mãe é muito moderna assumindo que precisa de ajuda. Não faz muito tempo, ninguém admitiria problemas desta natureza. Quando eu era moça..."

"Ora, ora, por falar no diabo", ribombou o sr. Corcoran.

Henry, de terno escuro, descia a escada em passo duro, medido.

Francis olhou para cima. Eu também. Ele nos ignorou.

"Aproxime-se, rapaz", disse o sr. Corcoran. "Tome uma cerveja."

"Não, muito obrigado", Henry disse.

Quando chegou mais perto, levei um susto com sua palidez. Seu rosto estava tenso, e gotículas de suor apareciam na testa.

"O que vocês fizeram esta tarde?", perguntou o sr. Corcoran com a boca cheia de gelo.

Henry franziu a testa para ele.

"E então?", o sr. Corcoran insistiu zombeteiro. "Olharam revistas de garotas? Montaram um radinho?"

Henry passou a mão — ligeiramente trêmula, notei — na testa. "Estava lendo", falou.

"*Lendo?*", disse o sr. Corcoran, como se nunca tivesse ouvido falar nisso.

"Sim, senhor."

"O que era? Algo interessante?"

"Os *Upanishads*."

"Minha nossa, mas que rapaz inteligente. Sabe, tenho uma estante cheia de livros no porão, se quiser dar uma olhada. Até alguns Perry Mason antigos. São muito bons. Igualzinho à série da tevê, só que Perry paquera Della às vezes, e também diz 'porra' e outros nomes."

A sra. Corcoran pigarreou.

"Henry", disse suavemente, estendendo a mão para pegar o copo. "Creio que os *jovens* gostariam de conhecer seus aposentos. Talvez tenham bagagem no carro."

"Certo."

"Verifique se há toalhas de banho e rosto suficientes no banheiro de baixo. Se precisar, pegue mais no armário do corredor."

Henry fez que sim, mas antes que pudesse responder, o sr. Corcoran surgiu por trás dele. "Este rapaz", disse, batendo em suas costas — vi que Henry enrijeceu o pescoço e enterrou os dentes no lábio inferior —, "não tem igual. Não parece um príncipe, Kathy?"

"Ele tem nos ajudado muito, sem dúvida", disse a sra. Corcoran friamente.

"Pode apostar que sim. Não sei o que faríamos sem ele esta semana. Vocês, rapazes", o sr. Corcoran disse, segurando firme o ombro de Henry, "devem procurar amigos como este. Eles são raros hoje em dia. Muito raros. Sabem, jamais me esquecerei da primeira noite de Bunny em Hampden. Ele me telefonou. 'Pai', ele me disse, 'precisa conhecer o maluco que puseram no meu quarto.' Eu respondi: 'Calma, filho, dê-lhe uma chance'. E não demorou nada e era Henry isso, Henry aquilo, ele até mudou de curso, passando de sei lá o quê para grego antigo. Viajou para a Itália. Feliz como uma criança." As lágrimas rolavam de seus olhos. "Isso mostra", ele disse, apertando o ombro de Henry com uma espécie de afeição rude, "que nunca devemos julgar um livro pela capa. O Henry aqui parece que tem o rei na barriga, mas nunca vi um cara tão legal. Bom, da última vez que falei com Bunster, ele andava todo animado com a viagem à França, que faria com Henry no verão..."

"Chega, Mack", a sra. Corcoran disse, mas era tarde. Ele estava chorando de novo.

Não foi tão trágico como da primeira vez, mas foi trágico. Ele agarrou Henry e chorou no ombro dele, enquanto Henry ficou lá parado, olhos perdidos na distância, em sua calma estoica, abatido.

Aquilo deixou todo mundo constrangido. A sra. Corcoran concentrou-se nas plantas da casa e eu, de orelhas quentes, mantinha os olhos fixos no colo, quando a porta bateu e dois jovens entraram na sala ampla. Nem por um momento hesitei em identificá-los. Com a luz batendo por trás, não podia ver nenhum dos dois direito, mas ambos riam e falavam e, ai, meu Deus, foi uma facada no coração o eco de Bunny que pairava — rude, de menosprezo, vibrante — em sua risada.

Eles ignoraram as lágrimas do pai e marcharam resolutos até ele. "Ei, pai", disse o mais velho. Tinha cabelo encaracolado, cerca de trinta anos, e seu rosto era muito parecido com o de Bunny. Levava no colo um bebê com boné dos Red Sox.

O outro irmão — sardento, mais magro, bronzeado demais, com olheiras negras debaixo dos olhos azuis — pegou o bebê. "Pronto", disse. "Pode ir com o vovô."

O sr. Corcoran parou instantaneamente de chorar, interrompendo um soluço no meio; ergueu o bebê no alto e o olhou enlevado. "Champ!", gritou. "Saiu para passear com o papai e o tio Brady, é?"

"Nós o levamos ao McDonald's", Brady disse. "Para comer um Lanche Feliz."

O queixo maravilhado do sr. Corcoran caiu. "E você comeu tudo?", perguntou ao bebê. "Um Lanche Feliz inteirinho?"

"Diga que sim", incentivou o pai. "*Sim, vovô*".

"Pura cascata, Ted", Brady falou, rindo. "Ele não comeu nada."

"Mas ganhou um brinde, que veio na caixa, não ganhou? Hem?"

"Vamos ver", o sr. Corcoran disse, tirando o brinde que o menino trazia na mão fechada.

"Henry", a sra. Corcoran disse, "por que não ajuda a moça a levar as malas e mostra onde é o quarto dela? Brady, você pode conduzir os rapazes para baixo."

O sr. Corcoran pegou o brinde — um aviãozinho de plástico — do bebê e o fez voar de um lado para outro.

"Olhe!", disse num tom de assombro contido.

"Como é só por uma noite", a sra. Corcoran disse para nós, "sei que ninguém vai se importar de repartir a cama."

Quando saíamos com Brady o sr. Corcoran rolava no tapete com o bebê, na frente da lareira, fazendo-lhe cócegas. Os gritos de terror e satisfação do menino nos acompanharam escada abaixo.

Fomos instalados no porão. Na parede dos fundos, perto das mesas de pingue-pongue e bilhar, havia várias camas de armar, e no canto uma pilha de sacos de dormir.

"Mas que porcaria", Francis disse assim que nos deixaram a sós.

"É só por esta noite."

"Não consigo dormir em quartos cheios de gente. Vou passar a noite em claro."

Sentei-me numa cama de armar. O local cheirava a mofo, era úmido, e a luminária em cima da mesa de bilhar lançava uma luz verde, deprimente.

"Além de tudo, empoeirado", Francis disse. "Acho melhor ir para um hotel."

Fungando audivelmente, ele reclamou do pó enquanto procurava um cinzeiro, mas por mim poderia haver um vazamento de radônio no local, eu não me importaria. Só pensava num modo de, em nome dos Céus e de Deus misericordioso, superar as horas vindouras. Depois de míseros vinte minutos ali eu já sentia vontade de dar um tiro na cabeça.

Ele ainda estava reclamando e eu mergulhado no desespero, quando Camilla desceu. Usava brincos de azeviche, sapatos de couro preto e um elegante conjunto justo de veludo preto.

"Olá", Francis disse, passando-lhe um cigarro. "Vamos para o Ramada Inn."

Quando ela levou o cigarro aos lábios entreabertos percebi o quanto sentira sua falta nos últimos dias.

"Ora, até que vocês não estão muito mal", ela disse. "Na noite passada tive de dormir com *Marion*."

"No mesmo quarto?"

"Na mesma *cama*."

Os olhos de Francis se arregalaram, de admiração e horror. "É mesmo? Caramba, isso é terrível", disse em voz baixa, respeitosa.

"Charles está lá em cima com ela agora. Teve um ataque histérico porque alguém convidou a pobre coitada que vocês trouxeram."

"E Henry, onde foi?"

"Ainda não o viram?"

"Eu o vi. Mas não conversei com ele."

Ela soprou uma nuvem de fumaça, fazendo uma pausa. "Acha que ele está bem?"

"Já o vi em melhores condições. Por quê?"

"Está doente. Com uma dor de cabeça daquelas."

"Das ruins?"

"Das péssimas, pelo que diz."

Francis a encarou, incrédulo. "Mas ele anda por aí como se não tivesse nada."

"Não sei como. Está todo dopado. Toma remédios sem parar há dias."

"E onde está ele agora? Por que não vai para a cama?"

"Não sei. A sra. Corcoran acaba de enviá-lo à fazenda Cumberland para comprar um litro de leite para o maldito bebê."

"Ele consegue guiar?"

"Não tenho a menor ideia."

"Francis", falei, "seu cigarro."

Ele deu um pulo, pegou o cigarro depressa demais e queimou o dedo. Ele o deixara na borda da mesa de bilhar, e a brasa queimou a madeira, deixando uma marca preta no verniz.

"Meninos?", chamou a sra. Corcoran do alto da escada. "Meninos? Posso descer para checar o termostato?"

"Rápido", Camilla sussurrou, apagando o cigarro. "É proibido fumar aqui."

"Quem está aí?", perguntou a sra. Corcoran, agitada. "Tem alguma coisa queimando?

"Não, senhora", Francis disse, limpando a madeira queimada e escondendo a ponta enquanto ela descia.

Foi uma das piores noites de minha vida. A casa se encheu de gente, as horas se passaram num desfile tenebroso de parentes, vizinhos, crianças choronas, pratos cobertos, acessos bloqueados, telefones tocando, luzes fortes, rostos estranhos, conversas bizarras. Um sujeito suíno, de rosto rijo, me encurralou num canto por horas a fio, gabando-se de torneios de pesca e empreendimentos em Chicago, Nashville e Kansas City, até que finalmente eu pedi licença e me tranquei no banheiro de cima, ignorando as batidas e o choro de uma criança apertada, querendo entrar de qualquer jeito.

O jantar foi servido às sete, uma mistura enjoativa de comida pronta — salada russa, pato com Campari, tortinhas de foie gras — e comida trazida pelos vizinhos: atum ensopado, gelatina em fôrmas de Tupperware e uma sobremesa medonha, chamada "bolo maluco", que nem me atrevo a descrever. As pessoas circulavam carregando pratos de papel. Lá fora estava escuro e chovia. Hugh Corcoran, em mangas de camisa, andava de um lado para outro com a garrafa, completando as doses nos copos e abrindo caminho no meio da multidão escura, murmurante. Passou por mim sem me dar uma olhada sequer. De todos os irmãos, ele era o mais parecido com Bunny (a morte de Bunny começava a parecer um evento multiplicador horrível, muitos Bunnys surgiam onde quer que eu olhasse, Bunnys saindo dos móveis), e era como mirar o futuro e ver como Bunny seria aos trinta e cinco, ou aos sessenta, no caso do pai. Eu o conhecia, mas ele não me conhecia. Senti um impulso forte, quase irresistível, de segurar em seu braço, dizer-lhe algo, o que eu não sei: só para ver as sobrancelhas baixarem abruptamente, do jeito que eu conhecia tão bem, só para ver a expressão espantada dos olhos inocentes.

Fui eu quem matou a velha da casa de penhores, e sua irmã Lizaveta, com um machado, para roubá-las.

Risos, vertigem. Estranhos passando e conversando comigo. Livrei-me de um dos primos adolescentes de Bunny, pois ele, ao saber que eu vinha da Califórnia, me bombardeara com uma série de questões complicadas sobre surfe, e varando a multidão aglomerada, encontrei Henry. Parado sozinho na frente da porta de vidro, de costas para a sala, ele fumava um cigarro.

Parei a seu lado. Ele não me olhou, nem falou nada. A porta dupla dava para um terraço vazio, iluminado — piso escuro, alfenas em vasos de concreto, uma estátua quebrada, com pedaços espalhados pelo chão, coisa de decoração artística. A chuva caía sobre as luzes, posicionadas de forma a produzir sombras longas, dramáticas. O efeito estava na moda, pós-nuclear e antigo ao mesmo tempo, como um jardim coberto de lava em Pompeia.

"É o jardim mais feio que já vi", falei.

"Sim", Henry disse. Ele estava pálido. "Entulho e cinzas."

As pessoas riam e conversavam atrás de nós. As luzes, pela janela molhada de chuva, formavam um desenho de pingos escorrendo em seu rosto.

"Talvez seja melhor você deitar um pouco", falei em seguida.

Ele mordeu o lábio. A cinza do cigarro chegava a dois centímetros. "Não tenho mais nenhum remédio", ele disse.

Olhei para seu rosto de esguelha. "Dá para aguentar?"

"Vai ser preciso, não vai?", ele disse sem se mover.

Camilla trancou a porta do banheiro atrás de nós, e ajoelhados começamos a revirar os frascos de medicamentos amontoados debaixo da pia.

"Para pressão alta", ela leu.

"Não serve."

"Asma."

Alguém bateu na porta.

"Tem gente", gritei.

Camilla enfiou a cabeça no fundo do armário até o sifão do encanamento, deixando o traseiro de fora. Ouvi o ruído dos vidros de remédios. "Ouvido?", ela disse, com a voz abafada. "Um comprimido duas vezes ao dia?"

"Vamos ver."

Ela me mostrou antibióticos, com pelo menos dez anos de idade.

"Isso não adianta", falei ao me aproximar. "Viu algum remédio com tarja preta? Ou receitado pelo dentista?"

"Não."

"'Pode provocar tonturas?' 'Não dirigir ou operar máquinas?'"

Alguém bateu na porta novamente e girou a maçaneta. Recuei, levantei-me e abri totalmente as duas torneiras.

Não encontramos nada que servisse. Se Henry sofresse de envenenamento por sumagre, febre de feno, reumatismo, terçol, teria dado sorte, mas o único analgésico que encontramos foi Excedrin. Por puro desespero peguei um punhado, além de duas cápsulas ambíguas, com um aviso sobre tontura, mas que deveriam ser apenas anti-histamínicos.

Imaginava que o intruso misterioso tinha desistido, mas ao sair infelizmente encontrei Cloke esperando do lado ele fora. Ele me olhou com desprezo, mas arregalou os olhos de surpresa ao ver Camilla — cabelo desgrenhado, ajeitando a saia — sair atrás de mim.

Se ela ficou surpresa ao vê-lo, não demonstrou. "Oi, tudo bem?", disse, abaixando-se para limpar os joelhos.

"Oi", ele disse, desviando os olhos de modo ostensivo, precipitado. Todos sabíamos que Cloke se interessava por ela. Mesmo que não se interessasse, Camilla não era exatamente o tipo de garota que alguém esperava ver saindo de um banheiro trancado com um rapaz.

Ela passou por nós e desceu. Olhei para baixo também, mas Cloke tossiu de modo significativo, e olhei para trás.

Ele estava encostado na parede, olhando para mim como se me conhecesse desde o dia em que nasci. "E aí?", disse. Sua camisa estava fora da calça, sem passar; os olhos vermelhos, contudo, talvez se devessem ao cansaço, e não às drogas. "Tudo bem?"

Parei antes da escada. Camilla chegara ao final e não podia mais nos ouvir. "Tudo bem", falei.

"Qual é o lance?"

"Como?"

"Acho melhor não deixar que Kathy veja vocês trepando no banheiro dela. Faria com que vocês fossem a pé para a rodoviária."

Seu tom era neutro. Mas eu me lembrei do confronto com o namorado de Mona na semana anterior. Cloke, todavia, não representava uma ameaça no plano físico, e além do mais já tinha problemas em excesso.

"Olha", falei, "você entendeu tudo errado."

"Não me importo. Só estou avisando."

"Bem, eu estou falando sério. Acredite se quiser."

Cloke enfiou a mão no bolso, preguiçoso, e tirou um maço de Marlboro amassado e chato, impossível haver um cigarro lá dentro. E disse: "Achei mesmo que ela estava saindo com alguém".

"Pelo amor de Deus, já chega."

Ele deu de ombros. "Não é da minha conta", disse, extraindo um cigarro amassado antes de embolar o maço na mão. "As pessoas me atormentaram demais na escola, por isso passei uns dias na casa deles, dormindo no sofá, antes de vir para cá. Eu a ouvi conversar pelo telefone."

"E o que disse?"

"Ora, nada. Mas a gente fica pensando. Ligar às duas ou três da madrugada para cochichar?" Cloke sorriu desanimado. "Ela pensou que eu estivesse dormindo, mas para dizer a verdade, não tenho conseguido dormir muito bem... certo", ele disse, percebendo que eu não reagi. "Você não sabe de nada."

"Não."

"Claro."

"Sério, não sei mesmo."

"Então o que estavam fazendo lá dentro?"

Encarei-o por um momento, depois peguei um punhado de pílulas no bolso e estendi a mão aberta.

Ele inclinou o corpo, cerrando as sobrancelhas, e repentinamente seus olhos mortiços ganharam vida e inteligência. Ele escolheu uma cápsula e a examinou contra a luz, com ares de especialista. "O que é?", perguntou. "Você sabe?"

"Sudafed", falei. "Não se anime. Não presta para nada."

Ele riu. "Sabe por quê?", disse, olhando para mim como amigo, pela primeira vez. "Porque procuraram no lugar errado."

"Como?"

Ele espiou por cima do ombro. "No final do corredor. No quarto principal. Teria contado se você perguntasse."

Espantei-me. "Como sabe?"

Ele enfiou a cápsula no bolso e ergueu uma sobrancelha para mim. "Cresci nesta casa, praticamente", disse. "Kathy toma dezesseis tipos diferentes de remédios."

Fitei novamente a porta fechada do quarto em questão.

"Não", ele disse. "Agora não."

"Por que não?"

"A avó de Bunny. Sempre dorme depois da refeição. Voltaremos mais tarde."

O movimento diminuiu um pouco no térreo, mas não muito. Camilla desaparecera. Charles, entediado e embriagado, encostava um copo na têmpora, enquanto Marion, chorosa, tagarelava — o cabelo preso num nó exagerado, tipo adolescente, como nos catálogos da Talbots. Desde sua chegada, ela estava grudada em Charles, impedindo que eu conversasse com ele. Não sei por que o assediava tanto. Bem, recusava-se a falar com Cloke, e os irmãos de Bunny eram todos casados ou noivos. Dos homens restantes, em sua faixa etária — os primos de Bunny, Henry e eu, Bram Guernsey e Rooney Wynne —, Charles era de longe o mais bonito.

Ele me olhou por cima do ombro. Não tive estômago para me aproximar e resgatá-lo, e desviei a vista. Neste exato momento, uma criança pequena — fugindo do irmão orelhudo, de sorriso maldoso — passou entre minhas pernas e quase me derrubou.

Eles correram em círculos à minha volta. O menor, aterrorizado, gritava. De quatro no chão, ele agarrou meus joelhos. "Bundão", soluçou.

O outro parou e recuou um passo, e havia um ar maligno, lascivo, em seu rosto. "Papai", entoou, a voz puro mel. "Papaaaiê."

Do outro lado da sala, Hugh Corcoran virou-se, de copo na mão. "Não me obrigue a ir até aí, Brandon", disse.

"Mas Corey chamou você de bundão, paiê."

"Chamei *você* de bundão", choramingou o menor. "Você você você."

Livrei-me dele e saí à procura de Henry. Ele e o sr. Corcoran estavam na cozinha, num semicírculo: o sr. Corcoran, com o braço em volta de Henry, parecia ter bebido demais.

"Sabe, Kathy e eu", disse em voz alta, didática, "sempre *abrimos as portas da casa aos jovens*. Sempre pusemos um lugar extra na mesa. Eles sempre trazem seus problemas para nós. Como este cara aqui", disse, sacudindo Henry. "Nunca me esquecerei quando ele me procurou certa noite, depois do jantar. Ele disse: 'Mack' — a moçada me chama de Mack —, 'preciso de seu conselho, de homem para homem'. 'Antes que comece, rapaz, gostaria de lhe dizer uma coisa. Conheço muito bem os problemas da rapaziada. Eu mesmo eduquei cinco filhos. E tinha quatro irmãos, de modo que posso ser considerado uma autoridade em jovens...'"

Ele prosseguiu com suas recordações fraudulentas, enquanto Henry, pálido e doente, suportava os tapas nas costas e apertos, como um cachorro bem treinado atura os maus-tratos das crianças levadas. A história em si era ridícula. Nela, um Henry estranhamente dinâmico e impetuoso pretendia comprar um avião monomotor apesar da oposição dos pais.

"O rapaz era decidido", disse o sr. Corcoran. "Ia comprar o avião de qualquer jeito. Depois que ele me contou tudo, sentei-me por um minuto, tomei fôlego e falei: 'Henry, meu caro, parece sensacional, mas precisamos ir com cuidado. Sou obrigado a concordar com seus pais, mesmo que pareça muito careta'."

"Ei, pai", Patrick Corcoran disse, entrando para apanhar mais um drinque. Era mais magro que Bunny, cheio de sardas, mas tinha o cabelo aloirado de Bunny e o nariz pontudo. "Pai, você trocou as bolas. Isso não aconteceu com Henry. Foi aquele amigo de Hugh, Walter Ballantine."

"Uma ova", o sr. Corcoran disse.

"Claro que foi. E ele acabou comprando o avião assim mesmo. Hugh?", ele gritou para a sala ao lado. "Hugh, lembra-se de Walter Ballantine?"

"Claro", Hugh disse, surgindo à porta. Arrastava pelo pulso o filho Brandon, que se debatia furiosamente, tentando fugir. "O que é que tem ele?"

"O Walter não acabou comprando aquele Bonanza?"

"Não era um Bonanza", Hugh disse, ignorando com calma glacial os gritos e puxões do filho. "Era um Beechcraft. Já sei o que você está pensando", ele disse, quando tanto o pai quanto Patrick quiseram contradizê-lo. "Acontece que eu fui com Walter até Danbury para ver o Bonanza adaptado, mas o sujeito pediu um preço muito alto. A manutenção desses aviões é muito cara, e ele precisava de manutenção. O sujeito ia vender porque não tinha condições de mantê-lo."

"E quanto ao Beechcraft?", o sr. Corcoran disse, tirando a mão do ombro de Henry. "Pelo que sei, é uma excelente aeronave."

"Walter teve alguns problemas com ele. Arranjou o avião num anúncio do *Pennysaver*, pertencia a um deputado aposentado, que costumava utilizá-lo nas campanhas, e..."

Engasgando, ele deu um passo desequilibrado para a frente, quando num golpe súbito o menino se livrou dele e disparou como um tiro de canhão pela sala. Evadindo o cerco do pai, ele evitou o bloqueio de Patrick também, mas ao olhar para trás e conferir a posição de seus perseguidores, entrou direto no estômago de Henry.

O impacto foi forte. O menino começou a chorar. O queixo de Henry caiu, e o sangue sumiu de seu rosto, até a última gota. Por um momento pensei que ele fosse desmaiar, mas de algum modo conseguiu manter-se em pé, no esforço digno, imponente de um elefante ferido, enquanto o sr. Corcoran virava a cabeça para trás, rindo jovial de seu sofrimento.

Não acreditara inteiramente em Cloke quanto às drogas escondidas no andar superior, mas ao subir de novo, em sua companhia, percebi que contara a verdade. Havia um pequeno quarto de vestir ao lado do dormitório principal, e uma penteadeira de laca preta com vários compartimentos pequenos e uma chavinha. Dentro de um dos compartimentos havia uma caixa de chocolates Godiva e uma coleção organizada, vasta, de medicamentos em cores diversas, como balas. O médico que os receitara — um certo E. G. Hart — não era exatamente um modelo de ética na profissão. Mostrava-se generoso sobretudo com as anfetaminas. Damas da idade da sra. Corcoran costumavam se entupir de Valium e outros calmantes, mas ela guardava bolas em quantidade suficiente para levar uma turma inteira de Hell's Angels de uma ponta a outra do país.

Fiquei nervoso. O dormitório cheirava a roupa nova e perfume; espelhos tipo discoteca, na parede, reproduziam cada movimento nosso, numa imagem múltipla paranoica; não havia saída e nenhuma desculpa coerente para nossa presença ali, caso alguém entrasse. Mantive um olho na porta, enquanto Cloke, com admirável eficiência, examinava os vidros de remédio.

Dalmane. Amarelo e laranja. Darvon. Vermelho e cinza. Fiorinal. Nembutal. Miltown. Peguei dois de cada vidro que ele me passou.

"Ei", ele disse, "só vai pegar isso?"

"Não gostaria que ela desse por falta."

"Que nada", ele disse, abrindo mais um vidro e despejando metade do conteúdo no bolso. "Pegue quanto quiser. Ela vai pensar que foi a nora, ou algo assim. Leve um pouco de anfeta", ele disse, despejando a maior parte do que restara em minha mão. "Material de primeira. De farmácia. Na época dos exames dá para ganhar quinze dólares por cada cápsula, fácil."

Desci, o bolso direito do paletó cheio de excitantes e o esquerdo cheio de calmantes. Francis estava sentado no fim da escada. "Sabe onde posso encontrar Henry?", falei.

"Não. Você viu Charles?"

Percebi sua histeria. "Qual é o problema?", perguntei.

"Ele roubou a chave do meu carro."

"Como?"

"Ele pegou a chave no bolso do meu casaco e sumiu. Camilla o viu manobrar, no acesso. Ele saiu de capota abaixada. Aquele carro falha na chuva, de qualquer jeito. Se ele... merda", ele disse, passando a mão no cabelo. "Você não sabe de nada a respeito, sabe?"

"Eu o vi há uma hora. Com Marion."

"Sei. Também conversei com ela. Ele disse que precisava comprar cigarros, mas isso já faz uma hora. Você o viu? Falou com ele?"

"Não."

"Ele estava bêbado? Marion disse que sim. Achou que ele havia bebido muito?"

Francis mesmo parecia bem embriagado. "Não muito", falei. "Vamos, ajude-me a encontrar Henry."

"Já disse. Não sei onde ele se meteu. O que deseja com Henry?"

"Tenho algo para lhe dar."

"*O que é?*", ele disse em grego. "*Drogas?*"

"Sim."

"Pelo amor de Deus, preciso de um pouco", ele disse, arregalando os olhos.

Bebera demais para tomar calmantes. Dei-lhe um Excedrin.

"Obrigado", falou, tomando o comprimido com um gole de uísque. "Tomara que eu morra durante a noite. Onde supõe que ele possa ter ido? Que horas são?"

"Umas dez."

"Acha que ele resolveu ir para casa? Talvez tenha pego o carro e voltado para Hampden. Camilla disse que isso seria impossível, o enterro é amanhã. Sei lá, ele simplesmente *desapareceu*. Se foi só comprar cigarros, por que não voltou até agora? Não consigo imaginar aonde possa ter ido. O que acha?"

"Daqui a pouco ele volta", falei. "Lamento, mas preciso ir. Conversamos depois."

Procurei Henry pela casa toda e o encontrei sozinho, sentado numa cama de armar, no porão, no escuro.

Ele me olhou de lado, sem mover a cabeça. "O que é isso?", perguntou, quando ofereci duas cápsulas.

"Nembutal. Tome."

Ele as engoliu sem água. "Tem mais?"

"Sim."

"Passe para cá."

"Não pode tomar mais do que duas."

"Passe para cá."

Entreguei-lhe tudo. "Não estou brincando, Henry", falei. Melhor tomar cuidado."

Ele olhou para os remédios, tirou a caixinha esmaltada de azul do bolso e os guardou com cuidado. "Você poderia subir", ele disse, "e preparar uma bebida para mim?"

"Não pode beber em cima destes calmantes."

"Já bebi bastante."

"Sei disso."

Seguiu-se um breve momento de silêncio.

"Por favor", ele disse, encaixando melhor os óculos no nariz. "Quero um scotch com soda. Em copo alto. Bastante scotch, pouca soda, muito gelo, e um copo de água, sem gelo, para acompanhar. É o que preciso."

"Não vou buscar."

"Se você não for, serei obrigado a me levantar e ir", ele disse

Subi até a cozinha e peguei o que me pedira, embora caprichasse mais na soda do que no uísque, o que ele não apreciava.

"É para Henry?", Camilla disse, entrando na cozinha quando eu enchia o copo com água, depois de preparar o outro, com a bebida.

"Sim."

"Onde ele está?"

"No porão."

"Melhorou?"

Estávamos sozinhos na cozinha. De olho na entrada vazia, contei-lhe sobre a penteadeira de laca.

"Típico de Cloke", ela disse, rindo. "Ele é um sujeito decente, não acha? Bun sempre dizia que ele se parecia com você."

Aquilo me intrigou, chegou a ofender. Ia responder, mas em vez disso coloquei os copos sobre a pia e perguntei: "Para quem você anda ligando às três da manhã?".

"Hem?"

Sua surpresa parecia perfeitamente natural. O problema, numa atriz nata como ela, era saber se a surpresa era genuína.

Encarei-a também. Ela me olhou firme, as sobrancelhas arqueadas, e quando pensava que ela se mantinha silenciosa por muito tempo, Camilla balançou a cabeça e riu outra vez. "Qual é o seu problema?", ela disse. "Do que está falando?"

Ri também. Impossível derrotá-la naquele jogo.

"Não quero pressioná-la", falei. "Mas precisa tomar cuidado com o que diz ao telefone quando Cloke está em sua casa."

Ela me olhou inexpressiva. "Eu tomo cuidado."

"Espero que sim, porque ele anda escutando tudo."

"Ele não pode ter ouvido nada de mais."

"Bem, não foi por falta de tentativas."

Continuamos de olhos fixos um no outro. Havia uma pinta sensacional, bem debaixo do olho dela, vermelha como rubi. Incapaz de resistir ao impulso, abaixei-me e a beijei.

Ela riu. "Por que isso agora?", disse.

Meu coração, por um instante assombrado com tanta temeridade, parou de bater por um momento, retomando depois seu ritmo alucinado. Virei de costas, ocupando-me com os copos. "Nada", falei, "você estava muito bonita", e teria dito mais se Charles — ensopado — não tivesse entrado na cozinha, com Francis nos calcanhares.

"Por que não me disse?", Francis queixou-se num sussurro furioso. Corado, tremia. "Dane-se o banco molhado, que mofe e apodreça, dane-se que eu tenho de guiar até Hampden amanhã. Tudo bem. Mas não posso aceitar que você tenha subido e *deliberadamente* tirado a chave do bolso do meu casaco e..."

"Já vi você sair de capota abaixada na chuva", Charles disse secamente. Aproximou-se do balcão, de costas para Francis, e serviu uma bebida para si. O cabelo grudara na cabeça, e em volta de seus pés, no linóleo, formou-se uma pequena poça.

"Imagine", Francis disse entre os dentes. "Eu *nunca*..."

"Sim, já saiu", Charles insistiu, sem se virar.

"Diga quando foi."

"Está bem. Lembra-se daquela tarde, quando nós dois fomos a Manchester, umas duas semanas antes do início das aulas, e resolvemos passar na Equinox House para..."

"Foi numa *tarde de verão*. Era só uma *garoa*."

"Nada disso. Chovia forte. Você não quer falar nisso porque naquela tarde você tentou me..."

"Ficou louco", Francis disse. "Aquilo lá não tem nada a ver com o que aconteceu agora. Está escuro para danar e chove a cântaros. Você bebeu demais. Por milagre não matou ninguém. Até onde resolveu ir para comprar cigarros, afinal? Não tem loja nenhuma por aqui..."

"Não estou bêbado."

"Duvido. Então conte, onde comprou os cigarros? Gostaria de saber. Aposto..."

"Já falei que não estou bêbado."

"Claro, claro. Aposto que não comprou cigarro nenhum. Se comprou, deve estar molhado. Cadê os cigarros, então?"

"Me deixe em paz."

"Não. Foi demais. Mostre os cigarros para mim. Gostaria de ver o famoso maço..."

Charles bateu com o copo no balcão e virou-se. *"Me deixe em paz"*, murmurou.

Não foi o tom de voz, exatamente, mas sua expressão no rosto. Terrível. Francis o encarou, de boca aberta. Por uns dez segundos o único som foi o tic tic tic ritmado da água pingando das roupas encharcadas de Charles.

Levei o uísque com soda e bastante gelo junto com a água sem gelo para Henry, passando por Francis, pela porta de vaivém, e desci a escada do porão.

Choveu a noite inteira. Meu nariz coçava de tanta poeira no saco de dormir, e o chão do porão — puro concreto sob uma camada fina, nada confortável de carpete para interior e exterior — causava dores no corpo, para qualquer lado que eu me virasse. A chuva martelava nas janelas altas, e as luzes externas, brilhando através do vidro, desenhavam na parede filetes de água, que pareciam cair do teto até o piso.

Charles roncava na cama de armar, de boca aberta; Francis falava dormindo. Ocasionalmente, um carro passava na chuva, e os faróis giravam por um momento, iluminando o salão — a mesa de bilhar, os sapatos de neve na parede e a máquina de remar, a poltrona onde Henry estava sentado, imóvel, de copo na mão e cigarro queimando entre os dedos. Por um momento sua face, pálida e compenetrada como a de um fantasma, recebia a luz dos faróis, e depois, gradualmente, sumia de novo na escuridão.

Na manhã seguinte acordei dolorido e desorientado, com o som de uma janela batendo em algum lugar. A chuva piorou durante a noite. Fustigava em ondas ritmadas a janela da cozinha branca e iluminada, onde os convidados se sentavam, em volta da mesa, para um café da manhã silencioso, desanimado, com café e Pop Tarts.

Os Corcoran estavam no andar de cima, vestindo-se. Cloke, Bram e Rooney tomavam café com os cotovelos sobre a mesa, falando em voz baixa. Tinham acabado de tomar banho e fazer a barba, elegantes mas desconfortáveis em seus ternos domingueiros, como se fossem comparecer a seu julgamento. Francis — olhos fundos, cabelo ruivo desgrenhado — ainda vestia seu robe. Acordara tarde e mal conseguia ocultar sua fúria porque a água quente do tanque de baixo acabara.

Ele e Charles ocupavam lugares opostos à mesa, e mesmo de frente um para o outro, evitavam a todo custo que seus olhares se cruzassem. Marion — olhos vermelhos, cabelos presos com bobs — também permanecia em silêncio emburrado. Estava muito elegante, com um conjunto marinho, mas as sapatilhas cor-de-rosa não combinavam com a meia de náilon cor da pele. De vez em quando levava a mão à cabeça para conferir os bobs.

Henry, de todos nós, seria o único a segurar a alça do caixão — os outros cinco eram amigos da família ou colegas de trabalho do sr. Corcoran. Eu temia que o caixão fosse muito pesado e que Henry não aguentasse carregá-lo. Embora fosse possível sentir um leve odor de amoníaco e scotch, ele não parecia bêbado. Os remédios o levaram a uma calma profunda, rígida. Um filete de fumaça saía do cigarro sem filtro cuja brasa queimava perigosamente próxima a seus dedos. Seu ar de drogado despertaria suspeitas, caso não diferisse tão pouco de seus modos habituais.

Passava um pouco das nove horas, segundo o relógio da cozinha. O enterro estava marcado para as onze. Francis saiu para se vestir, e Marion para tirar os bobs. O resto do grupo permaneceu sentado em volta da mesa da cozinha, constrangido e inerte, fazendo de conta que queria tomar mais uma ou duas xícaras de café, quando a esposa de Teddy entrou. Era uma advogada de rosto duro, que fumava constantemente e usava o cabelo louro preso em coque. A esposa de Hugh a acompanhava: miúda, de modos suaves, ela parecia jovem e frágil demais para ter tantos filhos. Por uma infeliz coincidência, as duas se chamavam Lisa, o que provocava um monte de confusões na casa.

"Henry", disse a primeira Lisa, debruçando-se para apagar o Vantage pela metade no cinzeiro, em ângulo reto. Usava perfume Giorgio em excesso. "Vamos para a igreja agora, para arrumar as flores na capela e reunir os cartões antes do início da cerimônia. A mãe de Ted...", as duas Lisas odiavam a sra. Corcoran, que retribuía o sentimento com todo o entusiasmo, "disse que era para você nos levar, assim poderia se encontrar com os outros que vão levar o caixão. Tudo bem?"

Henry, reflexos luminosos brilhando em seus óculos, não demonstrou tê-las ouvido. Pensei em chutá-lo por baixo da mesa quando, lentamente, ele olhou para cima.

"Por quê?", indagou.

"Quem vai segurar a alça tem que estar lá às dez e quinze."

"Por quê?", Henry perguntou, com calma védica.

"Não sei o porquê. Só estou repetindo o que ela disse. O cortejo vai sair como se fosse nado sincronizado, ou sei lá o quê. Está pronto para sair ou precisa de um minuto?"

"Chega, Brandon", disse a esposa de Hugh debilmente ao filho pequeno que entrara correndo na cozinha e tentava se dependurar nos braços da mãe como um macaco. "Por favor. Assim você machuca a mamãe."

"Lisa, você não deveria deixar que ele se pendurasse assim", disse a outra Lisa, consultando o relógio.

"*Por favor*, Brandon. A mamãe precisa ir agora."

"Ele é grande demais para agir assim. Se fosse você, eu o levaria para o banheiro e daria uma surra nele."

A sra. Corcoran desceu vinte minutos depois, em crepe da China preto, revirando uma bolsa de couro acolchoado. "Cadê todo mundo?", disse quando viu apenas a mim, Camilla e Sophie Dearbold examinando os troféus.

Como ninguém respondeu, ela parou no alto da escada, irritada. "E então?", disse. "Todo mundo já saiu? Onde está Francis?"

"Ele está se vestindo", falei, satisfeito por poder responder a uma pergunta dela sem ter de mentir. Em sua posição, no alto da escada, ela não via o que nós víamos: Cloke, Bram e Rooney, com Charles no meio, reunidos sob a cobertura do terraço, queimando fumo. Estranho ver Charles, logo ele, fumando maconha, e a única explicação que encontrei é que ele imaginava se recuperar com isso, como se fosse uma bebida. Neste caso, teria uma surpresa desagradável. Aos doze ou treze anos costumava me chapar na escola, todos os dias — não que eu gostasse, só me dava suor frio e pânico —, pois entre os alunos das primeiras séries o máximo de prestígio cabia aos maconheiros. Além disso, eu era especialista em ocultar os sintomas paranoicos que a maconha me dava.

A sra. Corcoran me olhava como se eu tivesse proferido uma saudação nazista. "Se vestindo?", ela disse.

"Creio que sim."

"Mas como? Ele ainda não está pronto? O que vocês ficaram fazendo a manhã inteira?"

Não soube o que responder. Ela desceu a escada, um degrau por vez, e agora, com a cabeça acima da balaustrada, conseguiria ver, através das portas do pátio, caso olhasse naquela direção, apesar do vidro molhado de chuva, o grupo queimando fumo do outro lado. O suspense nos imobilizou. Certas mães não reconhecem a maconha nem quando a veem, mas a sra. Corcoran levava jeito de saber direitinho o que era.

Ela fechou a bolsa e olhou em volta, como um predador — nisso, e só nisso, era igualzinha a meu pai, concluí.

"E então?", ela disse. "Será que *alguém* poderia apressá-lo?"

Camilla deu um pulo. "Pode deixar, sra. Corcoran, eu o aviso", disse, mas assim que saiu, Camilla aproximou-se da porta do terraço.

"Obrigado, querida", disse a sra. Corcoran. Encontrando o que procurava — óculos escuros — colocou-os. "Não entendo o que ocorre com vocês, jovens", disse. "Não com vocês especificamente, mas passamos por um momento difícil, estamos sob pressão e precisamos seguir adiante da maneira mais calma possível."

Cloke ergueu os olhos vermelhos, sem entender nada, quando Camilla bateu de leve no vidro. Aí ele olhou para a sala, e seu rosto subitamente se alterou. *Merda*, percebi quando sua boca, em silêncio, formou a palavra, e uma nuvem de fumaça escapou por ela.

Charles também a viu e quase engasgou. Cloke pegou o baseado da mão de Bram e o escondeu na mão.

A sra. Corcoran, de óculos escuros enormes, continuou alheia ao drama que se desenrolava às suas costas. "A igreja é meio longe, sabe", disse quando Camilla passou por ela para ir chamar Francis. "Mack e eu vamos na frente, na perua, e vocês podem nos seguir ou seguir os rapazes. Creio que precisarão usar três carros, a não ser que se espremam em dois. *Não corram na casa da vovó*", ela repreendeu Brandon e o primo Neale, que passaram a toda por ela, na escada, entrando na sala. Usavam terninhos azuis com gravata-borboleta de elástico, e os sapatos domingueiros faziam muito barulho no piso.

Brandon, ofegante, escondeu-se atrás do sofá. "Ele me bateu, vovó."

"Ele me chamou de bobo."

"Não chamei."

"Chamou."

"Meninos", ela gritou. "Deveriam sentir vergonha deste comportamento." Ela fez uma pausa dramática para observar os rostos silenciosos, tensos. "Seu tio Bunny morreu. Sabem o que isso significa? Que ele foi embora *para sempre*. Nunca mais o verão *enquanto viverem*." Ela os encarou. "Hoje é um dia muito especial", disse. "O dia em que vamos nos lembrar dele. Deveriam estar sentados quietinhos, lembrando de todas as coisas boas que ele fez para vocês, em vez de correr por aí e estragar o assoalho novo da vovó."

Eles ficaram em silêncio. Neale chutou Brandon, emburrado. "O tio Bunny me chamou de filho da mãe", disse.

Não sei se ela não ouviu, ou fez que não; a expressão severa em seu rosto indicava que sim, mas a porta se abriu e Cloke entrou com Charles, Bram e Rooney.

"Oh. Resolveram aparecer", a sra. Corcoran disse desconfiada. "O que estavam fazendo lá fora na chuva?"

"Tomando ar", Cloke disse. Estava completamente chapado. A boca de uma garrafa de bolso apontava no paletó.

Todos estavam visivelmente drogados. Charles, coitado, de olhos arregalados, suava. Tudo aquilo era demais para ele: luzes fortes, droga demais, um adulto hostil.

Ela os encarou. Será que sabia? Por um momento pensei que fosse dizer algo, mas ela estendeu o braço e segurou Brandon. "Bem, está na hora de ir", disse secamente, passando a mão no cabelo do menino, cheio de gel. "Está ficando tarde, e tudo indica que teremos problemas para acomodar a todos."

* * *

A igreja fora construída em 1700 e tantos, de acordo com o Registro Nacional de Locais Históricos. Escurecida pelo tempo, parecia um calabouço, com cemitério nos fundos, em declive. Quando chegamos, molhados e desconfortáveis por causa do assento úmido do carro de Francis, havia carros estacionados dos dois lados, como em noite de bingo ou baile caipira, inclinados por causa da valeta na beira da pista. Caía uma garoa fina. Estacionamos perto do Country Clube, um pouco distante, e amassamos quinhentos metros de barro, silenciosamente.

O santuário era escuro, ao entrar a luz das velas me ofuscou. Quando os olhos se acostumaram, vi tochas de ferro, piso de pedra pegajoso, flores por todo lado. Surpreso, notei que um dos arranjos, ao pé do altar, tinha a forma do número 27.

"Pensei que ele tivesse vinte e quatro", sussurrei para Camilla.

"Era o número dele no time de futebol", ela explicou.

A igreja estava lotada. Procurei por Henry, mas não o vi em lugar algum. Vi um sujeito, pensei que fosse Julian, mas quando ele se virou, percebi que me enganara. Por um momento, confusos, não nos movemos. Havia cadeiras metálicas dobráveis nos fundos para acomodar quem sobrasse, mas alguém viu um banco meio vazio, e seguimos até ele: Francis e Sophie, os gêmeos e eu. Charles, que se manteve próximo de Camilla, parecia um doido. A atmosfera pesada e aterrorizante da igreja não ajudava nem um pouco, e ele olhava em volta muito assustado. Camilla o pegou pelo braço e tentou conduzi-lo pelo corredor. Marion se afastara para sentar com um grupo vindo de Hampden. Cloke, Bram e Rooney simplesmente sumiram, durante o trajeto entre o carro e a igreja.

A cerimônia foi longa. O pastor, que se inspirou em sua pregação ecumênica — e, segundo alguns, impessoal — no sermão sobre o amor da Primeira Epístola de São Paulo aos Coríntios, falou durante meia hora. ("Não sentiram que o texto era completamente impróprio?", perguntou Julian, que somava à visão pagã pessimista da morte o horror pelo impreciso.) Em seguida Hugh Corcoran discursou ("Ele foi o melhor irmão caçula que alguém poderia desejar") e depois o técnico de futebol de Bunny no colégio, um sujeito dinâmico, que falou um bocado sobre o espírito de equipe de Bunny, relatando um episódio edificante, quando Bunny salvou o time num jogo particularmente duro, contra um time "menor" de Connecticut ("Isso quer dizer negro", explicou Francis). Encerrou a história com uma pausa, encarando o texto por dez segundos; depois ergueu os olhos, sincero. "Eu não sei muita coisa sobre o Céu", disse. "Meu negócio é ensinar rapazes a jogar, e jogar bem. Hoje estamos reunidos para homenagear um rapaz que foi tirado do jogo muito cedo. Mas isso não quer dizer que ele, enquanto estava em campo, *não tenha dado tudo*. Isso não quer dizer que ele não seja um campeão." Pausa longa, suspense. "Bunny Corcoran", disse com voz embargada, "foi um campeão."

Um lamento solitário, longo, elevou-se no meio da congregação.

Exceto no cinema (*Knute Rockne, All-american*), creio jamais ter presenciado uma performance tão brilhante. Quando ele se sentou, metade dos presentes estavam em lágrimas — o técnico inclusive. Ninguém prestou muita atenção no último orador, Henry em pessoa, que subiu ao púlpito e leu inaudivelmente, sem comentários, um curto poema de A. E. Housman.

O poema chamava-se "With Rue My Heart Is Laden". Não sei por que ele escolheu este texto em particular. Sabíamos que os Corcoran pediram-lhe que lesse algo, e suponho que confiaram nele para escolher algo apropriado. Teria sido tão fácil para Henry selecionar qualquer outra coisa, do tipo que ele gostava, pelo amor de Deus, de *Lycidas* ou dos *Upanishads*, qualquer um, realmente — mas não aquele poema, que Bunny conhecia de cor. Ele adorava poemas antigos e piegas, que aprendera no colégio: "The Charge of the Light Brigade", "In Flanders Fields", amontoados de velharias sentimentais, cujos autores e títulos eu nem conhecia. O resto do grupo esnobava este tipo de obras, consideradas de péssimo gosto, similar a sua preferência por King Dons e Hostess Twinkies. Mais de uma vez ouvi Bunny recitar Housman em voz alta — a sério quando embriagado, com certa ironia quando sóbrio —, de forma que os versos, para mim, se tornaram familiares na cadência de sua voz; talvez por isso, ao ouvi-los ali, na cadência acadêmica monótona de Henry (ele era um leitor terrível), entre velas derretendo e flores balançadas pelo vento que entrava e gente chorando à minha volta, senti uma dor breve, porém excruciante, como uma tortura oriental cientificamente bizarra, calibrada para provocar o máximo de sofrimento no intervalo de tempo mais curto. Trata-se de um poema muito curto:

Meu coração se enche de lamentos
Pelos preciosos amigos que tive,
Por tantas moças de lábios rosados
E tantos companheiros graciosos.
Por regatos largos intransponíveis
Companheiros graciosos são contidos;
As moças de lábios rosados dormem
Nos campos onde as rosas fenecem.*

Durante a oração de encerramento (demorada demais) senti que oscilava tanto que as laterais do sapato novo machucavam a pele sensível abaixo do tornozelo. O ar era abafado; as pessoas choravam; um zumbido insistente entrava por meus ouvidos e depois desaparecia. Por um momento temi desmaiar. Depois notei que o zumbido vinha de uma vespa enorme, voando em círculos acima de nossas cabeças. Francis, ao tentar espantá-la com o panfleto distribuído pela igreja, só conseguira enfurecê-la. A vespa mergulhou na direção da cabeça de Sophie, que chorava. Como ela não reagiu, deu meia-volta no ar e pousou no encosto do banco para recuperar as forças. Sorrateiramente, Camilla inclinou-se e tirou o sapato, mas antes que pudesse agir, Charles a matou com um golpe sonoro do livro de orações.

O pastor, no ponto alto da oração, parou. Abriu os olhos e encarou Charles, que ainda segurava o livro incriminador. *"Que eles não permaneçam na dor infrutífera"*, disse, elevando um pouco a voz, "nem sofram como os desesperançados, mas que, através de suas lágrimas, olhem sempre para o Senhor..."

Baixei rapidamente a cabeça. A vespa continuava agarrada ao encosto do banco. Olhei para ela e pensei em Bunny, coitado, especialista em liquidar insetos voadores, quando matava moscas com um exemplar enrolado do *Examiner* de Hampden.

---

* "With rue my heart is laden/ For golden friends I had,/ For many a rose-lipt maiden/ And many a lightfoot lad./ By brooks too broad for leaping/ The lightfoot boys are laid;/ The rose-lipt girls are sleeping/ In fields where roses fade."

* * *

Charles e Francis, que não se falaram antes da cerimônia, conseguiram acertar os ponteiros de algum modo durante seu desenrolar. Depois do amém, em silêncio e perfeita harmonia, eles passaram para o corredor vazio que saía da lateral. Eu os vi passando apressados em direção ao banheiro masculino. Francis parou para olhar nervoso para trás, já enfiando a mão no bolso para pegar o que havia lá — a garrafa chata com alguma bebida, que retirara do porta-luvas do carro.

O dia estava escuro, barrento, no pátio da igreja. A chuva tinha parado, mas o vento soprava forte sob o céu carregado. Alguém tocava o sino da igreja, muito mal por sinal, e ele soava irregular como numa sessão espírita.

As pessoas correram para seus carros, vestidos esvoaçando, segurando chapéus com a mão. Alguns passos à frente Camilla lutava, na ponta dos pés, para segurar o guarda-chuva, que a arrastava e obrigava a saltitar — Mary Poppins de luto. Avancei para ajudá-la, mas antes que eu me aproximasse o vento virou o guarda-chuva ao contrário. Por um momento ele ganhou vida própria, terrível, guinchando e batendo as asas como um pterodáctilo. Com um grito agudo súbito ela o largou, e imediatamente ele subiu três metros no ar, dando duas ou três voltas antes de se enroscar nos ramos mais altos de um freixo.

"Droga", ela disse, olhando para cima e depois para o dedo que sangrava. "Droga, droga, droga."

"Está tudo bem?"

Ela enfiou o dedo machucado na boca. "Não foi nada", disse rabugenta, olhando para os galhos altos. "Mas perdi meu guarda-chuva favorito."

Tirei o lenço do bolso e o passei a ela. Camilla o abriu e o enrolou no dedo (*brancura trêmula, cabelo esvoaçante, céu escuro*), e enquanto eu a observava o tempo parou, e fui atingido pela faca afiada da lembrança: o céu também estava cinzento e ameaçador naquele dia. Havia folhas novas, e seu cabelo caíra sobre a boca, do mesmo jeito...

(brancura trêmula)

(...no *desfiladeiro. Ela descera junto com Henry, e retornara ao topo antes dele, enquanto esperávamos na borda, no vento frio, nervosos, correndo para auxiliá-la; morto? ele está...? Ela tirou o lenço do bolso e limpou as mãos en-*

lameadas, sem olhar para nenhum de nós, o cabelo esvoaçando contra o céu, o rosto pálido, sem revelar nenhuma emoção que pudesse haver...)

Atrás de nós alguém disse, alto: "Papai?".

Dei um pulo, perplexo, culpado. Era Hugh. Ele andava depressa, quase corria, e logo alcançou o pai. "Papai?", repetiu, levando a mão ao ombro arqueado do pai. Não obteve resposta. Ele o sacudiu gentilmente. Adiante, o grupo que carregava o caixão (Henry indistinto no meio dos outros) o passava pelas portas abertas do carro funerário.

"Papai", Hugh disse. Estava muito agitado. "*Pai*. Precisa me ouvir por um instante."

As portas bateram. Lentamente, lentamente, o sr. Corcoran virou-se. Levava ao colo o bebê a quem chamavam de Champ, mas naquele momento sua presença pouco servia para confortá-lo. A expressão em seu rosto enorme e negligente era vaga, ausente. Ele olhou para o filho como se nunca o tivesse visto antes.

"*Pai*", Hugh disse. "Adivinhe quem eu acabo de ver? Sabe quem veio? O sr. *Vanderfeller*", disse ansioso, segurando o braço do pai.

As sílabas do ilustre sobrenome — invocado pelos Corcoran com quase tanto respeito quanto o nome de Deus Todo-Poderoso — ao serem pronunciadas conseguiram o milagre de curar o sr. Corcoran. "Vanderfeller está aqui?", ele disse, olhando em torno. "Onde?"

O augusto personagem, que pairava absoluto no inconsciente coletivo dos Corcoran, presidia uma fundação filantrópica — criada pelo seu augustíssimo avô — proprietária de uma parcela substancial das ações do banco do sr. Corcoran. Isso significava comparecer a reuniões da diretoria, bem como eventos sociais esporádicos. Os Corcoran contavam histórias intermináveis sobre "deliciosos" episódios envolvendo Paul Vanderfeller, ressaltavam seu ar "europeu" e humor imbatível. Embora suas tiradas, lembradas à exaustão, me parecessem meio pobres (os guardas de segurança de Hampden eram mais engenhosos), provocavam nos Corcoran gargalhadas elegantes e aparentemente sinceras. Um dos modos favoritos de iniciar uma frase, para Bunny, era: "Quando meu pai almoçava com Paul Vanderfeller, um dia desses...".

E lá estava ele, o maioral em pessoa, banhando a todos nós com seus raios gloriosos. Olhei na direção apontada por Hugh e pude vê-lo — um sujeito comum, com o ar benigno de alguém acostumado a ser paparicado. Quarentão, bem-vestido, nada de particularmente "europeu" nele, exceto os óculos horrorosos e a estatura consideravelmente abaixo da média.

Uma emoção próxima da ternura espalhou-se pela face do sr. Corcoran. Sem dizer palavra, ele passou o bebê para Hugh e saiu correndo pelo gramado.

Talvez porque os Corcoran fossem irlandeses, talvez porque o sr. Corcoran tenha nascido em Boston, a família inteira parecia sentir que possuía, de algum modo, uma misteriosa afinidade com os Kennedy. A sra. Corcoran, em particular, tentava cultivar as semelhanças — usando penteado e óculos imitando Jackie. Eles também exploravam vagas coincidências físicas: em Brady e Patrick, dentuços, excessivamente bronzeados e magros, havia algo de Bobby Kennedy, enquanto nos outros irmãos, especialmente em Bunny, reconheciam o porte avantajado de Ted Kennedy, mais pesado, detalhes arredondados perdidos no meio do rosto. Não seria difícil tomá-los por membros subalternos do clã — primos, quem sabe. Francis me contou que entrou certa vez num restaurante famoso de Boston com Bunny. Havia uma fila imensa, e quando o garçom perguntou seu nome, ele respondeu ríspido: "Kennedy", dando meia-volta. No minuto seguinte metade do pessoal se desdobrava para acomodá-los numa mesa.

Talvez estas lembranças remotas perturbassem minha mente, ou talvez eu só conhecesse enterros de personalidades públicas, pela televisão, para comparar. De qualquer maneira, o cortejo fúnebre — carros compridos, pretos, fustigados pela chuva, destacando-se entre eles o Bentley do sr. Vanderfeller — se ligava em meu devaneio a outro funeral, e outro mais famoso ainda. O cortejo seguiu lentamente. Carros abertos com flores — como conversíveis numa festa da primavera sepulcral — acompanhavam o carro fúnebre cortinado. Gladíolos, crisântemos secos, folhas de palmeira. O vento soprava forte, e as pétalas se soltavam, grudando nos para-brisas molhados dos carros como confetes.

O cemitério ficava à beira da rodovia. Estacionamos e descemos do Mustang (estalos secos das portas dos automóveis), e paramos num canto cheio de lixo. Os carros zumbiam pelo asfalto a poucos metros dali.

Era um cemitério grande, açoitado pelo vento, plano e anônimo. As lápides formavam filas, como casas num conjunto habitacional. O motorista uniformizado do Lincoln da funerária deu a volta para abrir a porta da sra. Corcoran. Ela levava — não sei por quê — um pequeno buquê de rosas. Patrick ofereceu-lhe o braço, ao qual se agarrou na altura do cotovelo, com a mão enluvada, inescrutável por trás dos óculos escuros, calma como uma noiva.

As portas traseiras do carro fúnebre foram abertas, e o caixão puxado para fora. Silenciosamente, o enterro o seguiu conforme avançava pelo descampado, cruzando o mar de grama como um barquinho. Fitas amarelas tremulavam na tampa. O céu era hostil e enorme. Passamos pelo túmulo de uma criança, na qual se via uma lanterna de abóbora de plástico, risonha e desbotada.

Um toldo verde listado, como os usados em festas ao ar livre, fora estendido na beira do túmulo. Parecia meio fútil e estúpido, estendido ali no meio do nada, uma estrutura vazia, banal, brutal. Paramos, em pé, em grupinhos constrangidos. Esperava, sei lá por quê, algo além disso. Fragmentos de lixo mascados pelo cortador de grama espalhavam-se pelo local. Vi pontas de cigarro, reconheci uma embalagem de Twix.

Isso é estúpido, pensei. *Como pôde acontecer.*

Os carros passavam zunindo pela rodovia.

O túmulo era indescritivelmente medonho. Jamais vira um antes. Uma coisa bárbara, um buraco no solo lamacento escuro, com cadeiras dobráveis para a família de um lado e terra suja empilhada do outro. *Meu Deus*, pensei. Comecei a ver tudo de uma só vez, com claridade ofuscante. Por que dar importância ao caixão, ao toldo, ou qualquer outra coisa, se iam apenas jogá-lo no buraco, encher de terra e voltar para casa? Então era só isso? Jogá-lo fora como um saco de lixo?

Bun, pensei, oh, *Bun, sinto muito.*

O pastor apressou a oração, o rosto suave esverdeado sob o toldo. Julian estava lá — pude vê-lo então, olhando para nós quatro. Primeiro Francis, depois Charles e Camilla aproximaram-se dele, mas eu não quis, estava entorpecido. Os Corcoran sentaram-se em silêncio, com as mãos no colo: *Como podem ficar ali sentados?*, pensei, *na beira daquela cova horrível, sem fazer nada?* Era quarta-feira. Nas quartas às dez tínhamos aula de grego, composição em prosa, e era lá que deveríamos estar todos agora. O caixão aguardava, mudo, ao lado da cova. Sabia que não o abririam, mas gostaria que o fizessem. Começava a me dar conta de que não o veria nunca mais na minha vida.

Os escolhidos para carregar o caixão formaram uma fila escura atrás deste, como um coro de anciãos numa tragédia. Henry era o mais jovem. Manteve-se firme, ereto, as mãos cruzadas na frente — mãos grandes, brancas, de intelectual, capazes e bem cuidadas, as mesmas mãos que tocaram o pescoço de Bunny para sentir o pulso e rolaram sua cabeça para a frente e para trás sobre o eixo fraturado, enquanto nós observávamos do alto, sem ar. Mesmo de longe dava para ver o ângulo impossível do pescoço, o sapato virado para o lado errado, o filete de sangue na boca e no nariz. Ele cerrou as pálpebras com o polegar, aproximando-se mais, cuidadoso para não tocar os óculos, tortos no alto da cabeça de Bunny. Uma perna agitou-se num espasmo solitário, que gradualmente se transformou num tremor, e parou. O relógio de pulso de Camilla tinha ponteiro de segundos. Os dois, em silêncio, conferiram o tempo. Depois de subir a encosta atrás de Camilla, apertando um joelho com a palma da mão, ele havia limpado as mãos na calça e respondeu a nossos clamores sussurrados — *morto? ele está...?* com o movimento de cabeça impessoal de um médico...

Oh, Deus, suplicamos que, ao lamentar a partida de nosso irmão Edmund Grayden Corcoran, seu servo na eternidade, não nos esqueçamos de que devemos nos preparar para acompanhá-lo. Dê-nos a graça necessária para que estejamos prontos quando chegar nossa hora, e nos proteja contra a morte súbita e inesperada...

Ele não a antecipou. Nem chegou a entender, não deu tempo. Desequilibrou-se, como na beira de uma piscina: falsete cômico, braços agitados. Depois o pesadelo surpreendente da queda. Alguém que nem sabia da existência no mundo de uma coisa como a Morte; que não acreditou nela, nem quando a viu; que nunca sonhou que isso pudesse acontecer com ele.

Corvos em revoada. Besouros brilhantes rastejando nas profundezas. Um pedaço de céu, gelado numa retina nublada, se refletia na poça no chão. Ser e nada.

...eu sou a Ressurreição e a vida; aquele que em Mim acreditar, mesmo que morra, viverá; e quem viver e acreditar em Mim, nunca morrerá...

O caixão baixou à cova preso a cordas longas, que rangiam. Os músculos de Henry se retesaram com o esforço; ele cerrou os dentes. O suor empapava as costas do paletó.

Apalpei o bolso do meu paletó para conferir se os calmantes ainda estavam ali. Seria uma longa volta para casa.

As cordas foram puxadas de volta. O pastor abençoou a sepultura e jogou água benta. Suja e escura. O sr. Corcoran, enterrando o rosto nas mãos, soluçava monotonamente. O toldo se agitava ao vento.

Primeira pá de terra. Seu baque na tampa oca provocou em mim uma sensação de vazio, enjoativa, negra. A sra. Corcoran — Patrick de um lado, Ted, o sóbrio, do outro — deram um passo à frente. Com a mão enluvada ela atirou o buquê de rosas no túmulo.

Lentamente, lentamente, com sua calma drogada, insondável, Henry abaixou-se e pegou um punhado de terra. Estendeu a mão na direção da cova e soltou a terra por entre os dedos. Depois, terrivelmente composto, ele recuou um passo e limpou distraído a mão no peito, esfregando lama na lapela, na gravata, no branco imaculado da camisa engomada.

Olhei fixo para ele. Assim como Julian e Francis, e os gêmeos, com uma espécie de pavor assustado. Ele não parecia perceber que havia feito algo fora do comum. Continuou ali parado, imóvel, o vento desalinhando seus cabelos, a luz embaçada refletida no aro dos óculos.

8.

Minhas recordações da reunião após o enterro, na casa dos Corcoran, são muito obscuras, possivelmente por causa do punhado de calmantes variados que engoli no caminho. Mas nem mesmo a morfina poderia obliterar totalmente o horror que cercou o evento. Julian estava lá, por sinal uma bênção; ele circulou pela festa como um anjo de misericórdia, entre conversas breves e graciosas, sabendo sempre dizer a coisa certa a cada pessoa, comportando-se com charme e diplomacia divinos em relação aos Corcoran (de quem no fundo não gostava, e vice-versa), encantando até a sra. Corcoran. Além disso — o pináculo da glória, no entender dos Corcoran — por coincidência ele era um velho amigo de Paul Vanderfeller, e Francis, que estava ao lado, disse que nunca mais esqueceria a expressão na face do sr. Corcoran quando Vanderfeller reconheceu Julian e o cumprimentou ("ao estilo europeu", explicou a sra. Corcoran a uma vizinha) com um abraço e um beijo no rosto.

Os Corcoran pequenos — que se mostraram curiosamente animados com os tristes eventos daquela manhã — corriam de um lado para outro fazendo folia: jogavam croissants, gritavam de alegria, avançavam em cima da multidão a bordo de um carrinho horrível, que emitia um ruído explosivo, como de gases intestinais liberados. O pessoal do bufê também pisou na bola — bebida demais e comida de menos, receita segura para criar encrenca. Ted e a esposa brigavam sem parar. Bram Guernsey vomitou num sofá de linho. O sr. Corcoran alternava a euforia com o desespero mais profundo.

Depois de algum tempo a sra. Corcoran subiu para o quarto e desceu com uma expressão terrível em seu rosto. Em voz baixa, comunicou ao marido que ocorrera "um roubo", comentário esse que, repetido por alguém próximo, que o ouvira, a outro convidado, espalhou-se rapidamente pela sala, provocando uma onda de indesejada consternação. Quando ocorrera? O que havia sido levado? Já chamaram a polícia? As pessoas abandonaram as rodas e passaram a gravitar em torno dela, um enxame murmurante. Ela escapou das perguntas com maestria e ar de mártir. Não, disse, não seria preciso chamar a polícia: só dera por falta de ninharias, de valor puramente sentimental, que não serviriam a ninguém a não ser a ela.

Cloke deu um jeito de ir embora logo depois da confusão. Embora ninguém comentasse, Henry também partira. Ele recolheu as malas, quase imediatamente após o enterro, entrou no carro e foi embora, despedindo-se formalmente dos Corcoran, sem trocar uma palavra sequer com Julian, que estava muito ansioso para conversar com ele. "Ele parece exausto", ele disse a Camilla e a mim (não respondi, mergulhado no estupor do Dalmane). "Deveria procurar um médico."

"Ele sofreu muito nesta semana", Camilla disse.

"Certamente. Mas creio que Henry é uma pessoa mais sensível do que percebemos, por seu comportamento corriqueiro. De certa forma, é difícil imaginar que possa superar tudo isso. Ele e Edmund eram mais próximos do que as pessoas acreditam." Julian suspirou. "Escolheu um poema peculiar, não acham? Eu teria sugerido um trecho de *Fédon*."

Os convidados começaram a debandar lá pelas duas da tarde. Poderíamos ter ficado para o jantar — se o convite do sr. Corcoran, embriagado, fosse para valer (o sorriso glacial da sra. Corcoran, atrás dele, nos informava que não era) —, poderíamos ter ficado indefinidamente, como amigos da família, dormindo em nossas camas de armar no porão; participando da vida no lar dos Corcoran, compartilhando livremente de suas alegrias e dificuldades cotidianas: férias em família, cuidados com os menores, ajuda ocasional nas tarefas domésticas, trabalhando juntos, *como uma equipe* (ele sempre enfatizava), como era o costume dos Corcoran. Não seria uma vida fácil — ele era duro com os rapazes —, mas seria quase inacreditavelmente enriquecedora, em termos de caráter, coragem e altos padrões morais sobretudo, pois em sua opinião poucos pais se davam ao trabalho de ensinar estas coisas aos filhos.

Passava das quatro da tarde quando conseguimos finalmente sair de lá. Por algum motivo, Charles e Camilla recusavam-se a falar um com o outro. Brigaram — eu os vi discutindo no jardim — e, no caminho inteiro, até em casa, eles permaneceram no banco de trás, juntos, olhando fixo para a frente, os braços cruzados na altura do peito, de um modo comicamente idêntico, embora com certeza não o notassem.

Senti-me como se tivesse passado mais tempo fora. Meu quarto parecia pequeno e abandonado, como um local vazio por semanas a fio. Abri a janela e deitei-me na cama desfeita. Os lençóis cheiravam a bolor. Escurecia.

Finalmente estava tudo acabado. Mas eu me sentia estranhamente abandonado. Tinha aula na segunda-feira: grego e francês. Não comparecia às aulas de francês havia três semanas e só de pensar no assunto sentia uma pontada de ansiedade. Trabalhos finais. Rolei para ficar de barriga para baixo. Exames. E férias de verão dentro de um mês e meio, onde poderia passá-las? Trabalhando para o dr. Roland? Como frentista de posto em Plano?

Levantei-me, engoli mais um Dalmane e deitei de novo. Lá fora estava quase escuro. Através da parede, ouvia música do equipamento de som do vizinho: David Bowie. "Controle de solo para o major Tom..."

Fixei a vista nas sombras do teto.

Numa terra estranha, entre o sono e a vigília, eu me vi num cemitério, não aquele onde enterraram Bunny, porém em outro, muito mais antigo, e muito famoso — cheio de sebes e sempre-vivas, os pavilhões de mármore cobertos de trepadeiras. Eu andava por um caminho estreito, de pedra. Quando dobrei a esquina as flores brancas de uma hortênsia inesperada — nuvens luminosas a flutuar pálidas nas sombras — roçaram em minha face.

Procurava o túmulo de um escritor famoso — Marcel Proust, creio, ou talvez George Sand. Quem quer que fosse, estava enterrado ali, eu sabia, mas o mato espesso cobria os nomes nas lápides, e além do mais escurecia.

Subi até o alto do morro, coberto por uma floresta escura de pinheiros. Ao longe, lá embaixo, estendia-se um vale enevoado, indistinto. Virei o rosto e olhei para o caminho que percorrera: pontas de pináculos de mármore, mausoléus pouco visíveis na escuridão que aumentava. Ao longe, uma luz fraca — um lampião ou lanterna — avançava em minha direção por entre as fileiras de lápides. Debrucei-me para ver mais claramente, e um barulho de queda, nos arbustos, me assustou.

Era o bebê que os Corcoran chamavam de Champ. Escarrapachado no chão, tentava levantar-se; depois de algum tempo ele desistiu e ficou deitado, descalço, tremendo, a barriga inchando e desinchando. Só usava uma fralda de plástico, e havia arranhões horríveis em seus braços e pernas. Olhei para ele, estupefato. Mesmo que os Corcoran fossem irresponsáveis, aquilo era inconcebível: *Uns monstros*, pensei, *bando de imbecis, eles foram embora e o deixaram sozinho, por sua própria conta.*

O bebê choramingava, as pernas azuladas de frio. A mãozinha gorda, como uma estrela-do-mar, agarrava com força o aviãozinho de plástico, brinde do Lanche Feliz. Abaixei-me para ver se passava bem e de repente ouvi, muito perto, um pigarro ostensivo.

Os acontecimentos seguintes passaram-se num relâmpago. Olhando por cima do ombro, tive apenas uma impressão fugaz da figura que se erguia atrás de mim, mas a olhada que dei me fez recuar aos trancos, gritando, e caí, caí até bater na minha cama, que se ergueu na escuridão para me receber. O choque me fez acordar. Trêmulo, fiquei deitado de costas por um momento, depois acendi a luz.

Mesa, porta, cadeira. Continuei de costas, a tremer. Embora seus traços estivessem borrados e deformados, com feridas profundas, das quais não gosto de me lembrar nem mesmo com a luz acesa, percebi imediatamente quem era, e no sonho ele sabia que eu sabia.

Depois do que passamos nas semanas anteriores, não admira que tenhamos enjoado uns dos outros. Nos primeiros dias nos mantivemos afastados, a não ser durante a aula e na hora do jantar. Bun estava morto e enterrado, e suponho que não restava muita coisa para discutir, nem motivo para ir dormir às quatro ou cinco da manhã.

Sentia uma estranha liberdade. Saía para caminhar; fui ao cinema algumas vezes, sozinho; compareci a uma festa fora do campus na sexta-feira à noite e fiquei na varanda dos fundos da casa de um professor qualquer, bebendo cerveja. Ouvi uma moça comentar com outra, a meu respeito: "Ele parece tão triste, você não acha?". Grilos e milhões de estrelas enchiam a noite clara. A garota era bonita, do tipo inteligente, vivo, que sempre me atrai. Ela puxou conversa, e eu poderia ter ido para casa com ela; mas bastava flertar, do modo terno, inseguro que os personagens trágicos dos filmes fazem (veterano de guerra traumatizado, ou jovem viúvo desconsolado; atraídos pela jovem estranha, embora assombrados pelo passado negro que ela, em sua inocência, não pode compartilhar), e gozar o prazer de observar as estrelas da empatia piscando em seus olhos meigos; sentir nela o impulso carinhoso de me salvar de mim mesmo (ah, minha cara, pensei, se você soubesse a tarefa que teria pela frente, se você soubesse!); saber que, se desejasse ir para casa com ela, poderia.

Mas não o fiz. Pois — independente do que estranhos bem-intencionados possam pensar — eu não necessitava nem de companhia nem de consolo. Só queria ficar sozinho. Depois da festa não fui para casa, e sim para o escritório do dr. Roland, onde ninguém pensaria em me procurar. Durante a noite e nos finais de semana era maravilhosamente quieto, e logo ao voltar de Connecticut passei muito tempo lá — lendo, cochilando no sofá, fazendo meu trabalho e o dele.

Naquela hora tardia até os zeladores já haviam ido embora. O prédio estava às escuras. Tranquei a porta do escritório atrás de mim. A luminária na mesa do dr. Roland lançava um círculo morno de luz e, depois de ligar o rádio na emissora de música clássica de Boston, acomodei-me no sofá com o livro de gramática francesa. Mais tarde, quando senti sono, um romance de mistério me aguardava, e uma xícara de chá, se fosse o caso. As estantes do dr. Roland brilhavam, calorosas e misteriosas na luz fraca. Embora soubesse que não estava fazendo nada de errado, sentia como se levasse uma vida clandestina, que, embora agradável, me traria problemas mais cedo ou mais tarde.

Entre os gêmeos reinava a discórdia. No almoço chegavam até com uma hora de diferença. Percebi que Charles estava desgostoso. Pouco comunicativo e emburrado, e, como se tornara costumeiro nos últimos tempos, bebendo demais. Francis dizia não saber de nada, mas eu desconfiava que ele me escondia alguma coisa.

Não falava com Henry desde o enterro, nem o via. Ele não aparecia na hora da refeição e não atendia o telefone. No almoço de sábado perguntei: "Acha que Henry está bem?".

"Claro, está ótimo", Camilla disse, entretida com o garfo e a faca.

"Como sabe?"

Ela parou, o garfo no ar; seu olhar era como um facho de luz repentino em meu rosto. "Acabei de vê-lo."

"Onde?'

"Em seu apartamento, esta manhã", ela disse, retornando ao prato.

"E como ele está?"

"Bem. Um pouco abalado ainda, apenas."

A seu lado, queixo na mão, Charles olhava para o prato intocado.

Nenhum dos dois gêmeos apareceu para jantar naquela noite. Francis falava muito, bem-humorado. Retornara de Manchester com um monte de sacolas e me mostrou as compras uma a uma: paletós, meias, suspensórios, camisas listradas em meia dúzia de padrões distintos, uma fabulosa coleção de gravatas, uma das quais — bronze-esverdeada, de seda, com bolinhas cor de laranja — era um presente para mim. (Francis era sempre generoso com as roupas. Deu ternos aos montes, para Charles e para mim; ele era mais alto do que Charles e mais magro que nós dois, precisamos mandá-los a um alfaiate do centro. Ainda uso vários ternos dele: Sulka, Aquascutum, Gieves e Hawkes.)

Passara pela livraria também. Comprara uma biografia de Cortez, uma tradução de Gregório de Tours; um estudo sobre assassinos vitorianos, lançado pela Harvard University Press. Também adquirira um presente para Henry: uma coletânea de inscrições micênicas em Cnossos.

Folheei o livro. Era enorme. Nenhum texto, apenas fotografias de fragmentos de placas com inscrições — em Linear B — reproduzidas em fac--símile no pé. Alguns fragmentos continham apenas uma letra.

"Vai gostar disso", falei.

"É, creio que sim", Francis disse. "Foi o livro mais chato que encontrei. Pensei em levar para ele depois do jantar."

"Talvez eu vá junto", falei.

Francis acendeu um cigarro. "Se quiser ir, vá. Não pretendo entrar, só deixar o livro na porta."

"Então deixa para lá", falei, curiosamente aliviado.

Passei o domingo inteiro na sala do dr. Roland, das dez da manhã em diante. Por volta das onze da noite lembrei-me de que não comera nada o dia inteiro, exceto bolachas cream cracker e café, do escritório da Assistência ao Estudante. Peguei minhas coisas, tranquei a sala e desci para ver se Rathskeller ainda estava aberto.

Estava. O Rat era uma continuação da lanchonete, em geral servia comida péssima, mas havia máquinas de fliperama e uma vitrola automática. Não vendia bebidas fortes, mas por sessenta e cinco centavos conseguia-se um copo plástico de cerveja aguada.

Naquela noite o local estava barulhento e cheio de gente. O Rat me deixava nervoso. Gente como Jud e Frank batia ponto lá, chegando assim que o bar abria, e o consideravam o centro de seu universo. Vi-os lá, no centro de uma mesa entusiasmada de bajuladores e desocupados, onde disputavam, espumando pela boca de tanta concentração, um jogo onde o objetivo aparente era furar a mão do outro com um caco de vidro.

Abri caminho até o balcão e pedi uma fatia de pizza e cerveja. Enquanto esperava a pizza sair do forno, vi Charles, sozinho, na outra ponta do bar.

Cumprimentei-o, mas ele virou de costas. Estava bêbado, notei pela maneira como se sentava, não como um ébrio, e sim como se uma pessoa diferente — mais lerda, mal-humorada — ocupasse seu corpo. "Oh", disse. "É você."

Não entendi o que ele estava fazendo naquele lugar desagradável, sozinho, tomando cerveja ruim, tendo em casa um bar cheio das melhores bebidas que se poderia desejar.

Ele disse algo incompreensível naquele barulho e gritaria. "O quê?", falei, chegando mais perto.

"Perguntei se você pode me emprestar algum dinheiro."

"Quanto?"

Ele contou nos dedos. "Cinco dólares."

Dei-lhe a nota. De tão bêbado, ele a embolsou sem desculpas insistentes nem promessas de breve restituição.

"Não pude ir ao banco na sexta", ele disse.

"Tudo bem."

"Não mesmo." Com cuidado, ele tirou um cheque amarrotado do bolso. "Minha Nana mandou isso. Posso descontar na segunda-feira sem problemas."

"Não se preocupe", falei. "O que está fazendo aqui?"

"Me deu vontade de sair um pouco."

"Onde está Camilla?"

"Não sei."

Ele não estava bêbado a ponto de não conseguir voltar para casa sozinho, no momento. Mas o Rat só fechava dali a duas horas, e não me agradava a ideia de deixá-lo ali sozinho. Desde o enterro de Bunny vários estranhos — inclusive a secretária do Departamento de Ciências Sociais — me abordaram tentando obter informações. Eu os afugentei com frieza, um truque aprendido com Henry (nenhuma expressão, olhar implacável, forçando o intruso a se retirar envergonhado); era uma tática quase infalível, mas lidar com aquela gente quando sóbrio diferia de enfrentá-los bêbado. Não estava bêbado, mas tampouco pretendia ficar no Rat até que Charles resolvesse ir embora. Qualquer esforço para tirá-lo de lá só serviria para entrincheirá-lo mais ainda. Quando bebia costumava, perverso, fazer o oposto do que as pessoas sugeriam.

"Camilla sabe que você veio para cá?", perguntei.

Ele se debruçou, apoiando a palma da mão no bar para manter o equilíbrio. "Como?"

Perguntei novamente, mais alto. Seu rosto anuviou-se. "Não é da conta dela", disse, retornando à cerveja.

Minha comida chegou. Paguei e disse a Charles: "Com licença. Eu já volto".

O banheiro masculino ficava num corredor úmido, fedorento, perpendicular ao bar. Entrei no corredor, fora da vista de Charles, e segui para o telefone público na parede. Esperei que uma moça terminasse de falar, em alemão. Levou horas, e já ia desistir quando ela finalmente desligou. Procurei moedas no bolso e disquei o número dos gêmeos.

Os gêmeos não eram como Henry; quando estavam em casa, sempre atendiam. Mas ninguém atendeu. Disquei de novo e consultei o relógio. Onze e vinte. Não imaginava onde Camilla poderia ter ido, tarde da noite, a não ser que estivesse a caminho para buscar o irmão.

Desliguei o telefone. A moeda tilintou no aparelho. Recolhi-a e voltei para encontrar Charles no bar. Por um momento pensei que ele estivesse perdido na multidão, mas depois de procurar um pouco concluí que não conseguia encontrá-lo porque ele não estava mais lá. Havia tomado o resto da cerveja e saído.

Hampden, repentinamente, cobriu-se de verde celestial. A maioria das flores morrera por causa da neve, com exceção das tardias, como madressilvas e lilases, mas as árvores encheram-se de folhas, mais verdes e escuras, uma folhagem tão densa que o caminho que levava a North Hampden pela floresta tornou-se subitamente muito estreito: a vegetação avançava pelos dois lados e impedia que o sol batesse no solo úmido, cheio de insetos.

Na segunda-feira cheguei mais cedo ao Lyceum, e encontrei as janelas abertas na sala de Julian e Henry ajeitando peônias num vaso branco. Parecia ter perdido cinco ou seis quilos, o que não era nada para alguém do tamanho de Henry. Mesmo assim notei o emagrecimento, no rosto e nas mãos; não foi aquilo, e sim outra coisa, indefinível, que o modificara desde que nos encontramos pela última vez.

Julian e ele conversavam — em latim chistoso, pedante, ferino — como dois padres ajeitando os paramentos antes da missa. Um cheiro forte de chá pairava no ar.

Henry ergueu os olhos. "*Salve, amice*", disse, e por um instante seu jeito rígido deu lugar a uma sutil satisfação, notável em alguém tão reservado e distante. "*Valesne? Quid est rei?*"

"Parece estar bem", disse-lhe, e era verdade.

Ele inclinou ligeiramente a cabeça. Seus olhos, embaçados e dilatados quando estava doente, agora brilhavam no tom mais claro possível do azul.

"*Benigne dicis*", ele falou. "Eu me sinto muito melhor."

Julian limpava os últimos pães e geleias da mesa — ele e Henry haviam tomado café da manhã juntos, a julgar pela mesa uma bela refeição — e ele riu, dizendo algo que não entendi, uma citação ao estilo de Horácio, a respeito de a carne ser boa para os sofredores. Alegrei-me em vê-lo sereno, brilhante como antes. Inexplicavelmente, ele se afeiçoara muito a Bunny, mas as emoções fortes o desagradavam, e uma demonstração de sentimentos, normal para os padrões modernos, para ele pareceria exibicionismo chocante. Eu tinha certeza de que a morte de Bunny o afetara mais do que demonstrava. Mas suspeito que a indiferença alegre, socrática, de Julian em relação aos fatos da vida e da morte impedia que ele se sentisse muito triste por muito tempo.

Francis chegou, depois Camilla; nada de Charles, provavelmente estava na cama de ressaca. Sentamo-nos em torno da mesa grande.

"E agora", Julian disse quando todos se calaram, "espero que estejamos todos prontos para abandonar o mundo fenomenológico e entrar no sublime."

Agora que aparentemente estávamos a salvo, uma imensa sombra deixou de encobrir a minha mente; o mundo parecia um lugar fresco e maravilhoso para se viver, verde e receptivo e inteiramente novo. Saía sempre para dar longos passeios, sozinho, até o rio Battenkill. Apreciava sobretudo um pequeno armazém caipira em North Hampden (cujos proprietários idosos, mãe e filho, teriam inspirado uma história de terror famosa, frequente em antologias, dos anos 50), para comprar uma garrafa de vinho, e perambular pela margem do rio enquanto a bebia, passando o resto da tarde embriagado pelos caminhos gloriosos, ensolarados, quentes — pura perda de tempo, claro. Enfrentava dificuldades na escola, aproximava-se a entrega dos trabalhos e precisava redigi-los logo. Os exames tampouco tardariam a chegar, mas eu era jovem, a grama verde e o ar agitado pelo som das abelhas e eu acabava de voltar da beira da Morte, para o sol e o ar. Eu me sentia livre, e minha vida, que imaginava perdida, se estendia indescritivelmente preciosa e doce diante de mim.

Numa dessas tardes passei perto da casa de Henry e o vi no quintal, preparando um canteiro de flores. Usava seu traje de jardineiro — calça velha, camisa enrolada até acima do cotovelo — e no carrinho vi mudas de tomate e pepino, caixas de mudas de morango e girassol e gerânio vermelho. Três ou quatro roseiras, com as raízes dentro de sacos, se enfileiravam contra a cerca.

Passei pelo portão lateral de acesso. Estava muito bêbado. "Olá, olá, olá", falei.

Ele parou e apoiou o corpo na pá. Seu nariz brilhava, um pouco vermelho do sol.

"O que está fazendo?", perguntei.

"Plantando alface."

Seguiu-se um longo silêncio, no qual notei as samambaias que recolhera na tarde em que matamos Bunny. Asplênio, lembro-me de que as identificou. Camilla ressaltou a ironia do nome. Ele as plantara no canto sombreado da casa, perto do porão, onde cresceram escuras e viçosas, protegidas do calor.

Recuei um pouco, bati na cerca. "Vai ficar por aqui no verão?", perguntei.

Ele me olhou intensamente, limpando as mãos na calça. "Creio que sim", disse. "E quanto a você?"

"Ainda não sei", falei. Não mencionara isso a ninguém, mas no dia anterior havia me candidatado, na Assistência ao Estudante, a um serviço no apartamento de um professor de história, no Brooklyn. Ele viajara para a Inglaterra para estudar, no verão, e precisava de alguém para morar ali e cuidar da casa. Parecia ideal — um lugar para ficar, sem pagar aluguel, na melhor parte do Brooklyn, sem outras tarefas além de aguar as plantas e tomar conta de dois terriers de Boston, que não podiam acompanhá-lo à Inglaterra por causa da quarentena. Minha experiência com Leo e os bandolins fora pavorosa, mas o encarregado garantiu que desta vez seria diferente, mostrando uma série de cartas de estudantes contentes, meus antecessores no serviço. Não conhecia o Brooklyn, não sabia nada a respeito de lá, mas apreciava a ideia de morar numa cidade — qualquer cidade, especialmente uma desconhecida — cheia de trânsito e gente, onde poderia trabalhar numa livraria, ou como garçom num café. Levaria uma vida excêntrica, solitária. Comeria sozinho, levaria os cachorros para passear no final da tarde, ninguém saberia quem eu era.

Henry ainda me olhava. Ajeitou os óculos no nariz. "Sabe", ele disse, "ainda estamos no começo da tarde."

Ri. Sabia o que estava pensando: primeiro Charles, agora eu. "Estou legal", falei.

"É mesmo?"

"Claro."

Ele retornou ao trabalho, enterrando a pá no solo e pisando com força na lateral da lâmina com o pé coberto pela polaina cáqui. Os suspensórios formavam um X nas costas. "Então que tal me dar uma força com estas mudas de alface?", disse. "Tem outra pá no barracão."

* * *

No meio da noite — duas da madrugada — a responsável pela casa bateu na minha porta, gritando que me chamavam ao telefone. Tonto de sono, vesti o roupão e desci a escada cambaleando.

Era Francis. "O que quer?", falei.

"Richard, estou tendo um ataque do coração."

Olhei de lado para a responsável pela casa — Veronica, Valerie, esqueci seu nome —, que esperava de braços cruzados na altura do peito, perto do telefone, cabeça virada para o lado, numa atitude de preocupação. Dei-lhe as costas. "Você está bem", falei. "Volte para a cama."

"Escute aqui", ele disse em pânico, "estou tendo um ataque do coração. Acho que vou morrer."

"Não vai não."

"Sinto todos os sintomas. Dor no braço esquerdo. Aperto no peito. Dificuldade para respirar."

"O que quer que eu faça?"

"Quero que venha até aqui e me leve para o hospital."

"Por que não chama uma ambulância?" De tanto sono, meus olhos se fechavam involuntariamente.

"Porque morro de medo de ambulância", Francis disse, mas não consegui entender o resto, pois Veronica, que escutara a palavra *ambulância*, interferiu, excitada.

"Se precisar de um paramédico, o pessoal da segurança sabe primeiros socorros", ela disse ansiosa para ajudar. "Ficam de plantão da meia-noite às seis. Também possuem uma perua, que pode levar a pessoa para o hospital. Se quiser, eu posso..."

"Não preciso de assistência médica", falei. Francis repetia meu nome freneticamente do outro lado.

"Pode falar", respondi.

"Richard?" Sua voz era fraca e ofegante. "Com quem está falando? Qual é o problema?"

"Nada. Agora escute..."

"Quem falou em paramédicos?"

"Ninguém. Agora escute. *Escute*", falei, quando ele me interrompeu.

"Acalme-se. Diga o que há de errado."

"Quero que venha para cá. Estou me sentindo muito mal. Acho que meu coração parou de bater por um momento e..."

"Há drogas envolvidas?", Veronica perguntou em tom confidencial.

"Escute", falei para ela, "pode ficar quieta um pouco para que eu entenda o que esta pessoa quer dizer?"

"Richard?", Francis disse. "Pode vir até aqui? Por favor?"

Esperei um momento.

"Está bem", falei. "Aguente uns minutos, que eu vou." E desliguei.

Encontrei Francis no apartamento, completamente vestido, mas sem sapatos, que estavam do lado da cama. "Sinta meu pulso", ele disse.

Concordei, para acalmá-lo. Estava rápido e forte. Ele se deitou, largado, pálpebras trêmulas. "O que acha que eu tenho?", perguntou.

"Não sei", respondi. Estava um pouco corado, mas na verdade não parecia muito doente. Contudo — embora fosse insano mencionar isso naquele momento —, era possível que tivesse uma intoxicação alimentar ou apendicite ou sei lá o quê.

"Acha que eu preciso ir para o hospital?"

"Você é quem sabe."

Ele ficou em silêncio por um momento. "Não sei. Acho melhor", disse.

"Tudo bem. Se acha que vai lhe fazer bem, então vamos. Sente-se."

Seu ataque não impediu que fumasse no carro, a caminho do hospital.

Entramos no acesso para carros e estacionamos no local iluminado e amplo, onde a placa indicava *Emergência*. Desliguei o carro. Ficamos sentados ali por um momento.

"Tem certeza de que quer entrar lá?", perguntei.

Ele me encarou com surpresa e desdém.

"Pensa que estou *fingindo*", disse.

"Nada disso", falei atônito. Para ser honesto, a ideia nem me passou pela cabeça. "Só fiz uma pergunta."

Ele desceu do carro e bateu a porta.

Precisamos esperar quase meia hora. Francis preencheu o formulário e sentou-se emburrado, lendo edições antigas da revista *Smithsonian*. Quando a enfermeira finalmente chamou seu nome, ele não se levantou.

"Sua vez", falei.

Ele não se moveu.

"Bem, vamos logo", insisti.

Ele não respondeu. Seus olhos brilhavam alucinados.

"Escute", disse finalmente, "mudei de ideia."

"*Como?*"

"Eu disse que mudei de ideia. Quero ir para casa."

A enfermeira, parada à porta, acompanhava o diálogo com interesse.

"Isso é estupidez", falei irritado. "Esperou todo esse tempo."

"Mudei de ideia.

"Foi você quem quis vir."

Sabia que isso o envergonharia. Irritado, evitando me encarar, ele fechou a revista e passou pela porta dupla sem olhar para trás.

Uns dez minutos depois o médico com ar exausto e camisa amarrotada enfiou a cara pela porta da sala da espera. Eu era a única pessoa ali.

"Oi", ele disse cordial. "Está acompanhando o sr. Abernathy?"

"Sim."

"Pode vir até aqui um instante, por favor?"

Levantei-me e o segui. Francis estava sentado na beira da cama, vestido, quase dobrado ao meio, parecendo infeliz.

"O sr. Abernathy recusa-se a pôr a camisola", o médico disse. "E não permite que a enfermeira tire sangue dele. Não sei como espera que eu o examine se não quer cooperar."

Ninguém disse nada. As luzes da sala eram muito fortes. Fiquei terrivelmente embaraçado.

O médico aproximou-se da pia e começou a lavar as mãos. "Vocês andaram tomando drogas esta noite?", ele perguntou distraidamente.

Senti o rosto quente. "Não", falei.

"Uma carreira de cocaína? Ou uma bola?"

"Não."

"Caso seu amigo tenha tomado alguma coisa, vai ajudar muito se disserem o que foi."

"Francis", falei com voz fraca, mas fui silenciado por um olhar mortífero: *et tu, Brute*.

"Como pode dizer isso?", ele falou. "Não tomei nada. Sabe muito bem que não tomei."

"Acalme-se", disse o médico. "Ninguém o acusou de nada. Mas seu comportamento esta noite tem sido um pouco irracional, não concorda?"

"Não", Francis disse, após uma pausa confusa.

O médico lavou as mãos e as enxugou na toalha. "Não?", ele perguntou. "Você entra aqui no meio da noite dizendo que teve um ataque do coração, e depois não deixa ninguém chegar perto? Como espera que eu descubra o que há de errado?"

Francis não respondeu. Ofegava. Mantinha os olhos fixos no chão, e o rosto estava vermelho.

"Não sei ler pensamentos", o médico prosseguiu. "Mas, por experiência, quando alguém da sua idade diz que sofreu um ataque do coração, só existem duas possibilidades."

"Quais?", perguntei.

"Bem, para começar, intoxicação por anfetaminas."

"Não foi nada disso", Francis disse furioso, erguendo os olhos.

"Tudo bem, tudo bem. Por outro lado, pode ser um ataque de pânico."

"O que é isso?", perguntei cautelosamente, evitando olhar na direção de Francis.

"Não é muito diferente de um ataque de ansiedade. Começa com uma onda de medo. Palpitações no coração. Tremores e suores frios. Pode ser muito forte. As pessoas pensam, muitas vezes, que vão morrer."

Francis não disse nada.

"E então?", o médico disse. "Acha que pode ser isso?"

"Sei lá", Francis falou, após outra pausa confusa.

O médico inclinou-se sobre a pia. "Sente muito medo?", disse. "Sem saber direito o motivo?"

* * *

Quando saímos do hospital passava das três. Francis acendeu um cigarro no estacionamento. Na mão esquerda segurava uma folha de papel, na qual o médico anotara o nome de um psiquiatra do centro.

"Ficou bravo?", ele disse quando entramos no carro.

Ele me perguntava isso pela segunda vez. "Não", falei.

"Acho que ficou."

As ruas estavam desertas, mal iluminadas. A capota do carro, abaixada. Passamos pelas casas escuras, por uma ponte coberta. Os pneus ecoavam nas tábuas de madeira.

"Por favor, não fique bravo comigo", Francis disse.

Ignorei-o. "Vai marcar consulta no psiquiatra?", falei.

"Não adiantaria nada. Sei o que me perturba."

Não falei nada. Quando a palavra *psiquiatra* foi pronunciada, assustei-me. Não acreditava muito em psiquiatria, mas sabia o que um sujeito treinado poderia descobrir num teste de personalidade, num sonho, até mesmo numa frase descuidada.

"Fiz análise quando era menino", Francis disse. Parecia a ponto de chorar. "Acho que tinha uns onze ou doze anos. Minha mãe embarcou num tipo qualquer de ioga, me tirou da escola em Boston e me levou para um lugar terrível, na Suíça. O Instituto Não Sei das Quantas. Todo mundo usava sandálias com meias. Havia aulas de dança de dervixe e de cabala. Todo o Nível Branco — assim chamavam minha turma, grau, sei lá — era forçado a fazer *Quigong* chinês todas as manhãs e quatro horas de terapia reichiana por semana. Para mim, seis."

"Como se analisa um menino de doze anos?"

"Com muitas associações de palavras. E jogos malucos, onde o fazem brincar com bonecas anatomicamente corretas. Eles me pegaram, com duas meninas francesas, tentando fugir do local — estávamos mortos de fome, sabe como é comida macrobiótica, só queríamos ir até um *bureau de tabac* para comprar chocolate, mas eles insistiram que se tratava de um incidente sexual qualquer. Não que se importassem com este tipo de coisa, mas queriam que a gente contasse tudo a respeito, e eu era inocente demais para cooperar. As meninas possuíam mais experiência no assunto e inventaram uma história maluca para agradar o analista — ménage à trois no celeiro, sei lá. Não imagina como me trataram por reprimir o caso, na opinião deles eu era louco. Contudo, eu teria dito qualquer coisa se me mandassem de volta para casa." Ele riu, sem muito humor. "Minha nossa. Ainda me lembro do diretor do Instituto perguntando qual o personagem de ficção com quem eu mais me identificava. Respondi Davy Balfour, em *Kidnapped*."

Dobramos a esquina. De repente os faróis iluminaram um animal grande. Pisei fundo no freio. Por um momento vi, pelo para-brisa, um par de olhos brilhantes. Depois, num instante, ele sumiu.

Paramos por um momento, abalados.

"O que era?", Francis disse finalmente.

"Não sei. Talvez um cervo."

"Não era cervo."

"Então um cachorro."

"Para mim parecia um gato enorme."

Na verdade, eu também tinha pensado nisso. "Mas era grande demais", falei.

"Poderia ser um puma, ou algo assim."

"Não há pumas por aqui."

"Antigamente havia. Eles o chamavam de *catamounts* — gatos da montanha. Daí a rua Catamount, no centro."

Soprava na noite um vento gelado. Um cachorro latiu ao longe. Não havia movimento algum na rua.

Engatei a primeira.

Francis pediu que eu não comentasse com ninguém a excursão ao pronto-socorro, mas no apartamento dos gêmeos, no domingo à noite, bebi um pouco além da conta e quando dei por mim contava o caso a Charles, na cozinha, depois do jantar.

Charles mostrou-se solidário. Bebera bastante também, porém menos do que eu. Usava um terno velho de algodão listrado folgado — outro que perdera peso — e uma gravata Sulka velha, esgarçada.

"Pobre François", disse. "Ele é tão doido. Vai mesmo ver o tal psiquiatra?"

"Não sei."

Ele tirou um Lucky Strike do maço que Henry deixara em cima da mesa. "Se eu fosse você", ele disse, batendo o cigarro no pulso e esticando o pescoço para conferir se havia alguém no corredor, "se eu fosse você, eu o aconselharia a não comentar o caso com Henry."

Esperei que prosseguisse. Acendeu o cigarro e soltou uma baforada.

"Sabe, eu ando bebendo mais do que deveria", ele disse calmamente. "Sou o primeiro a admitir isso. Mas, por Deus, eu tive que enfrentar a polícia, não ele. Eu precisei aguentar Marion, o que é pior. Ela me liga quase todas as noites. Queria que *ele* conversasse com ela uma vez para ver como se sentiria... se eu quiser tomar uma garrafa de uísque por dia, acho que ele não pode falar nada. Já lhe disse que não era da sua conta, assim como não tem nada a ver com o que você faz."

"Eu?"

Ele me olhou com ar infantil, divertido. Depois riu.

"Ah, não sabe ainda?", ele disse. "Você também. Bebendo demais. Perambulando por aí embriagado, no meio da tarde. A caminho da sarjeta."

Fiquei atônito. Ele riu de novo, da surpresa em meu rosto, mas logo ouvimos passos e o tilintar do gelo num copo — Francis. Ele enfiou a cabeça pela porta e começou a tagarelar animado sobre alguma coisa, e depois de alguns minutos pegamos nossos drinques e o acompanhamos até a sala.

Foi uma noite aconchegante, feliz; luzes acesas, copos brilhantes, chuva batendo no telhado. Lá fora as copas das árvores se agitavam e farfalhavam, num sussurro espumante, como de club soda borbulhando no copo. Abrimos as janelas, e a brisa fria balançava as cortinas, fascinante e agradável.

Henry demonstrou um bom humor excelente. Relaxado, sentado numa poltrona com as pernas estendidas à frente, ele estava alerta, bem descansado, rápido no riso ou nas respostas inteligentes. Camilla, encantadora, usava um vestido justo, sem mangas, cor de salmão, que mostrava o colo delicioso e as vértebras frágeis e charmosas abaixo do pescoço. Adorável nos joelhos, nos tornozelos, nas pernas descobertas, musculosas. O vestido exagerava a excelência do corpo, a inconsciente e ligeiramente masculina graça da postura; eu a amava, adorava o modo melado como piscava muito ao contar uma história, ou o jeito (vago eco de Charles) de segurar o cigarro, entre os nós dos dedos de unhas comidas.

Ela e Charles tinham chegado a um acordo, pelo jeito. Não conversavam muito, mas o vínculo silencioso entre os gêmeos recuperara seu lugar. Um se acomodava no braço da poltrona do outro, e alternadamente pegavam as bebidas (um ritual peculiar dos gêmeos, complexo e pleno de significados). Embora eu não compreendesse totalmente estes sinais, eles indicavam que estava tudo bem. Ela no mínimo se revelava mais conciliatória, refutando a hipótese de que a culpa era dele.

O espelho acima da lareira era o centro das atenções, um velho espelho embaçado de pau-rosa. Nada de especial nele, comprado numa venda de garagem, mas era a primeira coisa que se via ao entrar na casa, e agora chamava ainda mais a atenção, pois se quebrara — um estrago dramático, que se irradiava do centro para as bordas, como uma teia de aranha. A história do acidente em que ele se partiu era tão divertida que Charles precisou repeti-la. O sucesso se deveu à representação da cena — faxina de primavera, espirrando e sofrendo com a poeira, espirrando até cair da escada e pisar no espelho que fora lavado e secava no chão, deitado.

"Só não entendo", Henry disse, "como conseguiram pendurá-lo de novo sem que os cacos de vidro se soltassem."

"Puro milagre. Não teria coragem de tocá-lo agora. Não acha que ficou maravilhoso assim?"

Sem dúvida, não havia como negar isso, o vidro partido, como um caleidoscópio, dividia a sala em centenas de partes.

Só perto da hora de sair descobri, por acaso, como o espelho realmente se partira. Parado na frente da lareira, olhei para seu interior. Não funcionava. Tinha tela e um par de ferros, mas a lenha lá dentro estava cheia de pó. Naquele momento, ao olhar para baixo, vi outra coisa: caquinhos brilhantes, lascas do espelho, como agulhas, misturadas com os cacos maiores, inconfundíveis, de um copo com borda dourada, par daquele que eu segurava na mão. Eram copos pesados, antigos, com dois centímetros de grossura na base. Alguém o atirara com toda a força do outro lado da sala e o quebrara, bem como ao espelho na parede, atrás da minha cabeça.

Duas noites depois acordei novamente com batidas na porta. Confuso, mal-humorado, acendi a luz e procurei o relógio, piscando. Três da madrugada. "Quem está aí?", perguntei.

"Henry", foi a surpreendente resposta.

Deixei-o entrar, um tanto relutante. Ele não quis sentar. "Escute", disse, "lamento acordá-lo, mas isso é muito importante. Preciso de um favor seu."

Seu tom era seco, empresarial. Aquilo me assustou. Sentei-me na beira da cama.

"Está me ouvindo?"

"De que se trata?", falei.

"Recebi um telefonema da polícia faz uns quinze minutos. Charles está preso. Foi detido por dirigir embriagado. Gostaria que fosse buscá-lo lá."

Um arrepio percorreu minha espinha até a nuca. "O quê?", falei.

"Ele saiu em meu carro. Conseguiram meu nome pela documentação. Não tenho a menor ideia das condições em que ele se encontra." Ele enfiou a mão no bolso e me entregou um envelope sem selo. "Presumo que precisará de dinheiro para a fiança ou algo assim."

Abri o envelope. Dentro havia um cheque em branco, assinado por Henry, e uma nota de vinte dólares.

"Eu já informei à polícia que havia emprestado o carro para ele", Henry disse. "Se houver dúvidas quanto a isso, peça que me telefonem." Ele parou na frente da janela, olhando para fora. "De manhã, entrarei em contato com meu advogado. Só quero que vá até lá e o tire da delegacia o mais depressa possível."

Precisei de um momento para digerir a novidade.

"E quanto ao dinheiro?", perguntei.

"Pague o que for pedido."

"Falo dos vinte dólares."

"Vai precisar de um táxi. O que me trouxe pode levá-lo. Está esperando na porta."

Seguiu-se um longo silêncio. Eu ainda não estava bem acordado. Continuei sentado, de camiseta e short.

Levantei-me, e enquanto vestia a roupa ele permaneceu perto da janela, olhando para os campos escuros, as mãos cruzadas nas costas, ignorando o barulho dos cabides e minha movimentação desajeitada, sonolenta. Abri e fechei gavetas da cômoda, mas ele continuava lá, sereno, preocupado; perdido, aparentemente, em suas abstrações.

Depois de deixar Henry na casa dele, segui rapidamente no táxi para o centro da cidade, mergulhado na escuridão. Aí me dei conta subitamente de que pouco analisara a situação na qual estava me envolvendo. Henry não me explicou nada. Teria ocorrido um acidente? Neste caso, alguém saíra ferido? Se era algo tão importante — ele guiava o carro de Henry, afinal —, por que ele não veio junto?

Um semáforo solitário balançava no meio do cruzamento deserto, pendurado na fiação.

A cadeia, no centro de Hampden, situava-se num anexo do fórum. Era o único edifício na quadra com luzes acesas naquela hora da noite. Pedi ao motorista de táxi que esperasse e entrei.

Dois policiais estavam sentados numa sala ampla, bem iluminada. Havia muitos arquivos e escrivaninhas de metal separadas por divisórias; um bebedouro antigo; uma máquina de chicletes do clube Civitan ("Seu Troco em Troca do Bem"). Reconheci um dos policiais — um sujeito de bigode ruivo — dos grupos de busca. Eles comiam frango frito, do tipo que se compra nas lojas de conveniência, em mostruários aquecidos, e viam *Sally Jessy Raphaël* numa tevê portátil preto e branco.

"Oi", falei.

Eles ergueram os olhos.

"Eu queria saber como faço para tirar meu amigo da cadeia."

O policial de bigode ruivo limpou a boca no guardanapo de papel. Grande, simpático, devia ter uns trinta anos. "Trata-se de Charles Macaulay, aposto."

Ele falou isso como se Charles fosse um amigo de longa data. Talvez fosse mesmo. Charles passara muito tempo ali durante a investigação do desaparecimento de Bunny. Ele havia contado que os policiais o trataram bem. Mandaram vir sanduíches, foram buscar coca-cola na máquina.

"Você não é o sujeito com quem falei pelo telefone", disse o outro policial. Era alto, calmo, quarentão, de cabelos grisalhos e boca de sapo. "O carro pertence a você?"

Expliquei o caso. Eles me escutaram, comendo o frango: gente boa, corpulenta, 38 da polícia na cinta. Nas paredes, pôsteres do governo: COMBATA AS DOENÇAS INFANTIS, CONTRATE VETERANOS, DENUNCIE FRAUDES CONTRA O CORREIO.

"Bem, como sabe, não podemos permitir que leve o carro", disse o policial de bigode ruivo. "O sr. Winter precisará liberá-lo pessoalmente."

"Não me importa o carro. Só quero tirar meu amigo da cadeia."

O outro policial consultou o relógio. "Neste caso", disse, "volte daqui a seis horas."

Seria gozação? "Eu tenho dinheiro", falei.

"Não podemos fixar o valor da fiança. O juiz cuidará disso na audiência. Nove da manhã em ponto."

Audiência? Meu coração disparou. Mas que diabos estava havendo?

Os policiais me olhavam fixamente, como a dizer: "Mais alguma coisa?".

"Posso saber o que houve?", falei.

"Como assim?"

Minha voz soava estranha e monótona em meus ouvidos. "O que ele fez, exatamente?"

"A polícia estadual parou o carro na rua Deep Kill", disse o policial grisalho. Falava como se lesse um texto. "Estava obviamente intoxicado. Concordou em fazer o teste com o bafômetro, que indicou uma dosagem acima do permitido. O guarda o trouxe e o trancamos no xadrez. Entrou aqui às duas e vinte da madrugada."

As coisas não me pareciam muito claras, mas de jeito nenhum consegui pensar nas perguntas adequadas a fazer. Finalmente, eu disse: "Posso vê-lo?".

"Ele está bem, rapaz", disse o policial de bigode ruivo. "Poderá falar com ele pela manhã."

Todo sorrisos, muito cordial. Nada mais a dizer. Agradeci e fui embora.

Quando saí o táxi havia sumido. Ainda dispunha de quinze dos vinte dólares de Henry, mas para chamar outro táxi precisaria entrar de novo na delegacia e não queria fazer isso. Por isso caminhei pela rua principal até sua extremidade setentrional, onde havia uma cabine telefônica, na frente da lanchonete. Não funcionou.

Quase delirando de tanto cansaço, voltei para a praça central — passei pela agência dos correios, pela loja de ferramentas, pelo cinema com a marquise às escuras: vidro laminado, calçada trincada, estrelas. Pumas em baixo relevo enfeitavam a fachada da biblioteca pública. Caminhei por muito tempo, até que as lojas rarearam e a rua ficou escura, segui pela beira da rodovia até chegar ao ponto de ônibus Greyhound, melancólico ao luar, a primeira imagem que eu registrara de Hampden. O terminal estava fechado. Sentei-me do lado de fora, num banco de madeira sob um poste com luz amarela, esperando que abrisse logo, para que eu entrasse, tomasse um café e usasse o telefone.

O encarregado — um sujeito gordo, de olhos baços — destrancou a porta às seis. Éramos os únicos ali. Entrei no banheiro e lavei o rosto. Depois não tomei uma, mas duas xícaras de café, que o sujeito me serviu com má vontade, de um bule que mantinha aquecido na chapa atrás do balcão.

O sol já surgira, embora fosse difícil ver muita coisa pelas janelas encardidas. As paredes estavam cobertas de listas de horários dos ônibus; marcas de cigarro e chiclete alternavam-se no linóleo. As portas da cabine telefônica exibiam impressões digitais engorduradas. Fechei a porta e telefonei para Henry, temendo que não atendesse, mas para minha surpresa ele respondeu no segundo toque.

"Onde está? Qual é o problema?", ele disse.

Expliquei o que havia acontecido. Silêncio sepulcral do outro lado da linha.

"Ele estava sozinho na cela?", ele disse.

"Não sei."

"Estava consciente? Conseguia conversar, pelo menos?"

"Não sei."

Outro silêncio profundo.

"Sabe", falei, "ele terá audiência com o juiz às nove. Por que não vai encontrar comigo no fórum?"

Henry não respondeu imediatamente. Depois de algum tempo, disse: "É melhor que você cuide do caso. Há outros aspectos a considerar".

"Se há outros aspectos a considerar, gostaria de ser posto a par deles."

"Não precisa se preocupar", ele disse depressa. "Mas eu já tive muito contato com a polícia. Eles me conhecem demais, além de conhecer Charles.

Além disso... temo que eu seja a última pessoa no imundo com quem Charles queira falar."

"E qual o motivo?"

"Discutimos a noite passada. Trata-se de uma longa história", disse quando tentei interromper. "Estava muito aborrecido quando nos despedimos. E, de todos nós, creio que você mantém o melhor relacionamento com ele no momento."

"Humpf", resmunguei, sentindo no fundo que me acalmava.

"Charles gosta muito de você, como sabe. Além disso, a polícia não o conhece. Duvido que eles o associem ao outro caso."

"Não creio que isso importe mais a esta altura."

"Infelizmente importa. Mais do que imagina."

Seguiu-se um silêncio, no qual concluí pela impossibilidade de ir ao fundo de qualquer questão com Henry. Ele agia como um propagandista, sonegando informações rotineiramente, deixando que escapassem apenas quando serviam a seus objetivos. "O que está tentando me dizer?", falei.

"Não é o momento apropriado para discutir isso."

"Se quer que eu vá até lá, acho melhor me contar direitinho o que está havendo."

Quando falou, sua voz soou vaga e distante. "Por enquanto, só posso dizer que a pressão foi muito maior do que você percebeu. Charles passou por momentos difíceis. Não é culpa de ninguém, realmente, mas sobrou para ele mais do que seria justo."

Silêncio.

"Não estou pedindo tanto assim."

Só que eu obedeça a você, pensei ao desligar o telefone.

A sala de audiências ficava na ponta do corredor oposta às celas, com acesso por portas de vaivém, com bandeiras em cima. Muito similar ao que eu já conhecia do restante do fórum, construído em 1950 e tantos, com linóleo no piso e lambris de madeira amarelada e pegajosa, com verniz cor de mel.

Não esperava encontrar tanta gente lá. Havia duas mesas na frente do juiz, uma com dois policiais estaduais, a outra com quatro homens não identificados; uma datilógrafa do tribunal, com sua maquininha curiosa; três outros sujeitos não identificados na área reservada ao público, sentados distantes uns dos outros, além de uma senhora desfigurada, com capa de chuva bege, que parecia levar surras de alguém com regularidade.

Erguemo-nos para ouvir o juiz. O caso de Charles era o primeiro.

Ele entrou como um sonâmbulo, de meia, um funcionário do fórum atrás dele, bem perto. Seu rosto estava inchado e anuviado. Sapatos, cinto e gravata haviam sido removidos, de modo que ele parecia estar de pijama.

O juiz olhou para ele. Tinha aproximadamente sessenta anos, ar severo, boca fina e bochechas carnudas como as de um cão farejador. "Tem advogado?", perguntou com sotaque forte de Vermont.

"Não, senhor", Charles disse.

"Esposa ou pais presentes?"

"Não, senhor."

"Pode pagar fiança?"

"Não, senhor", Charles disse. Suava muito e parecia desorientado.

Ergui-me. Charles não me viu, mas o juiz sim. "Está aqui para pagar a fiança do sr. Macaulay?", disse.

"Sim, estou."

Charles virou-se para me encarar, os lábios entreabertos, a expressão ausente, como num transe, parecido com um menino de doze anos.

"Fiança de quinhentos dólares, que pode ser paga no guichê do saguão, à esquerda", disse o juiz num tom entediado. "Nova audiência em duas semanas. Sugiro que contrate um advogado. Precisa de seu veículo para trabalhar?"

Um dos sujeitos de meia-idade, de roupa surrada, ergueu-se. "O carro não lhe pertence, meritíssimo."

O juiz encarou Charles, subitamente feroz. "Isso é correto?", perguntou.

"O proprietário foi contatado. Um certo Henry Winter. Estudante universitário da faculdade. Disse que emprestou o veículo para o sr. Macaulay na noite passada."

O juiz fungou. A Charles, disse rabugento: "Licença para dirigir suspensa até a solução do caso. Intimem o sr. Winter para que compareça à audiência no dia 28".

A audiência foi assombrosamente rápida. Saímos do fórum às nove e dez.

A manhã estava úmida e fresca, até fria para o mês de maio. Passarinhos faziam algazarra nos ramos mais altos das árvores escuras. Eu cambaleava, de tão cansado.

Charles se abraçou. "Minha nossa, que frio", disse.

Do outro lado da rua deserta, na outra ponta da praça, abriam as persianas do banco. "Espere aqui", falei. "Vou chamar um táxi."

Ele segurou meu braço. Ainda estava embriagado, mas a noite de bebedeira causara mais estrago nas roupas do que nele; seu rosto estava fresco e corado como o de uma criança. "Richard", ele disse.

"Pode falar."

"Você é meu amigo, não é?"

Eu não me sentia disposto a ficar parado na rua, na frente do fórum, ouvindo aquele tipo de coisa. "Claro", disse, tentando soltar o braço.

Mas ele me agarrou com mais força. "Grande Richard, meu chapa", disse. "Sei que é. Fiquei muito feliz por você ter vindo. Só gostaria que me fizesse um favorzinho."

"De que se trata?"

"Não me leve para casa."

"Como assim?"

"Quero ir para a casa de campo. De Francis. Não tenho a chave, mas a sra. Hatch pode abrir para mim, ou a gente dá um jeito na janela. Espere um pouco. Posso entrar pelo porão. Já fiz isso milhões de vezes. Espere", disse quando tentei interrompê-lo novamente. "Você pode vir comigo. Passar na escola, pegar algumas roupas e..."

"Calma", falei, na terceira tentativa. "Não posso levá-lo a lugar nenhum. Não tenho carro."

A expressão em seu rosto mudou, e ele largou meu braço. "Está bem", disse com súbita amargura. "Muito obrigado."

"Entenda bem. Eu não posso. Não tenho carro. Vim até aqui de táxi."

"Podemos ir no carro de Henry."

"Nada disso. A polícia ficou com a chave."

Suas mãos tremiam. Ele as passou no cabelo desgrenhado. "Então venha para casa comigo. Não quero voltar sozinho."

"Está bem", falei, tão cansado que começava a ver pontinhos luminosos. "Tudo bem. Vou chamar um táxi."

"Não. Nada de táxi", ele disse. "Não tenho pressa. Prefiro caminhar."

* * *

A caminhada do fórum até o apartamento de Charles, em North Hampden, não era pequena. Cinco quilômetros, no mínimo. E uma boa parte dela pela rodovia.

Os carros passavam zumbindo, soltando fumaça. Eu estava exausto. A cabeça doía, os pés pareciam de chumbo. Mas o ar matinal fresco animou Charles. No meio do caminho ele parou no guichê empoeirado da Tastee Freeze, na frente do hospital dos Veteranos, e comprou um ice cream soda.

Nossos pés rangiam no cascalho. Charles fumou um cigarro e tomou a soda do sorvete por um canudinho listrado de vermelho e branco. As moscas zumbiam nos nossos ouvidos.

"Então você e Henry discutiram", falei, só para dizer alguma coisa.

"Quem lhe contou? Henry?"

"Sim."

"Não me lembro. Não importa. Cansei das ordens dele."

"Sabe o que ando pensando?", falei.

"O quê?"

"Não penso no porquê de suas ordens, mas na razão que nos leva a obedecer a ele sempre."

"Também não entendo", Charles disse. "Se as ideias dele dessem certo pelo menos."

"Bem, isso eu já não sei se concordo."

"Está brincando? A ideia daquela porra da bacanal, para começar, de quem foi? E quem quis levar Bunny para a Itália? E quem deixou o diário dando sopa? O filho da puta. O que aconteceu foi tudo culpa dele, tudo. Além disso, você nem faz ideia do quanto chegaram perto de descobrir a verdade a nosso respeito."

"Quem?", perguntei assustado. "A polícia?"

"O pessoal do FBI. Aconteceu muita coisa, no final, que não contamos a vocês. Henry me fez jurar que não contaria."

"Por quê? O que aconteceu?"

Ele jogou o cigarro fora. "Bem, eles misturaram tudo. Pensaram que Cloke estava envolvido, pensaram um monte de coisas. É gozado. Estamos muito acostumados com Henry. Não percebemos como as outras pessoas o enxergam, às vezes."

"Como assim?"

"Sei lá. Posso dar milhões de exemplos." Ele riu letárgico. "Eu me lembro, no verão passado, quando Henry enfiou na cabeça que ia alugar uma casa de fazenda. Fui com ele falar com uma corretora, na imobiliária. Estava tudo certo. Henry já havia escolhido a casa — uma mansão antiga, do século XIX, longe da rodovia, numa estradinha esburacada, linda vista, acomodações para empregados, perfeita. Dinheiro na mão. Passamos duas horas lá, conversando. A corretora telefonou para a gerente, que estava em casa, e pediu que ela comparecesse ao escritório. A gerente fez milhares de perguntas a ele. Checou todas as referências. Estava tudo em ordem, e mesmo assim recusaram-se a alugar a casa."

"Por quê?"

Ele riu. "Sabe, Henry parece bom demais para ser verdade, não é? Eles não acreditaram que alguém na idade dele, estudante universitário, pudesse pagar tanto por um lugar grande e isolado, só para viver sozinho e estudar as Doze Maiores Culturas."

"Como? Eles pensaram que fosse algum golpe?"

"Acharam que havia algo por trás da história, digamos. Pelo jeito os agentes do FBI pensaram a mesma coisa. Não acharam que ele havia matado Bunny, mas acreditavam que ele sabia mais do que estava contando. Obviamente, os dois se desentenderam na Itália. Marion sabia disso, Cloke também, até Julian sabia. Conseguiram me enrolar, e acabei admitindo isso também, embora Henry não saiba. Se quiser saber, acho que o FBI pensou que Bunny e ele investiram dinheiro no esquema de tráfico de drogas de Cloke. A viagem a Roma foi um grande erro. Poderiam ter passeado sem fazer alarde, mas Henry gastou uma fortuna, jogou dinheiro pela janela como um maluco. Puxa, eles moravam num *palazzo*. As pessoas se lembravam dos dois, em todos os lugares. Já conhece Henry, ele é assim mesmo, mas precisa olhá-lo do ponto de vista dos outros. A doença dele deve ter despertado muitas suspeitas também. Telegrafou para um médico nos Estados Unidos pedindo Demerol. E tem as passagens para a América do Sul. Mandar debitar o valor no cartão de crédito foi a coisa mais estúpida do mundo."

"Eles descobriram isso?"

"Mas é claro. Quando cismam que alguém trafica drogas, começam a investigar a movimentação financeira do sujeito. E logo uma viagem para a América do Sul! Por sorte, o pai de Henry tinha mesmo uma propriedade por lá. Henry conseguiu inventar uma desculpa razoavelmente plausível. Não engoliram a história, claro. Mas também não conseguiram provar que era mentira."

"Mas eu não entendo como o envolveram na história das drogas."

"Imagine como eles viam a situação. De um lado, Cloke. A polícia descobriu que ele traficava drogas em escala relativamente grande; também deduziram que ele funcionava como intermediário, tendo por trás alguém bem mais forte. Não se estabeleceu nenhuma ligação entre ele e Bunny, mas lá estava o melhor amigo de Bunny, cheio de dinheiro que não sabiam bem de onde vinha. E nos últimos meses o próprio Bunny andava gastando dinheiro a rodo. Henry lhe dava dinheiro, claro, mas ninguém sabia disso. Restaurantes sofisticados, ternos italianos. Além de tudo, Henry *parece* suspeito. Por seu modo de agir. Até pela maneira como se veste. Igual ao sujeito de óculos de metal que, nos filmes de gângster, cuida da lavagem do dinheiro e da contabilidade de Al Capone." Ele acendeu outro cigarro. "Lembra-se da noite na véspera de quando encontraram o corpo de Bunny?", ele disse. "Quando fomos naquele bar horroroso, com tevê, onde eu fiquei bêbado?"

"Sim."

"Foi uma das piores noites de minha vida. As coisas estavam pretas para nós dois. Henry tinha quase certeza de que o prenderiam no dia seguinte."

Assustei-me tanto que por um momento não consegui falar. "Por quê, meu Deus do céu?", disse finalmente.

Ele tragou o cigarro com força. "Os agentes do FBI conversaram com ele naquela tarde", disse. "Pouco depois de prenderem Cloke. Disseram a Henry que haviam reunido provas suficientes para prender meia dúzia de pessoas, ele inclusive, por conspiração ou por ocultação de provas."

"Minha nossa!", falei. "Meia dúzia? Quem?"

"Não sei direito. Talvez blefassem, mas Henry se apavorou. Ele telefonou para avisar que provavelmente me procurariam, por isso eu precisava sair de lá. Não aguentaria esperar por eles sem fazer nada. Ele me fez prometer que não contaria nada a você. Nem mesmo Camilla sabia disso."

Ele fez uma longa pausa.

"Mas não o prenderam", falei.

Charles riu. Notei que suas mãos ainda tremiam um pouco. "Creio que devemos agradecer ao grande Hampden College por isso", disse. "Claro, muitas coisas não se encaixavam. Perceberam isso ao interrogar Cloke. Mas já sabiam que alguém mentia, e teriam descoberto tudo se a escola cooperasse um pouco mais. Quando encontraram o corpo de Bunny, a diretoria só se preocupou em abafar o caso. Acabar com a publicidade negativa. Cloke se viu em maus lençóis — tráfico de drogas é sério, poderia ter ido para a cadeia. Mas ele se safou com uma advertência e cinquenta horas de serviços comunitários. Nem chegaram a registrar o fato em sua ficha escolar."

Levei algum tempo para digerir aquilo. Os carros e caminhões passavam a toda.

Charles riu de novo. "Gozado", disse, enfiando as mãos nos bolsos. "Pensamos que nosso campeão lidaria melhor com o caso, mas se qualquer um de nós tivesse assumido o controle, teria sido melhor. Você, por exemplo. Ou Francis. Até mesmo minha irmã. Poderíamos ter evitado tudo isso."

"Não faz mal. Agora já acabou."

"É, mas não graças a ele. *Eu* precisei lidar com a polícia. Ele levou a fama, mas quem ficou horas na delegacia tomando café e tentando fazer amigos fui eu. Sobrou para mim convencê-los de que éramos apenas uma turma de jovens normais. O mesmo vale para o FBI, só que foi pior. Livrei a cara de todo mundo, sabe, sempre alerta, tendo de fazer tudo certo, sempre levando o ponto de vista deles em consideração. A gente precisa acertar na mosca com essa gente. Não pode vacilar nem por um segundo, tem de ser comunicativo e aberto, mas preocupado também, sem ficar nervoso. E eu mal conseguia erguer a xícara sem derramar o café, entrei em pânico algumas vezes, pensei que fosse desmaiar ou ter um colapso nervoso, sei lá. Sabe como é difícil? Acredita que Henry se rebaixaria a fazer algo do gênero? Que nada. Seria tranquilo para mim, claro, mas ele não se daria ao trabalho. Aquelas pessoas nunca tinham visto alguém como Henry na vida. Sabe com que ele se preocupava? Se estava levando o *livro* certo, se Homero causaria melhor impressão do que Tomás de Aquino. Ele parece que veio de outro planeta. Caso ele fosse o único a lidar com a polícia, a gente ia parar na câmara de gás."

Um caminhão cheio de madeira passou por nós.

"Meu Deus", falei finalmente, abalado. "Ainda bem que eu não sabia."

Ele deu de ombros. "Bem, você tem razão. Deu tudo certo. Mas continuo não gostando do jeito autoritário com que ele me trata."

Caminhamos por algum tempo sem dizer nada.

"Já resolveu onde vai passar o verão?", Charles disse.

"Ainda não pensei direito no assunto", falei. Não havia recebido confirmação do esquema no Brooklyn, deduzindo que falhara.

"Vou para Boston", Charles disse. "A tia-avó de Francis tem um apartamento na rua Marlborough. A poucos metros do Public Garden. Costuma ir para o campo no verão, e Francis disse que eu poderia ficar lá se quisesse."

"Parece legal."

"É um apartamento grande. Se desejar, pode ir conosco."

"Talvez."

"Ia gostar. Francis ficará em Nova York, mas nos visitará às vezes. Já esteve em Boston?"

"Não."

"Podemos ir ao museu Gardner. E ao piano-bar do Ritz."

Ele me contava sobre um museu em Harvard, onde havia um milhão de flores diferentes, feitas de vidro colorido, quando de repente, com agilidade impressionante, um Volkswagen deu meia-volta na pista oposta e parou do nosso lado.

Era Tracy, amiga de Judy Poovey. Abaixou o vidro e nos saudou com um sorriso radiante. "Oi, pessoal", disse. "Querem uma carona?"

Ela nos deixou na casa de Charles, às dez horas. Camilla não estava.

"Minha nossa", Charles disse, tirando o paletó, que largou no chão, de qualquer jeito.

"Como se sente?"

"Bêbado."

"Quer um café?"

"Tem café na cozinha", Charles disse, bocejando, e passou a mão no cabelo. "Importa-se se eu tomar um banho?"

"Vá em frente."

"Voltarei num minuto. A cela era imunda. Acho que peguei pulgas."

Ele demorou mais do que um minuto. Escutei quando espirrou, resmungou, abriu a torneira de água quente e de água fria. Fui até a cozinha, servi um copo de suco de laranja e coloquei pão com passas na torradeira.

Enquanto procurava café no armário, encontrei meio vidro de leite maltado Horlick. O rótulo me encarou, como se me censurasse. Bunny era o único da turma que tomava leite maltado. Empurrei o vidro para o fundo, atrás do xarope de bordo.

O café estava pronto e a segunda leva de torradas esquentava na torradeira quando a porta da frente se abriu. Camilla enfiou a cabeça pela porta da cozinha.

"Oi, tudo bem?", ela disse. O cabelo estava desalinhado, e o rosto pálido, atento; parecia um menino.

"Oi também. Quer tomar café?"

Ela se sentou à mesa, a meu lado. "Como foi?", perguntou.

Contei-lhe. Ela me escutou atenta, estendeu a mão e pegou um triângulo de pão torrado em meu prato, que comeu enquanto ouvia.

"Ele está bem?"

Não sabia exatamente o que ela queria dizer com aquilo. "Tudo bem", falei. "Claro."

Ficamos em silêncio por algum tempo. Ao longe, no rádio do andar inferior, uma voz feminina entusiasmada cantava as qualidades de um iogurte, com um coro de vacas a mugir nos vocais de apoio.

Ela terminou a torrada e serviu-se de café. A geladeira zumbia. Observei-a enquanto procurava uma xícara no armário.

"Sabe", falei, "melhor jogar fora o vidro de leite maltado que tem aí."

Ela não me respondeu de imediato. "Eu sei", disse. "No closet tem um cachecol, que ele esqueceu na última vez em que passou aqui. Sempre o vejo. Ainda guarda seu cheiro."

"Por que não se livra disso?"

"Sempre penso que não será preciso. Que um dia abrirei a porta e não verei nada."

"Ouvi sua voz", Charles disse, parado na porta da cozinha não sei quanto tempo fazia. Seu cabelo estava molhado, usava apenas o roupão de banho, e sua voz conservava restos do tom empastado de bebida que eu conhecia tão bem. "Pensei que vocês estivessem em aula."

"Foi uma aula curta. Julian nos dispensou mais cedo. Como está se sentindo?"

"Ótimo", disse Charles, pisando o chão de linóleo vermelho da cozinha com os pés úmidos, deixando marcas que evaporavam instantaneamente. Ele se aproximou dela por trás e colocou as mãos sobre seus ombros; abaixando-se, aproximou os lábios da nuca de Camilla. "Que tal um beijo para seu irmão que saiu da cadeia?", disse.

Ela se virou parcialmente, como se fosse tocar o rosto dele com os lábios, mas Charles segurou sua cabeça e puxou a face de Camilla ao encontro da sua, e a beijou na boca — não foi um beijo de irmão, sem sombra de dúvida, e sim um beijo longo, sensual, lambuzado e voluptuoso. O roupão de banho entreabriu-se ligeiramente quando a mão desceu do queixo para o pescoço, parando na base da garganta, os dedos entrando pelo colarinho da blusa de bolinhas, trêmulos ao tocar sua pele.

Levei um susto. Ela nem piscou, ou tentou se afastar. Quando ele tomou fôlego e a soltou, Camilla puxou a cadeira para mais perto da mesa e pegou o açucareiro, como se nada tivesse acontecido. A colherinha tilintou na xícara de porcelana. O cheiro de Charles — alcoólico, molhado, adocicado por causa de sua loção após barba — pairava intenso no ar. Ela ergueu a xícara e bebeu, e só então lembrei-me: Camilla não gostava de café com açúcar. Costumava tomá-lo apenas com leite, sem adoçar.

Estava estupefato. Pensei que deveria dizer alguma coisa — qualquer coisa —, mas não consegui pensar em nada adequado.

Charles rompeu o silêncio, finalmente. "Estou morrendo de fome", disse, apertando o nó do roupão ao abrir a geladeira. A porta se abriu com um estalo. Ele conferiu o conteúdo, o rosto radiante na luz glacial.

"Acho que vou fazer ovos mexidos", ele disse. "Alguém quer um pouco?"

Mais tarde, depois que fui para casa, tomei uma ducha e descansei, saí para visitar Francis.

"Entre, entre", ele disse, acenando freneticamente. Espalhara os livros de grego sobre a mesa; um cigarro queimava no cinzeiro lotado. "O que aconteceu ontem à noite? Charles foi preso? Henry não quis me contar nada. Soube de parte da história por Camilla, mas ela desconhecia os detalhes... Sente-se. Quer tomar um drinque? O que prefere?"

Era sempre divertido contar uma história a Francis. Ele se debruçava, saboreando cada palavra, reagindo de modo adequado nos intervalos, com simpatia, surpresa ou aflição. Quando terminei, bombardeou-me com perguntas. Normalmente, satisfeito com sua profunda atenção, eu teria esticado a história, mas após a primeira pausa razoável, falei: "Bem, eu queria perguntar uma coisa a você".

Francis acendeu outro cigarro. Fechou o isqueiro e franziu a sobrancelha. "O que é?"

Embora eu tivesse pensado em diversas maneiras de formular a questão, concluí que seria mais garantido, para obter uma resposta clara, ir direto ao ponto. "Você acha que Charles e Camilla dormem juntos?"

Ele foi surpreendido no meio da tragada. A fumaça saiu pelo nariz, com a pergunta.

"Dormem?"

Francis tossia. "Por que está fazendo uma pergunta dessas?", disse finalmente.

Contei o que havia presenciado naquela manhã. Ele ouviu, os olhos vermelhos lacrimejando por causa da fumaça.

"Não foi nada", disse. "Provavelmente ele ainda estava meio bêbado."

"Não respondeu minha pergunta."

Ele deixou o cigarro queimando no cinzeiro. "Tudo bem", disse, piscando. "Se quer saber minha opinião, acho que sim. Às vezes penso que dormem."

Francis manteve os olhos fechados no silêncio que se seguiu, depois os esfregou com o polegar e o indicador.

"Não creio que aconteça com muita frequência", ele disse. "Mas a gente nunca sabe. Bunny sempre dizia que os surpreendera certa vez."

Eu o encarei.

"Contou para Henry, não para mim. Lamento, mas desconheço os detalhes. Creio que tinha a chave do apartamento. E sabe como costumava entrar sem bater. Puxa vida", ele disse. "Você já devia estar desconfiado."

"Não", falei, embora já desconfiasse desde que os conheci. Atribuíra isso a minha mente suja, a pensamentos degenerados, a uma projeção de meus próprios desejos — pois ele era irmão dela e os dois se pareciam muito, e pensar nos dois juntos provocava, além de sentimentos previsíveis como inveja, aflição e repugnância, outro mais intenso, excitação.

Francis me observava atentamente. Senti que ele sabia exatamente o que eu estava pensando.

"Eles sentem muito ciúme um do outro", ele disse. "Ele, muito mais do que ela. Sempre vi isso como uma atitude infantil, curiosa, pura provocação, da boca para fora. Até Julian costumava brincar com isso. Sabe, sou filho único, assim como Henry. Desconhecemos estas coisas. Quantas vezes comentamos o quanto seria interessante ter uma irmã!" Ele riu. "Mais interessante do que imaginávamos, pelo jeito. Não que eu considere isso uma coisa terrível — do ponto de vista moral, digo —, mas também não é a atitude mais natural e tranquila do mundo, como se poderia esperar. A coisa sempre é muito mais profunda e revoltante. No outono passado, mais ou menos na época em que o fazendeiro..."

Ele interrompeu a frase e passou algum tempo fumando, com uma expressão irritada e frustrada no rosto.

"E aí?", falei. "O que aconteceu?"

"Especificamente?" Ele deu de ombros. "Não posso contar. Lembro muito pouco do que aconteceu naquela noite. Mas isso não quer dizer que o clima tenha me escapado..." Francis calou-se outra vez. Ia começar a falar, mas pensou melhor e balançou a cabeça. "Bem, quero dizer que depois daquela noite ficou óbvio para todos. Já era claro, na verdade. Mas Charles ficou muito pior do que esperávamos e..."

Seus olhos se perderam no infinito por um momento. Depois ele balançou a cabeça e acendeu outro cigarro.

"É impossível explicar", ele disse. "Mas também se pode encarar tudo num nível bem simples. Os dois sempre foram muito apegados um ao outro. Não sou puritano, mas tanto ciúme me surpreendia. Uma coisa é certa, quanto a Camilla. Ela é bem mais razoável em relação a este tipo de coisa. Talvez seja obrigada."

"Qual tipo de coisa?"

"Charles indo para a cama com as pessoas."

"Com quem ele foi para a cama?"

Ele ergueu o copo e tomou um gole enorme. "Para começar, comigo", disse. "Isso não deveria surpreendê-lo. Se bebesse como ele, aposto que teria ido para a cama comigo também."

Apesar do tom malicioso — que normalmente me irritava — havia uma nota melancólica em suas palavras. Ele bebeu o resto do uísque e devolveu o copo à mesa com uma batida forte. Após uma pausa, ele prosseguiu: "Não acontecia toda hora. Foram só três ou quatro vezes. Na primeira, eu estava no segundo ano, e ele no primeiro. Ficamos acordados até tarde, bebendo em meu quarto, e uma coisa leva a outra. Folia na noite chuvosa. Mas você precisava ver a gente no dia seguinte". Ele riu, desanimado. "Lembra-se da noite em que Bunny morreu?", disse. "Quando eu estive em seu quarto? E Charles nos interrompeu no momento mais inadequado?"

Eu sabia o que iria contar. "Você saiu do meu quarto junto com ele."

"Sim. Charles bebera bastante. Na verdade, *demais*. O que lhe convinha, para poder fingir que não se lembrava de nada no dia seguinte. Charles costuma sofrer estes ataques de amnésia quando passa a noite em minha casa." Ele me olhou de relance. "Nega tudo, de modo até convincente, e espera que eu finja também que não aconteceu nada", disse. "Nem mesmo penso que ele faz isso por culpa. Na verdade, age de maneira tão tranquila que me enfurece."

Eu disse: "Você gosta muito dele, não é?".

Não sei por que falei aquilo. Francis nem piscou. "Sei lá", disse friamente, estendendo os dedos finos, manchados de nicotina, para pegar um cigarro. "Gosto dele, suponho. Somos amigos há muito tempo. E certamente não me iludo, não passa de amizade. Mas eu me diverti bastante com ele. Você não pode dizer o mesmo a seu respeito com Camilla."

Bunny chamaria aquilo de um golpe baixo. Não consegui reagir, de tão surpreso.

Francis — embora sua satisfação fosse evidente — não percebeu o efeito de sua frase. Recostou o corpo na poltrona, perto da janela; as pontas do cabelo brilhavam metálicas, vermelhas, ao sol. Ele disse: "Infelizmente, é isso aí. Nenhum dos dois se importa com os outros, só consigo mesmo. Ou mesma, neste caso. Os dois se comportam como se fossem muito unidos, mas não sei se chegam a se importar muito um com o outro. Sem dúvida sentem um prazer perverso em provocar os outros — claro que ela o provoca", ele disse quando tentei interromper, "já cansei de ver. E faz o mesmo com Henry. Ele era louco por Camilla, com certeza você já percebeu. Pelo que sei, ainda é. Quanto a Charles — bem, ele prefere as mulheres, basicamente. Se estiver bêbado, eu sirvo. Mas assim que eu consigo endurecer meu coração, ele me procura, e é tão *meigo*. Sempre entro no jogo dele. Não sei por quê". Ele ficou quieto por um momento. "Não nos destacamos muito pela aparência, em minha família, sabe. Ossudos, angulosos, narizes pontudos. Talvez seja por isso que eu equipare beleza física com qualidades que absolutamente não têm nada a ver com isso. Vejo uma boca sensual, ou um belo par de olhos, e logo penso em afinidades profundas, vínculos sentimentais. E não importa se o par de olhos iludiu meia dúzia de idiotas como eu." Ele se debruçou para apagar o cigarro, que esmagou com força no cinzeiro. "Ela se comportaria sempre como Charles se pudesse. Mas ele é muito possessivo e a segura com rédea curta. Pode imaginar uma situação pior? Ele a vigia como uma águia. Além de ser muito pobre — não que isso importe muito", acrescentou apressado, ao se dar conta de que falava comigo, "mas isso o incomoda. Muito orgulhoso da família, sabe, mas consciente de que não tem um tostão. Há algo de romano nele, na importância que confere à honra da irmã. Bunny nem queria ouvir falar em se aproximar de Camilla, sabe, ele nem *olhava* para ela. Costumava dizer que não era o seu tipo, mas a sabedoria holandesa de seus ancestrais o prevenia contra o perigo. Meu Deus... eu me lembro de uma ocasião, faz muito tempo, quando jantamos num restaurante chinês ridículo, em Bennington. O Pagode da Lagosta. Não existe mais, fechou. Cortinas vermelhas de continhas, um altar para o Buda, com cascata artificial. Enchemos a cara de coquetéis com sombrinhas, e Charles ficou *horrivelmente* embriagado. Não foi culpa dele; todos nós bebemos demais, os coquetéis sempre são muito fortes nesses lugares, e afinal a gente nunca sabe o que eles colocam dentro das bebidas, certo? No jardim eles construíram uma ponte por cima de um laguinho com patos e peixes dourados. Camilla e eu nos separamos do resto, por acaso, e os esperávamos. Comparamos os textos dos bolinhos da sorte. O dela dizia algo como: 'Espere um beijo do homem dos seus sonhos', e a oportunidade era boa demais para que eu a deixasse passar. Então — estávamos bêbados e nos entusiasmamos — Charles chegou correndo e me agarrou pela nuca dizendo que ia me jogar do alto da ponte. Bunny estava lá também e o puxou. Charles acabou alegando que era brincadeira, mas que nada, ele me *machucou*, torceu meu braço nas costas, até quase quebrar. Não sei onde Henry estava. Provavelmente olhando para a lua e recitando algum poema da dinastia Tang."

Os relatos subsequentes haviam afastado aquele pensamento da minha mente, mas a menção a Henry me levou a pensar novamente no que Charles me contara naquela manhã sobre o FBI. E em outra pergunta, também referente a Henry. Eu ponderava se aquele seria o momento apropriado para formulá-la, quando Francis disse, abruptamente, num tom que prenunciava más notícias: "Sabe, fui ao médico hoje".

Esperei que prosseguisse. Ele se manteve calado.

"Por quê?", perguntei.

"Mesma coisa. Tontura, dores no peito. Acordei de noite sem conseguir respirar. Na semana passada voltei ao hospital, fizeram um monte de exames, mas não descobriram nada. Recomendaram que eu procurasse este sujeito. O neurologista."

"E então?"

Ele se acomodou nervoso na poltrona. "Ele não encontrou nada de errado. Nenhum desses médicos presta. Julian me deu o nome de um sujeito em Nova York, aquele que curou o xá do Isram, sabe, daquela doença no sangue. Saiu em todos os jornais. Julian afirmou que ele é o melhor do país, em matéria de diagnóstico, e um dos melhores do mundo. Só aceita marcar consultas para daqui a dois anos, mas Julian disse que ele talvez me atenda, se pedir isso."

Ele estava pegando outro cigarro, mas o anterior, intocado, continuava queimando no cinzeiro.

"Do jeito que você fuma", falei, "não admira que sinta falta de ar."

"Não tem nada a ver", ele disse irritado, batendo o cigarro nas costas da mão. "Só mesmo estes idiotas aqui em Vermont para achar isso. Pare de fumar, pare de beber e de tomar café. Passei metade da vida fumando. Acha que não sei os males que o cigarro causa? A gente não arranja estas dores e apertos no peito fumando, nem enchendo a cara. Além do mais, há outros sintomas. Palpitações. Zumbido no ouvido."

"Fumar pode dar altos bodes no organismo."

Francis sempre zombava de mim quando usava uma expressão considerada californiana por ele. "*Altos bodes?*", ele repetiu malicioso, imitando meu sotaque: suburbano, oco, vazio. "*Uau!*"

Olhei para ele, escarrapachado na poltrona: gravata de bolinhas, sapatos Bally, cara astuta. Seu sorriso, também astuto, revelava demais os dentes. Cansei dele. Levantei-me. A sala estava tão enfumaçada que meus olhos lacrimejavam. "Bem", falei, "preciso ir."

O ar zombeteiro de Francis desapareceu. "Você ficou bravo, não ficou?", ele disse ansioso.

"Não."

"Ficou sim."

"Não fiquei", falei. Aquelas tentativas desajeitadas de reconciliação me aborreciam mais do que os insultos.

"Lamento. Não ligue para mim. Estou bêbado, cansado, não quis ofendê-lo."

Sem o menor aviso, vi Francis dali a vinte anos, ou cinquenta, numa cadeira de rodas. E a mim, também idoso, sentado a seu lado numa sala enfumaçada, nós dois repetindo a mesma cena pela milésima vez. Antes gostava da ideia de que o ato nos uniria, pelo menos; amigos-até-que-a-morte-nos-separasse. Este pensamento foi meu único conforto após a morte de Bunny. Agora me dava náuseas saber que não tinha saída. Estava preso a eles, a todos eles, para sempre.

Voltando a pé da casa de Francis para a minha — cabeça baixa, mergulhado no abismo negro e desarticulado da angústia e do desespero —, ouvi a voz de Julian pronunciar meu nome.

Virei o rosto. Ele saía do Lyceum. À visão daquele rosto gentil, enigmático — tão meigo, tão agradável, tão contente em me ver —, senti um aperto no peito.

"*Richard*", ele chamou novamente, como se não existisse outra pessoa no mundo que lhe desse tanto prazer de ver. "Como vai?"

"Bem."

"Estava a caminho de North Hampden. Quer passear comigo?"

Observei seu rosto inocente, feliz, e pensei: *Se ele soubesse. Isso o mataria.*

"Julian, eu adoraria, mas não posso", falei. "Preciso ir para casa."

Ele me encarou atento. A preocupação em sua fisionomia fez com que eu me odiasse a ponto de quase vomitar.

"Richard, eu o tenho visto tão pouco ultimamente", ele disse. "Temo que você se torne apenas uma sombra em minha vida."

A benevolência e a calma espiritual que irradiava pareciam tão claras e autênticas que, num momento de vertigem, quase senti que o peso em meu coração se evadia. O alívio foi tanto que eu quase chorei; mas, ao olhá-lo novamente, senti todo o peso venenoso de volta, a me esmagar com força total.

"Está mesmo tudo bem com você?"

Ele nunca saberá. Jamais poderemos contar-lhe.

"Claro. Estou bem."

Embora a agitação em torno de Bunny tivesse praticamente passado, a faculdade ainda não retornara ao normal — impossível, com o novo espírito *Dragnet* de repressão às drogas que se espalhou pelo campus. Pertenciam ao passado as noites em que alguém, ao voltar para casa depois de passar por Rathskeller, pouco se surpreendia ao ver um professor esporádico parado sob a lâmpada sem luminária no porão de Durbinstall — Arnie Weinstein, digamos, o economista marxista (Berkeley, 69), ou o desgrenhado e magro inglês que dava aulas sobre Sterne e Defoe.

Ao passado distante, pertenciam. Acompanhei o desmancho do laboratório clandestino pelos guardas de segurança carrancudos, que carregaram em caixotes as vasilhas e canos de cobre, enquanto o principal químico de Durbinstall — um rapaz miúdo, sardento de Akron, chamado Cal Clarken — observava a cena chorando, usando tênis de cano alto e jaleco do laboratório. O professor de antropologia, que por vinte anos ensinara "Vozes e visões: o pensamento de Carlos Castañeda" (um curso que incluía, na conclusão, um ritual obrigatório em volta da fogueira, no qual se fumava maconha), anunciou subitamente que viajaria para o México, para novos estudos. Arnie Weinstein passou a frequentar os bares do centro, onde tentava discutir teoria marxista com moradores hostis. O inglês desgrenhado voltou ao seu interesse principal, caçar moças vinte anos mais novas do que ele.

Como parte da nova "Consciência Antidrogas", Hampden sediou um torneio entre universidades, em forma de programa de auditório, no qual os estudantes respondiam perguntas sobre drogas e álcool. As questões foram preparadas pelo Conselho Nacional para o Abuso de Álcool e Substâncias Nocivas. Os shows foram apresentados por uma personalidade da tevê local (Liz Ocavello) e transmitidos ao vivo pelo canal 12.

Inesperadamente, o concurso fez um sucesso tremendo, embora se afastasse do espírito pretendido pelos patrocinadores. Hampden reuniu um time de primeira — como nos filmes de comandos, formado por fugitivos desesperados, sujeitos dispostos a conquistar a liberdade, que não tinham nada a perder —, que se mostrou imbatível. Era uma seleção de craques: Cloke Rayburn, Bram Guernsey, Jack Teitelbaum, Laura Stora; e nada menos do que o legendário Cal Clarken para liderar a turma. Cal participou na esperança de ser readmitido na escola no semestre seguinte; Cloke, Bram e Laura para cumprir as horas de trabalho comunitário; Jack foi no embalo. Seus conhecimentos profissionais combinados eram impressionantes. Juntos levaram Hampden a uma vitória arrasadora após a outra. Venceram Williams, Vassar, Sarah Lawrence, respondendo com rapidez e precisão estonteantes perguntas do gênero: "Cite cinco drogas da família da Torazina", ou "Quais são os efeitos do PCP?".

Mas — embora os negócios tenham sido seriamente prejudicados — não me surpreendi ao descobrir que Cloke se mantinha no ramo. Ele adotou, porém, um perfil bem mais discreto em comparação aos velhos tempos. Certa noite de quinta-feira, antes de uma festa, passei no quarto de Judy para pedir uma aspirina, e depois de exigir que eu me identificasse, de modo incisivo e misterioso, do outro lado da porta trancada, autorizaram meu acesso. Encontrei Cloke dentro do quarto, com as persianas abaixadas, entretido com o espelho e a balança de precisão dela.

"Oi", ele disse depois de me deixar entrar, preocupado em trancar de novo a porta. "O que vai querer hoje?"

"Nada, obrigado", falei. "Só estava procurando por Judy. Sabe onde ela está?"

"Oh", ele disse, retornando ao trabalho. "Foi ver uns figurinos. Pensei que ela o tivesse enviado. Gosto de Judy, mas sempre quer fazer a maior produção de tudo, o que definitivamente não é seguro. Nem um pouco..." E cuidadosamente despejou uma medida de pó num papelote. Suas mãos tremiam, sem dúvida andava consumindo boa parte de seu estoque. "Sabe, precisei jogar fora as minhas balanças depois de toda aquela merda, você queria que eu fizesse o que agora? Fosse na enfermaria? Ela passou o dia dizendo por aí, no restaurante e tudo mais, enquanto esfregava o nariz: 'Está na hora, está na hora'. Ainda bem que ninguém entendeu nada. Mesmo assim..." Ele apontou para o livro aberto na sua frente — a *História da arte*, de Janson, retalhado em pedaços. "Veja os papelotes. Ela enfiou na cabeça que eu precisava fazer papéis originais, abra e encontre um Tintoreto, porra. E ainda fica puta se eu corto a folha e a bunda do cupido não está bem no centro. Como vai Camilla?", ele disse, erguendo os olhos.

"Bem", respondi. Não queria pensar em Camilla. Não queria pensar em nada que tivesse a ver com grego nem com o curso de grego.

"Ela está gostando da casa nova?", Cloke disse.

"Como?", falei.

Ele riu. "Não sabia? Ela se mudou."

"É mesmo? Para onde?"

"Sei lá. Para a mesma rua, provavelmente. Parei para visitar os gêmeos — passe a gilete, por favor —, acho que foi ontem, e Henry estava lá, ajudando a encaixotar a mudança." Ele havia deixado a balança de lado e esticava as carreiras no espelho. "Charles vai passar o verão em Boston, e ela pretende continuar aqui. Disse que não queria ficar sozinha, nem sublocar o apartamento. Pelo jeito vai haver muita gente por aqui neste verão." Ele me ofereceu o espelho e uma nota de vinte enrolada. "Bram e eu estamos procurando um lugar para morar, sabe."

"Isso é ótimo", falei meio minuto depois, quando senti os primeiros lampejos de euforia atingindo minhas sinapses.

"É. Não é *excelente*? Principalmente depois daquela porcaria da Laura que circulava na escola. Os caras do FBI analisaram uma amostra, disseram que era oitenta por cento talco." Ele limpou o nariz. "Você foi interrogado, por falar nisso?"

"Pelo FBI? Não."

"Fico surpreso. Depois daquela história de barco salva-vidas que contaram para todo mundo."

"Do que está falando?"

"Minha nossa. Eles vieram com uma história maluca. Disseram que havia uma conspiração em andamento. Que sabiam do envolvimento de Henry e Charles comigo. Que estávamos encrencados até o pescoço e só havia espaço para um no barco salva-vidas. Para quem contasse tudo primeiro." Ele cheirou mais uma e esfregou o nariz com as costas da mão. "De certo modo a coisa piorou *depois* que meu pai mandou o advogado. 'Por que precisa de um advogado, se é inocente?', e coisas do gênero. Bom, nem mesmo a porra do *advogado* entendeu o que eles queriam que eu confessasse. Viviam dizendo que meus amigos — Henry e Charles — tinham me dedurado. Que *eles* eram culpados, e que se eu não começasse a contar poderia levar a culpa por algo que não tinha feito."

Meu coração havia disparado, não só por causa da cocaína. "Contar o quê?", perguntei. "Sobre o quê?"

"Sei lá. Meu advogado falou para eu não me preocupar, que eles eram uns bundas-moles. Conversei com Charles, e ele disse que usaram o mesmo truque com ele. Bom, sei que gosta de Henry, mas ele ficou apavorado com esta história."

"Como?"

"Sabe, ele é tão certinho, provavelmente nunca atrasou a devolução de um livro na biblioteca. E de repente, a troco de nada, o FBI cai matando em cima dele, porra. Não sei o que disseram, mas ele fez de tudo para sair fora e ferrar os outros."

"Quem, por exemplo?"

"Eu." Ele pegou um cigarro. "E, odeio dizer isso, mas tentou ferrar você também."

"*Eu?*"

"Nunca citei seu nome, cara. Nem conhecia você direito. Mas eles ficaram sabendo, de algum jeito. E não foi por mim."

"Quer dizer que eles chegaram a *citar meu nome*?", falei, depois de um momento de silêncio, estupefato.

"Talvez Marion tenha falado em você, sei lá. Só Deus sabe. Falaram em Bram, em Laura, até em Jud MacKenna... O seu nome só surgiu uma ou duas vezes, no final. Não me pergunte por quê, mas achei que os federais tinham conversado com você. Acho que foi na véspera de encontrarem o corpo de Bunny. Eles iam interrogar Charles de novo, disso eu sei, mas Henry telefonou e conseguiu avisar que estavam a caminho. Eu estava lá, na casa dos gêmeos. Bem, eu também não queria encontrar com o pessoal do FBI e fui para a casa de Bram, e Charles acabou indo para algum bar do centro, onde encheu a cara."

Meu coração batia tão forte, temi que fosse explodir dentro do peito como um balão vermelho. Henry ficou com medo e tentou jogar o FBI em cima de mim? Não fazia sentido. Não havia meio, pensei, de me entregar sem se incriminar também. Depois (*paranoia*, disse a mim mesmo, *preciso parar com isso*) pensei que talvez não fosse coincidência que Charles tivesse parado em meu quarto naquela noite, a caminho do bar. Talvez, depois de analisar a situação — sem que Henry soubesse —, tivesse tentado me salvar do perigo, o que conseguiu.

"Você está com cara de quem precisa de um drinque, meu", Cloke disse em seguida.

"Isso mesmo", falei. Eu estava sentado havia algum tempo, sem dizer nada. "Acho que preciso."

"Por que não vai ao Villager esta noite? Quinta Sede. Dois drinques pelo preço de um."

"Você vai?"

"Todo mundo vai. Merda. Está querendo dizer que nunca foi a uma Quinta Sede antes?"

Portanto, fui à Quinta Sede. Com Cloke e Judy, Bram e Sophie Dearbold e mais alguns amigos de Sophie, e mais um monte de gente que eu nem conhecia. Não sei nem mesmo a que horas cheguei em casa, e só acordei às seis da tarde seguinte, quando Sophie bateu à minha porta. Meu estômago doía, minha cabeça latejava, como se tivesse levado uma machadada, apesar disso vesti o robe e permiti que entrasse. Saíra havia pouco da aula de cerâmica, e vestia camiseta e jeans desbotados. Ela me trouxe um pão da lanchonete.

"Tudo bem com você?", ela disse.

"Sim", falei, embora precisasse segurar na guarda da cadeira para me manter em pé.

"Você bebeu demais na noite passada."

"Sei disso", falei. Levantar da cama fez com que eu me sentisse muito pior, subitamente. Vi pontos vermelhos na frente do meu rosto.

"Fiquei preocupada. Achei melhor passar por aqui e verificar como estava." Ela riu. "Ninguém o viu por aí o dia inteiro. Alguém contou que hastearam a bandeira a meio pau, pensei que você tivesse morrido."

Sentei-me na cama, respirando com dificuldade, e a encarei. Seu rosto era como um fragmento obscuro de um sonho — *bar*? Pensei. Acho que fui a um bar — uísque irlandês, máquina de fliperama com Bram, o rosto de Sophie azulado, refletindo o néon inconsistente. Mais cocaína, em carreiras esticadas com a carteira de estudante, em cima de uma capa de compact-disc. Depois um passeio na traseira da perua de alguém, um anúncio da Gulf na rodovia, depois o apartamento? Quanto ao resto da noite, deu um branco. Recordo-me vagamente de uma longa e sincera conversa com Sophie, ao lado da pia cheia de gelo, na cozinha de alguém (MeisterBrau e Genesee, calendário do Moma na parede). Com toda a certeza — uma pontada de medo agitou meu estômago —, com toda a certeza eu não contara nada a respeito de Bunny. Com toda a certeza. Freneticamente, vasculhei a memória. Com toda a certeza, se eu tivesse falado, ela não estaria em meu quarto agora, olhando para mim daquele jeito, não traria um pão torrado num prato de papel, cujo odor (era uma torrada com cebola) me dava vontade de vomitar.

"Como cheguei em casa?", perguntei a ela.

"Você não se lembra?"

"Não." O sangue latejava em minhas têmporas como num pesadelo.

"Então estava mesmo bêbado. Chamamos um táxi no apartamento de Jack Teitelbaum."

"E para onde fomos?"

"Viemos para cá."

Dormimos juntos? Sua fisionomia neutra não dava a menor pista. Em caso positivo, nada a lamentar — gostava de Sophie, sabia que ela gostava de mim, era uma das moças mais bonitas de Hampden —, embora fosse o tipo de coisa que a gente gosta de saber com certeza. Tentava pensar num modo de perguntar a ela, diplomaticamente, quando ouvi batidas na porta. Golpes que soaram como disparos de uma arma. Pontadas de dor ricochetearam em minha cabeça.

"Entre", Sophie disse.

A cabeça de Francis apontou no vão da porta. "Ei, olhem só para isso", ele disse. Gostava de Sophie. "Encontro dos caronistas e ninguém me convidou."

Sophie levantou-se. "Francis! Como vai? Onde tem andado?"

"Bem, obrigado. Não nos vemos desde o enterro."

"Isso mesmo. Pensei em você um dia desses. Como tem passado?"

Deitei-me na cama novamente, o estômago fervendo. Os dois conversavam animados. Torci para que fossem embora.

"Bem, bem", Francis disse, depois de um longo diálogo, espiando por cima do ombro de Sophie. "Qual é o problema do nosso paciente?"

"Bebida em excesso."

Aproximando-se da cama, ele se inclinou. Parecia, de perto, meio agitado. "Bem, espero que tenha estudado a lição", falou zombeteiro, e acrescentou em grego: *"Importantes novidades, meu amigo"*.

Meu coração disparou. Contara tudo. Eu me descuidara, falando demais, e havia dito algo comprometedor. "O que foi que eu fiz?", perguntei em inglês.

Se Francis se assustou, não demonstrou. "Não faço a menor ideia", disse. "Quer tomar um chá, ou outra coisa?"

Procurei deduzir o que ele tentava me dizer. A dor que me agoniava impedia a concentração em qualquer tema. A náusea me sufocava, como uma onda imensa, que quebrava, recuava e dava lugar a outra vaga. Sentia-me saturado pelo desespero. Tudo, pensei trêmulo, tudo acabaria bem, se pelo menos eu tivesse mais alguns momentos de paz, deitado ali, bem quieto.

"Não", falei finalmente. "Por favor."

"Por favor o quê?"

A onda me engolfou de novo. Rolei sobre o estômago e soltei um longo gemido de dor.

Sophie entendeu primeiro. "Vamos embora", ela disse a Francis. "Acho melhor deixá-lo dormir mais um pouco."

Mergulhei num torpor, num estado de devaneio, do qual acordei horas depois com batidas suaves na porta. O quarto estava escuro. Uma fresta se abriu, um facho de luz penetrou, vindo do corredor. Francis entrou e fechou a porta atrás de si.

Acendendo a lâmpada fraca de leitura na escrivaninha, ele puxou uma cadeira e sentou-se ao lado da cama. "Lamento incomodar, mas precisamos conversar", ele disse. "Aconteceu um negócio meio esquisito."

Esquecera-me dos medos anteriores, que voltaram com força, provocando náuseas. "O que é?"

"Camilla *mudou-se*. Deixou o apartamento. Levou todas as coisas dela. Charles está lá agora, bêbado de cair. Disse que ela foi morar no Albemarle Inn. Pode imaginar? No Albemarle?"

Esfreguei os olhos, tentando pôr os pensamentos em ordem. "Mas eu já sabia disso", falei finalmente.

"Sabia?" Ele ficou abismado. "Quem lhe contou?"

"Creio que foi Cloke."

"*Cloke?* Quando?"

Expliquei, na medida do possível. "Depois eu me esqueci", falei.

"Esqueceu? Como pôde esquecer uma coisa dessas?"

Sentei-me um pouco. Novas dores lancinantes na cabeça. "Que diferença isso faz?", falei, meio irritado. "Se ela quer mudar de casa, não a culpo. Charles vai ter de se virar, e pronto. Isso é tudo."

"Para o Albemarle?", Francis disse. "Tem ideia de quanto custa?"

"Claro que tenho", retruquei irritado. O Albemarle era o melhor hotel da cidade. Hospedaram-se lá presidentes e estrelas de cinema. "E daí?"

Francis levou as mãos à cabeça. "Richard", disse, "você está demorando a entender. Deve ter sofrido um derrame."

"Não sei do que está falando."

"O que acha de duzentos dólares por noite? Pensa que os gêmeos têm dinheiro para pagar a conta? Quem você acha que está bancando tudo?"

Eu o encarei.

"Henry, é claro", Francis disse. "Ele foi até lá quando Charles não estava e fez a mudança, levou tudo. Charles chegou em casa, as coisas dela não estavam mais lá. Pode imaginar? Não consegue nem mesmo falar com ela. Camilla registrou-se com outro nome. Henry recusa-se a falar a respeito com ele. Bem, comigo também, se quer saber. Charles está totalmente fora de si. Pediu-me que telefonasse para Henry e tentasse saber de algo, mas ele se fechou em copas."

"Qual é o problema? Por que estão cheios de segredos?"

"Não sei. Desconheço os motivos de Camilla, mas creio que Henry age como um irresponsável."

"Talvez ela tenha lá suas razões."

"Não é assim que ela funciona", Francis disse exasperado. "Conheço Henry. Trata-se do tipo de coisa que ele faria, bem ao seu estilo. Mesmo que haja um bom motivo, a abordagem está errada. *Especialmente* agora. Charles anda péssimo. Henry deveria evitar antagonizar-se com ele, depois do que aconteceu naquela noite."

Desconfortável, pensei na caminhada para casa depois de sair da delegacia. "Sabe, eu precisava contar uma coisa", falei, e relatei o desabafo de Charles.

"Ora, eu sei que ele está furioso com Henry", Francis retrucou secamente. "Para mim, contou a mesma história. Que Henry jogou tudo nas costas dele, basicamente. Se analisarmos bem o caso, não creio que Henry tenha exigido demais. Não está bravo por isso. A razão real é Camilla. Quer conhecer minha teoria?"

"Qual é?"

"Penso que Camilla e Henry se encontram às escondidas já faz um bom tempo. Charles começou a suspeitar, mas até recentemente não tinha provas. Aí descobriu algo. Não sei o quê, exatamente", disse, erguendo a mão quando tentei interrompê-lo, "mas não é difícil imaginar. Presumo que tenha descoberto algo na casa dos Corcoran. Viu ou ouviu alguma coisa antes de nossa chegada. Na noite anterior à viagem para Connecticut, com Cloke tudo parecia estar bem, mas você deve se lembrar do comportamento de Charles, lá. E, quando partimos, eles nem se falavam."

Relatei a Francis a conversa com Cloke no corredor do andar de cima.

"Só Deus sabe o que aconteceu depois, e se Cloke foi inteligente o bastante para concluir algo", Francis disse. "Henry adoeceu, provavelmente não conseguia raciocinar direito. Na semana em que retornamos, como sabe, ele se fechou no apartamento, e aposto que Camilla ficou bastante em sua companhia. Estava lá quando fui levar o livro sobre Micenas, e acho que passou algumas noites também. Depois, quando ele melhorou, Camilla voltou para casa, e aos poucos tudo pareceu entrar nos eixos. Lembra-se? Mais ou menos na época em que me levou para o hospital?"

"Não sei de nada a respeito", falei. E contei o que descobrira a respeito dos cacos de vidro na lareira do apartamento dos gêmeos.

"Não dá para saber o que realmente ocorreu. Pelo menos eles pareciam melhores. Até o humor de Henry melhorou. Depois discutiram, na noite em que Charles foi parar na cadeia. Ninguém se dispõe a revelar o motivo real da briga, mas aposto que tem a ver com ela. E agora essa. Meu Deus. Charles está subindo pelas paredes."

"Acredita que ele durma com ela? Henry?"

"Caso não durma, pelo menos fez o possível para convencer Charles disso." Ele se levantou. "Tentei telefonar para ele novamente antes de vir até aqui", disse. "Não atendeu. Presumo que tenha ido até o Albemarle. Vou passar por lá para ver se encontro o carro dele."

"Deve haver um meio de descobrir o número do quarto."

"Já pensei nisso. Não se consegue nada na recepção. Talvez conversando com as arrumadeiras consiga saber, mas não sou muito bom neste tipo de investigação." Ele suspirou. "Gostaria de poder conversar com ela nem que fosse por cinco minutos."

"Caso a encontre, acha que pode convencê-la a voltar para casa?"

"Não sei. Sabe, eu não me importaria de morar com Charles agora. Mas ainda penso que seria melhor afastar Henry do caso."

Depois que Francis saiu, apaguei de novo. Acordei às quatro da madrugada, depois de dormir quase vinte e quatro horas.

Para a primavera fazia um frio anormal durante a noite; naquela em particular, estava frio demais. Ligaram o aquecimento nos dormitórios — sistema de água quente, no máximo, o que tornava o ambiente por demais abafado, mesmo de janelas abertas. Molhei os lençóis de suor. Levantei-me e pus a cabeça para fora da janela, para respirar. O ar fresco me revigorou; resolvi trocar de roupa e sair para passear a pé.

A lua cheia brilhava no céu. Reinava o silêncio, exceto pelo cricrilar dos grilos e pelo vento a sacudir as árvores. Na creche onde Marion trabalhava os balanços rangiam ao ir e vir, e o escorregador em parafuso brilhava prateado ao luar.

O item mais intrigante do parquinho era sem dúvida o caracol gigante. Construído em fibra de vidro pelos estudantes de arte, que se inspiraram no caracol gigante do filme *Doctor Dolittle*, era cor-de-rosa e atingia quase três metros de altura. Oco, permitia que as crianças entrassem ali para brincar. Silencioso, na noite, era como uma criatura pré-histórica paciente, que descera a montanha rastejando: solitário, pacato, levava a vida imperturbável, apesar dos brinquedos para recreação infantil que o rodeavam.

O acesso ao interior do caracol se fazia por um túnel para crianças, com sessenta centímetros de altura, na base da cauda. Surpreendi-me ao ver projetar-se, na ponta do túnel, um par de pés adultos masculinos, cobertos por um par curiosamente familiar de sapatos marrons e brancos.

Engatinhei para enfiar a cabeça no túnel e senti o cheiro forte de uísque. Alguém roncava de leve, na escuridão, embriagado. A concha funcionara como uma taça de conhaque, segurando e concentrando os vapores, até que se tornaram tão pungentes que me provocaram náuseas.

Segurei e sacudi um joelho ossudo. "Charles." Minha voz ecoou retumbante no interior escuro. "Charles."

Ele começou a se agitar violentamente, como se estivesse afundando em três metros de água. Depois de algum tempo, quando me identifiquei e assegurei que estava tudo bem, ele deitou de costas, ofegante.

"Richard", disse com voz empastada. "Graças a Deus. Pensei que fosse uma criatura de outro planeta."

No início a escuridão impedia totalmente a visão, mas com o tempo meus olhos se ajustaram, e o luar fraco, rosado, penetrando pelas paredes translúcidas, permitia que eu o visse. "O que veio fazer aqui?", perguntei.

Ele espirrou. "Estava deprimido", disse. "Pensei que me sentiria melhor se dormisse aqui."

"Deu certo?"

"Não." Ele espirrou de novo, cinco ou seis vezes seguidas. Depois largou o corpo no chão.

Pensei nas crianças do maternal, rodeando Charles na manhã seguinte, como liliputianos em torno de Gulliver adormecido. A encarregada da creche, psiquiatra cuja sala se localizava no mesmo corredor do escritório do dr. Roland, parecia ser agradável, do tipo maternal, e já previa sua reação ao encontrar um bêbado dormindo no playground. "Acorde, Charles", falei.

"Me deixe em paz."

"Não pode dormir aqui."

"Posso fazer o que eu quiser", retrucou agressivo.

"Por que não vem comigo? Tomar um drinque?"

"Estou bem."

"Ora, vamos nessa."

"Está bom. Só um, então."

Ele bateu a cabeça com força, ao tentar sair. Os pequenos adorariam aquele cheiro de Johnnie Walker quando chegassem à escola dali a algumas horas.

Charles precisou apoiar-se em mim para subir até Monmouth House. "Só um", ele insistiu.

Como eu também não estava em grande forma, encontrei dificuldade para transportá-lo escada acima. Finalmente, quando cheguei ao quarto, larguei-o sobre a cama. Ele não resistiu, deitando-se entre resmungos. Fui até a cozinha.

Mentira ao oferecer-lhe bebida. Examinei o refrigerador rapidamente, mas só consegui encontrar uma garrafa com tampa de rosca, cheia de bebida Kosher, sabor morango, que devia estar ali desde Hanucá. Experimentara o xarope, certa vez, decidido a roubá-lo, mas cuspira tudo, devolvendo a garrafa para seu lugar. Desta vez, guardei-a sob a camisa. Quando subi, encontrei Charles encostado na parede, onde deveria estar a guarda da cama, dormindo.

Deixei a garrafa sobre a mesa, silenciosamente. Apanhei um livro e segui para a sala do dr. Roland, onde li no sofá, com o paletó servindo de cobertor, até o nascer do sol. Então apaguei a luz e dormi.

Acordei por volta das dez. Era sábado, o que me surpreendeu um pouco; perdera a conta dos dias. Desci para o restaurante e tomei café da manhã: chá e ovos quentes, a primeira coisa que comia desde quinta-feira. Quando entrei no quarto para trocar de roupa, por volta do meio-dia, Charles ainda dormia. Fiz a barba, troquei de camisa, reuni os livros de grego e voltei para a sala do dr. Roland.

Presumia um atraso brutal em meus estudos, mas (como ocorre às vezes) a situação não era assim tão trágica como pensava. As horas se passaram sem que me desse conta. Quando senti fome, lá pelas seis, conferi a geladeira no Departamento de Ciências Sociais e encontrei sobras de salgadinhos e um pedaço de bolo de aniversário, que comi com os dedos, num prato de papel, sobre a mesa do dr. Roland.

Como queria tomar banho, voltei para casa por volta das onze, e ao destrancar a porta e acender a luz levei um susto. Charles ainda dormia em minha cama. A garrafa de vinho Kosher, na mesa, estava pela metade. Percebi um rubor em seu rosto. Quando o sacudi, notei que ardia em febre.

"Bunny", disse ao acordar sobressaltado. "Aonde ele foi?"

"Está sonhando."

"Mas ele estava aqui", disse, olhando em volta, delirante. "Ficou bastante tempo. Eu o vi."

"Andou sonhando, Charles."

"Mas eu o vi. Estava aqui. Sentado ao pé da cama."

Pedi um termômetro emprestado ao vizinho. Marcou trinta e nove e meio. Dei-lhe dois comprimidos de Tylenol e um copo d'água e o deixei falando bobagens e esfregando os olhos para descer e ligar para Francis.

Francis não estava em casa. Decidi telefonar para Henry. Surpreendi-me quando Francis, e não Henry, atendeu.

"Francis? O que faz aí?", falei.

"Olá, Richard", Francis disse com voz teatral, como se quisesse iludir Henry.

"Presumo que não possa conversar agora."

"Não."

"Preste atenção. Preciso saber de uma coisa." Expliquei o problema com Charles, com caracol e tudo. "Ele parece muito doente. O que acha que devo fazer?"

"Caracol?", Francis disse. "Você o encontrou dentro do caracol gigante?"

"Ao lado da creche, Francis. Mas não importa. O que devo fazer? Estou preocupado."

Francis tapou o bocal. Ouvi uma discussão abafada. Henry entrou na linha. "Alô, Richard", disse. "Qual é o problema?"

Tive de explicar tudo de novo.

"Qual a temperatura? Trinta e nove e meio?"

"Correto."

"Meio alta, não acha?"

Concordei.

"Deu-lhe aspirina?"

"Faz algum tempo."

"Bem, então espere um pouco para ver se ele reage. Não deve ser nada."

Era exatamente isso que eu queria ouvir.

"Tem razão", falei.

"Provavelmente pegou um resfriado dormindo ao ar livre. Vai estar melhor pela manhã."

* * *

Passei a noite no sofá do dr. Roland, e depois do café retornei a meu quarto com pão doce e geleia, além de dois litros de suco de laranja que roubei no restaurante com imensa dificuldade.

Charles delirava febril, mas acordara. Pelo estado das roupas de cama, reviradas no pé da cama, o cobertor arrastando no chão, deduzi que passara uma péssima noite. Disse que não sentia fome, mas conseguiu beber um pouco do suco de laranja. O resto do vinho Kosher desaparecera durante a noite, notei.

"Como se sente?", perguntei.

Ele virou a cabeça no travesseiro dobrado. "Minha cabeça dói", disse sonolento. "Sonhei com Dante."

"Alighieri?"

"Isso mesmo."

"Como foi?"

"Estávamos na casa dos Corcoran", ele resmungou. "Dante também. Com um amigo de camisa xadrez que gritava com a gente."

Medi a temperatura. Trinta e oito. Baixara, mas ainda estava alta para o início da manhã. Dei-lhe outra aspirina e anotei o número do telefone do dr. Roland, caso precisasse falar comigo, mas quando ele percebeu que eu ia sair, ergueu a cabeça e me olhou tão desamparado que parei no meio da explicação de como fazer para transferir a chamada para o setor administrativo num fim de semana.

"Bem, posso ficar aqui", falei. "Se você não se incomodar, claro."

Ele se ergueu nos cotovelos. Os olhos brilhavam, avermelhados. "Não saia", pediu. "Estou apavorado. Fique mais um pouco."

Pediu que lesse algo, mas ali só havia livros de grego, e ele não queria permitir que eu fosse até a biblioteca. Então jogamos *euchre* em cima do dicionário, equilibrado em seu colo, mas ele logo cansou, e passamos para cassino. Ganhou algumas partidas. Depois começou a perder. Na mão final — era sua vez — embaralhou tão mal que as cartas saíram praticamente na sequência exata, mas estava tão distraído que não se aproveitou disso. Quando estendi a mão para comprar, esbarrei na dele, e fiquei aflito ao ver que estava muito quente e seca. Apesar do quarto aquecido, ele tremia. Tirei a temperatura. Subira a trinta e nove e meio novamente.

Desci para chamar Francis, mas ninguém atendia, em sua casa ou na de Henry. Subi novamente. Nenhuma dúvida: Charles passava mal. Parei na porta, observando-o por um momento, depois disse: "Espere um minuto", e fui até o quarto de Judy, no final do corredor.

Encontrei-a na cama, vendo um filme de Mel Gibson no videocassete que emprestara do Departamento de Vídeo. Conseguia lixar as unhas, fumar um cigarro e beber uma coca diet ao mesmo tempo.

"Olhe para Mel", ela disse. "Ele não é lindo? Se ligasse e me pedisse em casamento, eu aceitaria na mesma hora."

"Judy, o que faria se estivesse com trinta e nove e meio de febre?"

"Iria ao médico, porra", ela disse sem tirar os olhos da tevê.

Expliquei o caso de Charles. "Ele está doente", falei. "Como devo proceder?"

Ela agitou a mão de unhas vermelhas no ar, para secar o esmalte, os olhos fixos na tela. "Leve-o ao pronto-socorro."

"Acha que devo?"

"Não encontrará nenhum médico no domingo à tarde. Quer usar o meu carro?"

"Seria ótimo."

"As chaves estão na mesa", ela disse distraída. "Tchau."

Levei Charles ao hospital na Corvette vermelha. Seus olhos brilhavam, silenciosos, fixos diante dele, a face direita encostada no vidro frio da janela. No pronto-socorro, enquanto eu lia revistas que já conhecia, ele permaneceu sentado, sem se mover, encarando uma foto colorida dos anos 60, desbotada, num pôster na parede oposta, de uma enfermeira de unhas pintadas de branco levando o dedo à boca com batom branco, vagamente pornográfica, num pedido sexy de silêncio hospitalar.

O médico de plantão era uma mulher. Consultou Charles durante cinco ou dez minutos e voltou com a prancheta na mão. Debruçou-se no balcão e conferenciou rapidamente com a recepcionista, que apontou para mim.

A médica aproximou-se e sentou a meu lado. Era igual a uma daquelas médicas jovens e alegres de camisa havaiana e tênis que a gente vê nas séries da televisão. "Oi", disse. "Acabo de examinar seu amigo. Creio que ele vai precisar passar uns dias conosco."

Larguei a revista. Por aquilo não esperava. "Qual é o problema?", perguntei.

"Bronquite, creio. Mas ele está desidratado. Precisa tomar medicamentos intravenosos. E precisamos baixar a febre dele. Vai ficar bom se tomar alguns antibióticos e descansar bastante. Para que os medicamentos atuem imediatamente, será preciso ministrá-los durante quarenta e oito horas, ininterruptamente, na veia. Vocês dois frequentam a universidade?"

"Sim."

"Ele anda muito nervoso? Terminando uma tese, ou algo assim?"

"Ele estuda muito", falei cauteloso. "Por quê?"

"Ora, por nada. Ao que parece, não tem se alimentado adequadamente. Marcas nos braços e pernas, parece deficiência de vitamina C, e pode estar precisando de vitaminas do grupo B também. Ele fuma?"

Não consegui evitar o riso. Por mais que insistisse, ela não me deixou vê-lo. Disse que precisava de exames de sangue antes que os técnicos do laboratório fossem embora, de modo que retornei ao apartamento dos gêmeos para pegar umas coisas para ele. O local estava pavorosamente limpo. Embalei pijama, escova de dentes, barbeador, um par de livros de bolso (P. G. Wodehouse, que poderia animá-lo) e deixei a mala com a recepcionista.

Na manhã seguinte, antes que eu saísse para a aula de grego, Judy bateu em minha porta avisando que havia uma chamada para mim no térreo. Pensei que fosse Francis ou Henry — tentara seguidamente localizá-los na noite anterior — ou até mesmo Camilla, mas era Charles.

"Oi", falei. "Sente-se melhor?"

"Sim, muito melhor." Sua voz tentava passar um entusiasmo forçado. "Aqui é muito confortável. Obrigado por trazer a mala."

"Por nada. Ganhou um leito daqueles que a gente pode levantar e abaixar?"

"De fato, ganhei mesmo. Escute, preciso de um favor. Pode me ajudar?"

"Claro."

"Gostaria que me trouxesse mais algumas coisas." Ele mencionou um livro, papel de carta e o roupão, que encontraria pendurado no guarda-roupa.

"E também", acrescentou apressado, "uma garrafa de scotch. Está dentro da gaveta do criado-mudo. Acha que pode trazer tudo esta manhã?"

"Preciso ir para a aula de grego."

"Que tal depois da aula? A que horas consegue chegar aqui?"

Expliquei que precisaria conseguir um carro emprestado.

"Não se preocupe com isso. Pegue um táxi que eu pago. Agradeceria muito, sabe. A que horas vem? Dez e meia? Onze?"

"Lá pelas onze e meia, creio."

"Ótimo. Escute bem. Não posso falar mais, estou na sala de estar dos pacientes. Preciso voltar para a cama antes que notem. Virá, então?"

"Pode contar com isso."

"Roupão e papel de carta."

"Sim."

"E o scotch."

"Claro."

Camilla não compareceu à aula naquela manhã, mas Francis e Henry sim. Falei com Julian assim que entrei, explicando que Charles estava no hospital.

Embora Julian se mostrasse extremamente gentil nos momentos difíceis, por vezes eu tinha a impressão de que ele apreciava menos a gentileza e mais a elegância do gesto. Ao ouvir as novidades, contudo, mostrou-se realmente preocupado. "Charles, internado? Coitado", disse. "Nada sério, espero?"

"Creio que não."

"Permitem visitantes? De qualquer forma, telefonarei para ele à tarde. O que posso levar para consolá-lo? Comida de hospital é terrível. Eu me lembro, há alguns anos, em Nova York, quando uma amiga minha foi internada no Columbia Presbyterian — numa ala miserável, a Harkness —, o chef do antigo Le Chasseur costumava levar o jantar para ela todas as noites..."

Henry, do outro lado da mesa, comportava-se de modo absolutamente inescrutável. Tentei perceber a reação de Francis; ele desviou os olhos e mordeu os lábios.

"...e flores", Julian disse. "Nunca vi tantas flores, recebeu tantas que cheguei a suspeitar que ela mesma encomendara algumas." Ele riu. "Bem, suponho que não haja necessidade de indagar onde Camilla se meteu esta manhã."

Vi que Francis arregalou os olhos. Por um momento eu me assustei também, antes de deduzir que ele — naturalmente — concluíra que ela se encontrava no hospital com Charles.

Julian franziu a testa. "Qual é o problema?", perguntou.

A impassibilidade com que sua pergunta foi recebida provocou um sorriso em seu rosto.

"Não adianta bancar o espartano nestas ocasiões", disse simpático, após uma longa pausa; senti alívio ao perceber que ele, como de costume, projetava sua interpretação elegante sobre a confusão. "Edmund era amigo de vocês. Também lamento sua morte. Mas creio que exageram na tristeza, e isso, além de não ajudá-los em nada, os prejudica. O que há de tão terrível na morte, afinal? Parece horrível a vocês, pois são jovens, mas quem pode afirmar que ele agora não está melhor do que vocês? Ou — se a morte for uma jornada até outro local — que vocês não o verão novamente?"

Ele abriu o léxico e começou a folheá-lo. "Não adianta sentir medo das coisas que desconhecemos completamente", disse. "Vocês são iguais a crianças. Sentem medo do escuro."

Francis estava sem carro, de modo que pedi a Henry que me levasse no dele, após a aula, até o apartamento de Charles. Francis foi junto, nervoso e agitado, fumando sem parar, e andava de um lado para outro no saguão, enquanto Henry, parado à porta do quarto, esperava que eu recolhesse os itens solicitados por Charles: quieto, impassível, os olhos a me acompanhar, propositadamente ausentes, de modo a excluir inteiramente a possibilidade de uma pergunta sobre Camilla — que eu me decidira a fazer assim que ficássemos a sós — ou, na verdade, de qualquer pergunta.

Peguei o livro, o papel de carta e o roupão. Hesitei quanto ao scotch.

"Qual é o problema?", Henry disse.

Devolvi a garrafa à gaveta e a fechei. "Nada", falei. Charles se enfureceria, pensei. Precisava de uma boa desculpa.

Henry apontou para a gaveta fechada. "Ele não pediu aquilo?", disse.

Não me sentia inclinado a discutir os problemas pessoais de Charles com Henry. Falei: "Ele pediu cigarros, também, mas não creio que seja aconselhável".

Francis, andando do lado de fora, parecia um gato inquieto. Durante este diálogo ele ficou parado à porta. Trocou um olhar rápido de preocupação com Henry. "Bem, você sabe...", ele disse hesitante.

Henry dirigiu-se a mim: "Se ele quer a garrafa, acho melhor ir em frente e levá-la".

Seu tom de voz me incomodou. "Ele está doente", falei. "Vocês não o viram. Se acha que vai lhe fazer um favor com isso..."

"Richard, ele tem razão", Francis disse nervoso, batendo a cinza do cigarro na mão em concha. "Sei como são essas coisas. Se o sujeito bebe, é perigoso parar de repente. Tem gente que morre."

Aquilo me chocou. Charles não bebia tanto assim, em minha opinião. Não discuti a questão, porém, e disse apenas: "Bem, se ele está tão mal assim, o hospital pode ajudar bastante".

"O que quer dizer?", Francis perguntou. "Quer que eles o internem para desintoxicação? Sabe como funciona? Quando minha mãe tentou parar de beber pela primeira vez, perdeu a cabeça. Começou a ver coisas. Atacou a enfermeira, gritou feito louca, disse frases sem nexo."

"Odiaria saber que Charles passou pela fase de delirium tremens no hospital Catamount Memorial", Henry disse. Aproximando-se do criado-mudo, ele pegou a garrafa. Estava pela metade. "Ele vai ter dificuldade para esconder isso", disse, erguendo-a pelo gargalo.

"Podemos passar para uma garrafa menor", Francis disse.

"Seria mais fácil, creio, levar-lhe uma garrafa nova. Diminuiria a possibilidade de vazamentos. E, se for de bolso, ele pode escondê-la debaixo do travesseiro sem muito alarde."

Garoava naquela manhã cinzenta e nublada. Henry não nos acompanhou ao hospital. Fez com que o deixássemos no seu apartamento — deu uma desculpa plausível, não me lembro qual — e ao descer do carro me passou uma nota de cem dólares.

"Pegue", disse. "Mande lembranças a Charles. Poderia comprar flores para ele, ou algo assim?"

Olhei para a nota, momentaneamente abismado. Francis arrancou-a da minha mão e a estendeu para ele novamente. "Pare com isso, Henry", ele disse, com uma raiva que me espantou. "Já chega."

"Quero que aceite."

"*Está bem.* Vamos comprar cem dólares em flores para Charles."

"Não se esqueçam de passar na loja de bebidas", Henry disse friamente. "Façam o que quiserem com o resto do dinheiro. Deem o troco para ele se preferirem. Não me interessa."

Ele jogou o dinheiro para mim e fechou a porta do carro, com uma delicadeza que demonstrava mais desprezo do que se a tivesse batido. Observei quando se afastou, caminhando empertigado.

Levamos o uísque para Charles — Cutty Sark, numa garrafa de bolso — e uma cesta de frutas, uma caixa de petit-fours, um jogo de xadrez chinês, e no lugar do estoque inteiro de cravos da floricultura do centro, uma orquídea *Oncidium*, amarela com listras escuras, num vaso de cerâmica vermelha.

No caminho do hospital, perguntei a Francis o que ocorrera no final de semana.

"Muito chato. Não quero falar no assunto agora", ele disse. "Eu a vi. Com Henry."

"Como ela está?"

"Bem. Um pouco preocupada, mas bem, basicamente. Pediu que não contássemos a Charles onde estava e não quis mais saber de conversa. Gostaria de ter podido falar com ela a sós, mas Henry não saiu da sala um segundo, claro." Inquieto, ele procurou um cigarro no bolso. "Isso pode soar estranho", disse, "mas ando um pouco preocupado, sabe? Temendo que tenha acontecido algo de ruim com ela."

Não falei nada. O mesmo pensamento passara pela minha cabeça, mais de uma vez.

"Entenda, não penso que Henry seja capaz de *matá-la ou* algo assim, mas sei lá... foi estranho. Ela desapareceu sem mais nem menos, não avisou ninguém. Eu ...", ele balançou a cabeça, "odeio dizer isso, mas às vezes desconfio de Henry", disse. "Especialmente em casos assim... sabe do que estou falando, não sabe?"

Não respondi. De fato, sabia muito bem do que ele estava falando. Mas era horrível demais para ser pronunciado por um de nós.

Charles ocupava um quarto semiparticular. Estava deitado na cama perto da porta, separado de seu companheiro por uma cortina: o chefe do correio de Hampden, como descobrimos depois, internado para uma operação na próstata. A seu lado havia arranjos de flores, e vimos na parede cartões maliciosos desejando sua pronta recuperação, e o chefe do correio, sentado na cama, conversava com parentes barulhentos: cheiro de comida, risos, muito carinho e animação. Outros visitantes entraram depois de nós, parando por um instante para espiar Charles pelo vão da cortina: silencioso, sozinho, deitado de costas com um tubo na veia do braço. Rosto inchado; pele áspera, cheia de erupções. O cabelo, de tão sujo, parecia marrom. Via desenhos violentos na televisão, onde animaizinhos parecidos com doninhas atacavam carros e batiam uns nas cabeças dos outros.

Ele se esforçou para sentar quando entramos no seu lado do quarto. Francis fechou a cortina atrás de nós, praticamente na cara das visitas abelhudas do chefe do correio, um par de senhoras de meia idade que morriam de vontade de dar uma espiada em Charles. Uma delas enfiara a cabeça pelo vão, cacarejando "Bom dia!", na esperança de iniciar uma conversa.

"Dorothy! Louise!", alguém gritou do outro lado. "Venham até aqui."

Passos rápidos no linóleo foram seguidos de mais cacarejos e gritinhos de saudação.

"Desgraçados", Charles disse, asperamente. Sua voz não passava de um murmúrio. "Ele recebe visitas o tempo inteiro. Sempre tentam me espiar quando entram ou saem."

Para fugir do assunto, dei a orquídea a Charles.

"É mesmo? Comprou isso para mim, Richard?" Ele parecia emocionado. Pensei em dizer que era um presente de todos nós — sem chegar ao ponto de mencionar Henry, exatamente —, mas Francis me fuzilou com um olhar de aviso, e mantive a boca fechada.

Abrimos a sacola de compras. Esperava que abrisse o Cutty Sark e bebesse na nossa frente, mas ele apenas agradeceu e guardou a garrafa no compartimento sob a bandeja de plástico.

"Conversou com minha irmã?", ele perguntou a Francis. Seu tom era frio, como se dissesse: *Conversaram com meu advogado?*

"Sim", Francis respondeu.

"Ela está bem?"

"Parece que sim."

"O que ela tem a dizer em sua defesa?"

"Não sei a que se refere."

"Tomara que você tenha dito para ela ir para o inferno."

Francis não respondeu. Charles abriu um dos livros que recebera e começou a folheá-lo esporadicamente. "Obrigado pela visita", disse. "Estou muito cansado."

"Ele parece péssimo", Francis disse no carro.

"Deve haver um meio de resolver tudo isso", falei. "Sem dúvida podemos conseguir que Henry telefone para ele e peça desculpas."

"Acha que faria bem a Charles? Enquanto Camilla estiver no Albemarle não adianta."

"Bem, ela nem sabe que o irmão foi internado, certo? Trata-se de uma emergência, afinal."

"Sei lá."

Os limpadores de para-brisa moviam-se ritmicamente. Um guarda, vestindo capa de chuva, orientava o trânsito no cruzamento. Era o policial de bigode ruivo. Reconhecendo o carro de Henry, ele sorriu para nós e acenou para que seguíssemos em frente. Sorrimos também e acenamos, dia lindo, dois estudantes a passear — depois seguimos em silêncio supersticioso por mais duas ou três quadras.

"Deve haver algo que possamos fazer", falei finalmente.

"Acho melhor ficarmos fora disso."

"Não venha me dizer que ela, quando souber do estado lamentável do irmão, não vai correr para o hospital em cinco minutos."

"Não estou brincando", Francis disse. "Nós dois não podemos nos envolver mais."

"Por quê?"

Mas ele apenas acendeu outro cigarro e não disse mais nada, por mais que eu insistisse.

Quando retornei a meu quarto encontrei Camilla sentada à minha escrivaninha lendo um livro. "Oi", ela disse, erguendo os olhos. "Encontrei a porta aberta. Espero que não se importe."

Vê-la foi como tomar um choque elétrico. Inesperadamente, senti muita raiva. A chuva entrava pela janela, e cruzei o quarto para fechá-la. "O que está fazendo aqui?", perguntei.

"Precisava conversar com você."

"Sobre o quê?"

"Como vai meu irmão?"

"Por que não descobre sozinha?"

Ela deixou o livro de lado — *ah, adorável*, pensei desconsolado. Eu a amava, adorava olhar para ela: usava um suéter de cashmere, cinza-esverdeado, claro, e os olhos acinzentados tinham um tom pálido. "Você acha que precisa escolher um lado", ela disse. "Mas não é nada disso."

"Não escolhi lado algum. Só penso que escolheu um mau momento para fazer o que fez."

"E qual seria o momento adequado?", ela disse. "Gostaria que visse uma coisa. Olhe."

Ela ergueu uma mecha de cabelo loiro na altura da têmpora. Ocultava um trecho, do tamanho de uma moeda, de onde alguém parecia ter arrancado um tufo de cabelos pela raiz. A surpresa me calou.

"E isso." Ela ergueu a manga do suéter. O pulso estava inchado, meio descolorido, mas o que me horrorizou foi uma marca pequena, de queimadura, na parte interna do braço: cigarro, enterrado com força na carne branca.

Demorei um minuto para recuperar a voz. "Meu Deus, Camilla! Charles fez isso?"

Ela abaixou a manga. "Entende o que eu quero dizer?" Sua voz não traía emoção alguma; sua expressão era atenta, quase desconfiada.

"Há quanto tempo isso vem acontecendo?"

Ela ignorou minha pergunta. "Conheço Charles", ela disse. "Melhor do que você. Ficar longe dele, por enquanto, é o melhor."

"De quem foi a ideia de hospedá-la no Albemarle?"

"De Henry."

"E onde ele se encaixa nesta história?"

Ela não respondeu.

Um pensamento horrível passou por minha mente. "Não foi *ele* quem fez isso a você, não é?", falei.

Ela me olhou surpresa. "Não. Por que acha isso?"

"E o que mais posso achar?"

O sol surgiu de repente por trás de uma nuvem, inundando o quarto de luz gloriosa, que ondulava pelas paredes como água. O rosto de Camilla desabrochou. Uma sensação de imenso carinho tomou conta de mim. Por um momento, tudo — espelho, teto, piso — tornou-se instável e radiante como num sonho. Senti um desejo feroz, quase irresistível, de puxar Camilla pelo pulso machucado, torcer seu braço nas costas até que ela gritasse e jogá-la na minha cama: estrangulá-la, violá-la, sei lá o quê. Quando a nuvem encobriu o sol novamente, a vida abandonou tudo.

"Por que veio até aqui?", perguntei.

"Porque queria ver você."

"Não sei se você dá alguma importância ao que eu penso..." Odiei o som da minha voz, mas fui incapaz de controlá-la, o que eu dizia saiu num tom revoltado, magoado. "Não acho que se importa com o que penso, mas creio que vai piorar tudo ficando no Albemarle."

"E o que acha que eu devo fazer?"

"Por que não vai para a casa de Francis?"

Ela riu. "Porque Charles atormentaria o coitado do Francis até a morte", ela disse. "Francis tem ótimas intenções. Sei disso. Mas não aguentaria a pressão de Charles nem por cinco minutos."

"Se pedir a ele, dará dinheiro para que se mude para outro lugar."

"Sei disso. Ele já ofereceu." Ela procurou um cigarro no bolso. Com uma pontada de dor, vi quando tirou um maço de Lucky Strike, a marca de Henry.

"Poderia aceitar o dinheiro e ir para onde quisesse", falei. "Não precisaria nem contar a ele."

"Francis e eu já discutimos isso." Ela fez uma pausa. "O caso é que tenho medo de Charles. E Charles tem medo de Henry. É isso e pronto."

Sua frieza ao dizer isso me chocou.

"Então é isso e pronto?"

"O que quer dizer?"

"Está cuidando de seus interesses?"

"Ele tentou me matar", ela disse simplesmente. Seus olhos fixaram-se nos meus, cândidos e claros.

"E Henry não tem medo de Charles?"

"Por que deveria?"

"Você sabe."

Assim que ela entendeu minha alusão, saiu em defesa dele, com espantosa agilidade. "Charles jamais faria isso", ela disse, com segurança infantil.

"Digamos que faça. Que procure a polícia."

"Mas ele não teria coragem!"

"Como pode garantir?"

"Envolveria todos nós. E a si mesmo também."

"A esta altura, creio que ele não se importa."

Pretendia feri-la com esta frase e com prazer vi que conseguira. Seus olhos assustados fixaram-se nos meus. "Pode ser", disse. "Mas não pode se esquecer de que Charles agora está doente. Fora de si. E eu creio que ele sabe disso." Ela parou. "Eu amo Charles", disse. "Amo muito, e o conheço melhor do que qualquer pessoa neste mundo. Mas ele sofre pressões fortíssimas, e quando começa a beber demais, torna-se uma pessoa diferente. Não dá ouvidos a ninguém. Nem sei se lembra as coisas que faz. Por isso dou graças a Deus por estar no hospital. Se for obrigado a parar por um ou dois dias, talvez comece a pensar direito outra vez."

O que ela pensaria se soubesse que Henry mandara uísque para ele?

"E pensa que Henry se preocupa com o bem-estar de Charles, do fundo do coração?"

"Claro", ela disse espantada.

"E também com o seu?"

"Certamente. Por que não deveria?"

"Você bota muita fé em Henry, não é?"

"Ele nunca me decepcionou."

Por algum motivo, senti que a raiva retornava. "E quanto a Charles?"

"Não sei."

"Logo sairá do hospital. Precisa ir vê-lo. O que fará depois?"

"Por que está com tanta raiva de mim, Richard?"

Olhei para minhas mãos de relance. Tremiam. Nem percebera que tremia de tanta raiva.

"Por favor, saia", falei. "Prefiro que vá embora."

"Qual é o problema?"

"Por favor, vá embora."

Ela se levantou e deu um passo em minha direção. "Tudo bem", disse. "Tudo bem." E, dando meia-volta, saiu.

Choveu o dia inteiro e durante a noite. Tomei pílulas para dormir e fui ao cinema: filme japonês, não entendi nada. Os personagens entravam em quartos vazios, ninguém falava, o silêncio se arrastava por vários minutos, quebrado apenas pelo zumbido do projetor e pela chuva que batia no telhado. O cinema estava vazio, exceto por um sujeito sombrio no fundo. A poeira flutuava no facho do projetor. Chovia quando saí, céu preto como o teto do cinema, sem estrelas. Os reflexos dos luminosos da fachada mesclavam-se na calçada molhada em longas listras brancas. Voltei para dentro, para esperar o táxi protegido pelas portas de vidro, no saguão carpetado, cheirando a pipoca. Liguei para Charles pelo telefone público, mas a telefonista do hospital não quis transferir a chamada: passara a hora de visita, ela disse, todos dormiam. Ainda discutia com ela quando o táxi parou no meio-fio, iluminando a chuva forte com o farol e jogando leques de água com os pneus.

Sonhei com escadarias novamente naquela noite. Um sonho frequente durante o inverno mas que depois rareara. Mais uma vez, eu estava na escada de ferro de Leo — enferrujada, sem corrimão —, só que agora ela se estendia até o infinito escuro, e os degraus eram de tamanhos diferentes: alguns altos, outros baixos, alguns estreitos, do tamanho do meu sapato. A queda seria num poço sem fundo, nos dois lados. Por alguma razão eu precisava me apressar para descer, apesar do pavor de cair no buraco. A escada tornou-se mais e mais precária, até que deixou de ser exatamente uma escada; adiante — e por algum motivo isso era o mais terrível de tudo — um homem descia, bem à frente, muito depressa...

Acordei às quatro, perdi o sono. Tranquilizantes da sra. Corcoran em excesso: começavam a prejudicar meu sistema nervoso, eu os tomava de dia também, e não surtiam efeito. Saí da cama e sentei-me perto da janela. Sentia o coração batendo na ponta dos dedos. Para lá das folhas escuras, para lá do meu espectro no vidro (*Por que tão pálido e abatido, querido amante?*), ouvia o barulho do vento nas árvores, sentia as montanhas a me rodear na escuridão.

Queria bloquear meus pensamentos. Mas uma série de questões se apresentava. Por exemplo: por que Henry me contara tudo havia apenas dois meses (que pareciam anos, uma vida inteira)? Tornou-se óbvio, agora, que sua decisão de me contar havia sido um ato deliberado. Apelara para minha vaidade, deixando que eu acreditasse ter deduzido tudo sozinho (*meus parabéns*, ele disse, recostado na poltrona. *Você é tão inteligente quanto eu pensava*); e eu me sentira o máximo com seu elogio, quando de fato — vejo isso agora, fui vaidoso demais para perceber antes — ele me manipulou direitinho com seus elogios e simpatias desde o início. Talvez — o pensamento se insinuou como um suor frio —, talvez até minha descoberta preliminar, acidental, tivesse sido engendrada. O léxico fora de lugar, por exemplo: Henry o teria roubado, sabendo que eu voltaria para procurá-lo? E o apartamento em desordem, onde com certeza eu entraria; o número do voo e outros itens, deliberadamente à vista, concluo agora, ao lado do telefone; dois descuidos incompatíveis com Henry, sempre tão atento. Talvez ele desejasse que eu descobrisse tudo. Talvez tenha percebido em mim — corretamente — a covardia, o medonho instinto grupal que me permitiria entrar no esquema sem questionar nada.

E não era só uma questão de manter minha boca fechada, pensei, encarando enojado meu reflexo no vidro da janela. *Eles jamais teriam conseguido fazer aquilo sem minha ajuda.* Bunny me procurara, e eu o mandara direto para os braços de Henry. Sem nem pensar duas vezes. "*Você serviu como sinal de alarme, Richard*", Henry chegou a dizer. "Sabia que, se ele fosse contar a alguém, contaria a você primeiro. Sinto que os eventos se precipitarão a partir de agora."

Os eventos se precipitarão a partir de agora. Senti uma pontada de dor ao me lembrar do tom irônico, quase zombeteiro, com que pronunciou estas palavras. Meu Deus, pensei, ai, meu Deus, como pude dar ouvidos a ele? Henry tinha razão, pelo menos a respeito da precipitação dos eventos. Menos de vinte e quatro horas depois, Bunny estava morto. Embora eu não o tenha empurrado com minhas próprias mãos — uma diferença que, na época, me parecia fundamental —, isso já não importava muito.

Ainda tentava afastar o mais tenebroso de todos os pensamentos; a mera sugestão me provocava arrepios na espinha. Teria Henry planejado pôr a culpa toda em mim caso seu plano fracassasse? Neste caso, não tenho muita certeza de como ele pretendia agir, mas se resolvesse trilhar este caminho, sem dúvida teria dado um jeito. Grande parte do que eu sabia chegara a meu conhecimento por via indireta, ou seja, eram coisas que ele mesmo havia contado. Fora o que eu nem mesmo sabia, os muitos fatos obscuros que ninguém me revelou. Embora o perigo imediato tivesse passado, nada impedia seu retorno, dali a um ano, vinte anos, cinquenta anos. Não havia prescrição no caso de homicídio, segundo a tevê. Descoberta de novas provas. Reabertura do caso. A gente lia a respeito a todo momento.

Ainda estava escuro. Os passarinhos piavam nos beirais. Abri a gaveta da cômoda e contei os calmantes que restavam: delícias cor de confeitos brilhando no papel sulfite branco. Ainda havia muitas, o suficiente para meu propósito. (A sra. Corcoran sentiria algum alívio se soubesse desta ironia: seus remédios roubados mataram o assassino do filho?) Era tão fácil sentir os calmantes descendo pela garganta: mas ao olhá-los sob a luz da lâmpada da escrivaninha, senti uma onda de repulsa forte, nauseante. Por mais horrível que fosse a presente escuridão, eu temia trocá-la por outra escuridão, permanente — gelatinosa e ampla, um poço profundo. Vi sua sombra na face de Bunny — um terror estúpido, o mundo inteiro abrindo-se abaixo, sua vida explodindo numa revoada de corvos, o céu expandido sob seu estômago como um oceano branco. Depois o nada. Tocos podres, insetos rastejando nas folhas mortas. Sujeira e trevas.

Deitei-me na cama. Sentia o coração batendo no peito, e isso me revoltava, um músculo lamentável, doente e cheio de sangue, pulsando no tórax. A chuva escorria pelos vidros da janela. O gramado lá fora se encharcava, um brejo. Quando o sol saiu vi, na luz difusa da madrugada, que as pedras do calçamento externo estavam cobertas de minhocas: delicadas, nojentas, centenas delas arrastando-se cegas e indefesas nas pedras lisas encharcadas.

Julian mencionou na aula de terça-feira que conversara com Charles pelo telefone. "Vocês estavam certos", ele murmurou. "Ele não parece nada bem. Muito confuso, incoerente, não acham? Acreditam que o mantenham à base de sedativos?" Ele sorriu, folheando seus papéis. "Pobre Charles. Perguntei onde Camilla estava — queria conversar com ela, não conseguia compreender o que ele tentava me dizer — e Charles falou" (sua voz modificou-se ligeiramente, imitando a de Charles, suporia um estranho; na verdade era a própria voz de Julian, educada e felina, como se não tolerasse nem na imitação alterar substantivamente sua cadência melodiosa) "no tom mais melancólico: 'Ela fugiu de mim'. Delirava, claro. Foi muito meigo. Para alegrá-lo, eu disse: 'Bem, feche os olhos e conte até dez, então, que ela voltará'."

Ele riu. "Contudo, ele ficou bravo comigo. 'Não', respondeu, ela não voltará.' 'Mas você está apenas *sonhando*', insisti. 'Não estou. Não é um sonho. É real', ele disse."

Os médicos não conseguiram descobrir o problema real de Charles. Tentaram dois antibióticos diferentes durante a semana, mas a infecção — ou o que quer que fosse — não cedeu. A terceira tentativa apresentou resultados melhores. Francis, que foi visitá-lo na quarta e na quinta, soube que Charles se recuperava bem e que poderia voltar para casa no final de semana.

Por volta das dez da manhã de sexta, depois de mais uma noite sem dormir, caminhei até a casa de Francis. Estava quente naquela manhã nublada, as árvores tremeluziam com o calor. Eu me sentia exausto, abatido. O ar morno vibrava com o zumbido das vespas e o ronco dos cortadores de grama. As andorinhas voavam e piavam, aos pares, no céu.

Minha cabeça doía. Desejei ter óculos escuros. Só encontraria Francis às onze e meia, mas meu quarto estava um lixo, não lavava roupa havia semanas; fazia calor demais para qualquer outra atividade fora ficar deitado na cama desarrumada e suar, tentando ignorar o baixo do som do vizinho martelando através da parede. Jud e Frank construíam uma estrutura enorme, disforme, modernista no gramado de Commons, e os martelos e furadeiras começaram a funcionar desde cedo. Não sabia o que era — diziam que se tratava de um palco, ou de uma escultura, ou de um monumento tipo

Stonehenge ao Grateful Dead —, mas quando olhei pela primeira vez pela janela, tonto de Fiorinal, e vi os pilares de suporte erguidos verticalmente na grama, fui tomado por um terror tenebroso, irracional: *um patíbulo, haverá um enforcamento no gramado de Commons...* A alucinação passou logo, mas, por um estranho mecanismo, persistiu manifestando-se em diversos ângulos, como aqueles desenhos em capas de livros de terror nos supermercados: de cabeça para cima, uma criança loira sorridente; virada ao contrário, um crânio em chamas. Por vezes a estrutura era comum, inofensiva, estúpida. Mas no início da manhã, ou ao crepúsculo, o mundo se alterava, e lá estava a forca, medieval e negra, e pássaros voavam baixo no céu. Durante a noite, lançava sua longa sombra sobre os raros momentos de sono que eu conseguia.

Meu problema, basicamente, era o abuso de pílulas; estimulantes, de vez em quando, misturados aos calmantes, pois estes, embora tivessem deixado de induzir o sono, continuavam provocando ressaca durante o dia, de modo que eu andava num estado de perpétuo sonambulismo. Dormir sem remédios era impossível, um conto de fadas, um sonho infantil remoto. E os calmantes estavam acabando; embora calculasse que Cloke os teria, ou Bram, ou alguém, decidi cortá-los por alguns dias — boa ideia, em tese, mas foi penoso demais emergir de minha existência submarina lúgubre para a explosão implacável de luzes e ruídos. O mundo se apresentava com uma claridade furiosa, incongruente: verde por toda parte, suor e seiva, plantas surgindo por entre as frestas da velha calçada de mármore; pedras brancas rachadas, fustigadas por um século de ventos frios de janeiro. Um milionário as doara, aquelas calçadas de mármore, um sujeito que passou o verão em North Hampden e se jogou pela janela de um prédio na Park Avenue na década de 20. Atrás das montanhas o céu nublado era escuro como ardósia. Crescia a pressão do ar; choveria em pouco tempo. Os gerânios floresciam no jardim das casas, vermelhos contra a cerca branca, ferozes e angustiantes.

Entrei na rua Water, que seguia para o Norte, passando pela casa de Henry, e ao me aproximar vi uma sombra no quintal. *Não*, pensei.

Mas era verdade. Lá estava ele de joelhos, com um balde de água e um pano, e ao me aproximar percebi que não lavava as pedras, mas uma roseira. Debruçado sobre a planta, limpava as folhas meticuloso, como um jardineiro maluco de *Alice no país das maravilhas*.

Pensei por um momento que fosse interromper sua atividade, mas não, e finalmente resolvi cruzar o portão do jardim. "Henry", falei. "O que está fazendo?"

Ele olhou para cima, calmamente, como se esperasse minha visita. "Ácaros", disse. "Choveu muito na primavera. Já pulverizei as roseiras duas vezes, mas preciso retirar os ovos das folhas com a mão." Ele mergulhou o pano no balde. Notei que, pela primeira vez nos últimos tempos, ele parecia disposto, seus modos tensos mais relaxados e naturais. Nunca considerei Henry bonito — na verdade, sempre suspeitara que apenas a formalidade de comportamento o livrava da mediocridade, em termos de aparência, bem entendido. Mas agora, menos rígido, menos controlado em seus movimentos, ele adquiria uma graça felina, segura, uma agilidade que me surpreendia. Caiu-lhe sobre o rosto uma mecha do topete. "Esta é a Reine des Violetes", disse, apontando para a roseira. "Uma variedade antiga, adorável. Criada em 1860. E está aqui é a madame Isaac Pereire. As flores têm cheiro de framboesa."

Perguntei: "Camilla está?".

Seu rosto não indicou o menor sinal de emoção, nem qualquer esforço para disfarçar sentimentos. "Não", disse, retornando ao trabalho. "Dormia quando saí. Não quis acordá-la."

Para mim foi um choque ouvi-lo falar de Camilla com tanta intimidade. Plutão e Perséfone. Olhei para suas costas, retas como uma tábua, e tentei imaginar os dois juntos. As mãos brancas imensas com unhas quadradas.

Henry perguntou, inesperadamente: "Como vai Charles?".

"Bem", respondi, depois de um intervalo bizarro.

"Voltará logo para casa, suponho."

Um encerado sujo batia ao vento, fazendo barulho, no telhado. Ele continuou a trabalhar. As calças escuras, com suspensórios cruzados nas costas, sobre a camisa branca, davam-lhe uma aparência vagamente Amish.

"Henry", falei.

Ele não olhou para cima.

"Henry, não é da minha conta, mas espero, pelo amor de Deus, que você saiba o que está fazendo." Parei, mas ele não reagiu. "Não viu Charles, mas eu vi, não creio que tenha se dado conta do estado em que ele se encontra. Pergunte a Francis, se não acredita em mim. Até Julian notou. Sabe, tenho tentado conversar com você, mas acho que não quer entender. Ele está fora de si, e Camilla não percebe isso, não sei o que fará quando voltar. Nem sei se tem condições de viver por sua própria conta..."

"Desculpe", Henry disse, "mas pode me passar a tesoura?"

Não me mexi, fiquei em silêncio. Finalmente, ele estendeu a mão e a pegou. "Tudo bem", disse bem-humorado. "Não faz mal." Com muito cuidado, ele afastou os ramos e podou um deles, no meio, com tesoura de poda em ângulo, evitando molestar outro galho encostado no primeiro.

"Qual é o problema com você, afinal?" Eu mal conseguia manter a voz baixa. Havia janelas no apartamento de cima, que davam para os fundos. Ouvi vozes, rádio ligado, movimento de pessoas. "Por que torna as coisas tão difíceis para todos?" Ele não se virou. Arranquei a tesoura de sua mão e a joguei no chão com força. "*Responda*", falei.

Encaramo-nos por um longo tempo. Por trás dos óculos, seus olhos eram firmes e muito azuis.

Finalmente, ele me disse, calmo: "Pode confessar".

A intensidade de seu olhar me amedrontou. "Como?"

"Você não sente muita coisa pelas outras pessoas, não é?"

A frase me surpreendeu. "Do que está falando? Claro que sinto."

"É mesmo?" Ele ergueu uma sobrancelha. "Duvido muito. Não importa", ele disse, após uma pausa longa, tensa. "Eu também não."

"Aonde está tentando chegar?"

Ele deu de ombros. "A lugar algum. Só quero dizer que minha vida, em sua maior parte, tem sido muito aborrecida e desanimada. Morta, entende. O mundo sempre foi um lugar vazio para mim. Era incapaz de sentir prazer, até nas mínimas coisas. Eu me sentia morto em tudo o que fazia." Ele limpou a sujeira das mãos. Mas tudo mudou", ele disse, "na noite em que matei aquele homem."

Fiquei chocado — um pouco temeroso também — por sua referência tão aberta a algo mencionado, por acordo mútuo, exclusivamente por meio de códigos, palavras secretas, uma centena de eufemismos diferentes.

"Foi o fato mais importante de minha vida", ele disse calmamente. "Permitiu que eu fizesse o que sempre havia sonhado."

"E o que era?"

"Viver sem pensar."

As abelhas zumbiam em torno das madressilvas. Ele retornou ao trabalho na roseira, podando os galhos menores no alto.

"Eu antes vivia paralisado, embora não o soubesse", disse. "Pois pensava demais, vivia demasiadamente voltado para a mente. Não conseguia tomar decisões. Estava imobilizado."

"E agora?"

"Agora", ele disse, "agora eu sei que posso fazer qualquer coisa que eu decida." Henry ergueu a vista. "E, a não ser que me engane, você também experimentou uma sensação similar."

"Não sei do que está falando."

"Ora, claro que sabe. A onda de poder e deleite, de confiança, de controle. A repentina noção da riqueza do mundo. De suas infinitas possibilidades."

Ele falava sobre o desfiladeiro. E, para meu horror, percebi que tinha razão, de certa forma. Por mais desagradável que tenha sido, não poderia nunca negar que o assassinato de Bunny lançara sobre todos os eventos subsequentes um colorido inédito. E, embora esta nova lucidez fosse por vezes enervante, não havia como negar que produzia um certo prazer.

"Não entendo o que isso tem a ver com o resto", falei, às costas dele.

"Eu também não sei direito", ele disse, avaliando o equilíbrio da roseira antes de podar com cuidado extremo mais um galho do centro. "Exceto que não há nada que importe muito. Os últimos seis meses deixaram isso claro. E, ultimamente, tem sido vital encontrar uma ou duas coisas que realmente importem. Isso é tudo."

Ao pronunciar a última frase, ele recuou. "Pronto", disse finalmente. "Acha que ficou bom? Ou preciso abrir um pouco mais no meio?"

"Henry", falei, "preste atenção em mim."

"Não queria podar demais", ele disse distraído. "Deveria ter feito isso há um mês. Os galhos sangram quando são podados nesta época, mas antes tarde do que nunca, como dizem."

"Henry. *Por favor*." Estava a ponto de chorar. "Qual é o problema com você? Perdeu o juízo? Não compreende o que está acontecendo?"

Levantando-se, Henry limpou as mãos na calça. "Preciso entrar agora", ele disse.

Observei-o enquanto recolhia a pá e a tesoura e se afastava. Pelo menos, pensei, ele vai olhar para trás e dizer algo. Até, logo, qualquer coisa. Mas que nada. Ele entrou. E fechou a porta atrás de si.

Cheguei ao apartamento de Francis. Tudo escuro, apenas pequenas faixas de luz a sair pelas frestas das venezianas fechadas. Ele estava dormindo. Um cheiro acre se misturava ao de cigarro. Pontas flutuavam num copo de gim. Vi uma marca escura, cheia de bolhas, no verniz da mesa de cabeceira.

Abri o vidro da janela para que entrasse um pouco de sol. Ele esfregou os olhos, chamou-me de um nome desconhecido. Depois me reconheceu. "Olá", disse, o rosto cansado, pálido. "Ah, é você. O que veio fazer aqui?"

Lembrei-o de que havíamos combinado em visitar Charles.

"Que dia é hoje?"

"Sexta-feira."

"Sexta." Francis deitou-se novamente. "Odeio a sexta. E a quarta também. Dão azar. Mistério doloroso no rosário." Deitado na cama, ele olhava para o teto. "Você não tem a impressão de que algo horrível está para acontecer?"

Fiquei aflito. "Não", respondi defensivamente, embora não fosse verdade. "O que acha que pode acontecer?"

"Sei lá", respondeu sem se mover. "Talvez eu esteja enganado."

"Deveria abrir a janela", falei. "Seu quarto cheira mal."

"Que se dane. Não sinto cheiro algum. Estou com sinusite." Distraído, com uma das mãos ele tateou em busca do cigarro na mesa de cabeceira. "Meu Deus, como estou deprimido. Não conseguiria visitar Charles agora."

"Mas precisamos ir."

"Que horas são?"

"Onze, mais ou menos."

Depois de um momento de silêncio, ele disse: "Escute. Tive uma ideia. Vamos comer. Depois passaremos lá".

"Ficaríamos preocupados o tempo inteiro."

"Vamos telefonar para Julian, então. Aposto que ele virá."

"Por que deseja chamar Julian?"

"Estou deprimido. Encontrá-lo sempre me anima." Ele virou de bruços. "Ou não, talvez. Sei lá."

* * *

Julian abriu a porta — só uma fresta, como na primeira vez em que bati — e terminou de abrir quando viu quem era. Francis perguntou imediatamente se ele queria almoçar conosco.

"Mas é claro, eu adoraria." Ele riu. "Esta foi uma manhã curiosa. Muito interessante. Vamos, falarei a respeito no caminho."

As coisas curiosas a que Julian se referia com frequência se revelavam bem comuns. Por escolha própria, mantinha tão pouco contato com o mundo exterior, que considerava o corriqueiro bizarro: horóscopo pelo computador, digamos, ou uma novidade no supermercado — cereais matinais em forma de vampiro, iogurte enlatado que não necessitava de refrigeração. Gostávamos de ouvir suas aventuras no século XX, de modo que Francis perguntou o que ocorrera.

"Bem, a secretária do Departamento de Língua e Literatura acabou de sair daqui", ele disse. "Ela me trouxe uma carta. Existem lá escaninhos para correspondência dos professores, sabem. Caixinhas para entrada e saída de material, no escritório, onde podemos deixar cartas ou recebê-las. Claro, jamais as utilizo. Qualquer um com quem eu possa querer conversar sabe como me localizar. Esta carta", ele apontou, aberta em cima da mesa, a nosso lado, próxima a seus óculos de leitura, "endereçada a mim por algum motivo foi parar no escaninho do sr. Morse, que viajou para fazer um curso. Seu filho passou lá para apanhar a correspondência esta manhã e descobriu que por um engano ela se encontrava entre as cartas de seu pai."

"Que tipo de carta?", Francis perguntou. "De quem?"

"De Bunny", Julian disse.

Uma faca afiada de terror varou meu coração. Arregalamos os olhos, atônitos. Julian sorriu para nós, numa pausa dramática, para que o espanto desabrochasse integralmente.

"Na verdade, não é *realmente* de Edmund. Trata-se de uma falsificação, e das mais grotescas. Imaginem, foi datilografada, e não traz assinatura nem data. Não me parece legítima, concordam?"

Francis recobrou a voz. "Datilografada?"

"Sim."

"Mas Bunny não tinha máquina de escrever."

"Bem, nos quatro anos em que foi meu aluno, jamais entregou um trabalho datilografado para *mim*. Pelo que eu sei, ele nem mesmo sabia datilografar. Ou sabia?", ele perguntou, com ar astuto.

"Não", Francis respondeu sincero, depois de refletir um pouco. "Não mesmo. Acho que tem razão." Confirmei suas palavras, embora soubesse — e Francis também — que na verdade Bunny sabia datilografar. Não tinha máquina — isso era um fato; mas costumava pedir emprestada a máquina de Francis, ou usar uma das antigas máquinas manuais da biblioteca. Na verdade — embora nenhum de nós sequer cogitasse em mencionar isso — ninguém da turma jamais entregou um trabalho datilografado para Julian. E por uma razão muito simples. Era impossível usar o alfabeto grego numa máquina de escrever em inglês. Henry possuía uma máquina portátil com alfabeto grego que adquirira nas férias em Mykonos, mas nunca a usava porque, como explicou, o teclado era diferente, e precisou de cinco minutos para datilografar seu próprio nome.

"Considero de extremo mau gosto que alguém faça uma brincadeira deste tipo", Julian disse. "Não posso imaginar quem seria capaz de uma coisa dessas."

"Quanto tempo ela ficou na caixa de correspondência?", Francis perguntou. "Você sabe?"

"Bem, isso é outra questão", Julian disse. "Pode ter sido colocada lá em qualquer época. Segundo a secretária, o filho do sr. Morse não apanha a correspondência do pai desde março. Isso significa, claro, que pode ter sido deixada lá entre março e ontem." Ele apontou para o envelope em cima da mesa. "Vejam. Só há o meu nome, datilografado na frente, sem endereço do remetente, data ou carimbo do correio. Obviamente, trata-se de uma piada de mau gosto. Contudo, não posso imaginar alguém capaz de uma brincadeira tão cruel. Pensei até em contar ao deão, mas, depois de tanta comoção, não pretendo criar nenhum caso."

Assim que o choque inicial terrível passou, comecei a respirar com menos dificuldade. "Que tipo de carta é?", perguntei. Julian deu de ombros. "Podem ler, se desejarem."

Eu a peguei. Francis olhou por cima do meu ombro. Em espaço um, continha cinco ou seis folhas de papel pequeno, do tipo semelhante ao que Bunny usava. Embora as folhas fossem mais ou menos do mesmo tamanho, não combinavam exatamente. Soube, pelo modo como a fita deixava o texto meio vermelho e meio preto, que fora escrita na máquina existente na sala de estudos aberta vinte e quatro horas.

A carta em si era incoerente, desconexa e — para meu profundo espanto — indubitavelmente genuína. Apenas passei os olhos por ela, e lembro-me tão pouco de seu conteúdo que seria incapaz de reproduzi-la aqui, mas recordo-me bem de que Bunny, se a escrevera, estava muito mais próximo de um colapso nervoso do que qualquer um de nós imaginava. Havia obscenidades de todos os tipos, e ninguém imaginaria que Bunny os usasse numa carta a Julian, nem mesmo nas circunstâncias mais desesperadas. Faltava a assinatura, mas não faltavam indicações claras de que Bunny Corcoran, ou alguém que passava por ele, era o autor. Sobravam erros de ortografia, muitos dos quais erros característicos de Bunny, que felizmente não chamaram a atenção de Julian, pois Bunny escrevia tão mal que em geral pedia a alguém que revisasse seus trabalhos antes de entregá-los. Mesmo que eu tivesse dúvidas quanto à autoria, o texto confuso e paranoico e a referência ao crime em Battenkill bastariam para esclarecer tudo. "Ele" (ou seja, Henry, a julgar pelo tom da carta a certa altura) "é um monstro, porra. Matou um homem e agora quer me matar também. Todos eles estão metidos nisso. O sujeito que eles mataram em outubro, em Battenkill, chamava-se McRee. Acho que o espancaram até a morte não tenho certeza." Havia outras acusações — algumas verdadeiras (as práticas sexuais dos gêmeos), outras não; de tão malucas, só serviam para desacreditar o conjunto. Não havia menção ao meu nome. No geral, ele mantinha um tom desesperado, bêbado, que eu já conhecia. Embora isso só me ocorresse depois, hoje em dia creio que ele deve ter ido à sala de estudos e escrito a carta na mesma noite em que entrou no meu quarto, embriagado — antes ou depois, provavelmente depois —, e neste caso foi mero golpe do acaso que eu não tenha tropeçado nele quando caminhava até o prédio de Ciências para telefonar a Henry. Eu me lembro só de uma coisa, a última linha, a única frase que li capaz de me dar um aperto no peito: "Por favor me ajude, por isso escrevo a você, é a única pessoa capaz de me ajudar".

"Bem, não sei quem escreveu isso", Francis disse, num tom tranquilo e despreocupado, "mas o pobre coitado não sabia ortografia."

Julian riu. Nem desconfiava que a carta era autêntica.

Francis pegou a carta e a folheou, pensativo. Parou na penúltima folha — cuja cor diferia ligeiramente das restantes — e a virou do outro lado, distraidamente. "Parece que...", começou a dizer, e parou.

"Parece o quê?", Julian indagou curioso.

Francis precisou de um minuto para prosseguir. "Parece que o autor precisava trocar a fita da máquina", ele disse; mas não era isso que estava pensando, ou o que eu havia pensado, nem o que estava a ponto de dizer. Tudo isso foi apagado de nossas mentes quando, ao virar a página diferente, nós dois vimos, horrorizados, o que havia no verso. Era uma folha do papel de carta do hotel, com o endereço e o símbolo do Excelsior no alto: o hotel em que Henry e Bunny se hospedaram em Roma.

Henry nos contou, mais tarde, com a carta nas mãos, que Bunny pedira-lhe para comprar mais uma caixa de papel na véspera de sua morte. Exigia papel sofisticado, importado da Inglaterra. "Se pelo menos eu tivesse concordado", ele disse. "Ele pediu pelo menos meia dúzia de vezes. Mas pensei que não fazia sentido..." A folha do Excelsior não era tão grossa, nem sofisticada. Henry deduziu — e acertou, provavelmente — que Bunny chegara ao final da caixa e procurou mais papel na mesa, encontrando aquela folha, mais ou menos do mesmo tamanho, e a virou para usar o verso.

Tentei não olhar para ela, mas a folha invadia minha área de visão, pelo canto. Um palácio, desenhado em tinta azul, com escrita cursiva, como um cardápio de restaurante italiano. Bordas azuladas. Inconfundível.

"Para dizer a verdade", Julian falou, "nem mesmo terminei de ler. Obviamente o autor disso é uma pessoa perturbada. Não se pode afirmar, claro, mas penso que foi escrita por algum estudante. Não concordam?"

"Não posso acreditar que um professor tenha escrito algo assim, se é o que quer dizer", Francis falou, virando novamente a folha. Nenhum de nós dois olhou para o outro. Eu sabia exatamente o que ele pensava no momento: *Como podemos roubar esta página? como levá-la daqui?*

Para distrair a atenção de Julian, caminhei até a janela. "Lindo dia, não acha?", falei de costas para eles. "Difícil crer que a neve cobria tudo há menos de um mês..." E continuei a tagarelar, sem me dar conta do que dizia, temendo olhar para trás.

"Sim", Julian comentou educadamente, "sim, está uma delícia lá fora." Mas sua voz não veio do ponto esperado, e sim do outro lado, perto da estante.

Virei e vi que vestia o casaco. Pela expressão no rosto de Francis, soube que fracassara. Virado meio de lado, controlava Julian com o canto do olho. Por um momento, quando Julian virou o rosto para tossir, tive a impressão de que ele conseguiria, mas assim que ele tocou na folha, Julian virou de novo, e ele não teve outra escolha senão recolocá-la em seu lugar, disfarçadamente, como se as páginas estivessem fora de ordem e ele as organizasse.

Julian sorriu para nós, à porta. "Estão prontos, rapazes?", disse.

"Certamente", Francis disse com mais entusiasmo que sentia. Deixou a carta, dobrada, em cima da mesa, e nós dois seguimos Julian para a rua, sorrindo e conversando, embora eu notasse a tensão nos ombros de Francis e mordesse a parte interna dos lábios de frustração.

Foi um almoço terrível. Pouco me recordo do que aconteceu, só que fazia um dia muito claro e que nos sentamos perto da janela, onde o brilho nos meus olhos só aumentava a confusão e o desconforto. E o tempo inteiro só falamos da carta, da carta, da carta. Teria seu autor algo contra Julian? Ou seria alguém furioso conosco? Francis controlou-se melhor do que eu, mas tomava uma taça de vinho atrás da outra e suava de leve, na testa.

Julian convencera-se de que a carta era falsa. Deixou isso bem claro. Mas se visse o cabeçalho do hotel estaríamos perdidos, pois ele sabia tão bem quanto nós que Bunny e Henry se hospedaram no Excelsior por cerca de duas semanas. Nossa esperança era que ele simplesmente a jogasse no lixo, sem mostrá-la a ninguém, sem examiná-la novamente. Mas Julian adorava uma intriga, segredos, e aquele tipo de acontecimento o levava a especular por vários dias. ("*Não*. Difícil crer que tenha sido um professor. O que acham?") Sua disposição anterior de mostrá-la ao deão não me saía da cabeça. Precisávamos pegar a carta a qualquer preço. Invadindo sua sala, talvez. Mesmo presumindo que ele a deixaria lá, num local onde poderíamos encontrá-la, isso significava esperar seis ou sete horas.

Bebi demais durante o almoço, mas no final da refeição ainda me sentia tão nervoso que pedi brandy com a sobremesa, em vez de café. Francis escapou duas vezes para telefonar. Tentava falar com Henry, eu sabia, e pedir que fosse até a sala e roubasse a carta enquanto distraíamos Julian na Brasserie; também sabia, pelo sorriso tenso na volta, que não conseguira. Na segunda vez tive uma ideia: se ele conseguia sair para telefonar, por que não poderia sair pelos fundos, pegar o carro e ir buscar a carta pessoalmente? Eu mesmo teria ido, se as chaves estivessem em meu poder. Tarde demais — Francis pagava a conta — percebi que eu deveria ter dito que esquecera algo no carro e precisava da chave para destrancá-lo.

Na volta para a escola, no silêncio tenso, pensei que sempre confiamos na capacidade de comunicar qualquer coisa ao outro. Sempre, em ocasiões anteriores, numa emergência falávamos algo em grego, disfarçando o recado com um aforismo ou citação. Mas agora seria impossível.

Julian não nos convidou para entrar em sua sala. Nós o observamos quando seguiu pela calçada, acenando ao entrar pela porta dos fundos do Lyceum, por volta da uma e meia da tarde.

Continuamos no carro, imóveis por um momento, depois que ele desapareceu. O sorriso forçado de despedida de Francis sumiu de seu rosto. Com uma violência que me assustou, de repente ele começou a bater com a cabeça no volante. "Merda!", gritou. "Merda! Merda!"

Agarrei seu braço e o sacudi. "Cale a boca", falei.

"Mas que merda!", ele gemeu, levantando a cabeça, com as costas da mão na testa. "Merda. Acabou tudo, Richard."

"Cale a boca."

"Acabou. Estamos perdidos. Vamos para a cadeia."

"Cale a boca", repeti. Seu pânico, ironicamente, me deixara sóbrio. "Precisamos pensar numa saída."

"Quer saber?", Francis disse. "Deixe estar. Se fugirmos agora, poderemos chegar a Montreal esta noite. Ninguém nos encontrará."

"Isso não faz sentido."

"Podemos passar alguns dias em Montreal. Vender o carro. Depois pegar o ônibus para Saskatcheswan ou algum outro lugar. Iremos para o lugar mais esquisito que houver."

"Francis, gostaria que você se acalmasse por um minuto. Creio que podemos dar um jeito nisso."

"*O que vamos fazer?*"

"Primeiro, precisamos localizar Henry."

"Henry?" Ele me olhou surpreso. "Por que acha que ele vai ajudar? Está tão atarantado, que não sabe mais o caminho da casa dele..."

"Ele não tinha uma chave da sala de Julian?"

Francis calou-se por um momento. "Sim", disse. "Sim, creio que sim. Antigamente, pelo menos."

"Então vamos", falei. "Encontraremos Henry e o levaremos até lá. Pode arranjar um pretexto para obrigar Julian a sair da sala com ele. E um de nós entra pelos fundos, abre a porta com a chave de Henry e pega a carta."

Era um bom plano. Um único problema: encontrar Henry não foi tão fácil quanto esperávamos. Não estava no apartamento, e quando passamos pelo Albemarle não vimos seu carro lá.

Retornamos de carro ao campus para checar a biblioteca, depois resolvemos ir ao Albemarle mais uma vez. Francis e eu descemos do carro e entramos no hotel.

O Albemarle, construído no século XIX, como retiro para convalescentes endinheirados, era discreto e luxuoso, com janelas altas e uma varanda imensa, fresca — a nata da sociedade, de Rudyard Kipling a F. D. Roosevelt, hospedara-se ali —, embora não fosse muito maior do que uma casa grande.

"Tentou alguém da recepção?", perguntei a Francis.

"Nem pense nisso. Eles se registraram com nome trocado, e aposto que Henry contou uma história qualquer à recepcionista, pois quando tentei conversar com ela na outra noite, ela se fechou em um segundo."

"Existe algum meio de seguir além do saguão?"

"Não tenho a menor ideia. Minha mãe hospedou-se aqui com Chris certa vez. O local não é muito grande. Há apenas uma escada, que eu saiba, e é preciso passar pela recepção para subir."

"E quanto ao térreo?"

"Bem, sei que eles estão lá em cima. Camilla falou algo sobre subir com as malas. Deve haver escada de incêndio, mas não saberia como fazer para localizá-la."

Subimos os degraus da varanda. Pela porta de tela vimos o saguão frio, escuro, e atrás do balcão um sessentão de óculos em meia-lua baixos no nariz lendo um jornal, o *Banner* de Bennington.

"Você já falou com aquele homem?", murmurei.

"Não. Com a esposa."

"Ele o conhece?"

"Não."

Empurrei a porta e espiei por um momento, depois entrei. O recepcionista levantou os olhos do jornal e nos examinou de alto a baixo com ar superior. Era um daqueles aposentados metidos que a gente encontra sempre na Nova Inglaterra, o tipo que assina revistas de antiguidades e carrega sacolas de lona distribuídas como brinde em concursos pela Tevê Educativa.

Sorri para ele, com toda a simpatia que consegui. Atrás do balcão notei o quadro com as chaves dos apartamentos, organizadas em fileiras de acordo com o andar. Faltavam três chaves, 2-B, -C e -E no segundo andar, e só uma, 3-A, no terceiro.

Ele nos encarava antipático. "Posso ajudá-los?", perguntou.

"Por favor", falei, "gostaria de saber se meus pais já chegaram da Califórnia."

Ele levou um susto. Abriu o registro de hóspedes. "Qual é o nome deles?"

"Rayburn. Senhor e senhora Cloke Rayburn."

"Não têm reserva."

"Não posso garantir que tenham feito reserva."

Ele me olhou por cima dos óculos. "Em geral, exigimos reservas antecipadas, com depósito e antecedência mínima de quarenta e oito horas", disse secamente.

"Eles imaginaram que não seria necessário nesta época do ano."

"Bem, não podemos garantir acomodações para eles quando chegarem."

Poderia ter dito que o hotel estava quase vazio e que não via um monte de hóspedes desesperados por uma vaga, mas apenas sorri novamente e disse: "Então eles terão de correr este risco. O avião aterrissou em Albany ao meio-dia. Devem chegar a qualquer momento".

"Certo."

"Importa-se se esperarmos?"

Obviamente, ele se importava. Mas não poderia falar isso. Apenas balançou a cabeça, apertando os lábios. Pensava, sem dúvida, no sermão que passaria em meus pais, sobre a política de reservas da casa. Com um gesto ruidoso, ostensivo, voltou ao jornal.

Sentamo-nos num sofá vitoriano num canto, o mais longe possível da recepção.

Francis, inquieto, não parava de olhar em volta. "Não quero ficar aqui", sussurrou, quase sem mover os lábios, aproximando-os do meu ouvido. "E se a esposa dele chegar?"

"Mas que sujeito danado", falei.

"Ela é pior ainda."

O recepcionista fez questão de não olhar para nós. Na verdade, virou de costas. Segurei o braço de Francis. "Já volto", sussurrei. "Diga a ele que fui ao banheiro."

A escada carpetada permitiu que eu subisse sem fazer barulho. Percorri o corredor até encontrar o 2-C e, ao lado, o 2-B. As portas lisas não davam a menor pista, mas não era o momento de hesitar. Bati em 2-C. Nenhuma resposta. Bati novamente, com mais força. "Camilla!", chamei.

Em função do barulho, um cachorro latiu no 2-E. *Não é lá*, pensei, e quando ia bater pela terceira vez, a porta se abriu e uma senhora de meia-idade, usando saia de golfista, me encarou. "Pois não", ela disse. "Procura alguém?"

Gozado, pensei, ao subir o último lance da escada, mas a intuição me revelara desde o início que eles estariam no último andar. Cruzei uma senhora sessentona, magra, no corredor — vestido estampado, óculos coloridos, rosto pontudo antipático como o de um poodle —, carregando uma pilha de toalhas dobradas. "Espere!", ela gritou. "Aonde pensa que vai?"

Mas eu já havia passado por ela, percorrido o corredor e batia na porta do 3-A. "Camilla!", gritei. "É Richard! Abra a porta!"

E de repente lá estava ela, como um milagre: o sol a iluminava por trás, e Camilla, descalça, piscou de surpresa. "Oi", disse. "O que está fazendo aqui?" E, nas minhas costas, a voz da esposa do recepcionista. 'O que pensa que veio fazer aqui? Quem é você?"

"Está tudo bem", Camilla disse.

Senti falta de ar. "Preciso entrar", falei com dificuldade.

Ela me deixou entrar e fechou a porta. O apartamento era lindo — lambris de carvalho, lareira, uma só cama, como reparei logo, no quarto, cobertas amontoadas no pé da cama... "Henry está?", perguntei.

"O que houve?" Círculos rosados brilhantes surgiram em suas faces. "É Charles, não é? O que aconteceu?"

Charles. Eu me esquecera dele. Esforcei-me para recuperar o fôlego. "Não", falei. "Não tenho tempo para explicar. Precisamos encontrar Henry. Onde ele está?"

"Bem", ela consultou o relógio, "creio que foi para o escritório de Julian."

"*Julian*?"

"Sim. Qual é o problema?", ela disse ao notar o espanto em meu rosto. "Tinha um encontro marcado com ele, para as duas horas se não me engano."

Desci correndo para chamar Francis antes que o recepcionista e sua esposa pudessem conversar.

"O que vamos fazer?", Francis disse, no carro, quando voltávamos para a faculdade. "Esperar do lado de fora até que saia?"

"Assim perderemos a chance. Acho melhor que um de nós entre lá."

Francis acendeu um cigarro. A chama do fósforo oscilou. "Talvez não haja mais nenhum problema", ele disse. "Henry já deve ter apanhado a carta."

"Não sei", falei. Mas pensava a mesma coisa. Se Henry tivesse visto o cabeçalho do hotel na carta, com certeza tentaria pegá-la, e apostava em um desempenho melhor de sua parte, se comparado com o de Francis e o meu. Além disso — soava mesquinho, mas era verdade — Henry contava com o favoritismo de Julian. Caso se dedicasse ao assunto, poderia convencê-lo a entregar a carta inteira com o pretexto de levá-la para a polícia, analisar a datilografia, quem poderia dizer o que ele imaginaria?

Francis me olhou de esguelha. "Se Julian descobrir tudo", ele disse, "como pensa que ele vai agir?"

"Não sei", falei, e não sabia mesmo. Era uma perspectiva tão impensável que as únicas reações possíveis seriam melodramáticas e improváveis. Julian sofreria um ataque do coração, fatal. Julian choraria descontroladamente, arrasado.

"Duvido que ele nos delate."

"Não sei."

"Mas ele jamais faria isso. Ele nos *adora*."

Não falei nada. A despeito do que Julian pudesse sentir por mim, não havia como negar que eu sentia por ele amor e confiança genuínos. Conforme meus pais se distanciaram mais e mais de mim — um afastamento que aumentava com o passar dos anos —, Julian se tornara o único representante da benevolência paterna em minha vida, ou, na verdade, de qualquer tipo de benevolência. Eu o considerava meu único protetor no mundo.

"Foi um engano", Francis disse. "Ele precisa entender."

"Talvez", falei. Não concebia a possibilidade de que ele nos descobrisse, mas tentei visualizar minha explicação desta catástrofe para alguém. Concluí que seria mais fácil explicar tudo a Julian do que a qualquer outra pessoa. Talvez sua reação fosse similar à minha. Talvez ele visse os crimes como fatos tristes, penosos, pitorescos ("Eu já fiz de tudo", Tolstoi costumava se gabar, "cheguei a matar um homem"), e não como atos basicamente egoístas e maus, como o eram.

"Sabe o que Julian costumava dizer, não sabe?", Francis falou.

"A respeito do quê?"

"De um santo hindu, capaz de matar milhares de pessoas no campo de batalha, e isso não era pecado, a não ser que ele sentisse remorso."

Já ouvira aquilo de Julian, sem entender o que queria dizer. "Não somos hindus", falei.

"*Richard*", Julian disse, num tom que indicava simultaneamente boas-vindas e o aviso de que chegara numa hora imprópria.

"Henry está aqui? Preciso falar com ele."

Julian se mostrou surpreso. "Claro", falou, abrindo a porta.

Encontrei Henry sentado em frente à mesa onde estudávamos grego. A poltrona vazia de Julian, que ficava perto da janela, fora empurrada até aproximar-se da sua. Havia diversos papéis sobre a mesa, e a carta estava bem na frente deles. Henry ergueu os olhos. Não parecia contente em me ver.

"Henry, podemos conversar?"

"Certamente", ele disse com frieza.

Dei meia-volta, pensando em ir até o corredor, mas ele não se moveu. Evitava me encarar. *Droga*, pensei. Ele imaginava que eu pretendia prosseguir a conversa iniciada em seu jardim.

"Poderia me acompanhar até lá fora por um minuto?", falei.

"De que se trata?"

"Preciso falar com você."

Ele ergueu uma sobrancelha. "Quer dizer que deseja conversar comigo *em particular?*", disse.

Senti vontade de matá-lo. Julian, educadamente, fingia não prestar atenção em nosso diálogo, mas aquilo despertou sua curiosidade. Esperava, parado em pé atrás da poltrona. "Nossa", ele disse. "Espero que não tenha acontecido nada de grave. Querem que eu saia?"

Claro que não, Julian", Henry disse, olhando para Julian e não para mim. "Não precisa."

"Está tudo bem?", Julian me perguntou.

"Sim, sim", falei. "Mas preciso conversar com Henry por um minuto. Trata-se de algo importante."

"Não pode esperar um pouco?", Henry disse.

A carta estava aberta sobre a mesa. Com horror, vi que ele a virava lentamente, como se fosse um livro, fingindo examinar as páginas uma a uma. Não vira o cabeçalho do hotel. Não sabia de nada ainda.

"Henry", falei, "é uma emergência. Preciso falar com você *imediatamente.*"

O tom urgente de minha voz o impressionou. Ele parou e girou a poltrona para olhar para mim — os dois me encaravam atentos — e, ao fazer isso, no mesmo movimento, ele virou a página que tinha nas mãos. Meu coração pulou. Lá estava o papel do hotel, com o cabeçalho para cima, na mesa. O palácio impresso em azul.

"Tudo bem", Henry disse. E depois, para Julian: "Lamento. Voltarei num instante".

"Certamente", Julian disse. Ele adotou um ar compenetrado, preocupado. "Espero que não seja nada sério."

Sentia vontade de chorar. Conseguira a atenção de Henry, mas agora ela era inútil. A página estava exposta sobre a mesa.

"Qual é o problema?", Henry disse, olhando fixo para mim.

Ele estava atento, como um gato na hora do bote. Julian também me olhava. A carta continuava sobre a mesa, entre eles, bem na linha de visão de Julian. Bastava que ele baixasse um pouco os olhos.

Meus olhos fixaram-se na carta, depois em Henry. Ele entendeu tudo num instante e virou o corpo, suave mas rapidamente; não foi rápido o bastante, porém, e naquela fração de segundo Julian olhou para baixo — por acaso, sem se dar conta, mas olhou, antes que Henry conseguisse agir.

Não gosto nem de pensar no silêncio a seguir. Julian debruçou-se e examinou a folha de papel por um longo tempo. Depois ergueu a página e a olhou de perto. *Excelsior. Via Veneto.* Prédio impresso em azul. Eu me sentia curiosamente leve, com a mente desanuviada.

Julian colocou os óculos e sentou-se. Deteve-se na folha, com muito cuidado, estudando a frente e depois o verso. Eu ouvia risadas de crianças, ao fundo, lá fora. Depois de muito tempo ele dobrou a carta e a guardou no bolso interno do paletó.

"Ora", disse finalmente. "Ora, ora, ora."

Como costuma ocorrer com as coisas ruins da vida, eu não me preparara para tal possibilidade. Não senti, ali em pé, remorso ou medo, mas unicamente uma humilhação terrível, esmagadora, uma vergonha enorme que não sentia desde a infância. Era ainda pior ver Henry, saber que sentia o mesmo, talvez com mais intensidade do que eu. Eu o odiava — queria matá-lo de tanta raiva — e, contudo, não aguentava vê-lo naquele estado.

Ninguém disse nada. A poeira flutuava nos raios de sol. Pense: em Camilla, no Albemarle; em Charles, no hospital; em Francis, aguardando confiante no carro.

"Julian", Henry disse, "posso explicar tudo."

"Então explique", Julian falou.

Sua voz me gelou até a medula. Embora ele e Henry tivessem em comum a frieza nos modos — por vezes, em torno deles, a temperatura parecia cair —, sempre considerara a frieza de Henry mais profunda, essencial, e a de Julian apenas um verniz, pois no fundo ele teria uma natureza cordial, afetuosa. Mas os olhos de Julian, notei naquele momento, piscavam de modo mecânico, morto. Como se a cortina teatral do charme tivesse sido aberta para que eu o visse pela primeira vez como era realmente: não o velho sábio benevolente, o padrinho indulgente e protetor de meus sonhos, e sim um sujeito ambíguo, moralmente neutro, cujos modos traiçoeiros ocultavam uma pessoa caprichosa, vigilante, empedernida.

Henry começou a falar. Foi tão doloroso ouvi-lo — Henry! — tropeçando tanto nas palavras que temo ter me esquecido da maior parte do que ele disse. Começou, típico, tentando justificar sua atitude, mas logo desistiu, fulminado pelo silêncio glacial de Julian. Depois — ainda me arrepio ao lembrar — um tom desesperado, suplicante, tomou conta de sua voz. "Ser obrigado a mentir me desagradou, claro", desagradou! como se falasse de uma gravata feia, um jantar maçante!, "nunca quisemos mentir *a você*, mas foi necessário. Quer dizer, eu achei que era necessário. O primeiro caso foi um acidente; não havia motivo para preocupá-lo com aquilo, certo? E depois, com Bunny... ele não era uma pessoa feliz nos últimos meses. Com certeza você sabe disso. Tinha muitos problemas pessoais, problemas familiares..."

Ele falou e falou. O silêncio de Julian era amplo, ártico. Um som penoso, insistente, zumbia na minha cabeça. *Não aguento mais isso*, pensei. *Preciso sair daqui*, mas Henry não parava de falar, e fiquei parado ali, e me sentia mais enjoado e calamitoso ao ouvir a voz de Henry e ver a expressão de Julian.

Incapaz de suportar a cena, dei meia-volta para sair. Julian percebeu. Abruptamente, ele cortou Henry no meio da frase. "Já chega", disse.

Houve uma pausa terrível. Olhei para ele. *Ele não quer ouvir mais nada. Não quer ficar sozinho com Henry.*

Julian enfiou a mão no bolso. A expressão em seu rosto era indecifrável. Ele tirou a carta e a entregou a Henry. "Acho melhor você ficar com isso", disse.

Julian não se levantou da mesa. Nós dois saímos da sala dele sem dizer uma palavra. Estranho, penso agora. Aquela foi a última vez em que o vi.

Henry não falou nada no corredor. Afastou-se lentamente, desviando os olhos, como se fôssemos estranhos. Desci a escada, e ele ficou lá em cima, olhando pela janela, cego, sem ver nada.

Francis entrou em pânico quando me viu. "Oh, não", ele disse. "Meu Deus. O que aconteceu?"

Demorei muito tempo até conseguir falar. "Julian viu a carta", falei.

"*Como?*"

"Ele viu o cabeçalho. Henry está com a carta."

"Como ele a conseguiu?"

"Julian entregou a carta a ele."

Francis estava jubilante. "Ele entregou a carta? Deu a carta a Henry?"

"Sim."

"E não vai contar a ninguém?"

"Não, creio que não."

A amargura em minha voz o surpreendeu.

"Então qual é o problema?", ele disse animado. "Você conseguiu, não foi? Tudo bem. Agora está tudo bem. Não é?"

Eu olhava pela janela do carro, para a janela da sala de Julian.

"Não", falei, "acho que não está."

Há muitos anos, num caderno velho, escrevi: "Uma das qualidades mais atraentes de Julian é sua incapacidade de ver as pessoas como elas realmente são". Embaixo, em tinta diferente, acrescentei: "E talvez uma de minhas qualidades, também (?)".

Para mim sempre foi difícil falar de Julian sem romancear. De muitas maneiras, eu o amava; em sua presença, sentia o impulso de enfeitar, melhorar, de basicamente reinventar tudo. Creio que isso ocorria porque Julian também dedicava-se constantemente ao processo de reinventar as pessoas e os fatos que o circundavam, atribuindo gentileza, sabedoria, charme ou bravura a ações que não continham nada disso. Era um dos motivos pelos quais eu o amava: a luz lisonjeira sob a qual me via e que me tornava a pessoa que eu queria ser em sua presença, pois ele me permitia este prazer.

Hoje, claro, seria fácil passar para o extremo oposto. Poderia dizer que o segredo do encanto de Julian estava em se aproximar de jovens ansiosos para achar que eram melhores do que os outros; que possuía o estranho dom de transformar sentimentos de inferioridade em superioridade e arrogância. Poderia dizer também que não agia por motivos altruístas, e sim por egoísmo, de modo a satisfazer seus próprios impulsos egoístas. Poderia prosseguir nesta linha, creio, com razoável grau de precisão. Mas, ainda assim, isso não explicaria a magia fundamental de sua personalidade, nem o motivo — mesmo à luz dos eventos subsequentes — que me leva a desejar ardentemente vê-lo como o vi pela primeira vez: um velho sábio que apareceu do nada, numa estrada desolada, com a tentadora oferta de tornar meus sonhos realidade.

Nem nos contos de fadas tais gentis senhores e suas ofertas fascinantes são o que aparentam. Esta não deveria ser uma constatação difícil de aceitar a esta altura, mas era, por algum motivo. Mais do que nunca eu gostaria de poder afirmar que o rosto de Julian se esfacelou quando soube o que havíamos feito.

Gostaria de poder contar que ele pôs a cabeça na mesa e chorou, chorou por Bunny, chorou por nós, chorou pelos desvios e vidas perdidos: que chorou por si mesmo, por ter sido tão cego, por se recusar repetidamente a ver.

O caso é que sinto a forte tentação de dizer que ele fez tudo isso, embora não seja verdade.

George Orwell — um observador atento do que existe por trás da aparência das belas fachadas, sociais ou não — encontrara-se com Julian em diversas ocasiões, e não gostara dele. Aos amigos, escreveu: "Ao conhecer Julian Morrow, a gente tem a impressão de que se trata de um homem de simpatia e calor extraordinários. Mas o que chamam de 'serenidade oriental' dele não passa, creio, de uma máscara para sua extrema frieza. O que mostramos a ele invariavelmente se reflete de volta, criando a ilusão de profundidade e calor, quando na verdade ele é superficial e duro como um espelho. Acton", tratava-se, provavelmente, de Harold Acton, que se encontrava em Paris na época, sendo amigo tanto de Orwell quanto de Julian, "discorda de mim. Mas creio que não se pode confiar no sujeito".

Refleti um bocado sobre esta passagem e também sobre um comentário ferino feito, imaginem, logo por Bunny, entre tantas pessoas: "Sabe, Julian é uma daquelas pessoas que pegam os seus bombons favoritos numa caixa e deixam o resto". No início, parece meio enigmático, mas no fundo não consigo pensar em metáfora mais adequada para definir a personalidade de Julian. Ganha de um outro comentário, de Georges Laforgue, na ocasião em que coloquei Julian nas nuvens. "Julian", ele retrucou secamente, "jamais será um estudioso de primeira linha, pois só é capaz de ver as coisas numa perspectiva seletiva."

Quando discordei — com veemência — e perguntei qual o problema em concentrar a atenção em apenas dois elementos, quando estes eram a Arte e a Beleza, Laforgue replicou: "Não há nada de errado no amor pela Beleza. Mas a Beleza — a não ser que esteja vinculada a algo mais significativo — é sempre superficial. Julian não somente se concentra em determinados aspectos importantes; ele também prefere ignorar outros igualmente importantes".

Interessante. Ao recontar estes casos, lutei contra a tendência de idolatrar Julian, de fazer dele um santo — basicamente, de falsificá-lo —, de modo a tornar nossa veneração mais compreensível; tentei ir além, em resumo, de minha tendência fatal de tornar boas as pessoas interessantes. E sei que disse antes que ele era perfeito, embora não o fosse, longe disso; sei que ele era tolo e fútil, distante e até cruel, e mesmo assim o amamos, nós o amamos apesar e por causa disso.

Charles recebeu alta no hospital no dia seguinte. Apesar da insistência de Francis em levá-lo para sua casa por algum tempo, Charles insistiu em voltar a seu próprio apartamento. Suas faces estavam encovadas; perdera peso e precisava cortar o cabelo. Saiu de lá deprimido, zangado. Não contamos o que ocorrera.

Senti pena de Francis. Percebi que se preocupava com Charles, incomodava-se em vê-lo tão hostil e ensimesmado. "Quer comer?", perguntou.

"Não."

"Deixe disso. Vamos até a Brasserie."

"Não tenho fome."

"Vai ser legal. Eu pago um daqueles doces que você adora como sobremesa."

Fomos até a Brasserie, às onze da manhã. Por uma infeliz coincidência, o garçom nos acomodou na mesa perto da janela, a mesma onde Francis e eu nos sentamos com Julian havia menos de vinte e quatro horas. Charles nem quis olhar o cardápio. Pediu dois Bloody Marys e os tomou em rápida sucessão. Depois pediu o terceiro.

Francis e eu baixamos os garfos e trocamos olhares preocupados.

"Charles", Francis disse, "por que você não pede uma omelete?"

"Já falei que não estou com fome."

Francis abriu o cardápio e o consultou rapidamente. Depois acenou para o garçom.

"Já disse que não estou com fome, porra", Charles disse sem erguer a cabeça. Encontrava dificuldade em manter o cigarro equilibrado entre o indicador e o médio.

Ninguém falou mais nada depois disso. Terminamos de comer e pedimos a conta, enquanto Charles terminava o terceiro Bloody Mary e pedia o quarto. Precisamos ajudá-lo a ir até o carro.

Não me considerava ansioso para voltar à aula de grego, mas quando chegou segunda-feira levantei da cama e fui assim mesmo. Henry e Camilla chegaram separados — caso Charles resolvesse aparecer, calculei, o que, graças a Deus, não aconteceu. Henry, notei, tinha os olhos inchados e estava muito pálido. Olhando pela janela, ignorou a presença de Francis e a minha.

Camilla estava nervosa — sem graça, talvez, pelo modo como Henry se comportava. Mostrou-se ansiosa para saber de Charles, e fez muitas perguntas, mas não recebeu resposta alguma para a maioria delas. Dez e dez. Nada de Julian. Dez e quinze.

"Julian nunca chegou atrasado", Camilla disse, consultando o relógio.

Henry pigarreou, de repente. Sua voz soava estranha e rouca, como se não fosse usada. "Ele não virá", disse.

Olhamos para ele.

"Como?", Francis disse.

"Creio que ele não virá hoje."

Neste momento ouvimos passos e batidas na porta. Não era Julian, e sim o deão de estudos. Ele abriu a porta e entrou.

"Muito bem, muito bem", disse. Era um sujeito dissimulado, calvo, com pouco mais de cinquenta anos, que granjeara a reputação de ser muito convencido. "Então o santuário do saber é assim. O refúgio dos deuses. Eu nunca havia sido admitido aqui."

Olhamos para ele.

"Nada mal", comentou pensativo. "Eu me recordo que, há quinze anos, antes da construção do prédio de Ciências, precisaram mandar alguns orientadores para cá. Uma psicóloga costumava deixar a porta aberta, para tornar o ambiente mais amigável. 'Bom dia', ela dizia a Julian sempre que ele passava por sua porta, 'tenha um bom dia.' Vocês acreditam que Julian telefonou para Channing Williams, meu infeliz predecessor, e ameaçou pedir demissão a não ser que a tirassem daqui? Ele riu. 'Aquela mulher terrível.' Foi assim que ele a chamou. 'Não suporto ver aquela mulher terrível me cercando, sempre que passo.'"

Aquela história corria em Hampden havia muito tempo, e o deão deixara parte de fora. A psicóloga não apenas deixava sua porta aberta como tentou forçar Julian a fazer o mesmo.

"Para dizer a verdade", o deão disse, "esperava algo mais clássico. Lamparinas de óleo. Lançamento de disco. Jovens nus lutando no chão."

"O que quer aqui?", Camilla perguntou, pouco delicada.

Ele fez uma pausa, tomou fôlego e abriu um sorriso maldoso. "Precisamos ter uma conversinha", ele disse. "Acabo de saber que Julian precisou se afastar da escola repentinamente. Pediu licença por tempo indeterminado e não sabe quando poderá retornar. Desnecessário dizer", ele pronunciou a frase com delicadeza sarcástica, "que isso os coloca numa situação deveras interessante em termos acadêmicos, principalmente porque estamos a apenas três semanas do final do semestre. Soube que ele não costumava realizar exames finais por escrito."

Olhamos para ele.

"Vocês faziam trabalhos? *Cantavam canções?* Como ele costumava avaliar seu desempenho e dar a nota final?"

"Exames orais para as optativas", Camilla disse. "Trabalho escrito para o curso de civilização." Ela era a única, entre nós, que encontrara forças para falar. "Para o curso de redação, uma tradução, do inglês para o grego, de um texto escolhido por ele."

O deão fingiu meditar sobre o tema. Depois tomou fôlego e disse: "O problema que enfrentam, e tenho certeza de que se dão conta dele, é que no momento não temos outro professor em condições de assumir este curso. O sr. Delgado possui conhecimentos de grego, e embora se ofereça para analisar os trabalhos escritos, já tem turmas demais para cuidar neste semestre. Julian recusou-se totalmente a colaborar neste aspecto. Pedi-lhe que indicasse um substituto, e ele falou que não conhecia ninguém apto".

Ele retirou uma folha de papel do bolso. "Bem, temos três opções possíveis, para nosso caso. A primeira é considerar o semestre incompleto e terminar as matérias durante o próximo semestre. Contudo, duvido que o Departamento de Língua e Literatura possa contratar outro professor de clássicos. O curso não tem muitos interessados, e o consenso geral é de que deve ser extinto, especialmente agora, pois estamos tentando colocar em funcionamento um Departamento de Semiótica."

Ele respirou fundo. "A segunda opção, para vocês, é considerar o semestre incompleto e terminar os trabalhos num curso de verão. A terceira é contratar — entendam bem, em bases *temporárias* — um professor substituto.

Vamos esclarecer esta possibilidade. A esta altura, torna-se extremamente difícil continuar a oferecer a graduação em clássicos aqui em Hampden. Aos que escolherem permanecer conosco, posso garantir que o Departamento de Inglês os absorverá com o mínimo de perdas em termos de créditos. Neste caso, os que decidirem pela transferência terão pela frente dois semestres a mais, para cumprir com as exigências do departamento, como acréscimo em seus currículos." Ele consultou a lista. "Com certeza vocês já ouviram falar em Hackett, a escola preparatória para rapazes", ele disse. "Hackett possui um extenso currículo em clássicos. Contatei o diretor esta manhã, e ele disse que poderia de bom grado enviar um professor para supervisionar os trabalhos de vocês uma ou duas vezes por semana. Embora esta possa ser a melhor opção do ponto de vista de vocês, está longe do ideal, pois depende, claro, das perspectivas..."

Neste momento Charles entrou aos trancos, pela porta.

Ele entrou e olhou em volta. Embora não estivesse tecnicamente embriagado, naquele exato momento, sua condição costumeira tornava a questão uma discussão meramente acadêmica. Camisa fora da calça. Cabelo sujo caindo sobre os olhos.

"O que foi?", ele disse, depois de algum tempo. "Onde está Julian?"

"Não sabe bater na porta?", perguntou o deão.

Charles virou-se, desequilibrado, e olhou para ele.

"O que é isso?", disse. "Quem é você, afinal?"

"Eu", respondeu o deão suavemente, "sou o deão de estudos."

"O que fizeram com Julian?"

"Ele os abandonou. Deixou-os na mão, por assim dizer. Precisou viajar inesperadamente e não sabe — ou nem considerou — a possibilidade de voltar. Deu a entender que o caso tem a ver com o Departamento de Estado, o governo de Isram e outras coisas mais. Considero benéfico que a universidade se veja livre de problemas desta ordem, que nos preocupam desde que a princesa estudou aqui. Na época só se pensou no prestígio de uma aluna assim, e nem por um momento nas repercussões possíveis. Porém, não me perguntem o que os isramianos desejam com Julian. Hampden tem agora o seu Salman Rushdie." Ele riu divertido, depois consultou novamente seu papel. "Bem, seja como for, providenciei para que o professor de Hackett os receba amanhã, aqui, às três da tarde. Espero que não haja problemas quanto a isso na agenda de vocês. Se for o caso, sugiro que reconsiderem suas prioridades, pois será a única oportunidade que ele terá para esclarecer..."

Eu sabia que Camilla passara uma semana sem ver Charles e que não estava preparada para encontrá-lo num estado tão lamentável, mas ela o olhava com uma expressão que não traía surpresa, e sim pânico e horror. Até Henry ficou surpreso.

"...e, claro, isso representa um compromisso também da parte de vocês, pois..."

"Como?", Charles perguntou, interrompendo o deão. "O que foi que disse? Julian *foi embora*?"

"Devo cumprimentá-lo, meu jovem, pelo seu conhecimento do idioma inglês."

"O que aconteceu? Ele fez as malas e foi embora, assim sem mais nem menos?"

"Em resumo, sim.",

Seguiu-se uma pausa breve. Depois Charles disse, em alto e bom som: "Henry, por que eu penso que tudo isso é culpa sua, de um jeito ou de outro?".

O silêncio posterior não teve nada de agradável. Depois Charles deu meia-volta e saiu, batendo a porta atrás de si.

O deão pigarreou.

"Como eu estava dizendo", ele continuou.

Por mais estranho que pareça, naquela altura dos acontecimentos, eu ainda era capaz de me preocupar com o fato de meu curso em Hampden ter ido por água abaixo. Mas era verdade; quando o deão falou em dois semestres suplementares, meu sangue gelou nas veias. Sabia, como sabia que a noite vinha depois do dia, que meus pais jamais estenderiam sua contribuição mísera, porém indispensável, por mais um ano. Já perdera tempo, na transferência da Califórnia, e perderia mais ainda, na nova transferência — presumindo que eu conseguisse vaga em outra escola, que conseguisse outra bolsa de estudo, com minha ficha irregular: por quê, eu me perguntei, por que fui tão estúpido, por que não escolhi um curso e me agarrei a ele, como fui chegar ao terceiro ano de faculdade, e na prática não sabia nada?

Fiquei mais furioso ainda porque nenhum dos outros parecia se importar.

Para eles, eu sabia, aquilo não fazia a menor diferença. E daí que precisariam estudar um ano a mais? O que importava, se deixassem de concluir o curso e tivessem que voltar para casa? Eles pelo menos tinham casas para voltar. E investimentos, mesadas, dividendos, avós milionárias, tios bem relacionados, famílias carinhosas. A universidade, para eles, não passava de um intervalo, de uma diversão juvenil. Mas aquela era a minha chance, minha única chance. E eu a desperdiçara.

Gastei um par de horas frenéticas andando de um lado para outro em meu quarto — quer dizer, no quarto que considerava meu, mas que não era meu de verdade, precisava desocupá-lo dali a três semanas, e ele já começava a adquirir um ar impiedoso, impessoal — e comecei a escrever um memorando ao Departamento Financeiro. O único modo de concluir o curso e tirar meu diploma — em resumo, o único meio de conseguir me sustentar no futuro, de modo minimamente tolerável — era convencer Hampden a bancar todo o custo de minha formação durante o ano adicional. Destaquei, com certa agressividade, que Julian resolvera partir e isso não era culpa minha. Mencionei cada medalha e prêmio que me deram desde a oitava série. Argumentei que um ano de clássicos poderia servir como bagagem para o curso de literatura inglesa, agora altamente desejável.

Finalmente, concluído o pedido, em minha caligrafia passional, deitei-me na cama e tentei dormir. Acordei às onze horas, troquei de roupa e segui para a sala de estudos vinte e quatro horas, onde pretendia datilografá-lo. No caminho parei na agência do correio, onde, para meu imenso prazer, um recado informava que eu fora aceito para o emprego no apartamento do Brooklyn e que o professor gostaria de me conhecer na semana seguinte para discutir os detalhes.

Bem, aquilo resolvia o problema do verão, pensei.

A lua cheia tornava bela a noite, prateando o gramado, e as fachadas das casas jogavam sombras negras quadradas, como se tivessem removido a grama. As janelas estavam fechadas em sua maioria: todos dormiam, iam cedo para a cama. Atravessei o gramado apressadamente a caminho da biblioteca, onde as luzes da sala de estudos vinte e quatro horas — "A Casa do Saber Eterno", como Bunny a chamara numa época mais alegre — projetavam-se claras e brilhantes no último andar, amarelando a copa das árvores. Subi pela escada externa — de ferro, como uma escada de incêndio, como os degraus do meu pesadelo — e os sapatos ecoavam no metal de um modo que me arrepiaria se estivesse menos distraído.

Pela janela, então, vi uma figura escura, de terno preto, solitária. Era Henry. Havia livros empilhados na sua frente, mas ele não estudava. Por algum motivo, pensei na noite de fevereiro em que o vira parado na escuridão, debaixo da janela da sala do dr. Roland, escuro e solitário, as mãos nos bolsos do capote, a neve caindo no arco vazio da luz do poste.

Fechei a porta. "Henry", falei. "Henry. Sou eu."

Ele não virou a cabeça. "Acabo de voltar da casa de Julian", disse, num tom pesado.

Sentei-me. "E aí?"

"A casa está fechada. Ele foi embora."

Permanecemos em silêncio por um longo tempo.

"Tenho dificuldade em acreditar numa atitude assim da parte dele, sabe." A luz refletia nos óculos; sob os cabelos escuros, brilhantes, seu rosto estava mortalmente pálido. "Ele agiu de modo muito covarde. Ao fugir assim, entende. Só porque sentia medo."

As persianas estavam abertas. Um vento úmido agitava as árvores. Ao longe, as nuvens passavam pela lua, rápidas e ansiosas.

Henry tirou os óculos. Nunca me acostumei a vê-lo sem eles, com sua expressão desamparada.

"Ele é um covarde", disse. "Se estivesse em nosso lugar, teria feito exatamente o que fizemos. Mas é hipócrita demais para admitir isso."

Não falei nada.

"Ele nem mesmo se importa com a morte de Bunny. Poderia perdoá-lo, se fosse esse o motivo. Mas não se incomodaria se matássemos meia dúzia de pessoas. Ele só pensa em manter seu nome fora disso. Foi o que disse, em resumo, quando conversamos ontem à noite."

"Você foi visitá-lo?"

"Sim. Esperava que a questão significasse para ele mais do que seu próprio conforto. Mesmo se nos denunciasse mostraria algum caráter, não que eu quisesse ser denunciado. Mas foi pura covardia fugir desse jeito."

Mesmo depois de todos os acontecimentos, a amargura e o desapontamento em sua voz me comoveram.

"Henry", falei. Queria dizer algo profundo, que Julian era apenas humano, que não passava de um velho, que a carne era fraca e que chegava uma hora em que precisávamos transcender nossos mestres. Mas fui incapaz de dizer qualquer coisa.

Ele fixou os olhos vazios, incapazes de ver, em mim.

"Eu o amava mais do que a meu próprio pai", ele disse. "Eu o amava mais do que a qualquer pessoa deste mundo."

O vento aumentou. A chuva fina começou a tamborilar no telhado. Permanecemos ali sentados, em silêncio, por muito tempo.

Na tarde seguinte, às três, fui ao encontro do novo professor.

Quando entrei na sala de Julian, levei um susto. Os livros, os tapetes, até a mesa redonda haviam desaparecido. Só restavam as cortinas na janela e uma gravura japonesa que Bunny, lhe dera. Camilla estava lá, Francis também, parecendo muito constrangido, e Henry. Parado ao lado da janela, fazia o possível para encarar o estranho.

O professor providenciara algumas cadeiras do salão de jantar. Era um sujeito de cara redonda, cabelos claros, com cerca de trinta anos, de gola polo e jeans. Na mão rosada exibia uma aliança de casamento; cheirava a colônia após barba. "Boa tarde", ele disse, estendendo a mão, e em sua voz identifiquei o entusiasmo e a condescendência de alguém acostumado a trabalhar com adolescentes. "Meu nome é Dick Spence. E o seu?"

Passamos uma hora de pesadelo. Mal tenho coragem de narrar o episódio. No início ele adotou um tom paternalista (mostrou uma página do Novo Testamento, dizendo: "Claro, não espero que compreendam as *sutilezas*, mas se conseguirem entender o sentido geral, para mim já está bom".), um tom que se metamorfoseou gradualmente em surpresa ("Muito bem! Estão muito avançados, para universitários.") e, no final, em puro embaraço. Ele era capelão em Hackett, e seus conhecimentos de grego, adquiridos no seminário, eram precários e superficiais, até mesmo para meus padrões. Como professor de língua, era daqueles que abusavam dos truques mnemônicos ("*Agathon*. Sabe o que esta palavra me lembra? Agatha Christie escreve *boas* histórias de mistério"). O ar de desprezo de Henry era indescritível. O restante de nós permaneceu em silêncio, enfrentando a situação humilhante. Charles não ajudou nem um pouco, chegando embriagado, obviamente, com atraso de vinte minutos. Seu aparecimento levou à repetição das formalidades anteriores ("Boa tarde. Meu nome é Dick Spence. E o seu?"), com direito até à incrível repetição do constrangimento de *agathon*.

Henry disse, friamente, em perfeito grego ático: "Sem sua preciosa paciência, meu excelente amigo, ainda chafurdaríamos na ignorância como um bando de porcos".

Quando a aula terminou (o professor olhando disfarçadamente para o relógio: "Minha nossa! Perdemos a noção do tempo aqui!"), nós cinco saímos numa triste fila silenciosa.

"Bem, são só mais duas semanas", Francis disse, quando estávamos lá fora.

Henry acendeu um cigarro. "Lá eu não volto", ele disse.

"É", Charles comentou sarcástico. "Isso mesmo. Mostre pra ele."

"Mas, Henry", Francis disse, "você precisa continuar."

Henry fumava o cigarro em tragadas fundas, com os lábios apertados. "Não posso", disse.

"Duas semanas, e pronto."

"Pobre coitado", Camilla falou. "Ele está fazendo o que pode."

"Mas isso para *ele* é pouco", Charles disse aos gritos. "O que você esperava? Richmond Lattimore? É foda, não é?"

"Henry, se você desistir eu vou repetir", Francis disse.

"Não me importo."

"*Ele* não precisa ir à escola", Charles disse. "*Ele* pode fazer o que quiser. É foda. Pode ser reprovado em todos os cursos, que se foda. Seu pai sempre vai mandar um puta cheque no fim do mês e que se foda..."

"Não fale mais 'foda'", Henry disse, em voz baixa, porém indignada.

"*Foda*. Qual é o problema, Henry? Nunca ouviu a palavra antes? Você não fode minha irmã todas as noites?"

Eu me lembro, quando era criança, de ver meu pai batendo em minha mãe sem absolutamente nenhum motivo. Embora fizesse o mesmo comigo, nunca me dava conta de que agia assim por puro mau humor e acreditava sempre em suas justificativas forjadas ("Você fala demais!", "Não olhe para mim deste jeito!"), que explicavam a punição. Mas, no dia em que o vi espancar minha mãe (por ela ter comentado, inocentemente, que os vizinhos estavam reformando a casa deles; depois, ele afirmou que ela o provocara, fazendo alusões a sua incapacidade de sustentar a casa, e ela concordou chorando), concluí que a impressão infantil que eu tinha de meu pai, o instrumento do Justo Castigo, estava de todo errada. Dependíamos profundamente daquele homem que não era apenas ignorante e mentiroso, mas também incompetente em todos os aspectos. Além do mais, eu sabia que minha mãe era incapaz de enfrentá-lo. Foi como entrar na cabine de um avião e encontrar o piloto e o copiloto desmaiados de tanto beber em seus lugares. Parado do lado de fora do Lyceum, senti um terror profundo, incrédulo, similar ao terror que sentira aos doze anos, sentado na banqueta de bar na cozinha ensolarada de nossa casa em Plano. *Quem está controlando tudo aqui?*, pensei, desanimado. *Quem está pilotando este avião?*

E o pior de tudo era que Charles e Henry deveriam comparecer juntos ao tribunal, em menos de uma semana, por causa do problema com o carro de Henry.

Camilla, pelo que eu sabia, estava doente de tanta preocupação. Ela — que parecia nunca sentir medo de nada — estava apavorada agora. De certo modo perverso, eu apreciava seu sofrimento, e não havia como negar que, se Henry e Charles — que praticamente se pegavam aos socos quando entravam na mesma sala — fossem obrigados a comparecer perante o juiz e demonstrar entendimento e amizade, o único desfecho possível seria o desastre.

Henry contratara um advogado da cidade. A esperança de que um terceiro pudesse atenuar os conflitos conferira um mínimo de otimismo a Camilla, mas na tarde marcada para o julgamento recebi um telefonema dela.

"Richard", ela disse, "preciso conversar com você e Francis."

Seu tom de voz me assustou. Quando cheguei ao apartamento de Francis, encontrei-o muito abalado, e Camilla com lágrimas nos olhos.

Eu a virá chorar apenas uma vez, por nervosismo e exaustão. Mas agora era diferente. Seus olhos estavam encovados e mortiços, o desespero marcava a fundo sua fisionomia. As lágrimas rolavam pelas faces.

"Camilla", falei. "O que aconteceu?"

Ela não me respondeu imediatamente. Fumou um cigarro, depois outro. Aos poucos a história veio à tona. Henry e Charles tinham ido ver o tal advogado, e Camilla, na condição de apaziguadora, fora junto com eles. No início, parecia que ia dar tudo certo. Henry aparentemente não contratara o advogado apenas por altruísmo, e sim porque o juiz encarregado do caso tinha fama de ser duro com motoristas embriagados, e havia a possibilidade — Charles não tinha carteira de motorista, nem Henry seguro que cobrisse esta condição — de que Henry perdesse a licença para dirigir ou o carro, talvez até ambos. Charles, embora se considerasse um mártir na história toda, concordara em acompanhá-los. Não por ter qualquer afeição por Henry, fazia questão de deixar claro a quem se dispusesse a escutá-lo, mas porque já estava cheio de levar a culpa por coisas que não havia feito, e se Henry perdesse a carteira ia atormentá-lo indefinidamente.

A reunião, porém, foi uma catástrofe. Charles, no escritório, permaneceu em silêncio, recusando-se a colaborar. Isso foi apenas constrangedor, mas depois — quando o advogado o encostou na parede, enérgico — ele perdeu a cabeça de repente, sem aviso prévio. "Vocês deveriam ter ouvido o que ele disse", Camilla contou. "Falou a Henry que não se importava que ele perdesse o carro. Disse que não se importava se o juiz mandasse os dois para a cadeia por cinquenta anos. E Henry — bem, vocês podem imaginar como Henry reagiu. Ele *explodiu*. O advogado pensou que os dois eram loucos. Só conseguia pedir a Charles que se acalmasse, fosse razoável. E Charles respondeu: 'Não quero nem saber o que vai acontecer com ele. Não me importo se ele morrer. Gostaria que ele morresse'."

Chegaram a tal ponto, Camilla disse, que o advogado os expulsou do escritório. As pessoas começaram a abrir as portas no corredor para espiar: o corretor de seguros, o contador, o dentista de roupa branca, todos botaram a cabeça para fora, queriam saber o que estava acontecendo. Charles saiu feito um louco — voltara a pé para casa, ou de táxi, ela não fazia a menor ideia.

"E Henry?"

Camilla balançou a cabeça. "Ele ficou possesso", disse, com a voz cansada, desanimada. "Quando eu o seguia até o carro, o advogado me chamou de lado. 'Olhe aqui', ele disse, 'não sei qual é o problema, mas seu irmão está obviamente perturbado. Por favor, tente fazer com que ele entenda que, se não se acalmar, vai se meter numa encrenca maior ainda. Este juiz não costuma demonstrar a menor boa vontade com casos do gênero, mesmo que entrem lá como dois cordeirinhos. Seu irmão muito provavelmente será enviado para um programa de desintoxicação alcoólica, o que não chega a ser uma ideia má a julgar pelo estado dele hoje. E há uma boa chance de o juiz dar suspensão condicional da pena, o que não é tão fácil como parece. Portanto, ele corre um sério risco de ir para a cadeia, ou para a enfermaria de segurança, no centro de desintoxicação de Manchester.'"

Ela estava extremamente preocupada. Francis, estupefato.

"O que Henry disse a esse respeito?", perguntei a ela.

"Ele não dá a menor importância ao carro", ela falou. "Não dá a menor importância a nada. 'Por mim, podem mandá-lo para a cadeia', ele disse."

"Você já viu o tal juiz?", Francis perguntou a mim.

"Sim."

"Como ele é?"

"Para ser sincero, ele me pareceu um osso duro de roer."

Francis acendeu o cigarro. "E o que aconteceria", disse, "se Charles não comparecesse?"

"Não tenho certeza. Mas aposto que iriam atrás dele."

"E se não conseguissem encontrá-lo?"

"O que está sugerindo?", falei.

"Acredito que seja preciso tirar Charles da cidade por uns tempos", Francis disse. Ele parecia tenso e preocupado. "O semestre está quase no final. Não tem muito a fazer por aqui. Creio que devemos mandá-lo passar algum tempo com minha mãe e Chris em Nova York."

"Do jeito que está agora?"

"Você quer dizer bebendo demais? Acha que minha mãe se importa com bêbados? Lá estaria seguro."

"Duvido muito", Camilla disse, "que alguém consiga convencê-lo a ir."

"Eu mesmo poderia levá-lo", Francis disse.

"E se ele fugir?", ponderei. "Vermont é uma coisa, mas ele poderia se meter numa confusão dos diabos em Nova York."

"Certo", Francis disse irritado. "Tudo bem, foi só uma ideia." Ele passou a mão no cabelo. "Sabe o que podemos fazer? Levá-lo para a casa de campo."

"Para a sua casa?"

"Sim."

"E o que ganharíamos com isso?"

"Seria fácil convencê-lo a ir, para começo de conversa. E quando estiver lá, o que vai poder fazer? Ele não tem carro. Estaria a quilômetros de distância da estrada. Ninguém conseguiria convencer um chofer de táxi de Hampden a ir até lá, nem por todo o dinheiro do mundo."

"Camilla olhava para ele, pensativa.

"Charles adora ir para o campo", ela disse.

"Sei disso", Francis falou, contente. "Não simplificaria tudo? E não seria preciso mantê-lo lá por muito tempo. Richard e eu faríamos companhia a ele. Compraremos uma caixa de champanhe. Vai parecer uma festa.

Não foi fácil convencer Charles a atender a porta. Batemos durante meia hora quase. Camilla nos dera a chave, mas só a usaríamos em último caso. Quando pensávamos nisso, a porta se abriu, e Charles nos espiou pela fresta.

Parecia desorientado, terrível. "O que querem?", disse.

"Nada", Francis falou, tranquilo, apesar da pausa espantada de alguns segundos de duração. "Podemos entrar?"

Charles olhou para trás de nós. "Vieram com mais alguém?"

"Não", Francis disse.

Ele abriu a porta e nos deixou entrar. As janelas estavam fechadas, e o local cheirava a lixo. Meus olhos, quando se ajustaram à penumbra, viram pratos sujos, maçãs comidas e latas de sopa espalhadas, cobrindo quase todas as superfícies disponíveis. Ao lado da geladeira, organizadas em fila perversa, havia um monte de garrafas vazias de scotch.

Uma sombra passou pelo balcão da cozinha, escondendo-se entre as panelas sujas e as embalagens vazias de leite. *Meu Deus*, pensei, *é um rato?* Mas logo o bicho pulou para o chão, e vi que se tratava de um gato. Seus olhos brilharam para nós na escuridão.

"Encontrei a gatinha num terreno baldio", Charles disse. Seu hálito não era de álcool, mas de hortelã, muito suspeito. "Ela não é muito mansa." Ele ergueu a manga do roupão e mostrou arranhões descoloridos, infeccionados, em seu braço.

"Charles", Francis disse, balançando nervoso as chaves do carro, "paramos aqui porque vamos para a casa de campo. Pensei que seria bom sair um pouco daqui. Quer ir conosco?"

Charles estreitou os olhos e baixou a manga. "Henry mandou vocês?", ele disse.

"Claro que não", Francis reagiu, surpreso.

"Têm certeza?"

"Não o vejo há dias."

Charles não se mostrou muito convencido.

"Nem estamos falando com ele", eu disse.

Charles me encarou. Seus olhos lacrimejavam, um pouco fora de foco. "Richard", ele disse. "Oi."

"Oi"

"Sabe", ele disse, "sempre gostei muito de você."

"Eu também gosto de você."

"Você não ia me trair, ia?"

"Claro que não."

"Porque ele", Charles disse, apontando para Francis, "porque ele me trairia, eu sei."

Francis abriu a boca, depois a fechou. Agia como se tivesse levado um tapa.

"Você subestima Francis", falei a Charles, com voz calma, baixa. Os outros frequentemente cometiam o erro de falar com ele num tom elevado, agressivo, quando ele só queria ser mimado como uma criança. "Francis gosta muito de você. Ele é seu amigo. Eu também."

"É mesmo?", disse.

"Claro que sim."

Ele puxou a cadeira da cozinha e sentou-se pesadamente. O gato aproximou-se e começou a rodear sua perna. 'Tenho medo", ele disse asperamente, "tenho medo que Henry me mate."

Francis e eu nos olhamos.

"Por quê?", Francis perguntou. "Por que ele faria isso?"

"Porque estou no caminho." Ele ergueu os olhos para nós. "Ele faria isso, sabem. A troco de nada." Ele apontou para um frasco de remédio no balcão. "Estão vendo aquilo?", disse. "Henry me deu. Faz uns dois dias."

Eu o apanhei. Com um arrepio, reconheci os Nembutals que roubara para Henry na casa dos Corcoran.

"Não sei o que é", Charles disse, afastando o cabelo sujo dos olhos. "Ele disse que me ajudariam a dormir. Preciso de alguma coisa, mas não vou tomar isso."

Passei o frasco para Francis. Ele olhou para o remédio, depois para mim, horrorizado.

"São cápsulas, tá", Charles disse. "Não sei o que ele pôs aí dentro."

Não precisava pôr nada, esta era a grande ironia. Eu me lembrei, enojado, de que tentara convencer Henry dos perigos de tomar aquelas cápsulas misturadas com álcool.

Charles passou uma das mãos na frente do rosto. "Eu o vi rondando a casa de noite", disse. "Nos fundos. Não sei o que pretende."

"*Henry?*"

"Sim. Se ele tentar alguma coisa contra mim", ele disse, "vai estar cometendo o maior erro da vida dele."

Foi mais fácil convencê-lo a entrar no carro do que imaginávamos. Seu estado alterado, paranoico, foi de certa forma atenuado por nossos cuidados. Ele perguntou várias vezes se Henry sabia para onde íamos. "Vocês não falaram com ele, certo?"

"Não", garantimos. "Claro que não."

Ele insistiu em levar o gato junto. Passamos um mau bocado tentando pegá-lo. Francis e eu o cercamos na cozinha escura, derrubando pratos no chão e tentando encurralá-lo atrás do aquecedor de água, enquanto Charles, ansioso, dizia coisas como 'Venha cá', 'Gatinho lindo'. Finalmente, desesperado, eu o agarrei pela pata traseira preta. Ele virou a cabeça e enterrou os dentes no meu braço. Mas, juntos, conseguimos enrolar um pano de prato nele, de modo que só a cabeça ficou para fora, os olhos arregalados, as orelhas encostadas no crânio. Passamos a múmia sibilante para Charles. "Segure-a com firmeza", Francis repetia a toda hora, no carro, olhando ansiosamente pelo espelho retrovisor. "Tome cuidado. Não deixe que ela escape..."

Mas, é claro, ela escapou, pulando no banco da frente, quase fazendo com que Francis saísse da estrada. Depois de se enfiar entre o pedal do freio e o acelerador — Francis, furioso, tentava ao mesmo tempo controlar o carro e chutar o gato —, ela se acomodou no assoalho, a meus pés, sucumbindo a um ataque de diarreia antes de entrar num transe de pelos eriçados e olhos arregalados.

* * *

Eu não ia à casa de campo de Francis desde a semana anterior à morte de Bunny. As árvores no acesso estavam cheias de folhas, e o quintal cheio de mato, sombrio. As abelhas zumbiam nos lilases. O sr. Hatch, cortando a grama a uns trinta metros de distância, balançou a cabeça e acenou com a mão quando nos viu.

A casa estava fresca e sombria. Parte da mobília fora coberta com lençóis, e havia bolas de poeira no assoalho de madeira. Trancamos o gato no banheiro de cima, e Charles desceu para a cozinha, ao que disse para preparar alguma coisa para comer. Ele voltou com um vidro de amendoim e um martíni duplo num copo de água, que levou para seu quarto, fechando a porta.

Não vimos Charles com frequência nas trinta e seis horas seguintes. Ele ficou trancado no quarto comendo amendoim e bebendo; passava boa parte do tempo olhando pela janela, como o velho pirata da *Ilha do tesouro*. Ele desceu até a biblioteca uma vez quando Francis e eu jogávamos cartas, mas recusou nosso convite para participar, examinou as estantes desatento e finalmente voltou para cima, sem levar nenhum livro. Descia para tomar café pela manhã, usando o roupão velho de Francis, e sentava no parapeito da janela, olhando emburrado para o quintal, como se esperasse por alguém.

"Quando acha que ele tomou banho pela última vez?", Francis murmurou para mim.

Ele perdeu completamente o interesse pela gata. Francis pediu ao sr. Hatch que comprasse comida de gato, e duas vezes por dia — de manhã e à noite — Francis entrava no banheiro para alimentá-la. ("Fora daqui", eu o ouvia gritar, "afaste-se de mim, sua peste.") Saía com um jornal dobrado, que mantinha longe do corpo, de braço estendido.

Por volta das seis da tarde, em nosso terceiro dia, Francis estava no sótão procurando um vidro de moedas antigas que sua tia disse que poderia ficar com ele se o encontrasse, e eu bebia chá gelado no sofá da sala, tentando decorar o subjuntivo dos verbos irregulares em francês (faltava menos de uma semana para meu exame final), quando ouvi o telefone tocar na cozinha. Atendi.

Era Henry. "Então vocês estão aí", ele disse.

"Sim."

Seguiu-se um período de silêncio. No final, ele disse: "Posso falar com Francis?".

"Ele não pode atender agora", falei. "O que deseja?"

"Suponho que Charles está aí com vocês."

"Escute aqui, Henry", falei. "Por que teve a grande ideia de dar aquelas pílulas para Charles?"

Sua voz soou ríspida e fria. "Não sei do que você está falando."

"Sim, sabe. Eu vi o frasco."

"Aquelas pílulas que você me havia dado, por acaso?"

"Sim."

"Bem, se ele as conseguiu, deve ter tirado do armário do meu banheiro."

"Ele disse que você as deu", falei. "Acha que está tentando envenená-lo."

"Isso é ridículo."

"É mesmo?"

"Ele está aí, não é?"

"Sim", falei, "nós o trouxemos anteontem e..." E aí parei de falar, pois me pareceu que, no início da frase, alguém pegara a extensão, com um clique discreto porém audível.

"Bem, escute aqui", Henry disse, "gostaria que o mantivesse aí por mais um ou dois dias. Vocês pensaram que deviam ocultar isso de mim, mas acreditem, fico feliz em saber que ele está fora do meu caminho por algum tempo. Charles está a ponto de se transformar numa lady Macbeth. Se ele não aparecer no julgamento, será condenado à revelia, mas não creio que possam fazer nada de muito ruim contra ele."

Tive a impressão de ouvir a respiração de alguém na linha.

"O que foi isso?", Henry disse, subitamente desconfiado.

Nenhum de nós falou nada por algum tempo.

"Charles?", perguntei. "Charles, é você?

Ele bateu o telefone no andar de cima.

Subi e bati na porta de Charles. Nenhuma resposta. Tentei a maçaneta, mas a porta estava trancada.

"Charles", falei. "Me deixe entrar."

Nenhuma resposta.

"Charles, não foi nada", falei. "Ele ligou por palpite. Só atendi o telefone."

Sem resposta. Esperei no corredor por alguns minutos, o sol da tarde brilhava no assoalho de carvalho encerado.

"Sério mesmo, Charles, acho que está sendo um pouco tolo. Henry não pode lhe fazer mal. Está perfeitamente seguro aqui."

"Besteira", ele disse, com voz abafada, do outro lado.

Não havia mais nada a dizer. Desci novamente, e retornei aos subjuntivos.

Devo ter dormido no sofá, e não sei quanto tempo depois — pouco tempo, ainda estava claro lá fora — Francis me acordou, bruscamente.

"Richard", ele disse. "Richard, precisa acordar. Charles foi embora."

Sentei-me, esfregando os olhos. "Embora?", falei. "Mas aonde pode ter ido?"

"Não sei. Ele não está na casa."

"Tem certeza?"

"Procurei por toda parte."

"Deve estar em algum lugar. Talvez no quintal."

"Não consigo encontrá-lo."

"Talvez ele esteja se escondendo."

"Levante-se e me ajude a procurar."

Subi. Francis saiu. A porta de tela bateu atrás dele.

O quarto de Charles estava uma bagunça, e a garrafa pela metade de gim Bombay — do bar da biblioteca — continuava em cima da mesa de cabeceira. Não tinha levado nada.

Procurei em todos os quartos do andar superior, depois no sótão. Luminárias e molduras, vestidos de noite de organdi amarelados pelo tempo. Tábuas largas de assoalho, acinzentadas, tão gastas que pareciam frisadas. Uma réstia de luz, como a de uma catedral, infiltrava-se na claraboia de vidro colorido que dava para a frente da casa.

Desci pela escada dos fundos — baixa e claustrofóbica, com pouco mais de noventa centímetros de largura — até chegar à cozinha e à copa. Saí pelos fundos. A certa distância, Francis e o sr. Hatch conversavam no acesso. Jamais ouvira o sr. Hatch conversar muito com alguém, mas agora ele falava, incomodadíssimo. Passava a mão na cabeça. Seus modos eram servis e parecia se desculpar.

Encontrei Francis no caminho de volta à casa.

"Bem", ele disse, "agora vai ser o inferno." Ele parecia atônito. "O sr. Hatch disse que entregou as chaves de seu caminhão a Charles faz mais ou menos uma hora e meia."

"*Como?*"

"Ele disse que Charles o procurou, falando que precisava sair. Prometeu devolver o caminhão dentro de quinze minutos."

Trocamos olhares desconsolados.

"Para onde acha que ele foi?", perguntei.

"Como posso saber?"

"Acha que ele fugiu e pronto?"

"Ao que tudo indica, sim."

Voltamos para dentro da casa, agora escura ao crepúsculo, e nos sentamos perto da janela, num sofá-cama longo coberto por lençóis. O ar cheirava a lilás. Do outro lado do gramado, o sr. Hatch tentava ligar novamente o cortador de grama.

Francis, braços apoiados no encosto do sofá, aproximara a cabeça do ombro para olhar pela janela. "Não sei o que fazer agora" disse. "Ele roubou o caminhão, sabe?"

"Talvez volte."

"Vai sofrer um acidente. Ou ser preso de novo. Aposto o que quiser como ele está bêbado. Era só o que faltava, acabar na cadeia por dirigir bêbado."

"Não seria melhor sair à sua procura?"

"Não saberia por onde começar. Pode estar a meio caminho de Boston a esta altura, pelo que sei."

"E o que mais podemos fazer? Vamos ficar aqui sentados, esperando o telefone tocar?"

Primeiro tentamos os bares: o Farmer's Inn, o Villager, o Boulder Tap e o Notty Pine. O Notch. Depois o Four Squires. O Man of Kent. Naquele lindo final de tarde de verão havia muitos caminhões nos estacionamentos dos bares, mas nenhum deles era o do sr. Hatch.

Só por via das dúvidas, passamos na loja de bebida. Os corredores estavam vazios, claros, com prateleiras coloridas de rum ("Promoção especial de Tropical Island") competindo com sóbrias e medicinais garrafas de gim e vodca. Um cartaz giratório de papelão pendurado no teto anunciava coolers de vinho. Não vi nenhum cliente, e um senhor de Vermont, gordo, com uma mulher nua tatuada no antebraço, matava o tempo ao lado da caixa registradora conversando com um rapaz que trabalhava no Mini-Mart vizinho.

"Então", ele disse em voz baixa, "o sujeito puxou uma escopeta de cano serrado. Emmett ficou em pé aqui, bem onde estou agora. 'Não temos a chave do cofre', ele disse. E o sujeito puxou o gatilho. Vi os miolos de Emmett...", ele gesticulou, "espalhados por aquela parede ali..."

Circulamos pelo campus, passando pelo estacionamento da biblioteca, e voltamos aos bares.

"Ele saiu da cidade", Francis disse. "Aposto."

"Acha que o sr. Hatch vai chamar a polícia?"

"O que você faria? Se fosse o seu caminhão? Ele não fará nada sem antes falar comigo, mas se Charles não voltar, digamos, até amanhã à tarde..."

Decidimos passar no Albemarle. Vimos o carro de Henry estacionado em frente. Francis e eu entramos cautelosamente no saguão, sem saber como lidar com o recepcionista, mas, miraculosamente, não havia ninguém à mesa.

Subimos até o 3-A. Camilla abriu a porta para nós. Henry e ela jantavam — costeletas de carneiro, garrafa de borgonha, rosa amarela num vasinho.

Henry não gostou de nos ver. "O que posso fazer por vocês?", perguntou, baixando o garfo.

"Charles ficou louco", Francis disse.

E contou a história do caminhão. Sentei-me ao lado de Camilla. Estava com fome, e as costeletas pareciam deliciosas. Ela percebeu que eu as cobiçava, e distraidamente empurrou o prato em minha direção. "Pegue um pouco", disse.

Aceitei, junto com uma taça de vinho. Henry continuou comendo ao ouvir a história. "Para onde acha que ele foi?", perguntou a Francis quando este terminou.

"Como, diabos, posso saber?"

"Pode evitar que o sr. Hatch dê queixa por enquanto?"

"Se ele recuperar o caminhão logo, posso. Mas e se Charles bater o caminhão?"

"Quanto custa um caminhão? Não foi sua tia quem o comprou para ele?"

"Isso não interessa agora."

Henry limpou a boca com um guardanapo e tirou um cigarro do bolso. "Charles está se tornando um problema sério", ele disse. "Sabe o que andei pensando? Em quanto custaria contratar uma enfermeira particular."

"Para evitar que ele beba?"

"Claro. Não podemos mandá-lo a um hospital, obviamente. Talvez possamos mandá-lo para um quarto de hotel — não aqui, claro, em outro lugar — e encontremos uma pessoa de confiança, talvez alguém que não fale inglês muito bem..."

Camilla parecia doente. Largara o corpo na cadeira. "Henry, o que pretende fazer? Sequestrá-lo?"

"*Sequestro* é uma palavra muito forte."

"Acho que ele vai sofrer um acidente. Deveríamos procurar por ele."

"Já vasculhamos a cidade inteira", Francis disse. "Duvido que esteja em Hampden."

"Tentaram o hospital?

"Não."

"Creio que o melhor, neste caso", Henry disse, "é chamar a polícia. Perguntar se houve algum acidente de trânsito. Conseguiria convencer o sr. Hatch a dizer que emprestou o caminhão a Charles?"

"Ele emprestou o caminhão a Charles."

"Neste caso", Henry disse, "não haverá problemas. A não ser, é claro, que ele seja preso por dirigir embriagado."

"Ou que não o encontremos."

"De meu ponto de vista", Henry disse, "o melhor que Charles poderia fazer no momento seria desaparecer da face da terra."

De repente ouvimos batidas fortes, frenéticas, na porta. Trocamos olhares preocupados.

O rosto de Camilla ficou pálido de alívio. "Charles", ela disse, "*Charles*." E pulou da cadeira, correndo para a porta; mas ninguém a trancara quando entramos, e antes que ela chegasse, a porta se abriu com estrondo.

Era Charles. Ele parou na soleira, piscando embriagado para focalizar o quarto, e eu fiquei tão surpreso e contente ao vê-lo que não percebi imediatamente que ele portava uma arma.

Ele deu um passo para dentro e fechou a porta atrás de si com um chute. Era a Beretta pequena que a avó de Francis guardava na mesinha de cabeceira, aquela que havíamos usado para praticar tiro ao alvo uma vez no outono. Olhamos para ele, atônitos.

Camilla, depois de um tempo, disse com voz nervosa: "Charles, o que está querendo fazer?".

"Saia da frente", disse. Estava completamente bêbado.

"Então veio aqui para me matar?", Henry disse. Ainda segurava o cigarro. Comportava-se com calma notável. "É isso?"

"Sim."

"E acha que assim vai resolver tudo?"

"Você acabou com a minha vida, seu filho da puta." Ele apontou a arma para o peito de Henry. Desconsolado, lembrei-me de que ele era um ótimo atirador. Costumava quebrar os vidros de geleia um a um sem errar.

"Não seja idiota", Henry dardejou. Senti a primeira pontada de pânico real na base da nuca. O tom beligerante, provocativo, poderia funcionar bem com Francis, ou até comigo. Mas era o caminho certo para o desastre em se tratando de Charles.

Gostaria de mandar que calasse a boca, mas antes que eu pudesse dizer qualquer coisa, Charles deu um passo lateral para melhorar sua posição de tiro. Camilla entrou no caminho. "Charles, me dê esta arma."

Ele afastou o cabelo da testa, com o antebraço, segurando o revólver com firmeza impressionante na outra mão. "Estou avisando, Milly." Era um apelido dela que ele raramente usava. "Acho melhor sair da frente."

"Charles", Francis disse, pálido como um fantasma. "Sente-se. Tome um vinho. Vamos esquecer tudo isso."

A janela estava aberta, e o cricrilar dos grilos entrava forte e áspero.

"Seu filho da mãe", Charles disse, recuando um passo, e precisei de um momento para perceber que ele não falava com Francis nem com Henry, e sim comigo. "Confiei em você. E você disse a ele onde eu estava."

Estava petrificado demais para responder. Mal piscava.

"Eu já sabia onde você estava", Henry disse friamente. "Se quer atirar em mim, Charles, faça isso logo. Será a coisa mais estúpida de sua vida."

"A coisa mais estúpida da minha vida foi ter dado atenção a você", Charles disse.

Os acontecimentos seguintes se desenrolaram numa fração de segundo. Charles ergueu o braço e Francis, que estava em pé a seu lado, foi rápido como um relâmpago e atirou um copo de vinho na cara dele. Ao mesmo tempo, Henry pulou da cadeira, em cima de Charles. Ouvi quatro disparos, em rápida sequência, como de uma automática. No segundo tiro, o vidro da janela se quebrou. E no terceiro senti um calor, uma espécie de picada no abdome, à esquerda do umbigo.

Henry segurava o antebraço direito de Charles, acima de sua cabeça, com as duas mãos, forçando-o para trás; Charles lutava para pegar a arma com a mão esquerda, mas Henry torceu seu pulso, e ela caiu no carpete. Charles pulou para pegá-la, mas Henry foi mais rápido.

Eu continuava em pé. *Levei um tiro*, pensei, *levei um tiro*. Baixei a mão e toquei o estômago. Sangue. Havia um pequeno orifício, ligeiramente chamuscado, em minha camisa branca: *minha camisa Paul Smith*, pensei, com uma pontada de angústia. Gastara uma semana de salário nela em San Francisco. Sentia um calor no estômago. Ondas de calor irradiavam-se a partir do buraco.

Henry conseguiu pegar a arma. Torceu o braço de Charles atrás das costas. Charles se debatia alucinadamente, tentava chutá-lo. Mas Henry, apertando a pistola contra sua espinha, o afastou da porta.

Eu ainda não estava entendendo direito o que ocorrera. *Acho melhor sentar*, pensei. A bala ainda estava dentro de mim? Será que eu ia morrer? O pensamento era ridículo; não parecia possível. Meu estômago queimava, mas eu me sentia curiosamente calmo. Levar um tiro, sempre pensei, doía muito mais. Cuidadosamente, dei um passo para trás e senti o assento da cadeira onde estivera sentado bater na minha perna. Sentei-me.

Charles, apesar do braço torcido às costas, tentava atingir Henry no estômago com o cotovelo livre. Henry o empurrou, e Charles cambaleou pelo quarto, caindo na cadeira. "Fique sentado", ele ordenou.

Charles tentou levantar-se. Henry o empurrou de volta. Tentou pela segunda vez, e Henry esbofeteou seu rosto, com a mão espalmada, com um estalo mais alto do que os tiros. Depois, com a pistola na mão, aproximou-se da janela e fechou a persiana.

Levei a mão ao buraco na camisa. Ao me curvar um pouco, senti uma dor aguda. Esperava que alguém parasse e cuidasse de mim. Ninguém deu a mínima. Pensei em gritar para atrair a atenção deles.

A cabeça de Charles pendia para trás na cadeira. Notei sangue escorrendo em sua boca. Os olhos estavam vidrados.

Desajeitado, segurando a arma com a mão direita, Henry tirou os óculos e os esfregou na camisa. Depois os colocou em posição novamente. "Certo, Charles", ele disse. "Agora você conseguiu o que queria."

Ouvi ruídos no andar de baixo, pela janela aberta — passos, vozes, uma porta batendo.

"Acha que alguém ouviu?", Francis disse ansioso.

"Creio que sim", Henry disse.

Camilla aproximou-se de Charles. Embriagado, tentou afastá-la.

"Fique longe dele", Henry disse.

"O que vamos fazer com esta janela?", Francis disse.

"O que vamos fazer *comigo*?", falei.

Todos pararam e olharam para mim.

"Ele deu um tiro em mim."

A frase não provocou o efeito dramático que eu esperava. Antes que tivesse chance de prosseguir, os passos na escada se tornaram mais audíveis, e alguém bateu com força na porta.

"O que está havendo aí?" Reconheci a voz do recepcionista. "O que está havendo?"

Francis levou as mãos ao rosto. "Merda", ele disse.

"Abram a porta."

Charles, embriagado, resmungou algo e tentou erguer a cabeça. Henry mordeu os lábios. Andou até a janela e olhou pelo canto da persiana.

Depois virou-se. Ainda conservava a pistola na mão. "Venha cá", disse a Camilla.

Ela o encarou horrorizada. Francis e eu também.

Henry gesticulou com a pistola. "Venha cá", disse. "Depressa."

Eu me senti mal. *O que ele está querendo fazer?*, pensei, espantado.

Camilla afastou-se dele um passo. Seu olhar era de terror. "Não, Henry", ela disse. "Não..."

Para minha surpresa, ele sorriu para ela. "Acha que eu seria capaz de machucar você?", disse. "Venha cá."

Ela se aproximou. Ele a beijou entre os olhos, depois murmurou algo — sempre quis saber o que disse — em seu ouvido.

"Eu tenho a chave", gritou o recepcionista, esmurrando a porta. "Vou entrar."

O quarto começou a girar. *Idiota*, pensei descabidamente. Basta *girar a maçaneta*.

Henry beijou Camilla novamente. "Eu a amo", disse. Depois, em voz alta: "Pode entrar".

A porta se abriu. Henry ergueu a mão armada. Vai atirar neles, pensei, tonto. O recepcionista e a mulher, atrás dele, pensaram a mesma coisa, pois pararam depois de dar três passos dentro do quarto. Mas aí ouvi o grito de Camilla: "*Não, Henry!*", e tarde demais compreendi o que ele pretendia fazer.

Ele levou a pistola à têmpora e disparou duas vezes. Dois estalos secos, que jogaram sua cabeça para a esquerda. Foi o coice da arma, pensei, que disparou o segundo tiro.

Sua boca se abriu. Uma brisa, por causa da porta aberta, chupou a cortina pelo vão da janela aberta. Por um momento ela ficou presa na folha da janela. Depois, com um suspiro, soltou-se. Henry, com os olhos apertados e os joelhos bambeando, caiu com um baque surdo no carpete.

EPÍLOGO

*Ai! Pobre cavalheiro,
Ele não se assemelhava às ruínas de sua juventude,
Mas às ruínas destas ruínas.*

John Ford, *The Broken Heart*

Consegui dispensa do exame final de francês, marcado para a semana seguinte, graças à excelente desculpa de ter um ferimento a bala no estômago.

Disseram no hospital que tive sorte, suponho que corretamente. O projétil me atravessou, passando a um ou dois milímetros da parede do intestino e a outro tanto do baço, saindo nas costas, a cerca de quatro centímetros à direita de onde entrara. Deitado de costas na ambulância, via a noite de verão passar, quente e misteriosa — garotos de bicicleta, mariposas revoando em torno das lâmpadas —, imaginando como seria, se minha vida passaria inteira diante de meus olhos quando eu fosse morrer. Sangrava muito. As sensações começavam a perder nitidez. Só pensava naquela curiosa viagem ao mundo das sombras, pelo túnel iluminado pela Shell e pelo Burger King. O paramédico que me acompanhava na parte traseira não era muito mais velho do que eu; um rapaz, apenas, com pele ruim e bigodinho ralo. Nunca vira um ferimento de arma de fogo. Não parava de perguntar como eu me sentia. Amortecido ou com dores agudas? Dor mesmo ou sensação de queimadura? Minha cabeça girava, e naturalmente não podia fornecer respostas coerentes, mas lembro-me de ter pensado que era tudo meio parecido com a vez em que me embriaguei pela primeira vez, ou dormi com uma garota. Diferente do que esperava, de fato, mas depois de ocorrido, percebia que não poderia ser de outro modo. Luzes de néon: Motel 6, Dairy Queen. Cores tão fortes que me partiam o coração.

Henry morreu, obviamente. Com dois tiros na cabeça, não poderia ter feito outra coisa. Contudo, ainda sobreviveu por doze horas, um feito que surpreendeu os médicos. (Eu estava sob o efeito de sedativos, soube porque me contaram.) Ferimentos tão graves, afirmaram, teriam matado outra pessoa instantaneamente. Creio que isso indicava que ele não queria morrer; e, neste caso, por que dera dois tiros na cabeça? Por pior que fosse a situação, no Albemarle, ainda acredito que teríamos dado um jeito. Não fez aquilo por desespero. Nem por medo, penso. A decepção com Julian fizera um estrago nele, continuava a atormentar sua mente. Creio que sentiu a necessidade de fazer um gesto nobre, algo para provar a nós e a ele mesmo que era possível praticar os princípios elevados que Julian nos ensinara a usar. *Dever, piedade, lealdade, sacrifício.* Eu me recordo de seu reflexo no espelho quando levou a pistola à cabeça. Sua expressão era de intensa concentração, de triunfo, quase como a de um praticante de salto olímpico na beira do trampolim. Olhos fixos, animados, aguardando o momento da queda.

Penso muito naquele momento, na expressão em seu rosto. Penso muito em muitas coisas. Penso na primeira vez em que vi uma bétula; na última vez em que vi Julian; na primeira frase que aprendi em grego: Χαλεπά τα καλά. *A beleza é áspera.*

Consegui me formar em Hampden, em literatura inglesa. E fui para o Brooklyn, com a barriga enfaixada, como um gângster ("Ora!", disse o professor, "estamos em Brooklyn Heights, e não em Bensonhurst!"), e passei o verão descansando no deck de cobertura, fumando cigarros, lendo Proust, sonhando com a morte, indolência, beleza e tempo. O ferimento cicatrizou, deixando uma marca escura na barriga. Voltei para a escola no outono: um mês de setembro seco, glorioso, difícil de acreditar como as árvores estavam lindas naquele ano. Céu azul, bosques, pessoas murmurando por onde quer que eu passasse.

Francis não voltou para a escola no outono. Nem os gêmeos. A história do Albemarle era simples e convenceu a todos: Henry tentou suicídio. Lutamos pela arma, levei um tiro. Ele morreu. De certa forma, considerei a versão injusta para com Henry, mas, por outro lado, não. Ela fez com que eu me sentisse melhor sob certo ângulo obscuro: eu me imaginava um herói, pulando intrépido para pegar a arma, em vez de ficar no caminho da bala como mero observador, o que, em essência, eu sou.

Camilla levou Charles para a Virgínia no dia do enterro de Henry. Por coincidência, no mesmo dia em que Henry e Charles tinham que comparecer ao tribunal. O enterro foi realizado em St. Louis. Nenhum de nós compareceu, exceto Francis. Eu continuava internado no hospital, meio delirante, vendo a taça de vinho rolando no carpete e o papel de parede com folhas de carvalho do Albemarle.

Poucos dias antes a mãe de Henry me visitara, depois de ver o filho no necrotério, no fundo do corredor. Gostaria de me lembrar melhor da visita. Só me recordo de uma senhora formosa, de cabelo escuro e olhos iguais aos de Henry: uma pessoa entre a série de visitantes, reais e imaginários, vivos e mortos, que entravam e saíam do quarto, reunindo-se em volta de minha cama nas horas as mais diversas. Julian. Meu avô morto. Bunny, indiferente, limpando as unhas.

Ela segurou minha mão. Tentara salvar a vida do filho dela. Havia um médico no quarto e uma enfermeira ou duas. Vi Henry, por trás dela, parado no canto, com as roupas velhas de jardinagem.

Só quando saí do hospital e encontrei as chaves do carro de Henry nas minhas coisas, eu me lembrei de algo que ela havia tentado conversar comigo. Ao cuidar das coisas de Henry, ela descobrira que, antes de morrer, ele estava transferindo o carro para o meu nome (o que se encaixou perfeitamente na história oficial — jovem suicida distribuindo seus pertences; ninguém, nem mesmo a polícia, atribuiu a generosidade ao fato de Henry, quando morreu, acreditar que corria o risco de perder o carro). De qualquer modo, a BMW era minha. Ela mesma a escolhera, contou, como presente de aniversário para o filho quando este completou dezenove anos. Não teria coragem de vender o carro, nem de vê-lo novamente. Ela me contou isso chorando baixinho na cadeira ao lado da cama, enquanto Henry pairava nas sombras, atrás dela, preocupado, invisível para as enfermeiras, organizando, com muito cuidado, um vaso de flores desarrumadas.

* * *

Alguém poderia pensar que, depois de passarmos tantas coisas juntos, Francis, os gêmeos e eu manteríamos contato nos anos seguintes. Mas, depois da morte de Henry, o fio que nos unia foi abruptamente cortado, e logo nos afastamos.

Francis passou o verão inteiro em Manhattan, e eu no Brooklyn. Neste período, conversamos umas cinco vezes pelo telefone e nos vimos duas vezes. Em ambos os casos, num bar do Upper East Side, embaixo do apartamento da mãe dele. Ele não queria se afastar muito de casa, disse; multidões o deixavam nervoso; a duas quadras de distância, contou, começava a sentir que os prédios iam cair em cima dele. As mãos brincavam com o cinzeiro. Ia sempre ao médico. Lia muito. As pessoas no bar aparentemente o conheciam bem.

Os gêmeos foram para a Virgínia, sequestrados pela avó, incomunicáveis. Camilla mandou três cartões-postais para mim naquele verão e telefonou duas vezes. Depois, em outubro, quando voltei para a escola, ela escreveu dizendo que Charles havia parado de beber, não punha uma gota na boca havia mais de um mês. Recebi um cartão de Natal também. Em fevereiro, outro, por meu aniversário — ostensivamente sem notícias de Charles. Depois disso, por um longo tempo, mais nada.

Mais ou menos na época em que me diplomei, houve um reatamento esporádico do contato. "Quem diria", Francis escreveu, "que você seria o único da turma a tirar o diploma." Camilla mandou parabéns por carta e telefonou um par de vezes. Chegou a mencionar a possibilidade de uma visita deles a Hampden para me ver caminhando na calçada, mas isso não ocorreu, o que não me surpreendeu muito.

Eu estava saindo com Sophie Dearbold, no último ano de faculdade, e no semestre final mudei para seu apartamento fora do campus: na rua Water, a poucos metros da casa de Henry, onde as rosas madame Isaac Pereire viravam mato no quintal (não viveu o bastante para vê-las florescer, pensei, as rosas com cheiro de framboesa) e o boxer que sobreviveu a suas experiências químicas latia para mim quando eu passava pela frente da casa. Sophie arranjou um emprego, depois da escola, numa companhia de dança de Los Angeles. Pensávamos que estivéssemos apaixonados. Falamos em casamento. Embora tudo, em meu subconsciente, me prevenisse contra isso (durante a noite eu sonhava com acidentes de carro, atiradores na rodovia, olhos brilhantes de cães furiosos em estacionamentos suburbanos), escolhi apenas faculdades do Sul da Califórnia para tentar bolsas de pós-graduação.

Depois de uns seis meses juntos, Sophie e eu rompemos. Considerava-me um sujeito pouco comunicativo, ela disse. Nunca sabia o que eu estava pensando. O modo como eu a olhava às vezes, ao acordar pela manhã, a assustava.

Passava a maior parte do tempo na biblioteca, lendo teatrólogos jacobinos. Webster e Middleton, Tourneur e Ford. Era uma especialização obscura, mas os universos traiçoeiros onde se moviam, à luz de velas — plenos de pecados sem punição, de inocência destruída —, me atraíam. Até os títulos das peças eram estranhamente sedutores, passagens secretas para algo belo e perverso que existia debaixo da superfície da mortalidade: *O descontente. O demônio branco. O coração partido.* Lia-os detidamente, fazia anotações nas margens. Os jacobinos sem dúvida entendiam de catástrofes. Compreendiam não apenas o mal, mas os truques extravagantes que o mal utilizava para se apresentar como sendo o bem. Sentia que eles iam ao fundo da questão, à podridão essencial do mundo.

Sempre apreciara Christopher Marlowe, e pensava muito nele também. "Gentil Marlowe", um contemporâneo o apelidara. Era um estudioso, amigo de Raleigh e Nashe, o mais brilhante e instruído dos eruditos de Cambridge. Ele se movimentava nos círculos literários e políticos mais altos; e de todos os seus amigos poetas, ele foi o único citado por Shakespeare, diretamente; contudo, ele também foi um falsificador, um assassino, um sujeito de companhias e hábitos condenáveis que "morreu praguejando" numa taverna aos vinte e nove anos. Naquele dia, seus companheiros eram um espião, um batedor de carteiras e um "servente alcoviteiro". Um deles esfaqueou Marlowe, fatalmente, pouco acima do olho: "de tal ferimento o citado faleceu. Marlowe morreu instantaneamente".

Sempre penso neste trecho de *Doctor Faustus:*

Creio que meu mestre planeja morrer em breve,
pois me deixou todas as suas posses...

e neste outro, um murmúrio no dia em que Faustus, em seu manto preto, entrou na corte do imperador:

Juro, ele parece um bruxo.

Quando eu escrevia minha tese sobre *Revenger's Tragedy*, de Tourneur, recebi a seguinte carta de Francis:

24 de abril

Caro Richard,

Gostaria de poder dizer que esta é uma carta difícil de se escrever, mas na verdade não é. Minha vida vem passando há muitos anos por um processo de dissolução, e me parece que, finalmente, chegou a hora de tomar uma atitude honrada.

Portanto, esta é minha última chance de me dirigir a você, neste mundo pelo menos. O que tenho a lhe dizer é o seguinte. Trabalhe duro. Seja feliz com Sophie. [Ele ainda não sabia de nosso rompimento.] Perdoe-me por todas as coisas que fiz, e principalmente por aquelas que não fiz.

Mais, vrai, j'ai trop pleuré! Les aubes sont navrantes. Como este verso triste é lindo. Sempre esperei poder, algum dia, usá-lo. E talvez as manhãs sejam menos dolorosas no local para o qual irei em breve. Bem, os atenienses acreditavam que a morte era apenas sono. Logo saberei por mim mesmo.

Fico imaginando se verei Henry do outro lado. Neste caso, perguntarei por que, diabos, ele não atirou em todos nós e se safou.

Não se sinta mal com o que eu disse. Realmente.

Abraços cordiais,

Francis

Eu não o encontrava havia três anos. A carta fora enviada de Boston, quatro dias antes. Larguei tudo e fui para o aeroporto. Peguei o primeiro avião para Logan, e encontrei Francis no Hospital Feminino de Brigham, recuperando-se de dois cortes de navalha no pulso.

Ele estava terrível. Parecia um cadáver de tão pálido. A empregada, contou, o encontrara na banheira.

Internaram Francis num apartamento particular. A chuva tamborilava nos vidros cinzentos da janela. Fiquei terrivelmente feliz ao vê-lo, e ele ao me ver, pelo que senti. Conversamos por horas a fio, sobre assuntos variados.

"Já soube que eu vou me casar?", ele disse depois de algum tempo.

"Não", respondi surpreso.

Pensei que fosse piada. Mas ele se ergueu um pouco da cama, revirou a gaveta da mesa de cabeceira e mostrou a foto da noiva. Olhos azuis, loira, vestida com elegância, corpo parecido com o de Marion.

"Ela é bonita."

"Ela é estúpida", Francis disse passional. "Eu a odeio. Sabe como meus primos a chamam? Buraco Negro."

"Por quê?"

"Porque a conversa some no vácuo sempre que ela entra na sala."

"E por que vai se casar com ela?"

Por um momento, ele não me respondeu. Depois disse: "Eu estava saindo com uma pessoa. Um advogado. Ele bebe demais, mas tudo bem. Cursou Harvard. Você gostaria dele. Seu nome é Kim".

"E?"

"E meu avô descobriu tudo. Do modo mais melodramático que você possa imaginar."

Ele pegou um cigarro. Precisei acendê-lo para ele por causa das mãos. Ferira os tendões do polegar.

"Então", ele disse, soltando uma nuvem de fumaça, "eu precisava me casar."

"Ou então?"

"Ou meu avô me deixaria sem um centavo."

"Não consegue viver por sua conta?", perguntei.

"Não."

Ele disse isso com tanta certeza que me irritou.

"Eu consigo."

"Mas você já está acostumado."

Neste momento a porta se abriu. Era a enfermeira — não do hospital, e sim a enfermeira particular que a mãe contratara.

"Sr. Abernathy!", ela disse animada. "Tem uma pessoa aqui que deseja vê-lo!"

Francis fechou os olhos, depois os abriu novamente. "É ela", disse.

A enfermeira retirou-se. Trocamos olhares.

"Não faça isso, Francis", falei.

"É preciso."

A porta se abriu e a loira da fotografia — toda sorrisos — entrou lépida, usando um suéter cor-de-rosa com desenhos bordados em forma de flocos de neve e o cabelo preso por uma fita rosa. Ela era muito bonita. Entre os inúmeros presentes que trazia havia um ursinho; balas de goma embrulhadas em celofane; exemplares de *GQ, The Atlantic Monthly, Esquire*: meu Deus, pensei, desde quando Francis lê revistas?

Ela se aproximou da cama e beijou-o rapidamente na testa. "Muito bem, querido", disse, "pensei que tínhamos combinado parar de fumar."

Para minha surpresa, ela tirou o cigarro de seus dedos e o apagou no cinzeiro. Depois olhou para mim e sorriu.

Francis passou a mão enfaixada pelo cabelo. "Priscilla", ele disse inexpressivo, "este é meu amigo Richard."

Seus olhos azuis se arregalaram. "Olá", disse. "Já ouvi falar tanto de você!"

"E eu a seu respeito", respondi educado.

Ela puxou a cadeira para perto da cama de Francis. Solícita, sorrindo muito, sentou-se.

E, como num passe de mágica, a conversa murchou.

Camilla apareceu em Boston no dia seguinte; também recebera uma carta de Francis.

Ela me encontrou cochilando na poltrona, ao lado da cama. Estivera lendo para Francis, *Our Mutual Friend* — curioso, percebo agora, mas grande parte do tempo que passei com Francis no hospital em Boston foi similar ao tempo que Henry passou comigo no hospital de Vermont. Quando acordei com a exclamação de surpresa de Francis e a vi parada ali, na luz mortiça de Boston, pensei que sonhava.

Envelhecera. Rosto mais encovado. Cabelo diferente, cortado bem curto. Sem me dar conta, passara a pensar nela como um fantasma também. Mas, ao vê-la, abatida mas ainda bela, em carne e osso, meu coração deu um pulo tão forte que pensei que ia explodir e morrer ali mesmo.

Francis sentou-se na cama e estendeu os braços. "Querida", disse. "Venha até aqui."

Nós três passamos quatro dias juntos em Boston. Choveu o tempo inteiro. Francis saiu do hospital no segundo dia — por acaso, era Quarta-Feira de Cinzas.

Nunca estivera em Boston; imaginava que seria como a Londres que jamais conhecera. Céu nublado, casas grandes de tijolo aparente, magnólias chinesas na névoa. Camilla e Francis queriam ir à missa, e fui com eles. A igreja estava lotada e fria. Aproximei-me do altar ao lado deles, para receber as cinzas, seguindo a fila lenta. O padre encarquilhado, de preto, era idoso. Fez uma cruz em minha testa com o polegar. *És pó e ao pó voltarás.* Levantei-me novamente na hora da comunhão, mas Camilla segurou meu braço e me puxou com força. Nós três continuamos sentados enquanto os bancos se esvaziavam e a fila longa, irregular, se movia outra vez em direção ao altar.

"Sabe", Francis disse, ao sairmos, "certa vez cometi o erro de perguntar a Bunny se ele pensava no pecado."

"E o que ele disse?", Camilla perguntou.

Francis riu. "Ele disse: 'Claro que não. Eu não sou *católico*'."

Passamos o resto da tarde num barzinho escuro na rua Boylston, fumando e tomando uísque irlandês. A conversa concentrou-se em Charles. Ao que parece, ele era hóspede frequente na casa de Francis nos últimos anos.

"Francis emprestou-lhe algum dinheiro faz uns dois anos", Camilla disse. "Foi muito gentil da parte dele, mas não deveria ter feito aquilo."

Francis deu de ombros e bebeu o que restava no copo. Sem dúvida o assunto o constrangia. "Eu fiz porque quis", ele disse.

"Nunca vai receber o dinheiro de volta."

"Tudo bem."

Fiquei curioso. "Onde está Charles?"

"Ah, por aí", Camilla disse. Pelo jeito o assunto também a incomodava. "Ele trabalhou para meu tio por algum tempo. Depois arranjou emprego num bar, para tocar piano — como pode imaginar, não deu muito certo. Nossa Nana ficou revoltada. Finalmente ela convenceu meu tio a dizer a ele que se não tomasse jeito teria de deixar a casa. E ele foi embora. Arranjou um quarto no centro e continuou trabalhando no bar. Quando o despediram ele voltou. Foi quando começou a vir para cá. Foi gentileza de sua parte", ela disse a Francis, "recebê-lo aqui."

Ele não tirava os olhos do copo. "Tudo bem."

"Foi muito gentil com ele."

"Ele era meu amigo."

"Francis", Camilla disse, "emprestou o dinheiro para Charles se internar numa clínica. Mas ele só ficou uma semana. Fugiu com uma mulher de trinta anos que conheceu durante o tratamento de desintoxicação. Ninguém ouviu falar neles por uns dois meses. Finalmente o marido dela..."

"Ela era casada?"

"Sim, e tinha um filho pequeno. Um menino. Bem, o marido dela os localizou em San Antonio. Moravam num lugar horrível, um cortiço. Charles lavava pratos num restaurante, e ela — bem, eu não sei o que ela fazia. Estavam os dois em péssimo estado. Mas não queriam voltar para casa. Eram felizes, alegavam."

Ela parou para tomar um gole.

"E aí?", perguntei.

"Eles ainda estão por lá", ela contou. "No Texas. Mas mudaram-se de San Antonio. Ficaram em Corpus Christi por algum tempo. Soube depois que tinham ido para Galveston."

"Ele não costuma telefonar?"

Fizeram uma longa pausa. Finalmente, ela disse: "Charles e eu não nos falamos mais".

"Nunca?"

"Não, nunca." Ela tomou mais um gole do uísque. "Isso cortou o coração da minha Nana", ela disse.

No lusco-fusco chuvoso caminhamos até a casa de Francis pelo Public Garden. As luzes estavam acesas.

Francis disse, inesperadamente: "Sabe, eu fico achando que Henry vai aparecer a qualquer momento".

Aquilo me enervou um pouco. Embora não mencionasse, pensava a mesma coisa. E tem mais: desde minha chegada a Boston, via uma pessoa e pensava que era ele; figuras escuras correndo atrás do táxi, desaparecendo nos edifícios.

"Eu pensei ter visto Henry quando estava na banheira", Francis disse. "Torneira pingando, sangue por todo lado, droga. Pensei que ele estava parado ali, de roupão — sabe, aquele com bolsos, onde guardava os cigarros e outras coisas —, perto da janela, meio de costas, e me disse, com voz muito contrariada: 'Muito bem, Francis, espero que esteja satisfeito agora'."

Continuamos caminhando. Ninguém falou nada.

"Gozado", Francis disse. "Demorei muito a acreditar que ele estava realmente morto. Sabe... seria impossível para ele *fingir* que estava morto, mas, sei lá, se alguém pode dar um jeito de voltar, é ele. Como Sherlock Holmes. Caindo nas cataratas de Reichenbach. Sempre pensei que tudo não passava de um truque e que ele apareceria a qualquer momento com uma explicação complicada."

Cruzamos a ponte. A luz amarelada dos postes refletia na água escura.

"Talvez você o tenha visto mesmo", falei.

"Como assim?"

'Também pensei tê-lo visto", falei, depois de uma longa pausa pensativa. "No quarto. Quando eu estava no hospital."

"Bem, você sabe o que Julian diria", Francis falou. "Os fantasmas existem mesmo. As pessoas, em todos os lugares, sempre souberam disso. E acreditamos neles, assim como Homero. Só que hoje em dia usamos nomes diferentes. Lembranças. O inconsciente."

"Importa-se de mudar de assunto?", Camilla disse, abruptamente. "Por favor."

Camilla precisava ir embora na sexta-feira de manhã. A avó não passava bem, disse, e precisava voltar. Eu só teria de ir para a Califórnia na semana seguinte.

Acompanhei-a até a plataforma — ela impaciente, batendo com o pé no chão, inclinando-se para observar os trilhos — e não aguentei a perspectiva de vê-la partir. Francis estava na banca, comprando um livro para que ela lesse no trem.

"Não quero que você vá embora", falei.

"Também não quero ir."

"Então não vá."

"Preciso."

Ficamos parados, um olhando para o outro. Chovia. Ela fixou os olhos cor de chuva em mim.

"Camilla, eu a amo", falei. "Case-se comigo."

Ela não disse nada por um longo tempo. Finalmente, falou: "Richard, sabe que eu não posso fazer isso".

"Por que não?"

"Não posso. Não posso largar tudo e ir para a Califórnia. Minha avó está velha. Ela não pode mais cuidar de tudo sozinha. Precisa de alguém que cuide dela."

"Então esqueça a Califórnia. Eu volto para o Leste."

"Richard, você não pode. E quanto à sua tese? A escola?"

"Não me importa a escola."

Continuamos a nos olhar por muito tempo. Depois, ela desviou a vista.

"Deveria ver como estou vivendo agora, Richard", ela disse. "Minha Nana está mal. Preciso tomar conta dela, e daquela casa enorme também. Não tenho um único amigo da minha idade. Nem me lembro quando li um livro pela última vez."

"Posso ajudá-la."

"Não quero sua ajuda." Ela ergueu a cabeça e olhou para mim: seu olhar era duro e doce como uma dose de morfina.

"Posso pedir de joelhos se quiser", falei. "Sério mesmo."

Ela fechou os olhos, com as pálpebras escuras, e sombras escuras sob as pálpebras. Envelhecera, sem dúvida, não era mais a garota tímida por quem me apaixonara, embora continuasse linda, de um modo que não me excitava tanto os sentidos mas partia meu coração.

"Não posso me casar com você", ela disse.

"Por que não?"

Pensei que ela fosse dizer: *Porque eu não o amo*, o que seria aproximadamente verdadeiro, mas em vez disso, ela falou: "Porque amo Henry".

"Henry morreu."

"Não posso evitar. Eu ainda o amo."

"Eu o amei também", falei.

Por um momento, pensei que ela hesitava. Mas apenas desviou os olhos.

"Sei disso, mas não é o bastante", ela falou.

A chuva me acompanhou durante a volta para a Califórnia. Uma partida abrupta, bem o sei, seria dura demais; se pretendia deixar o Leste para sempre, precisava ir aos poucos, de modo que aluguei um carro e saí pelas estradas até que a paisagem se modificou e cheguei ao Meio-Oeste, e da despedida de Camilla só me restou a chuva. Pingos grossos no para-brisa, emissoras de rádio entrando e saindo do alcance. Milharais na imensidão sem graça. Já lhe dissera adeus uma vez antes e precisei juntar todas as forças para dizer adeus a ela novamente, pela última vez, como Orfeu, coitado, virando-se para o último olhar em direção a seu único amor, e no mesmo instante perdê-la para sempre: *hinc illae lacrimae*, portanto estas lágrimas.

Suponho que não reste mais nada, a não ser contar o que ocorreu com os demais personagens de minha história.

Cloke Rayburn, surpreendentemente, acabou cursando direito. Agora encarrega-se de fusões e aquisições na Milbank Tweed, em Nova York, onde, curiosamente, Hugh Corcoran chegou à condição de sócio. Dizem que Hugh arranjou o emprego para ele. Pode ser verdade, ou não, mas acredito que seja, Cloke não se destacaria em qualquer curso de sua escolha. Não mora muito longe de Francis e Priscilla, na Lexington com a 81 (Francis, por falar nisso, tem um apartamento incrível ao que dizem; o pai de Priscilla, dono de uma imobiliária, deu o imóvel a eles como presente de casamento), e Francis, que ainda tem problemas para dormir, diz que o encontra de vez em quando, no meio da madrugada, numa lojinha coreana onde os dois costumam comprar cigarros.

Judy Poovey tornou-se quase celebridade. Como instrutora de aeróbica, aparece regularmente — ao lado de outras beldades musculosas — num programa de exercícios, *Power Moves!*, na tevê a cabo.

Depois que terminaram a faculdade, Frank e Jud se associaram para comprar o Farmer's Inn, que se tornou o bar mais badalado de Hampden. Ao que parece, os negócios vão muito bem. Vários ex-alunos de Hampden trabalham para eles, inclusive Jack Teitelbaum e Rooney Wynne, a crer num artigo publicado há algum tempo na revista dos ex-alunos.

Alguém me disse que Bram Guernsey entrara para os Boinas Verdes, mas duvido que seja verdade.

Georges Laforgue ainda leciona no Departamento de Língua e Literatura de Hampden, pois seus inimigos ainda não conseguiram derrotá-lo.

O dr. Roland aposentou-se da escola. Mora no centro de Hampden e publicou um livro com fotografias da universidade através dos anos, sendo muito solicitado para palestras depois de jantares realizados pelos vários clubes da cidade. Ele quase foi responsável por uma recusa do curso de pós-graduação em me admitir, tendo escrito uma recomendação entusiasmada onde se referia a mim repetidamente como "Jerry".

O gato vadio e selvagem que Charles encontrou tornou-se, para minha grande surpresa, um belo animal de estimação. Passou o verão com Mildred, prima de Francis, e no outono foi com ela para Boston, onde vive atualmente, feliz da vida, num apartamento de dez cômodos na rua Exeter, sob o nome de Princesa.

Marion casou-se com Brady Corcoran. Moram em Tarrytown, Nova York — fácil de pegar o trem até o centro, para Brady —, e tiveram uma filha. A primeira menina a nascer no clã dos Corcoran em não sei quantas gerações, um feito e tanto. De acordo com Francis, o sr. Corcoran é completamente louco pela neta e deixou em segundo plano todos os outros filhos, netos e mascotes. Ela foi batizada de Mary Katherine, um nome que caiu em desuso, pois — por razões mais claras para eles que para mim — os Corcoran resolveram apelidá-la de Bunny.

Ouço falar de Sophie de vez em quando. Ela machucou a perna e saiu da companhia de dança por algum tempo, mas recentemente conseguiu um papel importante numa coreografia. Saímos para jantar de vez em quando. Costuma me telefonar tarde da noite, para falar dos problemas com o namorado. Gosto de Sophie. Atrevo-me a dizer que é minha melhor amiga por aqui. Mas, de certa forma, jamais a perdoei por me fazer voltar a este lugar desgraçado.

Nunca mais pus os olhos em Julian, desde aquela tarde com Henry, em sua sala. Francis — com imensa dificuldade — conseguiu entrar em contato com ele na véspera do enterro de Henry. Disse que Julian o tratou com cordialidade; ouviu educadamente as novidades a respeito de Henry e depois disse: "Lamento muito, Francis. Mas não posso fazer nada a respeito".

Há cerca de um ano Francis me contou um boato — que depois descobrimos ser puro delírio — segundo o qual Julian fora nomeado tutor do príncipe herdeiro da Suaorilândia, em algum ponto do Leste da África. A história, embora falsa, ganhou destaque em minha imaginação. Que melhor destino para Julian do que se tornar, um dia, a eminência parda do trono suaori, transformando seu aluno num rei-filósofo? (O príncipe, na história, teria apenas oito anos. Imagino o que eu seria hoje se Julian me pegasse aos oito anos.) Gosto de pensar que ele, talvez, como Aristóteles, criaria um homem capaz de conquistar o mundo.

Mas, como Francis ponderou, talvez não.

Não sei o que foi feito do agente Davenport — torço para que ainda more em Nashua, em New Hampshire —, mas o detetive Sciola morreu. Faleceu de câncer no pulmão faz uns três anos. Descobri isso num anúncio da campanha contra o fumo, que vi na Tevê Educativa tarde da noite. Sciola, encovado e dantesco, diz, num cenário de fundo preto: "Quando vocês virem este anúncio estarei morto". E segue dizendo que não foi sua carreira na polícia que o matou, mas dois maços de cigarros por dia. Vi o anúncio às três da manhã, sozinho no apartamento, num aparelho preto e branco com muita interferência. Por um momento fiquei desorientado, tomado pelo pânico. Poderia um fantasma manifestar-se pelas ondas etéreas, pelos pontos eletrônicos de um tubo de televisor? O que são os mortos, afinal, exceto ondas e energia? A luz brilhante de uma estrela morta?

A frase, aliás, é de Julian. Eu me lembro de sua aula sobre a *Ilíada*, quando Pátroclo aparece para Aquiles num sonho. Há uma passagem comovente, onde Aquiles — contente com a aparição — tenta abraçar o fantasma do querido amigo, que desaparece. *Os mortos aparecem em nossos sonhos*, disse Julian, *pois é a única maneira pela qual podemos vê-los. Mas o que vemos não passa de uma projeção, vinda de uma distância imensa, a luz brilhante de uma estrela morta...*

O que me lembra de um sonho que tive há umas duas semanas.

Estava em uma cidade desconhecida, deserta — uma cidade antiga, como Londres —, subpovoada, em função de peste ou guerra. Naquela noite as ruas estavam desertas, destruídas, abandonadas. Por muito tempo andei sem destino — passando por parques arruinados, estátuas destruídas, terrenos baldios cheios de mato, prédios de apartamentos desabados, com estruturas metálicas saindo pelas paredes como costelas. Mas aqui e ali, no meio dos esqueletos abandonados dos prédios públicos antigos, comecei a ver novos edifícios, ligados entre si por passarelas futuristas, iluminadas por baixo. Perspectivas longas, arquitetura moderna, erguendo-se fosforescentes e fantasmagóricas nos detritos.

Entrei em um dos prédios novos. Era como um laboratório, ou quem sabe um museu. Meus passos ecoavam nos ladrilhos do piso. Havia alguns homens reunidos, todos fumavam cachimbo, em torno de uma vitrine que brilhava na penumbra e iluminava seus rostos.

Aproximei-me. Uma máquina girava lentamente na base. A máquina, feita de peças metálicas, crescia e diminuía, as partes se encaixavam e desencaixavam, formando novas imagens. Um templo inca... clique clique clique... as pirâmides... o Partenon. A história passava diante de meus olhos, mudando a cada momento.

"Pensei mesmo que ia encontrá-lo aqui", disse uma voz atrás de mim.

Era Henry. Reconheci seu olhar firme e impassível, mesmo na luz fraca. Acima da orelha, atrás do aro dos óculos, era possível ver a marca escura da pólvora e o buraco na têmpora direita.

Alegrei-me em vê-lo, mas não fiquei muito surpreso. "Sabe", falei a ele, "todos estão dizendo que você morreu."

Ele olhou para a máquina. O Coliseu... clique clique clique... o panteão. "Não estou morto", ele disse. "Só tive alguns problemas com meu passaporte."

"Como?"

Ele limpou a garganta. "Minha movimentação sofre restrições", disse. "Não posso mais viajar livremente como gostaria."

Hágia Sophia. São Marcos, em Veneza. "O que é este lugar?", perguntei a ele.

"Esta informação é classificada, infelizmente."

Olhei em torno curioso. Eu parecia ser o único visitante. "Está aberto ao público?", disse.

"Normalmente, não."

Olhei para ele. Queria perguntar tantas coisas, queria dizer tantas coisas; mas, de algum modo, sabia que não haveria tempo e, mesmo que houvesse, tudo estava fora de questão.

"É feliz aqui?", perguntei afinal.

Ele refletiu por um momento. "Não necessariamente", disse. "Mas você também não é muito feliz onde está."

São Basílio, em Moscou. Chartres. Salisbury e Amiens. Henry consultou o relógio.

"Espero que não se importe em me dar licença", disse. "Estou atrasado para um compromisso."

Deu-me as costas e se afastou. Observei-o caminhar até seu desaparecimento do fundo do saguão iluminado, brilhante.

1ª EDIÇÃO [1995] 2 reimpressões
2ª EDIÇÃO [2004] 1 reimpressão
3ª EDIÇÃO [2021] 5 reimpressões

ESTA OBRA FOI COMPOSTA EM ELECTRA POR VERBA EDITORIAL E
IMPRESSA PELA GRÁFICA BARTIRA EM OFSETE SOBRE PAPEL PÓLEN
DA SUZANO S.A. PARA A EDITORA SCHWARCZ EM JULHO DE 2024

A marca FSC® é a garantia de que a madeira utilizada na fabricação do papel deste livro provém de florestas que foram gerenciadas de maneira ambientalmente correta, socialmente justa e economicamente viável, além de outras fontes de origem controlada.